中国社会科学院学部委员专题文集
ZHONGGUOSHEHUIKEXUEYUAN XUEBUWEIYUAN ZHUANTI WENJI

文学史：法兰西之韵

柳鸣九 ◎ 著

中国社会科学出版社

图书在版编目(CIP)数据

文学史:法兰西之韵/柳鸣九著.—北京:中国社会科学出版社,2014.5

(中国社会科学院学部委员专题文集)

ISBN 978-7-5161-4234-9

Ⅰ.①文… Ⅱ.①柳… Ⅲ.①文学史—法国 Ⅳ.①I565.09

中国版本图书馆 CIP 数据核字(2014)第 084370 号

出 版 人	赵剑英
责任编辑	史慕鸿
责任校对	韩天炜
责任印制	戴 宽

出　　版	中国社会科学出版社
社　　址	北京鼓楼西大街甲 158 号(邮编 100720)
网　　址	http://www.csspw.cn
	中文域名:中国社科网　010-64070619
发 行 部	010-84083685
门 市 部	010-84029450
经　　销	新华书店及其他书店

印刷装订	环球印刷(北京)有限公司
版　　次	2014 年 5 月第 1 版
印　　次	2014 年 5 月第 1 次印刷

开　　本	710×1000　1/16
印　　张	25.5
插　　页	2
字　　数	406 千字
定　　价	76.00 元

凡购买中国社会科学出版社图书,如有质量问题请与本社联系调换
电话:010-64009791

版权所有　侵权必究

《中国社会科学院学部委员专题文集》
编辑委员会

主任 王伟光

委员 （按姓氏笔画排序）

　　　　王伟光　　刘庆柱　　江蓝生　　李　扬
　　　　李培林　　张蕴岭　　陈佳贵　　卓新平
　　　　郝时远　　赵剑英　　晋保平　　程恩富
　　　　蔡　昉

统筹 郝时远

助理 曹宏举　　薛增朝

编务 田　文　　黄　英

前　言

　　哲学社会科学是人们认识世界、改造世界的重要工具，是推动历史发展和社会进步的重要力量。哲学社会科学的研究能力和成果是综合国力的重要组成部分。在全面建设小康社会、开创中国特色社会主义事业新局面、实现中华民族伟大复兴的历史进程中，哲学社会科学具有不可替代的作用。繁荣发展哲学社会科学事关党和国家事业发展的全局，对建设和形成有中国特色、中国风格、中国气派的哲学社会科学事业，具有重大的现实意义和深远的历史意义。

　　中国社会科学院在贯彻落实党中央《关于进一步繁荣发展哲学社会科学的意见》的进程中，根据党中央关于把中国社会科学院建设成为马克思主义的坚强阵地、中国哲学社会科学最高殿堂、党中央和国务院重要的思想库和智囊团的职能定位，努力推进学术研究制度、科研管理体制的改革和创新，2006年建立的中国社会科学院学部即是践行"三个定位"、改革创新的产物。

　　中国社会科学院学部是一项学术制度，是在中国社会科学院党组领导下依据《中国社会科学院学部章程》运行的高端学术组织，常设领导机构为学部主席团，设立文哲、历史、经济、国际研究、社会政法、马克思主义研究学部。学部委员是中国社会科学院的最高学术称号，为终生荣誉。2010年中国社会科学院学部主席团主持进行了学部委员增选、荣誉学部委员增补，现有学部委员57名（含已故）、荣誉学部委员133名（含已故），均为中国社会科学院学养深厚、贡献突出、成就卓著的学者。编辑出版《中国社会科学院学部委员专题文集》，即是从一个侧面展示这些学者治学之道的重要举措。

　　《中国社会科学院学部委员专题文集》（下称《专题文集》），是中国社会科学院学部主席团主持编辑的学术论著汇集,作者均为中国社会科学院学部委员、荣誉学部委员,内容集中反映学部委员、荣誉学部委员在相关学科、专业方向中的专题性研究成果。《专题文集》体现了著作者在科学研究实践中长期关注的某一专业方向或研究主题,历时动态地展现了著作者在这一专题中不断深化的研究路径和学术心得,从中不难体味治学道路之铢积寸累、循序渐进、与时俱进、未有穷期的孜孜以求,感知学问有道之修养理论、注重实证、坚持真理、服务社会的学者责任。

2011年,中国社会科学院启动了哲学社会科学创新工程,中国社会科学院学部作为实施创新工程的重要学术平台,需要在聚集高端人才、发挥精英才智、推出优质成果、引领学术风尚等方面起到强化创新意识、激发创新动力、推进创新实践的作用。因此,中国社会科学院学部主席团编辑出版这套《专题文集》,不仅在于展示"过去",更重要的是面对现实和展望未来。

这套《专题文集》列为中国社会科学院创新工程学术出版资助项目,体现了中国社会科学院对学部工作的高度重视和对这套《专题文集》给予的学术评价。在这套《专题文集》付梓之际,我们感谢各位学部委员、荣誉学部委员对《专题文集》征集给予的支持,感谢学部工作局及相关同志为此所做的组织协调工作,特别要感谢中国社会科学出版社为这套《专题文集》的面世做出的努力。

《中国社会科学院学部委员专题文集》编辑委员会
2012年8月

目 录

雨果其人,雨果奇观
　　——《雨果文集》(二十卷本)总序 …………………………………… (1)
重新评价左拉的几个问题
　　——在中国法国文学研究会主办的左拉学术讨论会
　　　　上的主旨发言(1989年) …………………………………………… (15)
阿波利奈尔的坐标在哪里? ……………………………………………… (31)
马尔罗论 …………………………………………………………………… (40)
给萨特以历史地位
　　——《萨特研究》序 …………………………………………………… (71)
加缪论
　　——四卷本《加缪全集》总序 ………………………………………… (91)

低调济世的人文巨著《随笔集》 ………………………………………… (120)
自传文学的辩证法典范
　　——《忏悔录》中译本序 ……………………………………………… (135)
《红与黑》两种价值标准 ………………………………………………… (151)
普鲁斯特传奇
　　——《寻找失去的时间》 ……………………………………………… (161)
不朽的《约翰·克利斯朵夫》 …………………………………………… (173)
20世纪流浪汉体小说的杰作
　　——塞利纳《茫茫黑夜漫游》 ………………………………………… (183)
一个特定精神过程的神话
　　——图尔尼埃的《礼拜五或太平洋上的虚无缥缈境》……………… (193)

法国古典主义时期的文学概况与主潮 …………………………（203）
法国浪漫主义文学的根源、发展和分野
　　——《法国浪漫派作品选》编选者序 …………………（223）
世界心理小说类别的划分
　　——《世界心理小说名著丛书》总序 …………………（249）
法国心理小说的发展历程
　　——《法国心理小说名著选》编选者序 ………………（253）
法国反法西斯文学概论
　　——《世界反法西斯文学书系》法国卷编选者序 ……（289）

论创作方法与世界观矛盾统一的关系 ………………………（299）
西方现当代文学评价的几个问题
　　——在全国第一次外国文学工作会议上的大会发言
　　　（1978年10月广州）…………………………………（333）
萨特"中国行"的思想文化意义
　　——答《跨文化对话》主编问题 ………………………（377）
后　记 ……………………………………………………………（399）

雨果其人，雨果奇观
——《雨果文集》（二十卷本）总序

一

1885年5月17日，八十三岁高龄的雨果患重病的消息，在巴黎传开了，从这天起，每天的报纸都有他的病情通报。寓所前，总聚集着一批又一批关切探询的人群，不断有社会名流在门前下车献上自己的名片。

5月22日，雨果逝世，上议院与众议院获悉，立即休会，宣布进行全国性的哀悼。两院一致通过政府的提案，决定为雨果举行隆重的国葬。

5月30日，雨果的遗体停放在凯旋门下，四周呈星形放射的大道上，路灯与火炬日夜照射，不尽的人流从凯旋门下通过，瞻仰雨果的遗容。

6月1日，葬礼举行，鸣礼炮二十一响，仪仗队由十二名法国青年诗人组成，二百万人群跟随在灵车的后面。

这是法国乃至欧洲最大规模的一次葬礼，是精神文化领域里最崇高的一次哀荣，正如著名作家、历史学家、雨果学权威安德烈·莫洛亚所指出的："一个国家把过去只保留给帝王与统帅的荣誉，给予一位诗人，这在人类历史上还是第一次。"

雨果出生于拿破仑时代开始后的第三年，其父勃鲁都斯·雨果出身平民，大革命时期参加革命军；拿破仑时期，转战南欧，获将军衔。雨果幼年时曾随军到过意大利、西班牙。雨果十二岁时，拿破仑失败，波旁王朝复辟。由于其父又宣誓效忠新统治者，而其母本来就出身于"路易十六的忠臣之家"，是一个激烈的旺岱分子，少年雨果有过一个为时约十来年的保王主义时期。

雨果从少年时代就开始写作,很早成名。1819年,与两个哥哥创办《文学保守者》周刊;1822年出版第一部诗集,后又将它增补为《歌吟集》;接着又相继发表了小说作品《冰岛的凶汉》(1823)与《布格-雅加尔》(1826)。

查理十世上台后变本加厉的反动使革命逐渐酝酿成熟,在自由主义思潮日趋高涨的背景下,雨果的政治态度开始有了转变。1826年,因缺乏明确纲领,成立于1823年的浪漫派第一文社解散,雨果与维尼、缪塞、大仲马、诺地埃另组第二文社,开始明确反对伪古典主义。1827年,他在《铜柱颂》一诗中缅怀了拿破仑时代对欧洲封建君主国家的武功。同年,他又发表了著名的战斗性宣言《〈克伦威尔〉序》,成为浪漫主义文学运动的领袖。从这一年起一直到1840年,他以丰富的戏剧、诗歌以及小说创作显示出新文学的实绩。1829年,浪漫主义戏剧《玛丽蓉·德·洛尔墨》由于批判了专制王权,遭到禁演。同年,他同情和歌颂希腊解放斗争的诗集《东方集》问世,并出版了批判统治阶级以法律压迫劳动者的小说《死囚末日记》。1830年,他写作了具有鲜明的反封建倾向和新颖的浪漫主义艺术手法的《艾那尼》,这个剧本在七月革命前夕初次演出时,浪漫主义与伪古典主义两派的拥护者,在剧场进行了激烈的斗争。演出最后获得极大的成功,标志着浪漫主义戏剧对伪古典主义戏剧的胜利,成为法国文学史上的重要事件。

1830年七月革命爆发后,雨果以欢迎的态度写作了热烈的颂诗《致年轻的法兰西》。1831年他完成了著名的长篇小说《巴黎圣母院》,上演了剧本《玛丽蓉·德·洛尔美》,发表了抒情诗《秋叶集》。1832年以后,他相继发表的作品有剧本《国王取乐》、《吕克莱斯·波日雅》(1832)、《玛丽·都铎》(1833)、《安日洛》(1835)、《吕意·布拉斯》(1838);诗集《暮歌集》(1835)、《心声集》(1837)、《光影集》(1840);小说《克洛德·格》(1834)以及杂文《文学与哲学杂论》。七月革命以后这一时期,雨果的戏剧与小说作品,充满着强烈的反封建反教会的精神,对这时的社会制度和阶级力量的激愤地控诉是这些作品的基调。

金融家王朝的建立与巩固,使雨果逐渐在政治上采取了和现实妥协的态度。1841年,他被选为法兰西学士院院士。1845年以后,雨果在文学创作方面比较沉寂，在政治舞台上却很活跃。1848年以前，他一直在君主立宪制与共和政体之间摇摆，巴黎的无产阶级在二月革命中提出推翻七月王朝、建立共和国的口号后，他才坚决站在共和的立场上。这时他被选为制宪会议的成员，对巴黎无产阶级的六月起义抱同情的态度。1848年底的总统选举中，他投票支持路易·拿破仑·波拿巴，不久又成为这个野心家的反对派。他是1849年至1851年间国民议会中社会民主左派的领袖。1851年路易·波拿巴发动反革命政变，宣布帝制，大肆进行镇压，雨果和他的政派发表宣言试图反抗，但遭到失败，政变后的12月11日，他被迫流亡国外。

十九年流亡期间，雨果先后居住在比利时的布鲁塞尔和大西洋中英属泽西岛和盖纳西岛，始终对拿破仑三世的独裁政权进行了坚决的斗争。1852年，他出版了对拿破仑三世作辛辣嘲骂的政论小册子《小拿破仑》，并写了揭露政变过程的《一桩罪行的始末》（后于1877年发表）。1853年，他"充满革命气势"的政治讽刺诗集《惩罚集》出版。1859年，他拒绝拿破仑三世的"大赦"。在流亡时期，他的其他文学创作有诗集《静观集》（1856）、《历代传说》（1859）、《街道与园林之歌》（1865），长篇小说《悲惨世界》（1862）、《海上劳工》（1866）、《笑面人》（1869），以及文艺批评专著《莎士比亚论》（1864）。

1870年，拿破仑三世垮台，雨果结束了长期的流亡生活，凯旋式地回到巴黎，受到巴黎人民的热烈欢迎。普法战争爆发后，他持反战的态度，但普鲁士军队侵入法国围困巴黎时，他以激昂的爱国主义热情投入了斗争。他发表演说鼓舞人民的斗志，他报名参加国民自卫军，他捐款铸造抗战的大炮，其中的一尊就以"雨果"命名。1871年2月，他被选为国民议会议员。巴黎公社时期，他在布鲁塞尔，既同情公社又对公社不理解，但公社失败后反革命刽子手大肆进行屠杀时，他挺身而出，保护被迫害的公社社员，宣布开放他在布鲁塞尔的住宅作为他们的避难所，并积极为被判罪的公社社员辩护，争取对他们的赦免。1872年，他刊行了在1870—1871年法国人民艰难时日中写的诗体日记《凶年集》。1877年以后，他完成了四部诗集：《祖孙乐》（1882），《历代传说》第二、第三集（1877、1883），《灵台集》（1882）；两部政论：反对天主教的《教皇》（1878）

和批判封建君主权力的《至高的怜悯》（1879），以及一部戏剧《笃尔克玛》（1882）。

二

在人类精神文化领域里，有一些杰出的人物，他们本身就构成了一些传奇，构成了一些重大的文化奇观，或以其劳作工程的巨大宏伟，或以其艺术创造的无比精美，或以其内容的广博，或以其思辨的深邃，或以其气势的磅礴，或以其意境的高超，或以其精神影响的深远，或以其艺术感染的强烈。雨果就在这样一个层次上，他是人类文化史上一个辉煌的传奇，一个令人赞叹、令人眩晕的奇观。

作为精神文化奇观，雨果是一个大写的诗人，一个亚里士多德的诗学意义上的诗人；不仅是诗人，也是戏剧家、小说家、批评家、散文家。而且，最难得的是，他在所有这些领域，都有丰硕厚实的功绩，都达到了登峰造极的顶点，高踞于金字塔的尖端，仅仅某一单方面的成就便足以构成一块块不朽的丰碑。

在诗歌中，他上升到了辉煌的民族诗人高度。他长达近七十年的诗歌创作道路，都紧密地结合着法兰西民族19世纪发展的历史进程，水乳交融，浑然一体。他是民族心声的号角，民族叹息的回音，是民族光荣业绩的赞颂者，民族艰辛磨难的申诉人，他的诗律为这个民族的每一个脚步打下了永恒的节拍。他也是文学史上最伟大的抒情诗人，人类一切最正常、最美好的思想与情感，从政治领域里的民主与自由、社会领域里的平等与博爱、精神领域里的信仰与虔诚，到个人生活中的爱情、人际交往中的友情、家庭关系中的亲情等等，在他的诗里，全部得到了酣畅而完美的抒发。雨果还是文学界罕见的气势宏大的史诗诗人，他以无比广阔的胸怀拥抱人类的整体存在，以高远的历史视野瞭望与审视人类全部的历史过程，献出了诗歌史上绝无仅有的人类史诗的鸿篇巨制。他是诗艺之王，其语言的丰富，色彩的灿烂，韵律的多变，格律的严整，至今仍无人出其右。

在小说中，雨果也获得了惊人的成就。他是唯一能把历史题材与现实题材都处理得有声有色、震撼人心的小说家。他小说中丰富的想象、浓烈的色彩、宏大的画面、雄浑的气势显示出了某种空前绝后的独创性与首屈一指的浪漫才华，他无疑是世界上怀着最澎湃的激情、最炽热的理想、最充沛的人道主义精神去写小说的小说家，因而使他的小说具有了灿烂的光辉与巨大的感染力。而在显示出了这种雄伟绚烂的浪漫风格的同时，他又最注意，也最善于把它与社会历史的必然性与人类现实的课题紧密结合起来，使他的小说永远具有现实的社会的意义。尽管在小说领域里，取得最高地位的伟大小说家往往都不是属于雨果这种类型的，但雨果却靠他雄健无比的才力也达到了小说创作的顶峰，足以与世界上专攻小说创作并取得最高成就的最伟大的小说家媲美。

在戏剧上，雨果是一个缺了他欧洲戏剧史就没法写的重要人物。他结束了一个时代也开创了一个时代，是他完成了浪漫主义戏剧对古典主义戏剧的取代，他亲自策划、组织、统率了使这一历史性变革得以完成的战斗，他提出了理论纲领，树起了宣战的大旗，他创作了一大批浪漫剧，显示了新戏剧流派的丰厚实绩。他虽然不及莎士比亚那么深刻，但他是善于在舞台上制造轰动效应的大师，他的剧作以奇巧的构思，引人入胜的情节，不平凡的场景，浓烈的色彩，强烈对照的人物，富丽华美的诗歌外衣，征服了观众，几乎独占了法兰西舞台长达十几年之久，这种成功对任何一个杰出的戏剧家来说，都是不容易得到的。

如果仅把雨果放在文学的范围里，即使是在广阔无垠的文学的空间里，如果只把他评判为文学事业的伟大成功者，评判为精通各种文学种类的技艺的超级大师，那还是很不够的，那势必会大大贬低他。雨果走出了文学，进入了社会，虽然文学本身就是社会的一部分，虽然雨果的文学与社会更是紧密结合。雨果不仅是伟大的文学家，而且是伟大的社会斗士，像他这样作家兼斗士的伟大人物，在世界文学史上寥若晨星，屈指可数。他是法国文学中自始至终关注着国家民族事务与历史社会现实并尽力参与其中的唯一的人，他在具体的历史条件下经历过从保王主义、波拿巴主义到自由主义、民族共和主义的过程，实际上是紧随着法兰西民族在 19 世纪的前进步伐。他是四五十年代民主共和左派的领袖人物，在法国政治生活中有过举足轻重的影响，他在长期反拿破仑三世专制独裁的斗争中，更成为了一面旗帜、一种精神、一个主义，其个人勇气与人格力量已经永垂史册。这种高度是世界上一些在文学领域中取得了最高成就的作家都难以企及的。作为一个伟大的社会斗士，雨果上升到的最高点，是他成为人民的代言人，成为了穷人、弱者、妇女、儿童、悲惨受难者的维护者，是他对人类献出了崇高的赤诚的博爱之心。他的这种博爱，正如有的批评家所指出的那样："像天堂纷纷飘落的细细的露珠，是货真价实的基督教的慈悲。"

三

雨果奇观既是一个社会历史的现象，也是一个人的存在现象。

雨果在19世纪生活了八十多年，几乎与这个世纪同存亡。他所生活的时代，对法国来说是一个极其深刻、极其辉煌的时代：惊天动地的资产阶级大革命刚刚过去，新的秩序有待巩固，新的社会形态有待定型，新的价值体系有待创建。在这个时代，法兰西冲出了封建君主国神圣同盟的包围，雄武地屹立于欧洲乃至更广大的地理空间。在全民的实际生活中结束了长达半个世纪的关于政权形式的以血与火为内容的"争论"，逐步奠定了民主共和的新秩序，全面建立了法制社会的机制与规范。在这个时代，法兰西也创造了社会生产领域里的奇迹与象征，使这片国土与社会生活都彻底改变了容貌：铁路遍布全国，钢笔取代了鹅毛笔，巴黎有了协和广场、凯旋门与埃菲尔铁塔。这是一个充满了伟大变革、伟大事业的时代。历史的进程不能自身完成，它要由巨人来搬演，由巨人来呼出它的心声，来赋予它辉煌的色彩，来对它做深刻的解析，来给它当书记作记录，它召唤、孕育、培植、助产自己需要的巨人，从叱咤风云、扬威世界的伟大统帅，高瞻远瞩、影响深远的伟大思想家到创造工技奇迹的伟大工匠，泼洒浓墨重彩的伟大画师。文学领域，本是法兰西的传统胜地，在这个世纪，更是人才辈出，奇观迭现，正是在这种历史条件与时代召唤下，雨果充分昂扬他的主体意识，适应发展潮流，脱颖而出，成为文学领域里的巨人，造成光辉灿烂的雨果奇观。

二十七岁的时候，雨果曾在一篇文章中这样写道："既然我们从古老的社会形式中解放出来了，那么我们为什么不从古老的诗歌形式中解放出来？新的人民应该有新的艺术。现代的法兰西，19世纪的法兰西，米拉波为它缔造过自由、拿破仑为它创造过强权的法兰西，在赞赏着路易十四时代的文学和当时专制主义如此合拍的时候，一定会有自己的个人的民族的文学。"这是对历史召唤的深刻领悟，也是对历史机遇与历史条件的自觉认知。

无疑，雨果所得到的历史机遇与历史条件是空前优越的。构成这种优越性的，正是大革命后日趋形成、日趋成熟的自由民主的社会现实。在这种社会现实氛围里，不仅作家有选择题材、选定倾向、选用艺术方法的更大自由，而且，更为重要的是，作家的命运与发展，已不再取决于狭小的宫廷的趣味，有偏见的政府的政治目的与专横的长官的行政命令，而是取决于更广大的社会层面。继大革命中广大民众发挥了举足轻重的作用之后，随着社会的进步，在精神文化领域里，也逐渐形成"民众"这个群体并日益扩大，它成为这个领域里观赏、阅读、议论、评判、顶礼膜拜的主要族群，一个作家、一部作品投合它的需要与爱好，就足以取得轰动性的成功，1802年夏多布里盎的《阿达拉》就是一个证明。此书一出版，读者欢欣鼓舞，"好比庆祝一位公主的诞生"，几个月里竟再版了六次，还出现了两本效颦的小说之作，六种模仿的传奇唱本。夏多布里盎这一"洛阳纸贵"的成功，曾使得青少年时期的雨果不胜羡慕、神往，并由此立下了"成为夏多布里盎"的誓言。

如果说夏多布里盎的《阿达拉》仅仅因为提供了传奇的故事、华丽的语言、旖旎的异国风光、浪漫的意境，正投合文化消费族群喜爱浓烈风格的口味而轰动一时的话，那么，雨果日后所提供的东西，要无可比拟地丰富得多，深刻得多。他以一个个惊心动魄的历史故事与历史场面，提供了法兰西民众在铲除封建专制主义最后遗毒的斗争中所需要的对封建时代全面的清算；他以高亢雄健的声音歌唱了经历过拿破仑帝国的法国人所缅怀的民族的光荣与自豪；他以慷慨陈词，为在新社会秩序下渴望法律公正与平等的普通人群伸张了正义；他通过感人至深的人物命运，雪中送炭式地给予了悲惨世界里的劳苦人群所渴求的温爱与同情；他以体现了宁死不屈精神的诗集，为法国人民反专制政治的斗争提供了一个真正英雄主义的范例；他以抒情的竖琴弹奏出真挚的心声，从对祖国的爱到对妻子儿女的爱，使法国人丰富的感情在他这里都——找到了最合拍的共鸣渠道、最完善的表述方式、最优美动听的曲调；他以瑰丽的想象、绚烂的色彩、五光十色的场景、磅礴的气势、华美的词章、丰富的诗律与法国有史以来最炉火纯青的语言艺术，给法国人众口难调的美学趣味提供了全面的充分的满足。因为他所提供的这些，正是他的时代、社会、民众所需要的，所期待的，所渴望的，他自然也就得到了他的时代、社会、民众的回报。

正如我们所看到的，《艾那尼》上演的剧场里，狂热观众不断高呼支持的口号；《悲惨世界》的问世，在巴黎立即形成了人人都在如饥似渴阅读此书的热潮，在布鲁塞尔还举行了庆祝集会；《海上劳工》所引起的轰动甚至超过了《悲惨世界》，服饰商人还曾利用它的描写来大做广告；《历代传说》的成功，使对雨果最有敌意的人也表示折服；《静观集》的出版，使雨果获得了丰厚的报酬：一幢著名的别墅"高城公馆"；《惩罚集》在国外发表更成为法国国内一个重大的政治事件，人们冒着巨大的危险把它偷运进来，以传单的形式在国内广为传播……我们几乎可以说，雨果的文学创作史，就是一连串的轰动性的成功史。这是自由民主的19世纪自发的、合情合理的回报，它无须取得任何一个君主或政府机构的批准，它是作为一种滋润、一种灌溉、一种扶植、一种支撑提供给一个天才人物的，这个天才的奉献与这个时代社会的回报，互为因果，形成了良性的循环，使这个天才的身影在时代社会的历史舞台上愈来愈高大，以至它几乎笼罩了整个世纪。

四

历史上的精神文化奇观，固然是时代社会条件的产物，同时，也是天才人物存在状态的结果。时代的召唤，历史潮流的引发，民族的需要，现实社会与环境氛围的条件孕育了、助产了天才人物，而天才人物的素质、潜能、主体意识、自觉精神的充分发挥与高度昂扬，则直接造成了精神文化的奇观。在这个意义上，雨果如果不是唯一的绝无仅有的一个奇观，也要算是最典型、最圆满地说明了这个道理的一大奇观了。

在文学艺术的发展史上，人们固然见过不少早慧早逝但都留名史册的卓越才人，固然应该承认天才人物光环的大小往往并不取决于生涯的长短，但不可否认，原始生命力的强盛与生存能力的持久，对天才人物来说则为如虎添翼。雨果正是这样。他活了八十多岁，按保守的计算，以他诗集中最初标明了日期的诗歌为据，他的创作生涯可以从1816年算起，他生前最后一个诗集出版于1883年，而他诗集中最迟的一首诗标明的日期，则是1884年5月19日，可见仅其创作生涯就长达六十八年，这在文学艺术史上是很罕见的。它大大长于巴尔扎克有生之年的五十一岁，狄更斯的五十八岁，福楼拜的五十九岁，左拉的六十二岁，更不用说拜伦的三十六岁，雪莱的三十岁了。

雨果在他的批评专著《莎士比亚论》中，曾经把他所崇拜的莎士比亚比喻为"一匹嚣张的公马"，不论莎士比亚在体能上能否称得起这一个比喻，但这个比喻在雨果的心目里无疑是强壮的象征，而他自己显然是当之无愧的。如果说，在罗丹的雕刻中，壮年的巴尔扎克是粗壮雄健的话，老年雨果则是遒劲有力。为雨果写传记的不止一个作者告诉我们，雨果步入老年后，还健壮得可以追赶公共马车，可以爬上马车的顶层；上了八十岁，他仍然声如洪钟；冬天下雪的时候，在巴黎街头行走，也只穿一件礼服，不着大衣，他自豪地说："我的青春就是大衣。"即使在他最后一年的岁月里，附在他身上的农牧神还有找仙女寻欢的需要，而且精力充沛，强烈炽热，难以满足。只要我们透过他头上的光环与周身的异彩，就不难发现他首先是一个生机旺盛、体能雄健、存活力甚为罕见的自然人，他像一棵坚实健壮的大树，根深叶繁，挺立在法兰西的大地上，持久地不向岁月的冲击低头，"不断地繁殖，开花，结蕾，分娩"。

作为创造了文学艺术奇观的超人，雨果最显著的标志，是他的罕见的才能。如果说，持久的存活力与强盛的生命力是这个奇观的生命基础的话，那么，超常的智能与精神创造力则是这个奇观裂变呈现的真正能量。这能量，无疑是文学史上最深厚、最高效、最具爆发力的一种能量。仅看这几个例子就足够了：十五岁时，三个星期就完成了中篇小说《布格－雅加尔》，此作后来被评为"在好些地方堪与梅里美的优秀短篇媲美"（安德烈·莫洛亚语）；十七岁时办刊物，任主编，一年多时间里写了一百二十篇文学评论与二十二首诗，这些文章"旁征博引，表现出真才实学"，其中不少篇至今仍熠熠生光；举世公认的杰作《巴黎圣母院》只用了六个月时间就写完；去世前不久，他仍表现出"惊人的口才"，甚至在临终弥留之际，他也吟出了一句警句式的诗，几乎所有的传记都不能不加引用……漫长的一生，充满了这样多精神能量的爆发，其造成的壮观可想而知。

　　毫无疑问，造成了这种奇观的精神能量，在文学史上只有少数旷世难逢的最杰出的人物才会具有。如果说，文学史上那些名垂千古的人物都有使得自己卓尔不群的天才力量、天才基因的话，那么，应该说，雨果身上的天才力量、天才基因要算是更为全面、更为多元的了。

　　他具有极为活跃的易感性与极为敏锐的感受力，任何平凡细小的事物，都足以引发出他丰富的体验，他善于从任何进入他感受范围里的事物中，发掘出意蕴与诗意，抽引出思绪与见解，或者赋予它以意趣与象征。他具有极强的好奇心与关注力，不论是对社会事件，还是对现实事物，并且能极为迅速地转化为思想上的热情与行动上的参与，还爆发为巨大的思想闪光，体现出典范的人格力量。他具有极强的获知力，博览群书，通古晓今，他很大的一个本事是触类旁通、举一反三的知识裂变力，因此，他有时竟然像无所不知的饱学之士。

　　这些高度的禀能，使他像一块容量无限大的海绵，不断地从现实、从社会、从历史、从书本中吸取大量的养分，构成了他那像永不枯竭之泉的心，由此，无穷无尽的创意、诗情、思绪、灵感、见解、观点源源不断地涌出，有如喷泉一样旺盛有力。

　　他具有极富创造性的丰富想象力。他的想象如天马行空，豪放不羁，宏伟辉煌，活脱鲜亮，既不流于诡谲怪异，更不陷于神秘虚缈。他善于构思出极不平凡的人间故事，扣人心弦，令人扼腕惊叹；他善于调遣不寻常的偶然性，想象出高度巧合、有如神使天成的戏剧性场面；他还善于借助惊人的悟性与知识，任想象驰骋在时间与空间广大无垠的王国里，启用一切可能的材料、手段与细节并加以组合，虚构出过去时代栩栩如生的历史景观与生活境况，营造出他从未亲身见识过的五光十色的异国风光与特殊情调。

　　他具有极高明的叙述才能，善于编织不同凡响的故事，起伏跌宕，柳暗花明，在每一个情节上都引人入胜。他的故事虽然都是现实生活中不可能有的，或很少可能有的，但他很有本领在叙述中贯注一种雄辩的力量，使人并没有假伪之感而只觉得非常浪漫；他还很有本领在叙述中贯注自己的激情，非常有意识地将叙述导向一个道义精神的目的，使人乐于随同他到达彼岸并深为感动。

他是抒发胸臆、倾诉情怀、宣扬思想的天才。既然思与情并茂，有如泉涌，他也就有了随时任意倾洒的豪气，像挥金如土的富翁。他善于铺陈、渲染思想与情感，其喜怒哀乐、思绪见地皆成诗文。他如何才得以使自我的倾诉、主观的抒发，甚至忘乎所以的议论，叫人乐于倾听、易于认同以至被吸引受感染？他靠的是巨大的思想热情与真挚的感情力量，他这种最自然不过的能力，胜过了任何方法技巧，带来了强烈的感染力与雄辩的说服力。

他是令人惊叹的描绘巨匠，其天才之辉煌，在文学史上很少有人能够媲美。他的才能丰富多样，拥有好多套笔墨，表现出好多种风貌，笔触有时细致，有时奔放；色调有时柔和，有时浓烈；构图有时繁详，有时简约；形象有时真实，有时奇特。不论是任何事物、任何场景、任何人物形象，他描绘起来都无不从容自如，潇洒流畅，笔墨饱酣。他更善于作强烈的明暗对照，构制宏伟的场面，泼洒鲜明的色彩，绘出辉煌的画面，营造出博大雄伟的气势。他这些才能可以说是首屈一指的，我们不能说他像一个画家，而只能说，绘画史上只有像德拉克洛瓦这样辉煌的人物，才具有雨果这样的描绘风格。

雨果在语言能力、语言艺术上的天赋更是无与伦比的。他是法国文学史上公认的语言艺术大师，语言在他手里已经无所不能，他能把语言运用到出神入化的地步。他用语言作材料，同时完成画家、雕刻家、音乐家的职能，创造出了一个又一个浮想联翩、洋溢着激情、充满了绚烂色彩与丰富音响的形象世界。他高超的散文语言艺术令人心羡，他超凡的诗歌语言天才更是令人惊叹，他对诗韵与格律有天生的本能，只要一进入吟哦领域，他就如鱼得水，由此，诗韵灿烂生辉，格律丰富多姿。雨果在语言艺术上的全面优势，是很多以语言艺术为业的人都望尘莫及的。

这就是雨果多元的才能与能量，仅其中的一项，就足以造就一个出色的才人学者了，而雨果却得天独厚，竟拥有如此多项。这些多元的天才基因、天才能量，在不同的题材对象面前，在不同的文学形式的要求面前，按不同的比例、不同的方式组合起来进行艺术运作，也就产生了不朽的诗篇、伟大的小说、轰动的剧作，以及有重大影响的散文与评论，使雨果在文学的各个领域里都取得了登峰造极的地位，使法国文学中出现了一个旷世难逢的拥有全面优势、俯视大地的雄才。

五

在人的存在状态中，如果只有超常的自我潜能、超常的自我能量，而缺乏自觉的、积极的存在意识的激发，这种潜能的发挥是会受到很大的局限的，甚至会被窒息，会被虚掷。历史上与现实生活中，都有不少此类情形，象征派诗歌天才兰波就是一个突出的例证。雨果奇观的典型意义在于，他辉煌的存在状态，正是他超常的能量在自觉的积极的存在意识激励、冲撞、支撑下的结果，在这个意义上，雨果奇观不仅是文学的奇观，而且也是人生的奇观。

1816年7月10日，雨果十四岁时，在自己的日记里写下了这样一句誓言："要成为夏多布里盎，否则别无他志。"当时，夏多布里盎的声望正隆，如日中天，他既是曾使千万读者崇拜的文坛泰斗，法兰西学院四十位"不朽者之一"，又是复辟王朝的内政部长，贵族院议员，欧洲政治中风头十足的人物，对于一个十四岁的少年来说，"要成为夏多布里盎"，此志可谓不小。不论夏多布里盎实际上具有多大的价值，不论这个志向带有多少的政治观念上的局限性，但无疑要算是雨果最早定型的一种自为存在意识，一种强烈的自主精神，它显然成为雨果青少年时期存在状态中的一股激发力。今天，我们不必过于夸大这一股激发力所起的神奇的作用，它至少使得少年雨果进取的起点与行程来得比别人早：十七岁时，当上刊物的主编；二十五岁时，成为了振臂一呼应者云集、反对伪古典主义文学的旗手。

研究文学史的人都曾注意到，在19世纪文学中，像雨果这样早有奋斗目标的人为数甚少。与他同时代的大诗人，不论是比他稍长的拉马丁与维尼，还是稍微年轻的缪塞与戈蒂耶，都可以说是"少无大志"，而且，从来也没有表现出有雨果那样强烈、执着的进取精神，只有巴尔扎克在将近三十岁的时候，有过这样的豪言壮语："我要用笔完成拿破仑用剑未完成的事业。"不止一个文学史家与传记作者，都把雨果的上述誓言，视为"野心"与"虚荣心"的表现，而且，雨果崇拜的偶像夏多布里盎本人就是"虚荣的化身"。不过，人们不要忘记，很多伟大的壮举与功业，其最初的动机往往并不是伟大高尚的，甚至还可以说，有时还不免是卑俗平庸的。雨果的伟大之处，就在于他并没有止于取法于夏多布里盎，而是不断提高对自我的要求与激励。

事实上，雨果从20年代后期摆脱保王主义的政治倾向之后，他就有了新的理想与奋斗目标，在1831年的《玛丽蓉·德·洛尔墨》序言中，他已经开始有新的标杆，要成为文学领域中的查理大帝、拿破仑式的人物，莎士比亚式的诗人。他以新时代文学缔造者自命，赋予自己的"神圣的使命"，愈来愈明确地把自己定位在民主主义、爱国主义、人道主义的高度上，把自己定格为"芸芸众生的保护者"、"劳苦大众的辩护人"、"社会问题的作家"、"法兰西民族的良心"，并且朝着这种理想与奋斗目标，以勤奋的创作劳动，一砖一瓦地为自己建筑起了树立这些丰碑的圣殿。他毕生的这种攀登不止、奋进不已的精神是如此高昂，即使是在他流亡国外、幽居于盖纳西岛、年已六十多岁的时候，他仍在自己"高城公馆"的套间门上，刻上了"继续"与"攀登"两行大字以自勉。雨果的漫长生活道路，所体现出来的不仅是一种力求有所作为的自我存在意识，而且是一种力争高标高质的存在意识，如此自觉、如此强烈、如此执着的存在意识，在与他比肩而立的那些为数不多的世界文化巨人的身上也是不多见的，它是文学上雨果奇观的内动力。凯旋门前那隆重的国葬，即是它所得到的回应。

如果说，一个作家深厚的存在能量要得到充分的发挥，存在意识的激发至关重要的话，那么他的存在人格体系的支撑与保证，也不可忽视。曾经有不止一个传记作家、批评家对雨果的人格进行过吹毛求疵、偏激过分的责难与非议，如责备他爱财，讽刺他善于理财，等等，拉法格对雨果的"彻底批判"，就是最为典型的。然而，对于一个在商品经济社会里，背负着一个九口之家，仅靠自己的笔来维持生计的个体脑力劳动者来说，赚钱与理财恰巧是最自然不过、最正常不过的了。重要的是任何批评家都应该把作家当作作家来加以评判，而不应把作家当作天使来要求。如果从这个角度来看待雨果，他的人格体系中有一些成分是值得特别注意的，如勤奋、有毅力、谦虚、好学、乐于借鉴等等，所有这些在一定程度上都有助于雨果创造出文学史上的奇迹。

在大多数有成就的作家身上，雨果人格体系中某些成分也并不少见，然而，雨果有一个方面却是相当多有才能、有名望、有地位的文人学士所绝对欠缺的，那便是雨果在精神文化领域里，对待同行同道的雅量与气度，善意与诚挚。我们知道，他对莎士比亚、拜伦、司各特这些异国的先行者几乎是怀着顶礼膜拜的态度，尽管他自己的成就在某些方面有所超越；他对巴尔扎克与乔治·桑作过热情洋溢的高度评价，虽然，巴尔扎克与乔治·桑都曾对雨果的戏剧与诗歌作过尖刻的、酸溜溜的批评，而且，戏剧与诗歌正好分别是他们两人的弱项甚至空白；雨果对圣佩韦的态度更是难能可贵，圣佩韦是雨果夫妇关系公开的损害者与侮辱者，而且还出于卑劣的心理留下了一些肮脏的诗文，雨果却没有用他那支无所不能的笔进行一个字的报复。他像一个巨人，心胸宽广，视野开阔，大步前进。在前进的过程中，他乐于与自己周围的同行者为伴，他善于发现他们一切有价值的东西，并给予最热情的礼赞；他不至于迟钝到发现不了别人毛病的程度，他也许是因为心地善良而不屑于进行非议与批贬，也许是因为只来得及自己向前进而没有时间与精力去针对他人。在精神文化领域，只有靠不断壮大自己，建树自己，而不是靠针对他人，才能创造出奇观奇迹，忌刻不能容物只会有损自己的胸襟，朝别人扔鸡蛋、西红柿，只能脏了自己的双手，这是常理铁律。雨果的人格体系正顺乎了这一规律，他把全部精力与时间，都专注于借鉴他人，建树自己，阔步前进。他达到了他预期的顶峰，早已跨出了他的国界，随着时间的推移与他的作品遍播全世界，雨果奇观也愈来愈光辉灿烂。

（原载二十卷本《雨果文集》，河北教育出版社 1998 年版）

重新评价左拉的几个问题

——在中国法国文学研究会主办的左拉学术
讨论会上的主旨发言(1989年)

我们这次会议是要筹备一个关于左拉的论文集,以迎接1990年左拉诞生一百五十周年纪念。这个计划始于几年前,当时,我个人在撰写《法国文学史》下卷的左拉一章中,就深感在中国存在着一个应对左拉予以公正评价的问题,此后,《法国自然主义作品选》的编选与《西方文艺思潮论丛》第二辑《自然主义》的编撰,都是致力于对左拉以及对自然主义的科学评价。现在,能更进一步与法国文学界的全体同志一道来做这项工作,可以期望这项工作将做得更加深入。

长期以来,在国内一般人的印象里,在那些普及性、通俗性的文学评介与文学知识的读物里,自然主义就是黄色描写,而左拉则是一个"热衷于描写病态与人的生理性"、"消极颓废"的作家。近两三年来,弥漫了录像带放映厅与小黑摊的"黄潮",似乎一举就把这种责难与鄙视深深地埋葬掉了,以致学者们为自然主义、为左拉一辩似乎已属多余。这是一种糊里糊涂的解决,其中隐藏着更大的批评危机,更需要在文艺批评中彻底地加以澄清,因为它不仅没有把左拉与人们强加在他头上的黄帽子分开,反而会把他与一个显而易见的浊流混为一谈,说不定有朝一日会使他遭到更重的鞭挞。

把左拉的自然主义与黄色描写等同起来,这是中国文艺批评的"土特产",是封建禁欲主义的残余在普及性的文学评论中的反映,也是一种对左拉的文学创作缺乏必要的了解、更谈不上有深入研究而来的主观臆断。这并不是一个复杂的、需要在学术上大加论证方可明白的理论问题,只要把左拉的作品拿来一读,看一看那些被指责的描写与"色情"、"黄色"

是否一回事就行了。

　　值得我们深入分析的倒是严肃学术著作与批评论著中的偏颇与偏见，正是这些偏颇影响了普及读物中那些更为粗糙的臆断。这里只需举出一个例子即可见一斑，某一部在全国高等学院被作为重要教科书的《欧洲文学史》，对左拉就作了这样一连串否定的论断："用自然规律来代替社会规律，抹煞人的阶级性"，"实际上取消了艺术的存在"，"缺乏具有社会意义的概括，歪曲事物的真相，模糊事物的本质，把读者引向悲观消极，丧失对社会前进的信心"，"左拉这种伪科学的理论显然是极端错误的"、"严重歪曲与丑化了工人群众"①，等等。在这部文学史中，拥有仅次于巴尔扎克的巨大创作量、代表了19世纪下半期法国文学主潮并在全欧洲以至全世界都产生了广泛而深刻影响的左拉及其自然主义，竟在章节纲目中不见踪影，其地位甚至不如同一个世纪的密茨凯维奇、维尔特、果戈理、裴多菲、罗曼·罗兰、尼克索，更不用说不如歌德、席勒、雨果、巴尔扎克、海涅、易卜生、托尔斯泰了。至于他与自然主义所占的篇幅，只相当于托尔斯泰的四分之一、高尔基的四分之一！罗曼·罗兰的约二分之一！这样一个与欧洲文学发展实际极不相称的文学秩序图、文学等级谱所表现出来的对左拉的偏见与蔑视，确乎是令人很感惊奇的。

　　这种偏颇是1949年以来外国文学评论中"左"的倾向的反映，特别是在19世纪下半期以后的文学的问题上"左"倾评论的具体表现。如果说，1949年以后对20世纪西方文学的摒拒与批判是来源于日丹诺夫的错误论断的话，那么，我们过去在19世纪下半期文学上的偏颇则实与恩格斯1888年4月给哈克纳斯那封著名信件的影响有关。

　　恩格斯的这封信有三个主要内容：一是对现实主义下了一个非常著名的定义，二是对巴尔扎克作了具体的评论，三是把左拉与巴尔扎克作了一个比较。半个多世纪以来，恩格斯的这封信一直被中国文学理论界视为"革命导师最重要的文学遗训之一"，被奉为指导文学理论研究与外国文学研究的经典文献，其影响是极为巨大的，它定下了评论从巴尔扎克到左拉这个历史时期的文学的基调，可以说，我们这些年来关于现实主义、关于

---

①　杨周翰：《欧洲文学史》下卷，人民文学出版社1979年版，第243、261页。

巴尔扎克与左拉的议论，都是以这封信的论断为准绳的，都不过是对这封信的"学习体会"与阐释而已，我们这一代人的欧洲文学史观，几乎无一不打着这封信的烙印。

恩格斯关于现实主义的定义是这样的："现实主义的意思是，除细节的真实外，还要真实地再现典型环境中的典型人物。"① 恩格斯这个定义在艺术地认识世界与艺术地再现世界的问题上，首先就提高了对现实主义的要求，如果这种高要求只是止于认识论上的意义与创作论上的意义的话，那还是一个值得考虑的问题，是古往今来以写实为其主要标志的现实主义文学可能承受的一种要求，虽然要确定何种环境才算典型环境，何种人物才算典型人物，还会因社会历史观的不同而相当困难。但是，恩格斯的这个定义恰巧远不止纯粹的认识论与创作论上的意义。他这条定义是与他对哈克纳斯的小说《城市姑娘》的分析评论结合在一起的，他这样说："您的人物就他们本身而言是够典型的；但是环绕着这些人物并促使他们行动的环境，也许就不是那样典型了。在《城市姑娘》里，工人阶级是以消极群众的形象出现的，他们不能自助，甚至没有表现出（作出）任何企图自助的努力。……如果这是对1800年或1810年即圣西门和罗伯特·欧文的时代的正确描写，这就不可能是正确的了。工人阶级对他们四周的压迫环境所作的叛逆的反抗，他们为恢复自己做人的地位所作的剧烈的努力……都属于历史，因而也应当在现实主义领域里占有自己的地位。"总而言之，恩格斯所要求于1887年的现实主义的，就是要表现出工人阶级的觉醒与斗争，正因为在他看来《城市姑娘》没有表现出这一历史内容，所以他认为这部作品"还不是充分现实主义的"。现在看来，恩格斯的这个定义一出，现实主义问题就大为复杂起来，至少是从工人阶级登上了历史舞台、进行了革命斗争之后的现实主义问题大为复杂起来，如果这一斗争是以1848年《共产党宣言》的发表或者以1864年国际工人协会的成立为标志的话，那么，也就是说，从19世纪下半期开始，现实主义问题就大为复杂起来，因为，根据这个定义的必然逻辑，只有表现了工人阶级斗争的作品才算是现实主义的，而没有表现出这种内容的则"不是充分现实主义

---

① 恩格斯1888年4月致哈克纳斯的信。见《马克思恩格斯选集》第4卷，第462页。

的",这样,势必有很大一部分文学作品,甚至绝大部分文学作品都会因为够不上标杆而被逐出现实主义的王国,或者被关在门外作为等外品。正是由于这种必然的逻辑,左拉以工人的生活为题材、高度写实的两部杰作《小酒店》与《萌芽》,在上述的教科书里遭到了种种非难与责备。如果那些以再现现实生活为目的、表现了这种或那种社会现实生活、唯独没有表现工人阶级自觉斗争的文学作品不能算是现实主义的话,那么它们究竟又算是什么?如果某些写了工人的生活,甚至也写了工人的斗争、唯独没有写出解放道路与光辉远景的作品也不能算是现实主义的话,那么它们究竟又算是什么?本来还比较简单的现实主义问题不是大为复杂了吗?由此,我们这一代文学研究者不是盲目地信从这一定义,对大量非社会主义倾向的文学进行挞伐,就是竭其心智,力求在这个定义与文学史的客观实际之间保持某种平衡。显然,恩格斯的这个定义是19世纪下半期以后的文学实际所承受不了的,它不可能,也不应该成为普遍的现实主义文学的标准与要求,它只是一个党派性的文学要求与文学标准,只是无产阶级文学的要求与标准,只是社会主义现实主义最初的一次表述。

然而,恩格斯却是把它作为一切现实主义的标准,至少是作为19世纪下半期以后的现实主义标准提出来的,这样,他也就把党派性的政治要求加在文学的头上,而我们1949年后又把这个定义加以绝对化,当作至高无上的准则,这就形成了一连串的偏颇,在文学理论中,它导致了在文学中的写真实、真实性与现实主义等一系列重大理论问题上僵硬偏狭的观点;在文学创作中,它导致了对单一的革命题材、对高大全人物的追求;在文学史的研究中,它一方面导致把文学史上一切与社会主义思潮有关的作家作品大大地加以拔高,以致他(它)们所荣获的崇高文学地位与其有限的文学成就并不相称,另一方面,它又导致把与社会主义思潮无关或关系较少但却有较高文学成就的作家作品大大加以贬低。虽然在19世纪下半期,现实主义的发展并未中断,又有了新的特色,出现了自己的新阶段新形式——自然主义,但用恩格斯的这个要求去衡量,在19世纪下半期的文学中却再也难以找出"充分的现实主义"的作家了,于是,就出现了这样的文学史观:现实主义发展的顶峰是在19世纪上半期,此后就走下坡路,19世纪下半期即使有现实主义,也只是末流,即使有与现实主义传统一脉相承的自然主义，也只是现实主义的"堕落"与"逆流"而已。这就是我们的文学史论著、文学史教材中那种文学秩序图、文学等级谱的由来，在这样一个现实主义理论体系中，左拉的历史地位必然遭到最大的贬损。

对我们的左拉研究有直接的巨大影响的，还有恩格斯在他的信中对巴尔扎克与左拉的评比，他说："巴尔扎克，我认为他是比过去、现在和未来的一切左拉都要伟大得多的现实主义大师。"正是这一评比与关于现实主义的定义，使得左拉在文学史中沦于三流或四流作家的地位。

如果对法国19世纪文学的历史发展作一番实事求是的考察，对巴尔扎克与左拉作一番实事求是的研究，那么就不难发现，恩格斯的"伟大得多"之说有失公允，不符合客观实际。在这里，左拉的一些强有力的方面显然是完全被忽略、被无视、被抹杀了，正因为如此，在很多方面可以与巴尔扎克媲美的左拉，从整体上也就被贬到了一个显然不合理的地位上。今天，当左拉诞生一百五十周年纪念将要到来的时候，在中国很有必要对恩格斯的定义与评论进行反思，很有必要强调指出左拉的一些强有力的方面，恢复他在文学史中应得的历史地位。在这里，我们可以着重指出的，至少有这样几个方面：在思想倾向上，左拉是一个伟大的激进民主主义者；在现实主义思潮的发展中，左拉是新阶段的承上启下的伟大代表人物；在艺术再现现实的成就上，左拉是自己时代社会的书记；在作品的认识价值上，左拉至今仍有巨大的深刻的现实意义。

恩格斯在评论巴尔扎克的时候，对巴尔扎克的政治思想与阶级同情作了一些分析，显示了他对作家政治思想倾向的重视。长期以来，在我们的文学评论中，政治思想倾向是否进步、是否革命，一直是一条首要的标准。这条标准应该在文艺评论中处于什么地位，不是我们在这里所要讨论的问题，但有趣的是，如果用这条标准去衡量左拉，人们倒很容易就会看到左拉伟大的一个方面，就会发现不是巴尔扎克比左拉"伟大得多"，反倒是左拉似乎比巴尔扎克"伟大得多"。众所周知，19世纪90年代，在法国发生了一件重大的历史事件——德雷福斯冤案，这个案件集中暴露了资产阶级国家机器的反动、暴虐与腐朽，并成为国内进步与保守两种势力冲突的焦点。事件持续了五年之久，左拉自始至终是这个事件中激进民主主义的领袖人物，他站在斗争的最先列，经常是一个人承受着整个资产阶级国家机器与反动保守势力的压力，他发表著名政论《我控诉》的大无畏的行为、他被判刑后坚持斗争的勇气以及最后他所赢得的彻底胜利，都已载入史册。在法国作家中，像他这样在社会政治斗争中发挥了重要历史作用的，在他之前只有伏尔泰和雨果，左拉与他们构成了法国文学史上作家兼斗士的光荣传统。仅仅从这一个事件中就足以认识左拉思想倾向激进的程度，而在这之后，也就是在他晚期，左拉还从事一系列空想社会主义小说的写作，揭露资本主义社会的深刻矛盾，构设人类理想社会的蓝图。当然，所有这些都是发生在恩格斯1888年对左拉作出论断之后，不过，左拉后期的激进民主主义的政治立场与态度，并非转向的结果，而只是他前期进步思想倾向的继续。从他青年时期在阿晒特书店工作时起，他就是一个民主主义者、共和派，他在自己的创作中同情下层人民，反对社会不平，歌颂以劳动保持身心健康的生活，他的中篇《穷人的妹妹》就是因为这些内容"富有革命性"而被书店拒绝采用。与此同时，他还是共和派小报的撰稿人，与反对拿破仑第三帝国政府的革命青年经常有来往，他的这种进步倾向显然与恩格斯所指出的"圣玛丽修道院的共和党英雄们"是其"政治上的死对头"的巴尔扎克形成了鲜明的对照。至于早年就已公开发表并于1866年结集出版的文艺评论《我的恨》，则是他早期敌视统治阶级、官方批评、保守派、资产阶级庸人的战斗精神的集中体现，其中愤世嫉俗的态度足以说明当时左拉思想激进的程度。

  在现实主义思潮的发展中，左拉是一个划时代的推动者与立新者。以真实地描写现实为基本特征的现实主义，是一个随着历史的发展而不断发展、不断深化、不断充实的思潮与方法。影响与决定它的发展的，不仅有一定的社会历史的境况与情势，而且有人类对于社会、对于自然以及对于人本身的认识。自从19世纪上半期资产阶级历史学派最先以阶级论观点来考察人类的历史与社会以后，文学中的现实主义也几乎同时发展到以阶级论来观察与描写现实社会的新水平，司汤达与巴尔扎克就是两个辉煌的代表。19世纪中叶以后一直到20世纪初，现实主义面临着一个新的时代，这个时代的重要标志之一就是科学与技术的迅猛发展。特别是科学的发展，从细胞学说、达尔文主义到博物学、生物学、生理学、实验医学、解剖学以及心理学等方面的新发展，不断地冲击着人对现实的态度与思维方式以及人对自身的认识，现实主义面对着科学精神在社会生活各个方面抬头与实证主义哲学盛行的挑战，必须选择自己深入发展的道路。其实这种现实主义与自然科学进一步结合的必要性，巴尔扎克早在40年代就已经认识到了，他在自己著名的创作纲领《人间喜剧》序言里，就曾详细地谈到了他所受的自然科学的影响以及他要把自然科学的理解贯注在《人间喜剧》里的企图。由于巴尔扎克所受时代的限制，他未能真正解决现实主义与自然科学的进一步结合。这个历史性的任务是由左拉来完成的。

左拉本来就是巴尔扎克现实主义传统的忠实后继者，虽然他早期的文学创作有一定的浪漫主义色彩，但他的文艺思想、创作主张却完全是现实主义的。他的文艺思想、创作主张大体可分为两个阶段：第一阶段的思想基本上体现在一系列的画评与重要的文论《论小说》中，其中两个最集中最突出的内容就是大力强调真实性、真实感与大力提倡作家的独创性、个性表现；第二阶段始于1868年，左拉自觉地、有意识地从他第一阶段的现实主义文艺思想出发，进一步致力于将自然科学的精神与方法跟文学的写实结合起来，在一系列的文艺论著中提出了他的自然主义实验小说创作论的理论体系。在这个理论体系中，他把文学与自然科学结合的重要性强调到一个前所未有的高度，大力主张在文学创作中运用自然科学的实验方法，要求加强观察、实地调查、详尽地占有资料、对事物严格保持客观冷静的态度、对事物加以精确地解剖与分析，等等。他还主张把自然科学的成果引入对人的认识与对人的描写，主张从生理学与遗传学的角度扩大与深化对人的认识的描写。在左拉的思想中，所有这一切只不过是他原来属于巴尔扎克传统的写真实的文艺思想的一种延伸与发展，因而，他很自然地用自己理论体系中的术语"自然主义者"来称呼司汤达、巴尔扎克这些现实主义作家，也很自然地把前期强调写真实的重要文论《论小说》收入后来新理论体系问世后的《实验小说论》这一论文集，与他的自然主义的理论宣言《实验小说论》一文共同组成了他文艺思想的基础。因而，我们没有任何理由把左拉的自然主义与传统的现实主义对立起来，而应该把它视为传统现实主义的深入发展，视为传统现实主义的新形式、新阶段。

这一发展无疑是划时代的，尽管它有这种那种缺点与局限性，但它至少在深化了对人的描写与开拓了现实主义更广阔的道路这两个方面作出了重大的贡献。在对人的描写上，以往的文学总限于表现人的"情"与"灵"，即使是在对人的描写上取得杰出成就的巴尔扎克，他笔下的"情"也只是一种纯粹精神领域里的东西，他笔下的"欲"，至多也只是与气质有关而已。左拉第一次把人的生理机制、把人的"血"与"肉"带进了文学，使文学中的人不再仅仅是思想情感的体现者，而且也是具有自然机能、由生理机制运转的血肉之躯，这就从整体上扩大了对人描写的范围，并且使得文学中人的心理活动与精神活动有了实实在在的物质根由，从而充实了文学中的心理描写。在对现实的描写上，左拉自然主义的重要贡献也是显而易见的。从宏观上，它扩大了文学的题材面，使得社会生活的任何一个方面都能进入文学，使得过去不能进入艺术庙堂的社会下层的生活、病态与丑的事物也能成为文学描写的对象；而从微观上说，它又使得对现实、对事物的描写朝精细入微的方向深化。更为重要的是，它的写实精神、对严格真实性的追求以及繁详的描写方法，还为20世纪的纪实文学、实录文学、报告文学提供了先导，开辟了道路，大大丰富了现实主义文学的式样。左拉的自然主义所有这些贡献对19世纪末以至整个20世纪的文学都有巨大而深刻的影响，而且，范围远远不止于法国，而几乎是遍及全球，以至我们很难想象如果没有左拉的自然主义，20世纪的现实主义会是什么样子，因此，应该承认，在文艺思潮发展史上，左拉是现实主义的又一个伟大的开拓者，其实，我们今天在好些方面都是走在左拉开辟的这条道路上，我们不能朝它再吐唾沫。

左拉作为一个伟大作家最强有力的标志，是以他规模宏大、堪称纪念碑式的巨著《卢贡·马加尔家族》为19世纪下半期的法国现实提供了宏伟而又真实入微的图景，成为自己时代社会的巴尔扎克式的伟大书记。左拉效仿巴尔扎克把自己九十多部作品联成《人间喜剧》的先例，也把他二十部长篇联成一个整体《卢贡·马加尔家族》，左拉称这一巨著为"第二帝国时期一个家族的自然史与社会史"，其自然史的一面，是通过一个家族的血缘关系与遗传关系说明"它在一个社会里是如何安身立命的"。这一自然史方面的成分，特别是它的缺陷、它所构设的那些不科学的遗传因果关系，往往被人们看得过于严重、过于夸大，其实，遗传因果关系与其说是左拉的家族史小说所描写的一个重要的生活内容，不如说是作者用来把二十部小说联成一体的纽带与手段，而家族史小说中所描写的不科学的遗传病态病症与其说是由于左拉的谬误，不如说是由于左拉所根据的当时遗传学的幼稚与谬误。更需要指出的是，作为自然史只是家族小说的很次要的方面，与家族小说作为社会史的占压倒优势的一面，是不可同日而语的。

恩格斯在给巴尔扎克崇高评价的时候，主要是根据巴尔扎克"以编年史的方式几乎逐年地"描写了自己的时代，恩格斯对这种方式作了热烈的赞赏。如果从"编年史"一词严格的意义来看，巴尔扎克的《人间喜剧》还不能说是"编年史式"的，因为巴尔扎克是在已经写出了相当数量的单个作品之后才把它们联结为一个整体的，事先并无周密的"编年史"的规划。倒是左拉的家族史小说与编年史的方式较为接近，因为左拉一开始就有一个明确而周全的计划，要通过一个家族几代人的不同经历"释放出第二帝国从政变阴谋到色当投降的全部历史"，使自己的家族史小说"成为对一个已经终结了的朝代的写照"①。他严格按这一既定的计划行事，经过二十多年的艰苦劳动，终于写成了包括二十部长篇小说的这样一部巨大的"史书"。其第一部《卢贡家的发迹》是以拿破仑三世1851年12月政变为内容，其末尾的第十九部小说《溃败》则描写了1871年的普法战争、色当投降以及巴黎公社等一系列历史事件，家族史小说首尾两部作品正好是第二帝国的开端与终结，其间的十几部作品"按编年史的方式"表现出了第二帝国整整二十年充满了矛盾的历史过程。在这个过程里，拿破仑三世在欧洲与拉丁美洲的政治赌博与冒险，如1863年去墨西哥的远征、苏伊士运河工程上与美国的矛盾、干预意大利战争、与中东复杂局势的纠葛、1859年对奥作战、1863年的丹麦事件、1868年插手普奥战争等，还有其他一系列重大的历史事件与社会变迁，如1864年国际工人协会的成立及其在法国的活动、1867年巴黎的世界博览会、五六十年代巴黎市的扩充与改建，等等，都在《卢贡大人》、《萌芽》、《金钱》、《欲的角逐》与《小

---

① 左拉：《〈卢贡·马加尔家族〉总序》，柳鸣九编选：《法国自然主义作品选》，天津人民出版社1987年版，第737页。

酒店》等作品中有所反映。

　　虽然《卢贡·马加尔家族》的故事情节与人物活动限于1851年至1871年第二帝国时期的二十年里，但这一巨著写于1871年至1893年的第三共和国期间，这一时期的历史现实与社会风貌也不可避免地进入了作品，因此，整个家族史小说实际上也就反映了从19世纪50年代初到90年代初的法国现实。为了使自己的家族史小说真正达到社会史所应具有的全面完备的程度，左拉力求写出自己时代社会里各个领域、各种性质、各种情势、各种层次的生活场景，在这里，19世纪后期法国社会生活的种种方面，几乎应有尽有：巴黎的官场、外省的政界、王公贵族的府第、资产阶级的公寓、破落贵族的寒舍、巴黎的上流社会、工人区、交易所、繁华的百货公司、熙攘的菜市场、悲惨的贫民窟、娼妓社会、外省的工厂、矿山、农村、铁路、军旅生活、艺术家的工作间、科学家的实验室、地主的庄园、工人群众罢工的怒潮、法律事务所、银行巨头会议，等等，所有这些构成了那个时期的百科全书式的图案，其方面之齐全比巴尔扎克的《人间喜剧》实有过之而无不及，如果不考虑由于时代的发展而增添的新生活内容、新生活场景的话，至少在对政界官场、对下层人民生活，特别是对工人与农民生活的描写，其细致详尽的程度是超过《人间喜剧》的。

　　为了完成一部真正完备的"社会史"，左拉在致力于写各个社会生活领域的同时，还致力于写社会生活中各个阶层、各种类型的人物，他有计划地将一个家族的众多成员分布到各个社会阶层，又在其周围安排为数更多的形形色色的人物，这样，他就组成了自己时代的千殊万类的人群，并表现出这个时代人与人之间关系的复杂状况。整个家族史小说的人物总数有一千二百个之多，显然又是为了达到历史科学资料式的完备，左拉不仅写全了整个社会中各阶级各阶层的人物：资产者、王公贵族、工人、农民、自由职业者、神职人员、政务人员、军人、娼妓、流氓等等，而且对每个阶级每个阶层中各种不同类型的人物也都一一写到。在资产者中，有工业资本家、商业资本家、老式的银行大王、新式的金融投机家、靠利息过日子的食利者等等；在商人中，有大公司的经理、大商店的店主、小杂货铺的老板、小酒店的掌柜和零售商贩等等；在工人中，有各种个体劳动者如泥水匠、锌铁匠、洗衣女工、铁匠、木匠，有产业工人如机械工、洗煤工、运输工；在工运队伍里，有空想社会主义者、无政府主义者、经济主义者，也有受科学社会主义影响的工人活动家。虽然左拉的家族史小说中人物的总数不如巴尔扎克的《人间喜剧》多，但其人物种类如此周全，却又是《人间喜剧》所不及的。

《卢贡·马加尔家族》作为社会史，以其广阔丰富的形象描绘出具有巨型风俗画卷的价值，而且，由于作者对自己的时代社会有严肃的思考与认真的研究，这部巨著还在全面反映时代风貌的基础上，突出地表现了时代社会最本质的特征，提出了一些巨大的社会问题，具有真正历史学的意义。

首先，《卢贡·马加尔家族》全面而深刻地揭示了第二帝国的本质特征，这是它具有真正历史学意义的第一个标志。在法国资本主义发展史上，第二帝国是一个重要的阶段，拿破仑的帝国政权竭力追求海外殖民与欧洲霸权，统治阶级"沉醉在拥有无穷无尽的财产与统治一切的梦想中"，社会生活中充满了冒险、狂热与疯狂，随之而来的是罪恶与社会矛盾，最后是帝国可耻的崩溃，这就是左拉所表现出来的第二帝国的最基本的历史实际。他揭示出在1851年政变中起家的卑劣之徒，成为帝国时期获得财富的社会上层，正是帝国所养育培植起来的一丛毒菌。他以对这个时期统治阶级的社会政治生活状况与道德状况的描写，来进行对第二帝国的本质有深度的暴露，他有的作品直接以上层政界为描写对象，尖锐地揭露了高级统治阶层的内幕，如《卢贡大人》；有的作品则表现了官场里营私舞弊，对金钱与肉欲的追逐，如《欲的追逐》；有的作品剥掉了一些显赫的权势人物的外皮，露出他们腐化堕落、丑恶不堪、有如禽兽的原形，如《娜娜》；有的作品则抨击帝国的愚妄与冒险，在战争中的怯懦无能以及对整个法兰西民族所犯下的罪责，如《溃败》。左拉的家族史小说无疑是法国文学史上暴露性最强、最惊世骇俗的作品之一，他大胆的揭露与无情的鞭挞，足以与巴尔扎克的尖锐性媲美。

左拉的家族史小说作为社会史的第二个重要意义，在于它真实地反映了法国19世纪后期社会发展的新特征，表现了这个新的历史阶段的社会现实。

19世纪下半期法国社会生活中最明显的一个事实，是资本主义生产的巨大发展，左拉注意到了这个事实，力求把它表现在自己的"社会史"里。在文学史上，从来没有一个作家像左拉这样对社会生产力表现出如此大的关注，并使它成为文学表现的一个重要内容，在法国写实主义的文学里，也从来没有任何作品像《卢贡·马加尔家族》这样，把社会生产力作为其形象描绘的内容之一，其中不止一部作品，从某种意义上来说，本身就是以工业生产问题、农业生产问题为题材的。在这里，生产条件、生产技术、生产水平都得到了具体的表现，如《萌芽》中对矿区生产的描写；社会生产中的重大问题、重大矛盾以及重大发展，也被作者引人注目地提了出来，如《土地》中工业、外贸与农业危机的矛盾、小农经济与资本主义农场的对立、新技术的推广与习惯势力的冲突，等等。这些作品在表现了这个历史阶段新的生产水平、巨大的生产规模、不断发展的生产技术以及空前未有的社会物质力量的时候，又表现了这种蓬勃发展着的资本主义生产所具有的更大规模地压迫人、榨取人、吞食人的性质，而所有这些描绘又是与故事的进展、人物的命运水乳交融地结合在一起，成为作品形象内容的有机组成部分，使作品具有生动而又充实深刻的社会写实性。

  19世纪下半期法国资本主义发展的一个新的特点，是生产的集中与垄断组织的出现，对这一重大的社会经济生活有直接描写和全面反映的，在当时的法国文学中唯有《卢贡·马加尔家族》，其中的《巴黎之腹》与《妇女乐园》就是以这种经济现象为题材的，其描写的专门化与集中的程度，清楚地表明作者是自觉地要表现出这一经济生活进程的全部复杂内容与各个方面。在左拉的笔下，这种垄断组织出现的过程也就是兼并的过程，左拉描写了代表着小资本与老式宗法制商业的个体小店主、个体户对大商业资本徒劳无益的抗争，最后他们都不以人的意志为转移而被吞并。左拉以一个社会史家的冷静态度，在写出这种由于资本主义的必然规律而发生的资本集中过程里的种种悲剧的同时，又以丰富充实的形象描绘表现出了大资本与垄断性大企业的新特点与经营方式以及它所拥有的雄厚的物质力量。《妇女乐园》中的大百货公司与《巴黎之腹》中的大菜市场，就是大资本、大企业的代表与象征，在这里，商业经营的规模空前巨大，过去商业的单一经营变成了今日多项的、综合性的经营，商品从来没有这样丰富过，商品的吞吐量与流通速度更是令人惊奇，企业的资金来源已经不再是小量金币的积攒，而是银行大量的投资，企业的产品也不再来自小手工业的作坊，而是来自进行大规模生产的工厂，而这里的企业主，他们身上既有资产者的掠夺性与冷酷性，也有事业家的实干精神与革新精神，他们要扩充自己的财富固然仍要通过剥削与欺骗的手段，同时又必须凭借高度的效率、出色的经营方式与先进的发明创造。这就是左拉作为冷静的史家笔下的现代资本主义工商业的矛盾与巨大的生命力、局限性与蓬勃向上的发展趋势的统一图景。

19世纪下半期法国资本主义发展中的另一个重要的新特征，是资本的新活动方式与银行的新作用，而这也正是左拉在《卢贡·马加尔家族》中专门有所描写的经济现象。从家族史小说最出色的长篇之一《金钱》中，读者可以看到当时的一种新的资本形式即股份银行、股份公司的出现。这种资本完全不像过去的大资本那样是通过积累与扩充而形成的，而是通过社会集资的途径；在其构成与成分上，它也具有过去的大资本所不具有的特点；并且，它一旦形成出现，也就与传统的老式资本处于一种对立与抗争的状态。虽然左拉的家族小说对这两种资本的矛盾斗争并没有作出深刻的说明，但它的确成功地表现出了这两种资本惊心动魄的冲突。更为有意义的是，左拉以他对新型金融家与世界银行的形象描写，展示出从资本集攒到推动社会生产迅猛发展这一完整的经济过程。与此同时，他还把当时资本输出与它在开发性事业上的巨大规模、金融资本的业务与活动规律、金融寡头对金融市场的控制以及交易所里的投机等等这些重大而典型的经济现象，都形象地表现在家族史小说里，提供了一幅现代资本主义金融资本活动的百科全书式的图景。

对于19世纪现代资本主义初期严重的贫富悬殊、下层人民生活极为悲惨的社会问题，《卢贡·马加尔家族》也有较充分的反映。自从资本主义秩序在法国建立以后，贫富对立与社会下层的苦难一直存在，并且是不少作家所描写的一个重要内容。由于左拉本人对这个问题比以往的作家有更多的关注，对表现这一现实有更多的自觉意识，这一严重的社会问题在《卢贡·马加尔家族》中也就比在以往任何其他文学作品中有着更普遍、更详尽、更尖锐的形象表现，虽然《卢贡·马加尔家族》众多小说的题材各不一样，但其中很多部都描写了生活悲惨的下层人民形象：伯鲁、拉丽和她的弟妹、马赫一家、绮尔维丝、福洛朗、维克多，等等。这些人物的经历与故事全面揭示了现代资本主义初期下层人民所承受的苦难。特别是《金钱》、《小酒店》中对贫民窟的描写，《萌芽》中对矿工村的描写，更是令人触目惊心，其尖锐可怕的程度是在法国同时期文学的任何其他作品中难以见到的，给当时社会现实的阴暗面留下了真实的写照与史料。

《卢贡·马加尔家族》作为"社会史"的第三个重要意义，在于它真实地、形象地反映了从19世纪下半期起在法国社会现实生活中愈来愈引人注目的无产阶级对资产阶级的反抗斗争。家族史小说中的《萌芽》就是这样一部表现了这一历史课题的杰作。由于巴黎公社的失败，法国社会主义力量严重受挫，无产阶级的无权状况、思想感情、愿望意志以及"叛逆的反抗"、"剧烈的努力"，在巴黎公社文学以后，未能由无产阶级自己的作家来加以描写，文学中这个重大的历史任务落在了以完成"社会史"为己任的左拉的身上。尽管左拉本人并非社会主义者，尽管他的经历与无产阶级的斗争完全无缘，但他进步的社会思想、他对劳动人民的同情、他主持正义的政治立场、他调查研究的科学态度以及他写实主义的精神与方法，却使他得以客观地、真实地表现出与现代生产力直接联系的真正无产阶级的历史命运、苦难生活、无法忍受的劳动条件与生活条件以及由此而产生的寻求出路、谋求解放的愿望与意志，表现出了无产阶级在反抗资产阶级的历史过程里所必然经历的由自发到自觉的漫长而曲折的道路以及工人运动中形形色色思潮的影响与作用。特别值得注意的是，他把工人运动接受科学社会主义的影响这一历史转折载入了他的家族史小说中，不带任何偏见地表现了早期工人运动与马克思主义的初步结合，描写出无产阶级反抗斗争的艰难与悲壮，并且力求把这种描写保持在一种史诗的高度上。左拉的家族史小说中这一重要的内容也是法国70年代以后的文学中绝无仅有的，可以说，这是无产阶级的斗争在法国文学中唯一的反映，在这个意义上，左拉的小说具有宝贵的历史文献的价值，在一个社会主义国家里，理应得到崇高的评价。

毫无疑问，拥有这样一部"社会史"的左拉，对我们是颇有教益的，特别是因为左拉的时代与我们的时代的距离相对来说比较近，他那个时代是现代资本主义的开端，而当今的世界仍没有走出这样一个历史阶段，因此，左拉以科学的态度所描绘出来的现实图景、社会状态、活动方式与发展趋势在今天并没有完全过时，对我们仍具有很高的认识价值，我们可以从中认识、了解与学习到很多东西。恩格斯在上述的那封信里说过，他从巴尔扎克的作品里，"甚至在经济细节方面所学到的东西，也要比从当时所有职业的历史学家、经济学家和统计学家那里学到的东西还要多"。其实，左拉也有资格得到恩格斯这样的盛赞，他的作品也具有巴尔扎克作品的这种认识价值，甚至比巴尔扎克的作品更为突出。家族史小说中有价值的政治经济生活的细节几乎俯拾即是。如在《土地》中，他通过一个农场主的巡视，把现代资本主义农场的规模、生产方式、机械化程度、房舍设备、劳动力的数量与组合形式、农畜产品的种类、供销情况与市场价格等等，都一一表现无余。在《萌芽》中，我们可以看到当时矿区的生产水平、设备条件与机械化程度的种种细节。在《金钱》中，则可了解到金融市场的种种奥秘以及交易所里经济手续的种种详情。左拉的小说对我们不仅是研究现代资本主义初级阶段的可贵历史文献而已，它们还以冷静的科学态度与客观的不掺杂主观臆想的形象描绘为我们如实地认识现代资本主义这个历史阶段提供可贵的启迪。仅以《金钱》这部小说而言，它打破了从莎士比亚到巴尔扎克的传统文学中对货币、金钱、资本的道德化的谴责与批判，形象地描绘出人类社会这一伟大发明在经济生活中不可或缺的媒介作用，特别是它在现代资本主义阶段所具有的开山辟路、化沙漠为良田、变远洋为咫尺的神奇力量，在认识上别开生面。这种科学的如实的形象描绘，对我们今天的认识显然仍具有十分现实的意义。

在指出了左拉这些强有力的方面以后，我们不难深切地感到恩格斯对左拉的评判是不符合客观实际的。任何一个伟人都受自己的历史条件的限制。恩格斯在1888年对左拉作评论的时候，左拉还没有走完他激进的行程，他的两部重要的小说《萌芽》与《金钱》尚未问世，而现代资本主义还没有充分显示自己巨大的生命力与相当完备的自我调节的功能。他的评价是一种深受历史条件限制的评价，是可以理解的。但是，现在的问题在于，我们已经看到了左拉的整个行程与整个创作，而且是处于20世纪的历史条件下，那么，我们就应该根据我们所具有的条件对左拉进行实事求是的科学评价，纠正那种无视客观事实而囿于前人只言片语的偏颇，纠正那些派生于盲从前人，并以东方亚细亚方式加以引申附会、加以膨胀强化的对左拉的奇特非难。文学领域是一个万类竞自由、争奇斗艳、各有所长的领域，每个作家都有自己强有力的方面，为其他作家所没有或者所不及的方面。左拉与巴尔扎克之间也是如此。巴尔扎克所具有的强有力的方面，也有一些是左拉所不具有的，最明显的如巴尔扎克作品中那么多光彩照人的思想火花，就是左拉可望而不可及的。我们今天指出左拉的一些强有力的方面，不是要证明，也不应该证明左拉比巴尔扎克更伟大，只是为了强调对左拉进行公正的、实事求是的评论的必要性，只是为了说明过去我国文学批评中的一些偏颇与客观实际相距何其远矣！只是为了恢复左拉作为伟大的巴尔扎克老人的伟大后继者的历史地位。

左拉是文学史上拥有最大创作量的少数几个巨人之一，他本身就是一个广阔、丰富、复杂的世界，亦可谓"说不尽的左拉"。今天，在中国，我们对左拉的译介还远远不够，还有很多作品没有翻译出版，对左拉的研究只是刚刚开始，既不深入，也不全面。在这种状况下，为了使我们更加努力地在一些方面多做一些工作，我们不妨提出这样一个共勉性的问题：

我认识左拉吗？

（原载《珍史集》，河北教育出版社 1998 年版）

阿波利奈尔的坐标在哪里？

在我们面前的，是20世纪第一个大诗人，是20世纪诗歌道路上一位勇敢的开拓者，是一个以其才情、智慧、敏锐、开创精神以及远见的理论视野，指引着20世纪诗歌新潮流的人物。一眼望去，就可以看到他身上一些令人瞩目的明显标志。

是他，在1913年献出了在法国20世纪诗坛上将要算是最出色、最重要的一部诗集《烧酒集》，诗集问世于人们厌倦了帕纳斯派诗歌的一丝不苟之时，体现了对诗歌的一种新追求，它继承了法国诗歌最纯粹、最直接的传统，既有龙沙式的精雕细琢，也有维庸式的自然、强烈而又动人的粗朴无华，而与传统成分并存的，则是浓重的现代色彩。其现代色彩既来自波德莱尔、兰波所首倡的应和、通感、默启、暗示的象征主义艺术，也来自诗人发轫于对20世纪现实生活节奏与速度的敏感之中的对诗歌动感的追求，还来自他在诗歌的语言与形式上的反传统精神：从放弃标点符号、只根据呼吸的停顿与内心感情的起伏来划分诗节，到无视诗歌语言与散文语言的界限、不拘于诗的句型、糅用民歌谣曲的风格与俗词俚语，等等。这部给法国诗歌带来了浓浓新意的集子，在整个20世纪上半叶的巨大影响是任何别的诗集所不能比拟的，而且这种影响至今不衰。

是他，面对着20世纪现实生活的巨大变化、科学技术的长足发展，以争取艺术领域中人类精神解放的执着观念，不断追求艺术风格与艺术形式的创新变革，热情参与那个时代一切朝向这个目的的文化活动。早在1905年至1907年，他是毕加索创建立体主义绘画的赞助者、参与者，是他完成了立体主义的理论建树，被毕加索称为"立体主义的教皇"；1913年，他又以宣言式的文章《未来主义的反传统》为诗歌中立体未来主义树立了一面旗帜，成为未来主义在法国诗歌中的主要代表，在整个欧洲诗歌中成就最高的人物。

是他，继《烧酒集》之后，又向20世纪文学献出了一部新颖的、充满大胆创新精神与探索尝试的诗集《图画诗集》。这位与法国20世纪初期绘画运动几乎形影不离，并且在绘画方面不乏才能的诗人，从中国象形文字得到启发，第一个把造型艺术的意念引入了诗歌，创造出了著名的象形诗，以心为题者，其诗句字母排列呈苹果般的心形；以雨为题者，排列呈斜雨飘洒之状；以喷泉为题者，排列如泉水喷涌；以镜为题者，排列像一面圆镜；以领带为题者，排列像一根垂着的领带，等等。至于排列成埃菲尔铁塔形、鸟形、梯形、辐射形或配以简单图画的诗，更是不一而足。这种诗反映了现代社会信息化的要求，在语言符号之外，开辟了另一个图像信息符号的途径，增加了诗歌的形象性与表象性，使诗更能引起想象与遐思，不失为诗歌在现代过程中的一种创造，事实上，它后来在20世纪世界诗歌中也产生了明显的影响。

是他，在1917年左右，就开始成为新一代诗人的精神领袖，周围聚集着不久后即将成为超现实主义文学运动主将的苏波、布勒东等一批文学青年，他以不倦的探索创新精神、敏锐的感受与活跃的理论思维，最先提出了"超现实主义"一词，对"超现实主义"这一复杂的现代派艺术思潮作出了最初的界说，并且创作了著名的诗剧《蒂蕾齐亚丝的乳房》，为超现实主义提供了一份最早的文学实绩，紧接着他的这些奠基活动，震撼世界文学的超现实主义从20年代起就在法国酝酿、发轫并发展壮大起来，成为广泛而深远地影响文学、戏剧、电影、造型艺术等各个领域的现代主义文艺思潮。至今，谁也不能否认，阿波利奈尔是20世纪最大、最主要的一次文艺运动、文艺思潮的助产婆与导师。

阿波利奈尔生于1880年，1918年去世时正值三十八岁的壮年，他从1905年左右开始从事文学艺术活动，在短短十多年的时间里，就以焕发的才华、不断超越的精神，在20世纪新的文学潮流中推波助澜，造成声势，开拓局面，做出了举世瞩目的贡献，以至我们今天完全可以这样说，他本人就是20世纪现代派文学历史的一个重要组成部分。

对于一个诗人来说，进行新的诗歌实验、探索新的诗歌形式、提出新的诗歌创作纲领、开辟新的文学纪元，都足以在文学史上留名，但要求永久地活在后人心中，却必须创作出能永远打动人心、具有持久的艺术魅力的杰作。传诵不绝，对诗人之永恒不朽，是至关重要、不可或缺的条件。阿波利奈尔就是一个具有这种优势的诗人。

如果人们要在20世纪文学中选一首最脍炙人口、流传最广的名诗，那么，阿波利奈尔的《米拉波桥》有极大的可能性入选。它的首句"米拉波桥下塞纳河水流"，早已成为传诵不绝的佳句，只要人们对时光流逝、世道沧桑以及人生变化中的经久与瞬间、物故与人非有所感慨，往往就会加以引用，如同中国人在远游思乡、异地思亲时，往往会吟诵"床前明月光"、"独在异乡为异客"这类诗句一样。

这首爱情诗之所以成为一代绝唱，不仅在于具有浓郁真挚的感情，民歌般的清新格调，而且在于它现代的抒情方式与新颖的美感。它以不同于浪漫主义的满溢、渲染、夸张的方式，避免了感情的膨胀与情态的铺张，把绵绵旧情、失恋的遗憾与惆怅，都凝为情人伫立米拉波桥的一幅静止的画面，也仅仅只凝为一个静止的画面，让流淌着的河水、逝去的时光与破灭难再的爱情，构成一个充满了流动感的背景，衬托出那幅爱情画面的伤时性、忧郁性、悲怆性，并使人感到它具有了一种悠悠不尽的情势，一种生命，就像静物在移动着的背景前显得活起来一样，这种感情转化的美、动感的美、参照的美，正是传统艺术中比较少有，而构成了现代艺术的一种要素，因此，《米拉波桥》一诗，并不如有的评论家所说的那样，是传统诗美的体现，而是现代诗艺的杰作。

我们从《米拉波桥》一诗开始，全然不是因为它是阿波利奈尔三个诗集中第一个诗集的一个初篇，而是因为这首闻名遐迩、传诵不绝的佳作，在某种意义上是阿波利奈尔整个诗歌创作的一个窗口，它反映了阿波利奈尔作为一个诗人的主要特征，或者说，至少是集中地反映了他的两个特征，那就是他的悲剧色彩、忧郁情调与他的通感艺术。

阿波利奈尔的悲剧色彩与忧郁情调，从根本上来自他诗歌中的失恋题材，这里，不仅是个题材问题，而是个诗人的"深感点"与"感受精华"的问题。诗人对世上万物均有感受，这不在话下，但一个诗人总有感受得比较集中、比较深刻的对象与方面，我们不妨称之为"深感点"；而诗人的感受中又总有提炼得最为浓缩、最为纯粹，并且以他所具有的最佳的艺术水平表现于创作中的一些部分，我们不妨称之为艺术创作中的"感受精华"。每一个在文学史上得以永垂不朽的诗人，莫不都有自己的"深感点"与"感受精华"，构成他们突出的精神与风格的特征，李白有"人生在世不称意"的"深感点"与那种慷慨悲歌、豪迈放浪的"感受精华"，王维有田园生活的深切体验与对水光山色的精妙美感，柳永有怀才不遇、宦途潦倒的痛触与羁旅行役中的"多感情怀"，苏轼有在四方迁移中的忧患余生与他惆怅落寞、狂放旷达的人生感触。

如果要到阿波利奈尔的经历中去找他的"深感点"，我们很容易就会发现，失恋在他的生活中占据了一个重要地位。他恋爱过多次，在他主要诗集《烧酒集》创作的1898年至1913年这个时期里，他三次重要的恋爱都遭受了失败，一次是追求友人之妹兰达的失败，一次是在当家庭教师时追求英国姑娘安妮的失败，再一次就是追求一个女画家玛丽·罗朗的失败。在从十八岁到三十三岁这一青春恋爱的黄金季节，一连遭到几次失恋，这不能不在他的生活感受上打上深深的烙印，何况，阿波利奈尔天生敏感，以诗抒情又是他的自然需要，于是，他的诗歌中就经常出现了失恋的主题，痛苦与惆怅成为了他第一个诗集，也是他诗歌创作最主要成就的《烧酒集》中一个基调。著名的《米拉波桥》是他与玛丽·罗朗恋爱失败的产物，长诗《失恋者之歌》更是他对失恋痛苦的一次总抒发，其他好些有关爱情的诗，也都深深渗透着失恋的阴影与忧伤，在《秋水仙》里，"你的眼睛像秋水仙啊深紫色／像这秋天像这花里的黑眼窝／你的眼睛也慢慢毒化我生活"；在《克洛蒂尔德》中，"你恋的情影逝去／千万要追逐挽留"；在《茨冈女人》中，"沉重爱情如耍熊……人生何必讨苦吃"；在《秋》中，"农民边哼边唱走向田头／哼唱着恋爱负情的小曲"；在《钟》中，"你倒远走我独泣／也许因此伤断魂"；在《打猎的号角》中，"每一个不相干的鸡毛蒜皮／无不使我们的爱情凄婉"；在《生命献给爱》中，"爱已在你的双臂中死去／你忆起曾与它相逢"。这些诗句出自作者流血的心口，忧郁悲伤，真挚感人，正如他自己曾经这样吟诵的："我的爱，我是为后世才给你创造永生，你会把我的姓名传给后来人"，它们成为了阿波利奈尔的绝唱，使他得以传诵于后世。

也许正因为爱情在青年人的生活中所占的地位实在重要，阿波利奈尔在爱情中的痛苦感受与凄凉的心理，自然很快就扩充到人生之中，就像一滴浓墨在白纸上迅速渲染为一片阴暗。既然"我为付出的每个吻在痛苦／如同打落的核桃向风哭诉"，因此，也就形成了"我爱果实而憎恨花朵"的秋凉心理，以致"秋之纹章总佩戴于我"（《纹章》），"我"之所见的人生社会也就无不一片萧瑟阴暗了。在他看来，整个人生就像"墓地一片凄清冷寞"，熙攘的社会就像充满了幽灵的"死人之屋"（《死人之屋》），"生活依然是一片苦海"（《海豚》），人生景象不过是"一片衰败凋残的暮色里／好几种爱在相互磕碰"（《凋残的暮色》），"假面具成群地过去／玫瑰落花顺水漂流"（《我的秘密》），"没有一人好命运／身似枯叶落纷纷"（《玛丽姿比勒》），放眼世界，这是一个"垂吊的世纪"，"唯有三两人／没有戴上锁链"（《锁链》），"炮弹嘶鸣，垂死之爱的气息飘在将干涸的血河中"（《1915年4月之夜》），"在大地上的章鱼不断蠕动／我们这么多人要自掘坟墓"（《土地的海洋》）……

阿波利奈尔既是忧郁的诗人，又是"行吟者"，是无根的"流浪人"。作为一个私生子，他生活中没有父亲，作为一个波兰弃妇的孩子，他随母来到法国后，并没有自己的祖国，他的法国国籍，直到他逝世前两个月才获批解决。"无家无国"、"无根"，在生活中没有自己可靠的位置，这就是他的存在状态。从十七岁起，他便独自谋生，过着浪迹社会的生活，由此对城市都会中种种人生景象有了深切的感受，他诗的题材、诗中的形象、灵感，往往来自城市，特别是来自巴黎。他像一个踯躅街头的行吟诗人，他不少诗作，如《区域》、《葡月》、《夜晚》、《蒙帕纳斯》中，都充满了城市的形象，散发出浓厚的20世纪城市生活的气息，近似波德莱尔的《恶之花》在一定程度上对巴黎街景的描绘。他在现代文明的这个大地狱里浪迹人海，沉浮不定的存在状态带给他的痛切感是可想而知的，何况，他1915年还曾因卢浮宫艺术品失窃案与毕加索同蒙不白之冤而入过狱，他还在20世纪人类第一次大屠杀中，满脸蒙尘在战壕里生活过，因此，他诗中的阴影、城市的阴影——监狱的阴影、战争的阴影，要比光明浓厚得多，他的诗构成了20世纪初期生活现实阴暗的映照，只是他1914年后与路易丝·德·科利尼-夏蒂荣短暂的爱情幸福，使他的创作中添增了一些欢乐愉悦的篇章——《献给璐的诗章》。

不论是痛苦还是欢乐，惟其因为是产生于漂泊沉浮的亲身经历之中，自然要比悠闲漫步在街头、匆匆来往于人生的感受深切得多，把这种深切的感受带到自己的诗里，触目的形象、尖锐的情绪、浓郁的色彩就不时可见，痛苦的如："圣心教堂的鲜血在蒙马特尔把我淹没"；可怕的如："巴黎女人都血肉横飞"（《区域》）、"一角夜空狰狞面"（《狱灯》）；狂放的如："我像狂人一样生活但华年流淌"；强烈的如："我这太阳载体在两片星云中燃烧"（《我不再怜悯我自己》）；急切的如："我是渴望之火，忠心为您效劳"（《预言》）；怪诞的如："酿蜜的月亮有一副疯子的嘴唇"（《月光》）；浓烈的如："我看见巴黎已经醉醺醺"，"让我一醉方休"，"我喝下了全宇宙酩酊大醉"（《葡月》）；滑稽的如："待把我彩屏展开／屁股露了出来"（《孔雀》）；肉感的如："你乳头微甘好比柿子无花果／你的臀部喜人宛如糖渍水里"（《我要再次对你说》），等等，所有这一切形成了阿波利奈尔强烈而富有刺激性如烧酒一样的风格。

让我们再回到《米拉波桥》这个窗口，从这个窗口，我们还能看到阿波利奈尔诗歌艺术的精髓，通感的象征艺术。

《米拉波桥》所要表现的是失恋后惆怅凄凉的感情，但它与传统爱情诗有所不同，它并没有去铺陈渲染作为爱情诗主体部分的感情本身，甚至既没有诉说感情的根由、内容与始末，也没有描绘感情的情态，而是代之以桥头两人对面而立的静场，这样，诗的全部感情内容与形态，也就完全转化为一个静止的画面，诗歌的描叙艺术转化为绘画的造型艺术，莱辛所论述的传统的诗与画的界限被阿波利奈尔逾越了，对此，我们不妨称为一种通感的艺术，即把心理内容变为视觉内容的艺术，把抽象的无形的感情变为具体的造型的艺术，只不过这造型的材料不是绘画的颜料与雕塑的大理石，而仍然是语言。不论怎样，在这首诗里，一个故事、一桩情事、一个过程、一种感情，都是由一个静止的画面来涵包着、代表着、象征着的。

有了通感，也就会有象征，对两个看来相距甚远的事物有了连通的感受，也就可能以这一个象征另一个，也就可能在诗里创造出某一种意象，用以表现实指的对象。如果我们从《米拉波桥》这个窗口已见阿波利奈尔通感与象征艺术的端倪，那么，从他另一首著名的代表作长诗《失恋者之歌》里，则可以看到更为典型的通感的象征艺术。

《失恋者之歌》所写的不是一次失恋，而是诗人从多次失恋中凝聚出来的人生感受，爱情失意的痛苦。这首诗使人很容易联想起19世纪象征主义诗歌先锋兰波的杰作《醉船》。兰波在此诗中，把自己放任不羁、摆脱了传统与规范的人格精神，用醉船这一形象来加以象征，描写它自己漂荡在大海之上，与后来英国诗人艾略特用荒原的意象来象征20世纪的欧洲，写出著名的长诗《荒原》，同为象征主义诗艺的典范。与此相似，阿波利奈尔的《失恋者之歌》也是把自己的失恋转化为意象，转化为象征。这个象征是一个游荡者，他出现于伦敦雾蒙蒙之中，手插衣兜吹口哨，在城市屋海之中放声悲歌，恨不得周围砖墙倾塌，房舍燃烧，他眼中的女性带着爱情的假面具，像母大虫一样可怕，他回到历史中去，羡慕尤利攸斯与沙恭达罗的爱情幸福，他在地狱里祈求遗忘，他在冬季里盼望日出，他愿在太空里飘向那无穷的宇宙，他浑身有血淋淋的伤痕，他的心像无底桶一样空洞，蛇与他为伴，阴影与他相随，他在巴黎街头悲歌，歌尽天下的曲调，还有他失恋的罗曼史……在这样一个具有丰富形象性的象征中，失恋痛苦各个方面的意味，都得到了充分的挖掘，也得到了别具一格的表现。《失恋者之歌》不愧为《醉船》式的经典名诗，在20世纪文学批评中，它甚至成为大型评论著作的研究专题，70年代初，在法国就曾出版了克洛德·莫朗日-贝盖（Claude Monhamge-Begne）的一部很有分量的专著《对〈失恋者之歌〉的文体学与结构学之考察》，该书出版后颇受重视，销售一空，到80年代又重新再版。

《失恋者之歌》的这种通感、象征的艺术，还可以在阿波利奈尔的诗歌创作里见到不少：在《死人之屋》里，以坟场、死人之屋的意象来象征人生场；在《我在火场中燃烧》中，以燃烧的火场象征自己的生活；在《山丘》中，以巴黎上空两架相搏击的飞机象征青春与未来的冲突；在《景观》中，以斯芬克斯成群象征世间景象；在《1909年》中，以花枝招展的女人来象征1909年；在《葡月》中，以葡萄园象征秋天的巴黎；在《美丽的棕发女郎》中，以他心爱的妻子，美丽的棕发女郎来象征他艺术创新的美神，等等。至于表现了诗人对不同事物连通感受的诗句，更是俯首即拾："话语"可以"化为星辰"（《我不再怜悯自己》），"过去的岁月"

成为"尸体"(《我有勇气回顾》),"酒杯打碎的声音"如同"一声狂笑"(《莱茵河之夜》),"秋天到处是砍断的手"(《莱茵河秋日谣》),"我的酒杯斟满星辰大口地喝"(《酒杯斟满星星》),"喊声编织成了绳索","白色和光束"也使广场成为"绳索的广场"(《锁链》),"月亮"能够"酿蜜",又有"一副疯子的嘴唇","贪食果园与乡镇"(《月光》),"埃菲尔铁塔"成为"牧羊女"(《区域》)……所有这些来自通感艺术、象征艺术的诗句,其表现力之强、联想之新颖、艺术魅力之动人,都是显而易见的。

　　通感作为一种认知感受方式与艺术表述方式,是由象征主义两个先行者波德莱尔与兰波首先提出来并作出了阐释的。波德莱尔在他著名的十四行诗《应和》中,宣告了诗歌创作中的一种新感受的哲学。按照他的这种哲学,宇宙万物皆有"灵性",都会发出信息与象征,并且相通相应,诗人的任务就是感应,在万物之中,在各种色彩、声音、气味之间建立连通的感受,感受万物隐秘的应和,默悟万物灵性的密码,充当其译者。由于首倡了一种崭新的感受方式与表达方式,这首诗成为后来波澜壮阔的象征主义诗歌潮流的启示录。到1871年,法国诗坛中的天才人物兰波又有《元音》一诗问世,这首脍炙人口的诗,是波德莱尔的《应和》一诗的发展,它将波德莱尔首倡的连通感受加以具体的运用,它描写了五个元音字母A、E、I、O、U各自的颜色、形状、容貌、身份与精神品格,赋予了字母本来并不具有的一些东西,既为奇妙的通感方式提供了范例,也为象征的艺术表现方式提供了范例,与波德莱尔的《应和》同成为象征主义诗歌的创作纲领。波德莱尔与兰波所提倡的象征主义新的感受方式与艺术表现方式的实质,不仅是对传统诗歌感受方式与表现方式的突破,而且是对整个传统世界观、传统认知体系、传统感受系列的逾越,它要求诗人对万物有自己独特的感受与认知,在感受与认知上有不同于陈规旧习的系列与思路,要求诗人发现万物之中未曾发现的那种隐秘的应和关系。毫无疑问,这是诗歌中划时代的艺术变革,它的巨大意义,直到今天,还没有完全显示完,它广泛而深远的影响,至今还没有终结。

　　我们在阿波利奈尔的诗作中所经常看到的,就正是这种新的感受方式与象征方式。这种方式,使他的诗充满了奇思妙想,使他的比、兴之中有令大家想不到的新意,使他的描绘中常见大胆与奇谲,使他的联想如天马行空，难以追踪，使他的诗情上天入地，贯穿于万物、历史、人世之间而毫无阻隔，使他诗的意象与意境脱尽传统与俗成的气息，使他笔下的形象与比喻，犹如泉涌，不可止遏，使他微妙隽永的佳句可随手拈来，请看：这是一个月夜："月光把令人失望的辉光放在我手里／却从风的玫瑰花中取走了月光蜜"①（《月光》）；这是秋去冬来："可怜的秋／死得洁白而富有"②（《病秋》）；这是黎明的天空："天上的星斗在等待收获的晨曦"③（《葡月》）；这是雨景："暴雨梳理着炊烟"④（《锁链》）……

毋庸讳言，在阿波利奈尔的诗歌中，有不可否认的晦涩神秘的成分，像"窗户就是从我眼里流出的河"（《土地的海洋》）这类费解的诗句，也并非罕见。同样，这也是连通感受的方式与象征艺术所带来的一个结果，因为这种方式在促使诗人发现万物之间隐秘的、崭新的关系的同时，难免又会引导诗人走向难以为常人所理解、所捉摸的奇特感受，甚至走向神秘主义的感觉，这就为20世纪的超现实主义的"下意识写作法"与对梦幻、潜意识的刻意追求，打开了一扇方便之门。

在我国的外国文学评论中，阿波利奈尔一直被划入未来主义的行列，但是从阿波利奈尔诗歌创作的基本特色来看，从我们以上所述法国19世纪后期以来诗歌创作的倾向与发展来看，阿波利奈尔实居于20世纪从象征主义到超现实主义这一诗歌主流之中，他是这一主流中承上启下的人物，是继承了19世纪的象征主义、开创了20世纪诗歌新局面的人物，是法国20世纪名副其实的第一位大诗人。

这就是我所见的阿波利奈尔的坐标。

（原载《阿波利奈尔诗选》"法国二十世纪文学丛集"第八辑，安徽文艺出版社1992年版）

---

① "风的玫瑰花"原文为"La rose des vents"；"月光蜜"原文为"Sou miel Lunaire"。《烧酒集》，Gallimard出版社1920年版，第123页。

② "死得洁白而富有"，原文为"Meurs en blancheur et en richesse"。《烧酒集》，第132页。

③ "收获的晨曦"，原文为"la vendage de l'aube"。《烧酒集》，第136页。

④ 原文为"Violente Pluie qui peigne les fuméees"，《图画诗集》，Gallimard出版社1966年版，第23页。

马尔罗论

马尔罗是当代法兰西文化生活中一个重要的名字，同时也是当代法国政治舞台上一个重要的名字。这个名字曾经发出一些巨大的声响，它意味着一些"轰轰烈烈"的举动，它在这两个领域里的重要性构成了马尔罗的历史地位。这种重要性，对于中国读者来说，又更多一层意义，因为，长期以来，马尔罗被认为是中国1927年革命的参加者，他文学创作中最主要的两部是以中国革命为题材的，而在中法建交后，他1965年以戴高乐将军的特使身份访问了中国，会见了毛泽东、刘少奇、周恩来等我国领导人，此后，他又在促使中美建交的过程中，起过良好的作用。

由于以上双重的原因，研究马尔罗的这一课题，早就该提上我们的日程了。

一 他的生平就是他的代表作

著名传记作家安德烈·莫洛亚曾经说过这样一句精辟的话："马尔罗的生平就是他的代表作。"① 这句话不仅指出了作家的生平与他创作的关系，而且把一个作家的生平在文学上的重要性提到了一个从未有过的高度。因此，要认识马尔罗，也许先有必要细读他的"代表作"。

马尔罗传奇性的历史主要是由三个部分组成：一，他早期在印度支那富有东方色彩的冒险活动，他在这块法属殖民地对殖民当局的反抗；二，他中期维护正义、反对法西斯主义的斗争，他在西班牙革命战争中和在法

---

① 安德烈·莫洛亚：《论马尔罗》，《从普鲁斯特到加缪》，巴黎 Academique Perrin 版，1964年，第298页。

国抵抗运动中所建立的英雄业绩；三，他后期作为戴高乐将军的重要支持者和助手，在法国政治舞台上所起的显著作用。

他的"传奇"是从浪迹江湖开始的。1923年，这个二十二岁尚未成材的文学青年，想象力十足地制订了一个大胆的计划：远涉重洋，到当时作为法属殖民地的柬埔寨的丛林中，去找一座荒芜的古庙，从那里搞几个雕像，贩运到美国去出售。他要这样做，看来主要是因为在经济上遭到了破产，"我没剩几个钱了，人一穷，就顾不得选择走什么路"[①]，虽然，他后来曾解释说此举是"出于对其他民族文化的强烈爱好"[②]。他周密地准备了这一行动，以顽强的毅力，和他的妻子克拉拉一道，率领一支小小的队伍，长途跋涉，穿过丛林，终于在荒山中找到了那座古庙，凿下了"由七块巨石拼成的四个非常漂亮的浮雕"[③]。正当这些浮雕水运出境时，马尔罗遭到了殖民当局的扣留并被起诉，他先是被软禁在金边达六个月之久，而后被判处三年徒刑。他妻子在巴黎进行了营救活动，争取到文艺界名流对马尔罗"发掘文化艺术财富"的行为表示公开的同情与支援，他自己也在金边法庭上进行了斗争，好不容易判决才改为一年徒刑，缓期执行。又经过马尔罗继续上诉，最后判决才被否定。

如果说马尔罗在柬埔寨丛林中的活动是不值得称道的话（当然，也有不少人认为此举带有考古探险与古艺术品发掘的性质，并对抢救即将泯灭失散的文物客观上有所贡献），那么，殖民当局对马尔罗的追究和加害则是极不公正，甚至是相当卑劣的，他们使用了种种手段，包括炮制"20年代法国殖民当局为加害一个被告者所惯用的捕风捉影、罗织罪状的材料"[④]，而这，恰巧成为了这个尚未成材的青年人后来成为真正的马尔罗的第一个契机。如果他贩运古物的活动得到成功，他将成为一个幸运的个人冒险家、艺术文物的倒卖者，但身陷囹圄的经历却使他亲身体验了殖民当局的蛮横、暴虐与阴险，并亲眼看到了殖民制度的弊端与腐败。对他也许

---

① 若望·拉古杜尔：《马尔罗，本世纪的一个人》，Seuil 版，1973 年，第 42 页。
② 若望·雷马利：《马尔罗与艺术创造》，《马尔罗的存在与言论》，Plon 版，1976 年，第 237 页。
③ 若望·拉古杜尔：《马尔罗，本世纪的一个人》，第 50 页。
④ 同上书，第 54 页。

更为重要的是，这种经历激起了他强烈的反抗情绪和誓与这种制度为敌的决心，还使他在遭到官方社会审判与唾弃的过程中，与印度支那民族解放运动的一些人物建立了关系，所有这些促使他了却了公案，于1924年11月回到了法国之后，又于1925年2月重返印度支那，不是为了贩运艺术品，不是为了生活出路，而是为了同殖民当局进行斗争，为"安南人"办一份争取自由的报纸。

马尔罗重返印度支那之后的历史，无疑给他的生平第一次带来了真正正义的性质和英雄主义的格调：资产阶级民主主义正义的性质，个人反抗式的英雄的格调。他先与一个热情的、有献身精神的民主主义者保尔·莫南办起了《印度支那报》，报纸于1925年6月份创刊。这是一份尖锐、辛辣、富有战斗性的报纸，它一开始就把矛头指向法国在印度支那殖民政府中全部的统治者，马尔罗"几乎每天都为报纸的头版写一篇攻击殖民当局某位要人的社论"[1]，揭露他们的"残暴"、"虚伪"与"狗腿子勾当"，指责殖民当局的特务恐怖统治、苛刻的捐税、黑暗的司法制度和种种营私舞弊、贪污腐化的伎俩。可以想见，这样一份报纸会激起殖民统治者多么深的仇恨。马尔罗和他的报纸遭到了各种卑鄙无耻的中伤、污蔑和迫害，同时也受到过拉拢和恫吓，而对这一切，他又进行了激烈的抗争与反击。不过，他毕竟不可能跳出殖民主义卑污的池沼，注定失败的还是他这种孤军奋战的勇士。在殖民当局所施加的各种压力和所设置的种种障碍下，《印度支那报》被迫停刊。然而，具有倔傲顽强性格的马尔罗又克服了困难，办起了第二份报纸《锁链中的印度支那》，最后，当第二份报纸实在办不下去的时候，马尔罗才于1926年1月离开西贡回国。

人，总是通过实践才确定自己的。马尔罗的妻子克拉拉这样回忆他们的印度支那之行："我们与人与事进行了真正的交锋，我们自己招惹出来而后又自己承受的那些风险，把我们塑造成形。"[2] 从《印度支那报》与《锁链中的印度支那》中脱颖而出的，是一个热情、勇敢、有社会正

---

[1] 若望·拉古杜尔：《马尔罗，本世纪的一个人》，第76页。
[2] 同上书，第101页。

义感、有顽强战斗精神的马尔罗。虽然这个马尔罗并不是革命家，他并不企图推翻整个殖民制度，而只是主张在维持法国殖民统治的前提下，进行开明的改革，但他短短不到一年的西贡新闻生涯，却定下了他前大半生相当激进的基调，展现了他以后作为社会活动家那种独创的实践精神，凝练了他日后作为法国重要资产阶级政治家所具有的不同凡俗的眼光和见识。

特别值得注意的是马尔罗活动的时代和地区的背景。这时的亚洲，在中国，是第一次国内革命战争期间，马克思主义已经广泛传播，中国共产党的革命力量已经成长壮大，在它的领导下，工农革命运动正在兴起，在这种条件下，国民党与共产党正进行合作，以广州为根据地，聚集革命力量，准备北伐。中国大好的革命形势对东南亚也发生了深远的影响，在印度支那，民族解放的思潮正在上升，革命组织正在酝酿形成，越南的阮爱国1920年参加第三国际后，为开展民族解放运动，在广州组织了"越南青年革命同志会"。马尔罗在西贡办报期间，与越南的民族民主主义革命力量以及受中国革命形势影响、与广州革命政府有千丝万缕联系的左倾华侨，都发生了关系，在经济上得到他们的支持，并和他们结成了某种同盟，此外，马尔罗的报纸还得到过当地工人劳动者的支援与帮助。这些是马尔罗的亚洲经验的重要组成部分，它们使这位敏感、聪明、热情的青年人把握到了亚洲脉搏的跳动，使他深入到了真正的亚洲的社会关系中，了解到其中的人与事，这就构成了他日后亚洲题材，特别是中国革命题材的文学创作的一个重要的源泉。

马尔罗回国后，继续保持并发扬其进步的倾向，整个三四十年代，他作为左翼作家，作为社会活动家、斗士和英雄，在法国历史舞台上颇为有声有色，并且在反对法西斯主义的斗争中、在谋求祖国解放的事业中，建立了任何当代法国作家都可望而不可及的业绩。从20年代后期起到30年代初期，他参加了"争取真理同盟"的进步活动，在文化领域里，他站在维护苏联的立场上，抗议禁演苏联影片和对马雅可夫斯基的攻击，公开呼吁警惕德国法西斯势力，谴责与法西斯势力联合对付苏联的阴谋，发起成立"台尔曼委员会"，争取释放反法西斯的政治犯，为季米特洛夫的释放而奔走，担任"全世界作家反战反法西斯主义委员会"的领导工作以及访问苏联，等等，以这些活动，马尔罗不无理由地自称为"一个革命作家"。事实上，马尔罗也的确"曾一度被共产党和反法西斯运动视为他们出色的战友"①、"第一流的同路人"②，而他这种进步性到了西班牙内战时又发挥出更大的光与热，使他成为一个"闪光的英雄"。

1936年8月，德、意法西斯对西班牙共和国进行武装干涉，支持西班牙法西斯势力的叛乱，而进步欧洲则站在西班牙人民阵线政府的一边。西班牙内战远非西班牙内部的斗争，而是整个欧洲进步力量与法西斯势力的一次严重的较量。既然在那些年代里，欧洲范围内哪里出现了作为斗争焦点的社会政治问题，马尔罗就出现在哪里，西班牙自然就成为他投入斗争的场地。他又要施展他斗士的本领了，在这里，他的确也演出了一番英勇搏击的壮举。他不仅是一个战士，而且是革命战争中的军事组织者、指挥员，他从法国征集了二十来架飞机，组成一个飞行中队，担任飞行中队的领导，也参加战斗飞行。虽然这个飞行中队的条件相当差，"随时可以起飞的只有六架，能上天的也不过九架"③，但它一直活跃在西班牙前线，参加了不少战斗，以英勇善战闻名，并建立了卓著的战功。

同样，在第二次世界大战期间法国人民反抗德国法西斯占领的民族解放斗争里，马尔罗再一次扮演了英雄的角色。大战开始时，他参军卫国，是装甲部队中一名普通的战士，受伤被俘而又得以逃脱后，他一直伺机投效戴高乐将军以参加他所领导的抵抗运动。最后，他投向了游击区，参加游击队的战斗，在解放法国的战役中，他是阿尔萨斯－洛林旅的指挥官，他的部队担负了解放阿尔萨斯的任务，并且在1945年斯特拉斯堡的保卫战中胜利地击退了德国法西斯军队的反攻，当地至今仍树有铜牌，纪念阿尔萨斯－洛林旅出色的战绩。战争胜利结束后，马尔罗得到了法国军队首脑拉特尔·德·达西尼元帅的正式授勋。

这就是马尔罗像一只鹰在欧洲风云中飞翔的经历。当我们看到西班牙战争中战斗机旁马尔罗身着飞行衣的清瘦的身影时，当我们看到两次飞行

---

① 胡格·托马斯：《充满激情的幻想》，《马尔罗的存在与言论》，第57页。
② 同上书，第58页。
③ 同上。

任务之间紧张的空隙中马尔罗就地而寝的情景时,当我们看到化名为"贝尔瑞上校"的马尔罗在阿尔萨斯-洛林旅里全副戎装、风尘满面的形象时,当我们看到他在周围人群的鼓掌声中站在军队前列接受勋章的军人姿态时,我们很难想象这是一个文学家、文化人、艺术鉴赏家,而会把他当作一个实践的战士,职业的军人。

战后,马尔罗的地位、作用和形象,都有很大的改变,从某种意义上来说,发生了一个"转折"。他已经不仅仅是一个在群众中享有盛誉的社会活动家,拥有广泛读者的名作家,而且更主要的是一个在历史舞台上活动着的政治家,一个影响着法兰西政治生活和权力结构的人物。在政治上,他又已经不再像战前那样带有鲜明的左倾色彩,是苏联与法共公开的盟友,而成了一个保守色彩很浓的戴高乐资产阶级民族主义政派的中坚人物,成了苏联的批评者、法共在政治社会活动中的对手,他为抵制苏联与法共在法国的影响、为戴高乐在法国的掌权而竭尽全力。一开始,他就"像皈依宗教似的投身于戴高乐将军的事业"[1],他最初的支持被戴高乐派认为是"非常及时……加强了我们的行动力量"[2]。1945 年 11 月,他被任命为戴高乐内阁中的新闻部长,更成为戴高乐得力的助手,1946 年 1 月,他又追随下台的戴高乐辞去内阁职务,此后,一直到1958 年戴高乐重新上台,他都作为戴高乐的忠实支持者参加戴派"法兰西人民联盟"的政治活动,为戴高乐的重新执政而作持续的努力。在此期间,他更进一步转向,和他过去作为法共的同路人的历史彻底决裂,并对法共持激烈的反对立场。1958 年戴高乐第二次组阁,他被任命为文化部长,后又为国务部长,此后,一直到 1968 年戴高乐下台,他始终像影子一样追随这位将军,对他的内政外交政策,包括戴高乐的对华友好政策,毫无保留地、坚决地予以支持,而完全消融了他作为一个独来独往的文学家所具有的独特的个性,以至戴高乐讲过这样的名言:"在我的右边身旁,有着而且将永远有着马尔罗。"[3]

---

[1] 加斯东·帕莱夫斯基:《马尔罗与戴高乐》,《马尔罗的存在与言论》,第 93 页。
[2] 同上书,第 96 页。
[3] 戴高乐:《希望的回忆》,《马尔罗的存在与言论》,第 224 页附 4。

至于他在文化部长职位上的政绩，则可说是相当突出，他以一个行家的见识、魄力和效率，在法兰西文化生活中留下了一系列不可磨灭的建树。他大规模地推动考古发掘工作，使古代文物得以重见天日；他大力开展对外文化交流，常举办大型的艺术展览会，使卢浮宫珍贵的收藏品在一些其他国家得到赞赏；他收购了不少流失在国外的绘画珍品，扩大了国家博物馆的收藏；他将巴黎的古代建筑全面加以维修，使它们重整容颜；他清点了收藏在法国各地的文物，编制了全国的"文物总目"，建立了完整的文物资料系统；他在一些城市建立了"文化之家"，进一步改善了外地法国人民的文化生活，"正是由于有了文化之家，巴黎人才愿意在这些城市定居，外国人才不再把巴黎置于法国之上"①；他还在很多公园增添了雕塑群像，例如卢浮宫前的杜伊勒里花园就因他增添了马约②的十二座雕塑而更为妩媚动人……

马尔罗的一生，是一个出色的资产阶级活动家、思想家的一生。虽然马尔罗曾不止一次给人以在革命风暴中飞翔的雄鹰的印象，然而，他从来都不是一位真正的革命家，他在与印度支那殖民当局的战斗中，并不以推翻整个殖民主义制度为目标，他并不否定法国对殖民地的统治，只不过主张做些民主主义的改良而已，至于他那激昂的战斗姿态，也只具有强烈的个人反抗、孤军奋斗的性质；他在反法西斯的斗争中的所作所为当然是英雄主义式的，而且，他在这斗争中还曾经是苏联和共产党最好的同路人，很靠近20世纪社会主义的历史潮流，然而，他的思想从来没有超出资产阶级民主主义的范围；在国际和国内政治社会问题上，他归根结底又是一个资产阶级民族主义者，这种思想立场使他在二三十年代对法国在印度支那的殖民统治持赞同的态度，也是这种思想立场使他在战后成为戴高乐派与法共以及左派政治力量进行较量的一个主力。不论对马尔罗一生的经历作怎样的评价，谁也不会否认这是一个卓越的人，他的经历与所作所为，在资本主义条件下和在资产阶级思想体系范围里，无疑具有一种不平凡的甚至浪漫的色彩，他每进入一个领域、每到一处、每涉及一个方面或一个

---

① 安德烈·奥罗：《部长》，《马尔罗的存在与言论》，第124页。
② 马约（1861—1944），法国雕塑家，画家。

问题，都表现得颇为不同凡俗，都大大突破了自己原有条件的限制而做出一般人所做不到的事来，都达到了一般人所达不到的高度。这就是马尔罗的阶级局限性与他个人的卓越素质的对立统一。

这个出身于社会地位低下的小资产阶级家庭的青年，其父不过是一个平庸的生意人，不论在政治生活和文化生活方面，他能得到什么样的熏陶和培育？他有过并不怎么天真美好的童年，在塞纳河的旧书摊上进行过倒卖书籍的活动，他入世后第一步显然又带有几分江湖气，在一两家不合法的色情书刊出版商那里当助手，而他最初的印度支那之行无疑又具有个人冒险家的性质，而后，他却迅速成长、发展起来，进入了社会政治、文学艺术的领域，并达到了这两个领域的上层，成为一个举世瞩目的人物，置身于那些为数不多的搬演人类历史场面的人们的行列。他之所以成为资产阶级世界中的一个杰出的人物，除了要归功于马尔罗从书籍阅读、传统教育中所形成的资产阶级民主主义的思想外，他那种进取的精神、倔强的性格、对于有意义事物的敏感以及不满足于自己而不断开拓、不断突破的奋斗精神，就要算主要的原因了，而其中特别是后者，即那种力求不同凡俗、要做出一番事来、因而走南闯北、看起来甚至有些大胆妄为的奋斗精神，也许更为重要。马尔罗以这种精神取得了成功，他这种在资本主义条件下形成的特定的精神特征，又正是那种社会条件下自由竞争着的人们最企望具有而又不容易具有的，因为，成功的冒险毕竟只属于少数幸运者。于是，马尔罗就成了20世纪法兰西生活中具有传奇性的人物，也正因为他把这种精神特点、这种人生哲学带进了法国文学，所以他成为这个领域里独树一帜、带有传奇色彩的作家。在这个意义上来说，不了解马尔罗其人，就不了解作家马尔罗。这就是为什么安德烈·莫洛亚要说"马尔罗的生平，就是他的代表作"的原因。

二　他的创作历程

当然，作家的条件不是冒险经历所能提供的，光凭冒险精神显然不可能成为一个作家，更不用说一个杰出的作家了。马尔罗作为一个作家的素养与才能，是他长期"文化积累"的结果。

如果在杜尔果中学时期马尔罗就如他的教师后来所回忆的那样："那时他已经有很强的独立性，并且还有一点领袖欲"①的话，那么，他十四岁以前在邦迪小学期间也许早就定下了要在文学领域有所作为的大志。那时，他以广泛的兴趣和热情阅读欧洲文学史上各种风格、各种流派的作品，从莎士比亚到司各特，从巴尔扎克到福楼拜，"表现出气吞云梦的魄力"②，塞纳河岸的旧书摊是他消磨时间的好去处，在这里，他热衷于搜集秘本与善本书；他还对造型艺术有强烈的爱好，常流连于吉梅博物馆、卢浮宫之中，在那里培养了他敏锐的艺术感与精致的艺术趣味。果然，中学毕业后，他放弃了受高等教育的机会而开始了独立的"文学生活"，只不过其开端并不十分光彩，但他并没有沉溺在他供职的色情书刊出版商卑污的泥沼里。他结交了法国当代文学界几乎所有最出色的人物：影响巨大的理论家马克斯·雅各布、名重一时的作家纪德、瓦莱里、杜迦尔以及包括立体主义画派的全部创始者在内的一批"风华正茂"、"不顾世人辱骂"③的艺术家。他进行"严肃的"文学创作与文学批评，成为左派文学杂志《行动》的撰稿人，他的评论文章被誉为具有"一种洞察力和特别敏锐的眼光"。1921年，他出版了他的处女作短篇小说集《纸月》，这部内容怪诞的作品并不成熟，它仅仅标志着马尔罗登上了文坛，结束了他文学生活的准备阶段。从1918年他中学毕业到这个时候，尽管他在文学创作上并未取得可观的成就，但他的才智和博学，特别是对文化艺术上广博精深的知识，已经为当时的文化界所公认。因此，后来马尔罗在西贡吃官司的时候，纪德、莫里亚克、安德烈·莫洛亚、阿拉贡这些知名的作家，在《文学报》上发表声明"自愿为马尔罗所具有的智慧和实际的文学才华作担保"，并预言"以他的年轻有为与成就，可以对他寄予厚望"④。总之，他已经具备了一个作家应有的文化素养，但他要成为以后那位独具一格的大师，还缺乏一种能打动人心的精神，缺乏一种引人深思的哲理，当然更缺少有丰富社会内容的生活经历。

---

① 玛尔第勒·德·古尔赛编：《马尔罗的存在与言论》，第64页附3。
② 若望·雷马利：《马尔罗与艺术创造》，《马尔罗的存在与言论》，第235页。
③ 同上。
④ 若望·拉古杜尔：《马尔罗，本世纪的一个人》，第60页。

这一切，他的印度支那之行似乎都给他提供了。从这一段经历中，他冶炼和形成了他那开拓进取、奋斗冲闯但又多少流于赌博性的精神特征。他获得了以殖民地、半殖民地社会阶级矛盾冲突为内容的东方异国题材，他从亚洲的现实中，从他作为一个欧洲人在亚洲的经历中，按照他自己的方式深切地理解了人类的状况，他捕捉和搜集了印度支那阴暗的社会现实的景象、崇山峻岭的气势和密密丛林中葱茏的色彩，现在就看他以什么哲理把这一切加以统率，以什么精神的"乳酶"来使这一切进行化合了，究竟是什么哲理呢？

1925 年 12 月，马尔罗最后告别了亚洲，回国途中，他在甲板上开始写他的《西方的诱惑》。这本出版于 1926 年的书，早已隐没在马尔罗后来所写的那些著名的小说的后面，往往容易为人们所忽视，何况，它在文学上还不够成熟，其中作者的"语言的表达与天马行空的思想是不相称的"①，但也许只有它，才提供了马尔罗的哲理、贯穿于他小说中的哲理的一把钥匙。

这部书信体的作品，类似孟德斯鸠的《波斯人信札》，它通过一个中国青年与一个法国青年在对方国家里旅行时互相通信的形式，把东西方文明与世界观加以对比，深深的悲观主义是这本书的基调。在作者眼里，不论东方文化还是西方文化都遭到了价值危机，都走向没落衰亡，西方文明所在地欧洲，是一座大坟场，整个世界处于"阴风怒号的沉沉黑幕之中"，而人类则眼见主宰着生活的是"一种本质的荒诞"。马尔罗在这本书里所说的"荒诞"，就是人类生存的荒诞，直接来自他所引用的 17 世纪哲学家巴斯喀关于人生存的荒诞性的描绘："请设想一下，戴着锁链的一大批人，他们每个人都判处了死刑，每天，其中一些人眼看着另一些人被处死，留下来的人，从他们同类的状况，看到了自己的状况，痛苦而绝望地互相对视着……这就是人的状况的图景。"②《西方的诱惑》中对人类生存荒诞性的根本理解，构成了马尔罗的哲理的基础，它在 20 世纪法国文学中具有值得重视的意义，是本世纪作家第一次对"荒诞"的揭示。

---

① 若望·雷马利：《马尔罗与艺术创造》，《马尔罗的存在与言论》，第 237 页。
② 巴斯喀：《思想集》，见安德烈·莫洛亚《论马尔罗》，《从普鲁斯特到加缪》，第 299 页。

于是，马尔罗开始从他的哲理出发构思他的小说，也正因为他有了这种哲理，此后他的小说中才出现了贯穿一致的主题：人对生存荒诞性的反抗和挑战，虽然这些小说的题材不一，只不过，奇特的倒是，马尔罗此后第一部小说《征服者》和奠定他文学地位的主要作品《人的状况》，竟然都是以他并不熟悉的中国革命为题材。《征服者》出版于1928年，直接描写了1925年著名的省港大罢工的始末以及围绕这一事件的广州革命政府中各种政治力量的矛盾和斗争。《人的状况》出版于1933年，同年获龚古尔文学奖，它以1927年3月上海工人第三次武装起义到同年"四一二"蒋介石叛变革命进行血腥屠杀这一个时期里惊心动魄的阶级搏斗为内容，同样也直接描写了革命与反革命两方面的各种人物的活动。

马尔罗一生的冒险行为可谓不少，但他最大的冒险也许要算他用中国革命的题材来进行文学创作了，而且，他还是以熟悉中国革命内情的人的身份来进行创作的！他的《征服者》与《人的状况》，在某种程度上无异于宣布了他是中国革命的参加者或目睹者，而他的小说只不过反映了他的亲身经历而已，所谓马尔罗是中国第一次国内革命时期的革命家，曾任广州革命政府中的"宣传部长"或"特派员"之类的传说，即由此而来。不仅如此，"马尔罗本人在传说的编造中也起了作用"①，包括故弄玄虚的谈话、默认、肯定、暗示、讳莫如深，等等，甚至还有这样的事情："1937年当托洛茨基指责他为扼杀中国革命的共产国际—国民党服务，或当罗歇、加罗迪把'导致工人群众被屠杀的那场冒险的肇事性的广州起义'归罪于他的时候，他都宁可受冤枉而不出来澄清事实真相。"②

实际情况是，第一次国内革命时期，马尔罗根本没有到过中国，这一历史真相在法国已经为越来越多的研究者所确认。马尔罗的日程表明，他第一次印度支那之行，因刑事问题而几乎完全被困在金边，从未踏上中国的土地，他的第二次印度支那之行，从1925年2月来到西贡直至同年12月初被迫离开，他一直在当地办报，只是在这年的8月到香港购买过报纸的印刷设备，在香港短暂停留的几天中，他亲眼看到了震惊中外的"省港

---

① 若望·拉古杜尔：《马尔罗，本世纪的一个人》，第94页。
② 同上书，第96页。

大罢工"。他真正第一次到达中国大陆是 1931 年的事,他的传记作者若望·拉古杜尔以大量材料令人信服地指出:"这是他 1961 年以部长身份访华以前唯一的一次中国大陆之行"①,而且他是作为旅行者在作环球旅行,中国只是他旅途中的一站。因此,《征服者》与《人的状况》中所描写的中国生活与斗争,只是建立在马尔罗在西贡办报时期对左派华侨的了解,他在香港短暂停留时以及在中国旅行时对中国生活景象的感性认识,当然还有他从报刊上所获得的关于中国革命的知识这样的基础上的,这就决定了这两部小说在对中国革命的描写上有着根本的缺陷。也许正因为《人的状况》是写作于马尔罗真正到过中国一次之后,所以,它在描写中国生活的浮光掠影时,又显得比《征服者》稍为真切。

在《人的状况》出版之前,马尔罗 1930 年发表的小说《王家大道》,倒的确是一部以他自己的生活与实感为素材写成的作品。小说写两个冒险家各自在印度支那山地丛林中的"赌博",克洛德为了盗取古寺的石雕,佩尔肯为了在山林的土著部落里建立自己的独立王国。这两个人物的世界观、人生哲学、思想感情、愿望意图,都是马尔罗式的,特别是克洛德冒险活动的种种细节:牛车所组成的车队、艰苦的行程、寺院的废墟等等,更是与马尔罗本人在印度支那丛林中的经历几乎完全一致,整个小说充满了浓厚的生活气息与生动真切的形象,而人物那种不同于一般人的性格特征,那种强烈的征服欲以及为实现这种欲望的勇敢、坚毅,还有东方丛林中紧张的冒险情节,又给小说带来了鲜明的浪漫主义的色彩。小说出版后,当年即获得文学联合奖。

西班牙战争给马尔罗的生活历程充实了新的内容,也给他的文学创作提供了新的灵感与新的题材。从西班牙前线回到法国不出一年,他发表了另一部重要的小说《希望》,直接以他在西班牙的见闻与感受,描写了西班牙人民抗击法西斯的可歌可泣的斗争。小说中所呈现的一幅幅生动的西班牙抗战生活的图景,所叙述的西班牙工人、农民,知识分子、共产党员和国际纵队一个个动人的战斗故事,构成了对西班牙战争这一伟大历史事件形象的再现。由于马尔罗本人是西班牙战争中的一位英雄,他的小说在

---

① 若望·拉古杜尔:《马尔罗,本世纪的一个人》,第 97 页。

某种程度上也就带有自传的性质，小说中所描写的国际纵队的生活与战斗，几乎都是以他本人的生活经验为蓝本的。也正因为这部小说是建立在马尔罗本人丰富的战斗生活和他在火热斗争中深切的真情实感的基础上，所以其中充满了栩栩如生的形象描绘，即使是对某个生活细节的描绘，往往也凝聚了作者大量的观察与感受。毫无疑问，《希望》可以算得上是20世纪西方文学中最为杰出的战争小说之一。小说出版的翌年，马尔罗又把它改编成电影《特鲁埃尔山》，由于它进步的革命内容，影片被法国政府禁止公演，直到战后1945年才得以与观众见面，并获得了德吕克奖。

《希望》之后，马尔罗的小说创作生涯趋向终结，此后，他只在1943年发表了《与天使的斗争》的第一部《阿藤堡的胡桃树》。这部小说是马尔罗创作生活的转折点，在这里，革命的主题和激情都消失了，作者转而在两次世界大战的背景上表现"基本的人性"。小说的主人公有好几个，作者轮流把描写的重点放在他们身上，作品所描绘的地理空间也很广泛，从欧洲到中东再到亚洲，不过，作者的注意力并不在于广泛表现社会现实生活，而陷入了一些抽象的哲理，如历史的发展、人的概念和艺术的作用等等，而这正预示着马尔罗战后由小说创作向艺术理论与艺术史研究的过渡。

对造型艺术，马尔罗早从青年时代起就有广博的知识和浓厚的兴趣，战后，他文学艺术活动的重点转向了这个领域，接连写出并出版了卷帙浩繁的论著：《电影心理学大纲》（1946）、《艺术心理学》三卷（1947、1948、1949）、《论戈雅》（1950）、《想象中的世界雕塑博物馆》三卷（1952、1954）、《众神的变异》（1957）等①。此外，马尔罗战后还发表了一些散文与回忆录，如《反回忆录》（1967）、《砍倒的橡树》（1971）、《黑曜岩之首》（1974）、《拉查尔》（1974）、《过客》（1975），只有《不朽》是他逝世后的第二年即1977年出版的。

从马尔罗整个文学生涯来看，他的成果主要由两大部分组成，即他的

---

① 马尔罗的艺术论著，在内容上有一些重叠。《艺术心理学》分为三卷，第一卷为《想象中的博物馆》，第二卷为《艺术的创造》，第三卷为《绝对的硬币》；而后出版的《沉寂之声》，是《艺术心理学》第三卷的重复；《想象中的世界雕塑博物馆》共三卷；《众神的变异》则为一卷；1963年出版的《想象中的博物馆》是《艺术心理学》第一部分与《沉寂之声》的改写。

小说创作与他的艺术史论著，这两个部分各自在法国当代这两个领域里所占的地位和所具有的分量，都是令人瞩目的。当然，他的回忆录特别是他的《反回忆录》也具有很重要的意义，不仅因为这是一个重要历史人物的回忆录，其中涉及他与我们这一时代另一些历史人物的关系与交往，表现出了作者敏锐的观察、深远的洞视以及他对于与历史人物紧密相关的历史真实的把握与理解（虽然在细节上并不完全符合事实），而且还因为这部回忆录的写作方法具有某种代表性与典型性，它属于五六十年代席卷法国文坛的一股背离原来的文学传统与写作方法的"反"风。它与传统的回忆录有所不同，不按年代的次序，不考虑事件发展的完整性，回忆、叙述、想象、分析、议论互相交错，并带有某种跳跃性，它是散文回忆录这一文学类别中"反"的代表，正如"新小说"与"荒诞派戏剧"在小说和戏剧领域里的"反传统"的性质一样。

三　他在当代法国文学中的意义

不论怎样，马尔罗在当代法国文学中的重要地位，主要还是由他的小说，特别是由他的《征服者》、《人的状况》与《希望》奠定的。那么，他的小说创作具有一些什么意义呢？

批评家曾经指出："马尔罗整个一生，都向往一种雄浑有力的文学，在这种文学中，应贬低感情的价值以崇尚勇气与意志。"[1] 马尔罗自己的小说作品就实践了他这一向往，这是他在文学史上首要的意义。

自从巴比塞写第一次世界大战的著名小说《火线》于1916年问世以后，到马尔罗发表他的小说以前，在法国以至整个西方，一直没有出现以20世纪重大历史事件为题材的作家作品。马尔罗继巴比塞之后，以博大的气魄选取了中国革命与西班牙战争作为他三部主要小说的内容，不仅把这两个伟大的事件当作背景与框架，而且把它们当作直接表现与直接描写的对象。在《征服者》中，作者通过"我"在广州革命政府中的亲身见闻，表现出了省港大罢工的基本面貌：罢工爆发、广州政府下令抵制英国商

---

[1] 安德烈·莫洛亚：《论马尔罗》，《从普鲁斯特到加缪》，第297页。

品、香港工人破坏机器和他们高涨的反抗情绪、第三国际和共产党人在广州政府中的作用、革命政府在罢工中所遇到的困难、国民党内右翼势力对革命路线的抵制、英帝国主义支持的军阀叛变、十万香港工人撤回广州、无政府主义的恐怖活动、广州政府为维持罢工工人的生活所遇到的经济问题以及内部不同政治力量的矛盾、陈炯明的军事压力、罢工的结束等等。在《人的状况》里，作者通过乔、卡托夫、陈等不同类型的革命者的故事，表现了中国革命1927年紧张的斗争和遭到的失败：上海工人总罢工、北伐军攻抵上海、蒋介石的反革命面目日益暴露，勒令工人纠察队和起义者交出武器、国际垄断资本寡头对中国革命的干涉和与蒋介石的勾结、共产党员们的革命要求与党内右倾机会主义对革命的贻误，最后是蒋介石血腥的镇压。而在《希望》里，由英雄群像的活动与经历组成了西班牙战争可歌可泣的全貌：首都马德里的不眠之夜、全民武装起来、人民反对法西斯的热情高扬、共和国军队在前线的英勇战斗、各界人民对军队的支持、德意法西斯公然进行武装干涉、国际飞行中队的支援、麦德林战役的胜利、法西斯军队对马德里的进攻、共和国军的反击等等。这就是马尔罗为我们这个世纪已载入史册的革命事件所作的一份份形象的记录，所描写的有感染力的图景。也许，人们可以指出他的图景有失真之处，或者有肤浅的地方，但这些具有深广社会内容和历史意义的图景，毕竟是他留下来的，而不是别人，并且，毕竟在西方当代文学中只有他制作了这些图景，这就是他独特的贡献。还应该看到，马尔罗在他这几部小说里，都自觉地致力于表现历史事件的全貌和历史发展的过程，表现其中政治斗争的基本形势和阶级关系的格局。这样，他也就显示了一个大作家才有的着眼于广阔的社会历史的博大胸襟，同时，也就给他的小说带来一种雄浑的气派，这是西方文学中大量局限于个人的狭小天地的作家作品所不能比拟的。

在这种"雄浑的文学"中，活动着的人物既是特定的"这一个"，也具有相同的精神面貌，在这里，人不是活动在狭小的个人圈子里，而是活动在人类历史舞台上，他们所专注的不是个人的前途、出路、个性的自由、爱情的得失以及个人感情的纠葛与纷扰，而是人群的斗争、巨大的事业、改变社会面貌的行动，决定历史行程的计划，他们不像小说中很多传统的人物那样具有纤细、敏感的感情，那样深深地陷在个人的感情天地里，他们的感情与思绪的活动中也有不少纯粹个人的内容，但更多的是与社会问题、政治问题、斗争与事业、大规模或大幅度的行动相联系着的。《征服者》中的革命家加林，《人的状况》中的共产党员乔和卡托夫以及陈，《希望》中的共和国军队的指挥员马努埃尔、国际飞行中队的马宁，都是这种人物。这些人物是否完全真实、典型？作为艺术形象是否生动？那是大可讨论的，但作者想通过他们塑造出一种雄健的人物形象，想在人物的塑造上给当代文学带来一些新意，确是肯定无疑的。

当然，我们应该注意到，《征服者》和《人的状况》中的中国革命的参加者，很多都是外国人、混血儿，即使是中国人，也是从小接受西方教育因而从思想到教养都已全盘欧化了的，如《征服者》中的洪与《人的状况》中的陈，而且恰巧他们都是偏激的恐怖主义者，热衷于个人的冒险活动。必须承认，马尔罗写中国革命的小说几乎没有写出一个真实的中国革命者，也没有写出一个真正的中国人民的形象，他笔下的中国革命者和中国人民的形象与实际生活相距实在很远，客观上也容易使人从这些形象得出对中国革命者错误的印象。这种情况显然是他缺乏在中国的生活经验所造成的，而不是由于他主观上有意进行歪曲，他既没有参加过中国革命，甚至没有在此期间到过中国，他就只好乞求于虚构了，他只能把故事与人物的活动安排在他尚能虚构一二的租界环境里，而那里基本上是外国人的天地，他不可能对中国革命者进行真实的性格描写，只好用让他的人物进行冒险和谈哲理的办法来代替。这便是乔、洪、陈这些不真实的人物产生的根由。不过，更值得我们重视的还是这样一个基本的事实：马尔罗受到了中国革命题材的感染与吸引，因而把中国革命当作一次真正的革命来加以描写，这不能不说是难能可贵的，不能不说表现了他力图处理重大革命历史题材的良好的愿望，正因为有了这种良好的愿望，当他在西班牙战争中获得了生活经验与实感后，他也就写出了真实反映了西班牙的抗战生活与人民精神面貌的《希望》。

马尔罗在文学史上的第二个重要的意义在于，他在西方文学中献出了真正进步的左倾的作品。他的进步性与左倾，不仅表现在他所选取的革命题材上，更重要的是表现在他对题材内容所持的立场态度上。

马尔罗是站在同情、赞助、支持中国革命与西班牙战争的立场来处理他的题材的，因此，他的小说尽管有不真实的缺陷，但他却并没有颠倒正义与非正义、革命与反革命的关系，他以鲜明的态度、明显对照的爱憎，描写了对峙的两个阵营，歌颂革命的方面，批判反革命的方面。他着力表现中国革命者、西班牙革命人民以及国际纵队的理想主义、英雄主义与人道主义，表现他们斗争的正义性质，同时也着力揭露蒋介石、国民党反动派、国际金融寡头、法西斯军队这些反革命势力的凶残、暴虐与腐朽。他在小说里也并没有歪曲革命斗争的形势与发展，而是比较正确地反映了这种形势与发展，并以乐观主义的精神展望其前途。在《希望》中，他把西班牙人民的抗战描写成群情激昂、英勇卓绝的景象，即使西班牙战争最后失败了，但《希望》的最后结局还是充满了希望。在《人的状况》中，他也表现出了中国革命的悲剧性：在帝国主义与蒋介石互相勾结、反革命势力强大的历史条件下，共产党内右倾机会主义的错误领导"否决了一切反蒋的口号"①，制止了革命军队"逮捕蒋介石"②的要求，束缚了革命者的手脚，"使他们动弹不得"③，还要他们放下武器，最后导致革命的失败，导致革命志士遭到血腥的屠杀，而在革命失败以后，马尔罗又对中国革命寄以新的希望：虽然乔、卡托夫、陈这些革命志士牺牲就义了，但他们的事业后继有人，孙与梅这些继承者，像星星之火一样仍在燃烧，他这样作出总结："革命刚生了一场大病，但它并没有死。"④

马尔罗在小说中的进步思想倾向，主要表现在对人物的描绘上。法国资本家费拉尔是他笔下的一个反面人物，他的经济利益决定了他是中国革命的敌人，十足的反动派，他支持"蒋介石控制各省"，妄图"在中国消灭共产主义"⑤，在生活中，他是一个充满了"征服欲"的狂人，态度傲慢，性格暴虐，内心生活肮脏，他丑恶变态的心理状态在他对情妇施加报复的那一场中被刻画得相当细致，马尔罗把他作为国际垄断资本主义的代

---

① 马尔罗：《人的状况》第四部《四月十一日》，《马尔罗小说集》，Pleiade 版，1947 年，第 324 页。
② 同上书，第 323 页。
③ 同上书，第 324 页。
④ 《人的状况》第七部，《马尔罗小说集》，第 426 页。
⑤ 《人的状况》第四部，《马尔罗小说集》，第 337 页。

表人物安置在小说《人的状况》里,既写出了他的阶级本质,又不流于脸谱化,表现出了作家本人对侵华帝国主义势力的深刻认识。在《人的状况》里,国民党反动派的狰狞面目也被作者十分自觉地加以揭露,革命志士被反动派监禁和镇压的场面,写得像地狱一样残酷可怕,狱吏、军官、卫士都像其中的恶鬼。

比起对反面人物的揭露,马尔罗对正面人物,对革命志士与革命人民的描写,在小说里占更大的比重,而且,这种描写带有明显的赞赏与歌颂。他把《希望》中那些完全投身于战斗生活的人民与战士,表现为一个伟大的群体,这里,有的工人"为了给共和国空军指明方向",不顾生命危险,"在窗下和院子里挥舞他们最漂亮的窗帘和床单"①;有的农民因为不能顺利地为飞行中队带路、耽误了战机而"像小孩一样哭泣"②。这里,英勇战斗的战士们来自西班牙以及欧洲各个国家。他们冷静平凡的外表下都有着刚毅、坚强的品格,在沾满尘土与泥泞的面孔下有着深沉的感情与健康的生活情趣,他们有的人"心里始终怀有和平主义的信念"③,但为了正义与革命而在残酷的战争中行动坚决、对敌人毫不留情,有的人为了表示自己抗战到底的决心,"胡子只刮半边"④,有的人在受了重伤、行动艰难的时候,还想起了"巴黎公社的精神"⑤……其中国际飞行中队的领导人马宁与共产党员马努埃尔更为突出,他们都具有坚定的信念与理想、勇敢的精神和可贵的品质。在战争环境中,他们艰苦奋斗,在火线上,他们身先士卒,沉着机智,而同时,他们又都具有深厚的人道主义的感情,对同志、对战友充满了兄弟情谊。这两个人物是马尔罗心目中的英雄形象,是从他自己英雄主义的感情与行为、从西班牙人民可歌可泣的斗争生活中提炼出来的。

同样,在《人的状况》里,马尔罗也力图赋予他笔下的一些革命者以正面的形象和优秀的品质,虽然他并没有写出真正的中国革命者。主人公

---

① 马尔罗:《希望》第一部第三章第二节,《马尔罗小说集》,第520页。
② 马尔罗:《希望》第三部第三章,《马尔罗小说集》,第817页。
③ 马尔罗:《希望》第一部第三章第二节,《马尔罗小说集》,第519页。
④ 马尔罗:《希望》第三部第三章,《马尔罗小说集》,第821页。
⑤ 同上书,第829页。

乔，是马尔罗心目中理想的一个革命家，马尔罗努力把他的形象表现得很高大，他借小说中人物老吉佐尔的看法指出，很多人，包括一些追求真理、愿意过有意义生活的人都免不了这样那样的缺陷：偏激、狂热、放任等，"唯独乔抵制了所有这一切"[1]。这是一个清醒、成熟的革命者，早就"认定蒋介石在设法消灭共产党"[2]，面对这种形势，他既不像陈那样偏激，"把恐怖主义变成一种宗教"[3]，也不像党内右倾机会主义领导那样放弃斗争，而是积极工作，依靠群众，组织反击蒋介石的武装力量，他被捕以后，又坚决拒绝了反动派的诱降，表现了坚贞不屈的品质。在私生活方面，马尔罗也赋予他一种人格，他对妻子梅有深沉、执着的爱，而且这种爱不是以自我为中心的自私的爱，而是以平等与信任为基础。另一个人物卡托夫也是党内一个坚强的忠诚的斗士，他是乔的战友，一生都在革命中度过，为了革命，他抛弃了个人宁静的生活，为了革命，他战斗到最后的时刻，贡献出了自己所有的一切，他就义前的表现是极为令人感动的，他眼见战友们即将被敌人投进燃烧的机车活活烧死，为了减轻他们的痛苦，他把藏在自己身上准备用来自杀的毒药分给了他们，而最后自己迈步走向燃烧着的机车。陈也是一个动人的革命者的形象，他把共产主义视为"复兴中国的行之有效的方法"[4]，他充满了革命的热情，对党内右倾机会主义的领导不满，虽然他采取的恐怖主义的方式是不正确的，但他带着炸弹行刺蒋介石的场面倒的确很感人，他的忘我，他的勇敢，他的壮烈牺牲都表现出了一个革命者的可贵品质。赫麦利奇是革命队伍中一个很有特点的人物，他对天下的苦难有深切的感受，他憎恨"自他出生以来就摧残着他，同样也将摧残他孩子的残忍的生活"[5]，并且，不惜"用任何暴力手段、用炸弹"去摧毁这种生活，他具有严肃的感情和仁慈的性格，收养了一个被侮辱与被损害的中国妇女作他的妻子，他对妻子与孩子的爱常使他有不能在革命斗争中轻装上阵的苦恼，虽然他为革命也做了一些工作，最后，

---

① 马尔罗：《人的状况》第四部《四月十一日》，《马尔罗小说集》，第349页。
② 同上书，第324页。
③ 同上书，第315页。
④ 同上书，第314页。
⑤ 同上书，第311页。

妻儿都被国民党反动派杀害以后,他英勇地投入了战斗。这就是马尔罗所描绘的在中国革命这一"当代最富有意义、最具有伟大希望的事业"① 中活动着、斗争着的人物,这些人物高大的形象正体现了马尔罗本人对中国革命的赞颂与向往。

马尔罗在文学史上具有的第三个意义在于,他的作品是对人的状况、人的命运这一重大问题的艺术的思考。他的作品中渗透着和贯穿着关于人的状况、人的命运的荒诞性以及人应该反抗这种荒诞性的哲理。如果说,革命的主题、左倾的色彩只是马尔罗一部分小说作品的特点的话,那么这一种哲理性却是他全部小说作品的"共性"。

我们在上面已经指出,马尔罗从巴斯喀那里接受了关于人的生存的荒诞性的哲理,即人都是被判死刑的哲理,这成为他全部作品的一个思想基础,在他的作品里,几乎所有的主要人物在一定程度上都意识到了自己所面对的这种荒诞性。《征服者》中的加林,早就认识到人类"被荒诞的力量所驱使",并且在病重的时候,感到了"荒诞又找到了它的权利"②。《王家大道》的主人公也感叹:"压抑着我的是,该怎么说呢,我作为人的命运:我一天天衰老下去,时间这惨无人道的东西,像癌细胞一样,在我身上不可挽回地蔓延开来。"③ 在《希望》的结尾,马努埃尔也"听到了这样一个声音,它宣告的事情比人类的流血还可悲,比人类在地球上的现实存在还可怕,那就是人类的命运也许是永恒的"④。同一主题的这些变奏,使得马尔罗和小说在思想上连为一体,并显示了一种深沉、悲怆的格调。

马尔罗的这种人生观虽然具有一种高深的外表,但实际上只不过道出了人生的一种必然性,甚至可以说就是人生的一种常识。人当然并不是永存的,当然注定要死亡,问题在于如何对待这种必然性。马尔罗没有宗教的感情与迷信的世界观,不相信存在着天国,人可以在天国中彻底摆脱那种生存的荒诞性,他明确地认为,上帝已经死了,而且上帝这一虚幻的寄

---

① 马尔罗:《人的状况》第六部,《马尔罗小说集》,第406页。
② 马尔罗:《征服者》第二部《权力》,《马尔罗小说集》,第114页。
③ 马尔罗:《王家大道》,Grasset版,1930年,第158页。
④ 马尔罗:《希望》第三部《希望》,《马尔罗小说集》,第858页。

托不正是人类自己造出来的吗？他也并不因为"人生存的荒诞"是一种命定的必然性而认为人应该安于这种命运、服从这种安排，他从人的生活、人生的意义本身去寻找如何对付这种"生存的荒诞"的答案，提倡一种不忍受的哲学。在《征服者》中，他通过主人公之口指出："人们在活着的时候可以接受这种荒诞性，但不能在这种荒诞中生活"[①]；在《人的状况》里，同样的论点又出现在吉佐尔的嘴里："一个人要能够，怎么说呢？忍受人的状况这种情形是很少很少的。"[②] 也许正因为在马尔罗看来是难以忍受的，他才把人注定要死亡的这种必然性称之为"荒诞性"，把与这荒诞性紧密相连的一些派生物都称之为"人的屈辱"，而这"屈辱"的对立面则是他所谓的"人的尊严"。

那么，如何才能改变这种"荒诞"，"把人的屈辱的状况化为尊严"[③]呢？马尔罗总的理想是，"要摆脱人的状况"[④]，"变成上帝，同时又不失自己的人格"[⑤]，或者说，人要成为普罗米修斯式的人，阿波罗式的人，即要表现出比"生存的荒诞"、比死亡更为强大的力量，其途径就是行动。而且，在他看来，既然人注定必然死亡，注定一无所有，那么，人在"最有效地使用自己力量"的过程中，只会丧失那最后一无所有的荒诞性，而人为了赋予自己的生命某种意义而死，就是对荒诞性的一种胜利了，因此，他提倡一种什么都敢干的精神，什么都可以孤注一掷的精神，根据这种认为人在行动中即使失去了生命也不过是抛弃了生存荒诞性的观点，马尔罗就在自己的作品里塑造了一大批行动大胆、不怕艰险、不怕痛楚和流血、视死如归的人物。

这些人物因为道路不同而分为两种，一种是从事个人冒险活动的人，代表者就是《王家大道》中的佩尔肯与瓦奈克。他们完全不是奥勃洛莫夫式的耽于空想的人物，也不是维特式的耽于感情的人物，他们充满了行动，他们力图以自己的意志与力量在一定范围里成为主人，成为享有自由与尊严的"上帝"，并且，为此时刻准备以生命为代价。他们的经历是由

---

① 马尔罗：《征服者》第三部《人》，《马尔罗小说集》，第153页。
② 马尔罗：《人的状况》第四部《四月十一日》，《马尔罗小说集》，第348页。
③ 同上。
④ 同上书，第349页。
⑤ 同上书，第350页。

接二连三的大胆妄为的冒险之举组成的，既不顾及人身的安全，也不顾及社会的规范与法律，一切都以实现个人强烈的意志与欲望为转移。佩尔肯为了满足他的征服欲和统治欲，竟冒着极大的生命危险进入土著部落，为了维持他在山林中的权势，他既敢于不择手段，用残酷的手段镇压山民，又敢于与政府和军队抗衡，准备组织自己的部落进行暴动，总之，他用自己的生命、意志和力量向一切挑战：山林、部落、政府、军队、危险和伤痛……克洛德是较低一级的佩尔肯，他的欲望没有佩尔肯那么大，意志力也没有那么坚强，他有攫取古艺术品的野心，他也把向秩序挑战视为向死亡和命运的挑战，因而，他无视法律的规定。正因为佩尔肯挑战的范围、勇气和力量比他更大，更显示了一种战胜生存荒诞性、突出人的"尊严"的气势，所以成了他所敬爱的对象，他随着他在山林部落中经历了惊心动魄的时光，似乎把他提升到他自己所不能达到的高度。

  如果我们客观地分析这一类人物形象，那么就可以看出，这种人物形象包含着一些危险的性质，在他们身上，正义与非正义、是与非、善与恶的原则界线是没有的，他们不考虑这些，他们所追求的是生存时的轰轰烈烈，而不在乎是什么性质，也不在乎是什么途径，他们与亡命之徒有时很难区分，虽然马尔罗赋予他们一些不平凡的素质，如果马尔罗只以描写这种人物为己任，那他自己的意义就小得多了，甚至会成为一个消极性很严重的作家，幸好他没有这样做，他从自己的哲理出发，描写了更多的属于另一种类型的人，即从事革命活动的人。

  这一类人不是为自己的欲望和意志而奋斗，而是在更高的历史政治舞台上搬演自己对生存荒诞性的斗争。在《征服者》中，加林在病中向他的朋友倾诉他的心情时说，他早年因支持堕胎、援助贫穷的妇女而被捕入狱，从那时，他就从社会秩序得到了"荒诞性的印象"，当然，远远不是"社会秩序"而已，还有"不可捉摸的整体"，"它使人感到自己的生命是被某种东西统治着的"，这就是"人类的荒诞性"，而他来到广州参加中国革命并担任革命政府中宣传部长的要职，正是为了"同人类的荒诞性作斗争"[①]。在《人的状况》中，乔被捕后，警察头子问他是否如传说的那

[①] 马尔罗：《征服者》第二部《权力》，《马尔罗小说集》，第 114 页。

样，他"参加共产党是出于人的尊严"，乔承认了这一点。并且补充说，"尊严就是屈辱的对立面"①，在这里，"尊严"与"屈辱"，都是马尔罗关于生存荒诞性的哲理中的概念，尊严是超越与战胜死亡，而屈辱就是荒诞性的派生物。这两部作品的上述片断，提示了马尔罗笔下的革命者思想体系的核心，很明显，他们之所以参加革命，是为了反抗人类的荒诞，生存的荒诞，为了获得并维护人的"尊严"。这种出发点可以促使人物追求生命的意义、摆脱人命定的无能为力的状况，实现人的力量，人的尊严和价值，在20世纪二三十年代资本主义的条件下，当然具有一定的积极意义；这种出发点也可以使人物在与整个人类的荒诞性作斗争的同时，对社会的不义、对旧秩序的荒诞进行反抗，因而走向革命，甚至走进共产党，就像乔、加林、洪、陈那样，这比起20世纪同类资产阶级文学中对荒诞性的曾鼓噪一时但却缺乏战斗的社会内容，更不能预示任何前景的喧嚣，更有明显的进步性。但是，这种出发点毕竟不是一种革命的理想与信念，更与共产主义的人生观相距很远，而只是一种以个人的意义与价值为中心的资产阶级的意识形态。既然马尔罗"从未作为马克思主义者思考过"②，那么，他笔下的人物如何能作为马克思主义者来进行思考呢？因此，他笔下的共产党员自然不像真正的党员，他笔下的中国革命者也就缺乏真实性，只有当马尔罗用反人类生存的荒诞性的哲理去塑造真正的个人冒险家时，他才达到了艺术的真实，就像他在《王家大道》中的情况一样。

只说马尔罗继承了巴斯喀的思想，看来是远远不够的。他继承的是传统的资产阶级人道主义思想体系，他把人道主义思想体系中关于人的生与死、人的命运与人自身的奋斗、人的渺小与人的价值等问题的思想，与在20世纪资产阶级意识形态领域中大为流行的"荒诞"的观念结合起来，以人为中心建立起他的一整套人生哲学。他的哲学把人的注定的命运当作一个基本的残酷的现实，因而带有一种悲剧的色彩，一位批评家把他的哲理称为"一种绝望的人道主义"，不是没有道理的，然而，他从"绝望的状况"出发所建立的把命运的必然性变为人对命运的掌握这一人生哲学，

---

① 马尔罗：《人的状况》第四部《四月十一日》，《马尔罗小说集》，第394页。
② 安德烈·莫洛亚：《论马尔罗》，《从普鲁斯特到加缪》，第302页。

却又并不完全绝望。而且,我们知道"马尔罗在巴黎大学发表演说时,曾把尼采的说法变动了一下,提出了一个震撼人心的问题:人死了吗?人要死吗?"① 他这个向人类生存荒诞性挑战的问题本身就具有一种乐观昂扬的色彩。从"人被判处死刑"到"人要死吗"?这就是马尔罗哲理的出发点与归宿,他这种哲学继承并发展了人道主义思想体系中的积极成分,虽然是资产阶级的意识形态,具有阶级局限性,但在资本主义条件下绝不是一无可取的。

四 他的艺术论著的价值

至于马尔罗在艺术方面的丰富论著的内容和意义,应该承认,我们对此还缺乏深入的研究,我们仅能就目前的条件,提出一些初步的看法。

马尔罗从少年时代就对造型艺术有浓厚的兴趣与广博的知识,那么,是什么样风格的艺术对他进行了最初的熏陶?那是历代传统的古典艺术杰作,它们使"我心灵深处回荡起和谐的钟鼎之声,使我喘不过气来"②。然而,他青年时代却又是在文学艺术领域里现代主义思潮风起云涌之中度过的,他结识了毕加索这个由古典传统的美发展到现代派风格的艺术大师,他也结识了立体派的画家与超现实主义的文学家,他还广泛地研究过造型艺术中野兽派与怪诞派的作品。这样,他就具备了那种能熔古今艺术于一炉的条件,而且,长期的经历,又使他获得了西方艺术与古代东方艺术广博而精湛的学识,这更造成了他艺术史家的阔大眼光,从他自己的条件中,他自然也就习惯于把古典与现代、西方与东方的艺术加以比较。早在 20 年代,他就形成了这种比较的观点:"只有通过比较,才能感受,把一座希腊雕塑与一座埃及的或亚洲的雕塑加以对比,要比研究一百尊希腊

---

① 皮埃尔·德·布阿德福尔:《安德烈·马尔罗》,Editions Universitaires 版,1955 年,第 112 页。
② 马尔罗:《永恒》,见若望·雷马利《马尔罗与艺术创造》,《马尔罗的存在与言论》,第 235 页。

雕塑更能深切地了解希腊人的艺术天才"①，他以后就是用这种比较的方法去探讨人类的艺术形式的发展与演变。

要说马尔罗对艺术史研究的贡献，也许首要的要算他那种全面进行比较的指导思想和以丰富翔实的资料说明问题的方法两者造就而成的艺术图片的宝库。他1928年至1931年的亚洲之行，是为了广泛收集艺术资料，他还曾冒生命危险深入南也门的荒漠去探寻古王国的故都，他到埃及、印度进行过艺术考察，他在担任文化行政工作期间，更是进行了大量的艺术考察活动，而他的职务又为他提供了方便的条件。因此，他的艺术论著充满了大量的丰富的图片材料，不论是《众神的变异》、《沉寂之声》还是《想象中的世界雕塑博物馆》，实际上是世界造型艺术资料的大型结集，他写作自己的艺术论著时，曾收集了几万张艺术品的照片，并进行了严格的核实查对，仅选用在他论著中的艺术图片，就有近两千张之多，在《想象中的世界雕塑博物馆》里，其丰富的图片所占的比例大大超过了文字的说明。

马尔罗既掌握了如此罕见的巨大的艺术资料宝库，又热衷于比较的方法，并且还是一位头脑敏锐、见解精辟，又接近过马克思主义的思想家，人们本可以期望他在20世纪建立起科学的艺术理论的体系，但是，事实并不如此，马尔罗并没有一整套科学的艺术理论。他的《艺术心理学》，从其标题来看，该是对艺术创作与艺术欣赏的心理基础的探讨，对艺术的内部规律提出系统的观点。但这本书的内容与标题并不一致，正如他在《众神的变异》中所说的那样：他的"目的既不是研究艺术史，也不是研究美学，而是……研究文化作为对人是否不朽这个问题的一个永恒的回答所具有的意义"②，他对前两个目的的否定，使他不可能建立起艺术思想的理论体系，至于他追求的那个目的能带给他什么，我们在下面还要论及，这里需要指出的是，他文学家的文笔，倒使他的艺术论著成为"法国浪漫主义散文的杰作"③，既然是散文杰作，那就不容易兼顾严谨的理论，而

---

① 马尔罗：《卡拉尼斯的画》，载《当代艺术家辞典》第三卷，第90页，巴黎版，1931年。见《马尔罗的存在与言论》，第236页。
② 马尔罗：《众神的变异》，Gallimard版，1957年，第127页。
③ 亨利·贝尔：《传奇人物马尔罗》，见《马尔罗的存在与言论》，第247页。

且，即使他对艺术规律进行了一些理论探讨，他的观点也往往自相矛盾或者不切实际，正如他有时强调人类不同时期的文化由于革命与社会变动而根本相异，传统的历史发展往往发生中断，但有时又强调人类不同时代艺术形式发展的连续性，不同时代的艺术在表现基本人性时的稳定和一致；又如，他把对原始艺术的重视与欣赏视为20世纪艺术领域里的革新，显然违反了18世纪德国浪漫派早就赞扬过原始淳朴艺术的事实；再如，他对古代艺术中宗教感情表现的社会根源，也曾以主观臆说代替科学的分析。总之，虽然马尔罗的艺术论著不少，但我们实在不能把他看作一个有严格理论体系和科学分析的艺术史家与艺术理论家，而根据上面我们所引证的他自己规定的目的来看。我们把他仍然看作《人的状况》的作者则更为恰当。是的，"人的状况"的哲学始终是马尔罗一切活动，当然也包括他的艺术研究活动的基础，只有根据马尔罗这一基本的哲理，才能把马尔罗关于艺术问题的一些议论和见解贯穿起来，才能解释马尔罗的全部艺术理论，也正是在这个基础上，他建立了他"报复性"的艺术使命论、"非现实"的艺术创作论和形式主义的艺术史观以及他关于艺术遗产继承的主张。

人从被判处死刑、注定要死亡、注定要陷于生存荒诞性的状况中如何解脱？马尔罗在他的小说里已经作了一个回答，那便是通过冒险、通过革命显示人的力量、人的尊严，摆脱人的屈辱状况，而在他的艺术论著里，他又作了另一个回答，那就是通过艺术，而且，与其说人可以通过艺术来摆脱屈辱的生存、摆脱人与生俱来的生之荒诞性，还不如说，艺术作为人类的一种创造性的活动，干脆就是人摆脱这种状况的一种有效的途径。于是，马尔罗从他的哲理出发，对艺术提出了一个警句性的定义："艺术就是人的一种永恒的报复"①，这种"报复"所针对的当然是"人的状况"，是人死亡的必然性，而且，死亡既然是永恒的，那么，这种"报复"也是"永恒的"，可见它是多么强而有力。

这是一个从抽象哲理出发的形而上学的定义，而不是一种科学的总结，它所包含的人道主义的勇气和气魄，显然要比社会的心理的分析多得

---

① 马尔罗：《沉寂之声》，Gallimard版，1951年，第635页。

多。马尔罗把这视为他艺术思想的结晶,视为他全部艺术论著的主旨,让它在自己的书里不断反复出现。为什么艺术是一种如此强有力的报复?请看他的解释,他在《反回忆录》里这样说过:"我们虽然被囚禁在天地之中,但我们却从自己身上创造出足以否定我们的渺小速朽的强有力的形象来,这的确是神奇不可思议的事情"①,这里,马尔罗指出了人类所创造的艺术形象使人类足以不朽,因而这种艺术创造力具有神奇的力量;在《沉寂之声》里,他说:"艺术家的力量在于……向世界呼喊,让世界听到人的声音。过去时代的文化虽已消失,但保存在伟大艺术品中的人的心声,却是永远不灭的"②,这里,他指出了艺术品中人的声音的不朽。总之,在马尔罗看来,"历史使人认识命运,而艺术则使人摆脱命运获得自由"③,也就是说,艺术本身就是对人类注定的那种屈辱的命运的一种抗衡,甚至可以说"就是一种反命运"④ 了。马尔罗把艺术的作用描绘得这样神奇,以致他简直就要把艺术品加以神化了:"一切艺术作品都有变成神话的趋势"⑤,因此,他把艺术在人类活动中的地位抬高到一种罕见的高度,认为艺术就是显示了人类"自身的崇高性"⑥ 的所在。

不难预料,马尔罗对艺术的这一根本的认识,将会使他有什么样的创作论的主张,他这种认识的形而上学的性质,这种力求实现并维持人的生命力的艺术观,必然决定他在创作上强调人的主观作用,过分夸大作家的创作天才和创作自由的空间。一个人为什么要进行艺术创作?在马尔罗看来,就是为了要创造以战胜死亡,甚至艺术家的"自我表现的目的也是为了创造"⑦,他在《众神的变异》中集中地说明了毕加索自白中的那种体会:"没有上帝我可以照样生活和绘画,但使我感到痛苦的是,缺乏创造力就无所作为,创造力比我自己更伟大,它是我的生命。"⑧ 在文艺创作中

---

① 马尔罗:《反回忆录》,Gallimard 版,1972 年,第 44 页。
② 马尔罗:《沉寂之声》,第 628 页。
③ 同上书,第 621 页。
④ 同上书,第 637 页。
⑤ 马尔罗:《王家大道》,第 42 页。
⑥ 马尔罗:《轻蔑之秋》,第 12 页,见《马尔罗的存在与言论》,第 240 页。
⑦ 马尔罗:《想象中的世界雕塑博物馆》第一卷,Gatlimard 版,1952 年,第 11 页。
⑧ 马尔罗:《黑曜岩之首》,见《马尔罗的存在与言论》,第 235 页。

强调创造性本来是应该的，不过，要看这种"创造性"是指什么而言，如果是指观察生活的新角度、主题思想的新颖深刻、艺术形式的变化多彩，那么，创造性确是文艺创作的生命，但马尔罗并不满足于这些，他走得更远，把创造性用在文艺与现实的根本关系上，提出了"非现实"的创作论的思想。这种"非现实"的创作论看起来似乎与现实主义的来源于生活而又高于生活的主张颇有点相像，如他指出过文艺复兴时期绘画大师们的杰作中人物形象高于现实，他也指出过："在绘画中一幅夕阳西照的美妙图景，并非实际上的美好的夕阳，而是一位伟大艺术家自己的夕阳。"① 这些见解揭示了艺术家的主观条件在艺术地反映现实的过程中正常而必要的作用，无疑是正确而精辟的，但与此同时，马尔罗又把艺术家的主观条件无限地加以夸大，而否定在艺术创作过程中始终应该尊重的现实。在马尔罗看来，艺术品只不过是艺术家所操纵的一小块世界，在这里，他的自由是无限的，他几乎可以为所欲为，现实本身是微不足道的，艺术家已经不再从属于它，受制于它，"伟大的艺术家并不是世界的记录员，而是世界的敌手"②。马尔罗的这一表述看起来很简单，其实否定了巴尔扎克所提出的作家应该做"历史的书记"的现实主义的原则，而把现实看作是艺术创作中的一个对立面，或者把现实仅仅当作现实在艺术家心目中这种或那种变形、投影，如他曾把毕加索脱离了现实主义创作道路后所创作的"非现实"的艺术品，说成是"欧洲最尖锐的现实"③，并且，还对非模仿性的表现方法表示了赞赏。正因为马尔罗强调不尊重现实关系的创作，所以，他也就特别重视艺术天才的作用，他的理论与浪漫主义的天才观是一致的，他甚至认为："掌握艺术的规律，非得有天才不可"④，而那些艺术杰作的产生，就是"神秘莫测而又高尚无比的手"⑤ 颤动的结果。马尔罗这些思想观点带有明显的浪漫主义创作论的性质，并且显然还为他对现代派那种自由无羁、着力表现主观精神世界，提倡"非客观"、"非具体"的

---

① 安德烈·莫洛亚：《论马尔罗》，《从普鲁斯特到加缪》，第316页。
② 同上书，第317页。
③ 马尔罗：《对知识分子的呼吁》，见布阿德福尔《安德烈·马尔罗》，第134页。
④ 《马尔罗的存在与言论》，第241页。
⑤ 安德烈·莫洛亚：《论马尔罗》，《从普鲁斯特到加缪》，第319页。

形象的创作方法的赞赏与支持提供了理论的前提。

关于马尔罗的艺术史观问题,我们先要指出,艺术史观问题,本来是一个历史学范畴的问题,只有以历史唯物论的观点,才能对艺术发展的根由与规律有全面、正确的认识。当然,资产阶级社会学的观点,也并非不能在一定的程度上揭示艺术发展中的一部分规律,但毕竟是"一定程度"和"一部分"。然而,遗憾的是,马尔罗的艺术史观不仅与历史唯物主义相距很远,甚至连资产阶级社会学的味道也很少。他不是从阶级关系、从社会生活的条件去分析艺术形式的产生与发展,也不像资产阶级某些社会学的理论批评家那样,在考察艺术发展过程时,把民族的、地理的、环境的因素估计进去。他的艺术史观具有浓厚的唯心主义的性质,是他的"报复"论的艺术观的直接派生与演绎,在他看来,既然人从事艺术创作活动是为了战胜死亡、显示出人的力量与崇高性,那么,艺术发展过程也就成为一种不断"报复"、不断创造的过程。在这里,动力是人追求不朽的愿望与意志,而不是任何阶级社会的原因,而且,人创造艺术品的途径又不是别的,只是"从其他艺术形式获取自己的艺术形式",因为,"一种行将诞生的艺术,其原料不是来自生活,而是来自以往的艺术"①。这样,在马尔罗的艺术史观里,人的不断"报复"、不断进行艺术创造的过程,就是艺术形式上不断变化和革新的过程。一位理论家说得很中肯:"马尔罗认为形式的不断变化,就是艺术的本质",为什么马尔罗对毕加索那样推崇?原因就在于他认为毕加索不断追求新的艺术形式、不断变换自己的艺术风格,正体现了艺术的本质,正代表了人类艺术不断抛弃固有的形式而创造新形式的进程。因此,马尔罗的艺术史研究,就成了对古往今来各种各样艺术形式的陈列与比较,他在《众神的变异》、《想象中的世界雕塑博物馆》中,就是这样做的,甚至他论著的标题本身就标明了他陈列比较的方法与形式主义的艺术史观。

如果说,"报复"论的艺术哲学给马尔罗在理论上造成了一些缺陷与局限,使他没有成为一个有严格体系与科学方法的艺术理论家与艺术史家,但至少给他带来一个好处,那就是使他对艺术有一种胜于爱生命的感

---

① 马尔罗:《沉寂之声》,第617页。

情，使他对艺术的热爱保持在一个哲理的高度上。他曾明确地对访问者说过："对我来说，最为重要的就是艺术，我爱艺术就像有些人爱宗教一样。"他从这种感情出发，当然也希望更多的人欣赏并热爱艺术，他充满热情地追求这一目的，并把它视为自己生命的意义，他曾这样自白："如果我临终的时候，我可以对自己说，有五十万以上的青年看到了由于我的行动而有一扇窗子打开了，通过这扇窗子，他们得以摆脱了技术的冷酷、广告的袭击，不再一心向'钱'看，也不再沉溺在庸俗无聊并带有暴力色彩的消遣里，只要我能对自己这么说，我敢保证，我就死得心满意足了。"① 他要打开的那扇窗子，就是艺术之窗，他在担任文化部长期间，就是这样做的，他这样规定自己的政策："让尽可能多的法国人能欣赏到人类的，首先是法国的艺术名作。"② 由于他有这样一个良好的志愿，法国人在20世纪就获得了一位能干而竭诚的"文艺总管"，一位杰出的艺术遗产的继承者、收藏者与展出者。

马尔罗对人类艺术遗产热情的继承态度，有其理论的根据，他关于文化遗产继承问题的见解，也许是他文艺思想中最有价值的部分。他认为艺术不朽，不仅是因为艺术形式表现了人类的创造性，艺术品中响着人类那一部分已经消失的历史的声音，因而都具有超越死亡、战胜生存荒诞性的意义，而且还因为，艺术品中体现了人的理想，表现了人类各个时代优秀的品质。这些都是人身上的稳定的素质，在一定程度上具有永恒的意义，并且，在有分歧的世界上，有助于使人们交流思想感情，使人联合起来，他曾以《安娜·卡列尼娜》为例，说明不同民族、不同时代的人们之间的感情交流："如果说，我们根本没有把活人的梦想联合起来，至少我们已经很好地把死人联合起来了。"③

在遗产问题上，马尔罗显示了一个大文化人广阔的胸怀和应有的价值标准，他对人类一切优秀的，有价值的文化遗产都有浓厚的兴趣，只要是真正有价值的遗产，他都主张加以继承而不应受时代、民族、社会制度和

---

① 弗朗索瓦丝·陶朗洛：《从艺术与行动中见出思想的一致》，《马尔罗的存在与言论》，第177—178页。

② 见《马尔罗的存在与言论》，第253页，1959年1月9日《办公日志》。

③ 马尔罗：《对知识分子的呼吁》，见布阿德福尔《安德烈·马尔罗》，第129页。

艺术风格的限制，而且，他还精辟地认为，文化艺术首先必须是民族的，富有民族的内容和特点，而后才能进入世界的优秀文化宝库。他指出，托尔斯泰、陀思妥耶夫斯基都是"地道俄国化的作家"，但他们都在西方文化中享有重要的地位。虽然马尔罗战后在政治上保守右倾，以竭力防止法共在法国取得政权为己任，但他对无产阶级伟大的诗篇《国际歌》，却又作了高度的赞美，他称这首歌"将与人类永恒正义的梦想联结在一起"[①]；而另一方面，他对资本主义商品性的、庸俗化的文学艺术则采取了一种批判的态度，他曾在一篇著名的演说里，把资本主义的机械文明窒息精神文明的生产、电视与电影泛滥成灾，其中"最触目惊心的东西就是动物的本能、性与血的暴力"，等等，视为"威胁着人类的不祥的命运"[②]，并且号召"向庸俗的潮流进行面对面的斗争"。马尔罗对两种不同文化艺术如此鲜明对照的态度，在一定程度上超出了自己的阶级局限性，这也正是马尔罗卓越的所在。

（原载《马尔罗研究》，漓江出版社1984年版）

[①] 马尔罗：《对知识分子的呼吁》，见布阿德福尔《安德烈·马尔罗》，第128页。
[②] 马尔罗：《一九六七年十一月八日在牛津大学"法兰西之家"新址开幕典礼上的演说》，见《马尔罗的存在与言论》，第54—55页。

给萨特以历史地位
——《萨特研究》序

一 给萨特以历史地位

让-保尔·萨特于1980年4月15日在巴黎逝世。不论是什么国度，不论是什么党派，不论是政治界、哲学思想界、文学艺术界，人们都不能不关注这一悲讯，都不能不感到若有所失。当这个人不再进行思想的时候，当他不再发出他那经常是不同凡响的声音的时候，人们也许更深切地感到了他的丢失了的分量。他在西方思想界所空下来的位置，显然不是短时间里就有人能填补的。不同观点的人，对他肯定会有这种或那种评价，但随着时间的推移，在将来，当人们回顾人类20世纪思想发展道路的时候，将不得不承认，萨特毕竟是这道路上的一个显著的里程碑。

萨特的经历纯粹是一个知识分子的经历，也可以说相当单纯，即始终是作为一个从事精神生产的智力劳动者。他生于一个海军军官的家庭，两岁丧父，母亲改嫁，从小跟随外祖父母生活，外祖父是一个学识渊博的语言学教授，萨特在他这里，得到了良好的文化熏陶。中学期间，萨特成绩优异，爱好文学，进行了广泛的阅读，曾产生过拯救人类于痛苦的浪漫理想。1924年，他进入以培养了不少杰出人物著称的法国著名学府巴黎高等师范学校，攻读哲学。1929年，他在大中学教师学衔会考中名列前茅，取得哲学教师的资格，并认识了他后来的终身伴侣女作家西蒙娜·德·波伏瓦。短期服役后，从1931—1933年，他在外省担任中学教师。1933年，他作为官费生赴柏林的法兰西学院研究德国哲学家海德格尔与胡塞尔的学说，开始形成了他的存在主义的哲学思想体系。1934年以后，他继续从事教学并开始写作。第二次世界大战爆发，他应召入伍，1940 年在前线被俘。1941 年获释后继续任教。1945 年，他创办了《现代》杂志，此后，他成为职业作家，一直到他逝世。

萨特的一生是在精神文化领域里不断开拓、不断劳作的一生。对于一个身体并不好、从三岁起就瞎了一只眼睛的人来说，要完成深造的学业并留下五十卷左右浩瀚汪洋的论著，那是多么不简单的事！他是哲学家，师承了海德格尔的学说，但成就与影响远远超过了那位德国的先行者，而成为存在主义哲学首屈一指的代表，他的主要哲学著作《想象》、《存在与虚无》、《存在主义是一种人道主义》、《辩证理性批判》、《方法论若干问题》，已成为 20 世纪资产阶级哲学思想发展变化的重要思想材料。他是文学家，他把深刻的哲理带进了小说和戏剧，他的中篇《恶心》、短篇集《墙》和长篇《自由之路》早已被承认为法国当代文学名著；他得心应手的体裁是戏剧，在这方面，他的成就显然更高于他的小说，他一生九个剧本并不为多，但如《苍蝇》、《间隔》等，在法国戏剧中都占有重要的地位。他也是一个文艺批评家，著有《什么是文学》和三部著名的文学评传：《波德莱尔》、《谢奈》和《福楼拜》。他又是一个政论家，他的文集《境况种种》有十卷之多，其中除了关于法国文学、欧美文学的评论和文艺理论著作外，还有对于第二次世界大战期间斗争的回顾，对殖民主义的抨击，对世界和平的呼吁，对阿尔及利亚战争、越南战争以及一系列世界政治事件所发表的意见。几乎可以说，萨特在精神文化、社会科学领域的多数部门中，都留下了丰硕的成果，仅仅只在其中一个部门里取得这样的成就已经是不容易了，何况是在这样多方面的领域里呢。无疑，这是一个文化巨人的标志。因此，萨特的影响不仅遍及法国和整个西方世界，而且还达到了亚洲、非洲的一些地区。现在，当我们来估量萨特的历史地位时，已经就很难想象一部没有萨特的当代思想史、一部没有萨特的当代文学史，会是什么样子。

要对萨特作出评价，首先就要遇到他的存在主义哲学思想这个艰深而玄妙的难题，而在这个问题上，人们的意见是相当纷纭的。事实上，萨特也受过不少责备和挑剔。萨特的存在主义哲学的核心，不外是"存在先于本质"论、"自由选择"论以及关于世界是荒诞的思想，即认为：人生是荒诞的，现实是令人恶心的，人的存在在先，本质在后，人存在着，进行自由选择，进行自由创造，而后获得自己的本质，人在选择、创造自我本质的过程中，享有充分的自由，然而，这种本质的获得和确定，却是在整个过程的终结才最后完成，等等。对此，人们当然可以提出种种批评：把存在与本质割裂开来，这岂不是形而上学？强调个体的自由选择，岂不是主观唯心论、唯意志论？甚至是为一切罪恶的行为提供理论根据？既然在萨特的哲学里，生活是荒诞的，人是自由的，不仅对法律道德是自由的，而且对宗教信仰、理想也是自由的，那岂不是为那些颓废、消极、放纵的垮掉的一代提供了哲学基础？如果要着意从立论上、概念上、逻辑上去指摘萨特哲学思想的错误和矛盾，也许还不止这些。到目前为止，除了马克思主义的辩证唯物主义、历史唯物主义，还有什么"完美无缺"的思想体系呢？狄德罗的唯物论被认为是机械的、形而上学的，归根到底仍是唯心主义的，黑格尔也被称为客观唯心主义者。然而，这两个远非"完美无缺"的哲学家，却得到马列主义经典作家多么崇高的评价啊！我们对待萨特，难道不应该这样吗？如果有人力图把萨特贬成一个哲学上的侏儒，去寻章摘句对萨特进行"彻底批判"、"彻底扬弃"，那就随他们去吧，我们的任务是：指出萨特哲学思想中可取的部分和合理的内核。这样做肯定要比把萨特批得体无完肤费力且不讨好，但却甚为值得，这倒不是为了死者个人，而是作为一个社会主义大国的研究界所应尽的责任。

如果撩开萨特那些抽象、艰深的概念在他哲学体系上所织成的厚厚的、难以透视的帷幕，也许不妨可以说，萨特哲学的精神是对于"行动"的强调。萨特把上帝、神、命定从他的哲学中彻底驱逐了出去，他规定人的本质、人的意义、人的价值要由人自己的行动来证明、来决定，因而，重要的是人自己的行动，"人是自由的，懦夫使自己懦弱，英雄把自己变成英雄"。这种哲学思想强调了个体的自由创造性、主观能动性，显然大大优越于命定论、宿命论，它把人的存在归结为这种自主的选择和创造，这就充实了人类的存在的积极内容，大大优越于那种消极被动、怠惰等待的处世哲学，它把自主的选择和创造作为决定人的本质的条件，也有助于人为获得有价值的本质而作出主观的努力，不失为人生道路上一种可取的动力。至于萨特所认为的世界是荒诞的，人是孤独的、痛苦的，人生是悲剧性的，这种观点的确表现了一种苦闷失望、悲观消极的思想情绪，但这不正反映了哲学家对资本主义现实的不满？萨特曾经把自己的存在主义哲学称为"一种人道主义"，他无疑是资产阶级人道主义思想传统在20世纪最有创造性的一个继承者，他在本世纪资本主义社会现实荒诞的条件下，发扬了资产阶级人道主义的积极精神，追求人的真正的价值，提倡人面对着荒诞的现实争取积极的存在的意义。特别难能可贵的是，萨特作为一个资产阶级思想家，对于马克思主义又始终抱着一种善意的亲近的态度，与某些资产阶级思想家本能的敌对和随意的谩骂是完全不同的。他承认马克思主义的价值，虽然他并不完全了解马克思主义，甚至还有误解；他试图把存在主义和马克思主义结合起来，虽然他把自己的哲学视为对马克思主义的"补充"，看来似乎有些狂妄。总的说来，他对马克思主义的态度还是赞赏和向往的，这就显示了他作为一个超脱了狭隘阶级局限性的思想家的风度。

对于一个哲学体系的评价，从理论上、方法上作出"定性分析"固然重要，但更重要的是看这种哲学的实践，看它在现实生活中的作用。正是在这个意义上，对哲学家萨特的估价，必须和作为文学家、社会活动家的萨特联系在一起。

萨特第一部哲学著作《想象》发表于1936年，而他的存在主义哲学代表作《存在与虚无》发表于1943年，这正是法西斯势力这一种"恶"在欧洲日益猖獗并正在造成巨大灾难的时期。萨特在发表哲学著作的同时，又以文学创作宣传他的哲学思想，公正地说，他这些论著和作品，在当时的条件下，是带着与这种"恶"相对抗的性质的。他的第一部小说，也是他自己最重视的小说《恶心》，纯粹是哲理性的，它通过一个知识分子单身汉安东纳·洛根丁的日常生活，表现了萨特本人对资本主义社会现实的感受和思考。其中主人公那种对现实的恶心感，对客观世界的不可知感，对环境的无以名状的恐惧感、迷惘感，对生活的陌生感以及在人与人关系中的孤独感，显然是作为人对当时阴云密布、灾难即将临头的欧洲现实一种自然而然的反应被作者加以细致描写的，也可以说是在那种历史条件和形势下，萨特对人的状况和人与社会关系的状况的一种批判性的认识，其中当然包含着对那个时代社会现实的一种否定。如果说《恶心》带有某种抽象的性质，那么，小说《墙》则具有鲜明的政治色彩。作者在这篇小说里描写了西班牙战争期间反革命的白色恐怖，揭露了法西斯军队如何像"疯子"一样"逮捕所有和他们想法不同的人"，特别揭露了他们对政治犯那种惨无人道的精神折磨和肉体迫害，表现了他对那正在欧洲肆虐逞凶的反动势力的憎恶。他同一时期的另一篇小说《艾罗斯特拉特》则是他"自由选择"的哲学思想的一种文艺图解，写的是一种恶人的"自我选择"，主人公对人类极端蔑视，疯狂仇恨，宣称自己是"一个不爱人类的人"，并要上街用他手枪中仅有的六颗子弹去杀"半打人"。艾罗斯特拉特本是古希腊的一个无赖，为了要使自己的名字留传后世得以不朽，放火焚烧了狄安娜神殿，由此，他的名字就成为"以无赖的行为使自己出名"的同义语。萨特以这个名字称呼他小说中的主人公，正表现了他对那种以反人道来标榜自己的恶棍的否定，表现了他对恶的"自由选择"的否定，可见，在萨特的哲学里，自由选择是包含着善恶是非的标准的。而且，萨特也没有停留在抽象的善恶上，他总是力图联系现实的斗争来表示自己的态度。当整个欧洲几乎都笼罩在希特勒的阴影之下，法国处于屈辱的被占领状态的时候，萨特又写作了著名的剧本《苍蝇》，剧本根据埃斯库罗斯的悲剧《俄瑞斯忒斯》三部曲改编，写阿伽门农的儿子为父报仇的故事，在古代悲剧的题材中，注入了他存在主义的哲理，俄瑞斯忒斯就是一个作了英雄的自我选择而成为了英雄的人物。他为了给父亲报仇，敢于承担责任、采取行动、杀死母亲，因而获得了自身的意义和价值。萨特在剧本中清楚地表现这样的寓意：只要是为自己的自由而采取行动，就能获得肯定的意义，这在当时无异于向法兰西同胞发出了进行反抗的暗示，因而剧本遭到了德国占领当局的禁演。

　　第二次世界大战结束后，欧洲满目疮痍，希特勒的浩劫所造成的严重后果还没有消失，原子弹和冷战又在人们的心里投射了新的阴影，道德标准、价值标准完全动摇，理想破灭。萨特的论著和作品所宣传的世界是荒诞的，人生是没有意义的思想，正投合了人们对现实生活怀疑悲观的认识和他们苦闷消极的情绪。但是，如果一种哲学只使人陷于痛苦的绝境不能自拔的话，那它是不会有生命力的。萨特的存在主义哲学的力量在于，它一方面指出了现实的荒诞，另一方面又给苦于在荒诞之中挣扎的人们指出了一条出路：自我选择。因而，在他们看来，这种哲学似乎替自己找到了一个在不合理的现实中的比较合理的支撑点，给了他们一种用来摆脱苦闷和失望的精神力量。这就是萨特的思想战后在整个西欧风靡一时的社会心理基础。值得注意的是，这种社会心理并不是来自生活中那种营私牟利、飞扬跋扈、制造灾难的反动腐朽的阶级力量，而恰巧是，或者主要是来自现实生活中在一定程度上受损害、受宰割、被欺骗、被牺牲的人们，也就是中小资产阶级。因而，萨特的存在主义就不是反动资产阶级的意识形态，而是中小资产阶级知识分子阶层的思想的哲学形式，它具有某种合理的因素和积极的意义，而萨特在战后所发表的一些作品里，也正力图给他抽象的哲学命题填进具体的积极的社会内容。

  先是他的长篇三部曲《自由之路》。三部曲的第一、第二部《懂事的年龄》与《延缓》于1945年问世，第三部《心灵之死》发表在1949年。萨特在三部曲里，通过一个知识分子主人公的生活道路，再一次给他所主张的"自我选择"提供了一个具体范例，说明了他这一哲学概念中正面的、积极的含义。小说以第二次世界大战前夕和战争初期的年月为背景，主人公玛第厄像萨特本人一样，也是一个出身于资产阶级家庭的哲学教师，他完全陷在现实的荒诞、个人的苦恼中，他自己也不满意并力图摆脱，他曾经想到西班牙去参加斗争，但犹疑、矛盾，没有采取行动的决心，他虽然在意识形态上愿意参加共产党，但又怕妨碍自己的自由。战争的风暴、民族的危难逐渐把他拔出个人的狭隘的天地，使他感到自己所追求的个人自由是那么空虚，他投入了斗争，在一次抵抗德国侵略者的阻击战中，作出了自己的"自由选择"，以英勇的行动而成为了英雄。在他死后，他的朋友、共产党人布吕内继续进行斗争。同时还有他著名的哲理剧《间隔》。这个剧本同样也阐释了"自由选择"的主题，只不过是从另一个角度。它通过表现三个生前有恶德、有污点或有罪过的男女，在地狱里互相纠缠、互相矛盾冲突、互相折磨的卑劣而痛苦的景象，实际上提出了一种道德上的告诫，在萨特看来，这一男二女正因为是作出了卑劣的自我选择，他们的本质是低劣的，所以他们现在才是那样难堪，以致在他们之间，别人像地狱一样使自己难以忍受。正像他把那个仇恨人类、具有恶的本质的无赖蔑称为"艾罗斯特拉特"一样，萨特又把那种卑劣的人与人的关系概括为"他人，就是地狱"这一在当代文学史上也许是最为著名的哲理警句。这一警句，既是萨特对资本主义现实中丑恶的人与人的关系深刻的揭示，同时也包含着对那种推托自己的责任、把命运归咎于别人、怨天尤人、消极等待、不进行积极的自我选择的人的嘲笑和讽刺。这个剧本上演后，以其深刻的哲理和巧妙的戏剧性而受到了热烈的欢迎，成为萨特剧中经常上演的保留剧目，并被批评家誉为法国当代戏剧的经典作品。除了这两部作品以外，萨特从战后40年代直到他晚年所写的文学作品，绝大部分都有积极的思想内容和进步的社会意义：剧本《死无葬身之地》（1946）表现被德国占领当局逮捕的游击队员威武不屈的英雄主义，《毕恭毕敬的妓女》（1947）尖锐地揭露了美国的种族歧视和上层统治阶级的卑劣，《涅克拉索夫》（1956）对法国反动势力进行了讽刺，《阿尔托纳的隐藏者》（1960）抨击了法西斯的残余势力，根据欧里庇得斯的悲剧改编的《特洛亚妇女》（1966）影射了殖民战争的不正义。

　　萨特另一个极为重要的方面，是作为一个思想家投入了当代政治社会的斗争。在这方面，他是资本主义社会现实的批判者，是反动资产阶级的非正义和罪行的抗议者，是被压迫者和被迫害者的朋友，是社会主义、共产主义的同路人。40年代，他参加过反法西斯斗争，从俘虏营出来后，他组织过"社会主义与自由"的抗敌组织，参加过全国阵线领导下的作家委员会，为法共领导下的地下刊物撰稿。50年代，他谴责美帝的侵略战争，"为了抗议法国政府对这种帝国主义行为的屈从"，他与法共接近，关系密切，成为法共的同路人；虽然他对50年代中期共产主义运动中的一些事件不理解，但也曾为无产阶级专政的必要性进行过辩护。60年代，他冒着被捕的危险，反对法国对阿尔及利亚的殖民战争，并不止一次揭露法国殖民者在那里的暴行，1964年，瑞典皇家学院决定授予他诺贝尔奖，他坚决拒绝，表示"谢绝一切来自官方的荣誉"。60年代后期，萨特曾公开谴责苏联出兵侵略捷克斯洛伐克。70年代，他积极支持工人罢工和学生运动，当法国左派的《人民事业报》受到政府的压制时，他挺身而出，保护这个刊物，并亲自走上街头叫卖。在苏联入侵阿富汗时，他还表示了强烈的反对。萨特用自己的行动写下的这份"政治履历表"，充分显示出了一种不畏强暴、不谋私利、忘我地主持正义的精神和任自己的感情真挚地流露而不加矫饰和伪装的襟怀坦白的政治风格。他以这种精神来指导他的文学活动，主张"倾向性的文学"，要求作家用文学来为战斗行动服务。这就使萨特成为法国历史上那种作家兼斗士的光荣传统的当之无愧的继承者。如果说，属于这个传统的，18 世纪有为最大的冤案卡拉事件的昭雪而向封建统治、反动教会作了勇敢斗争的伏尔泰，19 世纪有与拿破仑三世的独裁政权进行了长期不妥协斗争的雨果和为德雷福斯冤案而与整个资产阶级国家机器对抗的左拉，20 世纪有把自己的斗争汇入了社会主义时代潮流的罗曼·罗兰与法朗士，那么，在 20 世纪中叶，则有让-保尔·萨特补充了他们的行列。

萨特曾被称为"20 世纪人类的良心"，但对此，资产阶级批评家曾进行了奚落：他的错误太多了，成不了良心。类似的批评也曾来自社会主义国家：他在政治上太"反复无常"了，不可取。萨特作为一个资产阶级思想家，的确有根本的局限，他在政治上、思想上也有过不止一次错误，但是，在近半个世纪以来当代极为复杂、变化多端的政治环境中，试问能保持一贯正确、绝对正确的究竟有多少？只不过萨特比较表里如一、不隐藏自己的观点、不掩盖自己的矛盾、不文过饰非而已，"万能的上帝啊，请您把那无数的众生叫到我跟前来！让他们听听我的忏悔……然后，让他们每一个在您的宝座前面，同样真诚地暴露自己的心灵，看看有谁敢于对您说：'我比这个人好！'"

萨特在生前不为资产阶级所喜欢，他们认为他是资本主义世界里的一个"骂娘的人"。但他作为思想家，在我们社会主义国家里也受到过不公正的对待，批评者认为，他"为资本帝国主义制度作辩护"，他发出了"反动资产阶级临死前的悲鸣"，他企图把马克思主义与存在主义调和起来，更是包含着"极大的祸心"。这对于主观上对中国的社会主义抱着善意、对马克思主义也严肃认真的萨特来说，也许是最大的不幸。这一个精神上叛逆了资产阶级因而被资产阶级视为异己者的哲人，能在什么地方找到自己的支撑点？萨特应该得到现代无产阶级的接待，我们不能拒绝萨特所留下来的这份精神遗产，这一份遗产应该为无产阶级所继承，也只能由无产阶级来继承，由无产阶级来科学地加以分析，取其精华，去其糟粕。

萨特的逝世，给一个社会主义大国的理论界提出了一个艰巨的研究课题。我们相信，通过对萨特的研究人们将不难发现：萨特是属于世界进步人类的，正如托尔斯泰属于俄国革命一样。

二 关于《萨特研究》的编选原则和内容

当前，对萨特的研究，显然还仅仅是开始。这一研究任务，不是少数几个人的事情，而是哲学研究界、文学研究界共同的任务。但要进行切实的、深入的研究，首先应该对萨特有必要的了解，要作必要的资料工作。如果说，过去甚至包括现在，对萨特有一些既不公正又与事实不符的责难和批评，实与资料不足有关。资料是科学研究必不可少的依据，缺少了它，就只剩下了主观主义的"分析批判"了。萨特资料的不足，也有客观的原因，国内所拥有的原文图书和报刊的匮缺是其一；即使有一些，各单位分藏，不能互相补充，构成整体，是其二。我们编这本《萨特研究》的目的，就在于企图多少改变这种情况，多方收集，以求提供一些关于萨特的必要的资料。

在编选资料方面，目前有一个常见的做法：如果是以某一个作家为对象，往往就把外国批评家、评论者对这个作家的论述收集汇编在一起。外国评论者的论述是外国人研究的心得，无疑对我们有重要的参考价值，然而，它们毕竟是外国评论者的议论和结论，有时结合着作家作品的实际，有时却只是一种阐述和发挥，即使结合了作家作品的实际，往往也只是在评论者本人论述所需要的范围之内。这种编选方法对于其作品已经为中国读者所熟知的作家如莎士比亚、巴尔扎克等是适宜的，但对萨特这样一个中国读者所知不多的作家就不合适了，如果这个专辑采取那种办法，那么，读者也许只能看到一些评论家对于萨特的高谈阔论，而看不到萨特本人的庐山真面目，哪怕是庐山真相的几张摄影或几幅写生。因此，我们采取了另一种编选办法：选择一部分萨特的文论，以提供萨特本人对他的政治、哲学、文学思想所作的阐释和解释；选择一部分萨特的文学作品，以提供萨特存在主义文学的代表或典型章节；编述萨特的年表、萨特全部文学作品的内容提要以及与萨特有特殊关系的作家的资料，以提供萨特的生平和创作等情况；刊载一部分萨特进行文学活动时期的文学背景材料，以提供萨特与当时文艺创作状况的材料。总之，我们力图从各个方面介绍萨特的全貌，希望读者拿到手里的，是一份比较全面的关于萨特的资料，当然，限于篇幅，我们的介绍只可能是初步的，而且，与其说是全貌，不如说是概貌更为确切。

萨特作为哲学家、思想家、社会活动家，其文论的数量是相当庞大的，不过，既然我们这个专辑是作为现当代文学资料的一种，所以，萨特的哲学文论不在我们入选之列。我们着重从文学和一般思想的角度，选择了《为什么写作》、《答加缪书》和《七十岁自画像》三篇。

《为什么写作》是萨特1947年发表的文艺理论专著《什么是文学》中的一章，它既是萨特的文艺理论，又是萨特本人最高的创作纲领。早在1945年，萨特在《现代》杂志的创刊号上，就发表了题为《争取倾向性文学》的社论，要求文学具有倾向性，干预生活，这是萨特一贯的文艺思想，也是他自己创作活动的根本出发点。《为什么写作》是一篇相当艰深的美学论文，带有某种思辨的性质，从这里，我们可以看到萨特作为美学理论家所具有的康德、黑格尔美学论著中的那种深邃，他把常见的文艺现象阐述得那样透辟，显示了非凡的思考力。对于"为什么写作"这个命题，他虽然是从以个体为中心的人本思想出发，但却达到了正确的结论；他始终抓住根本的哲理，从作者与读者、创作与阅读、美与审美各对关系，阐明了个体人的创作活动的社会性和严肃性；他的论述充满了辩证法的运用，他明确地以"为艺术而艺术"以及巴那斯派的"艺术家不动感情"的形式主义美学观为对立面，完整地论述了他的艺术既不能脱离"别人"和社会，同时也必须是为"别人"、为社会的美学哲理，这当然是对19世纪下半叶以来泛滥极广的"为艺术而艺术"的思潮的一次强有力的清算，针对戈蒂耶所提出的那个著名的形式主义美学口号，萨特提出了"艺术品，就是召唤"、写作就是介入以及要"在审美命令的深处觉察道德命令"等一系列深刻的思想。那么召唤什么、介入什么？于是，在这篇文论里，思辨的哲理一变而为明确的宣言，那就是提倡揭露一切"非正义行为"、"应被取缔的弊端"，那就是要作正义的召唤。在萨特看来，只有正义的召唤才能产生"好的小说"，而非正义的东西，如反犹太主义、法西斯主义则必然断送作者的艺术生命，甚至他把他的"介入"解释得这样明确:"有朝一日,笔杆子被迫搁置,那时候,作家就有必要拿起武器。"萨特的论述,响彻了高昂的资产阶级民主主义的声音,它是资产阶级美学理论中优秀传统在20世纪的一次复兴,如果把它和萨特本人总是力求通过写作为进步事业服务,总是把批判的矛头指向腐朽反动的社会阶级力量、指向不合理的资本主义现实的创作实践联系起来,那么,更可以看出,在这篇抽象的思辨性的美学论文中,实际上有着非常进步的时代社会内容,它在当代资产阶级文艺理论中,是难得的力作,理应得到我们格外的重视。

《答加缪书》是萨特文论中有代表性的另一篇,它虽然和某一事件有关,但其重要性不同于他十本文集《境况种种》中关于时事政治事件、社会问题所发表的谈话或文章,而标志着法国当代文学史上一次重要的论争和他与另一个同他同样举足轻重的大作家的关系。加缪才华横溢,出现于40年代的法国文坛,既是抵抗运动的英雄,又是对现代生活荒诞性的深刻思考者、揭示者,他在存在主义风靡全欧的时期几乎与萨特齐名,两人的友谊更是从抵抗运动时期就开始了的。论争由于1951年加缪出版的《反抗者》一书而来,在这本书里,加缪根据当时所揭露的苏联存在着集中营的事实,对苏联表示了否定的态度,萨特所主持的《现代》杂志对加缪这种态度的"保留"和萨特的亲密合作者尚松对《反抗者》一书的批评引起了论争。如果撩开论争中的一些词句上的纠缠和论争中难免都有的策略和手法上的遮掩,不难看出,实质性的问题是对苏联的态度。在当时出现了"两大阵营"的历史条件下,加缪那种不以对象为转移而反抗一切不合理事物的态度,当然显得是一种脱离现实、脱离历史的"抽象的"、"纯粹的"反抗,这正是萨特在《答加缪书》中对他的批评。而萨特则主张不要脱离实际,要与具体的社会力量结合,"参加他们的战斗",明确提出了"帮助那边的奴隶的唯一途径是站在这里的奴隶一边"。当然,这里并不存在一个萨特否认集中营的存在并认为它合理的问题,问题是双方对于如何斗争和对现实斗争采取什么态度,的确存在很大的分歧,萨特实际上表现了他当时的党派精神和阵营色彩。我们把这篇文章译出来,并不是为了对一个属于历史范畴的问题作出某种结论,更不是为了再一次确认这样一次争论所涉及的问题就足以给加缪这一位杰出的作家戴上"右"的帽子。我们完全把它作为文学史上一份思想材料译介出来，以披露这次重要论争的某些实际情况，以提供萨特关于在现实斗争中应采取什么政治态度的哲理所作的解释。

《七十岁自画像》是萨特的自述文章。萨特叙述自己的生活和思想的作品不少，较早的有《词语》一书，它主要记述了萨特童年时的生活，被人称为"最富有人情味的作品"。他的文集《境况种种》中，也有多篇自述性的文章，仅以第十集而言，就有三篇之多。比较起来，《七十岁自画像》在萨特的自述性作品中最为重要。此文发表于1975年，正当萨特将近七十岁的时候。这时，萨特已经走过了他一生绝大部分道路，完成了他所有的作品，他仅有的一只眼睛也近乎失明，再也不可能进行写作，作为一个作家的生涯这时已经完全告终，他用答记者问的形式发表了这一长篇的谈话，收在他最后一部文集中，作为他最后一篇文章。毫无疑问，这是萨特对自己的"盖棺论定"。这篇谈话，与其说是回顾了他一生的经历，不如说是总结了他作为思想家、作家、社会活动家的各个方面，对于研究萨特，这比追述他的生平更为有用，从这里，不仅可以看到他经历中的某些片断，他个人生活的情况（包括工作方式与起居），更重要的是可以了解他思想的各个方面，可以看到他的精神状况和他为人处世的准则，总之，一个全面的萨特，萨特的一个全貌。不过，这里还有一个问题：萨特是不是有一个统一的全貌呢？他的思想被认为是充满了矛盾，他的行为被认为变化无常，在那些矛盾的现象中，在那些反复的变化中，是否有某种统一性、某种一致性呢？这是萨特研究中的关键。只有在萨特基本上完成了他一生的创作活动和社会政治活动的时候，对这个问题才有条件作出一定的结论。《七十岁自画像》的价值就在于它提供了萨特思想和行动中某种统一性的解释。不论萨特的思想和著作中有多少矛盾，但是，就他对自己所处的那个社会而言，正如他所说的，"我可以说明这个社会是不道德的，它不是为了人，而是为了利润而建立的，因此，就应该彻底改变它"；就他对自己的阶级而言，正如他所说的，"我断定资产者都是坏蛋，我想我恰恰可以通过对资产者说话，毁坏他们的名声"，"我的立场扼要地说，在于把资产者作为坏蛋来谴责"；就他对马克思主义的态度而言，正如他所说的，"我想马克思主义有些方面是站得住的：阶级斗争、剩余价值等等","马克思主义是我们时代不可超越的哲学"。也正是在对这一系列根本问题的认识基础上,他提出了这样的警句名言:"我们只有在两者之间作选择,不是社会主义就是野蛮。"在他看来,斗争是艰巨的:"至少需要五十年的斗争,人民的权利才能从资产阶级权力那里夺到果实……斗争有时前进,有时后退,成绩有限,但失败并非不能挽回,最终才能实现社会主义。"但与此同时,他又具有一种历史的乐观主义:"我相信历史在前进,在一步步走向革命,发展和变化是令人鼓舞的。"在这样一个历史潮流中,他这样规定自己的任务和职责:"我能做的一切,就是努力争取尽可能多的人,就是说争取群众加入为彻底改变这个社会而采取的行动。"当然,在近几十年来世界范围里复杂的斗争中,在各种力量不断变化、大动荡、大改组的过程中,萨特对有关问题的态度不可能也不应该固定不变。然而,正如他的自述所表明的那样,他主观的变化是由于客观事物的变化而引起的,而他主观的变化却又始终是依据着一定的原则,那就是他本人所说的他要求自己政治上"尽可能诚实"的原则,以及我们从他的行动中所归纳出来的尽可能地主持正义、促进社会向前发展的原则。譬如对于苏联,在战后冷战的年代里,在萨特看来,"共产党人是有理的,苏联尽管有我们知道的种种过错,那时候它毕竟是受迫害的,它还没有能力在战争中抵抗美国",因此,他当时"认可共产党人的言论,大致上他们指责美国的,也就是我们指责的",但后来苏联发生了变化,在世界范围里已扮演了不光彩的角色,萨特也就成为了苏联霸权主义的抗议者了。再譬如对中国,萨特从50年代起就怀着友好的感情,中国发生"文化大革命"后,他就采取了保留的态度,而在这种保留之中同时又带有一种愿意继续观察、了解和研究的实事求是的精神。再譬如对法国激进的左派青年,萨特在他们受到压制的时候是见义勇为、挺身而出加以支持和保护的,而在涉及他们的观点理论的时候,他又明确表示了自己与他们的距离。凡此种种,就是《七十岁自画像》一文所提供的萨特看起来似乎矛盾、实际上却又统一的形象。而且,这一长篇叙述既充满了一种对自己的价值和力量的自信,又具有一种平易质朴、老实自然的风度,在某些方面,还具有一种卢梭《忏悔录》式的坦率,如承认1954年访问苏联时言过其实、撒过谎,承认曾经也有过单单为了赚钱而进行写作,等等,在这里,用来美化自己、粉饰自己的虚伪的道德面纱是没有的，呈现出来的是一个真实的萨特，这更增添了这篇自述的文献价值，也是我们之所以选择它的一个原因。

在作品方面，这个专辑并不是萨特作品选，不言而喻，不可能把萨特文学创作中有价值、有意义的作品都选入，而只能提供一部分最为典型的文学创作的样品。在这里，我们不妨根据自己的理解，把萨特的文学作品作这样一种区分：一类是直接写现实的政治题材或社会题材的作品，在小说中有短篇《墙》、长篇《自由之路》，在戏剧中则有《毕恭毕敬的妓女》、《肮脏的手》、《涅克拉索夫》、《阿尔托纳的隐藏者》等；另一类则是以虚构的非现实的故事为题材的作品，在小说中有中篇《恶心》、短篇《艾罗斯特拉特》等，在戏剧中则有《间隔》、《苍蝇》、《魔鬼与上帝》。前一类作品由于其故事和形象描绘都有明确的现实性，所以，其思想意义似乎比较一目了然，至少具有某种确定性，即它们写的是什么、批判的是什么、反对的是什么、思想意义是什么，都很具体、明确。虽然萨特的文学作品几乎毫无例外都有某种哲理，然而，这一类作品所展示出来的现实的社会生活内容，对读者来说，其直接的吸引力和表现力显然大于作者所要说明的抽象的哲理。而且，作品中直接的社会现实生活的内容，也只允许作者按照这种社会生活现实性的规律去加以描写，而不可能对他的哲理作更多的阐发，于是，在这一类作品中，社会生活直接的现实性就往往掩盖了间接的、抽象的哲理性。因此，读者在《墙》和《死无葬身之地》中，首先看到的是法西斯势力的残酷和灭绝人性；在《毕恭毕敬的妓女》中，首先看到的是种族歧视的野蛮和种族主义者的伪善和冷酷；在《涅克拉索夫》中，首先看到的是反动势力的无耻和卑劣；在《阿尔托纳的隐藏者》中，首先看到的是法西斯残余势力的腐朽与阴暗。这些作品，对读者来说，就首先是这些具体的社会内容，首先是作者对这些社会内容的具体的、明确的思想和态度，而不是某种另需深入地加以探究的哲理。这些作品无疑都具有较高的思想意义和艺术价值，但对于一个以其哲理著称的思想家来说，它们还不是最充分地具有表征意义的代表之作，它们具有某种时事性，特别是像《肮脏的手》，更是萨特某一时某一种思想观点的产物。基于以上这些看法，我们在这个集子里，没有选这一类作品的章节。

我们所选的是第二类作品，亦即那些不是以某一具体明确的现实社会生活为题材的作品，它们或伪托于当代的传说，如《苍蝇》；或虚构为荒诞不经的神话，如《间隔》、《魔鬼与上帝》；或者写的是当代现实生活，但并没有具体的历史背景和社会事件，如《恶心》。这类作品不像前一类作品那样明明白白、直截了当告诉读者它们所指的是什么、要说明的是什么，它们具有某种象征性，其寓意比较深藏，比较费解，比较容易引起评论者不同的解释。而且，正因为这些作品的题材不是十分具体的社会现实，而带有极大的虚构、带有极大的主观随意性，所以也就更便于作者在其中贯注和阐发自己的哲理。无疑，它们在哲理上的丰富、寓意上的深刻上大大超过前一类作品。象征意味与隐喻性是它们的特点，它们是萨特存在主义哲学思想最充分、最完整的文学形式。在我们看来，这就使它们成为萨特研究中更值得探究的课题，事实上，它们对萨特来说也的确是最具有表征意义的篇章，基于以上这种看法，我们在这个专辑里选了《恶心》、《苍蝇》和《间隔》作为萨特存在主义文学的典型样品。

有一种意见认为，《恶心》根本不能算是小说，这里既没有明确的社会历史背景，也没有统一连贯的故事情节，更没有共性与个性统一的典型人物形象，即使是结构，也显得松散零乱。然而，萨特自己偏偏这样说："从纯粹文学的角度来说，《恶心》是我最好的文学作品。"事实上，也正是《恶心》的发表，使得萨特开始蜚声文坛。那么，《恶心》的思想艺术价值究竟何在？《恶心》在艺术形式上，显然近似鲁迅的《狂人日记》，采用的也是日记体、自述体。作者根本无意于写出吸引人的故事，无意于设计完整的结构，而只求写出一种哲理性的认识：现实是荒诞的。如何才能更好地表现这种认识呢？最充分最方便的方法，就是写出人对这种荒诞现实的感受，而在不满、愤怒、厌倦、烦躁、反感等等否定性的感受之中，最能说明现实的性质、对现实最具有强烈否定感受的，莫过于萨特所描写的"恶心"、"作呕"这种感受了。现实生活中的一切使人恶心，当一个作家写出了这一点的时候，他也就达到了对现实生活相当彻底否定的程度。萨特进行了这种创造性的、甚少先例的描写，而为了把这种恶心感表现得最充分、最细致不过，他钻进了洛根丁这样一个极为敏感、极为纤细的知识分子的主观世界之中，让他对现实生活中的一切作出反应，作出反感到恶心地步的反应，从而表现出现实生活的不合理、丑恶、虚妄和荒诞。《恶心》并没有表现出具体的历史时代背景，洛根丁眼前那个一切都令人恶心的布维勒城，在法国以至整个欧洲的地图上是找不到的，短篇小说里也并没有出现某种反动社会势力的代表和资产阶级统治者的形象，但是，其中那种强烈的厌恶的情绪，虽然是针对30年代末资本主义社会现实的，特别是针对法西斯势力开始猖獗的那样一个时代社会，这正如《狂人日记》一样，显然其中只有"狂人"的一些胡言乱语，但正表现了一种激烈的反封建主义的精神。因此，在法国有人很自然把这部带有某种抽象性质的小说称为"左翼小说"。我们选用了这部小说中的一些篇章，目的就在于展示萨特哲学中关于现实的荒诞性这个命题的具体社会内容以及存在主义小说作品在思想上和艺术上的某些特点，我们力求从小说中选出最有典型意义的片断，至于是否真正做到了这一点，还有待读者的鉴定。

《苍蝇》是萨特剧本中的杰作之一。在这部作品里，古代神话故事与20世纪40年代法国的现实、传统的古典的艺术形式与典型的现代哲理达到了一种水乳交融的奇妙结合。剧本写于1941年，出版于1942年，正是整个法国被法西斯的魔影所笼罩而一时还看不到任何光明前景的时候，严酷的现实使得剧本本身充满了一种阴森可怕、肃穆压抑的悲剧气氛，而最后又是以主人公崇高勇敢的行动为结束。它是一个真正的悲剧，它的悲剧性既在于它充满了激烈尖锐的矛盾、痛苦流血的争斗的故事，在于阿耳戈斯城被恶神愚弄控制的悲剧，更重要的在于主人公最后的结局，他正义勇敢的行动却使他成了一个"人民公敌"，成了他自己姊姊憎恶的对象。萨特安排这样一个结局，并不是因为希腊悲剧中俄瑞斯忒斯为父报仇杀死自己亲生母亲的故事，本来就反映了古代母权社会向父权社会的过渡中那种重大的、酷烈的、难以解决的社会矛盾，而是为了强调俄瑞斯忒斯斗争的艰巨性，强调他与之斗争的对象并不仅仅是一对杀父的凶手，而是一个控制着一切、掌握着一切的邪恶的朱庇特神，是他这样一个无所不能的巨大的恶的力量。因而，他复了仇、伸张了正义之后，"万里长征"仅仅刚开始，他还必须承受着邪恶的神的报复，受到他们紧追不舍的逼迫和折磨，由他自己来把象征着罪恶的苍蝇从自己的祖国故土引走，让它们追在他的后面，而他的行程，将是永无尽头的……在这里，萨特所要表现的是一场多么严酷、多么充满了悲剧性、多么艰巨的斗争！而他的主人公又是以多么勇敢、多么坚毅、多么崇高的精神，把它承担了下来，面临着那无止境的道路，迈出了自己的大步。在这样一个气氛压抑低沉、充满了血腥气味的悲剧里，充满了一种多么高昂的英雄主义精神、自我牺牲精神和乐观主义精神！在其中，萨特贯注了他自己多么炽热的感情，贯注了他自己面对祖国被法西斯德国占领这一悲惨的现实而具有的多么强烈的爱憎和坚决的斗争意志！而所有这一切，又完全是以莎士比亚化而非席勒化的方式表现在活生生的古代生活的场景里。当这个剧本还没有译本，甚至还没有什么介绍的时候，我们认为，把它作为一个样本收在这个集子里，来说明萨特对正义斗争的激情，也许是最适宜不过了。

当然，此剧在生动的古代生活场景里，有着浓厚的哲理性，实际上，它也是存在主义哲学文学表现形式的最重要的代表作，萨特的主要哲理思想在这里几乎得到了完整的表述，这也是我们选用它的另一个主要原因。全剧所表现的与其说是俄瑞斯忒斯如何复仇的过程和故事，不如说是俄瑞斯忒斯是如何决定复仇的过程和故事。这是一个从小就遭到厄运的人物，在童年时代，就曾几乎被杀父的仇人置于死地，逃到外邦后，总算在雅典自由的阳光下长大成人，形成了温柔天真的性格和对幸福、理想的向往，他漫无目的地在希腊漫游，来到了自己的故国阿耳戈斯。虽然他为自己的身世家仇感到悲愤，但并没有明确的复仇计划，何况，他的哲学教师一直以怀疑主义、息事宁人的哲学对他施加影响，更主要的是天神朱庇特一直在施展他的神通，企图把他引出这个城邦，制止他走向复仇的道路。他的姊姊厄勒克特拉悲惨的生活和她那像烈火一样的渴望报复的感情，使得他作出了抉择，而一旦他作出了抉择，他就成为一个天神也无能为力去加以摆布的、充分具有自由意志而又能够采取任何自由行动的独立的个人。令人意想不到的是，他复仇的结果却引起了他那个姊姊由于亲生母亲被杀而产生的悔恨。于是，厄勒克特拉成为他的对立面，两人也得到了不同的结果，一个由于不相信复仇的正义性、被悔恨所压倒而又沦入了恶神的摆布和控制，一个由坚信自己斗争的正义性、勇敢承担起责任而始终成为恶神所不能战胜的英雄。整个剧本的戏剧冲突就在这个过程中展开，与其说是情节性的变化，不如说是心理性的，即人物思想感情的变化，构成了戏剧冲突发展的真正契机，而存在主义的哲理——即存在先于本质、人获得什么样的本质决定于进行怎样的抉择、抉择的主动权在于人而不在于神或他人等等——也就是在这样一个人物心理变化和故事情节变化的交织中得到了阐述，所有这一切都是完整的浑然一体，因此，我们在这个专辑里不作任何节选。

《间隔》是萨特另一部重要的戏剧作品。与《苍蝇》一样，它也是以神话为题材，象征性和寓意性是它们共同的特点。在我们看来，在萨特创作中，它们无疑是最富有隽永意味的两个，彼此相辅相成，一正一反，从两个不同的方面表现了萨特关于自由选择、人的本质和人的价值的哲理。《苍蝇》，从正面歌颂了"善"的自由选择，歌颂了通过这种选择所获得的英雄主义的"本质"，崇高的人的价值；而《间隔》，则从反面揭露了"恶"的自由选择，揭露了这种自由选择所带来的丑恶的"本质"，卑劣不堪的状态，从而给萨特的存在主义哲学中"善"与"恶"的具体内容作了最明确的阐释。我们把这两个剧本选入这个专辑，也正是为了使人清楚地看出，萨特所主张的自由选择无疑是具有十分明确的善恶标准和道德标准的，他是主张"善"的自由选择而反对"恶"的自由选择的。作为一部独立的文学作品，《间隔》在当代文学中具有极大的深刻性和高度的思想艺术价值。戏剧的纠葛和冲突只是在三个男女之间发生，然而却构成了资本主义现实生活中某种人与人之间关系的缩影，不是一般的缩影，而是有高度概括意义的缩影。他们之间的纠葛和冲突，其根源只是因为他们各人过去有罪过，现在还有卑劣的要求，他们之间存在着难以调和的矛盾，他们需要互相戒备、提防，把自己紧紧裹起来，唯恐对方知道自己、洞悉自己，特别是了解自己过去的一切，他们之间有着鸿沟、有着屏障，以致地狱并不是刀山油锅，也不是但丁笔下的景象，而就是异己的别人！还有什么比这更深刻地写出了资本主义社会现实中人与人之间关系的本质！在一个短短的独幕剧中，通过三个人物之间的戏剧性纠葛，以"别人就是地狱"这样一个短小的警句，就道出了整个资本主义关系中那种间隔的、对立的、互相不能容忍的性质，这的确显示了萨特思想家和艺术家的高度的独创性的才能。剧本的题名：Huis Clos，原意是法律上的"禁止旁听"，只限当事人在场之意，萨特以此作为题名，看来是为了表现剧中人物那种唯恐自己被别人所知悉、唯恐自己的隐秘为人所知的精神状态和他们那种互相隐瞒、互相戒备、互相封闭的关系。现在，这个剧名已有多种译法，如《门关户闭》、《密室》等，我们认为，萨特显然并不是想要告诉读者和观众，他的剧本讲的只是一个"门关户闭"的房间或一个"密室"，何况舞台上那个门关户闭的房间或密室，也是象征着地狱，它作为一个"密室"在剧中并没有重要的有机的意义，而更多地只具有舞台布景的意义而已。因此，我们根据对萨特原作意义的理解，暂且把它译为《间隔》，即偏重于突出萨特剧本所表现的精神方面的东西。在这里，我们作此简短的说明，也是为了就正于专家、读者。

　　虽然对萨特进行研究，最重要的是要了解萨特的文学创作和社会活动的客观实际，主要要凭他本人所留下的思想材料，但并不是说，当代批评家、作家对萨特的评论是可以忽视的，它们当然具有重要的参考意义。在西方，对于萨特及其存在主义哲学的评论，可以说是多得难以数计，就法国而言，仅以萨特为论述对象的专著，为我们所知的，就有十几种之多，大多出自当代研究者的手笔，其中有的是与萨特关系比较密切的朋友所写的，如弗朗西斯·尚松。我们没有选取这些萨特专著中的论述，而是选了两个更有代表性的作者的两部非萨特专著中的章节，一是安德烈·莫洛亚的《从纪德到萨特》一书中论萨特的一章，一是罗杰·加洛蒂的《论人的远景》中论萨特创作的一节。这两本书并不是专论萨特的著作，但前者把萨特放在半个世纪以来法国文学发展的过程中，和其他的重要的作家一起加以论述；后者把萨特放在20世纪哲学思想发展的过程中加以考察，两者都有全局观点，更便于从萨特发展过程中、在整体范围里的地位和意义，对萨特加以比较准确的评价，而不至于顾此失彼，取其一点，不及其余。而且，两者的论述也是概括性、鸟瞰式的，对萨特的整体和全貌或主要方面作出了全面的概括的扼要的说明，避免了陷入萨特问题某些冷僻的和细枝末节的方面以及拘泥于某些琐细的材料。至于作者，安德烈·莫洛亚本人既是法国当代文学中卓越的小说家，也是一位成就极高的历史学家、文学史家、杰出的传记作家，法国文学史上一些第一流的大作家以至其他国家的文学家诸如雪莱、拜伦，尽都是他作传的对象。他非常善于掌握作家对象的精神特点，并以趣味盎然的文学笔法加以勾画，从而在当代传记文学中占有最高的地位。在论萨特的这一章中，我们可以看到他的这些特点，特别令人欣赏的是，在如此短的篇幅中，莫洛亚竟把如此复杂艰深的萨特和他各方面的成就介绍得如此简明扼要。正因为莫洛亚是资产阶级文学中古典传统在当代杰出的代表，是法国文化史研究中出色的人物，法兰西学士院的四十个"不朽者"之一，所以，他对萨特的评价和论断，当然具有某一方面的权威性。加洛蒂则是另一个方面的代表人物，他原是法共著名的理论家和文艺批评家，他的某些情况早在60年代就已经为我国理论批评界所熟知。我们选择以上这两个批评家的论述，也正是为了介绍整个法国批评界中不同党派、不同倾向、不同信仰的人物对萨特的态度，从而有助于读者了解萨特在法国文化思想领域的地位和影响。

考虑到萨特的文学活动主要是在戏剧领域，为了了解他的戏剧成就是在什么文学背景上取得的，我们从法国著名的批评家、文学史家布阿德福尔的《当代文学史》中，选译了论述法国第二次世界大战以后法国戏剧的有关章节。萨特的戏剧创作基本上是整个战后法国戏剧的一个重要组成部分，从布阿德福尔的论述中，我们不难看到萨特在法国戏剧全局中的地位。至于附录中的法国文艺动态，我们拟在本丛刊的每一辑中连续地定期地介绍，并力求在时间上衔接起来，以构成不中断的"活的历史"。

（原载《萨特研究》，中国社会科学出版社1981年版）

加 缪 论
——四卷本《加缪全集》总序

一

一个 20 世纪作家,其名字两次成为世界各国大报头版醒目标题,甚至是头版头条新闻,这无疑说明了世界与人类对他在意的程度,标志着他文学地位的重要性、他存在的显著性。他就是法国人阿尔贝特·加缪。

1957 年 10 月中旬,瑞典皇家科学院宣布将当年的诺贝尔文学奖授予加缪。16 日,当加缪得知这个消息时,正与友人在巴黎福赛圣贝尔纳的一家饭店的楼上用餐,他顿时脸色煞白,极为震惊。同样,这个消息也震惊了整个巴黎与欧美文化界。

为什么普遍的第一反应是震惊?

固然,他的文学成就是毫无疑义的:其名著《局外人》(1942)、《西西弗神话》(1943)、《鼠疫》(1946)、《反抗者》(1950)以深沉的精神力量给了人们以隽永的启示,享誉世界,成为 20 世纪文学中的经典。瑞典皇家科学院认为他"热情而冷静地阐明了当代向人类良知提出的种种问题";莫里亚克称他为"最受年轻一代欢迎的导师";福克纳把他视为"一颗不停地探求和思索的灵魂"而表示敬意;《纽约时报》的社论评论他"是屈指可数的具有健全和朴素的人道主义外表的文学声音"……

使人震惊的原因是他的获奖大为出乎人们的意料。首先,因为他并不是经过任何重要团体的推荐,而是由瑞典皇家科学院直接评选出来的,而且他是战胜了法国的九位候选人,特别是超过了其他好几位声名更为显赫、地位更高的大师,如马尔罗、萨特、圣-琼·佩斯以及贝克特等而获此殊荣的。更为主要的是他太年轻，他毕竟只有四十四岁，是法国20世纪文学史上最为年轻的诺贝尔获奖者！在他之前，苏利·普吕多姆于1901年获奖时是六十二岁，罗曼·罗兰于1915年是四十九岁，阿纳托尔·法朗士于1921年是七十七岁，亨利·柏格森于1927年是六十八岁，马丹·杜迦尔于1937年是四十四岁，纪德在1947年是七十八岁，莫里亚克在1952年是六十七岁……至于在他之后，萨特于1964年获奖是五十九岁，克洛德·西蒙于1985年则是七十二岁……直到今天，加缪这个名字在世人心目中之所以格外有分量，实与他几乎是在青壮年时期就达到了文学成就的巅峰有关。

他再度引起全世界舆论的极大关注是在1960年。这年开始的1月4日，在法国荣纳省的桑斯附近，加缪遇车祸身亡。这个消息又一次震惊了世界。各国报纸的头版头条报道了这一噩耗，正在闹罢工的法国广播电台，也特别播出了哀乐，悼念他的逝世。当时担任法国文化部长的马尔罗这样对他盖棺论定："二十多年来，加缪的作品始终与追求正义紧密相连。"即使是加缪的论敌，也表示了沉痛的哀悼，曾与加缪闹翻了的萨特在《法兰西观察家》上发表了令人感动的悼词，这样评论加缪："他在本世纪顶住了历史潮流，独自继承着源远流长的警世文学。他怀着顽强、严格、纯洁、肃穆、热情的人道主义，向当今时代的种种粗俗丑陋发起胜负未卜的宣战。但是反过来，他以自己始终如一的拒绝，在我们的时代，再次重申反对摒弃道德的马基雅维里主义，反对趋炎附势的现实主义，证实道德的存在。"而西蒙娜·德·波伏瓦则在得知加缪逝世的噩耗后，即使吃下已长期停服的安眠药也无法入眠，而冒着一月份寒冷刺骨的细雨，在巴黎街头徘徊……

生命的终止并不全然都是生命的终止，1月4日的车祸并没有使加缪悄然离开世界，反倒成为加缪不朽生命力在人们心目中弘扬光大的新起点。世人对加缪有如此隆重的关注、如此揪心的惋痛，又与加缪系早逝于英年这样一个事实有很大的关系，他去得太年轻，毕竟只有四十七岁。要知道，这个时期的他，正处于某种创造力勃发、神采高扬的状态：他的重要小说《第一个人》写作得甚为顺利，基本上已经完成，可能是献给母亲的题词已经写好，而这部作品是被他自己称为"我成熟的小说"；他在戏剧创作与戏剧编导方面，也雄心勃勃，甚至对演电影也兴致很高，玛格丽特·杜拉斯的著名小说《琴声如诉》由布鲁克执导搬上银幕之前，杜拉斯、布鲁克与女主角让娜·莫罗都一致同意由加缪出演男主角，加缪也已欣然同意，只是因为《第一个人》的写作进度与电影拍摄的档期有矛盾，该片男主角才由赫赫有名的硬派小生贝尔蒙多代替出演；至于他在这一段时期里与一个年轻、健康而美丽的女子相恋，更被后来传记作者视为加缪的第二个青春的标志……一个充满了生命活力的人，一个已经获得了最高文学殊荣而正要翻开新的一页的作家，如此英年早逝，显然给世人留下了对他灿烂前景扼腕长叹的惆怅与无穷无尽的遐想。

年轻是世界上最美好的一个字眼，特别是在人生攀登的高难领域里更是如此，加缪却两度在高层次的意义上体现着它、代表着它。因此，当人们环视 20 世纪文学的时候，必然会发现，加缪是一个特别熠熠生辉、别具一番魅力的名字。

二

面对着加缪这样一个充满了生命光辉的不朽者，这样一个在 20 世纪现实中有声有色、显赫了一个时代的客观存在，这样一个在人类文化史上永远光华照人的精神现象，该如何观照与审视？正如观察天象与星体时显微镜无用武之地一样，我们面对着加缪时，某些时髦的工具如叙述学、符号学、文体论、结构主义批评、语言学理论，就显得过于琐细，而难以得心应手了，观察天象就应该用观察天象的方法与工具，就应该用望远镜与光谱分析、地质分析……

作为一个社会的人、时代的人，作为一个客观存活的个体，加缪身上值得我们首先注意也必须予以注意的是哪些方面的成分与状况？"我是穷人"，"我过去是，现在仍是无产者"，这是加缪社会生活状况最主要的一个基点。

这种状况一直可以上溯到加缪家族的上两三代。他的曾祖父原是法国的穷人，穷得没有土地，趁法国的殖民征服之际，移民到了阿尔及利亚。他的祖父是个农民，兼做铁匠。他的父亲则因为双亲故去被送进了孤儿院，成年后在家乡当了雇农与酒窖工人，第一次世界大战爆发后应征入伍，于1914年身负重伤去世。这时的加缪还不满一岁，母亲带着加缪和他哥哥到了自己阿尔及利亚的娘家，以帮佣为生，勉强维持自己与两个孩子的生活。整个家族几代人都处在这样赤贫的境况之中。赤贫也就是意味着"什么也没有"①，意味着加缪一生下来就生活在没有书本、没有文化、没有历史的空白之中。他从零开始，这就是加缪对自己的理解，也就是说，他把自己视为本家族从原始状态中走出来、走向文明的"第一人"。由此，他给他最后一部小说，亦即本人的精神自传取了《第一个人》这样一个标题。

从不满一岁直到十七岁，加缪是在阿尔及尔的贝尔库贫民区长大的。他的家庭生计艰难，幸亏加缪兄弟两人被承认为战争阵亡者的孤儿，每年从政府得到若干抚恤金，得以维持最低水平的生活与上小学念书，但是"每次回到家中，就回到了贫穷、肮脏、令人厌恶的地方"，家里连做作业的桌子也没有。"人人都是干活挣钱"，加缪兄弟也不能例外，只是由于母亲的大力支持与艰苦支撑，加缪才未辍学一直念完了高中，接着又在阿尔及尔大学完成了他的学业，先后于1934年与1935年，获得了文学与哲学两个毕业文凭。同样，不论是在中学期间还是大学期间，加缪始终都被贫穷的阴影笼罩着，他口袋里从来都没有什么零花钱。当中学生的时候，每当暑假他就要去打工挣钱，干过各种临时工的活；而到了大学，则去当家庭教师，辅导准备会考的高中生，也当过汽车零件推销员、船舶经纪人的雇员，等等，以弥补自己拮据的经济。

从学校毕业走上社会之后，他又完全过着为生计所迫的智力劳动者的生活。他长期在报馆任职，既是他的兴趣与专长，更是一种不可或缺的谋生手段；在相当长的一段时期里，他在左翼文化团体里工作，这与他左倾的政治态度有关，其实也有维持生活出路的性质。即使是在1935年被迫离开共产党后，他仍待在由共产党控制的"文化之家"里，直到1937年底，就充分说明了这点；他在整个第二次世界大战期间，经常居无定所，甚至长时间寄住在友人家里，既与他参加抵抗运动的斗争生活有关，也是

---

① 《第一个人》注解。

他生计艰难窘困所致；他虽然二十九岁发表《局外人》后就一举成名，而在文坛开始崭露头角则为时更早，但他几乎从没有过过富裕阔绰的生活，他获得诺贝尔文学奖之后，才在普罗旺斯的卢马兰村购买了一幢别墅，直到生命的最后一年，他来来往往仍然是驾驶他那辆陈旧的黑色雪铁龙车……难怪他成名之后这样说过："我过去是，现在仍然是无产者。"

从加缪的家庭出身、青少年时期的成长与入世后的生活状况来说，用"平民知识分子"一词来概括他是远远不够的。他几乎完全像世界著名的无产阶级作家高尔基那样，是来自社会的底层。不同的是，他受到了完整而良好的中学教育与大学教育，在现代化的教育过程中被培养成一个全面的知识分子、一个高层次的文化人，而这种长期的清贫与困顿又作为一种最基本的土壤以其苦涩的汁水滋育了这样的"第一人"，使他在法国思想文化领域里具有自己的特色，在这里，我们至少可举出以下两点。

瑞典皇家科学院在授予加缪诺贝尔奖的评语里这样说："加缪是准无产阶级出身，因此，发现必须依靠个人的力量，在生活中跋涉向前……"这种跋涉向前的必要，也就成为了他奋发向上的动力，而这种动力的持续作用造就了他英年的才华，贫困严酷的条件使他得到了足够的磨炼，完整的现代化教育造就了他的文化层次与精神高度，在文化精神光亮的照射下，磨炼奔向明确的目标；而渗透着磨炼苦汁的精神层次与文化水准则反倒具有一种贴近大地的实实在在，这就造就出了一个务实求真、充满了活力的智者。加缪既是一个通今博古的现代文化人，又绝非一个只在书本中讨生活的书斋学者，绝非一个靠逻辑与推理建立起自己体系的理论家。他的理论形态充盈着生活的汁液，如果他不是从实际生活与书本知识两方面汲取了营养，他怎么能写出既有深远高阔的精神境界、又充满了对人类命运与现实生活的苍凉感的著作？

作为"无产者"的基本生存状况在加缪身上刻下的另一个主要的印记，就是他的左倾以及他与马克思主义的关系。不言而喻，他的生活使他与无产阶级的马克思主义哲学的关系以及他与无产阶级的政党——共产党的关系，可以说是天然的、必定的。他正是由于相信了马克思主义是拯救贫苦阶级的理论而走近了它，并且加入了共产党。但是，加缪的这种行为绝非是纯理性认识与意识形态的结果，而正如他自己所说是"在悲惨世界中学会"的结果,这个"悲惨的世界",除了他亲身承受与体验的贫困、所见所闻的苦难外,就是这个世界截然不同于理论与概念的现实复杂性。加缪不仅在自己困顿的现实生活中、现代化的教育过程中,从各种人、各种活动中充分体验到了这种复杂性,而且他是在法国殖民地阿尔及利亚这样一个特定的环境中生活与成长起来的,这里不同种族、不同利益的矛盾与冲突,特别是他精神上对法兰西与对阿尔及利亚的二元归向的矛盾体验与痛苦思索,更使他学会了任何理论学说都无法给予的东西。于是,在共产党学说、社会主义思潮风起云涌的20世纪,法国—阿尔及利亚出现了一个杜绝了抽象精神、狂热理论、偏激学说的左倾文化人。一个从实际出发,保持了精神独立与自由人格的左倾文化人,正因为如此,他在1935年参加了共产党后,因在阿尔及利亚问题上持不同意见,而于1936年又离开了共产党,这定下了他终身作为一个不跟任何主义学说、路线政策随波逐流,不附着于任何实体阵营的自由的左倾思想家的格调。

三

作为一个社会的人、时代的人,作为一个"我思故我在"的人、一个靠笔安身立命的人,加缪身上值得我们关注的另一个重要的事实与状态,就是他在现实社会中与实际斗争不可分割的关系。

在法国20世纪文学中,我们可以看到不少介入现实生活、参加社会政治活动的作家。从广义的角度来说,他们都与实际斗争有紧密的联系,不过,介入的程度与参与的层次是大有不同的。有一部分作家的介入与参与,基本上限于发表谈话、签署声明、参加集会等公开的形式,这些形式属于社会政治活动的高层次范围,参加活动者无不是以自己显著的名声与地位为基础的,纪德、杜迦尔、罗曼·罗兰、莫里亚克、萨特、西蒙娜·德·波伏瓦都有过这类的社会政治活动,特别是萨特更是此道的大师与老手。不言而喻这种方式的活动有其轰动效应与巨大社会影响,但不可否认作为实际斗争却带有明显的表层性。另有一部分作家的介入与参与,则不仅止于这种表层的形式,而是以长时期深入基层的日常具体的工作为内容,可谓更为严格意义上的实际斗争。属于这种情况的,为数比前一种要少得多，从 40 年代起，最为突出的有马尔罗与圣爱克苏贝里。马尔罗成名之后，正逢法西斯在欧洲日益得势、逞凶，而世界反法西斯斗争也正是风起云涌的时代，他不仅是集会上、宣言上的活动家，而且是政治斗争与军事斗争的组织者。在抗击法西斯的西班牙战争中，他组织了一支空军部队；在解放法国的武装斗争中，他也是一个兵团的指挥官。圣爱克苏贝里则一直作为飞行员坚守在第一线，并在"二战"时牺牲在蓝天之中。除了这两个实践型的作家之外，就要数加缪了。

加缪早从大学时代起，就是一个实干的政治活动分子，较早就积极参加亨利·巴比塞与罗曼·罗兰发起的反法西斯运动。投身于左翼政治组织后，他在群众中做过具体的宣传工作，也做过带有文运性质的基层工作。他很早就卷入了法兰西与阿尔及利亚的错综复杂的关系，非常具体地参与了反对殖民主义的进步活动，亲身进行社会调查，撰写调查报告，以揭露殖民主义统治的不合理。在 40 年代反对德国法西斯的斗争中，加缪更是地下抵抗运动中的重要人物，是解放运动的战争组织中的坚强战士，从事过不少秘密的工作，特别是情报工作与地下报纸《战斗报》的筹备与领导工作；与此同时，他还不断撰文揭露侵略者的罪行，号召法国人民振奋精神，坚持抗敌，解放法国，向德国人民戳穿法西斯的欺骗与裹胁。在那黑暗的年代，加缪像一个斗士一样以自己的笔为武器，进行勇敢的、实实在在的战斗，正是由于在反抗法西斯斗争中的突出贡献，他于 1945 年被授予抵抗运动勋章。

对于处于全国中心地位的巴黎文化界、思想界来说，加缪这样一个出身贫困、有双重种族背景而又与重大社会现实斗争有如此深入、如此具体联系的来者，无疑要算一种"新鲜血液"。他的异样性显而易见：他既不同于巴黎文艺界那种习于以形式与风格的创新为业、以才情为传世不朽的手段的文人，也不同于那种传统的在书斋中以隽永的见解与独特的思辨而振聋发聩、令世人折服的哲人；他带来了新的气息，他的立场，他的观点，他的理念，他的视角，他的表述方式自有其独特之处，是他以困顿与实践为特征的存在状态的凝现与升华，是他在生存荒诞与社会荒诞中没有停顿的实践在精神上的延伸。就像希腊神话中的安泰俄斯以大地为其无穷力量的根本源泉一样，加缪全部论著、全部作品的力度，来自他的实践生活和身体力行的品格，他的这种力度是很多其他同时代作家所没有的，他力度的强劲与坚韧持久，甚至也是他的同类哲人兄长萨特稍逊一筹的。

然而，也是因为加缪与现实的社会政治有着深层次的、具体而微妙的关系，他本人生前在各种力量、各种利益的矛盾与冲击的旋涡里，就没少遭困扰，身后也有各种相左的议论、评价缠绕着他的名字，在反法西斯方面，他获得了众口一词的赞扬与完美的英雄称号，但在反殖民主义斗争与共产主义运动这两个重要的方面，他经常而且至今仍是不同评价的争论对象。

法国早在1830年就开始对阿尔及利亚大举入侵，到1848年，实际上已全部控制和占领了整个阿尔及利亚。此后，就一直不断向这块殖民地大规模移民，特别是在1870年普法战争失败、阿尔萨斯与洛林两省割让给普鲁士后，法国政府更是将大批选择了法国国籍的两省居民，安置在阿尔及利亚广阔肥沃的土地上。加缪的祖先是阿尔萨斯人，正是那时来到阿尔及利亚定居的，因此，在加缪心目中，法兰西与阿尔及利亚都是自己的祖国故土，但两者截然不同的、殖民者与被殖民者的地位却不可避免地使他置身于两难的境地。加缪眼见养育了自己的阿尔及利亚遍地贫困与苦难，感同身受，对这片土地强烈的同情、对殖民制度恶果的憎恨，贯穿了他整个一生。为阿尔及利亚的处境与命运牵肠挂肚、仗义执言、奔走呼号的活动自然也就成为他生活的一个不可分割的组成部分。他曾辛劳跋涉，对阿尔及利亚人苦难贫困的生活状况进行过深入的社会调查，进行过系统的报道，撰写过大量的文章，真可谓呕心沥血，甚至，他为了阿尔及利亚还作出过重大牺牲：他被迫离开法国共产党，就是由于他反对法共在阿尔及利亚问题上的民族沙文主义的政策，由于他指责了党的领导迫害阿尔及利亚穆斯林的态度。然而，殖民主义与反殖民主义的斗争是不可调和的，在两个水火不相容的对立面中，要调和折中实不可能：加缪站在法兰西的立场上抵制与反对阿尔及利亚穆斯林争取完全民族独立进行恐怖主义的活动，又必然引起他与阿尔及利亚一方的深刻矛盾，因此，直到他去世之前，他仍然受到对立双方的批评与责难。加缪作为阿尔及利亚事务的参与者，事实上是陷入了悲剧的处境，这不是他个人的失误所造成的，甚至也不能归咎于他思想意识上的局限性，这是时代的悲剧，是法兰西与阿尔及利亚两个民族漫长的悲剧历史过程所决定的。随着法国与阿尔及利亚之间关系走向彻底解决，阿尔及利亚最后获得了独立与自由，加缪的活动与声音，也就成为阵痛不断的漫长历史中一种困惑的回响。

在与共产党运动的关系上，加缪的言行作为、活动轨迹则更为深刻地反映了历史风云中的复杂矛盾与时代发展的必然。加缪是在30年代整个西方世界的知识阶层明显左倾的潮流中，投身于共产党的，而西方知识阶层的左倾潮流则是在第一次世界大战后自由资本主义深层次矛盾的明显暴露，苏维埃政权与德国法西斯政权是作为对传统的自由资本主义的两种强劲的逆反力量的历史背景下出现的。在加缪之前，一些著名的作家如罗曼·罗兰、杜迦尔、纪德、马尔罗等，就已经轰动一时地与苏联为友，像他们一样，加缪把马克思主义、共产党视为能使面临着危机的人类摆脱困境，甚至获救的途径。正是出于这样的信念，他参加了法国共产党。此后，他不仅担负起党派给他的在穆斯林中进行工作的任务，而且主动地通过戏剧活动为政治斗争服务，他创建了劳动剧团，先后演出了赞颂共产党人反法西斯斗争的《轻蔑的时代》与描写西班牙无产阶级斗争的《阿斯图里亚斯起义》，加缪不仅是剧团的组织者、领导人，而且亲自创作与改编剧本，担任导演，出演主角。劳动剧团的演出取得很大的成功，产生了广泛的政治影响，以至被政府当局认为有煽动性、危险性而禁止再演。此外，加缪还参加其他的剧团，经常到阿尔及利亚城乡各地巡回演出。稍后，加缪又组建了"阿尔及利亚文化之家"，开展了各种各样进步的文化活动，实际上成为了共产党的外围组织；同样，加缪在这个机构中也扮演了极为重要的角色，他是各种活动的策划者、组织者、协调者、节目主持者，还亲自进行演讲以及演出等。

所有这些活动，充分地表明加缪是一个非常积极并卓有成效的党内活动家，他把巨大的政治热情、创造性的工作与自己熟悉在行的文化艺术事业结合起来，在阿尔及利亚这个特定的舞台上开创出生动活泼的政治局面。

正如共产主义运动过程中千千万万个例子所表明的那样，把马克思主义与共产党政治斗争视为济世良方、解放道路的人，并不一定把马克思主义的学说教义、共产党政治原则溶进了自己的血液里，倒是血液里常携带着不少传统观念、生活习俗、个人际遇的积淀，用国内常听说的一句话来说，就是"组织上入了党思想上没有入党"。何况在20世纪共产主义运动中作为理论旗帜的，事实上已不再是经典的高度理论化的马克思主义，而是有重大变更、具有极大实用性的列宁主义，至于在实际共产主义运动中作为指导法则起具体控制作用的，更是从列宁主义中蜕变而成的斯大林主义，其显著的特征就是以政治功利为目的的实用主义、以强权哲学为标志的极权主义、以专制与冷酷纪律为手段的组织方式，所有这些通过第三国际的管道流传到全世界范围。共产主义运动的这种政治形态，在较发达的国度，特别是在文化密集程度较高的领域里，势必与具有历史文化内涵、习惯于思考的人士发生深刻矛盾。因此，在30年代欧美知识阶层左倾化高潮之后不太久，就愈来愈多地出现了同路人分道扬镳的事例，纪德的《从苏联回来》，罗曼·罗兰留下的日记，马尔罗转向戴高乐主义，就是明显的标志。这种转向、分手、背离的倾向发展到五六十年代匈牙利事件"布拉格之春"时，则形成了高潮，甚至一直都坚定地站在社会主义阵营之中的萨特，也成为斯大林主义——苏联政策的激烈批评者并公开宣布"分道扬镳"。在这些声名卓著的作家纷纷开始自己"理性复归"的过程之初，远离欧洲思想中心、处于偏远阿尔及利亚的默默无闻的加缪，就已经显示出了自己的理性与独立精神，对法共在阿尔及利亚的错误政策进行强烈的批评，并为此付出了沉重的代价。就20世纪全人类历史发展进程而言，不能不说加缪是一个先行者，同时又是一个殉道者，也正是从这里起步，他发展成为20世纪一位独立、勇敢而伟大的思想者。特别难能可贵的是，他在以后超越党派利害、致力于批评极权主义的过程中，还多次对受到镇压的欧洲共产党进行声援，他于1949年声援被处死刑的希腊共产党员，1952年声援被判处死刑的西班牙左派就是两个明显的事例。

四

由于英年早逝，而且生平参加了大量的社会实践活动，加缪实际上完全从事文学创作的年月并不长，至少与文学史上很多巨星式的人物相比要短少一些，而那些人物所享用的悠长岁月与在有生之年所保持的旺盛精力，往往是他们得以攀登到世界文学顶峰的一个不可忽视的条件。加缪不仅有生之年不长，而且体弱多病，但也攀登到了世界文学的顶峰，他攀登的轨迹不能不说是相当辉煌的，值得作一番回顾与探究。

像很多著名的文学人物一样，加缪从小就显示出了对文学的兴趣与语言文字的能力：在小学时期，就已经对发表演说、朗诵诗歌很有兴趣，七岁时就想将来成为一名作家。他驾驭文字的能力很强，法语成绩优秀，中学期间，他博览群书，很快就得到哲学老师让·格勒尼埃的赏识。这位先生本人是一位作家，虽然来到边远的阿尔及利亚，却与文化中心巴黎的文艺界、出版界有广泛的联系，经常在权威的文学刊物上发表文章。加缪从中学、大学时代一直到他1940年初次离开阿尔及利亚去巴黎寻求发展，甚至在这之后，都一直得到他的关怀、指引与提携，是加缪的导师与忘年交。一个来自"穷乡僻壤"的青年，能够顺利地进入巴黎的主流文化界并迅速取得成功，实与这一"得贵人相助"的际遇不无关系。

加缪在大学期间就已经开始写作，但他毕竟不是出自诗书之家，也没有浸染在巴黎高师这样的名校，这就决定他的创作不是从诗吟哦韵、摆弄格律开始，而是选择了以自然朴实而非技巧化的文字形式，实实在在表述对现实生活的认识与内心感受的道路。他1935—1936年所写的一系列散文就是这类性质的作品，这些散文随笔在他刚出校门后一年就出版了，这就是他的第一个文集《反与正》。

《反与正》的篇幅不大，但却是加缪整个创作中具有重要意义的作品，由五篇散文组成：《嘲弄》是三幅人生暮年的图景，分别描绘了一个瘫痪的老妇人，一个没有自知之明的老头与一个在家庭里作威作福的老外祖母，同样面对着衰老死亡的不同境况；《若有若无之间》是一个生活艰难、劳苦辛勤、孤独沉默的老母亲的画像；《伤心之旅》与《热爱生活》记述了作者本人1936年六七月份布拉格、意大利、西班牙旅行中的见闻观感与异乡人的内心体验；《反与正》是从一个老妇女晚年为自己修建墓室的故事引发出来对生活的思考。所有这些散文的素材都取自作者本人周围的生活与人物，其中包括他的外祖母与母亲。从平常的生活现象中生发出敏锐的感受并再抽引出形而上的哲理，这就是加缪在这个文集中所做的事。在这里，生存荒诞、人都要死、现实境况的尴尬、异乡人、人的孤独、人与人关系中的漠然等等，日后在《局外人》与《西西弗神话》中清晰成形的思想主题，都已经灵光一现，因此，《反与正》实际上是加缪文学创作中那强力核心部分的雏形。加缪自己就讲得很明白："就我来说，我知道自己的创作源泉就在《反与正》里。"

紧接着问世的又是一本散文《婚礼集》（1939），文集中的四篇文章都是在《反与正》出版后写作的。这时的加缪不像1934—1936年写作《反与正》时那样，陷于物质生活拮据、健康状况不佳、婚姻不稳定以及入党后心情不舒畅等一系列困窘中，他这时的处境与心情大为好转，至少《反与正》的出版已经预示着他面前展现出一条有希望的文学之路。因此，《婚礼集》在风格上与《反与正》形成了鲜明的对照，如果说《反与正》是沉重、忧郁、悲怆、阴沉的话，那么《婚礼集》则是愉悦、光亮、温馨、优美的。在这里，是阳光明媚、鲜花似锦、光影绰绰的夏季的阿尔及利亚大地，自然风光与人文景观相互辉映，仿佛一对新人举行着美妙结合的婚庆。作者以太阳与大海民族之子的自得感沐浴其中，不是来寻求孤独、不是来思索哲理，而是观赏大自然、品味故乡风物、享受生活乐趣。总之，这是一本阳光灿烂的书，一本热爱生活的书。如果说，《反与正》为加缪以后的思想与创作提供了一个重要的基调，即对于生存荒诞性的直视与思考，那么《婚礼集》则提供了另一种基调，即对于人的存在的投入与执着。这两个鲜明对照的基调将水乳交融在《西西弗神话》中。

加缪这两个早期作品都不属于文学类别中往往最受重视、被认为最具艺术创作含量的那三种文学形式：小说、诗歌与戏剧，而仅仅是散文随笔而已，且篇幅短小。但是，请注意，散文随笔恰巧在法国文学史上最具有久远的历史、深厚强大的传统，出现过一系列划时代的名著，其深远历史影响，其巨大社会效应甚至超过了任何小说、戏剧、诗歌的杰作。文艺复兴时期蒙田的《尝试集》，启蒙时代孟德斯鸠的《法意》与《波斯人信札》，卢梭的《民约论》与《忏悔录》都是最脍炙人口的例子。加缪一开始就选择了这种对作家自我表现最为方便自然，对于直面现实与人生最为迅捷有效，对于阐明事理要义最为深入透彻的文学形式。对于一个有介入现实、济世益人意愿的作家来说，这种文学形式自然是他的首选，但要达到高目标，进入高境界，还要看他是否具有从最平常不过的生活现象中感悟深刻哲理的能力，是否选择了为世人所关注的重大的现实问题作为自己深掘、开发的富矿，以及他是否能提供出隽永的哲理体系，并以艺术家的才能将这种体系加以形象化，表现得生气盎然、活力十足而便于其远播四方、深入人心。

从最初的两本散文集出发上路，方向已经选定，路还没有踩踏出来，就看出发后的第一大步了。文学史上有不少作家，在借自己精神的灵光展望自己的前进方向之后，却未能跨出关键性的一大步，有的就耽误了自己整整一个创作时期，有的甚至竟未能导流有致，"水到渠成，功成名就"；加缪则不然，他顺应自己的精神行程，跨出的一步，却径直通向顶峰，举足轻重，令世界为之一振，这就是紧接着两个散文之后于1940年完成的小说名著《局外人》。

如果一部举世公认的杰作是一蹴而就的，那倒的确是一种文学创作的奇迹。但事实上《局外人》却有"前期创作准备"，那就是小说《幸福之死》。这虽然是一部从未出版过的小说，但法国资深的加缪研究者有充分的证据已经指出，这部作品有不少处与《局外人》相似：它的主人公梅尔索的名字与《局外人》的主人公名字只有一个字之差，他同样是一个清贫的职员，也犯有一条命案；《幸福之死》里，也出现过母亲死亡与葬礼的场景，主人公在母亲下葬时无动于衷等情节；也许更值得我们注意的是，梅尔索在生活中也具有近似的"局外人感"，他面对死亡这一个人生大课题，也有所考虑，有所动作，虽然跟《局外人》的主人公颇不一样。因此，我们大可把《幸福之死》视为《局外人》的一种"预备创作"，甚至是一种"草案"，只不过这份"草案"比后来的那个杰作要繁复一些，但提炼、加工、凝聚、浓缩不正是制作精品之道吗？

《局外人》只是一个规模不大的中篇，作品的内容几乎全部是一桩命案与围绕它的法律过程。中心的人物，甚至可以说作品的唯一观察者、唯一的感受者则是默尔索这个颇具独特性的小职员。小说以这个人物的真切感受揭示了现代司法过程中的悖谬，特别是其罗织罪状的邪恶性质。一个并不复杂的过失杀人案在司法机器的运转中，却被加工成为一个"丧失了全部人性"的"预谋杀人"案，被提高到与全社会全民为敌的"罪不可赦"的程度，必欲以全民族的名义处以极刑。这是将当事人妖魔化的精神杀戮与人性残害。而这种杀戮与残害的实现与完成，则是通过这样一种方式与手段：将当事人完全排除在司法程序之外，使他在从预审、开庭、起诉、审讯、辩护到宣判的整个过程中，处于一种被"取代"、被"排除在外"的局外人地位。从法律程序而言，当事人悲剧下场的根本原因就在于此；而从定罪定刑的法律基本准则来说，默尔索则又是死于意识形态、世俗观念的肆虐。他之所以被妖魔化而定罪，正是由于他一系列再平常不过的生活细节竟被观念、习俗的体系特别挑选出来，并被精心编织成为一个十恶不赦的犯罪神话，于是意识形态对法律机制本身的侵入、干扰与钳制使得法律机器成为某种"说法"的专政工具、某种精神暴虐的途径。所有这一切发生在外表极为客观严谨、细致周到的法律程序里，正暴露出现代司法制度的荒诞。

《局外人》的社会意义首先在于对荒谬现实的深刻揭示，而它之所以有这种现实的力度，则因为它是加缪早年生活经历的积淀与结晶。加缪自称，他曾经追踪旁听过许多审判，对重罪法庭审理的一些特大案件非常熟悉，并有"强烈感受"，"我不可能放弃这个题材，而去构思我缺乏经验的作品"①。而他对阿尔及利亚灰暗背景与小职员猥琐生活的熟悉，也有助于他在《局外人》中成功地描绘出色调阴沉、充满了悖谬成分的现实社会图景。如果《局外人》仅止于此，那就不过是文学史上雨果《一个死囚的末日》、法朗士《克兰比尔》等这类揭露司法黑暗的小说的步后尘之作。但《局外人》却以其崭新的内涵而具有划时代的意义，这内涵就是通过主人公默尔索独特的视角与感受对荒诞主题的挖掘与阐发。

世界文学中被描写得最出色的人物形象，都具有使其成为不朽典型人物的性格特征，默尔索的性格特征是什么？那就是他那种漠然、不在乎的生活态度。在这一点上，他不同于文学上几乎所有那些入世、投入、执着的"小生"主人公，他对周围的人与事、对自己的生活、前途、命运都漠然、超脱、无所谓。"我怎么都行"就是他遇事表态的口头语，即使是最后在法庭上眼见自己的精神蒙冤，也是如此。作者并不是把这个人物视为一个懒洋洋、冷漠孤僻、不近人情、浑浑噩噩、在现代社会中没有适应能

---

① 罗杰·格勒尼埃：《阳光与阴影》，伽俐玛出版社，第100页。

力与生存能力的废物,恰巧相反,加缪曾给予了他不少的赞词:"他不要花招","他拒绝说谎","拒绝矫饰自己的感情","他是穷人,是坦诚的人,喜爱光明正大","一个无任何英雄行为而自愿为真理而死的人"①。总之,这是一个另类的新颖的人物,用加缪的话来说,他那些独特的行为表现只不过表明了"他是他所生活的那个社会里的局外人"②。由此可见,这个人物在加缪那里的正面性质是毫无疑问的,事实上,加缪在这个人物身上投射了他的一两个自外于世俗的朋友的身影,也注入了他自己1940年初到巴黎后的那种"异己感"、"陌生感"、"一切与己无关"③的感受。

问题在于默尔索这种行为方式,这种性格表态是以什么精神核心为其内在的根由?默尔索临死前对神甫拒绝忏悔、拒绝皈依上帝的那一席像火山爆发般的慷慨陈词(他生平第一次如此动了感情),才使人得见他那深藏的精神内核。这内核里也许含有不少成分,但最最主要的成分就是看透了一切的彻悟意识:他不仅看透了司法的荒诞、宗教的虚妄、神职人员的伎俩,而且看透了人类生存状况的尴尬与无奈,深知"世人的痛苦不能寄希望于不存在的救世主","所有的人无一例外会被判处死刑"。既持有如此的彻悟认知,他自然就剥去了生生死死问题上一切浪漫的、感伤的、悲喜的、夸张的感情饰物,而保持了最冷静不过、看起来是冷漠而无动于衷的情态,更不会去进行一切处心积虑、急功近利、钻营谋算的俗务行为。加缪让他的主人公如此感受到人的生存荒诞性的同时,也让他面临着人类社会法律、世俗观念与意识形态的荒诞的致命压力,从而使他的《局外人》成为一本以极大的力度触撼了人类存在这个重大基本课题的书。它在法国文学中的重要地位从它问世之初就已奠定,它以深邃的现代哲理内涵与精练凝聚的古典风格,成为20世纪世界文学中的经典名著。

五

人类存在的基本内容,不外乎就是生存状态、存在意识与存在方式。

---

① 罗杰·格勒尼埃:《阳光与阴影》,第91—92页。
② 同上。
③ 同上书,第84页。

如果有什么作家在自己的整个创作中对这一系列基本内容有全面的触及、探讨与形象表现的话,我们面前的加缪就是这样一个作家。这些基本内容各个方面所构成的那个整体,在他的创作中就是他所谓的"荒诞"命题,我们即将看到这个命题在他创作历程中充分、完整而有力的展现,成为加缪创作整体中的类母题。即使只是某一个一般的类母题能如此展现出来就已经很难能可贵了,何况是这样一个重大的类母题呢?

到这里为止,我们已经看到这个类母题最初在两个散文集中朦胧、隐约地浮现,在《局外人》中则已经看到它明朗清晰地展呈出来了,而与《局外人》几乎同步的,还有剧本《卡利古拉》。虽然这个剧本直到1944年才出版,但它的写作并不迟于《局外人》,甚至动笔得还早一点儿,几乎同时是在1938年。如果说《局外人》在加缪的创作行程中是对人类存在课题相当全面的触及,那么《卡利古拉》则是一次非常猛烈的撞击。

剧本的同名主人公是古罗马帝国时期著名的暴君,但这并非一个历史剧,而只是寓言剧、哲理剧。主人公除了身披罗马皇帝的衣袍,把杀人当儿戏以外,似乎与真实的历史人物并无相同之处。在剧本中,加缪主要是让主人公在进行哲理宣讲或者采取带有哲理宣讲性质的行为。他把17世纪法国大思想家巴斯喀著名的哲理放在他的嘴里,让他宣称自己认识了一个"极其简单极其明了,有点儿迂拙,但是很难发现的真理",那就是"人要死亡,人并不幸福"。巴斯喀认为,人的伟大在于有别于动物,在于"认识到了自己会死",于是,加缪的卡利古拉就成为了巴斯喀哲理的体现者,体现了面对着生存荒诞与世界荒诞而具有清醒彻悟意识的哲理,这正是加缪的立场与哲理。他在剧本中安排了卡利古拉与另一个人物关于如何看待现实世界的对话:这个人物主张人为了苟安于世界,就应该致力于维护这个世界,粉饰这个世界,为它辩护;他的回答却是:这个世界并不重要,重要的是自己的认定,而他自己,则从世界那里感受到"一阵阵恶心"与"血腥味、腐尸味、高烧时的苦涩味"混合在一起的味道。正因为如实地感受到了这一切,有了自己清醒的认定,他才是"自由的",他这种自由的自得感,几乎与《局外人》中默尔索临刑前的幸福自得感:"我过去幸福,现在还幸福"很是相似——其根本的相似,就是都以对世界有清醒的认定为基础。

在卡利古拉这个人物哲理认识的层面上，加缪已经表现出他非常重视与强调人面对生存与世界时的清醒认识、彻悟意识。为了更进一步把他对彻悟意识的重视与强调从思辨推到极端的地步，他又安排了卡利古拉一连串极端的行为，这些行为极端到了悖谬的地步。卡利古拉的起点是认识了世界与人生的真相，获得了真理，他明确认定："这个世界，在目前状态下，是让人无法容忍的。"然而，他面前的世人却偏偏"缺乏认识"，生活在"假象"之中，面对着荒诞，面对着命运，或认为理所当然，或迷信绝对的善，或竭力要为现存的世界辩护，力求维持既有的秩序。要改变就必须先看透，如何才能使世人认清呢？他要充当世人的"言之有物的教师"，教世人认识世界与人生那"让人无法容忍"的状况，而他可采取的办法却是一种绝对的、极端的办法，那就是把荒诞的世界、恶的命运的逻辑推行到极端：既然世界本是无法容忍的，而人们又麻木不仁，那他就来施行暴虐、任意杀戮，使人深感难以维持下去；既然"人不理解命运"，那他就"装扮成了命运"，让人感受命运的荒诞可怕。有谁能根据自己的意愿如此为所欲为？有谁能充当这样一个"教育者"？当然只有像他这样的在人世中握有至高无上权力的帝王，于是，在他这样做的时候，他也就真的成为恶的化身、荒诞的代表，成为世人必须铲除而后快的暴君。

　　写作于30年代末，出版、上演于40年代上半期的《卡利古拉》，无疑带有鲜明的反极权、反专制、反暴政的倾向，把它放在这个时代既有斯大林主义的破坏，又有德国法西斯暴虐横行的背景上，它的现实针对性是不言而喻的。但笔者在这里更注重的是加缪在《卡利古拉》中对清醒认识、彻悟意识的强调，他这种强调在他整个荒诞创作类母题中要算一次重量级的阐释了。正因为《卡利古拉》既具有如此思辨性的哲理内容与尖锐的时代针对性，又具有戏剧情节的生动变化以及人物特殊的际遇命运，所以成为加缪在戏剧创作方面最为成功的作品，从40年代以后，一直到20世纪整个下半期，多次在法国与世界各地上演并取得成功。

　　与《局外人》、《卡利古拉》一起，堪称三箭连发的则是加缪著名的经典之作《西西弗神话》，这三个在哲理体系上三位一体的作品，几乎在同一个时期创作出来的，起初是在1938年开始撰写《卡利古拉》并同时收集写《局外人》的资料，而在1940年他完成了《局外人》之后的三四个月，即投入了《西西弗神话》最重要部分的写作。在问世次序上，《局外人》发表于1942年7月，《西西弗神话》紧接着就在1943年出版，不久，则是《卡利古拉》于1944年、1945年先后出版与上演。

这三部作品的共同哲理基础，甚至可以说它们的共同哲理内容就是荒诞，加缪把它们合称为"三部荒诞"，称这三部作品"构成了我现在毫无愧色地称之为我创作的第一阶段"①。在同一个时期，三部作品如出一辙，接连迸发而出，不能不说是作者对同一个哲理、同一个创作类母题早已有过深思熟虑的思考。加缪在这方面的思考开始于何时？酝酿成熟并发展为不吐不快又在何时？

对此，我们用不着作斩钉截铁的结论，但我们要指出加缪与马尔罗的关系，马尔罗是法国20世纪对生存荒诞性探讨得最早，也是探讨得相当充分的一位先行者作家。他的《王家大道》出版于1930年，《人的状况》于1933年，《轻蔑的时代》于1935年，正是加缪在大学念书的年代。他显然阅读、钻研过这三部阐释了生存荒诞性哲理的小说与论著，因为他在1937年曾经准备写一部评论马尔罗的论著，并已经撰写出了详细的提纲。而在获诺贝尔奖之后，他在私下与公开的场合都不止一次表示，应获此奖的是马尔罗而不是他自己，可见他一直把马尔罗视为自己的精神导师与先行者。更重要的是，根据不止一个传记作者的记载，加缪在大学期间，特别是在哲学班撰写毕业论文的期间，曾经研读过17世纪大思想家巴斯喀的哲学著作，而巴斯喀的哲学思想正是马尔罗哲理的一个源头。加缪也显然被巴斯喀《思想集》中关于人都被判了死刑的人的状况图景的论述所震撼，他后来在《局外人》中的默尔索与《卡利古拉》中的主人公就发表过相似的"人并不幸福"、"人被判了死刑"之类的见解。

在加缪这"三部荒诞"中，小说《局外人》与剧本《卡利古拉》在哲理的表现上固然有其形象生动、内涵蕴藉的优势，但在哲理的全面、完整、清晰、透彻的阐释上，则显然要以"直抒胸臆"的散文随笔《西西弗神话》为优。从这个角度来说，《西西弗神话》在加缪整个哲理体系中具有特殊的意义，它是加缪荒诞哲理集中浓缩的体现，是最有权威的代

---

① 加缪致克里斯蒂安纳·加兰多的信，见《阳光与阴影》，第95页。

表作。

虽然《西西弗神话》从创意、酝酿到写作、定稿，是在1936年到1941年的几年间断续写成的，但它仍具有哲理上内在的完整性与推理上的系统性，它从荒诞感的萌生到荒诞概念的界定出发，进而论述面对荒诞的态度与化解荒诞的方法并延伸到文学创作与荒诞的关系，这一系列论述构成了20世纪西方文学中最具有规模、最具有体系的荒诞哲理。

人存活于现实世界之中，是如何感受到荒诞的？这种感受可能随时随地油然而生，也许是在某一个街角，也许是在进行某一种操作，它是对一种持续生态状态的猛然反应：可能是疲惫与厌倦，也可能是失望与惊醒……而所有这些形态不同的精神反应，其消极颓然的性质是显而易见的。其产生的原因往往是人怀着希望、理性而与冷漠、无理性的客观现实遭遇所致：要么遭遇到了物质世界的冥顽与格格不入，要么是遭遇到了人类社会的无人性与不合理，当然，更为根本的是要面对着始终威胁人的那种命定的"死刑"，它就像是对人之存在的、摆脱不了的嘲弄。总之，人类对理性、和谐、永恒的渴求与向往和自然社会生存有限性之间的"断裂"，人类的奋斗作为与徒劳无功这一后果之间的断裂，这就是加缪所论述的荒诞。正如他自己所说的"荒诞是在人类的需求与世界的非理性的沉默这两者的对抗中产生的"。虽然荒诞产生于主观愿望与客观世界的"断裂"，但是，假如客观世界符合了人的理想与愿望，使人感到协调、融洽与满足，如果人对客观世界感到合理与亲切，感到就是自己的祖国与故乡，荒诞也就不存在了。因此，加缪所思考的荒诞，归根到底仍是来自客观世界的荒诞。正因为如此，他进而论定了人在这个难以令他满意的世界上的状况与处境："在这个骤然被剥夺了幻想与光明的世界里，人感到自己是一个局外人。这是一个得不到解救的流放，因为人被剥夺了对失去的故土的记忆和对福地乐土的希望。这种人与生活，演员与布景的分离，正是荒诞的感觉。"

既然荒诞是人存在的一种必然状态，因此，就有一个如何面对荒诞的问题。事实上，任何人对待荒诞也都持有某种态度，加缪从荒诞哲理的高度把人的态度概括为三种：其一是生理上的自杀，既然人生始终摆脱不了荒诞的阴影，甚至生存本身就具有被判了死刑的荒诞性，那么最简易的对待方式就是自行消灭以摆脱荒诞的重压与人生的无意义，当然，这是一种消极逃避、俯首投降的态度；其二是哲学上的自杀，这是精神领域里的一种现象，它不是正视荒诞，而是逃遁到并不存在的上帝那里去，企望来世与彼岸，以虚妄神秘的天国作为逃避荒诞的乐园，这是自我理性的窒息与自残。加缪对这两种态度都作了明确的否定，如果是通过前者，加缪对芸芸众生某些逃避人生的行为表示了反对，那么，通过后者，加缪则对历史上一切有神论的、宗教的世界观，一切神秘主义的哲学与哲学家进行了一次清算。

对待荒诞，加缪所主张的是第三种态度，即坚持奋斗，努力抗争。他把这种奋斗抗争的人生态度，概括浓缩为西西弗推石上山的神话。《西西弗神话》中的一个国王，招惹了众神的恼怒，被判处把一块巨石推向山顶。由于本身的重量，巨石总要滚下山来，于是，他又得把石块再推上山去，如此反复，永无止境。众神以为，再没有什么惩罚比这无效的、没有尽头的劳役更为可怕的了。然而，西西弗却不断推石上山，周而复始，坚持不懈，永不停顿。

西西弗的故事，源于古希腊神话，加缪加以改造，用它构成了他的名著《西西弗神话》中的中心形象与最最重要的一章，它是整个人类生存荒诞性的缩影。命运的判决，永无止境的苦役，毫无意义的行为，热烈愿望与冷酷现实的对立，主观理想的呼号与客观现实的冷漠沉默，没有祖国、失去故土、永被流放的个人，所有这些都蕴藏在这个形象里；但同时，它又是人类与荒诞命运抗争精神的凸显。人在荒诞境况中的自我坚持，永不退缩气馁的勇气，不畏艰难的奋斗，特别是在绝望条件下的乐观精神与幸福感、满足感，所有这些都昂扬在《西西弗神话》的精神里。是的，在荒诞绝境中的幸福感与满足感，简直就是一精神奇迹，但加缪明明是这么说的："爬上山顶所要作出的艰苦努力，就足以使一个人的心里感到充实"，"应该设想西西弗是幸福的"。因此，与其说《西西弗神话》是 20 世纪对人类状况的一幅悲剧性的自我描绘，不如说是 20 世纪一曲胜利的现代人道主义的高歌，它构成了一种既悲怆又崇高的格调，在人类的文化领域中，也许只有贝多芬的《命运交响曲》在品位上可以与之相媲美。

从《反与正》到《局外人》、《卡利古拉》、《西西弗神话》，已经出现了一个内容丰满、形态完整的哲理主题，在加缪的创作历程中，成为一条强有力的主线或轴承，在这里，形象的文学创作与抽象的理论论著相辅相成，相得益彰。而两种不同作品之中，形象与哲理又水乳交融：文学作品中体现了荒诞哲理，荒诞哲理论著中又凸显出西西弗的形象，这已经足以构成法国20世纪文学中的一个令后人难忘的重大现象。何况紧接着，加缪又更进一步上升到新的高度，把他的荒诞哲理与人类20世纪重大的正义斗争使命结合起来，创作出《鼠疫》与《反抗者》，把人类存在的这一个最为重要的课题阐述得最为完整深刻、最为充分酣畅、最为鲜活生动，以至他作为一个哲人作家，在同一个思想领域里，其影响大有超过一代宗师马尔罗、萨特之势。

六

　　《鼠疫》完成于1946年，1947年6月在巴黎出版。一问世，它就取得极大的成功，深受读者欢迎，并获得了当年的文学批评奖，两年之内重印八次，总共将近二十万册。

　　作品完成、出版于战后，酝酿创作却在第二次世界大战期间。早在1941年，加缪即已经开始研究过瘟疫流行病问题，但对于他来说，这只不过是对荒诞不幸的世界加以一般审视的一部分，真正引发小说创作的，是1939年9月爆发的第二次世界大战。战祸一起，德国法西斯势力即席卷西欧，法军溃败，加缪被迫离开巴黎，先到里昂，后又流亡到阿尔及利亚的阿赫兰，直到1942年夏才结束流离的生活。而1941年到1942年期间，阿尔及利亚正广泛流行瘟疫。正是在这种时代与环境的背景下，加缪在1941年完成了《西西弗神话》后不久，即开始酝酿《鼠疫》的创作，沿着原有的荒诞哲理观，战争灾祸、恶势力猖獗，自然就和可怕的瘟疫、鼠疫联系在一起了。

　　《鼠疫》是一部象征小说，在加缪那里，促使时代历史的基本内容与鼠疫故事催化在一起的，是美国作家麦尔维尔著名的长篇小说《白鲸》。其中白鲸是邪恶的象征，人与它进行了殊死的搏斗。加缪曾深受这部作品的影响，特别赞赏麦尔维尔"根据具体事物创造象征物，而不是全凭幻想来进行创造"① 的才能,他便是"以现实的厚度为依据"写出这部象征小说的。这里,"现实的厚度"表现在两个层面:在一个层面上它是以严格真实的细节描绘构制出一个鼠疫流行、即将毁灭全城的象征故事;在另一个层面上,这个象征故事则明确而具体地影射着第二次世界大战时,德国法西斯势力在全欧逞凶肆虐的严酷历史现实。

小说与时代历史的贴切程度犹如影之随形,不论是在历史的真实上还是在历史的走向上都是如此。瘟疫狂袭,人大批大批死亡的阿赫兰城,是纳粹阴影下的欧洲的真实写照,阿赫兰城里的人们在面临毁灭的危机中奋起与瘟疫作斗争,团结一致、齐心合力的篇章,是40年代国际民主阵营与法国抵抗力量全力抗击法西斯侵略奴役的斗争的生动反映。最后,阿赫兰城的人们战胜了鼠疫则昭示着反法西斯战争的胜利。因此,人们完全有理由说,《鼠疫》是人类20世纪一次命运攸关的严重历史斗争的缩影,它是一个时代人性力量战胜恶势力的史诗,加缪自己就曾明确指出:"《鼠疫》显而易见的内容是欧洲对纳粹主义的抵抗斗争。"

对于《鼠疫》来说,具有如此重大的历史题材与如此重要的现实指定,就足以在20世纪文学史上占有突出的地位,但也许更值得我们深思的,是它所具有的哲理深度。清晰明确的历史意识,固然有其社会进步的借鉴价值,而在一部文学作品中,隽永的哲理则更有其持久的人文启迪意义,《鼠疫》就具有这种双重的力量。而以《鼠疫》的哲理价值而言,它显然来自对加缪荒诞哲理的发展与突破,特别是关于人类该如何对待荒诞世界的哲理的发展与突破。

如果要对哲学上的荒诞世界作一个典型的、形象化的比喻,那么,一个鼠疫肆虐、人的生存面临着极大威胁的城市也许就是最有表现力的比喻了。加缪正是通过这样一个象征深化了他对荒诞世界的阐释,如他所说的那样,"我试图通过鼠疫来表现我们所遭受的窒息以及我们所承受的威胁着人、将人流放的环境"。在这部小说里,荒诞不再只像《西西弗神话》中所概括的那么抽象,不仅仅是"人的呼声同世界无理性沉默之间的冲突"、"人与生活,演员与布景的分离"、"人得不到解救的流放"等等这

---

① 罗杰·格勒尼埃:《阳光与阴影》,第144页。

些费解的词语，而是活生生的形象的现实生活，是违反人的愿望与理性的痛苦不幸的生活。在这里，加缪特别突出了三种生活象征性的境况：一是分离的境况，包括亲属的分离、夫妻的分离、情人的分离，这些意味着隔离、封锁、囚禁、流亡、集中营，小说中对种种生离死别的描写是着力而动人的，构成了感人的人道主义的篇章。二是小说中没有任何一个女性的境况，这意味着失衡、畸形、苦涩，没有生机，没有激情，没有希望，没有未来。当然，小说中最恐怖的氛围与境况还是死亡，它不言而喻意味着极度的痛苦，完全的黑暗，彻底的毁灭。这种种境况就是加缪在小说里所认定、所描绘出来的荒诞世界图景——与人的生存愿望、正常人性要求合理的社会理想完全相反的反人道的荒诞世界图景。这种荒诞正是恶势力鼠疫所造成的。而鼠疫象征着什么，加缪又有明确的社会指定性与政治指定性。特别是他通过小说中的人物塔鲁与里厄分别指出："每个人身上都带有鼠疫，世界上没有人是清白的"，"鼠疫杆菌不会灭亡也不会永远消失，它可以沉睡几十年，也许有一天，鼠疫又要制造人类的苦难"。这样，加缪在《鼠疫》中也就把他关于荒诞世界的哲理大大拓宽了一步，加深了一步，并将荒诞的根由指向人类自身的过失与人类社会。

在《鼠疫》中，关于人应该如何面对荒诞的哲理，显然比加缪以前任何一部作品都表现得更为明确、清晰、有力度。小说中阿赫兰城人团结斗争、战胜鼠疫的整个故事框架，就充分说明了这一点。为了把《西西弗神话》中艰苦卓绝与命运抗争的哲理更深广、充分透彻地阐释与发挥出来，加缪在《鼠疫》中安排了一系列人物，让他们在互相辨析中、在自身的发展变化中，将这个哲理展示得淋漓尽致。

小说的主人公贝尔纳·里厄医生，是加缪反抗哲理的形象载体，是他理念的诠释者，这个人物鲜明而突出地体现了对荒诞命运坚挺不屈、奋力抗争的精神。他深知医学的力量有限，难以消灭鼠疫，但他仍尽医生的本分，忠于职守，医治病人。为控制鼠疫继续流行，他日夜奔波，不辞劳苦与危险，不在困难与无效面前低头，持续地与鼠疫进行斗争，其劳顿、其坚韧、其无畏犹如西西弗推石上山。如果他与西西弗还有什么不同的话，那就是他身上的抗争精神，与荒诞、邪恶进行斗争的精神更为突出，而且，他还是一个从个人抗争到集体行动的人物，他从精神上影响周围的人不放弃、不屈服、不投降，团结一致，齐心合力，一道投入对鼠疫的斗争。西西弗那种抗争的人生态度到这里发展成为明确的反抗意识、进击的反抗行为，甚至集体的反抗事业。

与贝尔纳·里厄相对照或相补充的人物则有帕纳鲁、塔鲁与约瑟夫·格朗、雷蒙·朗贝尔等。帕纳鲁是个善良而正直的神父，他从宗教世界观出发，认为鼠疫是上帝对人的惩罚，唯一的办法就是一切听凭上帝的安排。他代表了依赖虚妄的神而放弃现实抗争的消极人生态度，正是《西西弗神话》中所批判的那种面对荒诞世界而采取的"哲学自杀"。但最后，在事实的教育下，他也投入了反鼠疫的斗争。塔鲁是与贝尔纳·里厄并肩向鼠疫进行斗争的战友，他认为鼠疫与人性中的原罪有关，他一直致力于社会政治斗争，但以非暴力的方式抗恶；约瑟夫·格朗是一个追求完美的理想主义者，他在对鼠疫的斗争中坚守岗位，埋头工作，要算"一个默默无闻、无关紧要的英雄"，堪称"榜样与模范"；雷蒙·朗贝尔是一个追求个人幸福生活、热恋中的青年，但面对着鼠疫的猖獗，他毅然把个人的爱情与幸福放在第二位，而担负起自己崇高的责任，与大家共同战斗。小说中所有这些人物描写都突出了整个小说中"面对鼠疫，人唯一的口号是反抗"的精神，而这些人物也补充了贝尔纳·里厄这个主人公，共同构成了人类反抗荒诞、反抗恶的精神风貌，使这个抗恶的故事具有了一种崇高的格调。

令人深思的是，《鼠疫》这样一部主题极为肃穆、缺乏个人化生活内容、毫无文学佐料的作品，在20世纪中竟达到了畅销书广为流传的程度，其发行量将近五百万册，在法国小说中，与《局外人》皆居首位。这两部作品是加缪文学创作中光华闪耀的双璧，也成为20世纪世界文学中不朽的经典。

加缪反抗荒诞、反抗恶的主题，在《鼠疫》后，又有一次引人注目的延伸与发展，那就是两年后出版的剧本《正义者》。如果说，《鼠疫》中对荒诞的反抗与斗争还带有某种抽象性、象征性，那么，到了《正义者》中，这一斗争已经成为社会历史范畴里的问题，带有十分具体的历史的确定性。

这个剧本取材于1905年的俄国革命，以革命党人一次真实的刺杀事件为蓝本，甚至保留了这个事件真实主人公的姓名。在这里，荒诞就是黑暗的沙皇统治，就是充满了奴役、追捕、压迫的暴政；人物对荒诞的认识是清醒而明确的，对荒诞的反抗斗争也是具体而坚决的，那就是要通过投炸弹、刺杀与革命，推翻旧制度，解放俄罗斯。剧本表现的重点并不是刺杀事件的情节，而是人物的精神境界与人格力量。加缪力图描绘出新型的英雄，作为特定的阶级的革命者，他们具有理想主义、革命激情、献身精神与某种悲剧性的崇高格调；作为对抗荒诞的一般意义上的人，他们有坚毅刚强的素质、美的情操、同情心、尊严感与友爱之情。这种英雄带有西西弗的色彩，而又比西西弗更高、更充实、更具体。这种新人形象在法国20世纪文学中显然是不可多得的，他们肯定会大大缩小加缪与我们今天社会主义读者的思想距离。

还值得注意的是，加缪在剧中围绕刺杀事件，提出了革命与人道、斗争与同情、行为与道德准则的问题。他先让这两对关系在主人公的身上尖锐对立、激烈冲突——卡利亚耶夫因见到了儿童而不忍心扔出炸弹，致使革命党人的行动计划完全失败；而后，他又把这两对关系在同一个主人公身上统一了起来——卡利亚耶夫终于还是胜利完成了革命党人的计划，并且以一种崇高的精神英勇就义。这样，加缪就表现出了一种精神境界更为宽广丰富、更为深刻动人的革命者形象，在这形象上寄托了他自己将革命与人道结合在一起的理想，这种理想即使在今天，也值得深思，且必然会引起深思。

七

正如在荒诞的主题上，加缪创作了《局外人》与《卡利古拉》这两部形象性的作品之后，又写了一部理论专著《西西弗神话》来全面阐释他在这个方面的哲理；同样，在反抗的主题上，他创作《鼠疫》与《正义者》这两部形象性的作品之后，也写了一部专题理论著作来全面阐释他关于反抗问题的理论体系，这就是他的《反抗者》。而他的第二主题以及第二个作品系列，则又明显的是第一主题"荒诞"以及第一个作品系列的延续与发展。正如《西西弗神话》早已宣示的，先是荒诞，接着就是反抗；

既然有了荒诞,就必然要进行反抗,也只能进行反抗。

《反抗者》一书酝酿了十年之久,早在1943年就已写了初步的提纲,写作一直持续到1951年,出版于该年10月。这是一部洋洋大观的理论力作,它从对"反抗者"加以界说,到对文学发展过程中的反抗与历史以及艺术中的反抗进行较系统的考察,最后针对近一个世纪以来的社会发展,特别是20世纪的社会政治现实,论述了反抗与革命的区别。全书涉及哲学、历史、文学、艺术、政治等各个领域,视野广阔,内容丰富,是加缪思想的全面展现。

17世纪法国大哲学家笛卡儿,曾提出一个举世闻名的命题:"我思故我在",把思想提高到人之所以成为人、人之所以存在的唯一标志、唯一条件。加缪在《反抗者》中,则提出这样一个命题:"我反抗故我在",把反抗视为人之所以成为人、人之所以存在的标志与条件。是的,既然世界是荒诞的,对人的理想、人的愿望、人的呼喊只有冷漠的沉默与恶意的敌对,那么,人如果没有反抗,又何以为人?又与蠕虫何异?当然,任何人都可以借用笛卡儿的"故我在"这一"曲调",填进自己的"歌词",如像萨特在他1964年出版的《文字生涯》中就提出了"我写作故我在"。同样,处于各种存在状态,选择各种生活方式,从事各种职业生活,在社会生活中拥有各种地位身份的人,都各有其"我××故我在"的自得。但是,哪一个命题像加缪这个命题这样从最基本的意义上,从最高的概括程度上规定了人面对着世界所持有的存在方式?哲学的发展也许将证明,加缪的命题是对笛卡儿思想最富有创造性的发展——两者同为关于人之存在的经典性的哲理命题,而加缪把反抗提到更高的角度,显然已经形成了一整套关于反抗问题的哲理体系。

反抗是人所进行反抗。加缪的反抗理论是从对反抗的人加以界定开始的。由此,加缪也就从纯形而上的哲学范围跨进到具体的社会现实范围。他明确的定义是这样的:"什么是反抗者,就是说'不'的人。但他如果表示'不',他绝不是放弃。他也是一个说是的人,甚至从他最初的意念就是如此。"可见,在反抗者身上既有否定、拒绝,也有赞同、追求,这当然不是指他所面对的是一个沉默、冷漠,像月球一样的自然界,而是一个充满了现实矛盾的人类社会。于是,推石上山的西西弗就发展成为一个说"不"也说"是"的社会人,哲学比喻发展成为社会历史论著,哲学家加缪成为一个社会学家、政治理论家。

加缪把反抗的人放在社会关系中,对他反抗的动机、方式、准则、目标、效果加以界定,指出他在这些方面与本能的、纯出于狭隘、低层次、利己目的的愤怒者的本质区别。在他的眼里,反抗者应该是突破了个人存在、超越了自我、摆脱了一己私利、遵循在一定社会范围里为人群所认同的价值观,具有巨大的活力并在反抗的过程中有助于人群的合作与聚集。可见,在加缪心目中,反抗是有理性的,是有价值标准、社会效益,有见解意义的社会行为。它是人的尊严的体现,具有明显的崇高性。

在对反抗的限度作出规定,对反抗与反抗者进行了定位、定格之后,加缪在这部论著中主要就进入了历史回顾与历史考察的领域,涉及面从文学、艺术一直到社会政治。在文学中,他认为把天火盗给了人类的普罗米修斯是最早的反抗者,接下来,他赞赏的还有该隐、希腊诗人、罗马诗人、19世纪的浪漫主义文学中的《呼啸山庄》、《卡拉马佐夫兄弟》中的主人公以及尼采等等;他所贬斥的则有萨德,以及为超现实主义所尊奉的大师洛特雷阿蒙与兰波等。不难看出,加缪所看重的是那些富有思想含量的作品,而不是那些富有技艺成分的作品。就思想而言,他所重视的是古典的人文传统、人道主义传统,而他摒拒的是偏颇失衡的思想形态。显然他对文学的回顾,并非完整的文学史概述,而是他特定反抗史观中的文学图景。但是,应该看到,如果加缪关于反抗与反抗者的论述,止于作哲学的界定,那么,他的反抗论必定会作为一种具有高度概约性的哲理而获得普遍的认同,就像《西西弗神话》,相反一旦他进入具体的历史考察领域,就不可避免地陷入各种主义、各种观点、各种意见纷争的泥沼,他对文学的褒贬意见,首先就遭到超现实主义者的非难。

文学论争只不过是一个仁者见仁、智者见智、无有大碍的领域,而真正麻烦且令人伤神的是时政性的论战。《反抗者》出版后,加缪不仅遭到超现实主义从文学上的批驳,而且更遭到了思想界左派在政治上的围攻,既包括法共的理论工作者与报纸杂志,也包括像萨特这一类的法共的同路人,特别是萨特及其主编的《现代》杂志在这场大批判中更是特别突出,形成了法国20世纪思想界的一桩大事。在《反抗者》出版后不久,《现代》杂志就发表了该刊编辑法朗西斯·尚松的文章,对作品进行了严厉的批判,措辞激烈,带有恶意,甚至不惜进行歪曲与杜撰。加缪不得不回应,写了一封致《现代》杂志主编萨特的公开信,进行自我辩护,这封公开信又引发出萨特的一大篇批判文章《答加缪书》,其严厉与刻薄亦不下于尚松文,批评加缪"是个资产者","抛弃了历史","变得恐怖与粗暴",《反抗者》的出版是一场反革命的"热月政变",等等。这场论战标志着加缪与萨特的多年友谊毁于一旦,大批判的阴影一直笼罩着加缪此后的精神与生活,直到加缪1960年逝世,萨特才写了一篇带有感情的悼念文章,总算给他与加缪的残破友谊画上了一个句号。

不言而喻,这次批判与论战是由于《反抗者》中一系列对反抗与社会革命的本质区别的论述,以及对现代历史、对马克思主义,特别是对社会主义运动某些现实的论述而引起的。加缪不是一个历史学家、政治史学家,他在《反抗者》中关于现代历史及其过程中的社会革命的论述,不可能得到所有人的赞同,但他论述中所涉及的社会革命中暴力的过度滥用,的确是现代史上赫然存在、不可辩驳的事实。加缪不是一个马克思主义发展史、社会主义思潮发展史的研究者,何况这部历史本身就复杂纷繁,像一个难以理清的线团。他对马克思主义学说不同组成部分的评论,也许至今还会遭到怒视与愤怒反击,但他论述中所涉及的社会主义革命之后斯大林主义的存在,即集权主义、专制主义、个人神化与集中营的存在的确是触目惊心的现实。加缪不是一个政治家,社会学家,更不是为政者,他不可能提出一个为所有人认同的人类社会的改良方案,但他召唤古希腊文化中的人文精神、"地中海思想"以及合理、和谐、和平、自由、民主的人道主义传统进入现代社会,仍不失为一种非常美好的社会理想。不过,他提出的这些问题与他的论述,在当时实在是太尖锐、太敏感、太复杂了,触及国别的利益、阵营的利益、政党的利益、学派的利益以及那些以阵营性为一时安身立命之基石或一时只习惯于左倾惯性的思想家、批评家的利益,因此,加缪被围攻也就是必然的了。

人们是否可以设想加缪当时不去捅这个马蜂窝以免于自讨苦吃呢?应该看到,对于加缪来说,这是自然而然的一步,水到渠成的一步。要知道,加缪不是一个书斋中的教条主义者,而是一个在实际生活中、在复杂的社会现实中学会了思考的思想家；不只是一个靠思维与笔介入社会政治的作家，还是一个身体力行在实际斗争中得到了锤炼的斗士。他本人经历过无产者的穷困、反抗者的磨难，亲眼见证了民族的纷争、第二次世界大战中人类的痛苦、德国纳粹的国家社会主义、苏联的斯大林主义及其在世界范围里的影响——他正是在这样时代背景与历史过程中酝酿自己的《反抗者》的。这部作品是加缪长期感受、长期体验、长期思考的结果，是他不可能不写的一本书，是他不吐不快的一本书，是他作为一个斗士介入社会现实的又一个前进的脚印，是他作为一个思想家的自我完成，是他要把他想走的路走到底的明证，而不是如很多人曾讥讽的，是一个"倒退"，更不是萨特所蔑称的"热月政变"。而且，在那个时代环境中，加缪此举也不是一个孤立的现象：第二次世界大战后，苏联的斯大林主义内幕与血的历史，使得西欧知识界，开始对社会主义苏联有了清醒的意识，抛弃了某些不切实际的浪漫想象，西欧知识界30年代中期以来的那种左倾，从这时起有了愈来愈明显的退潮，及至1968年的"布拉格之春"，苏联坦克彻底碾碎了西欧知识分子的左倾情结与苏维埃理想，在那之后，"社会主义阵营"之中或其周围，已经没有什么知识界代表人物在站岗放哨了，这是20世纪历史进程的一个组成部分，加缪的《反抗者》只不过是这个历史进程中的一个突出事件而已。

《反抗者》出版至今已经有了整整半个世纪，世界愈来愈厌弃暴力与集中营，愈来愈向往和平、自由、协调、和谐、符合人道的境界，并一步步缓慢而坚定地向这个目标前进。半个世纪的时间对围绕《反抗者》的那场论战作了无情的检验，也证实了这本书的勇气与意义。

从《局外人》、《卡利古拉》，《西西弗神话》到《鼠疫》、《正义者》、《反抗者》，这就是我们所理解的最基本的加缪，是鲜明突出的加缪，是给诺贝尔奖的殿堂添光增彩的加缪，是最有生命力的、将传世不朽的加缪！

（原载《加缪全集》，上海译文出版社2010年版）

低调济世的人文巨著《随笔集》

文欲载道，文欲济世，文欲唤醒众生，文欲促变一个时代，非得慷慨激越吗？非得高调昂扬吗？非得自命为世间绝对的真理、唯一的真理吗？非得咄咄逼人、"强买强卖"吗？非得居高临下、训斥施教吗？

在历史上，激昂慷慨的文字，自有其功能与效应，但欲达到上述种种目的，并非只有一途，并非只有一种文字。亲和平易、低调谦逊、不以真理自命而能润人济世，完成时代重大使命者亦有之，16世纪法国的蒙田就是一个伟大的先例。

一

蒙田生活在法国16世纪这个特殊的时代，生活在法国从一个社会形态开始向另一个社会形态逐渐过渡的漫长过程的开端，充满了阵痛与混乱的开端。这个时代的显著特征是新旧思想激烈的碰撞，新旧社会利益、新旧社会力量的酷烈冲突与争夺，虽然新世纪的曙光已在遥远的未来透露，但这时却不折不扣要算是一个黑暗浓重的"乱世"。

马克思曾经指出："在十四和十五世纪。在地中海沿岸的某些城市已经稀疏地出现了资本主义生产的最初萌芽。"① 家庭手工业进一步发展为受商业资本控制的手工工场。生产力逐渐发展到了新的水平。动力技术的革新，使得纺织、矿业与冶金等行业都有了相当大的改观。造船业与航海业突飞猛进，出现了上千吨的船只。从15世纪末开始，哥伦布、亨利王子、迪亚士、伽马、麦哲伦先后纷纷完成了各自的地理大发现的壮举，为环球

---

① 马克思：《资本论》，《马克思恩格斯集》第23卷，人民出版社1972年版，第784页。

的世界性市场的出现奠定了基础。商品经济得以达到空前的规模，资本主义原始积累加速进行，新兴资本主义关系使得大城市如雨后春笋般出现，佛罗伦萨、威尼斯、热那亚、伦敦、安特卫普、阿姆斯特丹、里斯本都发展成为当时著名的国际商业都会。

在物质生活发生了如此巨大变化的基础上，欧洲的意识形态、精神文化领域里出现了两股强劲的暖流，那就是文艺复兴与宗教改革。

16世纪的法国，就是处于这样一个转暖与变革的欧洲环境中，其内部机制就在这种暖和的气候中进行运转而推动着这个民族的历史进程。

法国的16世纪是资本主义因素在封建经济的躯体里孕育而出并扭曲而长的时代。在好些行业里，资本主义手工工场已经成批出现，以纺织业为例，有的城市就达到了拥有织机八千部的生产规模。对外贸易有了长足的发展，资本原始积累已经开始以相当的规模在进行。当然，封建经济仍占统治地位，在这样的整体躯壳中，资本主义关系的发展不能不带有一定的曲折性。

最初的资产阶级产生了，但显然还不足以自强自立，他们得从属于王权，依靠王权，攀附王权，其常见的方式就是贷款给封建政府，作为回报，政府把几项主要的税收包给商人高利贷者，而他们则在王权的保护伞下超额地征税以饱私囊。另一种方式则是通过向政府当局纳捐以获得法官、税吏、财政官的职位。此外，富有的资产者还可以凭其财力购买破落贵族的产业与爵号。所有这些渠道，都使得法国历史上出现了一种其经济方式截然不同，但在社会地位与身份等级上与世袭贵族接近靠拢的阶层，是为"穿袍贵族"，它与世袭的"佩剑贵族"皆为社会的上层。

全国的政治统治权仍集中在国王与他周围的少数宫廷贵族的手里。从15世纪80年代起，三级会议一直没有召开，专制王权形成与加强的过程仍在进行，并朝接近完成的阶段前进，虽然地方上的大贵族仍有不小的权势，但拥兵自重、割据称霸的已经没有了。弗朗索瓦一世（1515—1547年在位）即位后，即大兴土木，修饰宫殿，讲究华贵，倡导艺文，一时歌舞升平，巴黎的宫廷成为全国贵族心仪趋附的对象，形成了王权鼎盛的盛世景象。1516年，弗朗索瓦一世又成功地与教皇利奥十世签订条约，规定法国教会大部分收入归国王所有，法国的大主教与主教以及高级僧侣都由国王任命，国王实际上成了本国教会的首脑。弗朗索瓦一世的工商业政策则很符合资产者的利益，因而在抑制国内贵族势力与对外进行扩张这两个方面，都得到了资产阶级的支持。如果不是意大利战争与国内宗教战争大伤了法国的元气，打乱了王权不断强化的过程，路易十四式的太阳王本可以提前一个世纪出现。意大利战争是法国封建王权走向兴盛后自我膨胀所致，完全是出于侵略扩张的目的，早在查理八世时期即已开始（1494—1495）。到法朗索瓦一世时期更为频繁，战争虽互有胜负，但遭到失败的基本上是法国：1521 年法军被逐出意大利；1525 年弗朗索瓦一世被俘，后以重金赎身；1544 年查理五世攻入法国，逼法求和。弗朗索瓦一世去世后，其子亨利二世（1547—1559 年在位）又曾恢复战争，终于在 1559 年才与哈布斯堡皇室签约缔和。整个意大利战争延绵达六十五年之久，使得法兰西国力凋疲，王权削弱，而不久后，整个国家又陷于宗教战争的深渊。

　　法国 16 世纪的宗教战争，实质是不同的贵族势力争夺全国政治统治权的斗争，只不过是在欧洲宗教改革的背景上带有意识形态的色彩，而其中交织的矛盾也更为错综复杂。

　　新教的信奉者起初以城市各阶层的市民为主，后来在农民与贵族中愈来愈多的人也信新教，特别是南部的中小贵族，更是有意利用加尔文派在国外的力量来与王权对抗，以求恢复对王权的独立地位。而王权，从弗朗索瓦一世到亨利二世，出于政治利害考虑，都对新教采取了非常严厉的镇压政策，1540 年成立了宗教裁判所，1549 年又专设惩治加尔文教徒的特别法庭，即"火焰法庭"。但到 50 年代，地方上很多大贵族也改奉加尔文派，新教势力更大，法国实际上已形成了与以王权为核心的天主教贵族集团相对抗的新教贵族势力，这些新教的信奉者在法国被称为"胡格诺教徒"，其声势愈来愈大，席卷了诺曼底、多菲内、圣东日、塞文山区等等地区与大部分大中城市，而在其行列里也有很多在知识文化界享有盛名的人物，如雕塑家、建筑家让·古戎，诗人阿格利巴·多比涅，农学家奥利维埃·德·塞尔，外科医生昂布鲁瓦兹·帕雷，等等，至于一些穿袍贵族、担任公职的资产者，更是其中的活动分子。拥有巨大实力的胡格诺派，已对王权与天主教贵族集团构成了明显的威胁，宗教信仰的对立与冲突愈来愈带有不同贵族集团争夺政治统治权的性质，代表新教势力而走上政治斗争前台充当领袖人物的则是纳伐尔王、波旁家族的安托万及其兄弟孔代亲王路易·德·波旁与海军大将加斯巴尔·德·科利尼等。

亨利二世逝世后，查理九世于1560年继位时年仅十五岁，由母后喀德琳摄政，以东北部贵族吉斯为首的天主教贵族集团与喀德琳联合，跟新教贵族集团的矛盾愈演愈烈，终于爆发了三十多年的宗教战争（1562—1594），战争时断时续，两种势力时而有所妥协，不久又兵刃相见，其间最为惨烈的事件是1572年8月24日的"圣巴托罗缪之夜"。在这次惨案中，天主教贵族集团串通王室发动突然袭击，屠杀了两千多胡格诺派人士，此后战争进行得更为酷烈，由于宗教战争是在广大的地区进行，而且几乎触及每个村落，其破坏性也就更大，远远超过"百年战争"。

1584年，亨利三世的兄弟安茹公爵病死，由此产生王位继承权的问题，宗教战争又进一步演化为争夺王位的战争，史称"三亨利之战"，争夺战在亨利三世、代表天主教贵族集团核心力量的亨利·吉斯与代表新教势力的波旁家族的亨利之间进行，伴随着这场旷日持久之战，各地又发生了一些农民起义，整个法国陷于四分五裂。亨利三世杀除亨利·吉斯后，与亨利联合，但不久他又被人刺死，因此，代表胡格诺派势力的波旁家的亨利继承王位，是为亨利四世，从此，法国开始了由波旁王朝统治的时代。

亨利四世于1589年上台，为了结束国内纷争的局面，他决心放弃新教信仰，重新皈依天主教，因此，他进入了巴黎，成为了全国公认的国王，但他于1598年4月13日颁布了南特赦令，对宗教纷争与尖锐矛盾作了妥协平衡的处理，一方面宣布天主教为法国国教，在全国恢复天主教的宗教仪式，把没收的土地与财产归还给天主教会；另一方面则规定胡格诺教徒亦有信仰自由与本派的宗教生活自由，并在担任官职上，与天主教徒拥有平等的权利，甚至还允许胡格诺教派仍保留一百多个据点堡垒，作为国王履行赦命的担保。南特赦令作为欧洲第一个宗教宽容的结果，虽然是以血与火的代价换来的，但要算宗教改革运动一个最实际的成果，它在法国奠定了国内和平的基础，在这个基础上，才迎来了17世纪路易十四的盛世，法国两大有产阶级平衡妥协、各得其所、相安无事的和平朝代。

蒙田就生活在这样一个时代，他活了五十九年，有三十年是在宗教战争期间度过的，他亲眼看见了宗教战争的爆发，也颇受战争颠簸之苦，特别是见证了这场惨烈的战争给法国带来的破坏与伤害，他在战争中观察思考，形成了他的哲理，写成了他不朽的传世之作《随笔集》。

二

米歇尔·德·蒙田（Michel Eyquem de Montaigne，1533—1592），1533年2月28日生于贝利哥尔的蒙田城堡，这是他祖父靠做酒与咸鱼生意发家致富后购置的产业。他父亲参加过意大利战争，写过一部旅行日记，担任过波尔多市的市长，在其手里，他家的城堡得以修缮一新。

蒙田是多子女家庭的孩子，兄弟姐妹共有七人之多，其父追求时尚，按意大利方式让蒙田从两岁起就在一位不懂法语的德籍学者的管教下学习拉丁文，这在当时是很讲究的教育方式，蒙田学习母语法文，倒是后来的事，因为当时法文正在定型的过程中，弗朗索瓦一世刚把它规定为官方语言。六岁，蒙田进入以名师济济而著称的居耶纳学校就读，在这里系统学习了古希腊罗马的文化典籍。由于战祸波及波尔多，蒙田后又转学到杜鲁斯学习法律。

1554年，二十一岁的蒙田被任命为贝里格间接税最高法院的推事，三年后又进入波尔多最高法院。在这里，他结识了作家拉博埃西（La Boetie，1530—1563），两人结成了莫逆之交。从1559年到1562年，蒙田的仕途甚为坦荡，他因居耶纳省宗教冲突的事务，被波尔多最高法院多次派往巴黎，还曾陪同弗朗索瓦二世巡视巴黎，1562年他在巴黎最高法院宣誓效忠天主教。

1565年，蒙田与一个富家小姐结婚，她给他带来了一大笔嫁妆。1568年，其父去世，蒙田又继承了父亲的称号与产业，其家底之雄厚是不言而喻的。1569年他从拉丁文翻译并出版了15世纪的神学家与医学教授雷蒙·塞邦的《自然神学》一书，此书力图对宗教的教义与神秘加以理性的剖析，其影响直到17世纪末仍甚为可观，蒙田后来又在自己的《随笔集》第二卷第十二章对这位学者进行了论述。1570年，他辞去在波尔多最高法院的职务去到巴黎出版他的好友拉博埃西的文集，其中包括拉丁文诗歌，法文诗歌以及翻译作品，这是他真正意义上的第一个文学活动。同年，他喜得一子，后来，他又陆续添了五个孩子，但除了一个女儿幸存外，其他尽都夭折。

1571年，三十八岁的蒙田决定从仕途退隐，他自称"长期以来厌倦了在法院的职守与一切公务负担"，要去过闲适、宁静、纯朴的乡绅生活。他隐居在自己的城堡里潜心研读古希腊罗马典籍，并撰写读书心得与笔记，这就是他写作《随笔集》的开始。

1572年圣巴特罗缪之夜大屠杀后，宗教战争进行得更为酷烈，查理九世的三支军队对新教徒展开了进攻，蒙田身不由己卷入了战争，他随着居耶纳省的天主教贵族乡绅参加了国王的一支军队，但他故去的好友拉博埃西的《甘愿受奴役》一书，却被编入了新教的小册子出版。1577年，蒙田被国王封为侍臣。

1579年，他完成了《随笔集》的第一卷，立即又投入第二卷的写作，1580年，《随笔集》两卷本出版。为了医治他的肾结石症，蒙田去了巴黎与意大利，在巴黎，他向国王亨利三世赠送了他的新著，得到了赞许与好评，在罗马，他谒见了教皇并呈献了《随笔集》，同样也得到了教廷的认可。次年，他被授予"罗马市民"的称号，并当选为波尔多市市长，任期两年。1582年，大受欢迎的《随笔集》经修订增补后再版。不久，蒙田即陷于繁多的政治事务之中。他于1583年第二次当选为波尔多市市长，任期为两年。在任期内，他颇为开明，曾为当时的第三等级的捐税负担鸣不平，他作为一个天主教的信奉者，却与新教势力及其政治上的代表纳伐尔王关系甚密，曾经在自己的城堡接待过这位未来的亨利四世，因此，他在现任国王亨利三世与纳伐尔王——波旁家族的亨利之间进行了斡旋，充当调停人的角色。他第二个市长任期的最后一个月，瘟疫大肆流行，他被迫离开了自己的城堡。

晚年，蒙田的影响更为扩大，声誉极高，崇拜者、追随者日益增加，德·古内小姐就是最重要的一个。从1586年起，蒙田又续写《随笔集》。1587年，第三卷在巴黎出版。此后，《随笔集》又再版多次，每次再版，蒙田均作了大量的增补，使内容更为丰富，特别是大大增添了关于他自己的生活习惯、兴趣爱好与心态情怀的章节，使《随笔集》成为了一部具有自我人文风度的书。

蒙田逝世于纳伐尔王上台成为亨利四世的三年之后，他终于盼到了他翘首以待的国内和平。他逝世后的第三年，德·古内小姐根据蒙田修订增补的遗稿，整理出版了《随笔集》的第五版。

三

《随笔集》分三卷，上卷五十七章，中卷三十七章，下卷十三章，总共一百零七章。每章一个论题，各自独立，既不连贯，也不相关。论题则广涉历史、哲理、文化、艺术、人性、人情、处世行事、世态心理、趣味时尚、自我审视等各个领域，如：《论罗马帝国的强盛》、《谈德勒战役》、《论西塞罗》、《论维吉尔的诗》、《谈衣着习惯》、《论想象力》、《论友谊》、《就节制》、《论忧伤》、《论信仰自由》、《谈三种交往》、《论经验》、《怯懦是暴虐的根由》、《万事皆有自己适宜的时机》，等等。如果说，全书的论题已经极为广泛的话，那么各章的论说、陈述、分析，往往又枝叶蔓延，延伸发挥，触类旁通，引申开远，故其内容之丰富纷繁、茂密芜杂，实有如一片极目无垠、郁郁葱葱、气势宏大的大林莽。

《随笔集》与蒙田，应该可说是"文如其人"这一至理最典型、最完全的一个范例了。蒙田自己在《随笔集》中曾经这样说过："我写这本书纯粹是为了我的家庭和我个人，我宁愿以一种朴实、自然、平平常常的姿态出现，我描绘的是我自己，我很乐意把自己完整地、赤裸裸地描绘出来，我自己是这本书的材料"，"我研究自己甚于研究其他科目"。事实上，蒙田在《随笔集》里不仅是描绘自己，勾画自己，而且也剖析自己，探究自己，更多地则是以自我为本，以自己的性情为参照来体察世情，贴近人性，当然，他对社会、现实、世态、习俗、历史、事物、学问、哲理等广泛领域的见解、观点、议论、评析，无不都渗透着他自我性灵的色彩。因此，不认知蒙田其人，就不可能充分理解《随笔集》，认知蒙田，是开启《随笔集》的入门钥匙。总而言之，蒙田的"自我"，既是《随笔集》的精魂，也是《随笔集》的"血肉"，即《随笔集》实实在在的具体内容。

在 16 世纪，蒙田其人能出现、存在并成为一种人生景观、精神景观，这本身就是一种奇迹，把《随笔集》中所展现出来的蒙田自我，放在当时的法国社会现实背景上，就不难看出其令人惊奇之处。在宗教战争的战火长期燃烧在他的家门口，村村为战、人人为战的环境里，他却艰难地坚持了不卷入主义，"在我周围，多少城堡都设了防，据我所知，在法国，像我这样地位的人，把城堡完全交付上苍保佑的人只有我一个"，并且还能够处变不惊，临危不乱："我不想吓得魂不附体，也没有半点逃跑的念头。"在全国都分裂为两大对立的阵营、政派斗争酷烈的气氛下，他却保持了超然的调和主义的立场，"在这一派眼里，我是那一派的，而在那一派眼里，我又是这一派的"，而且他并非远离政治旋涡的"逍遥派"，倒是处在为政者敏感的、难以回避的地位上，但他却以淡然平和的方式把在波尔多市长任期内的复杂矛盾处理得十分成功："到任后，我就忠实而认真地认识自己，完全如我所知的那样：没有记性，没有警觉，没有经验，没有魄力，也没有仇恨，没有野心，没有贪欲，没有激情"，终于在市长任期里深得民望。他存在于一个充满血腥气的乱世，自己的生活也常动荡不定，但他不仅没有参与戮杀与争斗，反而超乎混战之上，过得平静而安详，甚至营造出了自己的"世外桃源"："我们要保留一个完全属于我们自己的自由空间，犹如店铺的后间，建立起我们真正的自由和最最重要的隐逸与清静"，在自己的空间里，他过着完全潇洒的生活："我的大脑就像脱缰的野马，成天有想不完的事"，"我让自己的思想无所事事，自由地运转和休息"，以及"我想睡就睡，想学习就学习"，"若是右边的风景不美，我就走左边"，等等。总之，这样的超越的精神意境与洒脱的人生情致，在 16 世纪实为一种极为难得的景观，这是淡泊超脱的人生观、平和折中的思维方式、节制谨慎的处世态度，在一个酷烈时代里所能创造的最大奇迹，一种人格奇迹。

虽然《随笔集》是一部涉及面广，林林总总的巨制鸿篇，但对于蒙田这样一个具有上述精神倾向与生活态度的人来说，他不可能在其中致力于表述自己关于社会现实、政治历史、宗教信仰的全部思维，在他丰富广阔的精神世界里，在他所认知与思考的种种事物中，他必然有取舍，有所表述,也有所不表述,有所涉及,也有所回避。因此,人们不能期望《随笔集》是一本那个时代所有重要领域中所有重要思维的"百科全书",它只是一本经过了特定精神倾向与生活态度过滤过、筛选过的论题汇集,最为明显的是,虽然宗教战争是那个时代最大的灾难,无时无处不影响着法国人的生活,但《随笔集》却并没有正面地评论它。再如,他虽然对法国宫廷与法国政界有大量就近的观察与见闻,对当时一些显赫政要均有具体的接触与感性认识,然而《随笔集》却并没有留下多少记载与观感。应该说,《随笔集》涉及当代重大的社会政治问题还不如拉伯雷的《巨人传》那么多,因此,作者特定人格类型带给《随笔集》在题材范围上的首要特点,就是对尖锐的社会历史现实课题的疏离化。

就蒙田对希腊罗马人文传统的承继以及他对16世纪满目疮痍的法国社会现实的了解而言,他有条件成为一个观点鲜明、言论尖锐的政论家式的思想家,事实上,他也不乏慷慨的正义感与激越情怀,《随笔集》时有对社会现实弊端切中要害的锋利之语,如针对司法黑暗的:"我亲眼看到,多少判决比罪犯还罪恶",并且他强烈地抨击了酷刑,还曾坦言,自己在当法官的十三年中,宁愿有负法院,也不愿愧对人类,其慷慨之情溢于言表。又如对于政治,他所作的尽力逃避的努力,充分表露了他的厌恶之心,他在"话说"了野蛮部落食人的现象后,直接针对当时的法国现实:"我所不以为然的是,我们在评判他的错误的同时,对我们自己的错误熟视无睹",尖锐地指出"以虔诚与信仰为借口","将一个知疼知痛的人体折磨拷打得支离破碎,一点一点加以烧烤",实际上要比食人肉者"更为野蛮"(第一卷第三十一章),所有这些,都表现了蒙田面对社会黑暗的强烈正义感。

尽管如此,鲜明尖锐的立场表述成分毕竟不是《随笔集》的主要成分,甚至可以说,它所占的比重实在是很小,占绝大比重的成分是平和的议论,娓娓道来的话说,层层深入的剖析。显而易见,蒙田并不想让他的作品成为尖锐的政论,对社会现实的批判书,声讨黑暗的檄文,他竭力避免这种可能,很少使用抨击、指责、针砭、批判这些较为激烈的手段,也尽可能少地作截然的断语、带有明显精神倾向与取舍标准的结论,显然要求自己完全成为一个哲人,以哲学家超越的态度面对他的那些原本就具有浓烈哲学探讨性的论题。这就决定了《随笔集》另一个重要的特点,即论说与语态上的哲理化。

　　这种哲理化往往是绕过了社会、历史、现实中具体的人与事，不去论具体事实的是非，而又超越至根本的事理，致力于解决根本的思维方式、理性的取舍、立世的态势，从而使人摆脱词语的纠缠、功利的干扰而达到认知的自由境界。仅以第三卷第一章《谈功利与诚实》为例，看起来它是在进行哲理探讨，实际上是针对国内战争，在这里，蒙田不是对造成极大破坏的宗教战争进行具体的分析批判，表示反对与抗议的立场，而是针对人人为战的条件下，世人身不由己所卷入的种种战争逻辑与战争意识形态，提倡一系列有利于避战的哲理态度与行事准则：如力戒狂热："绝不头脑发热"、"不轻易作过深的内心的介入与许诺"、"愤怒的仇恨超出了正当责任范围，便是一种狂热"；如提倡节制与温和："在天下大乱、世事变幻莫测之时，不是靠温和与节制来拯救自己吗"、"有节制地行事，那么风暴将在他们头顶上刮过而不给他们留下灾难"；如警告一些人不要从恶："不应把背信弃义、阴险狡猾的行为称作勇敢"，不应把"自己邪恶与凶暴的天性美其名曰热心"，"因为他们鼓动战争并非战争是正义的，而是为战争而战争，为他们自己的利益"；如劝诫不要盲目忠诚："竭尽全力地效忠一方和另一方，既不能算是有良心，更不能算是谨慎"；如反对绝对忠君，提倡道义的多元化："即便为了效忠国王，大众事业和法律，也并非可以无所不为，对祖国的义务并不排斥其他义务，而且公民们对父母克尽孝道亦符合国家利益"；如反对战争中"丧失人性"的大义灭亲宣传："别听那些天性凶恶、嗜血成性、六亲不认之辈宣扬这种所谓的说理，抛开那超乎寻常的、不可企及的公正，我们要取法最有人情味的行为"，等等。所有这些从人本理性出发的哲理无不都是对战争观念、战争法纪不利的离心拉力。同样，对宗教战争中"圣巴特罗缪之夜"大屠杀，蒙田也不是进行愤怒而无济于事的谴责，而是大谈特谈背信弃义行为之卑劣，从罗马的历史谈到埃及、俄罗斯的事例，唾弃了"借口要与对手达成友好协定，邀他来家会晤，并设宴款待，然后把他抓起来杀掉"的"圣巴特罗缪之夜"式的阴谋，从根本的道义上有力地针砭了这次惨绝人寰的大屠杀的卑鄙性质。

四

　　《随笔集》的哲理化最主要的表现形式是对古希腊罗马哲人、思想家的大量引述。作为一部散文集，这里所有的篇章几乎无一是由身边琐事、花木鱼虫、风花雪月、生活现象等常见的散文题材所引发起来的，而大都像是谈希腊、罗马丰富典籍后的一部读书笔记，所有的篇章或者是命题与思想由古代哲人所引发而来，或者是对古代哲人论说与见解的感言与阐发，或者是在自己大发议论时对古代哲人的援引，因此，这些篇章都无不有对古希腊罗马思想家、哲学家、历史学家与文学家的名言、警句、隽永见解的大量引证，它们与蒙田本人的阐释、议论、发挥、引申浑然一体，水乳交融，相得益彰，实际上成为蒙田本人思想见解不可分割的组成部分，极大地丰富、深化了《随笔集》的思想内涵。这既是蒙田对古希腊罗马思想文化宝库大规模的继承，也是对古代思想传统的一次辉煌的创造性发展，构成了《随笔集》哲理性的一个重大内容。也正是《随笔集》在思想上的进步性、超越性，甚至革新性之所在。

　　希腊罗马的思想文化作为西方文明的一大源头极为灿烂辉煌，它在历史的长河中之所以具有不朽的价值，就在于它是在没有任何宗教与法权意识形态的束缚禁锢的条件下，以人为本，对人性、对人类社会生活与历史事件进行了唯物的、切实的思考与研究的结果，它即使有多神的神话传说，但也是人性味、人情味十足的神话传说，因此，在后来中世纪备受压抑人性、禁锢精神、扼杀欲求的宗教意识形态的排斥与打压。《随笔集》对古希腊罗马人本主义传统的召唤、承继与发扬，在宗教意识形态冲突十分激烈，国内宗教战争极为残酷的16世纪法国，其革新的意义是不言而喻的，而蒙田这样做的规模、深度与无保留的程度，即使在好几个世纪之内，也是罕见难得的。

　　对于后世来说，《随笔集》不仅展示了古希腊罗马极为丰富多彩的思想文化宝库，而且提供了一整套以人为本、渗透着文艺复兴精神、人文主义的世界观与人生观，这里有唯物的宇宙观、自然观："每种造物按照自己的特征发展，个个又保持大自然的固有法则给它们确定的区别"；有人类应遵循世界客观规律的思想:"人应该限制和安排在这种法则范围里,不能越雷池一步"(第二卷第十二章);有非常透彻的神学观、宗教观:"人自以为想象出了上帝,其实想象出的还是他自己"、"神性的条件是通过人并以人为依据而形成的"(第二卷第十二章中);有豁达的生死观:"无人能够免除一个人的死亡,千条道路畅行无阻"、"死亡是治百病的药方"、"心甘情愿的死是最美的死"、"人类将生命世代相传有如赛跑者交接火炬"、"生就意味着死"、"哲学家一生都准备死亡"(第三卷第十二章)、"生活应该顺其自然"(第二卷第三章);有辩证的人性观:"心灵与肉体协调一致,因为这样才有了人"(第二卷第十二章)、"我们这些人,即使是最好的人也都有罪恶"(第二卷第二章)、人"摇摆不定,一生充满了矛盾"(第二卷第一章)、"永远在探索",而对自我的状态,"首先要做的便是认识自我,明确自己该做什么"、"做你自己的事,要有自知之明"、"无论是孩童与老叟,谁忘了哲学就要吃苦"。在这一认知的基础上,蒙田提倡人道的生活:"最美好的是过普普通通、合乎人道的生活",具体来说,在乱世之中"满足现状,自得其乐"(第一卷第三章),劝诫贪求财富:"财富是玻璃做成的,闪闪发光,但很容易破碎"(第一卷第十四章),坚持工作:"但愿我死时还在工作"(第一卷第二十章),主张保持自我的独立:"我们不受任何国王的统治,人人有权支配自己"(第一卷第二十六章)、"善于听从自己,服从自己的原则"、"最能干的人是依靠自己力量的人"(第三卷第十二章),要求在生活中不断学习:"生活的艺术是所有艺术中最首要的,学会这一艺术要通过生活而非学习"(第一卷第二十六章),向往美德:"头脑里要装有君子的形象"、"我静静地迈步于清新宜人的树林,思索着哲人君子可做什么事情"(第一卷第三十九章),等等。显而易见,《随笔集》中丰富精彩的思想见解所构成的世界观、自然观,完全是与当时占统治地位的宗教神学世界观相对立的,带有不容忽视的革命性,《随笔集》所宣扬的豁达、自然、积极、向上的人生观、生活态度,则对长期遭受教会思想统治的世人,具有重大的思想启蒙与精神重建的意义。

五

作为哲人，蒙田最具有自己的特色的是他的"怀疑论"。他把主体与客观世界、客体对象的关系，归结为"我知道什么呢"这样一个怀疑主义的命题。在蒙田的思想中，这个命题既概括了人对客观世界认识的有限性，也是对人应如何面对客观世界的一种主张，一种提倡。

关于对客观世界的认识问题，蒙田有非常清醒的判断，那就是人的知识的有限性，人认识的相对性："我们知道的东西再多，也是我们不知的东西中极小的一部分，这就是说，我们以为有的知识，跟我们的无知相比，仅是沧海一粟。"（第二卷第十二章）同时，他对认知科学的内容与阶段作了精辟的概括："哲学的目的就是寻找真理、学问和信念"、"寻求东西的人，都会遇到这么一个阶段：或者他说找到了东西，或者他说没有找到东西，或者他说还在找东西。所有的哲学无不属于这三类中的一类"（第二卷第十二章）。基于这一系列切实而深刻的认识，他提出了这样体现了认识论至理的警句："知道自己无知，判断自己无知，谴责自己无知，这不是完全的无知；完全的无知，是不知道自己无知的无知。"（第二卷第十二章）

应该说，关于世界万物内涵无限，人主观认知有限的论述，并非从蒙田始，而是在古希腊罗马思想文化宝库中早已有之，事实上，《随笔集》也援引了不少古代哲人的见解，并化为自己的论述，如："我不能宣称我懂得真理和达到真理，我只是提到这些问题，不是发现这些问题"（第二卷第十二章）、"我们不可能认识什么、理解什么、知道什么；我们的感觉是有限的，我们的智力是弱的，我们的人生又太短了"，因而蒙田的命题"我知道什么呢"是人类认识论真理论唯物现实传统中的一个组成部分，它既反映了人类与客观世界关系的实际状况，也蕴含着人类有限的悲怆感叹，至今仍不失为认识论真理。

至于"我知道什么呢"作为一种思想文化取向，作为一种学术立场，则不仅具有修身养性的道德意味，而且在文化、社会甚至政治的意义上当时还十分带有针对性。对于蒙田这样一个性格温和、中庸、内敛、谦让的人来说，在文化学术上主张这种不事张扬、不作炫耀、虚心低调的态势，确乃真实性格使然，并非矫饰作态，甚至可以说它就是蒙田特定处世哲学、处世态度的一部分，也正由于蒙田本人博闻多才、学识精深，这种平和谦逊的学术思想风格，显然更增添了他精神人格上的丰采。而把这种立场态度放在16世纪的时代背景上，其社会意义就更为凸显出来，这个世纪残酷的内战固然是新时代条件下各种利益的冲突碰撞所决定的，也与宗教、文化、思想领域里不同意识形态势不两立的斗争有很大的关系，在偏执己见、武断专横、唯我独尊、对思想异己动辄以迫害、审判、火刑作为打击手段的宗教狂热时期，"我知道什么呢"的哲理有如一副清凉剂，对时代社会无疑具有深远的影响，而它对武断、张狂的宗教意识形态而言，其质疑的锋芒也是显而易见的。

六

《随笔集》不仅是法国文学史上第一部散文集，而且是一部成规模、在艺术上已完全成熟并具有文学形式定型化意义的散文集，它提供了散文的某种光辉典范。

蒙田把他这样一部文集取名为"随笔"（Essais）本身就是一开创之举，这使得法国文学史上第一次出现了这个文学术语，也第一次出现了这样一种类型，即随心写来、不拘成法、以自由表述思想、抒写性灵为目的的文学类型，这就是散文，它日后大肆发展，长盛不衰，已发展为文学领域中的"泱泱大国"。如果要在这块领地进一步给蒙田的《随笔集》定性定位的话，那么，我们可把它称为"哲人散文"、"学者散文"。

作为"哲人散文"、"学者散文"，《随笔集》首先是以其思想哲理内容见长。与生活散文、风物散文不同，在《随笔集》中思想浓度占有绝大的比重，作者广博的学识、高远的意境、睿智的见地构成了《随笔集》在内容上的灵光闪闪，令人应接不暇的景观，在这里，作者要展示的思想实在是太多了，他专心致志地赶他的思想行程，无暇舞文弄墨，起承转合，玩弄词藻，矫情作秀，这使得《随笔集》成为了一本在风格上纯朴的书、平实的书。

作为一个真正的哲人，真正的学者，蒙田具有一种精神上的气韵，这种气韵来自他思想的底蕴与体系，蒙田首先顺应的、遵循的就是这种精神气韵，发而为文，则成为文章的气势，或为洋洋洒洒，自由洒脱，或为恣意纵横，天马行空，或为旁征博引，枝叶横生，或为磅礴壮观，气势万千，唯独不知拘谨、滞呆、修饰、限缩为何物，一些评论贬称之为散漫、杂乱，但蒙田这种无拘无束无序之态，正是他思想演绎、深化、旁征、延伸的结果，是他顺应思想气韵自然而然的结果，在这个意义上，《随笔集》是一部最本色最少矫情的学者散文。

《随笔集》作为哲人散文之不同于哲人论文在于其语言的艺术性。它的语势语态由于顺应精神气韵，随心绪所至而具有自由的风度；娓娓道来，平易近人，有亲和力；自由畅达，如行云流水，有赏心悦目之效。其遣词造句，语义明晓凝练，并求隽永意味，语成则实有成情色彩与形象性，在说理议论的篇章中，亦不乏具象形容的文字。

自传文学的辩证法典范
——《忏悔录》中译本序

在历史上多得难以数计的自传作品中,真正有文学价值的显然并不多,而成为文学名著的则更少。至于以其思想、艺术和风格上的重要意义而奠定了撰写者的文学地位——不是一个普通的文学席位,而是长久地受人景仰的崇高地位的,也许只有《忏悔录》了。卢梭这个不论在社会政治思想上,在文学内容、风格和情调上都开辟了一个新的时代的人物,主要就是通过这部自传推动和启发了 19 世纪的法国文学,使它———用当时很有权威的一位批评家的话来说——"获得最大的进步"、"自巴斯喀以来最大的革命",这位批评家谦虚地承认:"我们 19 世纪的人就是从这次革命里出来的"①。

写自传总是在晚年,一般都是在功成名就、忧患已成过去的时候,然而对于卢梭来说,他这写自传的晚年是怎样的一个晚年啊!

1762 年,他五十岁,刊印他的著作的书商,阿姆斯特丹的马尔克-米谢尔·雷依,建议他写一部自传。毫无疑问,像他这样一个平民出身、走过了漫长的坎坷的道路、通过自学和个人奋斗居然成为知识界的巨子、名声传遍整个法国的人物,的确最宜于写自传作品了,何况在他的生活经历中还充满了五光十色和戏剧性。但卢梭并没有接受这个建议,显然是因为自传将会牵涉一些当时的人和事,而卢梭是不愿意这样做的。情况到《爱弥儿》出版后有了变化,大理院下令焚烧这部触怒了封建统治阶级的作品,并要逮捕作者,从此,他被当作

---

① 圣伯夫:《让-雅克·卢梭的〈忏悔录〉》,《月曜日丛谈》第 1 卷,巴黎 Garnier Freres 版,第 78 页。

"疯子"、"野蛮人"而遭到紧追不舍的迫害，开始了逃亡的生活。他逃到瑞士，瑞士当局也下令烧他的书，他逃到普鲁士的属地莫蒂亚，教会发表文告宣布他是上帝的敌人，他没法继续待下去，又流亡到圣彼得岛。对他来说，官方的判决和教会的谴责已经是够严酷的了，更沉重的一击又接踵而来：1765年出现了一本题名为《公民们的感情》的小册子，对卢梭的个人生活和人品进行了攻击，令人痛心的是，这一攻击并不是来自敌人的营垒，而显然是友军之所为。卢梭眼见自己有被抹得漆黑、成为一个千古罪人的危险，迫切感到有为自己辩护的必要，于是在这一年，当他流亡在莫蒂亚的时候，他怀着悲愤的心情开始写他的自传。

整个自传是在颠沛流离的逃亡生活中断断续续完成的。在莫蒂亚和圣彼得岛时，他仅仅写了第一章，逃到英国后，他完成了第一章到第五章前半部分，第五章到第六章则是他回到法国后，1767年住在特利堡时完成的，这就是《忏悔录》的第一部。经过两年的中断，他于1769年又开始写自传的第七章至第十二章，即《忏悔录》的第二部，其中大部分是他逃避在外省的期间写出来的，只有末尾一章完成于他回到了巴黎之后，最后"竣工"的日期是1770年11月。此后，他在孤独和不幸中活了将近八年，继续写了自传的续篇《一个孤独的散步者的梦想》。

《忏悔录》就是卢梭悲惨的晚年的产物，如果要举出他那些不幸岁月中最重要的，甚至是唯一的内容，那就是这一部掺和着辛酸的书了。这样一部在残酷迫害下写成的自传，一部在四面受敌的情况下为自己的存在辩护的自传，怎么会不充满一种逼人的悲愤？它那著名的开篇，一下子就显出了这种悲愤所具有的震撼人心的力量。卢梭面对着种种谴责和污蔑、中伤和曲解，自信他比那些迫害和攻击他的大人先生、正人君子们来得高尚纯洁、诚实自然，一开始就向自己的时代社会提出了勇敢的挑战："不管末日审判的号角什么时候吹响，我都敢拿着这本书走到至高无上的审判者面前，果敢地大声说：'请看！这就是我所做过的，这就是我所想过的，我当时就是那样的人……请你把那无数的众生叫到我跟前来！让他们听听我的忏悔……然后，让他们每一个人在您的宝座前面，同样真诚地披露自己的心灵,看有谁敢于对您说:我比这个人好!'"①

这定下了全书的论辩和对抗的基调。在这对抗的基调后面,显然有着一种激烈的冲突,即卢梭与社会的冲突,这种冲突绝不是产生于偶然的事件和纠葛,而是有着深刻的社会阶级根由的。

卢梭这一个钟表匠的儿子,从民主政体的日内瓦走到封建专制主义之都巴黎,从下层人民中走进了法兰西思想界,像他这样一个身上带着尘土、经常衣食无着的流浪汉,和整个贵族上流社会当然是两个不同的世界,即使和同一营垒的其他启蒙思想家孟德斯鸠、伏尔泰、狄德罗也有很大的不同。孟德斯鸠作为一个拥有自己的庄园、同时经营工商业的穿袍贵族,一生过着安逸的生活;伏尔泰本人就是一个大资产者,家有万贯之财,一直是在社会上层活动;狄德罗也是出身于富裕的家庭,他虽然也过过清贫的日子,毕竟没有卢梭那种直接来自社会底层的经历。卢梭当过学徒、仆人、伙计、随从,像乞丐一样进过收容所,只是在经过长期勤奋的自学和个人奋斗之后,才逐渐脱掉听差的号衣,成了音乐教师、秘书、职业作家。这就使他有条件把这个阶层的情绪、愿望和精神带进18世纪的文学。他第一篇引起全法兰西瞩目的论文《论科学与艺术》(1750)中那种对封建文明一笔否定的勇气,那种敢于反对"人人尊敬的事物"的战斗精神和傲视传统观念的叛逆态度,不正反映了社会下层那种激烈的情绪?奠定了他在整个欧洲思想史上崇高地位的《论人类不平等的起源和基础》(1755)和《民约论》(1762)对社会不平等和奴役的批判,对平等、自由的歌颂,对"主权在民"原则的宣传,不正体现了18世纪平民阶层在政治上的要求和理想?他那使得"洛阳纸贵"的小说《新爱洛绮丝》(1761)又通过一个爱情悲剧为优秀的平民人物争取基本人权,而带给他悲惨命运的《爱弥儿》则把平民劳动者当作人的理想,因此,当卢梭登上了18世纪思想文化的历史舞台的时候,他也就填补了那个在历史上长期空着的平民思想家的席位。

但卢梭所生活的时代社会,对一个平民思想家来说,是完全敌对的。从他开始发表第一篇论文的50年代到他完成《忏悔录》的70年代,正是

---

① 卢梭:《忏悔录》第1部,第1—2页。

法国封建专制主义最后挣扎的时期，他逝世后十一年就爆发了资产阶级革命。这个时期，有几百年历史的封建主义统治已经到了山穷水尽的境地。长期以来，封建生产关系所固有的矛盾、沉重的封建压榨已经使得民不聊生，农业生产低落；对新教徒的宗教迫害驱使大量熟练工匠外流，导致了工商业的凋敝；路易十四晚年一连串对外战争和宫廷生活的奢侈浪费又使国库空虚；路易十五醉生梦死的荒淫更把封建国家推到了全面破产的边缘，以致到路易十六的时候，某些改良主义的尝试也无法挽救必然毁灭的命运了。这最后的年代是腐朽、疯狂的年代，封建贵族统治阶级愈是即将灭顶，愈是顽固地要维护自己的特权和统治。杜尔果当上财政总监后，提出了一些旨在挽救危机的改良主义措施，因而触犯了贵族特权阶级的利益，很快就被赶下了台。他的继任者内克仅仅把宫廷庞大的开支公之于众，触怒了宫廷权贵，也遭到免职。既然自上而下的旨在维护封建统治根本利益的改良主义也不为特权阶级所容许，那么，自下而上的反对和对抗当然更要受到镇压。封建专制主义的鼎盛虽然已经一去不复返，但专制主义的淫威这时并不稍减。伏尔泰和狄德罗都进过监狱，受过迫害。这是18世纪思想家的命运和标志。等待着思想家卢梭的，就正是这种社会的和阶级的必然性，何况这个来自民间的人物，思想更为激烈，态度更为孤傲，他居然拒绝国王的接见和赐给年金；他竟然表示厌恶巴黎的繁华和上流社会的奢侈，他还胆敢对"高贵的等级"进行如此激烈的指责："贵族，这在一个国家里只不过是有害而无用的特权，你们如此夸耀的贵族头衔有什么可令人尊敬的？你们贵族阶级对祖国的光荣，人类的幸福有什么贡献！你们是法律和自由的死敌，凡是在贵族阶级显赫不可一世的国家，除了专制的暴力和对人民的压迫以外还有什么？"①

《忏悔录》就是这样一个激进的平民思想家与反动统治激烈冲突的结果。它是一个平民知识分子在封建专制压迫面前维护自己不仅是作为一个人，更重要的是作为一个普通人的人权和尊严的作品，是对统治阶级迫害和污蔑的反击。它首先使我们感到可贵的是，其中充满了平民的自信、自

---

① 卢梭：《新爱洛绮丝》第1卷，第62封信，《卢梭作品集》第6卷，巴黎 Armand Aubrée 版，第209页。

重和骄傲，总之，一种高昂的平民精神。

由于作者的经历，他有条件在这部自传里展示一个平民的世界，使我们看到18世纪的女仆、听差、农民、小店主、下层知识分子以及卢梭自己的平民家族：钟表匠、技师、小资产阶级妇女。把这样多的平民形象带进18世纪文学，在卢梭之前只有勒·萨日。但勒·萨日在《吉尔·布拉斯》中往往只是把这些人物当作不断蔓延的故事情节的一部分，限于描写他们的外部形象。卢梭在《忏悔录》中则完全不同，他所注重的是这些平民人物的思想感情、品质、人格和性格特点。虽然《忏悔录》对这些人物的形貌的描写是很不充分的，但却足以使读者了解18世纪这个阶层的精神状况、道德水平、爱好与兴趣、愿望与追求。在这里，卢梭致力于发掘平民的精神境界中一切有价值的东西：自然淳朴的人性、值得赞美的道德情操、出色的聪明才智和健康的生活趣味等等。他把他平民家庭中那亲切宁静的柔情描写得多么动人啊，使它在那冰冷无情的社会大海的背景上，像是一个始终召唤着他的温情之岛。他笔下的农民都是一些朴实的形象，特别是那个不怕被税吏发现后就会被逼得破产、仍拿出丰盛食物款待他的农民，表现了多么高贵的慷慨；他遇到的那个小店主是那么忠厚和富有同情心，竟允许一个素不相识的流浪者在他店里骗吃了一顿饭；他亲密的伙伴、华伦夫人的男仆阿奈不仅人格高尚，而且有广博的学识和出色的才干；此外，还有"善良的小伙子"平民乐师勒·麦特尔、他的少年流浪汉朋友"聪明的巴克勒"、可怜的女仆"和善、聪明和绝对诚实的"玛丽永，他们，在那恶浊的社会环境里也都发散出了清新的气息，使卢梭对他们一直保持着美好的记忆。另一方面，卢梭又以不加掩饰的厌恶和鄙视追述了他所遇见的统治阶级和上流社会中的各种人物："羹匙"贵族的后裔德·彭维尔先生"不是个有德的人"；首席法官西蒙先生是"一个不断向贵妇们献殷勤的小猴子"；教会人物几乎都有"伪善或厚颜无耻的丑态"，其中还有不少淫邪的色情狂；贵妇人的习气是轻浮和寡廉鲜耻，有的"名声很坏"；至于巴黎的权贵，无不道德沦丧、性情刁钻、伪善阴险。在卢梭的眼里，平民的世界远比上流社会来得高尚、优越。早在第一篇论文中，他就进行过这样的对比："只有在庄稼人的粗布衣服下面，而不是在廷臣的绣金衣服下面，才能发现有力的身躯。装饰与德行是格格不入的，因为德行是灵魂的力量。"① 这种对"布衣"的崇尚，对权贵的贬责，在《忏悔录》里又有了再一次的发挥，他这样总结说："为什么我年轻的时候遇到了这样多的好人，到我年纪大了的时候，好人就那样少了呢？是好人绝种了吗？不是的，这是由于我今天需要找好人的社会阶层已经不再是我当年遇到好人的那个社会阶层了。在一般平民中间，虽然只偶尔流露热情，但自然情感却是随时可以见到的。在上流社会中，则连这种自然情感也完全窒息了。他们在情感的幌子下，只受利益或虚荣心的支配。"② 卢梭自传中强烈的平民精神，使他在文学史上获得了他所独有的特色，法国人自己说得好："没有一个作家像卢梭这样善于把穷人表现得卓越不凡。"③

当然，《忏悔录》中那种平民的自信和骄傲，主要还是表现在卢梭对自我形象的描绘上。尽管卢梭受到了种种责难和攻击，但他深信在自己的"布衣"之下，比"廷臣的绣金衣服"下面更有"灵魂"和"力量"。在我们看来，实际上也的确如此。他在那个充满了虚荣的社会里，敢于公开表示自己对于下层、对于平民的深情，不以自己"低贱"的出身，不以他过去的贫寒困顿为耻，而宣布那是他的幸福年代，他把淳朴自然视为自己贫贱生活中最可宝贵的财富，他骄傲地展示自己生活中那些为高贵者的生活所不具有的健康的、闪光的东西以及他在贫贱生活中所获得、所保持着的那种精神上、节操上的丰采。

他告诉读者，他从自己那充满真挚温情的平民家庭中获得了"一颗多情的心"，虽然他把这视为"一生不幸的根源"，但一直以他"温柔多情"、具有真情实感而自豪；他又从"淳朴的农村生活"中得到了"不可估量的好处"，"心里豁然开朗，懂得了友情"，虽然他后来也做过不够朋友的事，但更多的时候是在友情与功利之间选择了前者，甚至为了和流浪少年巴克勒的友谊而高唱着"再见吧，都城，再见吧，宫廷、野心、虚荣心，再见吧，爱情和美人"，离开了为他提供"飞黄腾达"的机遇的古丰伯爵。

---

① 卢梭：《论科学与艺术》。
② 卢梭：《忏悔录》第 1 部，第 181 页。
③ 圣伯夫：《月曜日丛谈》第 3 卷，Garnier Frères 版，第 80 页。

他过着贫穷的生活，却有自己丰富的精神世界。他很早就对读书"有一种罕有的兴趣"，即使是在当学徒的时候，也甘冒受惩罚的危险而坚持读书，甚至为了得到书籍而当掉了自己的衬衫和领带。他博览群书，从古希腊罗马的经典著作一直到当代的启蒙论著，从文学、历史一直到自然科学读物，长期的读书生活唤起了他"更高尚的感情"，形成了他高出于上层阶级的精神境界。

他热爱知识，有着令人敬佩的好学精神，他学习勤奋刻苦，表现出"难以置信的毅力"。在流浪中，他坚持不懈；疾病缠身时，他也没有中断，"死亡的逼近不但没有削弱我研究学问的兴趣，似乎反而更使我兴致勃勃地研究起学问来"。他为获得更多的知识，总是最大限度地利用他的时间，劳动的时候背诵，散步的时候构思。经过长期的努力，他在数学、天文学、历史、地理、哲学和音乐等各个领域积累了广博的学识，为自己创造了作为一个思想家、一个文化巨人所必须具备的条件。他富有进取精神，学会了音乐基本理论，又进一步尝试作曲，读了伏尔泰的作品，又产生了"要学会用优雅的风格写文章的愿望"。他这样艰苦地攀登，终于达到当代文化的高峰。

他生活在充满虚荣和奢侈的社会环境中，却保持了清高的态度，把贫富置之度外，"一生中的任何时候，从没有过因为考虑贫富问题而令我心花怒放或忧心忡忡"。他比那些庸人高出许多倍，不爱慕荣华富贵，不追求显赫闻达，"在那一生难忘的坎坷不平和变化无常的遭遇中"，也"始终不变"。巴黎"一切真正富丽堂皇的情景"使他反感，他成名之后，也"不愿意在这个都市长久居住下去"，他之所以在这里居住了一个时期，"只不过是利用我的逗留来寻求怎样能够远离此地而生活下去的手段而已"。他在恶浊的社会环境中，虽不能完全做到出淤泥而不染，但在关键的时刻，在重大的问题上，却难能可贵地表现出高尚的节操。他因为自己"人格高尚，决不想用卑鄙手段去发财"，而抛掉了当讼棍的前程，宫廷演出他的歌舞剧《乡村卜师》时邀他出席，他故意不修边幅以示怠慢，显出"布衣"的本色，国王要接见并赐给他年金，他为了洁身自好，保持人格独立而不去接受。

他处于反动黑暗的封建统治之下，却具有"倔强豪迈以及不肯受束缚受奴役的性格",敢于"在巴黎成为专制君主政体的反对者和坚定的共和派"。他眼见"不幸的人民遭受痛苦","对压迫他们的人"又充满了"不可遏制的痛恨",他鼓吹自由,反对奴役,宣称"无论在什么事情上,约束、屈从都是我不能忍受的"。他虽然反对法国的封建专制,并且在这个国家里受到了"政府、法官、作家联合在一起的疯狂攻击",但他对法兰西的历史文化始终怀着深厚的感情,对法兰西民族寄予了坚强的信念,深信"有一天他们会把我从苦恼的羁绊中解救出来"。

18世纪贵族社会是一片淫靡之风,卢梭与那种寡廉鲜耻、耽于肉欲的享乐生活划清了界线。他把妇女当作一种美来加以赞赏,当作一种施以温情的对象,而不是玩弄和占有的对象。他对爱情也表示了全新的理解,他崇尚男女之间真诚深挚的情感,特别重视感情的高尚和纯洁,认为彼此之间的关系应该是这样的:"它不是基于情欲、性别、年龄、容貌,而是基于人之所以为人的那一切,除非死亡,就绝不能丧失的那一切",也就是说,应该包含着人类一切美好高尚的东西。他在生活中追求的是一种深挚、持久、超乎功利和肉欲的柔情,有时甚至近乎天真无邪、纯洁透明,他恋爱的时候,感情丰富而热烈,同时又对对方保持着爱护、尊重和体贴。他与华伦夫人长期过着一种纯净的爱情生活,那种诚挚的性质在18世纪的社会生活中是很难见到的。他与葛莱芬丽小姐和加蕾小姐的一段邂逅,是多么充满稚气而又散发出迷人的青春的气息!他与巴西勒太太之间的一段感情又是那样温馨而又洁净无瑕!他与年轻姑娘麦尔赛莱一道作了长途旅行,始终"坐怀不乱"。他有时也成为情欲的奴隶而逢场作戏,但不久就出于道德感而抛弃了这种游戏。

他与封建贵族阶级对奢侈豪华、繁文缛节的爱好完全相反,保持着健康的、美好的生活趣味。他热爱音乐,喜欢唱歌,抄乐谱既是他谋生的手段,也是他寄托精神之所在,举办音乐会,更是他生活中的乐趣。他对优美的曲调是那么动心,童年时听到的曲调清新的民间歌谣一直使他悠然神往,当他已经是一个"饱受焦虑和苦痛折磨"的老人,有时还"用颤巍巍的破嗓音哼着这些小调","怎么也不能一气唱到底而不被自己的眼泪打断"。他对绘画也有热烈的兴趣,"可以在画笔和铅笔之间一连呆上几个月不出门"。他还喜欢喂鸽养蜂,和这些有益的动物亲切地相处,喜欢在葡萄熟了的时候到田园里去分享农人收获的愉快。他是法国文学中最早对大自然表示深沉的热爱的作家。他到一处住下，就关心窗外是否有"一片田野的绿色"；逢到景色美丽的黎明，就赶快跑到野外去观看日出。他为了到洛桑去欣赏美丽的湖水，不惜绕道而行，即使旅费短缺。他也是最善于感受大自然之美的鉴赏家，优美的夜景就足以使他忘掉餐风宿露的困苦了。他是文学中徒步旅行的发明者，喜欢"在天朗气清的日子里，不慌不忙地在景色宜人的地方信步而行"，在这种旅行中享受着"田野的风光，接连不断的秀丽景色，清新的空气，由于步行而带来的良好食欲和饱满精神……"

《忏悔录》就这样呈现出一个淳朴自然、丰富多彩、朝气蓬勃的平民形象。正因为这个平民本身是一个代表人物，构成了18世纪思想文化领域里一个重大的社会现象，所以《忏悔录》无疑是18世纪历史中极为重要的思想材料。它使后人看到了一个思想家的成长、发展和内心世界，看到一个站在正面指导时代潮流的历史人物所具有的强有力的方面和他精神上、道德上所发出的某种诗意的光辉。这种力量和光辉最终当然来自这个形象所代表的下层人民和他所体现的历史前进的方向。总之，是政治上、思想上、道德上的反封建性质决定了《忏悔录》和其中卢梭自我形象的积极意义，决定了它们在思想发展史上、文学史上的重要价值。

假如卢梭对自我形象的描述仅止于以上这些，后人对他也可以满足了，无权提出更多的要求。它们作为18世纪反封建的思想材料不是已经相当够了吗？不是已经具有社会阶级的意义并足以与蒙田在《随笔集》中对自己的描写具有同等的价值吗？但是，卢梭做得比这更多，走得更远，他远远超过了蒙田，他的《忏悔录》有着更为复杂得多的内容。

卢梭在《忏悔录》的另一个稿本中，曾经批评了过去写自传的人"总是要把自己乔装打扮一番，名为自述，实为自赞，把自己写成他所希望的那样，而不是他实际上的那样"①。16世纪的大散文家蒙田在《随笔集》中不就是这样吗？虽然也讲了自己的缺点，却把它们写得相当可爱。卢梭

---

① 1850年10月，《瑞士杂志》发表了《忏悔录》另一段开头，这是卢梭从自己的初稿中删去的。该稿本当时藏于纳夏台尔图书馆。

对蒙田颇不以为然,他针锋相对地提出了一个哲理性的警句:"没有可憎缺点的人是没有的。"① 这既是他对人的一种看法,也是他对自己的一种认识。认识这一点并不太困难,但要公开承认自己也是"有可憎的缺点",特别是敢于把这种"可憎的缺点"披露出来,却需要绝大的勇气。人贵有自知之明、严于解剖自己,至今不仍是一种令人敬佩的美德吗?显然,在卢梭之前,文学史上还没有出现过这样一个有勇气的作家,于是,卢梭以藐视前人的自豪,在《忏悔录》的第一段就这样宣布:"我现在要做一项既无先例、将来也不会有人仿效的艰巨工作。我要把一个人的真实面目赤裸裸地揭露在世人面前。这个人就是我。"②

卢梭实践了他自己的这一诺言,他在《忏悔录》中的确以真诚坦率的态度讲述了他自己的全部生活和思想感情、性格人品的各个方面,"既没有隐瞒丝毫坏事,也没有增添任何好事……当时我是卑鄙龌龊的,就写我的卑鄙龌龊;当时我是善良忠厚、道德高尚的,就写我的善良忠厚和道德高尚"③。他大胆地把自己不能见人的隐私公之于众,他承认自己在这种或那种情况下产生过一些卑劣的念头,甚至有过下流的行径。他说过谎,行过骗,调戏过妇女,偷过东西,甚至有偷窃的习惯。他以沉重的心情忏悔自己在一次偷窃后把罪过转嫁到女仆玛丽永的头上,造成了她的不幸,忏悔自己在关键时刻卑劣地抛弃了最需要他的朋友勒·麦特尔,忏悔自己为了混一口饭吃而背叛了自己的新教信仰,改奉了天主教。应该承认,《忏悔录》的坦率和真诚达到了令人想象不到的程度,这使它成了文学史上的一部奇书。在这里,作者的自我形象并不只是发射出理想的光辉,也不只是裹在意识形态的诗意里,而是呈现出了惊人的真实。在他身上,既有崇高优美,也有卑劣丑恶,既有坚强和力量,也有软弱和怯懦,既有朴实真诚,也有弄虚作假,既有精神和道德的美,也有某种市井无赖的习气。总之,这不是为了要享受历史的光荣而绘制出来的涂满了油彩的画像,而是一个活生生的复杂的个人。这个自我形象的复杂性就是《忏悔录》的复杂

---

① 见圣伯夫《月曜日丛谈》第 3 卷,巴黎 Garnier Frères 版,第 81 页。
② 卢梭:《忏悔录》第 1 部,第 1 页。
③ 同上书,第 2 页。

性，同时也是《忏悔录》另具一种价值的原因。这种价值不仅在于它写出了惊人的人性的真实，是历史上第一部这样真实的自传，提供了非常宝贵的、用卢梭自己的话来说，"可以作为关于人的研究——这门学问无疑尚有待于创建——的第一份参考材料"①；而且它的价值还在于，作者之所以这样做，是有着深刻的思想动机和哲理作为指导的。

卢梭追求绝对的真实，把自己的缺点和过错完全暴露出来，最直接的动机和意图，显然是要阐述他那著名的哲理：人性本善，但罪恶的社会环境却使人变坏。他现身说法，讲述自己"本性善良"、家庭环境充满柔情，古代历史人物又给了他崇高的思想，"我本来可以听从自己的性格，在我的宗教、我的故乡、我的家庭、我的朋友间，在我所喜爱的工作中，在称心如意的交际中，平平静静、安安逸逸地度过自己的一生。我将会成为善良的基督教徒、善良的公民、善良的家长、善良的朋友、善良的劳动者"②。但社会环境的恶浊，人与人之间关系的不平等，却使他也受到了沾染，以致在这写自传的晚年还有那么多揪心的悔恨。他特别指出了社会不平等的危害，在这里，他又一次表现了他在《论人类不平等的起源和基础》中的思想，把社会生活中的不平等视为正常人性的对立面，并力图通过他自己的经历，揭示出这种不平等对人性的摧残和歪曲。他是如何"从崇高的英雄主义堕落为卑鄙的市井无赖"呢？正是他所遇到的不平等、不公正的待遇，正是"强者"的"暴虐专横"，"摧残了我那温柔多情、天真活泼的性格"，并"使我染上自己痛恨的一些恶习，诸如撒谎、怠惰、偷窃等等"。以偷窃而言，它就是社会不平等在卢梭身上造成的恶果。卢梭提出一个问题：如果人是处于一种"平等、无忧无虑的状态"中，"所希望的又可以得到满足的话"，那么又怎么会有偷窃呢？既然"作恶的强者逍遥法外，无辜的弱者遭殃，普天下皆是如此"，那么怎么能够制止偷窃的罪行呢？对弱者的惩罚不仅无济于事，反而更激起反抗，卢梭在自己小偷小摸被发现后经常挨打，"渐渐对挨打也就不在乎了"，甚至"觉得这是抵消偷窃罪行的一种方式，我倒有了继续偷窃的权利了……我心里

---

① 卢梭：《忏悔录》第1部，前言。
② 同上书，第50页。

想,既然按小偷来治我,那就等于认可我作小偷"。卢梭在通过自己的经历来分析不平等的弊害时,又用同样的方法来揭示金钱的腐蚀作用,他告诉读者:"我不但从来不像世人那样看重金钱,甚至也从来不曾把金钱看做多么方便的东西",而认定金钱是"烦恼的根源"。然而,金钱的作用却又使他不得不把金钱看作"是保持自由的一种工具",使他"害怕囊空如洗",这就在他身上造成了这样一种矛盾的习性:"对金钱的极端吝惜与无比鄙视兼而有之"。因此,他也曾"偷过七个利物尔零十个苏",并且在钱财方面不时起过一些卑劣的念头,如眼见华伦夫人挥霍浪费、有破产的危险,他就想偷偷摸摸建立起自己的"小金库",但一看无济于事,就改变做法,"好像一只从屠宰场出来的狗,既然保不住那块肉,就不如叼走我自己的那一份"。从这些叙述里,除了可以看到典型卢梭式的严酷无情的自我剖析外,就是非常出色的关于社会环境与人性恶的互相关系的辩证法的思想了。在这里,自我批评和忏悔导向了对社会的谴责和控诉,对人性恶的挖掘转化成了严肃的社会批判。正因为这种批判是结合着卢梭自己痛切的经验和体会,所以也就更为深刻有力,它与卢梭在《论人类不平等的起源和基础》中对于财产不平等、社会政治不平等的批判完全一脉相承,这一部论著以其杰出的思想曾被恩格斯誉为"辩证法的杰作"。

卢梭用坦率的风格写自传,不回避他身上的人性恶,更为根本的原因还在于他的思想体系。他显然并不把袒露自己、包括袒露自己的缺点过错视为一种苦刑,倒是为深信这是一个创举而自诩。在他看来,人具有自己的本性,人的本性中包括了人的一切自然的要求,如对自由的向往、对异性的追求、对精美物品的爱好,等等。正如他把初民的原始淳朴的状态当作人类美好的黄金时代一样,他又把人身上一切原始的本能的要求当作正常的、自然的东西全盘加以肯定。甚至在他眼里,这些自然的要求要比那些经过矫饰的文明化的习性更为正常合理。在卢梭的哲学里,既然人在精美的物品面前不可能无动于衷,不,更应该有一种鉴赏家的热情,那么,出于这种不寻常的热情,要"自由支配那些小东西",又算得了什么过错呢?因此,他在《忏悔录》中几乎是用与"忏悔"绝缘的平静的坦然的语调告诉读者:"直到现在,我有时还偷一点我所心爱的小玩意儿",完全无视从私有制产生以来就成为道德箴言的"勿偷窃"这个原则,这是他思想体系中的一条线索。另一条线索是：他与天主教神学相反，不是把人看作是受神奴役的对象，而是把人看成是自主的个体，人自主行动的动力则是感情，他把感情提到了一个重要的地位，认为"先有感觉，后有思考"是"人类共同的命运"。因此，感情的真挚流露、感情用事和感情放任，在他看来就是人类本性纯朴自然的表现了。请看，他是如何深情地回忆他童年时和父亲一道，那么"兴致勃勃"地阅读小说，通宵达旦，直到第二天清晨听到了燕子的呢喃，他是多么欣赏他父亲这种"孩子气"啊！这一类感情的自然流露和放任不羁，就是卢梭哲学体系中的个性自由和个性解放。卢梭无疑是18世纪中把个性解放的号角吹得最响的一个思想家，他提倡绝对的个性自由，反对宗教信条和封建道德法规的束缚，他傲视一切地宣称，那个时代的习俗、礼教和偏见都不值一顾，并把自己描绘成这样一个典型，宣扬他以个人为中心、以个人的感情、兴趣、意志为出发点、一任兴之所至的人生态度。这些就是他在《忏悔录》中的思想的核心，这也是他在自传中力求忠于自己、不装假、披露一切的根本原因。而由于所有这一切，他的这部自传自然也就成为一部最活生生的个性解放的宣言书了。

卢梭虽然出身于社会的下层，但在当时的历史条件下，他的思想体系不可能超出资产阶级的范围，他在《忏悔录》中所表现的思想，其阶级性质是我们所熟悉的，它就是和当时封建思想体系相对立的资产阶级人道主义的思想。一切以时间、地点、条件为转移。这种思想在历史发展过程中，在当时18世纪，显然具有非常革命的意义。它以宗教世界观为对立面，主张以人为本，反对神学对人的精神统治，它从人这个本体出发，把自由、平等视为人的自然本性，反对封建的奴役和压榨，在整个资产阶级反封建的历史时期里，起着启迪人们的思想、摧毁封建主义的意识形态、为历史的发展开辟道路的作用。然而，这种思想体系毕竟是一个剥削阶级代替另一个剥削阶级、一种私有制代替另一种私有制的历史阶段的产物，带有历史的和阶级的局限性。因而，我们在《忏悔录》中可以看到，卢梭在与宗教的"神道"对立、竭力推崇自己身上的"人性"、肯定自己作为人的自然要求的同时，又把自己的某些资产阶级性当作正当的"人性"加以肯定；他在反对宗教对人的精神奴役、肯定自我活动的独立自主性和感情的推动作用的同时，又把自己一些低劣的冲动和趣味美化为符合"人性"的东西。他所提倡的个性自由显然太至高无上了，充满了浓厚的个人主义的味道；他重视和推崇人的感情，显然又走向了极端，而成为感情放纵。总之，这里的一切既表现了反封建反宗教的积极意义，又显露出资产阶级意识形态的本质。

卢梭并不是最先提出资产阶级人道主义思想的思想家，在这个思想体系发展的过程中，他只是一个环节。早在文艺复兴时代，处于萌芽阶段的资本主义关系就为这种意识形态的产生提供了土壤，这种思想体系的主要方面和主要原则，从那时起，就逐渐在历史的过程中被一系列思想家、文学家充实完备起来了。虽然卢梭只是其中的一个阶段，却无疑标志着一个新的阶段。他的新贡献在于，他把资产阶级人道主义的基本原则进一步具体化为自由、平等的社会政治要求，为推翻已经过时的封建主义的统治的斗争，提供了最响亮、最打动人心的思想口号。他还较多地反映了平民阶级、也就是第三等级中较为下层的群众的要求，提出了"社会契约"的学说，为资产阶级革命后共和主义的政治蓝图提供了理论基础。这巨大的贡献使他日后在法国大革命中被民主派、激进派等奉为精神导师，他的思想推动了历史的前进。这是他作为思想家的光荣。在文学中，他的影响似乎也并不更小，如果要在他给法国文学所带来的多方面的新意中指出其主要者的话，那就应该说是他的作品中那种充分的"自我"意识和强烈的个性解放的精神了。

"自我"意识和个性解放是资产阶级文学的特有财产，它在封建贵族阶级的文学里是没有的。在封建主义之下，个性往往消融在家族和国家的观念里。资本主义关系产生后，随着自由竞争而来的，是个性自由这一要求的提出，人逐渐从封建束缚中解脱出来，才有可能提出个性解放这一观念和自我意识这种感受。这个新的主题在文学中真正丰富起来，在法国是经过了一两百年。16世纪的拉伯雷仅仅通过一个乌托邦的德廉美修道院，对此提出了一些憧憬和愿望，远远没有和现实结合起来；17世纪的作家高乃依在《勒·熙德》里，给个性和爱情自由的要求留下了一定的地位，但也是在国家的利益、家族的荣誉所允许的范围里；在莫里哀的笔下，那些追求自由生活的年轻人的确带来了个性解放的活力，但与此并存的，也有作家关于中常之道的说教。到了卢梭这里，发生了根本的变化，是他，第一次把个性自由的原则和"自我"提到如此高的地位；是他，以那样充足的感情，表现出了个性解放不可阻挡的力量，表现出"自我"那种根本不把传统观念、道德法规、价值标准放在眼里的勇气；是他，第一个通过一个现实的人，而且就是他自己，表现出一个全面体现了资产阶级人道主义精神的资产阶级个性；是他，第一个以那样惊世骇俗的大胆，如此真实地展示了这个资产阶级个性"我"有时像天空一样纯净高远，有时像阴沟一样肮脏恶浊的全部内心生活；也是他，第一个那么深入地挖掘了这种资产阶级个性与社会现实的矛盾以及他那种敏锐而痛苦的感受。由于所有这些理由，即使我们不说《忏悔录》是发动了一场"革命"，至少也应该说是带来了一次重大的突破。这种思想内容和风格情调的创新，是资本主义的发展在文学中的必然结果，如果不是由卢梭来完成的话，也一定会有另一个人来完成的。惟其如此，卢梭所创新的这一切，在资产阶级反封建斗争高涨的历史阶段，就成为一种典型的、具有表征意义的东西而对后来者产生了启迪和引导的作用。它们被效法，被模仿，即使后来者并不想师法卢梭，但也跳不出卢梭所开辟的这一片"个性解放"、"自我意识"、"感情发扬"的新天地了。如果再加上卢梭第一次引入文学的对大自然美的热爱和欣赏，对市民阶级家庭生活亲切而温柔的感受，那么，几乎就可以说，《忏悔录》在某种程度上是19世纪法国文学灵感的一个源泉了。

《忏悔录》前六章第一次公之于世，是1781年，后六章是1788年。这时，卢梭已经不在人间。几年以后，在资产阶级革命高潮中，巴黎举行了一次隆重的仪式，把一个遗体移葬在先贤祠，这就是《忏悔录》中的那个"我"。当年，这个"我"在写这部自传的时候，无论如何也不会想到有一天会获得这样巨大的哀荣。当他把自己一些见不得人的方面也写了出来的时候，似乎留下了一份很不光彩的历史记录，造成了一个相当难看的形象，否定了他作为一个平民思想家的光辉。然而，他这样做本身，他这样做的时候所具有的那种悲愤的力量，那种忠于自己哲学原则的主观真诚和那种个性自由的冲动，却又在更高一级的意义上完成了一次"否定之否定"，即否定了那个难看的形象而显示了一种不同凡响的人格力量。他并不想把自己打扮成历史伟人，但他却成了真正的历史伟人，他的自传也因为他不想打扮自己而成了此后一切自传作品中最有价值的一部。如果说，卢梭的论著是辩证法的杰作，那么，他的事例不是更显示出一种活生生的、强有力的辩证法吗？

1980 年 3 月

（原载《忏悔录》中译本，人民出版社 1980 年版）

《红与黑》两种价值标准

《红与黑》这本书,在过去三十年中,"倒霉"的时候似乎居多,它虽然出自一个法国人的手笔,而且这个法国人早在一百三十多年前就已经中风死去,但它却不断被卷进中国的历次运动,而且经常扮演"运动对象"的角色,好像是一个"黑五类",几乎每次运动都有它的份。中国出了"右派",它就和"右派"挂在一起,有些"右派"为什么"反党反社会主义"?据说是受了《红与黑》的影响;某次运动要"兴无灭资"、"横扫一切"了,它就成为现成的典型和靶子;某处发生了一桩流氓刑事案件,它又被指责为"教唆犯",据称,有的犯罪分子就是因为中了《红与黑》的毒才走上犯罪道路的;中国搞"文化大革命"了,它自然是最触目的"封资修破烂货"之一,头一批就被"扫进了历史的垃圾堆"。

如果和其他一些外国文学作品比起来,譬如说,和欧里庇得斯的悲剧、但丁的《神曲》、莎士比亚的《哈姆雷特》、塞万提斯的《堂吉诃德》、巴尔扎克的《欧也妮·葛朗台》、托尔斯泰的《战争与和平》比起来,《红与黑》显然更为"刺眼"。当然,所有的优秀外国古典文学作品,包括以上的这些杰作,都曾被当作剥削阶级的"货色"而受到暴风骤雨的冲击,但正如"右派"之中还有"极右派"一样,外国文学中也有"毒素最重"、"危害性最大"的"毒草"。《红与黑》就经常被视为这样一株毒草,它在历次运动中的命运正说明了这点。

"毒"究竟在哪里?为什么《红与黑》的"毒"更为刺眼,以致那么容易屡招批判的火力?除了指责《红与黑》是"黄色小说"外,最经常被数落的罪名,莫过于"美化了野心家的向上爬"、"美化了两面派的不择手段"了。还有什么比这对社会主义道德更有腐蚀性?还有什么比这对革命青年更有危害作用?于是,必须以"社会主义道德"的名义、以"无产阶级革命利益"的名义,对《红与黑》加以判决,必须一批再批、批深批透,告诫人们特别是告诫青年:这是一本坏书,这是一个"坏蛋",切勿上当,切勿中毒,姚文元就是如此地"代表无产阶级"扮演过这种法官的角色,其任务就在于把这本书搞臭。

这种"批判"无疑不是真正马克思主义社会主义的文学批评,而是一种封建道德化的批评,它不是以历史唯物主义的精神,从《红与黑》产生的社会历史条件出发对作品作出科学的解释,而是因作品不符某种主观模式和"道德标准"而加以谴责和讨伐,它不是从社会主义现阶段社会发展的需要,从中吸取有用的东西,而是从某种落后的封建主义残余的狭隘意识出发去加以拒绝和否定。

《红与黑》究竟是一本什么样的书?它的历史内容、社会内容是什么?它赞扬的是什么、反对的是什么?在当时是反动的还是进步的?在今天是有害的还是有用的?这些年来,每当运动过去,《红与黑》似乎也可以享受到贝多芬第六交响乐第四乐章式的轻松和宁静,得到一些宽厚的待遇和评价,不外是反映了现实生活、揭露了贵族、资产阶级的丑恶本质等等,其实这些评语用在任何一部外国 19 世纪文学作品的身上也未尝不可,总之,《红与黑》的要不得,显然是批得过头,而它的可取处却远远说得不透。但是,某一部作品的意义能否说透,是要取决于一定的历史社会条件的,要充分阐明《红与黑》的意义,只有在"四人帮"那一条反马克思主义的路线受到彻底清算的日子,才有可能。

《红与黑》虽然正式出版在 1830 年七月革命胜利之后、资本主义秩序在法国最终地得到完全胜利的时候,但它却是写于 1828—1829 年,这正是法国历史上一个特别的时期,即资产阶级与封建贵族阶级进行最后一次严重较量的时期。这时的法国发生过一些什么事情、处于一种什么状态呢?

在这之前四十年左右,发生了 1789 年资产阶级革命,这是世界史上最彻底的一次资产阶级革命,它推翻了封建主义的君主专制政体,摧毁了封建贵族土地所有制。此后,就是被打倒的封建贵族阶级与新获得统治权的资产阶级之间反复的、激烈的搏斗,这种搏斗经过大革命高潮中的国内战争、经过拿破仑时期一直到 1830 年的七月革命,持续了将近四十年之久，斗争的实质，从政治上来说，是哪一个阶级掌握统治权的问题，从经济关系上来说，则是哪一种所有制取得统治地位的问题。这一场大搏斗的酷烈和范围的巨大，都是历史上少见的。整个欧洲都卷入了这场搏斗：早在大革命高潮中法国封建贵族阶级被推翻的时候，欧洲的君主国就支持法国被打倒的阶级，对法国革命进行了干涉，于是，法国的国内战争一开始就带有国际的背景和性质；当拿破仑在法国建立了强有力的军事专政，为资本主义的巩固和发展继续开辟道路的时期，斗争就进一步在全欧范围里进行，拿破仑与欧洲君主国多次反法联盟的战争，实际上是一场关系到"欧洲是共和制的欧洲还是哥萨克式的欧洲"的斗争。拿破仑1814年的失败，使历史发展出现了大的曲折，在大革命中被推翻的波旁王朝又在哥萨克的刺刀保护下回到了巴黎。尽管封建贵族阶级又恢复了政治统治权，但是他们面对着的却是一个"今非昔比"的法国，一个被大革命的风暴把全部封建主义的根基都彻底铲除了的法国。君主专制没有了，贵族教会过去占有的土地早在大革命中都被没收、分成小块卖给成百万自由农民了，从前是整个法国主人的波旁王朝，如今在君主立宪制的约束下会感到满意吗？过去享受种种特权的贵族阶级的残余，丧失了自己的天堂和所有制，不梦想再获得那一切吗？于是在1814—1830年这一个时期里，恢复君主专制和封建大土地所有制，就成为王室——极端保王党、反动贵族的理想和纲领。既然封建阶级这一方要在法国完全恢复过去时代的政治秩序和所有制的秩序，而资产阶级这一方则要夺回政治统治权并要在法国建立资产阶级的秩序，这样，政权形式问题，所有制问题，就成为这个时期阶级矛盾和阶级斗争的焦点，成为历史是倒退还是绕过曲折继续前进的关键。

司汤达就是在这种历史条件下写出《红与黑》的。对于一个作家来说，要从纷纭复杂、普通平凡的日常生活现象中，理出历史发展的头绪，对几十年来阶级关系的和社会历史的动向、趋势、变化、规律、实质，有一个明确的符合实际的认识和理解，已经是很不容易的了，特别是在还没有历史唯物主义世界观这一种远望镜的时代，何况要把这种认识和理解用艺术形象来加以表现呢？令人惊异的是，司汤达就是这样理解认识当时的历史发展和阶级关系的，还极为出色地把这种深刻的认识表现在《红与黑》中，他的认识也并不是图解式地表现出来的，而是渗透在整个的形象描绘之中。这只需要看一看第二卷中整整四章关于那个黑会的描写就够了。在这里，司汤达直接触及了最上层的政治活动，把复辟时期最高统治集团形形色色的人物展示在读者的面前，揭露了他们的大阴谋，这一阴谋虽然包括了种种计划和细节，但最核心的纲领只有两条，一是取消君主立宪的宪章，"把法国的君主专制重建起来"，再一条就是恢复过去的所有制，把土地归还给被剥夺的封建主。这一击中要害的揭露性的描写，几乎可以说就是对实际生活中波旁王室和极端保王党反动政治活动的直接写照和影射了，一部作品能够这样揭示重大的政治斗争课题，而且揭示得如此合乎客观历史的实际，在19世纪文学中是少见的，这需要多么高明的政治见识、多么敏锐的政治嗅觉和多么准确的政治洞察力！当然，在《红与黑》中，有价值的远远不止这几章。第一卷中所有关于外省社会政治生活，关于保王党与自由党的斗争以及这一斗争带来的紧张气氛的描写，第二卷中关于巴黎权贵大臣客厅中各种贵族人物以及他们的活动、爱憎、希望、忧虑、恐惧的描写，与这几章上下呼应，有机结合，浑然一体，从各个角度栩栩如生地呈现出复辟时期政治社会生活的整体与细节，它在反映这个历史时期某些"本质方面"所达到的高度，并不低于今人以历史唯物主义的观点对那个时期的阶级关系、阶级矛盾以及其发展趋势、变化规律的认识，这是足以使我们吃惊的。

如果《红与黑》只是对当时的政治斗争作了直接的影射、对社会政治生活作了真实的写照，那它也许会成为另一种类的杰作，而不会成其为《红与黑》。《红与黑》之所以成为一部对当时的人来说具有某种典型意义、对后来时代的人来说也保持着强烈的吸引力、往往能引起人们共鸣的文学作品，原因还在于写出了于连这一个典型人物，并通过他的遭遇和命运，提出了在一定历史阶段都具有现实意义的问题：个人的发展与社会制度、社会环境的关系。实事求是地说，对于《红与黑》在反映时代社会的矛盾和斗争方面所取得的成就，过去的评论还是作过一些肯定，虽然肯定得并不够，但对于小说主人公于连，对于于连的憧憬、追求和奋斗以及对于司汤达本人对于连这个人物的感情和态度，评论者就苛刻严厉了，也正是于连问题使得《红与黑》在历次运动中总要受些冲击，使得人们总是对它侧目而视。但是，这个问题恰恰是《红与黑》全部形象描绘的集中点，在这个问题上否定了《红与黑》、对《红与黑》予以不公正的对待，这部小说的主要价值不就大成问题了吗？这就是《红与黑》总是被视为"毒草"的关键。

于连是一个野心家、两面派、伪君子吗？在决定是否应该对他进行谴责之前，首先应该对他进行科学的历史的解释。于连的幼年是在拿破仑时代度过的，而他成年入世则是在复辟时期。这两个对立的时代在他身上造成了尖锐的矛盾。在拿破仑时代，他看到的是法兰西在欧洲的光荣，是银盔银甲的将士凯旋的场面，于是，拿破仑成为他心目中至高无上的神圣的偶像，拿破仑时代成为他心目中最美好的时代，特别使他感到亲切、受到鼓舞的是，在那个时代，不讲门第，不讲血统，不讲资历，文职人员以其干练可以擢升为高级官吏，普通士兵以其战功可以成为将军元帅。作为一个只有才能和勇气而无任何别的本钱的小资产阶级青年，怎么可能对这种前景不悠然神往？于连正是在拿破仑这种政策的基础上建立起他的理想，他的理想既不是以吸他人的血来肥自己为内容，也不是以通过卑鄙的手段、龌龊的勾当来谋求私利为目的，而是要以自己的才能和勇敢立功战场而获得光荣和地位。这里，除了他所追求的东西中也有"财富"和"美女的青睐"而还达不到共产主义的道德标准外，他为达到目的所准备通过的途径却是无可厚非的，还不失为一种正派的严肃的志向，而且，于连还能追求什么别的更高尚、更伟大的东西呢？他毕竟是一个生在《共产党宣言》发表之前的小资产阶级者。根据于连所理想的生活道路，完全可以设想，如果没有出现1814年以后这一段历史弯路的话，像他这样一个精力充沛、坚毅勇敢、才能出众的青年，未尝不会成为拿破仑手下的拉式英雄。然而，他生不逢其时，他刚成年的时候，正碰上了波旁王朝复辟。光荣的时代过去了，眼前是一个倒退、委琐、卑劣的时期，再也没有过去那些轰轰烈烈的举动了，人们再也不可能得到拿破仑时期那种以自己的能力而获得光荣的机遇了，门第、血统、资历又成为取得地位和荣誉的必备条件，甚至成为衡量人的价值的首要标准，于是，在现实生活里，显赫闻达、高官厚禄的是一批早已丧失了生命力的社会渣滓——流亡贵族和一批卑鄙无耻、善于钻营的小人。面对这种现实，于连内心里并没有放弃他的信仰，他仍然热爱卢梭，崇拜拿破仑，强烈惋惜那个时代的一去不复返，他并无意于成为一个卑劣无耻之徒，也不愿意在权贵者、贵族上流社会的面前摇尾乞怜，他面对他们一直保持着敌对的情绪和难得的骄傲，因此，根本不存在于连成为一个坏蛋的问题。

然而，问题在于他在复辟时期那个对他这种出身的青年冷酷无情、充满敌意的社会环境里，不仅要保护自己、要活下去，而且还要尽可能求得个人的发展。因此，他就不得不掩饰他对拿破仑的崇拜，因为这种崇拜当时被认为是大逆不道；他就不得不违反自己的感情走教会的道路，因为只有教会可以给他一个饭碗，还有可能给他提供一个进入上层的机会；他就不得不勉强装出一副虔诚的姿态，因为这已经成为那个社会共同的精神道德准则和规范，至少表面如此；他就不得不在维护自己平民尊严、并对保王党的阴谋有反感的同时，又为木尔侯爵卖力效劳，因为木尔侯爵毕竟给他提供了一个好的前程。总之，活下去的需要，求个人发展的需要，使他不得不藏起他内心深处的思想感情。这种主客观不统一的矛盾、自己不得不从事的事情和自己内心真实愿望明显相违、尖锐对立的矛盾，其实是一种具有普遍意义的社会矛盾，并不是于连所特有的矛盾。在我国"四人帮"猖獗的时期，人们不是也经常陷入这种矛盾吗？因而，以这种矛盾责备于连是"表里不一"的"两面派"、"野心家"，显然是不公正的。难道可以因为 20 世纪一个雇员不得不为企业主效劳，而谴责他们的"表里不一"的"两面派行为"吗？虽然他们也有向上爬的打算。这是一种社会悲剧，而不是道德谴责的问题。当然，这里并不是要对于连在复辟时期的行为加以称赞，当于连在德·拉·木尔侯爵手下一帆风顺因而由苟安一时而到几乎飞黄腾达的时候，实际上他是陷入了他作为小生产者家庭出身的青年人的盲目性，他并没有理解也没有认识到他为之服务的那个保王党的阴谋正是以牺牲他所属于的小生产者阶层的利益为内容的，既然大革命造成了大量的小生产者，那么取消大革命的成果、恢复大革命前的秩序，首先受害的就是这个小生产者阶层，于连在顺利的时候的确存在着一种幻想，自以为可以和自己那个阶层的命运脱离开来而在上流社会里获得自己个人的更好的命运，然而，最后教会的告密和他的下狱使他清醒了过来，原来，那个封建贵族的上流社会并没有忘记他是一个平民，并不认为他以自己的才能就配享有与平民有所不同的更好的命运，而且对于他居然想获得这种命运，并取得了一定的成功而特别感到愤怒，必欲严惩才肯罢休。当于连在监狱里终于认识了这一点并在法庭上公开道破了这一点的时候，当然时间已经迟了，他必须为他的清醒过来付出生命的代价。因此，于连在复辟时期的所作所为，并不是道德上、品质上的败坏和卑劣所促成的，而是一个社会悲剧，一个小生产者、一个小资产阶级个人主义者极为深刻的悲剧，一种社会的阶级的局限性所造成的悲剧，对此，应该根据历史条件作出科学的分析和解释，道德化的谴责在这里是没有说服力，也是无济于事的。

其实，于连对拿破仑时代那样羡慕、对拿破仑以才取人的政策那么梦寐以求，就是在人的价值问题上向往资本主义价值规律的兑现；而他与上流社会的对立、他对封建贵族的傲慢，正表现了他对复辟时期以门第、血统作为人的价值标准的反感和鄙视。在这个问题上，拿破仑代表了资产阶级原则，他以才取人的政策正符合了自由资本主义时期社会发展的需要，也投合了封建关系、封建束缚被打破后中小资产阶级，特别是小资产阶级以至更底层的人们寻求自由发展的要求，因此，在他的军队和帝国政府里，人才辈出，较之于封建时期的上层建筑，他的行政机构和军事机构才得以充满了活力，具有较高的效率。封建贵族阶级则与此相反，他们顽固地以门第、血统、资格作为人的价值标准，这是他们已经丧失了生命力的表现，他们正是用门第、血统来掩盖他们的腐朽无能、维持他们反动的统治。总之，于连所感受到的生不逢时的矛盾，就是两个阶级的两种价值原则、两种制度的不同标准的矛盾。在复辟时期，面临着感受着这一矛盾的，何止一个于连？而是整整一代小资产阶级青年。这一代人，正如缪塞在著名的小说《一个世纪儿的忏悔》中所描述的，他们生在拿破仑的战鼓声中，呼吸的是晴朗天空下充满了光荣、响彻了刀兵声的空气，鞋匠出身的元帅缪拉是他们的理想，他们期望着以自己的聪明才智崭露头角，但拿破仑的消失、波旁王朝的重来，使这一切都成了泡影，在他们面前的是一片空虚，英雄主义的出路没有了，只剩下了教会这一卑鄙的行业。于是，就产生了整个一代人想走缪拉的道路而不可得的绝大的苦闷。于连就是这一代小资产阶级青年中的一个，他是他们的代表人物和典型。

不言而喻，司汤达是满怀着同情来写这个人物的，或者更确切地说，在这个人物身上注入了他自己深切的感受，在某种意义上，司汤达本人就是一代于连中的一个，只不过他的年岁稍长。他也属于18世纪末19世纪初法国社会大变动中经济地位不稳的中小资产阶级，当然容易接受卢梭的影响，拥护大革命，拥护代表着法国革命最后阶段的拿破仑，特别是他作为这一个阶层一个谋出路、希望改善自己地位的知识分子，拿破仑时期的价值标准也更投合他的需要。实际上，他从中学毕业后才十七岁就在拿破仑军队中得到了一个职务，从此整整十五年跟随拿破仑转战欧洲，虽然没有因军事才能卓绝而成为达乌、缪拉式的人物，但也分享了拿破仑帝国的光荣，个人的才能也得到了相当的施展。1814年波旁王朝复辟后，他失掉自己的光荣、地位甚至饭碗，不得不离开法国；他所经历的这一沧桑，当然使他尖锐地感受到了两种价值标准的差异和冷暖，也有助于他体察比他更年轻、还没有来得及分享拿破仑时期的光荣就被复辟扼杀了全部希望的一代人的愤慨和苦闷。因此，当他在法院公报上看到关于一件情杀案的报道后，他就对这个素材作了根本的加工改造，赋予深广丰富的社会内容，通过于连的故事写出一代青年的命运，提出了一个重大的社会矛盾问题。他以鲜明的态度站在上升的资本主义的价值标准一边，反对封建主义贵族阶级落后腐朽的价值标准，以明显的赞赏塑造出于连这样一个出身寒微但生气勃勃、毅力坚强、才能出众的青年，肯定他谋求个人发展的合理性，怀着深深的同情描写他对拿破仑时期的原则和标准的追求，以及他在现实生活中所遇到的矛盾。正因为司汤达自己从来就是18世纪启蒙思想家的信徒，也正因为他在18世纪末以来两种制度、两个阶级的大搏斗中，始终置身于资产阶级的营垒，对几十年来历史发展的内容有着深刻的理解，所以，整部《红与黑》充满了强烈的反封建的精神和对于毫无生命力、腐朽垂死的贵族阶级不肯退出法兰西现实生活并倒行逆施、肆虐逞凶的极大愤慨。

显而易见，于连所追求的原则和标准以及司汤达在《红与黑》中所表现的思想感情，在当时的历史条件下，具有明显的进步性。从发展的观点来看，资本主义的东西总要比封建主义的东西进步一些、优越一些，这是历史唯物主义的基本道理，何况，当时无产阶级还没有登上历史舞台，根本不存在用无产阶级的原则和标准来加以衡量的问题。但是，为什么于连的追求却使《红与黑》在过去总成为外国文学作品中被批判的重点？

一本书在一个时代的命运总是要打上这个时代的烙印。在"兴无灭资"这样一个口号被神圣化、绝对化时期，人们对资产阶级的东西自然都有格外高的警惕，只看到它的阶级局限性和它与社会主义的矛盾，而看不到它与封建主义东西相比的进步性和优越性，至于封建主义东西本身的腐朽落后，对不起，倒似乎被忘得一干二净了。于是，于连所追求的资产阶级原则和价值标准，就被剥去了它原来所具有的黑暗的封建主义背景的反衬，而被放在一个真空中，甚至被放在社会主义共产主义的标准之下，那它怎么不显得"卑鄙"、"龌龊"呢？怎么会不受到谴责呢？然而，这种谴责却正是反历史主义的，是一种道德化的批评。

这种情况的出现，当然有着更为根本的原因：封建主义在中国历史中根深蒂固，中国并没有经历过法国大革命那样彻底的资产阶级革命，资本主义在中国的发展很不充分，社会主义中国是从半封建半殖民地而来的，在这种历史条件下，中国出现林彪、"四人帮"的封建法西斯主义的东西，是不足为怪的。这种政治路线必然给文学批评打上封建道德化的烙印，在外国古典文学中，还有什么比拿破仑以才取人的价值标准、比于连的追求，更与封建法西斯主义的"龙生龙、凤生凤、老鼠生儿打地洞"这类血统论、门第论针锋相对呢？还有什么比于连那种要靠自己的才能和奋斗来取得荣誉和成功的志向更和那种饱食终日、无所作为、怠惰寄生的贵族老爷式的人生态度格格不入呢？于是，《红与黑》被视为"毒草"、于连被当作"反革命"，必须以一种一尘不染、高得脱离了任何现实条件的道德标准加以判决！这就是对《红与黑》的封建性道德化批评的根子。

远大的目标是共产主义，而社会主义是通向共产主义的一个相当长的过渡时期。在现阶段的社会主义中国，既要反对资产阶级的腐朽思想，同时，还存在着反封建主义残余的历史任务，而某些资本主义性质的东西，如资产阶级法权、资本主义价值法则、竞争和择优的原则、价值观念，与那些封建主义的残余相比，又仍然有有利于现阶段社会发展的一面，并没有完全丧失其历史作用。当经过了十年浩劫，人们开始认识到这一点的时候，当反封建残余的问题已被提了出来的时候，对《红与黑》的意义就可能予以比较充分的阐明了。我们并不要向于连学习，于连是个有阶级局限性的悲剧人物，社会主义时代的人是在从事伟大的事业，应该比于连站得高得多，但是《红与黑》中强烈的反封建的精神对于彻底清算林彪、"四人帮"的封建法西斯主义，清除社会生活中某些封建性的残余，显然不是完全没有借鉴意义的。

如果要讲"洋为中用"，这也许是《红与黑》的一个用处。

1980 年 8 月

（原载《采石集》，人民文学出版社 1986 年版）

普鲁斯特传奇
——《寻找失去的时间》①

在文学史上,很少见到有一部伟大名著的命运,像普鲁斯特的《寻找失去的时间》这样具有戏剧性的变化。

当作者于1912年将这部长篇小说的书稿,呈献在法兰西文坛面前的时候,没有任何出版社愿意接受,主宰着文学舆论的《新法兰西评论》也拒绝了它,而其主编正是当时的文坛泰斗纪德。已经四十岁出头的作者只好次年自费出版了长篇的第一卷。但事隔若干年后,法国权威的文学史家与批评家安德烈·莫洛亚在总结20世纪前期的法国文学时,却这样指出:"对于1900—1950年这一历史时期来说,没有比《寻找失去的时间》更值得纪念的小说巨著了。"② 时至80年代末,法国竟有多家出版社争相出版这部长篇,普鲁斯特仅以此作就被视为20世纪一位伟大的小说家,批评界有人甚至认为,后普鲁斯特时代至今尚未来到。

如果认为20世纪的文学还没有走出普鲁斯特所投射的身影,那显然是夸大其词,但如果说普鲁斯特的小说艺术中发明了一些新的东西,那确实并不言之过分。正是这些新的东西使习惯于传统文学趣味的人最初对它采取了摒拒的态度,而且,它正因为愈是崭新,才愈是被拒绝得彻底。这是新东西经常碰到的遭遇,要知道,种牛痘的技术与抗疟疾的金鸡纳霜直到18世纪还在法国遭受过诅咒。

它的确是一本令人不太习惯的作品,如果怀着阅读传统文学作品的惯性,想在其中看到引人入胜、环环紧扣的情节,完整集中而带有戏剧性的

---

① 该书目前常见的中译名为《追忆似水年华》,因涉及小说的特点与作者的用意,本文直译其名。

② 安·莫洛亚:《〈寻找失去的时间〉序》,《寻找失去的时间》第1卷,Pléiade版,第7页。

故事，贯彻始终并作为作品中心的主人公形象，那肯定会大失所望。这一部有七大卷、巴黎七星丛书本有密密麻麻三千多页、译成中文约有三百多万字的长篇小说，所写的似乎只是作者一生中所亲身经历的或所见所闻的日常生活，这里没有重大的历史事件，没有带深刻社会意义的生活场景，没有典型的人物性格，似乎只有一堆堆表层的生活现象与身边琐事。如果要从这几百万字的篇幅中找几段比较集中的生活内容的话，那就有叙述者"我"的童年生活、两个邻居斯万家与盖尔芒特家的家事以及"我"的爱情经历。这样一部作品居然被世人认为长篇小说！而且是"杰出的长篇小说"！

这部小说巨著的主题究竟是什么？主要角色是谁？对这两个问题，批评家都答曰："是时间。"没有看过这部作品的人一定会感到难以理解，这对于一部文学作品来说，简直就是一件不可思议的事！但实际情况的确如此。作者在写这部作品的时候这样说："时间的观念今天是如此强有力地压在我的心头"，"我一定要把这个时间的印章打在这部作品上"①。他给作品取了这样一个富有哲学意义的标题：《寻找失去的时间》，就准确无误地概括与标明了整部作品的目的、主旨与内涵。只要他果真达到了这个标题的要求，那他显然是对冥冥时序进行了一次勇气非凡的挑战，他在文艺创作中赋予自己这样一项使命，无疑也是一次前无先例的创举。

人类可以征服空间，以物质的形式在空间里占据自己几乎永不磨灭的位置，金字塔、长城、纪念碑、陵墓、庙宇、雕像都是这种征服的标记。然而，时光流逝，如烟消云散，人如何才能征服那一去不复返的时序，把转瞬即逝的时间凝固为具体的形式而与世长存？固然，人可以求助于史书与回忆录，但这两种形式的征服显然带有极大的局限性。史书以简约的记载概括一个个历史时期丰富复杂的真相，不可避免地要剥除其全部的血肉，而且，哪一个史家能见证先于他的那些时光中活生生的历史情景？而回忆录在一定程度上也是经过理性思维筛选、归纳与概括的产物，它分门别类，条理清楚，固然能反映历史真实的若干概貌与细节，但当时大量细微的感性内容必然遗散在"门类"、"条理"之外，而且，它们早已随着

---

① 见安·莫洛亚《从普鲁斯特到加缪》，Academique Perrin 版，第33页。

消逝而去的时光隐没了，正像普鲁斯特所描写的那样，它们"太遥远、太模糊，我只能勉强看到一点模棱两可的映象，其中混杂着一些变幻不定的色彩所形成的难以捉摸的旋流"① 有谁能够把它们找寻回来？用什么法子？历史上有哪一个回忆录的作者做到了这点，使自己所经历过的那些时光以其原有的全部丰富的感性而复活呢？所有这些疑问都清楚地表明，人要征服时间、捕捉时间之难，这就是普鲁斯特所面临的一个人生的、哲学的难题，而在他看来，这种征服与捕捉只有通过艺术的途径才能实现："除非用艺术这一永恒的形式，任何事物都不能真正被固定下来并为人所了解。"② 既然这个难题是客观存在并具有普遍的意义，那么，普鲁斯特首先发现了它，具体感受了它，并决意要通过艺术的途径去加以解决，这就要算是他带给人们的一个新观念、新意向了。

1901年，开始写作《寻找失去的时间》的普鲁斯特，已是一个精于艺文、具有深厚文化修养的巴黎上流社会里的雅士，当他打定主意要创作自己的鸿篇巨制时，他一定非常清楚地认识到了他所面临的文化传统与文学环境。既成的道路与已有的典范似乎是应有尽有了，仅以19世纪而言，就已经有了司汤达具有高度典型意义的人物塑造、梅里美的精巧技艺、巴尔扎克宏大的社会生活图景、雨果的磅礴气势与浪漫主义激情、左拉的科学描写方法……如何才能在这样一个领域里树立起自己的纪念碑？普鲁斯特的结论是另辟一条道路。虽然他缺乏司汤达那种在激烈阶级斗争中大起大落的遭遇，巴尔扎克那种丰富而充满了挫折与困顿的人生阅历，他不拥有蕴藏量丰富的社会历史的"矿脉"可供开采，而只有他作为一个富家子弟那点安稳舒适、优哉游哉的生活与经常出入上流社会的见识，只有这一个涓涓细流的泉源可以汲取。但他对此并不缺乏信心，因为在他看来，"作品采用什么题材，并不能决定天才的形成。天才能使任何题材添色增辉"③，他将根据自己的条件，发挥自己的优势，谱写自己的传奇。

以某种文艺观看来，普鲁斯特此举实属冒险，他竟然要在这贫瘠的矿

---

① 普鲁斯特：《寻找失去的时间》第1卷，Pléiade版，第46页。
② 见安·莫洛亚《从普鲁斯特到加缪》，第32页。
③ 见安·莫洛亚《〈寻找失去的时间〉序》，《寻找失去的时间》第1卷，第7页。

脉上开拓出一个富矿，而且，他还是一个身罹顽疾的病人。从十岁左右起，他就患上了敏感性的哮喘病，而且，疾病不断恶化，到三十五岁的时候，已经变得相当严重，他经常遭受哮喘与失眠的折磨，已不能像健康人那样正常地生活：杜绝了社交活动，像隐士一样深居简出，为了避免声音的干扰，他请人将卧室的墙壁全部加上软木贴面，为了避免植物气味诱发哮喘，他房间的窗户从不打开。正是在这传奇般的室内环境里，他传奇般地进行了文学创作，花费了二十一年的时间完成了他的整个长篇，最后取得了传奇般的成功，至今，任何一种观点的批评家都没有人不承认他这部长篇是一个奇迹。

他具有什么样的条件能谱写出如此的人生传奇？

首先，是他异常敏感的禀能。这种禀能甚至灵敏到了病态的程度，这使他对生活中哪怕是最细小不过、最微不足道、最容易被人忽略的东西，都有丰富、细腻、深层的感受，正如我们在他的长篇中所见到的，不仅家庭生活、人际关系中最微妙的意味都在他灵敏感应的范围之内，而且，诸如室内外气温的细小差别、市场上的尘埃、一抹夕阳的变化、一句乐曲的某几个音符，也都能引起他敏锐的感受，而感受一旦产生，往往又发生原子核分裂式的变化，或者由一种感受通向其他种感受，形成了丰富的通感，或者，最初的感受由对象中心而扩充到悠远玄妙的境界，就像一块石子在池塘里激起的波纹，一圈又一圈，不见平息。内心中既有如此丰富、层出不穷、细致深入的感性内容，普鲁斯特也就拥有了自己取之不尽的矿脉，虽然他不拥有巴尔扎克、司汤达那样的社会历史的富矿。

其次，普鲁斯特如果不是法国作家中最学者化的一人，也是少数智力高超、出类拔萃的人物之一。他有广博的学识与精深的文化修养，不仅长于哲学、文学、绘画、音乐，而且对心理学、生理学、物理学、化学、植物学、建筑学也多有涉猎，这种高度的文化素养造就了他异常宽广而充实的精神世界，这又变成了使他受益无穷的又一"矿脉"。正如我们在他的长篇中所见到的，他对当代哲学新发展、对柏格森关于时间的哲理研究与深刻见解，正构成了他"寻找失去的时间"的哲学基础，他对文学、绘画、音乐的真知灼见与精微美趣则使他的作品不时闪现出一片片灵光，而他对自然科学中各部类的广博学识，又给他的观察方式提供了意想不到的助力，给他的描写与比喻提供了特殊的营养，安德烈·莫洛亚就曾指出："普鲁斯特文笔的科学性是很出色的，他笔下许多最美的形象都是从生理学、物理学、化学借用来的。"① 学识这一条使他受益匪浅的矿脉与感受那一条他取之不尽的矿脉，决定了他文学创作的内向性，即在自己的感受与精神世界中下功夫，决定了他将成为一个非巴尔扎克型的作家，这样，他也回避了一个他大有缺陷的社会历史领域，而飞入了一个任他展翅翱翔的天地。

作为普鲁斯特素质的另一个重要条件，是他对细腻风格的爱好、研究与磨炼。正像很多作家都有自己的学业年代一样，普鲁斯特在创作自己的长篇杰作以前，也有过研习的时期，不论是1892年、1893年为《宴会》杂志与《白色评论》撰稿，还是1896年出版第一部作品《欢乐与时日》，都属于这一个时期。尽管有的批评家把《欢乐与时日》视为他后来长篇巨制的一个"雏形"，但我以为，对他来说，这个预备期里更为重要的文学实践却是他所从事的罗斯金两部作品的翻译：《亚眠的圣经》与《芝麻与百合》。罗斯金是英国19世纪著名的散文家、批评家、美学家，"他的视觉几乎像显微镜一样入微"②，他的风格属于精致细腻的类型。正是在罗斯金这一个精细的精神世界里，普鲁斯特深深地受到了熏陶，他敏感纤细的心地与罗斯金那种细致的观察、分析与描写的方法一拍即合，他字字必究的迻译也使他在文字实践里，真正学到了罗斯金那种精致风格的精髓，他将这些东西带到他的长篇中去，并且不论在静物、场景、风光，还是在事理与感受上，都把细腻入微的风格发展到远远超出罗斯金的程度。

所有这些条件与素质固然重要，但还不足以构成《寻找失去的时间》这一部杰作最关键性的东西，还不足以使普鲁斯特成为真正的普鲁斯特。每个作家都有自己最主要的东西，要获得这种东西，往往要借助于某个契机、某把钥匙。普鲁斯特的契机是如何来到的？他的钥匙是什么？这种契机、这把钥匙，我们在长篇小说的最后一卷里可以见到：它来自一种感觉，一种联想。

---

① 安·莫洛亚：《从普鲁斯特到加缪》，第35页。
② 同上书，第21页。

有一次，他走进盖尔芒特贵族府第，一只脚踩在断裂为二的台阶上，当他重新迈出一步，"一只脚在那块较高的石板上，另一只脚踏在那块较低的石板上的时候"，他产生了一种感觉，这感觉使他突然之间再次获得了他过去有过的同样的一次感受，他"几乎立刻就已辨认了出来，这是威尼斯……刚才那一步又把从前踩在威尼斯圣马可教堂两块高低不平的石板上产生的感觉带还给了我"①，不仅如此，在威尼斯"那一天所有其他的感觉也都随之而来"。此外，他在盖尔芒特府上作客时，调匙碰盘子的响声又唤起他对过去某次听到的铁路工人铁锤声的回忆，上了浆的餐巾给他的手感使他也联想起过去在一家旅馆就餐时的餐巾，等等。对他来说，像这样"重新找到了曾经感受过的东西"，是一种"沉醉"，一种"幸福"，他珍视这些重新再现的感受，把它们视为"重新找回的时间"的精髓，因为，在他看来，如果不找到已经逝去的时间中全部生动活泼的感性内容与主体在当时的细微感受，就谈不上重新找回过去的那些时光。正是在这种感受的连通与意象的联想中，他产生了找回已经逝去的时光这一奇思妙想，产生了以艺术的形式把已经逝去的时光重新捕捉下来的宏伟意图，而且，更重要的是，他发现了"盖尔芒特府上的台阶—圣马可教堂前的石板"这种无意识联想，这种自发通感的妙用，他可以以此作为"寻找失去的时间"的途径与手段。至此，普鲁斯特就找到了自己关键性的东西，找到了进入自己角色的钥匙，用表演艺术的一句行话来说，就像一个演员终于找到了自己的"感觉"。

于是，他的长篇从他的病榻生活的不眠之夜开始，由失眠想到儿时在贡布雷家中就寝时的烦恼、对母亲的依恋，由此，在贡布雷时的家庭琐事、亲友往来、环境风光，连同着当时的内心感受都一幕幕地纷呈而出。贡布雷的生活又似乎是一个窗口，朝一边望去，是斯万家的生活，朝另一边望去是盖尔芒特家的生活，斯万家属于新富的资产阶级，而盖尔芒特则是传统的古老贵族家庭，回忆从贡布雷转向这两个家庭，最后以创作这部小说的动机、意图与方法作为结束，这就是普鲁斯特从1902年到1913年所写出的长篇小说的三大卷：《在斯万家那边》、《盖尔芒特家那边》与

---

① 普鲁斯特：《寻找失去的时间》第3卷，第867页。

《重现的时光》。从 1913—1922 年,他又以"我"的爱情生活为主要素材,增补了四大卷:《在少女们身边》、《索多姆和戈摩尔》、《女囚》与《女逃亡者》。长篇的几大卷并非截然无关,几大内容在各卷中互有关联,常有重叠,互相渗透,就像是一个建筑物的几大部件由纽带与环扣连成一体,也像是一阕和谐完整的乐曲,某一乐章的主旋律既可在前一乐章有所预示,也可以在后一乐章又有再现,而每一卷中丰富、复杂、细致的内容,都不是按传统小说叙述学的既定陈规写出来的,也不是根据故事情节与人物形象性格的要求写出来的,而是以随意自然的形式娓娓道出,如行云流水,自由飘浮流淌,如常春藤攀壁,枝条恣意舒展延伸。七大卷如此下来,"我"的生平中一段段早已逝去的时间连同这些时间里所包容的空间场景、人物事件、见闻观感、体验感受以及色、香、味、温差、湿度等等具体而微的全部内容,都被寻找了回来。而在最后一卷中,当"我"得以把过去的时间捕捉回来,"看到那么久远的年代"的时候,抚今忆昔,就产生了要把失去的时间浇铸在艺术形式之中的决心,这才有了从贡布雷儿时生活忆起的小说开篇。于是,这部长篇的首尾就连接了起来,整个作品形成一个奇妙无比的浑圆,正是在这样一个浑圆中,早已消失的漫长时间竟被镶嵌在文字艺术与结构艺术的形式之中而成为了有形的存在。在这个浑圆的轨迹上,作者创造性地实现了时间的转化,他不仅实现了柏格森时间哲理中的"实际时间"向"心理时间"的转化,而且真正实现了"心理时间"向"艺术时间"的转化,即赋予"心理时间"以有形的永恒的艺术形式,这样一个创举在艺术哲学上的意义是怎么评价也不会过分的。

由实际时间转化为心理时间,一般都不是通过理性思维活动达到的,甚至只通过理性制约下的有意的回想也是不能充分奏效的。正如普鲁斯特自己所说:"我们努力追忆往事,总是枉费心机,绞尽脑汁都无济于事,往事藏在脑海之外,实非心智力所能及,它藏在某种我们意想不到的东西之中(藏在那东西所给我们的感觉之中),而那件东西我们在死亡之前能否遇到,则全凭偶然,或者我们到死也碰不到,这已经是很多年以前的事了,除了同我上床睡觉有关的一些场景与情节外,贡布雷的其他往事对我来说早已无影无踪,不复存在","如果有人询问我,我也许会说贡布雷还有别的事物,别的光景。但我所想起来的东西,只不过是有意回忆、靠智慧帮忙的结果,而有意回想出来的东西,则不像往事本来的面目那样有声有色"①。怎样才能找回"有声有色的往事"?普鲁斯特根据自己的经验,深知只有那种"盖尔芒特家的台阶→威尼斯圣马可教堂"式的无意识联想,才能在内心世界里充分地复活过去的时光,他在自己的长篇里十分详细地描写了他无意识联想中一个典型的例子,那就是著名的"小玛德莱娜点心":

> 有一年冬天,"我"回到家里,母亲见"我"冷成那样,便劝"我"喝点茶暖一暖,并着人拿来一块名叫"小玛德莱娜"的点心给"我",带点心渣的那一勺茶刚一碰到我的上颚,就使我浑身一颤……一种美妙的感觉传遍全身……这股强烈的快感是从哪里来的?我感到它同茶水和点心的味道有关,但它又远远超出这种味道,肯定不同于味道的性质……在我内心深处颤动着的一定是形象,是视觉的回忆,它同味觉混杂在一起……突然,我回忆起来了,那点心的味道也就是我在贡布雷时某一个星期天早晨吃过的"小玛德莱娜"的味道……我一旦品出那点心的味道同我的姨妈给我吃过的点心的味道一样,她住过的那幢临街的旧灰楼立刻就像舞台布景一样呈现在我的眼前……随着灰楼而出现的则是城里的景象。从早到晚每时每刻的景象……整个贡布雷和它周围的景物,全都显出形貌,真切而实在,街道巷里、园林花圃无不从我的茶杯中清晰浮现而出。②

在文学史上,至今还没有一个作家对无意识联想、自发性通感作过如此细致而出色的描述,在普鲁斯特以前,也没有一个作家对无意识联想有如此深切的感受并自觉地把它运用在自己的创作中,正是这杯茶与这块点心打开了他对贡布雷生活联想的闸门,由此才结束了第一部《在斯万家那边》的第一卷第一节中对儿时回忆的"山穷水尽",使"早已化为乌有的贡布

---

① 普鲁斯特:《寻找失去的时间》第 1 卷,第 44 页。
② 同上书,第 44—48 页。

雷其他往事"重新复活，形成了第二节中儿时生活回忆的新天地。显然，玛德莱娜点心在书中成为了一副"催化剂"，一个"爆发点"，它令人意想不到的诱发出、裂变出无数活生生但早已被埋没的生活内容，而且，在这一部作品里，像这样的"催化剂"、"爆发点"远远不止一个，实际上是不计其数，以至于我们可以说，整个作品中丰富细致的内容都是由这种无意识联想中一物诱发一物，一环引出一环而杂然纷呈的，形成了这部作品的无意识联想自由流淌的态势，这就是为什么人们把《寻找失去的时间》划入意识流小说范围的原因，也正是在这种自由流动的意识活动中，叙述着"我"一生所经历过的实际时光，以心理时间的形成复活了起来，虽然这种心理时间不可能保持实际时间原有的时序而往往是时序颠倒混乱或无时序的状态，虽然它也不可能保持实际时间原有的全部的无所遗漏的内容，但是它却保持着原有实际时间历历在目的全部活力。

当然，意识流方法并非普鲁斯特的发明。意识流作为人的一种心理活动早已客观地存在着，只不过是在 1884 年才由威廉·詹姆斯第一次在理论上加以明确的概括，20 世纪初柏格森关于心理时间与"绵延"的哲理，实际上也是对意识流问题的探讨。在文学创作中意识流方法的运用，最初见于 1887 年法国作家杜雅尔丹的小说《月桂树已被砍尽》；尔后，20 世纪初又见于奥地利作家施尼茨勒的《古斯特少尉》；到了 20 世纪二三十年代，英国则出现了典型的意识流代表作家乔伊斯与伍尔夫。可见，意识流作为一个心理学问题与作为一种文学表现方法，都是泛欧现象。毫无疑问，不论是在全欧文学的范围里，还是在从 19 世纪末到 20 世纪 30 年代的文学发展过程中，普鲁斯特的这部长篇都占有重要的地位，这不仅因为它是建立在作者关于时间哲理与无意识联想的自觉思考的基础上，而且它的规模比哪一个先行者的意识流小说都要大得多，其细致程度与技艺水平，更是任何一个先行者都无法相比的。如果要把普鲁斯特与后来的意识流小说代表作家乔伊斯加以比较的话，那么，不妨说乔伊斯是西方 20 世纪心理现代主义的巨匠，而普鲁斯特则是实现了传统的心理小说向 20 世纪心理现代主义过渡的大师。在普鲁斯特的长篇里，虽然线形的结构、长河般流动的态势都是通过心理现代主义的重要手段无意识联想而形成的，但这种结构与态势中所有的环境、场景、人物、对话等，都是以传统的叙述方法与描写方法来表现的，并且堪称传统文学的典范篇章。也正因为普鲁斯特保留了传统的方法，在表现角度上不像心理现代主义那样完全实现作者的退隐，只采用客观呈现的方式；在内容上不像心理现代主义那样多地追求潜意识、深层意识或本能的心理反应；在时空问题上不像心理现代主义那样热衷于空间的分解、重叠与重新组合以及时间的过度混乱与颠倒，所以，他的长篇也就不像乔伊斯式的西方现代心理小说那样像天书一样难懂。在这个意义上，普鲁斯特体现了一种适度的古典的美学趣味。

从复活已经逝去的时光这一创作意图出发，通过无意识联想而写成的这部长篇，在体裁形式上要算是文学史中少见的一例。虽然它是根据作者生平材料写成的，但既不是自传也不是回忆录，这不仅因为作品中回忆录式的自述往往变成了小说式的描绘与叙述，其形象具体、无微不至的程度超出了回忆录与自传所容许的范围，只有借助小说的艺术想象与艺术描绘才能达到；也不仅因为作品中的"我"并不像在严格的回忆录或自传中那样局限于一维空间，而往往是无处不在、无所不知，包括能洞悉所有人物心中最细微的活动，就像小说家在非自述体小说中享有那种可以潜入他人内心的特权一样；而且还因为作品中的人物形象带有一定程度的想象补充与艺术加工的成分，如夏尔·斯万这个人物就是以一个名叫夏尔·阿斯的花花公子为原型加工而成的。另一方面，尽管作品具有这样一些小说成分，但它又不可否认地保存着回忆与自传的若干面貌，而且还明显打破了小说固有的叙事规格，往往大大地淡化了情节，致力于散文化的描写与说明，长篇中好些篇幅甚大的章节甚至毫无叙事的功能，如《维尔巴里斯家的日间聚会》、《盖尔芒特家的晚宴》、《亲王夫人家的晚会》、《拉普利埃城堡的晚会》与《盖尔芒特府邸的日间聚会》等部分，篇幅都在百页以上，但几乎都不具有叙事效益与情节作用。实际上，普鲁斯特在他的长篇里让小说的成分与散文的成分互相渗透，让小说功能与散文功能并存不悖，从而打破了小说与自传、回忆录之间的界线，提供了一部具有"两栖性"的体裁形式的作品，对这样一部作品，人们既可以说是自传性的长篇小说，也可以说是长篇小说式的自传回忆，这种体裁形式上绝对界线的消除、不同成分与功能的互相渗透转化以至"两栖化"的倾向，即使不是普鲁斯特首创的发明，也是他带来的一种文学变革，它日后在20世纪文学中逐渐屡见不鲜，以至在 20 世纪的后期，体裁形式之间界线的打破，已成为了西方现代主义文学的标志之一。

在普鲁斯特传奇性的文学创造中，他驾驭与运用语言的艺术也是使人赞叹的。普鲁斯特是法国文学史上迄今最为显著、最为出色的长句作家，他那些长句首先是与他丰富的感受、精细的观察、深入的剖析相适应的，他对每一个事物、每一项事理竟然有那么多东西需要表达，以至思如泉涌，一个个简单句远远容纳不下，而必须在主句的躯干上让从句丛生。于是，在他的长篇里，往往一个独立的文句就长达一两页甚至两三页，这种长句像春蚕吐丝，不绝如缕，像潺潺细流，九曲十八湾，它给人以变化无穷、层层渐入、幽远深邃的美趣。我们不能说这种长句一定比凝练简洁的短句的美学价值更高，但是，这种长句中思维容量的博大与精微程度、词汇的丰富的确都是惊人的，而且构设这样一个长句所需的劳动，显然要比锤炼推敲式的语言加工更为复杂繁重，在一个文句中需要调配那么多的意思、从句与词汇，一字之差就要引起多米诺骨牌似的变动，而不回避这种遣词造句之艰苦的，偏偏是一个体弱的病人，他在病榻的旁边，以传奇般的毅力，殚精竭虑，从事这种艰苦的文字劳动达二十一年之久，终于用这种形式的艺术语言，把自己借助丰富而细腻的感受力所捕捉回来的早已消逝的时光固定了下来，就像把一个个彩蝶钉在厚厚的标本册上。

已经有不止一个批评家、学者把普鲁斯特的《寻找失去的时间》与巴尔扎克的《人间喜剧》相提并论。这并非浮夸过分之举。就《寻找失去的时间》的规模与篇幅而言，它是法国文学史上仅次于《人间喜剧》与左拉的《卢贡·马加尔家族》的第一流杰作，以其创作的难度与所体现出来的气魄与毅力，普鲁斯特也可与巴尔扎克、左拉比美；而就作品对人间现实的展现而言，普鲁斯特的长篇亦不下于 19 世纪那两位大师的杰作，只不过前两者所追求的是社会历史的真实性，而普鲁斯特所专致的则是个人生活范围里具体事物细微的真切性。但也许正是由于这一点，对普鲁斯特的高度评价在中国会引起某些异议。

每个作家都有自己的领域与使命，普鲁斯特从没有像巴尔扎克与左拉那样立意要为法国社会历史的发展充当书记。他的意义不在于社会历史方面，他的意义在于他提出了人类在艺术中征服时间这样一个可以说是伟大的课题，并且以饱和着丰富艺术哲理的创作实践完满地加以解决。毋庸讳言，他在艺术领域里，无疑具有"上帝的选民"的贵族化倾向，他的长篇不是为那些一心要到作品中找引人入胜的故事情节的读者写的，而似乎只是为那些在文学艺术领域中进行创作与探索的人们而写的，甚至也不是为那些把编排故事情节视为至高无上的美学事业的作家与批评家而写的，而似乎是专门为少数对如何把时间转化为艺术这个深刻艺术哲理有探讨兴趣的人而写的，正如司汤达声明《红与黑》是"献给幸福的少数几个人"一样。可以肯定，它不会给一般追求消遣的读者提供多少乐趣，但它所提出的课题与艺术哲理，它的观察方式、感受方式与描写艺术，对于真正追求更高境界的创作者与研究者来说，将永远是一座受益无穷的学校。

（原载《寻找失去的时间》，"法国二十世纪文学丛集"第八辑，安徽文艺出版社1992年版）

不朽的《约翰·克利斯朵夫》

在中国,罗曼·罗兰曾受到格外的推崇,但同时又被厚厚地笼罩着意识形态的迷雾,在迷雾中,他的代表作异乎寻常地被亏待了,甚至受到了虐待。

现在,事关他作为一个诺贝尔文学奖获得者,而他获奖一事就被人为地罩上了一层迷雾。

1916年11月,瑞典皇家学院正式通过罗曼·罗兰为1915年诺贝尔文学奖的获得者。对于这位作家来说,这是一份姗姗来迟的荣耀,本应在1915年度之内获得。其原因大致是这样的。

第一次世界大战爆发后不久,罗曼·罗兰于1914年9月,发表了一篇反对战争的政论《超乎混战之上》,此文大大触犯了法国民族主义情绪,招致了不少敌人与批评者,报刊舆论纷纷对他加以谴责,因此,当1915年瑞典皇家学院准备将该年度的诺贝尔文学奖颁发给罗曼·罗兰的时候,就遭到了法国政府的强烈反对。于是,此事被搁置了下来,到1916年将近年终的时候,瑞典皇家学院才最后正式通过并予公布。

罗曼·罗兰是以什么文学成就而获此殊荣的?因为当时正值战争时期,也因为法国政府与一些舆论对罗曼·罗兰获奖持反对态度,加之正式宣布已经推迟到第二年的11月,所以,授奖仪式并未举行,当然也不存在对罗曼·罗兰的文学成就作出评价的授奖词。瑞典皇家学院授奖的理由与根据,仅仅在迟至1917年6月才发给罗曼·罗兰的获奖证书中有这样表述:"他文学创作中高度的理想主义以及他在描写各种不同人物典型时所表现出来的同情心与真实性。"①

---

① 罗曼·罗兰1917年6月7日左右的《战争年代日记》,巴黎Albin Michel版,1952年,第1224页。

为了对上述问题有准确的回答，首先有必要回顾一下，时至获诺贝尔文学奖之时，罗曼·罗兰在文学上走过什么历程，做出了哪些劳绩？

罗曼·罗兰生于1866年，二十岁时进入巴黎高等师范学校。从这著名的最高学府毕业后，又进一步深造，完成了博士论文，还当过中学教师，终于得以进入高等师范学校与巴黎大学讲授艺术史。这一段学术道路尽管相当漫长，走下来颇为不易，但他却很早就开始了文学创作。从大学时期起，经过了二十多年的笔耕，到获奖之时为止，他已在三个方面取得了令人瞩目的成就。

他是从戏剧创作开始的，在19世纪末20世纪初，陆续写出了以"信仰悲剧"为总题的三个剧本：《圣路易》(1897)、《艾尔特》(1898)、《理性的胜利》(1899)，以大革命为题材的"革命剧"多种：《群狼》(1898)、《丹东》(1900)、《七月十四日》(1902)。其次是在名人传记写作方面的成就，他于1903年发表了著名的《贝多芬传》，相继问世的又有：《米开朗琪罗传》(1906)、《亨德尔传》(1910)、《弥莱传》与《托尔斯泰传》(1911)。最后，就是他的小说巨著《约翰·克利斯朵夫》了，小说开始创作于1902年，完成于1912年，在此期间，全文就已经陆续发表，至1912年，这部小说的巨大的成功已使罗曼·罗兰在文坛上名重一时。以上三个方面的这份"清单"，展示了罗曼·罗兰获诺贝尔文学奖之前的精神创作劳绩，这就是他问鼎此一荣耀的坚实基础与充足实力。

人们往往把罗曼·罗兰从开始从事创作到第一次世界大战概括为他的前期，1915年的诺贝尔文学奖实际上就是对他前期创作成就的总结与表彰。而在前期三个方面的创作中，戏剧成就相对较低，这些剧本颇受戏剧界的冷落，很少上演。名人传记的成就则比较显著，特别是《贝多芬传》在发表的当时就曾产生广泛的影响，是最早使罗曼·罗兰一举成名的力作。不过，这些传记在很大程度上属于学术文化、艺术评论的范畴，与纯粹意义上形象思维的文学创作还不尽相等。在罗曼·罗兰前期的文学活动中，小说巨著《约翰·克利斯朵夫》无疑要算是他最为杰出的成就，不论是从它沉甸的分量、它丰厚的现实内容、它高远脱俗的灵性、它高昂的人道主义精神力量，还是从它巨大的艺术规模、它广阔生动的图景、它鲜明的人物形象、它动人的艺术魅力，都堪称文学史中的巨制鸿篇。它在罗曼·罗兰的前期创作中像奇峰拔地而起，气象万千。显而易见，主要就是这部小说构成了1915年前罗曼·罗兰文学创作的最高成就，也正主要是这一成就，使罗曼·罗兰赢得了1915年度的诺贝尔文学奖，就像马丹·杜迦尔是以《蒂博一家》、肖洛霍夫是以《静静的顿河》、帕斯捷尔纳克是以《日瓦戈医生》成为诺贝尔文学奖的获得者一样。

　　本来，对这个明显的事实无需多加论证，但是，却偏偏有一种相当权威的论调，认为罗曼·罗兰获诺贝尔文学奖"并非像一般人所设想的是因为他写了小说《约翰·克利斯朵夫》，而实际上更重要的是由于他是《超乎混战之上》的作者"，因此，我们不得不回顾罗曼·罗兰前期的历程与成就，也不得不再就这个问题稍微多加说明。《超乎混战之上》发表于1914年9月15日，这一篇政论对当时欧战双方死于战场上的青年表示了哀悼，对他们在大战中混战一团、互相残杀深感痛惜，并向西方各国进言，不要以战争的方式去解决它们在分配世界财富上的分歧，而主张成立国际仲裁机构来解决西方国家之间的矛盾以避免战祸。不可否认，罗曼·罗兰这种态度与主张当然会得到在当时欧洲战争中采取中立立场的瑞典官方的欣赏，也自然会遭到已经参加了战争的法国政府的反对，在罗曼·罗兰获诺贝尔奖一事上瑞、法双方的分歧与矛盾即由此而来。这样一篇政论固然有助于罗曼·罗兰被瑞典皇家学院提名为候选人，但它显然不足以成为一个作家获此世界性荣耀的主要成就与主要根据，这不是什么深奥的问题，只不过是一种常识。把一篇内容不过如此、篇幅毕竟有限的政论竟然抬高到获世界文学大奖的主要成就的地位，不能不说是有违常理常情的，这在严肃的文学评论中极为罕见。这就在罗曼·罗兰获奖一事上制造了一层迷雾。这迷雾是意识形态的，其作用不外是掩盖《约翰·克利斯朵夫》这部杰作与获诺贝尔文学奖之间的当然联系，不外是贬低《约翰·克利斯朵夫》一书的价值与地位。当我们在这里把罗曼·罗兰作为一个诺贝尔奖的获得者来加以评说，把《约翰·克利斯朵夫》作为他获奖的主要成就与主要根据的时候，就不得不先把这一层迷雾拨开。

　　理论迷雾还不止上述一层。另外还有一种论调，也竭力贬低《约翰·克利斯朵夫》在罗曼·罗兰整个创作中的地位，而把罗曼·罗兰后期的《欣悦的灵魂》抬高到至尊的位置，把它评为罗曼·罗兰全部文学创作的代表作和最高成就。

这里，首先就涉及对罗曼·罗兰前期与后期的比较与评价问题。

所谓罗曼·罗兰的后期，是指从 1914 年第一次世界大战到他 1944 年逝世。后期的起始是以他发表《超乎混战之上》为标志的。也有的研究者还将后期再分为两个阶段，即 1914 年至 1931 年与 1931 年至 1944 年，而把《向过去告别》一文的发表视为这两个阶段分界线的标志。如果这两个阶段的划分是必要的话，那么，从 1914 年至 1931 年这个阶段的大致情况是，罗曼·罗兰在思想上、政治上开始明显左倾，并积极从事社会政治活动，主要表现在同情支持苏联与反对法西斯主义在欧洲的兴起。而从 1931 年到他逝世的这个阶段，他在政治上则更进一步左倾，成为了苏联的忠实朋友，共产党的同路人，在思想上也更为激进，对自己过去的思想进行了反思与清算，主要表现在他的论文《向过去告别》、访问苏联以及与高尔基的关系，等等。总而言之，从 1914 年以后，不论是否再从 1931 年为界分为两个阶段，明显的事实是，罗曼·罗兰日渐从文学转向政治与社会活动，把 1914 年以后统称为他的后期，即是着眼于整个这一时期的共性。

如果说罗曼·罗兰后期的社会政治活动比前期大有增加，他作为一个向往社会主义的思想家、社会斗士的倾向明显形成、他与此相关的政治与杂文比前期多产的话，那么，他文学创作的势头却比前期较为减弱，创作量比前期有所减少。在戏剧创作方面，他现存的十二个剧本中，有七个写于前期，后期增加的仅五个：即"革命剧"中的《爱与死的搏斗》（1924）、《鲜花盛开的复活节》（1925）、《流星》（1927）、《罗伯斯庇尔》（1939），以及《里吕里》（1919），而在他全部的戏剧作品中，前期的《丹东》、《七月十四日》与"信仰悲剧"，也相对比后期的剧作重要。在名人传记方面，他十多部传记中，前期的产品占一大半，而且最重要的几部代表作《贝多芬传》、《米开朗琪罗传》、《亨德尔传》与《托尔斯泰传》，都是出自前期。在小说创作方面，前期除有《约翰·克利斯朵夫》外，还有一部重要的作品，生气勃勃、充满了拉伯雷式乐观主义的《哥拉·布勒尼翁》，而后期，则除了《欣悦的灵魂》外，还有长篇《克莱朗博》与中篇《比哀吕丝》，这两篇小说虽然都有鲜明的反战内容，但却流于政论化与概念化。因此，如果不是着眼于罗曼·罗兰思想激进的程度、不是着眼于罗曼·罗兰在创作倾向上与已经成为现实的社会主义合拍的程度，而是着眼于创作本身的分量与水平；如果不是把罗曼·罗兰当作一个思想家、社会活动家、政论家，而是把他当作一个文学家、艺术家；如果不是从社会主义政治与思想影响的角度来看罗曼·罗兰，而是从文学史的角度来看罗曼·罗兰，那么，应该客观地承认，罗曼·罗兰前期的文学成就要比他的后期高。

同样，对《欣悦的灵魂》也应作如此观。《欣悦的灵魂》写于1922年至1932年，正是罗曼·罗兰日益左倾、日益靠拢社会主义苏联的时期。小说以19世纪末到20世纪30年代的欧洲为历史背景，以安乃德·玛克母子俩为主人公，写他们如何从个人主义发展到集体主义，如何从自由民主主义投向了社会主义浪潮，参加了革命，成为国际工运中的活动家。小说具有鲜明的社会主义倾向，因此被有的研究者认为是"社会主义现实主义的第一部杰作，是法国当代文学的里程碑"、"其重要性超过了《约翰·克利斯朵夫》，超过同时期一般的资产阶级小说"，等等。这种论断其实是一种"唯政治思想内容"主义的评论，而不是文学的、艺术的评论，因为，从文学艺术的标准来看，《欣悦的灵魂》正是一部缺乏艺术魅力、缺乏丰满的现实生活形象而流于概念化的作品，其中的一些人物只不过是作者主观构想的产物，苍白无力，它远远不能构成一部杰作，更谈不上是法国当代文学的里程碑，其根本原因就在于罗曼·罗兰缺乏社会政治活动方面丰富的感性经验，他更多的只是根据他左倾的思想观念在进行创作。把这样一部作品抬高到《约翰·克利斯朵夫》之上，尊奉为罗曼·罗兰的代表作，显然是一种无实事求是之意的偏颇。

这就是多年来弥漫在罗曼·罗兰研究与评论的两层意识形态迷雾。于是，我们就看到了一种畸形的罗曼·罗兰评价，一方面竭力强调作为其后期起点标志的《超乎混战之上》的重要性，大力宣扬罗曼·罗兰后期思想左倾的重大意义，将《欣悦的灵魂》奉为里程碑式的杰作，从而尊罗曼·罗兰为20世纪法国甚至整个西方的文学发展中超乎"一般资产阶级作家"之上的第一流大师，大大抬高了、夸大了罗曼·罗兰在当代文学中的实际地位；另一方面则竭力贬低罗曼·罗兰真正的代表作《约翰·克利斯朵夫》的成就，无视它作为一部杰作的重要意义。在这种畸形的评价中，罗曼·罗兰就处于一种双向的失衡状态,一是在整个世界文学中的失衡,他仅仅以其后期的左倾就远远超越了那些因未与当代社会主义思潮合拍、未与苏联同路而被称为"资产阶级作家",但实际文学成就确属世界第一流的作家之上;一是在他自己全部创作中的失衡,他以《欣悦的灵魂》为其代表作!而这种畸形评价的主要根由,就在于把作家思想左倾的程度、与社会主义合拍的程度、与苏联一致的程度,作为衡量作家成就高低的首要依据,在于首先以政治思想的标准作为文学评论的标准,在于首先不是把作家作为艺术家来要求,而是首先把作家当作政治社会活动家来要求。

当然,对《约翰·克利斯朵夫》,远远不止是贬低而已。它是1949年以后外国文学中不仅最不被善待、反而最受虐待的一部名著,对它的"严正批判"、"肃清流毒"、"清除污染",几乎从未中断。从1957年的"反右"开始,历经各次政治运动,它受到了一次又一次冲击,在它的头上,积淀下这样一些"政治定性"式的判调:"是资产阶级右派反动思想的根源","是一部宣扬个人主义的小说","在我国读者之间,引起了思想混乱,产生了不良效果","一股歪风邪气随着这部小说渐渐扩散,污染我们社会的健康气氛",等等。这些判词如果只是出自无知而狂想的"红卫兵"之口,那就不值得一提了,但它们偏偏出自研究者、评论者的手笔,因而不容人们无视其存在。这种情况正充分地说明了,《约翰·克利斯朵夫》在"左"的年代遭到的否定是多么彻底。严肃的学术研究与文学评论中竟出现这样粗暴的判决,既是"左"的政治路线、"左"的意识形态政策导致的结果,也是缺钙型文学研究乘风使势而自我膨胀、强梁肆虐的表现,而《约翰·克利斯朵夫》之所以屡次成为整肃清除的对象、批判分析的靶子,不过是因为它在中国读者,特别是青年读者中有巨大的、广泛的影响,要知道,在中国,凡是有文化教养的人,对《约翰·克利斯朵夫》这部作品,几乎无人不晓,其中相当大一部分人还是这部作品热烈的赞美者、崇拜者。

《约翰·克利斯朵夫》的译本1949年后第一次出版是在1953年,仅仅三四年以后,它就遭到了难以摆脱的厄运,直到改革开放,情况才有好转。但是,由于意识形态领域中"左"的积淀没有彻底铲除,对这部作品的重新评价仍然是很不充分的。现在,当人们可以回顾根深蒂固的"左"

曾带给我们国家、我们民族惨重危害的时候，颇有必要拨开弥漫在《约翰·克利斯朵夫》上一层层"左"的意识形态迷雾，现在该对《约翰·克利斯朵夫》这一部杰作的精神丰采，有足够的认识，有由衷的赞赏了。

在这里，我想提到傅雷先生，他以卷帙浩繁、技艺精湛的译品而在中国堪称一两个世纪也难得出现一两位的翻译巨匠，他译的《约翰·克利斯朵夫》是他译述劳绩中的力作之一。仍值得我们注意的是，该书于1937年初版时，傅雷先生曾写过一篇《译者献辞》，1952年重译本问世时，他又写过一篇介绍文字。此两文都是对罗曼·罗兰原著的评价与赞赏，篇幅虽然很短小，但比起那些长篇大论、令人难以卒读的"批判分析文章"，要切实、中肯、精辟、富有启发作用得多，也正因为它们与后来"左"的高调诸多不合，故在译本再版时曾被删去。傅雷先生不仅政治上受到了极不公正的待遇，含屈而死，而且在翻译劳绩方面，也受到过恶意的攻击，为了表示对他的尊敬，也为了恢复对《约翰·克利斯朵夫》的真谛精华的评价，兹将两文引述如下。

这是1937年的《译者献辞》：

真正的光明决不是永没有黑暗的时间，只是永不被黑暗所掩蔽罢了。真正的英雄决不是永没有卑下的情操，只是永不被卑下的情操所屈服罢了。

所以在你要战胜外来的敌人之前，先得战胜你内在的敌人；你不必害怕沉沦堕落，只消你能不断的自拔与更新。

《约翰·克利斯朵夫》不是一部小说，——应当说：不止是一部小说，而是人类一部伟大的史诗。它所描绘歌咏的不是人类在物质方面而是在精神方面所经历的艰险，不是征服外界而是征服内界的战绩。它是千万生灵的一面镜子，是古今中外英雄圣哲的一部历险记，是贝多芬式的一阕大交响乐。愿读者以虔敬的心情来打开这部宝典罢！

这是1952年译者所作的简介：

《约翰·克利斯朵夫》的艺术形式，据作者自称，不是小说，不是诗，而有如一条河。以广博浩瀚的境界，兼收并蓄的内容而论，它的确像长江大河，而且在象征近代的西方文化的意味上，尤其像那条横贯欧洲的莱茵。

　　本书一方面描写一个强毅的性格怎样克服内心的敌人，反抗虚伪的社会，排斥病态的艺术；它不但成为主人翁克利斯朵夫的历险记，并且是一部音乐的史诗。另一方面，它反映二十世纪初期那一代的斗争与热情，融和德、法、意三大民族精神的理想，用罗曼·罗兰自己的话说，仿佛是一个时代的"精神的遗嘱"。

在法国文学中，"长河小说"并非一个赞语，仅指篇幅浩大的长篇小说，但以《约翰·克利斯朵夫》巨大的规模与恢宏的气势而言，它倒的确像一条浩荡的长江大河。面对着名山大川之类的宏伟自然景观，人们总会有千般万种不同的感受。谁能对无数世人种种不同的丰富感受一言以蔽之？谁能断言自己的感受、自己的所知足以概全？谁能说长江只是"晴川历历汉阳树，芳草萋萋鹦鹉洲"，而不是"两岸猿声啼不住，轻舟已过万重山"？只有"潮平两岸阔，风正一帆悬"或者"山花如绣颊，江火似流萤"的画面，而无"猛风吹倒天门山，白浪高于瓦官阁"的声势？也何尝不会有新安江上"野旷天低树，江清月近人"的美景，黄河道上"欲穷千里目，更上一层楼"的常情？文学阅读、文学评论亦复如此。每部作品都是一个世界，一角天地，不论这天地是多么狭小，也容纳得下读者种种不同的审美发现与艺术感受，何况是如名山大川般宏伟壮观的巨著？文学欣赏、文学评价只不过是从各种各样立足点出发在审美上的各取所需、各取所好而已。

　　什么是《约翰·克利斯朵夫》？人们定会有种种不同的感受与回答。

　　我所见的《约翰·克利斯朵夫》，是一部发散出艺术圣殿气息的书。它的主人公就是一个音乐家，而且是以几个德国古典音乐家，特别是以伟大的贝多芬为蓝本塑造出来的音乐家形象。这里有着贝多芬式的眼睛与对现实的观察，有着音乐大师的体验与灵感，有着他们内心中那可以包容宇宙万物的奇妙的和声。这部书以语言文字的艺术，传达出音乐天地中的艺术，广泛涉及艺术史领域中一些重大的现象与重大的问题，它本身就构成一个音乐艺术的世界。读这本书，可以得到艺术对心灵的熏陶与洗礼。

我所见的《约翰·克利斯朵夫》，是一部有深广文化内涵的书。书中的主人公不仅是音乐家，也是思想探索者、文化研究者，他既上升到当代思想的顶峰作过巡礼，又在巴黎的文化集市上作过考察，他的经历本身就像一条思想文化的长廊，包容了当代的哲学、历史、社会学、文学艺术等各个领域的现状与课题以及对它们的见解与思考，这使小说居于高品位的层次，具有严肃深邃的风貌。读这本书，可以增添学识，有益心智。

这是一部昂扬着个人强奋精神、人格力量的书。主人公是一个反抗、进取、超越的形象，他通过顽强的奋斗，冲出了贫穷的市民阶层的局狭，突破了德国小市民庸俗、虚荣、麻木、鄙陋氛围的窒息，排除了上流社会冷酷现实与金钱关系的束缚，超越了当代欧洲文化的传统与现状，而成为世界的艺术大师。他是一切偶像、一切权威的挑战者，他是一切虚伪、低级、庸俗、保守、腐败、消极的社会现象与文化现象的不妥协的否定者。他不迎时尚，他敢抗潮流，他具有强悍的个性，铮铮的铁骨。他集英雄精神、行动意志与道德理想于一身，他提供了一个强人的范例，展示出一个超人的意境。读这本书，可以振奋精神，坚挺人格。

这是一部洋溢着人道主义精神的作品。作者让奥里维、安多纳德以及约翰·克利斯朵夫等好几个人物，从不同的角度、以不同的程度体现这种精神：对博爱人生观的宣扬、对结合着基督精神与一切正直思想的宽容的向往、对诚挚友爱的追求、对劳苦大众的同情、对济世方案的探讨、对缔造全新社会与全新文化的憧憬、对个性发展与社会义务相结合的重视，等等。正是这种人道主义精神，使作品中出现了不少温馨动人的篇章，也使整个作品具有一种高尚博大的风格。读这部作品，可以涤荡褊狭与狂热，可以开拓心胸。

这并不是一部充满了抽象观念与枯燥内容的作品，它的艺术气息、思想文化内涵、人格精神、人道主义热情，都是表现在十分丰满的生活形象与人物形象之中。它的生活图景，从德国到瑞士到意大利到法国，具有罕见的巨大规模；它的人物来自各个不同阶层，都有真实的性格，特别是主人公约翰·克利斯朵夫，既是一个超人，也是一个凡人，他有自己的情欲，有自己的过错，有内心中的矛盾、软弱与痛苦。由此，我们可以说，《约翰·克利斯朵夫》既是一部发散出浓烈的文化艺术气息、闪耀着智慧灵光的书，同时又是一幅生活的画卷，一组人物的雕塑。我个人更看重作品的前一种特质，因为凡有描写才能的一般作家，都可以使自己的作品具有一定程度的画卷与雕塑的性质，而只有像罗曼·罗兰这样学者型的作家、思想家型的作家，而且是像他这样对艺术史、文化史、思想史有广博学识与精深研究的作家，才能写出《约翰·克利斯朵夫》这样的巨著。

毫无疑问，《约翰·克利斯朵夫》中的思想文化内涵、艺术气息、人格力量、人道主义，是历史长河中至今最良性的一部分积淀，是人类精神发展中最优秀的一部分积累。它们以自己的光辉对照出无知、愚昧、狭隘、偏激、狂热、暴虐、委琐、自私的阴暗性。它们的价值是永恒的，不会随制度、路线、政权、帝国、联盟的嬗变而转移。从这个意义上来说，《约翰·克利斯朵夫》这样一部作品，是世世代代的读者所需要的，它永远不会"破产"，破产的倒正是那种乘风借势对《约翰·克利斯朵夫》的讨伐与批判。

（原载《凯旋门前的桐叶》，生活·读书·新知三联书店 1998 年版）

20 世纪流浪汉体小说的杰作
——塞利纳《茫茫黑夜漫游》

这部小说的作者塞利纳（1894—1961）过去一直鲜为人知，现在，读者自然首先会关心：这是一部什么"层次"、什么"级别"的作品？

这部于 1932 年 10 月由德诺埃尔出版社出版的长篇小说，一开始就显示出自己是一部杰作，它不像普鲁斯特的《寻找失去的时间》那样迟迟未得到文艺界的承认，而是一出版几乎马上就得到了法国文坛上几乎所有权威人士的另眼相看，这些"心比天高"的才人因看中了这本书，很快就把它的作者，一个刚步入文坛的陌生人，视为有资格与自己比肩而立的同类，即使其中有些人士与这位作者在对世界的认识上与艺术表现的风格上相距极远也毫不介意。

如，马尔罗在《新法兰西评论》上撰文表示赞扬，并且把自己刚出版的《人的状况》赠送给这位同行，向他表示"崇高的艺术创作的友情"。

如，瓦莱里与莫洛亚的赞语[①]，早在出版社发行此书的广告中就已被引用，前者称这部小说是"写罪恶的杰作"[②]，后者在 1932 年 11 月 20 日的《纽约时报》上，撰文介绍作者是一位"新进的伟大天才"[③]。

如，龚古尔文学院院士吕先·德斯卡夫发表了警句式的评语："这位小说家是法国的陀思妥耶夫斯基"[④]，当然，这个评语很快就在报刊上得到引用。另一位院士莱翁·都德对这本书也给予了极大的支持。

---

① 《〈茫茫黑夜漫游〉出版说明》，见《塞利纳小说集》第 1 卷，la Pléiade 版，第 1272、LXVⅡ 页。
② 同上。
③ 同上。
④ 同上。

还有，当时老一辈作家面对这部小说，也显示了"伯乐"式的风格。若望·里克蒂斯在逝世之前读了这部小说，承认它达到了三十五年前在自己的作品《穷人的独白》中致力的目标，而与塞利纳的语言相比，自己的语言则显得"苍白无力"。他说："塞利纳的作品，我读了一遍又一遍，这是一部非常奇特的书，它所有的思想对我都有刺激作用，而其中的玩世不恭与凌厉泼辣又使我迷醉，它生气勃勃的语言也有此效。"①

至于艺术史家与评论家埃利·富尔的评价更是热情洋溢："我认识了一位国王，也许你已经听别人谈起过他，他名叫塞利纳，《茫茫黑夜漫游》的作者……这是一个纯粹的人写出来的一本纯粹的书，普鲁斯特以来最好的作品，它比普鲁斯特更富有人性。"②

如果欲知它的"层次"，由此可见。

这是一部 20 世纪的流浪汉体小说，它脱胎于一种古已有之的传统的小说形式。

早在 1554 年，西班牙文学中出现了一部名为《小癞子》的小说，以一个流浪汉为主人公，由他自述其各种经历，借以展示广阔社会生活面上的世态人心。由此，欧洲文学中诞生了一种特定的体裁——流浪汉体小说，它给后来的文学家们提供了一个方便的模式与简易的手法，凡要描写形形色色的社会现象、勾画各种各类人物形象者，均可通过一个中心人物的流浪生涯或冒险经历把各种事件、各类人物贯串起来而加以实现。于是，这部西班牙小说自然就直接或间接地影响了后来一些名著的产生。如果严格意义上的流浪汉体小说必须是以一个真正的流浪汉为主人公的话，那么，属于这个系列的至少在 17 世纪有德国作家格里美豪森的《痴儿历险记》，在 18 世纪有法国作家勒·萨日的《吉尔·布拉斯》这样有分量的名著。如果小说不是非要一个流浪汉作为主人公不可，那么，通过一个人物漫长的游历来写广阔社会生活的作品就为数更多，塞万提斯的《堂吉诃德》、伏尔泰的《天真汉》与《老实人》以及狄德罗的《定命论者雅克和他的主人》都可算上。

---

① 1933 年 2 月 25 日给友人的信，见《塞利纳小说集》第 1 卷，第 1274 页。
② 1933 年 3 月 27 日给儿子的信，Pauvert 版全集第 3 卷，第 1006 页。

这个传统的系列到法国20世纪文学中并没有绝迹，我们眼前的这部小说，塞利纳的《茫茫黑夜漫游》，就是最杰出的一例。在这里，主人公的经历像一根绳线一样把世界的种种景象串联起来，而这个主人公又正是一个现代的流浪者。

浪迹天涯，这是流浪汉之所以成为流浪汉的所在，由此，在流浪汉体小说里，作者也就得以循着流浪汉的脚印，写出天下四面八方的人与事，至于这个"天下"广大到什么程度，而小说又能把天下事写遍到什么地步，那就得看作者本人怀有多少见闻与阅历了。西班牙的小癞子毕竟是16世纪作家笔下的人物，他流浪的规模还相当原始，除了在自己家乡萨拉曼附近的一些城镇游荡过一个时期外，主要是在一个名叫拉雷都的省城里飘忽不定，而他流浪生活的内容，不过是从一家到另一家，给一个又一个主人当听差当佣人。18世纪文学中的流浪汉吉尔·布拉斯流浪的范围就比他要大一些，从城市到乡野、从市镇到首都，几乎走遍了整个西班牙。他的经历也比小癞子更为丰富复杂，他从事过多种职业，他接触过三教九流。他从这个阶层走进那个阶层，处境与地位大起大落，相距天壤，历经了人生的种种情势。到了20世纪文学《茫茫黑夜漫游》中主人公流浪范围之广，显然又是吉尔·布拉斯所难以想象的，正如18世纪的马车不能与20世纪的海轮与飞机相比一样。他，这个巴达缪，从地理范围而言，他从欧洲到非洲，再从非洲到美洲，最后又回到法国，足迹踏遍了大半个地球；从他所生活过的环境而言，他在第一次世界大战的浩劫里，从陈尸遍野的战场到战争阴影下苟安一时的市镇，又到歌舞升平的首都巴黎，他既在殖民主义的地狱里、在莽莽森林中待过，也曾在资本主义高度发展的美国社会里飘零，还长期混迹于欧洲大陆战后资本主义的小市民氛围中；从他个人的经历遭遇而言，他上过大学，打过零工，参过军，在战场上卖过命，当过逃兵，进过精神病院，在男女关系中扮演过悲惨的角色，被人当作过坏蛋，在非洲殖民地当过小职员，体验过鲁滨逊式的原始生活，在纽约港当过偷渡者，在曼哈顿区流落过街头，做过不光彩的交易，他还开过诊所，行过医，到剧院里当过哑角，跑龙套，在疯人院里供过职，等等。

这也许可算是文学中最大的一次流浪，最长的一次漫游，它构成了一次真正意义上的20世纪的"奥德修纪"，正如奥德修斯长达十七年的漂流给史诗诗人提供了表现这位英雄的勇敢与坚毅、聪明与机智的广阔空间一样，巴达缪的浪迹天涯则给小说作者提供了一个巨型的框架以便他对整个时代与全世界范围作全面的描绘，只不过奥德修斯的漂流是古代英雄真正的史诗，而巴达缪的浪迹则是现代人阴暗的人生旅程。在这个旅程中，作为20世纪前三十年西方世界缩影的景象几乎都应有尽有：第一次帝国主义世界大战的残酷、军队的腐败、战争时期后方上层社会的享乐腐化、非洲的原始与蒙昧、殖民主义的残酷统治、资本主义乐园中的种种荒诞、欧洲大陆从城镇到都会的种种丑恶的世态、肮脏的人情，等等。伏尔泰在自己的小说里让主人公老实人周游了整个欧洲后发出这样的感叹："地球上满目疮痍，到处都是灾难啊。"同样，在这部小说里，人们通过巴达缪的人生旅行，也将产生同样的感慨：世界一片漆黑，到处都是沉沉的黑夜。这正是作者所要追求的效果，请看他在书的开头所杜撰的那首瑞士王室卫队之歌：

> 我们生活在严寒黑夜，人生好像长途旅行，仰望苍空寻找出路，天际却无指引的明星。

它传达出了一种多么强烈的黑暗感！它作为题诗，显然是全部小说内容最高度、最集中的浓缩。

无疑，这是一部暴露性极强的小说，是一部充满了尖锐指控的小说，如果你要在20世纪文学中找一本对资本主义揭露得淋漓尽致的书，一本鞭挞得极无情的书，一本对资本主义物质文明与精神文明否定得最彻底、最不留余地的书，那么，就请读这一本吧；如果你要在20世纪里找一本眼光最锐利、语调最尖刻的书，找一本阴沉得像陀思妥耶夫斯基的描绘、严峻得像但丁的《地狱篇》的书，那么，眼前的这部小说就是！在这里，任何事物没有一件是美好的、值得肯定的、值得尊重的，就更不用说是神圣不可侵犯的了。现实世界、社会关系、体制机构、价值标准、人群活动、传统法规，甚至20世纪的物质文明与精神文明的发展，都无不被揭露、被戳穿、被讥讽、被嘲笑、被抛扔、被踩在脚下。也许，你觉得在资本主义世界里，先进的生产力与发达的科学技术总还是可取的吧，但在这部小说里，体现了巨大社会生产力与先进科学技术的底特律汽车工厂，像是一个"巨型的钢盒"，有生命的人禁锢在里面都"在劫难逃"，变成了机械的无生物，成为那震耳欲聋的巨大机器的一个部件，像荒诞的噩梦一样可怕；你也许会觉得代表着当时高度科学水平的巴黎医学研究机构总是值得肯定的吧，但在作者的笔下，这里到处都是腐烂的东西与难闻的气味，学者们在"刻板的工作程序"与"令人厌恶的操作"中搞得呆头呆脑，经年累月，已"沦为啮齿的老家畜，沦为穿外套的畸形怪物"；在你的眼里，给巴黎这座美丽的城市带来了妩媚与风致的塞纳河总应该从作者那里得到几抹明丽的色彩吧，但你看到的却是一片昏暗、污浊、泥泞的景象。如果说以对旧时代泼辣尖刻著称的伏尔泰在自己嬉笑怒骂的小说里，描写18世纪法国社会的黑暗的同时，还描写了这个世纪的文明昌盛，并把巴黎比喻为一个用名贵的金属和浊劣的泥土石子混合塑成的人像，那么，在塞利纳的《茫茫黑夜漫游》里，就根本没有20世纪文明昌盛的影子了，这里，只有腐朽，只有丑恶，只有猥琐，只有黑暗，只有使人透不过气来的浓重的黑暗。这就是20世纪文学中一幅绝对否定与彻底否定的西方世界图景。对此，早在30年代，法国评论家就这样认为："这是本世纪中写得最真切、最令人心碎的作品。"① 说得好，真切而令人心碎！

我在上面已经指出，文学史上所有的流浪汉体小说都是广泛描写世态人生的，作者的笔既然是跟随着流浪汉不停的脚步，小说对世态人生的描绘就难免是浮光掠影的了，具体来说，故事结构是直线型的，而不是辐射型的，缺乏横断面的丰富性，环境与场景是不断变换的，角度单一而固定，不能提供多方位的全面图像，人物形象则数量众多（以《吉尔·布拉斯》而言，就有一百人以上），但出场时间短暂，往往只是单色的素描与简略的勾画。这些特点在《茫茫黑夜漫游》中基本上都保存了下来，巴达缪在战争时期的经历、在非洲与美洲的见闻，都如滔滔水流，冉冉而逝。但是，《茫茫黑夜漫游》中也还有如水流停聚而成湖海的景致，这时，生活气象更宽，生活深度更大，生活细节更清晰，人物形象的轮廓、线条与色彩也更精细、更真切，昂鲁伊夫妇与其母亲之间的家庭矛盾、罗班松与他们的纠

---

① 见《〈茫茫的黑夜漫游〉出版说明》，《塞利纳小说集》第1卷，第1274页。

葛以及罗班松与马德隆的故事，就是流浪汉的脚步暂停下来而得以仔细观看到的一个"湖海"，它在这个长篇中几乎构成了一部独立的小说。

如果我们仅仅把这视为流浪汉体小说在形式上的一种发展，那当然是不够的，在《茫茫黑夜漫游》中，之所以出现这种展示在读者面前的宽广的人生"湖海"，看来是因为作者要通过某个充分铺展的人生断面来挖掘生活的真实与人的真实，而这又是他探讨人的世界为什么这样阴暗、这样令人窒息、这样使人绝望的一个重要内容。

生活的真实如茫茫黑夜，那么人的真实呢？说到人的真实，作者自己曾经明白地指出："在我这部小说里，人是赤裸裸的，被剥掉了一切，甚至他对自己的信念。"① 这个赤裸裸的人当然不是伊甸园里那纯净无瑕的赤身者，而是已被魔鬼引诱、满身污点的浊物，作者正是剥掉他身上的遮掩，让他露出自己丑陋的原形。不难看出，作者是人性恶的信仰者。他以人性恶的眼光看人，他眼中的人，他笔下的人几乎无一是纯洁的、真诚的、善良的、美好的，或者几乎无一具有这些正面的成分、正面的基因，只有非洲森林中那个小职员阿尔西德与美国妓女莫莉有点例外，身上还保存着某些善良真诚、慷慨献身的因素。在这里，形形色色的人身上，有着形形色色的丑与恶，形形色色的变态与异化：将军在战场上贪图享受、刚死了亲人的农民见利眼开、市长开门迎敌、士兵的妻子在后方"屁股火烧火燎"、美国姑娘劳拉害怕发胖甚于战争、一个下士惯偷成性、埃罗特太太靠性自由而发迹、"音乐小天使"缪济娜用色情为爱国主义服务、医院里女护士"一心想成千上万次做爱"、布朗多中士从爱国主义的装蒜中捞实惠、海轮上的旅客陷入迫害狂、殖民地统治者残暴成性、小职员卑怯而又狠毒、非洲黑人在蒙昧与痴呆中度日、美国人疯狂地享乐、纽约女人惯于卖弄风骚、少年贝倍尔过早沾上恶习、流产的女人死于全家病态的虚荣心理、帕拉皮纳医学教授趣味下流、神甫虚伪成习、波莫纳色情交易所里的顾客们耽于形形色色的病态性欲，等等。

正是为了深入揭示人性中的丑恶，作者细致地铺写了以罗班松为中心的故事，这是平淡的日常生活细节掩盖下的令人毛骨悚然的惨剧。在罗班松与

---

① 《塞利纳与P-G.洛内的谈话》，见《塞利纳小说集》第1卷，第1141页。

昂鲁伊夫妇的故事中，人对财产的占有欲使一个家庭的亲人之间发生了残忍可怕的暗算与谋害；在罗班松与马德隆的故事中，疯狂的情欲则导致愚蠢野蛮的冲突。这两个故事都使人想起原始森林中动物对动物的残酷法则。

动物对动物，作者正是这样来看，这样来写20世纪的西方文明社会的。在他对人世的描写中，特别突出、特别令人有刺目之感的，是那些经常出现的把人比喻为动物，而且是丑恶凶残的动物的句子："我是一头该死的猪"、"我们像烤焦了的耗子"、"老人像拱粪便的山羊"、旅客们"有如爬到监狱的墙壁外逍遥自得的蛤蟆与毒蛇"、"殖民者蝎子似地死在当地"、"他们好像是篮子里的一堆螃蟹"、"人群好似一条骚动的色彩斑驳的巨蛇"、"人肉成堆，都是脓疮毒菌与热锅上的蚂蚁"、"年老时无用如蠕虫"、"像一头怀孕的矮腿大猎犬"、"他们互相窥伺，有如两败俱伤的野兽"、"这些风骚的野猫"、"人们从四面八方蛆虫似地麇集而至"，等等。这一类的比喻和描写在小说中几乎到处可见，不下数十处之多。这些或令人恶心或令人战栗的描写使人很自然想起巴尔扎克在《高老头》中通过伏脱冷之口说出的那个著名的比喻，他把巴黎互相争斗的人群形容为"一个瓶里的许多蜘蛛"，"势必你吞我，我吞你"。如果说巴尔扎克的描写体现了作者对资本主义上升时期人与人关系的一种尖锐的认识，那么，《茫茫黑夜漫游》中大量的这类比喻，则表现了作者对20世纪西方世界人性恶的一种绝对的"黑色的"观点，而他，正是把这种普遍的人性恶理解为人世黑夜的根由。

小说中的这种人的图景与传统文学中人文主义对人的描绘是完全对立的。请看，"人是万物的灵长，宇宙的精华"①，这是多么热情的赞颂，多么美的理想，它产生于人类中世纪之后的复兴时期，从那时以来，人类究竟是在蜕化在倒退还是在进步在发展？应该说，20世纪的人类比文艺复兴时期的人类离原始的状态又更远了一步，文明化的程度又更高了一级，即使在过去的世纪里还保持有食人肉现象的非洲原始地区，到了20世纪也已经几乎完全脱离了这种可怕的野蛮状态而步入发展进程之中，但在《茫茫黑夜漫游》的图景中，人类状况却偏偏如此野蛮、如此卑污，而且，野

---

① 莎士比亚：《哈姆雷特》第二幕第二场。

蛮卑污得如此彻底，其原因何在？当然，这似乎首先与作者的职业眼光有关，他学过医，行过医，他习惯于把人看作是血肉之躯，看作是一大堆腺、液、汁、血、肉、器官，习惯从动物性来看人。其次，当然来自他强烈的批判意识与否定精神。批判意识与否定精神在 20 世纪、在以往各个世纪都是早已有之的，只不过这一位作者几乎是以一种否定一切、厌恶一切的态度来看他所处的西方世界中的人与事。最后，这种图景不能不说是西方文化界精神危机的一种反映，它陷于不可救药的悲观主义之中，它看不到人类的前途，看不到人类的希望，特别是看不到人类身上那种与客观世界中的黑暗与自我之中的恶不断作顽强斗争并往往能有所进展、有所胜利的"善"的、"美"的、人道的成分。

由这种对人性恶的基本观念与对世界黑夜的基本认识，就派生出作品中的两种人生态度，一是愤世嫉俗，一是玩世不恭。这两种态度既是小说主人公巴达缪的，也是作者本人自己的，当然，通过巴达缪这样一个现代流浪者之口，这两种感情态度表现得更为淋漓尽致。

愤世嫉俗，从来都是以"看透了"为前提，而以"看不惯"为出发点，是尚未泯灭的人类良知在恶劣的客观现实重压下的一种反激，是难能可贵的感情表态，在文学中，它曾带来了一些骚怨愤慨的篇章，针砭着世间的陈规恶习。在这部小说里，愤世嫉俗之情可谓强矣，它不仅冲击世间的恶浊与污秽，不仅冲击当权者、享乐者、压迫者，而且冲击芸芸众生，冲击世间的一切事物，甚至爱国主义、人生幸福、爱情友谊、社会进步等等这些动人的事物，亦未能幸免，所有这一切都被指出有某种虚假的、丑恶的、平庸的、尴尬的成分而遭到流浪者的非议与否定。什么"时代的日新月异"，不过是"翻来覆去那么一点儿东西，无非这儿换几个词儿，那儿换几个词儿，尽是些小花招"；什么伟大的法兰西民族，只不过是"一大群像我这样的穷光蛋，满眼长眼屎，浑身长跳蚤，冻得像木头人儿，为饥饿、瘟疫、肿瘤和寒冷所驱，从大陆各地漂泊到这里"；什么后方妇女的爱国热情，那只不过是"战争打动了她们的卵巢"而已。这种强烈的愤世嫉俗的感情，即使对自己天性中最宝贵最自然的感情——母子之爱，也极不客气，巴达缪竟把自己母亲到医院里来看他时的啼哭，比喻为"不如一条母狗"，因为母狗尚能"只相信自己的感觉"，而他的母亲则相信了别人关于战争、关于逃避战争的儿子何以被关进精神病院的谎言。这里，仅仅因为对盲目地屈从于世俗的偏见这种行为抱有一种极为强烈的反感，愤世嫉俗之情就如此冲击着母子之爱，由此，对人间的世俗偏见与恶习陈规本身会怎样，就可想而知了。

愤世嫉俗之情，难免流于偏激，失之片面，有时看来甚至颇不合乎情理，但在这个黑夜般的世界上，有了看不惯，有了不满，有了愤世嫉俗，也就有了某种抗衡与反对的种子，就可能产生某种积极的行动。但可惜的是，由愤世嫉俗偏离某种积极的行动，而倒流于玩世不恭，却恰巧从来都是流浪汉的特性。他们从人世染缸的底层而来，历尽了世间的坎坷，阅尽了世间的丑恶，从其阅历中造就了入木三分的眼光，足以看透一切世情，而他们来自底层的身份又使他们保持着普通人接近自然的朴实与良知，对恶劣的人世发而为愤世嫉俗，但却又无能为力，由无能为力而无意为力，从无意为力又对自己精神上固有的朴实与良知来了一点松懈与放弃，甚至来了一点消极的否定，这就发展为他们玩世不恭、厚颜无耻的人生态度，而在行为上，也就随波逐流，自己身上也就沾上某种污秽。这就是一般流浪汉共有的精神历程。小癞子靠他老婆与大神甫的暧昧关系而混日子，吉尔·布拉斯也曾为人拉过皮条，这个巴达缪亦不例外，他不仅有时有"对着河水撒尿，喷射得远远的"这类恶作剧式的行为，而且，他身上的污点也着实不少，他在色情买卖中干过小小的勾当，他曾靠卖淫的女人过日子，他对眼皮下发生的人间罪行听之任之，实际上成为一个同谋，至于他的弄虚作假、撒谎行骗、偷鸡摸狗之举，更是时而有之。

在我们看来，正是这种对世界、对人的绝对悲观主义与某种玩世不恭的基调，构成了这部作品在精神境界上的局限性与弱点。虽然如此，作者毕竟是本着"要如实说出全部真相，揭露人们堕落的全部真相"的态度来写这部小说的，他也的确把这部小说写成了这样一部揭露了真相的作品，这又构成了它不朽的价值。一百多年前，当恩格斯跟随马克思一道，构想砸烂资本主义世界、推翻资本主义制度的时候，他曾热烈企盼与欢迎那种"粉碎资产阶级世界观的乐观主义、引起对于现存秩序的永久性的怀疑"[①]

[①] 恩格斯1885年11月26日给敏·考茨基的信，《马克思恩格斯选集》第4卷，第454页。

的文学的诞生。由此，后人从恩格斯那里就得到了一条衡量作品价值的批评标准，即对旧世界的揭露性与批判性。虽然《茫茫黑夜漫游》绝非恩格斯所要求的那种"社会主义倾向"的作品，但它无疑是足以"引起对于现存秩序的永久性的怀疑"之作，它一出版就被人们视为一部"左翼的书"，在当时的法国报刊上可以听到无政府主义者、反军国主义者、反殖民主义者对它的一片喝彩："我们读了这本书，立刻就爱上了它。""我们这些无政府主义者，怎么可能不同情这位永远不满的作家，怎么可能不同情他对战争、对战争暴行、对烂透了的古老资产阶级社会、对这个社会统治穷人的欲望、对所有这一切的反抗呢？""塞利纳，你为我们报了仇。"[①]也许就是由于这个原因，早在半个世纪之前，这部法国小说的俄译本就在苏联得以出版，被视为"垂死资本主义的一部真正的百科全书"[②]，并且，据当时苏联高级外交官李维洛夫在外交场合透露，这部小说成了斯大林"爱读的作品"[③]，而众所周知，那时30年代的苏联，对来自西方的意识形态正保持着高度的警惕，对西方的文艺作品基本上采取摒拒的态度。

（原载"法国二十世纪文学丛集"第二辑之《茫茫黑夜流逝》，漓江出版社1998年版）

[①] 《〈茫茫黑夜漫游〉出版说明》，《塞利纳小说集》第1卷，人民出版社1972年版，第1264页。

[②] 伊凡·阿里亚诺夫：《茫茫黑夜漫游》俄译本序，《塞利纳小说集》第1卷，第1265页。

[③] 同上。

一个特定精神过程的神话
——图尔尼埃的《礼拜五或太平洋上的虚无缥缈境》

在米歇尔·图尔尼埃文学创作的特点中,"旧瓶装新酒",要算是较为明显的一个。他往往借用以往文学中既有的故事题材、内容成分与人物符号,加以创造性的艺术处理,注入自己独特的哲理寓意,使旧题材、旧成分、旧人物焕然一新,不,说焕然一新还不够,应该说是另外获得了新的生命。

如,在《夜的秘密》中,一首在法国家喻户晓的儿歌《月光照耀下》,竟然成为了一个三角故事的一部分,于情节发展上,有某种关键性的作用,于主题上阐发上,表达仁爱宽厚、融洽亲和的思想,于情趣上,带来了对人物的某种揶揄意味,它完全具有了一种新的生命,而作者却幽默诙谐地把这首古老的儿歌说成是来源于他这个充满了现代意趣的故事!又如,在《小大拇指的出走》中,他显然又借用了法国著名儿童故事《小大拇指》中的小主人公,暗喻这个家喻户晓的儿童人物的故事。

当然,最突出、最著名的例子,还是这本书。这本书的主人公是鲁滨逊·克鲁索,内容是他漂流到一个渺无人迹的荒岛上的故事。这岂非英国作家笛福(1660—1731)的《鲁滨逊漂流记》的"旧瓶陈酒"?自从笛福这部著名的小说于1719年问世以后,鲁滨逊征服荒岛的故事在全世界几乎家喻户晓,难怪有读者曾经向米歇尔·图尔尼埃提出这样一个问题:为什么不把这本书题献给丹尼尔·笛福?这本书出版后当年即获得了法兰西学院大奖,其非凡的独创性与高度的文学价值是无可置疑的。

图尔尼埃的鲁滨逊从笛福的鲁滨逊而来,笛福的鲁滨逊则从塞尔柯克的真人真事而来,但不论是笛福的鲁滨逊还是图尔尼埃的鲁滨逊,两者都是神话,是资本主义的神话,不过,根本的不同在于,一个是物质进程的神话，一个是精神进程的神话。

1704年，一个名叫塞尔柯克的苏格兰水手，由于与船长不和，被抛弃在距智利海岸约五百海里的于安·菲南德岛上，人们只给他留下一支步枪、一些弹药、一本《圣经》与他自己的衣物，就像在凡尔纳的小说《格兰特船长的儿女》（1868）中，邓肯号为了惩罚坏蛋艾尔通，把他抛弃在太平洋上的达抱荒岛上一样。塞尔柯克在荒岛上居然存活了下来，过了四年四个月，最后被当时有名的航海家渥地士·罗吉斯的船队发现，根据罗吉斯在《环球巡航》中的记载，塞尔柯克被发现的时候，"披着羊皮，神气看上去比羊皮最初的主人还要犷野"，"他赤着脚，跑得比狗还快"[1]。

塞尔柯克一个人在荒无人烟的岛上，靠自己的生存能力与艰苦劳作活了好几年，这确实要算是一个奇迹，他的事迹在英国引起了一些轰动，他1711年回国后，有一位作家理查·斯梯尔会见了他，并在《英国人》杂志1713年12月3日的那一期上报道了他的故事。也正是以塞尔柯克的故事为题材，笛福创作了《鲁滨逊漂流记》，其问世的时间是在斯梯尔作了首次报道六年之后，那时，塞尔柯克尚健在人间，直到1723年才逝世，他在世的时候，笛福是否会见过自己小说主人公的这个原型，就不得而知了。

同一个塞尔柯克进入文学后，却成为了不同的形象，具有不同的意义。在斯梯尔的眼里，在荒岛上像野人一样的塞尔柯克是世界上"最快乐的人"，因为他的"要求仅限于生活必需品"，因此，斯梯尔笔下的塞尔柯克是一个具有"知足常乐"含义的形象，他引述了塞尔柯克回到英国后的这样一句话："我现在有八百镑钱，但我永远也不会像我在岛上一文不名时那么快乐了。"

塞尔柯克在笛福那里，有了根本性的变化，变化与差异不在于他们两者的生存能力，而在于野蛮化与文明化。如果说，塞尔柯克表现出了惊人的存活能力的话，那么应该说这种存活能力是野蛮化与动物化的存活能力，他变得比狗跑得还快，这固然使他具有了非凡的捕食能力，但也标志

---

[1] 转引自梅克洛斯《鲁滨逊·克鲁索的真实原型》，第92、94页，见杨耀民《鲁滨逊漂流记》译本序，"外国文学名著丛书"本，人民文学出版社1982年版。

着他已经异化于 18 世纪文明社会的常人，而向蒙昧时期的原始人靠近。笛福的鲁滨逊则不同，他在荒岛上存活了下来，而且存活了二十八年之久，比塞尔柯克的四年四个月多出了六七倍，这固然要靠他自己非凡的体能，但主要并不是靠"跑得比狗还快"的野蛮化的本领，而是靠他文明化的本领。他以艰苦的劳动与坚毅的意志，运用他从文明社会里曾经学到所有一切的知识与技能，创造出劳动的奇迹。他修建房屋、造船、耕种、开辟种植园与牧场，使得他的生活除了某些小用品与衣服以外，并不低于文明社会中的一般水平，在这种劳动创造生活的过程中，他完全保持了文明人的状态，并未有任何退化。相反，他运用文明社会中经验与文化知识的程度，甚至还要高于文明社会中一般的常人。他不仅在荒岛上建立起他的文明生活的"窝"，而且，还建立了文明社会的关系、秩序、法权、地位与等级一应俱全的一个小小的文明社会王国，他划定自己的领土，发布自己的命令，明确自己的所有权，制定法规，用基督教作为自己的精神武器对付他所奴役的对象，不论是当他长期滞留在荒岛上，还是离开荒岛回到了英国，他俨然都是这个荒岛的总督，是掌握着这个小岛全部文明化秩序机制的君主。显而易见，笛福笔下的鲁滨逊是一个奋斗、开拓、进取、扩张的形象，是一个即使在远离人世的蛮荒条件下仍执着入世的形象，毫无疑问，鲁滨逊的故事，是一个近代社会的神话，是一个以劳动、毅力、智慧与知识创造物质生活与现实关系的神话，它反映了 18 世纪新兴资产阶级创业、开拓、殖民、占有的狂热。

图尔尼埃的鲁滨逊在某些基本方面是沿袭了笛福的鲁滨逊，他仍然是一个以艰苦劳作与聪明才智创造物质生活的英雄。他耕种荒地、生产口粮，他开创畜牧饲养业，驯养野山羊、养蜂、养鱼，他不断扩大自己的劳动经营的范围，直到制糖、制果酱、果脯蜜饯，等等，达到了一个完备的农场的水平与规模。他建筑房屋，为自己提供的不只是一个栖身的"窝"，而且俨然是一座舒适的别墅。

这个鲁滨逊同样也是文明社会疆界的拓展者与能干的治理者。他对荒岛作了全面的勘察，绘制出了地图，把它当作归他所有的领土，然后，他又制定了小岛的"宪章"，明确规定自己是这个小岛的总督，制定了刑法，进行自律，以使自己虽然身处于蛮荒原始的环境中，仍然按文明社会的规范来生活，如严禁随地大小便，等等。图尔尼埃的鲁滨逊在这一阶段与笛福的鲁滨逊一样，都是隔着远不可逾越的海洋空间，执着地要维系着自己与文明社会在精神上与生活模式上的那根脐带，不要忘记，他在岛上建立起自己的生活之前，就建造了一艘要逃离荒岛的船，给它取名为"越狱号"，他的荒岛则被命名为"希望岛"，意为他在这里仍热切地抱有重返文明社会的希望，不论这个小岛被他治理得如何井井有条，但在内心深处，这里仍然是他不愿永远安身的"异地"。总而言之，这时，他和笛福的鲁滨逊是一类人，仍然是人类文明社会的忠实成员。

当然，这时的他，与笛福的鲁滨逊多少也有些不同，在劳动创造现代式的生活上，他显然要比18世纪的那个感情平实、态度冷静如同一个劳动机器的前身更有灵性，更有热情，更带有那么一点点诗情，且看他身上那种田园诗人式的倾向，这种玩意儿是笛福的鲁滨逊所没有的：

　　……大麦和小麦长得十分茂盛，当鲁滨逊亲手抚摩着淡绿中透着微青的嫩旺的茎秆时，他感受到了希望岛给与的第一阵喜悦——然而，这喜悦是多么甜美，多么深厚！他费了好大的努力，才抑制住自己清除杂草的内心冲动，那些四处疯长的野草已然玷污了庄稼地上那美丽的青纱帐，但是，他不能违背福音书上的告诫，在收获之前就分清谷粮和莠草。他幻想着，用不了多久，他就可以从岩洞中质地较酥松的西面石壁上挖出的黑洞洞的烤炉中，烤出金黄色的面包来，心中感到一阵欣喜。一个短暂的雨季使他提心吊胆了好几天，担心他的谷穗喝足了雨水之后会增加分量，从而成片地倒伏。所幸的是，阳光重又普照大地，庄稼又挺直了腰杆，麦芒儿在微风中来回摇荡，好似一大队脑袋上竖插着羽毛的小马。

诗人气质，还不是他最突出的特点，他与笛福的鲁滨逊更为明显的不同，则是他的哲人倾向。应该承认，18世纪的鲁滨逊绝非思想迟钝、心绪单调的人，他除了经常有分析谋划自省反思的习惯外，还不时发出"人生是怎样一个光怪陆离的东西啊，人类的感情在不同的环境中是怎么变幻无常啊"之类的感慨，尽管他的感慨只是一种没有什么独特性的大众化的感慨，总不失为一种感慨吧，但他却绝对没有图尔尼埃的鲁滨逊身上那些深奥的思辨与抽象的玄学。图尔尼埃的鲁滨逊喜欢常写点"航海日记"，那可是只有学过哲学的人在书斋里才能写得出来的玩意儿，而绝非一个只"上过乡村义务小学"的英国水手弄得出来的。请看这么一段就够了：

> 每个人都在自己身上——犹如超越于自身之上——承担着一大堆既脆弱又复杂的东西：自然习惯、心理反应、条件反射、生理机制、固有成见、梦想，以及已经形成的，并在与同类的反复接触中继续变化着的种种牵连。由于缺乏生命的汁液，已然微妙地开放的鲜花也萎黄了，凋谢了。他人，我的世界的主要支配因素……每一天，我都要衡量我应把什么归于他人，我都记录下在我个人的建筑中出现的新裂缝。我知道，在失去话语功用的同时，我会遭遇什么样的危险，我怀着万分的忧虑，以全部的热情与这种极端的衰弱搏斗。但是，我与万物的关系本身已被我的孤独所改变。当一位画家或一位木刻家要在一片景色中，或在一个建筑物的近处引入一个人物时，他并非出于对附属物的兴趣，这些人物提供了比例，而且更为重要的是，他们构成了一些可能的视点，为具有不可或缺的潜在性的观察者现实的视点增添了新东西。

诗人气质与哲人倾向，这两点足以构成变异的基因，构成图尔尼埃的鲁滨逊与笛福的鲁滨逊分道扬镳的基础，当礼拜五一出现，分道扬镳就正式开始了。

在笛福那里，鲁滨逊与礼拜五的关系，是主仆关系，统治者与被统治者的关系，教化者与被教化者的关系。鲁滨逊开拓文明社会生活领地的成功，殖民的成功，扩充所有制法权的成功，在相当一部分意义上是体现在他对礼拜五的制服、驯化、调教的成功上。在笛福的心目里，他们两人的关系的象征性很清楚，很简单，那就是文明战胜了野蛮，秩序战胜原始。到了图尔尼埃这里，开始的一阶段，事情也是如此，鲁滨逊对礼拜五而言，是居高临下的主人，是拥有管辖权的总督，是发号施令的将军，是训诫开导的大祭司。然而这个礼拜五始终江山不改、野性未驯，他不止一次行为出轨，扰乱了鲁滨逊在岛上井井有条的文明生活的秩序，最后闯下大祸，引起爆炸，把鲁滨逊从文明社会那里带来的一切，以及模仿文明社会的方式创造起来的一切都炸为乌有，这一炸，非同小可，炸断了鲁滨逊与文明社会的一切联系与脐带，迫使鲁滨逊完全还原到了原始状态，而与原始人礼拜五完全处于一种平等的地位。一旦如此，戏剧性的变化就发生了，原始的礼拜五变成了教化者，文明的鲁滨逊变成了被教化者，礼拜五恣意地展示与发挥他自我的原始性，而鲁滨逊则急转直下地放弃了、遗舍了、抹杀了自我的文明性，他朝着礼拜五进行原始化的自我异化，就像笛福的礼拜五曾经朝着鲁滨逊进行文明化的自我异化一样。于是，他令人惊奇地成为了礼拜五式的原始人，他追求与大自然的融合，他也达到了与大自然的融合，逐渐成为大自然中的一个部分，成为大自然中能与太阳直接交流的一个元素，最后，更令人难以置信的是，当一只英国船来到荒岛本可以把他带回故土的时候，他却拒绝搭船回国，放弃了他原来要从荒岛上"越狱"而逃、要回归故土、重整家业的渴望，而决心永远待在这个荒岛上在这里享受既无过去、也无将来的现时绵延，在这里品味原始野蛮生活的幸福，在这里仅仅作为一个元素与大自然融合为一体。至此，图尔尼埃完成了他对笛福的鲁滨逊的逆向处理，使得一个迥异、崭新的鲁滨逊在他笔下脱颖而出，这个新的鲁滨逊所具有的另一番意义与象征性，正如20世纪完全不同于18世纪一样。

尽管卢梭早就把原始人的生活描写得十分美满幸福，富于诗情画意，图尔尼埃也尽力表现他的礼拜五对鲁滨逊的影响，人们大可不必到原始人、礼拜五身上去挖掘无穷的魅力，原始人毕竟是原始人，礼拜五毕竟是礼拜五，他们身上远没有那么多值得文明社会的人去效法的习性。事实上，即使是在图尔尼埃的鲁滨逊传奇里，鲁滨逊最后的"改宗"，与其说是礼拜五的魅力所致，不如说是鲁滨逊内心世界发生了大裂变、大倾覆的结果，说得简单一点，那就是他知道并见识过"文明世界"里的种种弊端与矛盾，他不愿意再回到充满了灰尘、耗损与破坏的"文明世界"中去进行种种选择，而这种内心的大裂变、大倾覆，正是从他那诗人气质与哲人倾向中滋生出来、扩展膨胀而成的。他最后的改宗，自始至终是精神过程的逻辑发展的结果，而不是物质现实生活的逻辑运作的产物。至于礼拜五，他最后却投靠了那个英国船长，他倒是向往文明社会里的生活，因为，他还没有像那个从船上逃下来的小孩礼拜四那样，尝过被捆绑与挨皮鞭的滋味。

我们已经说过，这两个鲁滨逊都是神话。如果说，笛福的鲁滨逊是一个特定的物质生活过程的神话的话，那么，图尔尼埃的鲁滨逊则是一个特定的精神生活过程的神话。前一个神话的结果，是在几乎不可能的条件下产生了现代物质生活的复制品，产生了一块殖民地以及相关的法规、关系与所有制；后一个神话的结果，是产生了精神上的一种主义，即对现代文明的厌弃主义。

两者同为神话，如果把它们放在18世纪到20世纪的历史发展与现实关系的背景上，彼此之间的差异还是相当明显的。虽然就笛福笔下的鲁滨逊在荒岛上所处的具体条件而言，他在那里要创造出所有那一切，其不可能几乎近于天方夜谭，然而，就18世纪以来的世界进程与现实发展的实际情形来说，鲁滨逊传奇并非是完全没有现实性的一种幻想虚构。令人不能不深思的是，从鲁滨逊以来，世界上几乎所有的荒岛都被人一个一个开发了，以至于今天世界上已经几乎不再有无人的"净土"了，而这些荒岛被一一开发出来的历史，其传奇性都可能在一定程度上带有鲁滨逊的色彩。笛福的鲁滨逊故事，只不过是以后人类开拓、殖民、向世界每一个角落进军的大规模活动在文化上的一种预感，就像凡尔纳的《神秘岛》中尼摩船长的故事是对20世纪潜水艇的预想一样，因此，我们不妨把笛福的鲁滨逊传奇称为有现实基因的神话，有可实现性因素的神话。

图尔尼埃的鲁滨逊传奇则不同，它是一则主观畅想的神话，是幻想性的神话，是一个没有现实基因的神话，没有可实现因素的神话。理由很简单，第一，鲁滨逊作为一个18世纪的人，他不可能断然拒绝搭船回国而执意待在荒岛上，离开荒岛对他来说，明显意味着获救，拒绝离开荒岛，则明显地意味着难以生存下去，他在荒岛上只靠自己的诗情与哲理，只靠与太阳的对话，显然是活不下去的，只要鲁滨逊还有起码的理智与正常的判断力，他就不可能采取这种悖谬的态度。第二，即使鲁滨逊在荒岛上能活下去，18世纪以来人类在全世界范围里的扩张与开拓，也不会再留给他这样一个世外桃源，他不可能在这里继续过体验诗情画意与进行哲理冥思的日子。事理再清楚不过，矛盾显而易见。图尔尼埃很明白这个事理，他清醒地意识到了这个矛盾，与其让别人指出来，不如自己来彻底道破。于是，《礼拜五或太平洋上的虚无缥缈境》问世之后好几年，他又写出了被收入短篇集《大松鸡》中的一篇名为《鲁滨逊·克鲁索的结局》的短篇小说，向世人交待了他的鲁滨逊的结局：在荒岛上的世外桃源美梦彻底破灭了，他不得不回到了他的故土，虽然他又曾出去寻找他那个荒岛，但过了一些年后，又更为穷困潦倒地回来了，疲惫不已，颓废不堪，半截子泡在酒里，只落得不停地唠叨他那个世外桃源，成为人们的笑料。

作家往往不喜欢评论家，如果评论家靠僵硬的推理与逻辑把一部作品推到一个荒诞、尴尬难堪的境地的话。我们以上的评论是否有这种气味？如果照以上所述，鲁滨逊的追求纯系主观幻想，作者满怀了激情谱写了鲁滨逊"改宗"的浪漫剧，岂非多此一举？是的，图尔尼埃的鲁滨逊"改宗"故事，是一个幻想性的神话，是一个精神过程的产物。但是，如果说这个神话本身是幻想性的话，这个精神过程却并不是虚幻的，没有现实性的。它正是现实历史的派生物，它正好是伴随着笛福的鲁滨逊开拓式的物质生活过程而产生的，正好是伴随着近代资本主义开拓扩张式的物质生活过程而产生的，这一精神过程就是人类对近代物质文明的反思潮流的兴起。

这一潮流的源头可以上溯到18世纪的卢梭。卢梭曾对原始时代作过热烈的赞颂，对当时18世纪的阶级文明作过强烈的否定。他对原始时代的理想主义的向往，无疑是一种浪漫主义的遐想，一种天真的诗情，而他对当代文明惊世骇俗的指责与厌弃，虽然深刻犀利，振聋发聩，但显然有过激过火的成分，连文学艺术的成果也给否定了，大有把孩子与脏水一起倒掉之势，即使在当时的先进思想家的阵营中也引起过不同的意见。卢梭，这位在思想领域各个方面开一代潮流风尚的大哲人，他诸多的思想建树对后世影响之大是怎么估量也不会过分的，同样，他对原始时代与对阶级社会文明的思想与论述在后世也常闪耀出动人的光辉与魅力，特别是近代社会的发展带来的某些负面效果，引起人们的反思与诘问的时候。在20世纪，物质文明发展到空前的高度，人与自然的关系等一系列问题，也更加尖锐地摆在人类的面前，在这种条件下，卢梭主义思潮的重新泛起，也就是必然的了，至少在法国是如此。

一个世纪太久，且说半个世纪。仅20世纪60年代以来，在法国就出现了三部明显带有卢梭主义色彩的长篇小说名著，而且三部分别都是出自当代文学名家之手。图尔尼埃的《礼拜五》是其中之一，其他的两部，则是勒·克莱齐奥出版于1963年的《诉讼笔录》与巴赞出版于1981年的《绿色教会》。这三部作品不论在题材上与背景上有什么不同，但都有一个厌弃文明社会的主人公。如果说图尔尼埃的鲁滨逊身上还有某种哲理睿智与浪漫诗情的话，那么，在《诉讼笔录》与《绿色教会》中，主人公对文明社会厌弃的方式则更加惊世骇俗、偏颇极端。勒·克莱齐奥给他的主人公取名为亚当，直喻为人，这个"人"不仅把自己家庭优裕的物质生活与本人精深的文化教养彻底抛得一干二净，不仅在现代文明高度发展的城市社会里，过着流浪汉简陋的接近野蛮状态的生活，而且他还竭力放弃他作为人的思考力与认知力，甚至故意在感觉上使自己原始化、降格化、非人化、物化，表现出强烈摒拒与否定自己作为一个现代人的存在状态的极端心态。巴赞《绿色教会》中的主人公无名青年，也是这样的一个人物，他死也不透露自己的姓名与身世，遁入山林过原始的生活，要彻底割断自己身上所有一切社会纽带而把自己还原到原始人的状态，甚至他第一次出现时，就用力把自己的手表扔得远远的，他宁可利用树影与原始的方法来作息，他所扔掉的正是作为人类的时间意识的体现……这类人物在文学中不止一次出现，仅仅是由于作家对现代物质文明产生了卢梭式的厌弃倾向而凭空臆造出来的？这也是像蝙蝠侠那样的纯幻想人物？事情并不这样简单，据巴赞本人说，他之所以写出《绿色教会》中的无名青年这个人物，是因为从德国报纸上看到有一个人在原始森林里独自生活了十年的消息……因此，图尔尼埃笔下鲁滨逊的改宗，不仅是这个人物本身精神发展过程的结果，而且更是这两三个世纪以来，人类一个特定方面精神过程的产物。

精神生活的过程是物质生活过程的产物，现实关系发展过程的产物，它一旦产生，完成，本身就构成了一种现实，何况这种精神生活的过程是社会性的，而不是纯粹个人性的、个别性的。这就是小说十分现实的现实意义。这类小说作为人类物质文明现实社会发展中的一种反思出现，它以惊世骇俗的、近乎极端的方式，对现代文明表示了否定的态度，然而，这不过是事物永恒的规律"否定之否定"运作过程中的一环，它绝不会摧毁整个人类的文明成果，它否定的倾向肯定会引起严肃的关注，焦急的忧虑，激起深刻的思考，强烈的意愿，汇集为一种潮流，有助于人类文明在否定之否定的更高层面上，发展得更全面、更健康，成为自然化的文明，绿色的文明。

（原载《礼拜五或太平洋上的虚无缥缈境》，"法国二十世纪"第六辑，安徽文艺出版社1999年版）

法国古典主义时期的文学概况与主潮

一 17世纪法国的社会历史状况与专制王权对文学的影响

17世纪的法国，是西欧典型的封建君主制的国家。马克思曾经指出："君主专制发生在过渡时期，那时旧封建等级趋于衰亡，中世纪市民等级正在形成现代资产阶级，斗争的任何一方尚未压倒另一方。"①

法国从12世纪起，随着封建制度的确立与巩固，开始了中央集权化的过程。中央集权化所要解决的主要矛盾，就是作为民族统一象征的中央王权与分裂割据的大贵族之间的矛盾。这个矛盾在整个封建制度形成确立的过程中都贯穿始终，而随着手工业和工商业的发展，城市资产阶级的出现，中央集权化又有了新的内容和复杂性。国王一方面代表着封建统治阶级行使本阶级的专政；另一方面又利用新兴资产阶级的力量，打击落后的大贵族分裂割据势力。城市资产阶级由于资本主义的发展需要统一的国内市场而支持王权，在王权对城市资产阶级行使贵族阶级统治时，则又起而斗争，这种错综复杂的又矛盾又联合的阶级关系，在16世纪已经出现，而到17世纪则表现得更为清楚。

16世纪，封建王权曾借用资产阶级这支新兴的力量抑制大贵族，而其代价是对资产阶级的利益予以适当的照顾。专制王权因得到资产阶级的支持而有所加强，但资产阶级的发展又引起了两个阶级的冲突。长期的宗教

---

① 马克思：《道德化的批判与批判化的道德》，《马克思恩格斯选集》第1卷，人民出版社1972年版，第179页。

战争既是国王、信奉天主教的贵族和信奉新教的胡格诺贵族之间争夺政权的斗争，同时又反映了资产阶级与封建贵族的深刻矛盾。宗教战争持续了三十多年，国家陷于四分五裂，生产遭到极大的破坏，还引起了16世纪末大规模的农民起义。于是，彼此敌对的两个有产阶级不得不谋求妥协。1594年，胡格诺派领袖、波旁族的亨利继承了王位，是为亨利四世。他为了安定局面、巩固地位，改奉了天主教，又于1598年颁布南特敕令，规定天主教仍是正统的"国教"，但同时宣布胡格诺教徒有信仰和崇拜的自由。南特敕令标志着长期的宗教战争的结束和两个阶级妥协局面的出现。

　　亨利四世要重振王权，必须恢复凋敝不堪的经济，为此，他采取了一系列刺激农业生产、奖励工商业的政策。1610年亨利四世死后，路易十三继位，大主教黎世留任首相，继续实行重商主义政策，促进工商业的发展，这一条路线直到路易十四继位后、红衣主教马扎兰辅政期间，仍然贯彻不变。由此，资本主义手工工场的生产规模迅速扩大，对外贸易大幅度上升，海外殖民也有了扩充。资产阶级在这种阶级力量暂时妥协平衡的局面下，直到1685年南特敕令废除，获得了长达半个多世纪的长足发展的时机。

　　生产的发展使经济得到恢复，资产阶级力量的壮大和它对王权的支持，使中央政府加强了抑制贵族割据分立的力量。从亨利四世、黎世留到马扎兰，封建王权在不触动封建生产关系的前提下，承认资产阶级的某些利益，同时又推行了无情地铲除地方上对抗王权的贵族政治势力的政策，对它们各个击破，严惩叛乱的大贵族，平定两次被贵族掌握领导权的反对王权的"投石党"运动，实行钦差制度，由中央直接派官员到各省掌握财政、司法、警务等全部权力。这样，到路易十四亲政之前，就为君主专制制度的全盛奠定了基础。1661年马扎兰死后，路易十四亲政，宣布"朕即国家"，集政治、军事、财政大权于一身。他起用布商出身的柯尔贝尔，进一步推行重商主义政策，使资本主义经济得到更大的发展，他对荷兰及其盟国接二连三发动大规模战争，雄心勃勃要充当欧洲的霸主，这就是历史上有名的王权空前强大的"太阳王"时代。从宗教战争到17世纪中叶的法国历史，表明了资产阶级与贵族由平衡到破裂，而后又在新的基础上达成妥协、恢复平衡的过程，也正是在这暂时的平衡的基础上，产生了作为欧洲封建君主专制典范的路易十四的绝对王权。

  法国 17 世纪的君主专制的阶级性质是封建贵族的专政。在这个社会里，占统治地位的生产方式，仍是封建土地所有制。农民、手工业者等劳动人民，都受着沉重的压迫和剥削。16 世纪的自由农还拥有一定土地，而今在兼并和剥夺下，失去土地的倾向更为明显。在政治上，封建等级制度森严，一小撮天主教僧侣和贵族占统治地位，享有各种特权。司法制度黑暗，特务警察横行，官吏可以使用盖有国王印章、只需填写名单的"密札"，任意逮捕人。16 世纪受到人文主义和宗教改革有力冲击的教会，到 17 世纪又恢复了活力，在政治生活中起着巨大的作用。高级僧侣在摄政时期实际上掌握着国家政权。黎世留、马扎兰都是红衣主教，教会中的上层人物都是贵族出身。他们是君主专制国家的重要支柱，越来越顺从王权，必要时甚至支持君主反对罗马教廷。他们控制着全国教育部门，监视人民的日常生活，把对封建秩序和君主的任何不敬都当作对上帝的犯罪而加以整治。

  17 世纪的君主专制的阶级基础是封建贵族阶级。在封建社会里，本来始终存在着中央集权与贵族分立的统治阶级内部矛盾，但在长期的宗教战争之后，贵族的割据势力遭到削弱。加之农业生产凋敝，引起物价上涨，地租的价值相对降低，领主们从封建领地上获得的收入不足以支付他们奢侈的生活，他们便扔下自己的庄园投靠国王，麇集在宫廷，充当侍臣，竞相博取国王的欢心，以求承恩获宠，过着寄生的生活。这就使那些封建显贵终于丧失了自己的独立性，增加了对王权的依赖，也提高了宫廷的声望，成为贵族生活的中心。1648—1652 年亲王"投石党"运动失败，说明大贵族已无法与强大的王权为敌。在路易十四统治下，任何大贵族都不敢要求丝毫实权，例如，外省的总督虽高官厚禄，但一切全得听从国王直接派去的钦差大臣的支配。至于中小贵族，原是骑士的后裔，他们除军职外，不屑从事其他职业，所以又名"佩剑贵族"。他们收入的唯一来源是从世袭的田产中得到货币地租。由于农业生产的停滞和物价上涨，他们日益破落，往往降格以求，与有钱的资产者联姻解决经济困难，或堕落到以贵族的身份在社会上招摇撞骗。

  17 世纪的君主专制虽然是贵族阶级的政权，但它在相当大的程度上也照顾和适应资产阶级的利益。这是因为，它本身就是建立在资产阶级与贵族阶级平衡妥协的基础上；而资本主义工商业的发展，资产阶级在对外贸易、开拓殖民地方面的作用，对于封建政府解决经济困难又颇为有利；而且，政府还可以通过向资产阶级卖官鬻爵、把包收间接税的权力出卖给他们以获得大量钱财；在财政困难的时候，也可以向他们借取大宗的款项。绝对王权一方面依靠本阶级的基础，维护整套的封建制度，另一方面利用资产阶级的经济力量，支撑着日趋破产的国家经济，并利用两者的矛盾巩固自己的地位。这样，就出现了路易十四的两重性：一方面是贵族阶级的"太阳王"，在凡尔赛宫高踞在封建等级的最高峰；同时又被人称为"包税人的国王和高利贷者的头子"。由此，路易十四的君主专制就得以既对本阶级，也对尚未足够壮大的资产阶级，同时维持着绝对的权威，正如恩格斯所指出的，那时的国家权力"作为表面上的调停人而暂时得到了对于两个阶级的某种独立性"[①]。

  绝对王权在维护封建统治的同时，也给资产阶级以发展余地，因而得到了这个新的有产阶级的支持和拥护。从亨利四世到路易十四所执行的重商主义政策和殖民政策，使资本主义生产获得了发展；资产阶级向政府购得包税权后，经常以高达20%的利润向民众收税，牟取暴利；资产者还可以购买贵族的领地，进行封建剥削；他们还利用封建国家因财政困难而设立的卖官鬻爵制度，用金钱购买官职，从而提高社会地位，某些高级职务可以使购得者获得贵族头衔，并且可以世袭，这就是所谓的"穿袍贵族"。由于当时的工商业税很高，法国资产者往往把"升官发财"当作比从事工业更为有利可图的买卖。购买官职的大有人在，价格也就相应提高，例如，巴黎法院主席的职位1665年值三十五万法郎，至1684年就值五十万法郎，鲁昂法院的同样职位则值九至十万法郎。如此高昂的价格决定了购买者都是十分有钱的资产阶级上层分子，而政府出卖的主要又是法院的官职，这样，当时起议会作用的法院基本上就由资产阶级上层分子组成。有的资产阶级人物甚至还担任大臣、钦差等重要职务，分享一部分统治权。

  [①] 恩格斯：《家庭、私有制和国家的起源》，《马克思恩格斯选集》第4卷，人民出版社1972年版，第168页。

国王为了增加收入，又滥设肥缺闲职，使得资产者进入官僚阶层的人数日益增多，这些"穿袍贵族"的利益与绝对王权紧密结合在一起，他们成了君主专制制度的积极支持者。总之，在 17 世纪君主专制的时代，出现了资产阶级在政治、经济等各方面向贵族接近的社会现象，资产者竭力跻身到封建结构中去，这就稳定了君主专制的既定秩序，减缓了资产阶级作为整体发展的速度。这种特点决定了 17 世纪法国资产阶级反封建的软弱性。1648—1652 年法国"投石党"运动以资产阶级的妥协告终，说明他们还未成熟到能夺取政权的地步。

"矛盾存在于一切事物发展的过程中"[①]，封建社会内部资产阶级、贵族阶级之间的矛盾，在某一时期虽能达到妥协，但矛盾斗争的发展，必定要打破平衡的局面。作为封建阶级的统治者，路易十四在天主教会的影响和压力下，终于在 1685 年宣布废除南特敕令，不再承认资产阶级所信奉的加尔文教的合法地位，并开始了对其成员大部分是熟练的手工业者和商人的新教徒的迫害，标志着宗教战争以后贵族与资产阶级妥协的时代已经结束。新教徒不堪压迫，起而反抗，1701 年"卡米扎尔"农民起义就是其中最大的一次。反抗遭到封建政府的血腥镇压。大批新教徒逃亡国外，总数达四十万之多，他们都是经验丰富的手工业工匠、工商业者，这就使法国的工商业丧失了重要的技术力量和六千万里弗的巨额资本。由此，国库更加空虚，财政危机日益深重。再加上路易十四的对外征战、穷兵黩武和宫廷的穷奢极欲，到 1715 年他逝世的时候，国债高达二十五亿法郎，而财政收入仅一千五百万法郎，国家已经濒于完全破产的境地。盛极一时的封建君主专制迅速走向崩溃，到 18 世纪后期，就面临着资产阶级革命到来的危机了。

17 世纪法国人民群众的处境不断恶化。处于社会最底层的农民遭受着沉重的压榨：领主的封建地租、教会的什一税、国王的苛捐杂税，最后还有渗入农村的早期资本主义的剥削，如高利贷等，使农民沦入极端贫困的境地。城市平民的命运也很悲惨。资本主义关系的发展，国王捐税的加重，明显地使小工业生产者的处境日益恶化。手工工场工人的生活更加痛

---

① 毛泽东：《矛盾论》，《毛泽东选集》合订本，人民出版社 1968 年版，第 283 页。

苦，他们在失业、患病和遭到事故的情况下，往往衣食无着，与流入城市的农民构成了乞丐群。

封建剥削和压迫，引起了广大农民和平民的反抗，17世纪自发的农民起义接连不断地发生，特别是17世纪后半叶更为频繁，这些起义反对重税，打击税吏，有时规模很大，并且常常得到城市平民的响应。起义尽管受到残酷的镇压而失败，仍然具有重要的意义，它们动摇了腐朽的封建社会，加深了它的政治经济危机，促使革命早日到来，推动了历史的前进。

二　贵族沙龙文学与市民写实文学的对立

17世纪资产阶级与贵族既妥协又矛盾的局面和错综复杂的阶级关系，使文学领域中出现了复杂的情况。在文学领域里，体现君主专制要求的是古典主义，这是17世纪法国文学的主潮。但是在该世纪上半叶君主专制发展巩固的过程中，还有两个彼此对立的文学流派同时存在，这便是以矫揉造作为特点的贵族沙龙文学和以自由粗俗为特点的市民写实文学，这是矛盾着的两个阶级——贵族阶级和资产阶级在意识形态上的反映。从1610年亨利四世被刺至1624年黎世留掌权，以及后来1648—1652年两次"投石党"运动期间，专制王权受到挑战，分立主义思潮曾经数度泛滥，使这两种文学流派盛行起来。正像王权的发展是在它作为表面的调停人对封建贵族和资产阶级同时加以控制的过程中进行的一样，法国古典主义的文学规范化作为君主专制制度在文艺上的体现，也是在反对和抑制这两种各走极端的文学流派中发展起来的。

17世纪法国贵族阶级中那些较大的封建主投靠国王、转变为宫廷贵族，是贵族沙龙文学产生的社会条件。16世纪末宗教战争结束后，大批贵族离开他们世代相传的庄园，逐渐集中到凡尔赛和巴黎，但他们还留恋过去封建主的独立性，既不能马上适应宫廷的生活，又不屑与资产阶级为伍。他们饱食终日，百无聊赖，便组成自己的社交小圈子，聚集到某些贵妇人主持的客厅中谈论政治和文艺。为了显示自己的特权地位，他们一切都要求与众不同，在衣饰、举止、语言、习惯等各方面，都提倡"高雅"。于是，从路易十三时期起，沙龙成风，其中以1608年开张的朗布绮侯爵夫人的公馆最为出名。在 17 世纪上半叶，几乎法国整个上流社会人士和文艺作家都做过这个沙龙的座上客。贵族沙龙文学就是在这种条件下兴起的。

由于贵族妇女在沙龙生活中出头露面，形成中心，有些作者便专以取宠贵妇人为能事，代表者是瓦蒂尔（Vincent Voiture，1598—1648）。他以写纤巧的情诗和谄媚的书信出名，文风装腔作势，正投合了贵族男女粉饰其丑恶关系的需要。这样的作家在朗布绮公馆最受欢迎，几乎成了不可缺少的人物。与他同类型的作家还有科坦（Charles Cotin，1604—1682）等。

聚集在沙龙里的没落贵族精神极为空虚，只能在虚无缥缈的想象中讨生活。有些作者为他们编写悲欢离合的艳情故事，于是承袭骑士爱情小说的长篇田园体小说流行起来，其代表作是奥诺莱·德·于尔菲（Honoréd'Urfé，1568—1625）的《阿丝特莱》（*Astree*）。小说的内容极为无聊：牧羊人塞拉东受到情人牧羊女阿丝特莱的无故猜忌，失望之下投河自杀，被仙女救起后，乔装成牧羊女，当上阿丝特莱的亲密"女友"，一直等到阿丝特莱亲口提出希望要他显出原形，才和她言归于好。这样一个故事，再加以无数插曲和缠绵的对话，将这部小说膨胀成五大卷六十册，从 1607 年直到 1627 年才发表完。这么一部无聊而冗长的小说，居然也取得了令人难以相信的效果，在整整三十年间，使法国贵族社会都为塞拉东和阿丝特莱的命运叹息，这是因为它迎合了长期内战后破落贵族们逃避现实的情绪。小说之所以被称为田园体，就在于它写的是披着"牧羊人"外衣的贵族在乡下谈情说爱、赋诗作文的田园牧歌生活，这正反映了因长期内战和社会变乱而破产的贵族留恋往昔安逸生活的心理。

在贵族沙龙文学中，继田园体小说之后，又有一种所谓长篇历史小说风靡一时。17 世纪的封建大贵族虽然遭到削弱，但为了争权夺利，也曾策划反黎世留的阴谋，发动反马扎兰的"投石党"运动，参加"三十年战争"。他们在战场上标榜英勇尚武，在沙龙里又自命殷勤多情。于是，美化这些大封建主的历史小说应运而生，小说的作者竞相编造王公贵族的风流冒险轶事，长篇累牍，动辄十余卷、四五千页。这类代表作有贡伯维尔（Marin le Roy de Gomberville，1600—1674）的《波勒山大》（*Polexandre*，1629—1637）、拉·卡普勒内德（Gautier de Costes de la Calprenède，

1609—1663）的《卡桑德尔》（*Cassandre*，1642—1645）和《克莱奥帕特》（*Cléopâtre*，1647）等。这些书中假托的历史主人公都是理想化的法国贵族。他们为了博取情人的欢心不惜跑遍天涯海角，与敌人决一死战。这类小说往往题赠给当时的封建显贵，充分说明了它们就是要为那些在实际生活中已经衰败的大贵族歌功颂德、树碑立传。

沙龙文学的历史小说到斯居代里（Madeleine de Scudéry，1607—1701）与她弟弟合编的《伟大的西律斯》（*Artamène ou le grand Cyrus*，1649—1653，十卷）和《克雷里》（*Clélie*，1654—1661，十卷），逐渐不再写贵族的"英雄气概"，而开始渲染和刻画他们的心理情感。故事虽假托古代波斯、罗马的题材，实际上却是巴黎贵族社会的写照。主人公大多可在沙龙里的贵族身上找到原型。内容无非是写用以掩盖贵族男女腐朽关系的所谓"精神恋爱"，再就是对市民写实文学的攻击。贵族沙龙文学发展到这时已是穷途末路。这些作品中的古代人物操着17世纪贵族社交场合中"文雅"的语言已经不伦不类，再加上散漫的描写和冗长的篇幅（其中如《伟大的西律斯》就长达一万五千页），使人根本无法卒读。

在戏剧方面，17世纪初期反映封建贵族阶级趣味的代表作家是亚历山大·阿尔迪（Alexandre Hardy，1569—1632）。粗制滥造是他创作的特点，他一生写出的几百个剧本几乎都是模仿、改编、翻译之作。他的悲剧大都取材于古希腊、罗马，用描绘耸人听闻的事件和安排庞杂的布景等形式主义手法掩盖内容的空虚。他写得最滥的悲喜剧，则脱不掉骑士美人恋爱故事的俗套。他的田园剧内容更是大同小异，不外是牧羊人追求爱人、经过一番周折最后皆大欢喜。阿尔迪的戏剧受到百无聊赖的贵族阶级的欢迎，使他们开始光顾巴黎的剧院。

贵族沙龙文学把矫揉造作的风气越煽越盛。到17世纪50年代，在巴黎和外省新组合的许多沙龙中所流行的语言达到了难以形容的可笑程度，如把"眼睛"叫作"灵魂的镜子"，把"喝水"说成"一次内部的洗浴"，等等。贵族们所使用的这些词汇，必须靠《时髦秘书》、《女雅士大词典》这类工具书才能了解其意思。但是，随着"投石党"事件后封建贵族政治势力的进一步没落，贵族沙龙文学也受到了应有的谴责。1659年莫里哀首次上演的《可笑的女才子》，就对那些荒谬的沙龙习气进行了辛辣的讽刺。

市民写实文学的作者是一些蔑视封建道德的自由思想者，其早期的代表是讽刺诗人雷尼耶（Mathurin Régnier，1573—1613）、德·维奥（Théophile de Viau，1590—1626）。他们都反对贵族沙龙文学的虚假造作，主张"真诚"和"自然"，同时也反对古典主义的发起人马莱伯的诗歌理论，主张按个性自由进行创作，表现出资产阶级中较下层的市民在文学上摆脱王权控制的倾向。雷尼耶的讽刺诗数量不多，但嘲笑了各种社会寄生虫，反映了亨利四世时代的人情风俗，还有一些则是驳斥文学的清规戒律，与马莱伯进行论战。德·维奥出生于新教徒家庭，是自由思想的代表，曾被加以无神论的罪名，于1623年判处死刑，后改为放逐，不久即死去。他的抒情诗代表作是《清晨》（Le matin），其中描写铁匠打铁时火星四溅的动人场面，在17世纪是难能可贵的。但他最有价值的还是讽刺诗和哲理诗，它们充满着大胆反抗的精神。

　　市民写实文学在讽刺诗歌方面比较突出的是一些模拟体的长篇叙事诗，专写"英雄"丢脸的故事。保尔·斯卡龙（Paul Scarron，1610—1660）的《大风歌》（Le Typhon，1644），尤其是七卷本的《化了装的维吉尔》（Virgile travesti，1648—1652）是这类诗的代表作。达苏西（Charles d'Assoucy，1605—1677）的《好脾气时的奥维德》（Ovide en belle humeur，1650）和菲雷蒂埃（Antoine Furetière，1620—1688）的《化了装的厄内依德》（L'Eneide travesti，1649）等也是同类性质的作品。当时就有一位作家指出："这种诗与其说是对古诗的嘲弄，还不如说是对今人矫揉造作模仿古人的嘲弄"，说明了滑稽叙事诗的实质就是对贵族沙龙中盛行的所谓歌颂贵族英雄的"史诗"的反讽。在法国"投石党"事件期间，市民作家也卷了进去，用诗歌对当权的首相马扎兰进行抨击，斯卡龙的小册子《马扎兰之歌》（Mazarinade，1649）和西哈诺的《火烧首相》（Le Ministre d'Etat flambé，1649）就是著名的几篇。

　　市民写实文学的实绩主要表现在小说方面。较重要的作家有查理·索莱尔（Charles Sorel，1599—1674）、保尔·斯卡龙、安东尼·菲雷蒂埃和西哈诺·德·贝尔日拉克（Cyrano de Bergerac，1619—1655）。市民写实小说相当大一部分着重反映社会世态风习，其风格特点为粗犷滑稽。索莱尔的《弗朗西翁的趣史》（*Histoire comique de Francion*）通过一个流浪汉的生平描绘了巴黎社会中形形色色的人物和现象，主人公弗朗西翁出身低微，但蔑视封建社会的偏见和信条，会同一帮青年人争取独立自主的命运。他另一部小说《波利昂德尔》（*Polyandre*）则集中取笑了巴黎有钱的金融家的生活。保尔·斯卡龙的《滑稽故事》（*Le Roman comique*）写一个流浪剧团的巡回演出，反映了喜剧演员的舞台生涯和外省社会的腐朽习气，描写比较逼真。还有一部分作品以讽刺贵族与资产阶级上层为内容，具有批判的特色，如索莱尔的《胡闹的牧羊人》（*Le Berger extravagant*，1627）写一个商人的儿子读《阿丝特莱》等时髦小说入迷后干出种种傻事，直接批判了贵族沙龙文学；菲雷蒂埃的《市民故事》（*Le Roman bourgeois*，1666）则描绘了上层资产者力图厕身贵族行列的丑态。此外，还有表现了无神论思想的科学幻想小说，如属于自由思想派的作家西哈诺的《月球上的国家和帝国的趣史》（*L'Histoire comique des Etats et Empires de la lune*，1657）和《太阳上的国家和帝国的趣史》（*L'Histoire comique des Etats et Empires du soleil*，1662），这种小说宣扬了唯物论和乌托邦的观点，可以看出伽桑狄和康帕内拉的影响，也是下一世纪伏尔泰式哲理小说的前驱。

市民文学在戏剧方面也有所表现，其中影响较大的作家是戴奥菲勒·德·维奥，他的代表作《比拉姆与蒂丝贝》（*Pyrame et Thisbé*）于 1619 年演出时曾风行一时。他的戏剧从资产阶级个性解放的观点出发，描写男女之恋，反封建道德的色彩十分鲜明。主要是小说家的斯卡龙也从事戏剧创作，其中尤以喜剧为多。《亚美尼亚的唐雅费》（*Don Japhet d'Arménie*，1652）、《萨拉芒克的小学生》（*L'écolier de Salamanque*，1654）、《可笑的侯爵》（*Le marquis ridicule*，1656）等，都嘲讽了贵族上流社会虚假的"荣誉"观念和可笑的自吹自擂，剧中机智的仆人和笨拙的主人常常形成鲜明的对照，而他的《防不胜防》（*La précaution inutile*）、《伪君子们》（*Les Hypocrites*）等短剧的故事情节，对以后莫里哀的喜剧创作又有所启发。市民文学的戏剧作为资产阶级的意识形态，与体现了绝对王权的政治要求的古典主义之间必然存在着控制与反控制、规范化与反规范化的斗争。古典主义的理论家布瓦洛在《诗的艺术》里，对维奥标新立异、追求令人惊叹的效果的创作倾向曾进行过非难和指责；而市民文学的作家也曾对古典主义的法则进行公然的反抗，当时一位名叫谢朗德尔（Schélandre，1585—1635）的作家所写的《狄尔与西董》（*Tyr et Sidon*，1628）就是一例。这个剧本的题材类似莎士比亚的《罗密欧与朱丽叶》，写两个世代相仇的家族中一对青年男女的恋爱故事，有一定的反封建意义。剧本的《序言》提出了"我们不必像有些人那样，对古希腊作家的创作和文体亦步亦趋"，"必须从古人中选择符合我们时代和我们民族气质的东西"，并认为真实的戏剧应当是悲和喜、英雄和滑稽的混合物，可说是一篇反对古典主义的宣言。但由于17世纪30年代后期王权逐渐巩固，文学的规范化运动已成大势所趋，市民写实文学作家所提出的原则在当时未能产生影响。

市民写实文学是资产阶级的产物，它并不代表与绝对王权有千丝万缕关系的资产阶级上层，而是反映了与绝对王权比较疏远的资产阶级下层市民的思想与趣味。绝对王权对文学艺术规范化的要求在它这里不仅得不到反映，而且受到故意的违反和挑战，因此，这种文学就不可能具有古典主义文学那种封建文明化的色彩。它继承了16世纪人文主义作家的传统，表现出一种乐观粗犷的精神。但这些作品的创作技巧是不成熟的，不论小说还是戏剧，结构大多松散，人物塑造不够集中和典型化，语言也不精炼，影响到它们不能久远流传。

17世纪上半叶贵族沙龙文学和市民写实文学的对立与斗争，是贵族阶级和资产阶级势均力敌的阶级对立在文艺上的表现。它们作为两个阶级的不同意识形态，从思想内容到艺术风格很多方面都是针锋相对的。限于当时的社会历史条件，它们谁也无法在文坛上占统治地位。于是，在君主专制政权扶植下的古典主义文学迅速兴起之后，它们的影响便逐渐减退。而在成为17世纪文学主潮的古典主义的内部，则又形成了更加隐蔽的两种倾向的对立。

三　君主专制政治的影响与古典主义文学主潮

17世纪法国文学的主潮是古典主义。古典主义是指17世纪依附宫廷、按照绝对王权的政治标准和艺术标准进行创作的那些作家所创造出来的文学艺术。它的特点是：在政治上拥护和歌颂绝对王权；在思想上提倡以

"自我克制"、"温和折中"为主要内容的"理性",尊重君主专制政治所需要的道德规范;在题材上借用古代的故事,突出宫廷和贵族阶级的生活,并赋予它崇高悲壮的色彩;在文学体裁上,与封建等级观念相适应,划分为高低不同的类别,并严格按照关于各种体裁的人为法则进行创作;在艺术上,要求结构严谨完整,语言简洁明晰。古典主义文学的代表作家,较著名的有:高乃依、莫里哀、布瓦洛、拉辛、拉封丹、博叙埃、帕斯卡尔、拉布吕耶尔、费纳隆等。

古典主义文学在17世纪法国出现并成为主潮,绝不是偶然的。这是君主专制政治的产物,它为君主专制政体而创作,并受君主专制政体的严格监督。它是绝对王权用来加强中央集权、反对分立主义的思想工具。

马克思这样说过:"君主专制是作为文明中心、社会统一的基础出现的。"① 为了加强对文学艺术的控制,君主专制政权采取了一系列组织措施。首先是利用奖金和津贴以及建立作品检查制度,使作家就范,成为专制政体的御用文人。亨利四世最早对愿意为其效劳的作家采取了个别提拔的办法,如古典主义的先驱马莱伯,由于主动写了几首赞美王室的颂歌,就被请入宫廷,作为"波旁王朝的官方诗人"供养起来。从此,政府对古典主义作家就经常采取赐予奖金和薪俸的办法以示鼓励。至1662年,财政大臣柯尔贝尔委托夏普兰拟订作家名册,正式确立了官方颁发年金的制度。虽然每年十万法郎的总额不算太大,但在稿费收入很少的17世纪,足以诱使作家们甘心充当王权的工具。国家还建立了书刊检查制度。最初是由神学院对宗教书籍进行审核,1658年司法大臣塞尼埃又另外增设四个检查官,以后人数逐渐增多。这些检查官负责审核作品是否违反政府、宗教和封建道德。只有审核通过之后,作品才能付印。这就进一步对作家加强了监督。

再一个组织措施就是创设法兰西学院,其目的是要在语言文学方面建立适应君主专制政治需要的统一规范。法兰西学院是在首相黎世留亲自敦促和庇护下成立的,这大大提高了进入学院的这些学者和作家的社会地

---

① 马克思:《革命的西班牙》,《马克思恩格斯全集》第10卷,人民出版社1962年版,第462页。

位,使他们的意见和作品在公众的心目中具有官方的权威。而以学院为组织形式,把当代有名的文艺批评家、语言学者、诗人、戏剧家以及学术工作者汇集一堂,也便于制定出一个统一的规范化的准则。学院的院士成了文艺界中央集权政治的代表。为了使院士的身份成为社会上作家和学者羡慕追求的对象,政府规定院士的名额固定为四十位,且为终身头衔,非得有一个院士死去后才能由其余院士共同选举另一人补充。这种制度一直维持至今,故法兰西学院院士享有"不朽者"的称号。

紧跟法兰西学院之后,各种学院像雨后春笋般纷纷建立起来,如王家绘画和雕刻学院(1648)、小学院(即未来的题铭和美术学院,1663)、科学学院(1666)、王家音乐学院(1669)、建筑学院(1671)等。这样,专制政权就把文化科学领域的各个部门全都掌握在自己手中,如同在文学领域里一样,又在美术、音乐、建筑等方面吸引了一批著名的人物为君主专制服务,其中有画家普桑(Nicolas Poussin,1594—1665)、音乐家吕里(Jean Baptiste Lully,1632—1687)、建筑师阿尔杜安·芒萨尔(Jules Hardouin Mansart,1646—1708)等。

对于不符合自己政治需要的文学创作,中央政权往往要进行干涉,最明显的一个例子是轰动一时的关于高乃依的悲剧《勒·熙德》(1636)的争论。由于这部作品违反古典主义的"三一律",也不符合黎世留的外交路线,法兰西学院在黎世留的示意下进行了干预。夏普兰代表学院起草了一篇文章,对高乃依进行指责,终于迫使他俯首就范,从此规规矩矩按照古典主义悲剧的准则写作。

17世纪古典主义文学与当时的社会思潮关系也很密切。哲学中的唯理主义对古典主义的形成起了重要的作用,构成了古典主义的哲学基础。与唯理主义同时产生的法国机械唯物论,对一部分古典主义作家也有有益的影响。

唯理主义哲学体系是在封建制度开始由盛而衰,资本主义不断向上发展的历史条件下产生的。其最著名的代表是勒内·笛卡儿(René Descartes,1596—1650)。笛卡儿出身于"穿袍贵族",他的重要著作是《方法论》(1637)、《形而上学的沉思》(1641)等。笛卡儿在他的哲学里,把"理性"置于最高的地位,认为人凭着抽象的理性演绎,可以获得正确的认识，他甚至把理性的重要性强调到这样的程度，得出了"我思故我在"的公式。这就用人的理性代替了神的启示，用科学的分析论证代替了盲目的信仰。这在教会进行严密思想统治的时期具有反对中世纪经院哲学和宗教教条的进步意义。但是，笛卡儿反对唯物主义的反映论，认为感性知识不可靠，只有理性才可靠，而他所谓的理性，又是脱离对具体事物的感知、脱离社会实践的主观自生的东西，这就颠倒了主客观的关系，陷入了唯心主义的"天赋观念论"，并最终给神留下了一个地位。笛卡儿的哲学是折中的二元论，反映了17世纪法国资产阶级对贵族的妥协。笛卡儿尽管为了逃避天主教会的迫害而长期侨居荷兰，他的哲学仍然适应了法国君主专制制度的需要，笛卡儿在《方法论》中承认，他首要的道德原则就是"服从我国的法律和习俗，坚决奉行由于上帝的恩赐使我从小就受它教养起来的那个宗教，而在其他方面则遵循我有幸生活于其中的最有智慧的人们所公认的最中庸、最温和的见解"。

笛卡儿的唯理主义哲学为法国古典主义文学提供了哲学基础。笛卡儿在方法论上认为科学认识必须符合"明白与确切"的标准，把这一方法论运用到美学上，他主张应该创设一些严格、稳定的规则，以使艺术体现理性的标准。在对人的认识上，笛卡儿把"灵"与"肉"截然对立起来，认为对于与"肉"相关的"情"，必须用"理性"和"意志"加以双重的控制，运用到艺术创作中，则应以理性来抑止感情的冲动。笛卡儿的理论对古典主义作家高乃依、布瓦洛等影响很深，古典主义文学之形成重视理智、规则和标准，要求结构明晰、逻辑性强等特点，与笛卡儿的唯理主义的影响有直接关系。笛卡儿是第一个不用拉丁文而用法文写作的哲学家，他的文字简洁清楚，在法国古典主义散文中有一定的地位。

与笛卡儿的唯心主义唯理论相对立的，是比埃尔·伽桑狄（Pierre Gassendi，1592—1655）的机械唯物论。伽桑狄出身于农民家庭。他的主要著作有《对笛卡儿〈沉思〉的诘难》（1641）、《形而上学研究》（1614）和《哲学体系》（1658）。伽桑狄是古希腊唯物论哲学的继承者。他认为万物皆由原子构成，而运动是万物的本性。在认识论上，他是一个经验论者，他宣布认识的源泉是感性经验：只有感觉到的东西，理性中才可能有；感觉是永远可靠的，理性则可能有错误。他批判了笛卡儿的"天赋观念论"，反对不可知论和怀疑论，肯定了世界的可知性。他揭露教会提倡的禁欲主义的虚伪，主张人生活的目的在于追求个人幸福，表现了资产阶级个人主义的人生观。伽桑狄的哲学中也有向神学让步的色彩，在政治上也拥护当时的君主专制制度。伽桑狄的唯物主义思想，对一部分古典主义作家如莫里哀、拉封丹起了有益的影响，使他们的创作较之其他古典主义的作品，有较强的现实生活的气息。

古典主义文学中存在着不同的阶级倾向。由于绝对王权在17世纪是两种阶级势力妥协的产物，并作为两个阶级的调停人同时照顾到贵族与资产阶级的利益，代表两种不同阶级倾向的作家便都有可能从自己的阶级需要和理解出发，服从绝对王权对文学艺术的约束。这样，在古典主义的内部，就呈现出复杂的情况：各个作家由于阶级地位、思想经历的不一致，在遵守古典主义戒律方面程度是不一致的，在和王权的关系方面有深有浅，而对君主专制的政治伦理观念的宣扬也有所不同，对资产阶级、贵族阶级的态度当然也不会一样。但总的来说，存在着两种阶级倾向：一种是依附宫廷的封建贵族和教士，另一种是与王权合作的资产阶级中上层。属于前一种倾向的作家有博叙埃、拉法耶特夫人、雷兹主教、赛维尼侯爵夫人等。属于后一种倾向的作家是：高乃依、布瓦洛、莫里哀、拉辛、拉封丹，正是他们创作了古典主义文学的代表作。由于贵族与资产阶级的斗争有张有弛、王权与资产阶级的关系也时好时坏，这些作家的创作倾向也随着阶级斗争形势的发展而有所变化。一般在两个阶级妥协、绝对王权较照顾资产阶级利益的时期，他们在创作中更服从于王权的要求，妥协、调和的色彩居多，如高乃依；而在两个阶级关系紧张，甚至濒于破裂，王权对资产阶级施加压力的时期，他们作品中批判的色调则加重，如拉辛；甚至在同一个作家身上，与宫廷关系较疏时，对贵族阶级尚有所批判，而在与宫廷关系密切时，则更适应贵族阶级及其政体的利益，如布瓦洛。

从古典主义文学的政治思想内容和对绝对王权的关系来说，大致上经历了这样几个阶段：第一阶段，黎世留和马扎兰当权时期，这时君主专制日益发展巩固，势如破竹地击溃了贵族分立割据势力，为以后路易十四的"太阳王"全盛时代奠定了基础；反映在意识形态上，则是开始提倡文学艺术的规范化。马莱伯、夏普兰、巴尔查克这些作家，适应这一政治需要，在语法、诗学、修辞学等方面提出了一整套准则，为古典主义准备了适合的表现形式。这时期的资产阶级作家，对蒸蒸日上的绝对王权和两个阶级妥协的局面表示了支持和拥护，把当时阶级妥协的气氛与精神，用古典悲剧的艺术形式加以表现。高乃依的《勒·熙德》就是典型的例子。它一方面鼓吹忠君爱国的观念以适应王权的需要；另一方面也照顾个人的利益和感情，以适应资产阶级的观点。但是，在封建阶级专政的君主专制政体下，资产阶级是不可能与封建阶级达到绝对平衡的，贵族与王权对资产阶级作家施加压力，使他们不得不进一步屈从于封建阶级的政治、道德的要求，高乃依创作的变化和他以后的一些作家的创作就说明了这个问题。古典主义发展的第二阶段，正是君主专制发展到极盛的路易十四时期。这一时期绝对王权的控制与拉拢，再加上贵族阶级的压力，使资产阶级倾向的作家不得不在国王所容许的政治、艺术标准下进行创作。布瓦洛从对贵族阶级有所讽刺到服从路易十四的政治需要，成为古典主义的总结者和立法者；拉封丹在用寓言对封建社会进行批判时却对国王歌功颂德；即使是早年在流浪生活中比较接近下层人民的莫里哀，在自己的创作中也遵循了路易十四的政治路线，还不得不为宫廷创作应景之作；拉辛虽然是在贵族阶级与资产阶级的妥协濒临破裂的时期开始创作的，但他一直对国王存有幻想。这些作家的创作构成古典主义文学的主体部分，它们充满了资产阶级倾向与屈从君主专制的矛盾，因而表现得比较复杂，在这里，资产阶级的愿望和要求有某些曲折的反映，而又不超越君主专制政体所容许的范围。古典主义的第三阶段是在路易十四统治的后期，这时贵族对资产阶级的妥协告终，而代之以对资产阶级的压制，君主专制制度也开始走下坡路，暴露出虚弱的本质，拉辛后期的悲剧对王权表示了失望的情绪，古典主义后期的某些散文作家，也开始对绝对王权提出了某种怀疑和否定，不过仍有像博叙埃这种封建阶级的卫道者，始终竭力为君主专制进行辩护。

因为17世纪贵族和资产阶级的妥协首先表现在宗教问题上，特别是因为封建专制制度的加强和对宗教生活的强调，所以16世纪那股人文主义思潮可以说转入了低潮，这就使得整个古典主义文学深深渗透着宗教的思想。不少作家如博叙埃、费纳隆本人就是教会的当权人物；某些作家虽然没有教职，但也在作品中大力宣扬宗教思想，如帕斯卡尔、拉布吕耶尔；其余大部分作家，如高乃依、拉辛、布瓦洛等都是虔诚的教徒；即使是具有批判精神的莫里哀和拉封丹，也对宗教抱有相当的敬意。不过，应该指出，从16世纪到17世纪，资产阶级与贵族在意识形态上的冲突同样首先表现在宗教问题上。17世纪不仅存在着天主教与新教的矛盾，而且在天主教内部，也有代表正统教会的耶稣会派与被视为异端的让森教派的矛盾。让森教派接近新教，代表了资产阶级"穿袍贵族"的观点。这两个教派的矛盾反映了资产阶级中上层与封建阶级的矛盾。在古典主义文学中，像博叙埃这种天主教卫道者是新教和让森教派的死敌。资产阶级倾向的作家，如帕斯卡尔、布瓦洛、拉辛等，都是让森教派的拥护者，或者深受这个教派的思想影响，他们都反对宗教迫害；高乃依虽是正统的天主教徒，也在自己的创作里流露了宗教宽容的思想；至于莫里哀，他往往在自己的喜剧里，曲折地表现违反宗教信条的人文主义思想；还有拉封丹，也对教会进行了辛辣的讽刺。

古典主义作家从他们的社会地位来说，都是接近宫廷的头面人物，他们受到官方的拉拢，路易十四对这些作家几乎都赏过奖金和津贴，或者赐过职务和头衔。他们出入宫廷，自然以现存秩序的遵守者、"正派人"、"道德家"自律。他们宣扬"忠君爱国"，目的在于维护中央集权的绝对王权，归根到底是为了维护这一政权下宫廷贵族与上层资产阶级的利益；他们反对个性的自由发展，提倡"自我克制"和"常理常情"，则是要在统治阶级和资产阶级既得利益阶层中维系团结，以适应君主专制的需要。他们与下层人民有很大的距离，农民、手工业者一概被他们称为"下等人"。他们对人民、特别是广大农民所受的残酷压榨完全无动于衷，视为当然。只有少数作家，如莫里哀、拉封丹、拉布吕耶尔对人民的悲惨处境流露过同情，但路易十四的君主专制制度在他们头脑里是永世长存的，他们根本没有想到过社会改革，更谈不上革命。

古典主义的主要表现体裁是戏剧，其次是书信、讽刺诗、杂文、演词等形式。在报刊事业不发达的17世纪，散文起了传播宫廷和城市新闻的作用，至今具有一定的文献参考价值。戏剧不是为阅读，而是为演出而写的，在君主专制政体下，它最能适应凡尔赛宫廷举办大规模的豪华庆典的需要，因而受到王权的提倡和鼓励。它还能丰富贵族和资产阶级的社交生活，也受到了他们的欢迎。与封建社会相适应，古典主义把文学类别也分成不同的等级。在戏剧中，悲剧是"高贵的"体裁，用来表现帝王将相。喜剧是"卑下的"体裁，应该取笑资产阶级和平民，有时也可以揶揄小贵族。所谓"高贵的"体裁在情调与语言上也要与众不同，风格要强调庄严，人物的品性要与贵族的身份一致，语言要力戒粗俗、不雅。这些戒律是封建等级制度在古典主义文学中的反映，其结果只能使作品的描写不逼真，人物的性格不自然，语言的风格矫揉造作。

像君主专制制度强调统一的政令和法律一样，古典主义也要求遵守统一的规则，其中最著名的就是戏剧中的"三一律"，即要求情节、时间与地点一致的规则。早在布瓦洛在《诗的艺术》中对此做出明确规定之前，从16世纪中叶起，就有人陆续提出过这种主张。但在1630年以前，"三一律"并不是必须遵守的绝对规则，一些剧作者在多年创作活动中也并未予以重视，有的戏剧理论家还公开撰文反对，要求诗人的独立性。随着文学艺术的规范化，1630年，剧作家迈雷（Jean Mairet，1604—1686）在他的牧歌剧《西尔瓦尼尔》（Sylvanire，1630），尤其在悲剧《索福尼斯伯》（Sòphonisbe，1634）中开始应用这个法则，首先得到了当时正在抓意识形态、注意戏剧问题的黎世留首相的赞许，而后，官方理论家夏普兰也在《关于戏剧艺术的信》（Lettre sur l'art dramatique，1630）、《法兰西学院关于〈熙德〉的感想》（Sentiments de l'Académie française sur le Cid，1638）中，假亚里士多德的名义强迫剧作家接受这一戒律。其实亚里士多德在《诗学》中只要求过"动作或情节的整一"，至于时间的整一只不过是希腊剧作家一种普通的用法，他们更没有提出过地点的整一，因为古代的戏剧没有幕间休息，不存在变换地点的问题。马克思曾经指出："毫无疑问，路易十四时期的法国剧作家从理论上构想的那种'三一律'，是建立在对希腊戏剧（及其解释者亚里士多德）的曲解上的。但是，另一方面，同样毫无疑问，他们正是依照他们自己艺术的需要来理解希腊人的，因而在达西埃和其他人向他们正确解释了亚里士多德以后，他们还是长时期地坚持这种所谓的'古典'戏剧。"① 这就清楚地说明了"三一律"是法国君主专制制度的产物，是人为地制定出来的。"三一律"虽然使法国古典悲剧具有明晰、精炼、紧凑的优点，但对戏剧创作也是一种束缚，使得古典主义戏剧显得过于拘泥形式，不够真实与自然。

法国的专制君主企图充当全欧洲霸主，总以古代罗马帝国为其向往和效法的榜样，同样，17世纪的古典主义作家也以古代希腊罗马的文学艺术为自己模仿、崇拜的对象。为了迎合封建国王讲排场、装门面的心理，这些作家往往用壮丽的布景、巧妙的情节、绚丽的衣饰、铿锵的诗句，尽量打扮自己的作品，连音乐与舞蹈也同戏剧结合了起来，以增加热闹的气氛。他们喜欢借用古代的题材，表现当代的贵族生活内容，并且精雕细琢，在形式上下功夫。他们以追求路易十四的青睐为自己的创作目的，往往为那些带有迎合谄媚性质的作品，竞相披上华丽的外衣。所有这一切使古典主义文学带有浓厚的宫廷气息。

但古典主义内部也有两种不同的倾向。一种是力求严格遵守与封建制度相适应的规格标准，另一种却对这些清规戒律并不完全尊重；一种力求迎合宫廷贵族的情调趣味，另一种试图继承某些人民大众的文艺传统；一种坚持以宫廷上流社会的用语为标准，另一种却吸取人民的某些土语、方言和行话；一种强调向古代希腊罗马看齐，另一种认为今人也可以创作出堪与古人媲美的作品。前一种倾向的作家是布瓦洛、拉辛等，后者的代表是莫里哀。这种意见分歧贯穿在整个古典主义运动期间，到17世纪下半叶，更爆发了有名的"古今之争"。原来那批与宫廷关系密切的资产阶级作家如布瓦洛、拉辛、拉布吕耶尔等，仍坚持古典主义的崇古守旧的文艺主张，而文坛上新出现的一批人物如佩罗、圣埃弗勒蒙、丰特奈尔等，则表现出反对向古人顶礼膜拜的革新精神。"古今之争"爆发在路易十四晚期君主专制开始衰落的时候，其实质是革新派反对文艺屈从于路易十四的绝对王权，主张摆脱古典主义陈规的思想斗争。论争最后以崇今派的胜利而告终，这预示着18世纪启蒙思潮的即将来临。

---

① 马克思：《1861年7月22日给斐·拉萨尔的信》，《马克思恩格斯全集》第30卷，人民出版社1975年版，第608页。

古典主义文学具有一定的历史进步意义。它抵制了封建贵族的矫饰文学的恶性发展，多少曲折地反映了资产阶级某些情绪和愿望。它是法国民族文化形成的一个重要阶段。它促进了语言的规范化运动和某些文学形式如戏剧、散文的发展。但古典主义毕竟是君主专制政治的产物，它的内容具有明显的保守性。比起 16 世纪生动活泼的人文主义文学，它显得软弱无力；即使是它最优秀的代表作家，也没有提出过具有鲜明进步色彩的要求，这又是它和 18 世纪启蒙运动文学的根本区别。由于主张模仿古代希腊、罗马的作家，在题材上同当代保持尽可能遥远的距离，这就使文学反映现实生活受到较大的局限。繁琐的清规戒律束缚了作家创作思想的自由发挥，体裁形式的等级划分，也限制了社会现实内容的充分表达。随着时代的发展，古典主义逐渐成为摇摇欲坠的封建专制制度的文化工具，18 世纪末叶，法国觉悟了的资产阶级终于喊出了打倒古典主义的口号。时代在前进，法国古典主义作为封建君主专制这一特定历史阶段的文学思潮，已经一去不复返了。

（原载《法国文学史》修订本第一卷，人民文学出版社 2007 年版）

法国浪漫主义文学的根源、发展和分野
——《法国浪漫派作品选》编选者序

一　法国浪漫主义文学的根源、发展和分野

本文所指的浪漫主义文学，并不是文艺理论上广义的浪漫主义，浪漫主义作家作品在任何时代都可能有，正像现实主义作家在任何时代都可能有一样。我们在这里所指的，是作为特定时期文艺思潮的浪漫主义，即18世纪资产阶级秩序刚奠定后不久一个时期里的浪漫主义。

从1789年资产阶级革命到1830年七月革命这一时期的文学，充满了不同思想、不同流派的对立和冲突，这是该历史时期激烈的阶级斗争的反映，而浪漫主义则是这一时期主要的文学现象。

浪漫主义文学在思想内容上并不是统一的，其中存在着不同的阶级流派，即贵族浪漫主义和资产阶级浪漫主义。法国19世纪二三十年代的浪漫主义运动则是资产阶级性质的，其实质是资产阶级浪漫主义对贵族伪古典主义的斗争，这构成了19世纪前三十年文学发展的基本内容。

从艺术创作方法的意义上说，法国19世纪浪漫主义文学同样也具有一般浪漫主义文学共有的特征，如对理想的追求、对幻想和奇特事物的爱好、感情的泛滥和发扬、形象和语言的夸张等等，不论贵族浪漫主义还是资产阶级浪漫主义都是如此。这些特点不仅是一种阶级文学的表征，而且也为两个阶级的文学所共有，以至成为几十年间具有普遍社会性的文学现象，这当然有着深刻的社会根由。它决定于资产阶级革命后的社会生活条件。

最直接的一个原因是资产阶级与贵族阶级在大革命中的经历。在革命

期间，不论贵族还是资产阶级都经历了作为"平民手段"的法兰西恐怖主义的可怕岁月。贵族们不仅失去了自己的天堂和所有制，而且还要为自己的头颅而胆战心惊。资产阶级在激烈的斗争中也并不安宁，每当前一个党派被后一个更激进的党派推开并送上断头台的时候，他们也经历过"这一个起床就被逮捕……另一个以微温派的罪名被告发"的日子。这两个争夺政治统治权的阶级，都开始疲于这种酷烈的搏斗，因而，在雅各宾专政结束之后，贵族的残余力量和资产阶级都力图忘记革命的内战和革命的恐怖，而耽于一种解脱后的狂欢与享受。在文艺方面，"人们通过阅读来忘却别的一切"；并且追求"那些充满出人意料的事件、残酷的场面以及硫酸性的热情小说"。

更深刻的社会原因则是，资产阶级革命之后，《人权宣言》宣布了在升官发财方面人人平等的权利，资本主义社会自由竞争的局面，代替了封建社会世袭制所造成的固定、停滞的状态，资产者、小资产者都企图通过投机取巧而在某一天早晨突然达到权力和财富的顶点；在革命中破产落魄的贵族阶级分子，也力图利用新的社会法则来改善自己的地位或捞取更多的东西，人们对飞来好运的期望和垂涎欲滴的野心，又因被生活环境阻挠、束缚而变得更加炽热，不免想入非非，耽于梦幻和理想成为普遍的社会心理状态。因而在文学中，也就很自然去"寻求虚幻妄诞的国土，或谎话与诗歌的世界"。再一方面，资产阶级革命的胜利、资本主义秩序的建立，直接为资产阶级个性的产生提供了社会条件；资产阶级社会的现实又不断使这种个性的发展和大量衍生有了良好的温床。资产阶级个性自我意识的发展、自我感情的膨胀、自我之爱、自我崇拜的盛行，正构成了浪漫主义文学作品不断产生和深受欢迎的社会心理基础。而且，对贵族阶级来说，大革命使他们失去了天堂，启蒙思潮也冲垮了封建的上层建筑，沧海桑田，变得令人难以置信，于是，悲观颓唐、阴暗消沉的情绪、人生虚幻、命运多蹇的感慨以及对神秘彼岸的热烈向往，都杂然而生；而对资产阶级小资产阶级的成员来说，启蒙思想家所描绘的理性社会的图景在资本主义现实面前的破灭，则又使他们不免失望、苦闷和彷徨，特别是在资产阶级与封建阶级斗争过程中出现了反复或历史性曲折的时候，他们的苦闷更甚，并且还充满了不满与愤慨。总而言之，这两个阶级都有"情"可抒，不抒不快，而采取文艺形式的抒发又能引起广大同类的共鸣，这样，便造成了法国文学史上持续多年的自我感情表现的高潮。正因为上述的社会条件为浪漫主义文学的盛行提供了肥沃的土壤，法国土产的中世纪文学中浪漫的遐想和形象，卢梭那种感情奔放、个性不羁的风格和对大自然的诗化，才为19世纪浪漫派文学所继承，而略早于法国的德国与英国的浪漫主义文学才有可能在法国产生难以想象的共鸣和巨大的影响。

　　浪漫主义文学盛行的征兆在大革命刚一过去的头几年里就已经很明显了。刚度过恐怖时期的人们乐于在一种非现实主义描写、带有刺激性的小说里陶醉，于是，情节紧张、内容怪诞、味道浓辣的浪漫通俗小说应运而生，盛行一时。在执政府年代里，这种小说多如牛毛，数量简直令人难以置信，甚至每天出版五六本之多。有些是鬼怪小说，如《天鹅骑士录——历史与道德的故事》（1796）共三卷，每卷四百页，书中女主人公在第一卷第三十页就死了，小说的大部分，描写她血淋淋的尸体夜夜从坟墓中出来去找她的丈夫。有些是宗教神秘主义的作品，如被夏多布里盎重视的《修道士》（1797），它除了写主人公修道士的"艳情"外，就是写他如何"祈求撒旦，唤醒死人，遍游世界，和游浪的犹太人一样被魔鬼赶来赶去"。有些小说虽然没有神怪，而且自称"写生"，但离奇怪诞，极度夸张，如《哀耐丝妲》（1797），写一个残忍的丈夫，专事虐待自己的妻子，把自己的小女孩也"一脚踢向城墙"，最后被坏女人刺死。临终时他宣布他的妻子是一个女圣者。除了这类神怪通俗小说以外，几乎与此同时，浪漫情调十足的心理小说和言情小说也时髦起来。英国浪漫主义作家戈德温"奇特而有力"的小说《加来勃·维廉斯》带来了当时法国通俗心理小说的繁衍。德国这一时期的文学的影响则更大，法国通俗言情小说的盛行就是从《少年维特之烦恼》开始的，人们还把德国那些情调感伤、眼泪汪汪的通俗小说大量翻译介绍过来，进行仿制。这些流行的言情小说不外是才子佳人的俗套，再加上怅惘欲绝的感情纠葛和伤感怨苦的情调。当时受到狂热欢迎的《巴尔密拉》（1801）就是这样的典型之作。所有这些通俗小说虽然朝生暮死，但它们大量而广泛地流行，反映了当时人们喜爱奇特浓烈的文学描写的普遍社会心理，浪漫主义文学正是在这种社会心理的温床上发展起来的。

在19世纪初年的这种背景上，出现了贵族浪漫主义与资产阶级浪漫主义各自最早的代表夏多布里盎与斯达尔夫人、龚斯当。他们在相同的浪漫主义的"曲调"中，填进了各自不同的"歌词"——不同的阶级内容，不仅各自在理论上提出符合本阶级要求的美学主张，而且用使当时代人受到强烈感染的艺术形式，诗化了本阶级的愿望、心境、思想情感、精神状态，成了本阶级浪漫主义文学的先驱。

夏多布里盎对贵族浪漫主义的意义首先在于，他适应了贵族阶级对启蒙思想反动的需要，重新树立了基督教的权威，特别是树立了它对文学艺术的指导，在这基础上，建立了一整套消极浪漫主义的美学思想。他与同时进行这一理论活动的德·迈斯特·波纳尔有所不同，不仅用理论的文字来论证，而且通过形象的言词来讴歌。他用北美洲原野的落日景象与宁静的夜景来表现上帝的存在，用哥特式的教堂和宗教的文艺形式来说明基督教的诗意，力图唤起对基督教的美感。他美化了中世纪，唤起了对中世纪的反动理想，使19世纪贵族浪漫主义文学在内容上具有了基督教的"精华"。夏多布里盎对贵族浪漫主义文学另一个最大的意义在于，他在著名的小说《勒内》和《阿达拉》中，塑造出了穿着传奇式外衣的人物典型，集中表现了贵族人物经过大革命丧失了自己的一切之后，在现实生活里找不到自己地位时悲观绝望的精神状态、阴暗的心理和郁郁寡欢的情怀。他著名的主人公勒内是法国浪漫主义画廊中第一个使当代人着迷的艺术形象，一个破落贵族的典型，在当时具有普遍的社会意义，"勒内之流在上一个世纪之末多到遍地皆是"。这个人物身上贫乏而反动的阶级内容，如牢骚满腹、游手好闲、耽于遐想，以及摆脱不了的孤独感和忧郁感、炽烈的欲望和对死亡的向往，等等，都被作者披上了华丽的情感的词藻，用诗情画意来加以表现。这样，作者就同时为没落的本阶级提供了一部富有诗意的自传和一种用华美的形式表现腐朽阶级内容的文学方法。夏多布里盎对贵族浪漫主义文学的第三个意义在于，他发展了本阶级对自然美的描绘。对自然美的描绘始于卢梭，继者有贝那丹·德·圣比埃尔，夏多布里盎并不是开创者，但他另具特色的是，他把贵族阶级那种没落颓废的感情深深渗透在对大自然的描绘之中，在19世纪浪漫主义文学中，最先表现了对废墟之美、萧条之美的爱好。

总之，夏多布里盎为贵族阶级的内容找到了最美丽、最有迷惑力的艺术表现形式，从而给贵族浪漫主义文学提供了具有典范意义的形象、情调、方法和形式。19世纪初一切在君主政体和天主教原则下进行写作的人，莫不以他作为一面旗帜。甚至早期的雨果也把他当作榜样。而且，由于夏多布里盎是用浓浓的诗意和华美的外衣裹着他的主人公，着力于描绘主人公那种无可救药的忧郁的情状，而竭力把这种忧郁的阶级内容和根由深深藏在浪漫主义的情调后面，这就使得同时代其他阶级对现实也有所不满的读者有可能只听曲调而不注意词句，因此对勒内式的感情产生强烈的共鸣。勒内成了一个被普遍接受的人物形象，他具有广泛的魅力，甚至在资产阶级浪漫主义文学中也引起了一系列勒内式人物的产生，勒内式的孤独和忧郁，成了一切在现实生活中找不到位置而与社会不协调的个性的同义语，它被笼统地称为"世纪病"。由此，形成了法国文学史上的一个假象：似乎存在着一种统一的浪漫主义文学，而夏多布里盎则是这种文学的先驱。

在贵族浪漫主义文学中，拉马丁和维尼也占有相当重要的地位。像夏多布里盎一样，他们都出身于贵族阶级，而且本人的经历与这个阶级在19世纪前三十年最后的挣扎也紧密地结合在一起。他们的文学活动开始于复辟时期，并在反动的年代里达到了最高"成就"，拉马丁成了"波旁王朝的桂冠诗人"，维尼也被巴黎日耳曼区的贵族社会称赞为"拜伦最有才华的后继者"。但到1830年以后，他们的文学声望就迅速下降，为时不久，或者在创作中无所作为，或者销声匿迹。作为文学现象，他们基本上是与复辟时期同命运、共存亡的。他们在诗歌的艺术形式中表现了复辟时期贵族阶级的精神状态、愿望、意志和思想观点。如果说，拉马丁通过他那些忧愁的沉思、感伤的回忆、死亡的咏叹以及要及时行乐的感慨，给这个没落阶级的愁怀郁闷、不堪回首、悲观绝望提供了真实的诗的写照，那么，维尼则用他诗中那些处于极度痛苦中的孤傲坚忍的形象，企图唤起这个垂死阶级的意志，坚定它在危难困境之中的决心，正表现了贵族阶级倒退的历史观和阴暗的心理。但是，一到资本主义秩序的巩固已经再不容怀疑的时候，他们却又迅速变换了色彩，拉马丁成为资产阶级政治的代表人物，鼓吹调和与泛爱，维尼也在《查铁敦》中以贫贱者的代言人的身份来揭露资本主义现实的不合理。这种奇特的似乎已经不再关心自身利益的阶级意识形态的现象,标志着贵族阶级文学在 19 世纪喜剧性的告终。从此以后,再也没有出现过如此鲜明突出的代表人物,而这两个最后的富有才能的代表人物,虽然成功地换上了像样的新装,毕竟未能掩盖"他们臀部带有旧的封建纹章"。

资产阶级浪漫主义的先驱是斯达尔夫人,与她活动在同一时期并具有相同倾向的作家有龚斯当、塞南古和诺地埃。他们都出身于与旧阶级多少有些联系的阶层,有的出自资产阶级上层,有的出自贵族,但在思想上都是 18 世纪启蒙思想的信徒。他们在法国大革命火热的岁月中度过了青年时代,这次激烈、彻底而又复杂的社会变革,难免对他们的家庭和他们本人有所冲击和伤害,他们的生活中都有或长或短的流亡经历,特别是在拿破仑帝国时期,更为当局所不容,由此,他们深切地感受到了个人与新建立起来的资本主义秩序的尖锐矛盾。而他们所受到的 18 世纪哲学家的思想影响,则使他们不是从没落阶级的立场而是从启蒙思想的角度来观察新秩序下不合理的弊端,从而在自己的作品里揭示了革命后资产阶级关系的不协调,抒发了革命后的失望和不满,最先表现了资产阶级个性与社会的矛盾。他们把自己对这种矛盾的感受赋予笔下的人物,于是,在 19 世纪初的文学中就出现了一批与社会矛盾对立着的资产阶级个性的形象:斯达尔夫人的苔尔芬、柯丽娜,龚斯当的阿道尔夫,塞南古的奥伯尔曼,诺地埃的夏尔。

这些人物基本上都是资产阶级个性自由原则的产物,他们接受了"人生来自由"的思想,追求个性解放、精神独立和自由发展。然而,已经建立起来的资产阶级秩序,并没有为他们所要求的自由提供广阔的天地,而是"设定了各方面的限制",特别是社会习俗、风习、偏见,与他们格格不入,社会生活中那些与过去时代相联系的某些带有封建残余的规范,更成为他们的束缚与障碍。我们可以看到,就是由于这个原因,苔尔芬、柯丽娜的个人幸福遭到了破坏,阿道尔夫也陷于不可解脱的矛盾之中。因此,这些人物自然是以社会习俗、偏见规范的反对者的姿态出现的。与社会的对立和破裂,是他们共同的特点。这种基本的状态,一方面使他们向社会发出了指责,因而具有某种反抗性;另一方面又使他们自认为特别不幸，把生命看作一种苦难，轻则陷入不可自拔的郁悒，重则轻生自戕，因而身上又具有某种颓废的因素。这样，从19世纪初的文学一开始，资产阶级个性就显示出了它的二重性——积极的反抗性与消极的悲观主义。而对于这些形象的塑造者，即一批最先在资本主义秩序下出现的资产阶级作家来说，一方面他们通过这类形象与社会的矛盾，对当时的资本主义现实作了某种程度的揭露和批判，显示出了他们的进步意义；另一方面，他们又不得不让这些形象带有浓厚的悲观主义的色彩，流露了自己的失望和迷惘，暴露了他们看不出前途的局限性。

资产阶级个性与社会矛盾的题材，并非19世纪初资产阶级浪漫主义文学所特有，后来在资产阶级现实主义文学中也有表现。然而，它在资产阶级浪漫主义文学这里，无疑具有着不同于后来的特点。斯达尔夫人、龚斯当、塞南古等处理这种题材的方式，显然深受《少年维特之烦恼》的影响，不论从情调和体裁来说都是如此。他们都是让自己的主人公通过自叙或通信的形式，来抒写自己的思想情绪、印象观感，于是，感情的倾泻和渲染就成了作品的主要内容，自怜自爱和言过其实当然也就不可避免，并构成整个作品感伤的基调。在这里，人物都是一团团感情，而不是体现了真实社会关系的栩栩如生的血肉之躯，同样，作品里充满了倾诉、呼号和呻吟，而不是对现实社会生活广阔而生动的描绘。这些正标明了它们的浪漫主义的风格。

这些作品几乎是以最大的密度出现在19世纪之初，从1802年到1807年五年之间，《苔尔芬》、《萨尔兹堡的画家》、《奥伯尔曼》、《阿道尔夫》、《柯丽娜》，几乎每年一部，相继问世或脱稿。一股如此集中、如此强劲的潮流本来可以造成一次文学高潮，把浪漫主义文学运动提前二十年，然而，它却生不逢时，它出现的时候正是拿破仑走上权力的顶峰、在法国建立铁的统治的年代。出于军事专制的需要，拿破仑加强了对整个意识形态领域的控制，凡不符合他的政策的，都受到了禁止和干预，1805年出版物管理局的成立就是一个标志。于是，"法国的哲学沉默了；拿破仑时代的史学则挂着官方的拐杖一瘸一拐地跛行"。这种没有自由空气的统治，与当时出现的情感奔放的文学，当然更为敌对。在最初几年之中，斯达尔夫人、龚斯当被驱逐，诺地埃遭监禁，塞南古过着韬晦的生活，他们的作品几乎都写于放逐或隐居之中，而这些作品，或者进一步给作者带来了麻烦，或者一时得不到出版的机会，或者遭到焚禁。因此，这一充满了活力与激情的文学，竟然没有在法国掀起热潮，恰巧相反，拿破仑治下的巴黎，正如史家所描述的那样，只有古典的颂歌在流行，"诗人们唱着勉强而空洞无物的调子"。

资产阶级浪漫主义文学的风起云涌，倒是发生在"法国革命的最后阶段"已经完全结束、波旁王朝又恢复了统治权的反动年代。这在社会历史和文学发展两方面都有其必然性。在政治方面，波旁王朝的复辟和倒行逆施的政策，在新的历史条件下又使两个阶级的斗争激化起来，资产阶级自由主义思潮在意识形态领域里对旧阶级及其统治的冲击，就是这一斗争的一部分。对资产阶级来说，在旧阶级的政治统治下取得思想言论、出版创作的自由，并对这个阶级的统治进行批判、加以否定，是一项首先必须完成的事情。资产阶级浪漫主义文学就是在这种社会的、阶级的要求下而获得新的活力的。这种文学完全是资产阶级自由主义思潮的一个组成部分，即使是在当时，投身于这一文学运动的人，也已经明确地认识到"浪漫主义……不过是文学上的自由主义而已"，其目的"只求带给国家一种自由，即艺术的自由或思想的自由"。

正是在强大的资产阶级自由主义思潮的冲击下，复辟时期反倒比拿破仑帝国时期多几分自由主义的气息，并且成为法国 19 世纪历史中议会民主的"黄金时代"，这就给资产阶级浪漫主义文学的繁荣提供了土壤。从文学形式来说，17 世纪古典主义的趣味、标准和方法，在 18 世纪启蒙时代并没有得到彻底的清算，甚至在某些方面还得到伏尔泰这类作家的遵循；在大革命时期，借用"久受崇敬的服装"的需要，又使得古典的、庄严的文学风格反倒进一步得到尊重；同样，在帝国时期，那种抑制个人情感、歌功颂德的古典主义文学，又受到了拿破仑的重视，这个资产阶级皇帝曾经这样讲到高乃依："如果他活着，我要封他爵位。"

到了复辟时期，这种陈旧的文学标准又受到官方的支持，用来表现和美化复辟了统治权的旧阶级，正如斯达尔夫人所说的："戏剧中的因袭性是与政治等级中的贵族阶级密不可分的。"在这种支持下，向死人顶礼膜拜、因袭守旧成风，形成了文学上的伪古典主义。因此，虽然法国的历史已经向前飞跃了一个历史时期，但戏剧和诗歌仍束缚于旧的形式之下，这就形成了"19世纪的法兰西"与"古老伪诗歌形式"的矛盾。随着对复辟王朝斗争的发展，法国的浪漫派在20年代终于提出这样的问题："既然我们从古老的社会形式中解放出来了，那么我们为什么不从古老的诗歌形式中解放出来？"把矛头指向了伪古典主义。而由于伪古典主义是一种拥有深厚传统势力的半官方文学，新文学要克服巨大的阻力，自然就形成了一种运动，并且不可避免地采取了激烈的革命的形式。

这次运动的中坚人物和积极成员，不再是世纪初出现的那些作家，他们之中只有诺地埃是一个承上启下的人物，而换了一批充满活力的文艺青年。他们绝大多数不是来自上层或与旧阶级联系在一起的阶层，基本上都出身于中产阶级家庭，在两个阶级的斗争中，更多的是置身于资产阶级的营垒，而从他们的思想观点来说，则几乎毫无例外都是18世纪启蒙思想家的精神之子，这就决定了他们共同的反封建、反复辟的政治思想倾向。值得注意的是，在运动的行列里不仅有公认的浪漫主义文学的代表雨果、缪塞、戈蒂耶、大仲马等，而且还有后来成了现实主义作家的巴尔扎克、司汤达、梅里美。因此，这个运动既是一次统一战线的联合行动，表现了共同的反封建复辟的政治倾向，又是一座探求如何摆脱旧的文学形式、创造"使当今人愉快"的文学的大学校。19世纪上半期文学中几乎所有的杰出人物都是从这个学校出来的，甚至其他艺术部类中的佼佼者，如著名的画家德拉克·洛瓦也是如此。

在时间上，资产阶级浪漫主义运动的发展是与资产阶级自由主义思潮的日趋高涨紧密联系在一起的。它兴起于20年代中期，到七月革命前夕发展到最高潮。在20年代初，后来的浪漫主义者还没有文学革新的自觉意识，虽然在1823年司汤达最先在《拉辛与莎士比亚》中以浪漫主义的名义提出了要抛弃古典主义、创造19世纪自己的文学的主张，但并未得到响应。这一年成立的第一文社也没有提出明确的文学纲领，这个社团以诺地埃为中心，以他家的沙龙为聚会地点，参加的不仅有后来的浪漫派，而且还有维护伪古典主义的文人，而在浪漫派中，又混杂着拉马丁与维尼。1824年查理十世上台后，情况有了改变，这时国内政治更趋反动，在资产阶级自由主义思潮加强反击的局势下，原来有保王倾向的雨果在政治上开始转向，明确地站到了波旁王朝的对立面。政治态度的变化为新的文学主张和新的文学创作提供了思想基础。1827年，雨果发表了讨伐伪古典主义的檄文——著名的《〈克伦威尔〉序》，于是，浪漫派有了自己的宣言和领袖人物。1828年，以雨果为首成立了第二文社，参加者有：缪塞、大仲马、诺地埃、圣-伯夫、戈蒂耶、奈瓦尔，此外，还有几个热衷于新文艺的青年画家，都是清一色的浪漫派。后来为《艾那尼》而斗争的那支战斗队伍，主要就是由他们组成，短短几年之内，他们聚集在《〈克伦威尔〉序》的旗帜之下，和雨果一道，造成了他们自称的"一个类似文艺复兴的运动"，以一大批使人耳目一新的作品显示了浪漫主义文学的巨大声势。这一股强大的文学新潮流，有力地冲击着传统的文学观念。随着政治形势的发展，两种文学思潮、两个文学派别的斗争也日益尖锐，到1830年雨果著名浪漫剧《艾那尼》上演时，斗争就达到了白热化的短兵相接的地步。这一有名的战斗发生在七月革命前夕，正如这次革命以资产阶级革命的胜利告终一样，《艾那尼》演出的成功，标志着资产阶级浪漫主义运动发展到了顶点。这一时间和进程的巧合一致更清楚地表明了浪漫主义文学胜利的性质和意义。从此以后，浪漫主义文学又继续经历了若干年的繁荣，到40年代初才宣告结束，一般都把1843年雨果的浪漫剧《城堡里的伯爵》上演的失败视为这一界标。

资产阶级浪漫主义文学运动具有明确的纲领，也相应地提出了一整套创作理论和批评标准。反对因袭前人、反对按古人的趣味标准进行创作、主张创造符合19世纪人们思想感情的新文学，是这次运动的中心目标。运动的锋芒横扫那些模仿抄袭、墨守成规、对死人顶礼膜拜的伪古典主义者。正因为运动的主将把"文学自由"与"政治自由"联系了起来，所以能够把运动保持在政治斗争的水平，使它达到了相当彻底的程度。这种彻底性不仅表现在对波旁王朝的敌视上，而且也表现在对古典主义作为一种文学创作方法进行了一次历史上前所未有的总清算，包括反对戏剧创作中的三一律、悲喜剧之间严格的界限、题材问题上的"高雅趣味"、文学语言的种种规范等等。创造19世纪文学的任务被明确地提了出来，这种文学不仅被规定要符合"米拉波为它缔造过自由、拿破仑为它创建过强权"的19世纪的法兰西，而且必须是"个人的"，即作为自由个性的自由表现；拉辛这一个传统的文学创作的偶像被否定了，莎士比亚成为学习的对象；古典主义的严谨、整齐、明晰的美学标准被抛弃了，而代之以对丰富、自然、复杂的追求，因而，丑怪与粗俗在文学中也获得了地位；灵感得到强调，个性受到尊重，情感被提到首位，理想和美被认为是文学创作的灵魂。如果说，在创作论方面，资产阶级浪漫派与古典主义针锋相对，那么，在文学的社会功能问题上，它又与贵族的消极的浪漫主义泾渭分明，它认为诗人应该是"教化者"，诗歌必须负担道德教育的任务，而且应该参加政治斗争。法国资产阶级浪漫派这一系列的观点和主张，既是特定的文学流派的思想材料，也具有一般浪漫主义文艺理论的意义。雨果是法国资产阶级浪漫主义文学运动的理论发言人，他的理论文字全面阐释了法国浪漫派的思想观点，因而在批评史上既是文学运动的历史文献，也是浪漫主义文学理论的样品。

正因为资产阶级浪漫主义文学是在政治斗争和文学斗争的条件下产生的，所以在内容和形式上都显示出了革新的意义。首先，它适应了20年代资产阶级向贵族阶级夺回统治权的斗争的需要，带有强烈的反封建的色彩。雨果的政治态度转变以后所写的第一个浪漫剧《玛丽蓉·德·洛尔墨》就是反封建的，剧本一上演就遭到了禁止，此后，他的戏剧作品《艾那尼》、《吕意·布拉斯》、《国王取乐》、《玛丽·都铎》，小说作品《巴黎圣母院》，都无不充满了反封建的精神。大仲马的剧本《亨利三世及其宫廷》也属于这类性质。这些作品一般都是通过历史题材或异国题材，表现专制主义时代的黑暗、封建统治阶级的残酷与腐朽，虽然并没有直接触及复辟时期的矛盾和斗争，但都明显地贯穿着资产阶级浪漫派否定旧阶级旧制度的创作意图，是对封建社会、封建阶级的一次清算，客观上配合了资产阶级最后一次从贵族手里夺回统治权的斗争。这是资产阶级浪漫主义文学在当时的战斗作用，也是它最主要的进步历史意义。其次，它受到了当时欧洲各民族争取独立自由的斗争的影响，对这一斗争作了热情的回应，对强权者、压迫者表示了愤怒的抗议，对"爱尔兰被人变成一块墓地，意大利成为一个监禁所，西伯利亚成为波兰人的流放地"表示了不平。这些民族解放斗争之所以引起法国资产阶级浪漫派的同情，是因为它们都是资产阶级民主主义的性质，是法国大革命在整个欧洲大陆所引起的余波，并且是在法国革命的思想原则和口号下进行的。其中特别是 20 年代希腊独立战争，更是激起了法国浪漫派的灵感，由此，法国文学中得以出现对这一解放斗争的热情歌颂，雨果《东方集》中的希腊组诗就是这种杰出的诗篇。英国浪漫主义诗人拜伦死于希腊解放斗争中，当然也引起了法国浪漫派的伤悼，并且在法国文学中留下了纪念的篇章。再次，法国资产阶级浪漫主义文学也接触到了 19 世纪上半期资本主义社会的现实问题，并且表示了不满和抗议。这批在 20 年代开始活动的作家，是资产阶级秩序奠定后的第二代作家，他们思想中的理想原则仍然是资产阶级的自由、平等、博爱，这构成了他们一切热情的思想源泉，一切爱憎的根本出发点。以这些原则为标准，他们在作品中对资本主义现实表示了不满。在这方面，他们的成就远远不能和批判现实主义作家相比，但面对着资产阶级政府的强暴、资产阶级法律的不公平、司法制度的腐朽，浪漫派作家也发出了愤慨的抗议，并难能可贵地把同情寄予受迫害、受摧残的普通人，雨果的《克洛德·格》和《死囚末日记》就是这样的作品。最后，资产阶级浪漫主义文学普遍充满了个性解放的精神和自我的自由表现。在一个特定的时期中，有这样多的诗人在这样多的诗里对自己的感情作了如此充分的倾诉、渲染和描绘，在法国文学史上还是第一次。这是一个感情大发扬、大解放的时期，一切感情都可以入诗，并且得到美化，这就在法国文学中添增了不少很有真情实感的篇章，不仅有对真挚爱情的歌唱、关于人生意义的咏叹，而且也有诗人面对着不正义的事物用"青铜之弦"发出强亢的声音。

总体来说，这一时期的法国浪漫主义文学中，历史的、民族的、社会的题材比起个人的题材更为令人瞩目，政治色彩比个人色彩更浓。和 19 世纪初的浪漫主义文学比较起来，它更充满了一种对过时事物的义愤的基调，更表现出一种战斗的姿态。它与二三十年代资产阶级的进步性是密不可分的，它所表现的反封建的主题思想，实际上是资产阶级民主革命基本完成之后在文学上的总结。这已超出了狭隘文学流派的意义，有的现实主义作家如司汤达、梅里美，也都在浪漫主义文学运动的旗帜下，写出了具有强烈的反封建精神的作品，如《红与黑》与《雅克团》。

在艺术创作上，资产阶级浪漫主义文学运动在戏剧、诗歌、小说三个方面都取得了相当大的成绩。戏剧领域是浪漫派与伪古典主义者斗争的主战场，浪漫派在这里获得了彻底的胜利，他们埋葬了三一律，举起了莎士比亚的旗帜，又引进奇情剧、感伤剧的因素，还贯彻了美丑对照的原则，加上异国情调和地方色彩，从而使法国舞台五光十色，非常热闹。虽然浪漫剧由于风格的夸张而在艺术上缺乏持久的生命力，但它毕竟从30年代初起，统治了法国剧坛达十多年之久，而且也出现了具有莎士比亚风格的作品，如缪塞的《罗朗萨丘》。在诗歌方面，19世纪的浪漫派显然开辟了法国诗歌的黄金时期，留下了比任何一个时代数量更多的著名诗集，如雨果的《东方集》、《秋叶集》，缪塞的《四夜诗》，戈蒂耶的《珐琅与雕玉》等，他们在抒情、写景、叙事上都显示了出色的才能和圆熟的技巧，并且在充分自由地抒发自己的个性与情感的时候，突破了古典主义的诗法，以丰富的诗韵、奇丽的想象、多彩的色调使这些诗歌格外生色。在小说方面，资产阶级浪漫派也写下了法国小说史中新的一章。他们完全脱离了上个世纪小说的传统，把哲理性和思辨性加以排除，而追求奇特的故事和非凡的人物。他们的技巧显然有一个发展过程，初期的浪漫主义小说流于怪诞，往往求助于刺激性和廉价的感伤，后来在艺术上则日趋成熟，形成了以不平凡的事件、理想化的人物、奇妙的构思、浓烈的色彩来表现浪漫主义激情的艺术风格，从《冰岛的汉》到《巴黎圣母院》，就典型地表明了这一过程。这种成熟的艺术风格对现实主义作家也不无影响，他们往往在对现实作真实的描写时，又力图表现出某些不平凡的事物，巴尔扎克、司汤达、梅里美都是如此。而另一方面，对浪漫主义小说家来说，愈到后来也愈加吸收了现实主义小说的某些因素，在表现理想化的事件和人物时，也注意对现实生活场景作真实的描写。他们在这样做的时候，实际上是把浪漫主义与现实主义结合了起来，从而使浪漫主义小说发展到一个新的高度，创造出历史上一切浪漫主义文学中也许是最辉煌的杰作，如《悲惨世界》。

　　19世纪资产阶级浪漫派是一个集合体，其中存在着不同的类型，并由此形成浪漫主义文学中的不同倾向。这一文学主流的伟大代表是雨果。他在浪漫主义文学运动中起了领袖和主将的作用，是他团结了浪漫派进行文学斗争，是他全面提出了文学运动的纲领，也是他，在戏剧、诗歌、小说各方面都创造出一系列出色的作品，奠定了浪漫主义胜利的基础，显示了这种文学的实绩。他的文学活动经久不衰，一直到七八十年代，还继续产生巨大的影响。他政治上是资产阶级民主主义者，世界观上是资产阶级人道主义者，在他身上有着斗士和作家的特点，他向强权作过不屈不挠的斗争，他对资本主义社会的不平发出过愤怒的谴责，对劳动人民的苦难寄予过深切的同情，他以磅礴的气势、雄浑的笔力、巨大的艺术力量，表现了这些进步的内容，在世界文学中占有显著的位置。

与雨果有点相似，也充满了浪漫主义理想和热情的作家是乔治·桑。她出现在法国文坛上比雨果迟，在浪漫主义文学运动高潮之后才开始文学生涯，从30年代到50年代非常活跃。她完全是一个自觉的浪漫主义者，她从民主主义的热情出发，接受了空想社会主义的影响，充满了对未来社会的理想，并以表现这种热情和理想为己任。她不仅继承了斯达尔夫人的题材，把资产阶级妇女个性解放的主题加以诗化，而且还作为卢梭的信徒，用纯朴的田园生活来对照资产阶级的庸俗，给法国文学增添了描写农村景象的清新的篇章。

大仲马是浪漫派的另一种类型。他是浪漫主义运动的"元老"和积极分子，经历过第一文社、第二文社和《艾那尼》之争等所有重要的事件，早在《艾那尼》之前，就为新文学写出了《亨利三世及其宫廷》，然而，在资产阶级浪漫派中，他也许是格调最不高的一个。他主要活动在40年代，从事商业化小说的创作。他的小说仅以编织得巧妙、引人入胜的故事取胜，既无浪漫主义的理想，又无浪漫主义的激情，不过是浪漫风格的通俗小说而已，其社会意义不高。与他同一类型的还有欧仁·苏，他的小说与大仲马的十分相似，只是在复杂曲折的情节之中，添加了一些"爱"的说教。当然，从他们的小说里也都多少可以看到历史时代或社会现实的某些面影，而且，他们兴味盎然的故事毕竟显示了他们出色的技巧。

还有一种特别值得注意的类型，那就是缪塞和戈蒂耶。缪塞无疑是浪漫派中最富有才情的一个。他纤细、敏感，在文坛活动的时间并不长，其作品基本上都是创作于三四十年代，但他才华焕发，在抒情诗、戏剧和小说方面都有出色的成绩。特别是他在著名的小说《一个世纪儿的忏悔》中，从青年一代与社会现实的矛盾，表现了他们在生活中得不到自由发展而产生的忧郁、苦闷、愤嫉和颓唐，为在 19 世纪上半叶具有普遍社会意义的资产阶级青年"世纪病"提供了生动而深刻的写照，而他本人也正是一个典型的"世纪病"的患者。他对社会不满，也有所指责和讽嘲，然而，他又以游戏人间的态度去对待，他缺乏理想、信仰、热情，有几分颓废，散发出资产阶级浪子的气息，在浪漫派之中一直有"顽皮的孩子"之称。戈蒂耶也是一个富有艺术才能的诗人，而且，他作为浪漫主义文学运动的勇士，其功劳是不可磨灭的，他的《浪漫主义史》一直是这次运动的可贵的历史文献。但他在缺乏道义感和严肃性，并带有颓废倾向这一方面，又与缪塞有些相像，因此，他在浪漫主义运动高潮过后不久，就成为唯美主义的鼓吹者。在思想倾向上与缪塞、戈蒂耶一脉相承的，是波德莱尔，他比他们更进了一步，已经完全作为雨果、乔治·桑的理想主义的对立面出现，并把颓废的倾向发展到惊世骇俗的地步，由此，他开了 19 世纪下半叶颓废派文学的先河。由缪塞到戈蒂耶到波德莱尔，反映了与社会现实矛盾着的资产阶级诗人的演变和发展的一种规律，是 19 世纪中重要的文学现象之一。

二 关于本书的内容与编选原则

19 世纪法国浪漫主义文学虽然产生于英国的浪漫主义和德国的浪漫主义之后，但是在声势和实绩上却比这两个国家的浪漫主义为大。这不仅表现在法国浪漫主义呈现为一场有明确的纲领、有系统的理论主张的文学运动和一系列有鲜明政治色彩的社会事件，而且更表现在它拥有更多的具有世界意义的作家，产生了更多的具有代表性的思想意义和动人的艺术魅力、能经受时间考验的文学作品。在诗歌方面，我们很难在这三个国家的浪漫主义文学之间分出高低，但在小说和戏剧方面，法国的浪漫派无疑居于领先地位，迄今广泛为读者所知的这方面的名著就不在少数。因此，我们在这个篇幅有限的专集里，事实上根本不可能对丰富的浪漫派文学作比较详尽的介绍，甚至比较全面一点的介绍也不容易做到。而且，在目前外国文学作品广泛被翻译介绍的情况下，我们还必须尽可能地避免出版上的重复，此外法国浪漫派的戏剧和小说名著又很少是篇幅短小的，所有这些原因，使我们在选题上自然会遇到一些不方便。

在小说方面，我们选了夏多布里盎的中篇小说《阿达拉》，斯达尔夫人的长篇小说《柯丽娜》的片断和维尼的《军人的屈辱与伟大》中的一个短篇。《阿达拉》发表于1801年，后来，于1802年被作者收入他的理论名著《基督教精华》，作为论证基督教的感人力量的一个例证和片断。从时间来看，这个中篇显然是法国浪漫主义文学的"第一只燕子"。而就其内容和风格来说，它不仅对夏多布里盎，而且对整个浪漫主义文学都具有表征意义。它以华丽的词藻，浓烈的色彩，夸张的比喻，在北美洲这五光十色的异域背景上，描写了一个充满了奇特的遭遇、命定的痛苦、过分的呻吟和感伤的情调的爱情故事。它那眼泪斑斑的故事，离奇的情节，满是独特景象的异国风光，漂亮的文体，雕琢的技巧，正投合了当时人们希求在文学中追求新奇与刺激的心理，使人耳目一新。它所显示的风格无疑是法国文学中前所未有的，说它是划时代的并不过分。当时就有批评家指出它"一切全是新鲜的：山川、人物和色彩"。就其思想倾向来说，《阿达拉》与夏多布里盎另一部更为重要的作品《勒内》相比，则另有一番意义。如果说《勒内》表现了一种具体阶级内容并不特别鲜明，而其表现形态却具有相当普遍性的"世纪病"，因而成为一部"当代人富有诗意的自传"的话，那么，《阿达拉》却反映了贵族意识形态的代表在18世纪资产阶级革命风暴刚一过去，19世纪刚一开始的时候对于宗教的向往。在这篇作品里，对于爱情的描绘往往被对基督教的歌颂所淹没，基督教被描写为一种具有理性光辉的人生哲学和真谛，它往往与男女主人公那种激烈的情感、谬误的信仰、狂热的意念相对，而成为一种启迪和教诲；它还被作者描写成为改造现实的巨大的精神力量，在那位代表着上帝的老教士的开化和引导下，一些野蛮的印第安人信仰了基督教，并"在宗教的呼声中淳化"，他们按照基督教的教义建立了一个人人相爱，财产公有，习俗圣洁的社会，这当然就是夏多布里盎为人类所勾画的一幅基督教王国的理想蓝图；更有甚者，在这篇小说里，基督教还被描写为一种新奇的事物，在黑暗的树林中和可怕的风暴里把人救出来的那条猎犬，阿达拉去世时洞内的万道霞光，把夏克达斯引向墓冢的那条母鹿，简直都是上帝的显灵，这一切描写在小说的浪漫主义风格中又多少加进了一些神怪的因素。正因为基督教的复兴在大革命后的拿破仑时期是一个重大的社会现象,《阿达拉》显然是一篇富有代表性的作品。虽然,它在某些方面的代表性并不如《勒内》,但如果考虑到它的可读性,趣味性,它似乎又比《勒内》较强。

《柯丽娜》发表于1807年,是法国浪漫主义文学中一部很有独创性的作品。个性与社会矛盾的主题、妇女解放的主题,在这部作品里以一种典型的资产阶级的浪漫主义热情得到充分的表现。主人公柯丽娜是一个追求个人幸福但在社会偏见面前遭到失败的悲剧人物,但她的悲剧比一般的爱情悲剧具有更为深刻的社会根由。她是一个走向社会,维持着独立的生活,面向着广大公众,并为他们所爱戴的才华横溢的女诗人,女音乐家,一个理想化的职业妇女的形象,一个在资本主义条件下才可能出现的新型的妇女。因此,她必然和环境以及周围大量存在的凡夫俗子处于一种矛盾的状态,她被社会传统的偏见包围着,并为社会所不容。她的爱情悲剧既不是由于封建暴力,也不是由于宗教门第观念,更不是由于男方的品行造成的,却是由于社会偏见伸延到她所热爱的青年奥斯瓦尔德身上,使他成为一个被传统的规范紧紧禁锢着头脑的奴隶,使他对于妇女有一种偏狭的理想和标准,而对柯丽娜这种新型妇女感到不适应所造成的。不把悲剧根由归之于个人的品德,而把它归结于资本主义关系确定后妇女本身状态的变化与封建残余观念的矛盾这一个社会问题,这是《柯丽娜》这个长篇在主题上别开生面、另具特色之所在,正是通过这样一对矛盾,斯达尔夫人表现了个性解放的要求,表现了在妇女解放问题上的资产阶级的热情和理想。从这个角度比较起来,《柯丽娜》的思想意义,显然比斯达尔夫人另一部长篇《苔尔芬》更为丰富和深刻,虽然《苔尔芬》出版的年代更早,而且也是表现杰出的女性与社会环境的矛盾,以及卑污粗俗的社会现实对于具有高尚品格、严肃感情的妇女的逼迫与伤害。这是我们为什么选择了《柯丽娜》的原因。当然在艺术形式上,《苔尔芬》也有比较大的局限,它采用的是书信体,这种形式对于小说所表现的内容来说,无异于一块紧狭的襁褓之于一个茁壮的人体。《柯丽娜》则从这种过时的形式中解放了出来,而适应作者写景、状物、倾泻热情的需要。本来,我们从长篇中选了《柯丽娜在罗马》与《柯丽娜在苏格兰》两卷,前者表现柯丽娜作为一个才华出众的职业妇女在意大利所享受的光荣,其中受群众欢呼拥戴的场面显然是斯达尔夫人本人作为一个职业妇女所追求的理想境界；后者则表现柯丽娜这一个光华照人的女性与英国保守、狭隘、传统势力极强的社会现实的矛盾，是她的悲剧命运的开始。这两卷是全书的核心，前后映照，表现主题。可惜限于篇幅，我们只得请译者仅把后一卷译出。

《萝莱特》选自维尼的短篇集《军人的屈辱与伟大》中，这个集子由三个短篇故事组成，出版于1835年。我们知道，维尼出身于贵族，青年时期正值波旁王朝复辟，这决定了他在政治上基本上是属于保守的贵族阵营。《萝莱特》开头时，路易十八从巴黎撤退的场面，就是以维尼自己的生活经历为基础写成的，那时，他正作为国家卫队护卫着路易十八逃避拿破仑百日政变的军事锋芒。《军人的屈辱与伟大》中的短篇多少反映了他对旧时代、旧制度的同情，但如果加以比较的话，《萝莱特》在这方面还算是最轻微的。而且，作品毕竟是30年代中期的产物，距资产阶级与封建阶级、进步与反动的斗争时日已久，作者的某种同情已经失去了现实的意义，特别是《萝莱特》这一篇，与其说是与作者的政治态度有关，不如说是作者一种人生见解的表现。维尼的家庭世代都是军人，他自己青年时期便参加了军队，他对于军人有一种职业性的自豪。他说过："在我们这个时代最纯洁的东西，就是士兵的灵魂。"《萝莱特》正是他这一思想的表现。这个短篇的主人公，那个老营长，是一个职业军人的形象，而不是某一种政治势力拥护者的形象，他为法国的好几届政权都流过血。短篇通过他与那一对政治犯夫妇的故事，展现出他那善良、仁慈、坚毅、是非分明、正义感充沛、言而有信的品德。从这个意义上来说，维尼并没有陷于他自己的政治党派性之中，而且也没有赋予他笔下的那一个令人喜爱、令人同情的政治犯以自己党派的色彩。他写出这个仅仅因为写了讽刺诗就惨遭非命的青年和他年轻妻子的悲惨故事，把揭露和控诉的矛头指向了1797年的督政府，督政府是大资产阶级专权的机构，暴虐和腐败本是它的特点，平民革命家巴贝夫和他的战友也正是在1797年被送上断头台的。因此，维尼的揭露和批判在一定程度上还有积极意义。在艺术性方面，这个短篇达到了很高的水平，故事叙述得极为感人，人物形象描绘得鲜明深刻，在这里，一切都是用写实的手法，没有什么风格上的夸张，没有什么奇特的事物，除了老营长身上体现的那种令人惊奇的感情力量。也许正是在这一点上,短篇显示了它的浪漫主义色彩。

在戏剧方面,我们选了三个剧本:大仲马的《亨利三世及其宫廷》、缪塞的《罗朗萨丘》与雨果的《吕意·布拉斯》。《亨利三世及其宫廷》是法国戏剧史上取得胜利的第一个浪漫主义剧本,是它,在1829年推开了长期被古典主义戏剧统治的法兰西剧院的大门,在舞台上获得上演。这次演出虽然不像雨果的《艾那尼》的演出那样成了浪漫主义文学对古典主义彻底胜利的标志,但时间毕竟比《艾那尼》早了一年,其意义无疑不容忽视;而其效果虽然不如《艾那尼》那样具有爆炸性,但也引起了七个伪古典主义作家联名上书查理十世要求禁演,构成了一桩社会事件。在内容方面,它与同年出版的梅里美的历史小说《查理九世时代轶事》不约而同,都是通过法国16世纪动乱年代里的历史题材、宫廷阴谋故事去揭露封建社会的黑暗与贵族统治阶级的凶残。梅里美的小说写的是法国历史上著名的"圣巴托罗缪之夜"宗教大屠杀,直接揭露了发动这次大屠杀的最高统治者查理九世及其宫廷;大仲马的剧本则像是一个续篇,描写了查理九世的继承者亨利三世朝代的黑暗,集中表现这个国王和他的母后以及天主教集团"神圣联盟"的首领吉斯公爵三者之间错综复杂的钩心斗角的权力之争,把封建贵族统治阶级最高层之中的种种阴险、毒辣、卑鄙、凶狠,淋漓尽致地搬上了舞台,这在资产阶级与贵族阶级进行最后一次政治斗争的七月革命的前夕,当然有着现实意义。它是在历史外衣的掩盖下对复辟王朝继续存在的一种现实的否定,它之被禁绝非偶然。大仲马不是历史学家,他的历史剧,正如他日后的历史小说一样,与历史的真实往往诸多不符,同时,他又不是一个严谨的作家,他的历史剧又往往流于通俗剧、传奇剧的水平。在《亨利三世及其宫廷》里,不近情理的巧合、粗糙的戏剧性安排以至机关布景,几乎都经不起推敲,但作者善于安排情节,制造纠葛,因而作品能够引人入胜,显示了他后来在他著名小说中所显示的那种出色的才能。这个剧本具有强烈的戏剧效果,呈现出与传统的古典主义戏剧完全不同的风格。

《罗朗萨丘》发表于1834年,它是法国浪漫主义文学中最优秀的戏剧作品,真正莎士比亚式的杰作。莎士比亚在法国浪漫主义文学运动中一直起着极为重要的作用,他是法国浪漫派的偶像,早在1823年,司汤达就在《拉辛与莎士比亚》中，把莎士比亚当作新文学的旗帜而与古典主义的旗帜拉辛相对。1827年，英国剧团来法国演出莎士比亚的戏剧时，更对法国浪漫派发生了深刻的影响，用他们自己的话来说，这位英国作家的戏剧所展示的境界，对于他们"就像天上的伊甸园对于亚当一样新鲜和令人愉快"。因此，他们在戏剧创作中自然而然就师法莎士比亚，力图创作出与古典主义戏剧风格不同的作品。但艺术上的主张和理想是一回事，能否真正在艺术上达到自己所主张和所理想的境界又是一回事。莎士比亚式的杰作在浪漫主义运动的高涨时期并未出现，而是到了高潮已经过去的30年代方才产生，这就是缪塞的《罗朗萨丘》。

《罗朗萨丘》以16世纪意大利佛罗伦萨的真实历史事件为题材：当时的佛罗伦萨已沦为神圣罗马帝国的属国，傀儡君主亚历山大公爵荒淫暴虐无道，遭到了其堂弟罗朗索刺杀。缪塞的《罗朗萨丘》并不以单纯表现这一事件为目的，而力图表现丰富的历史社会生活内容。它在这个事件的周围，安置了当时意大利社会各阶层的人物，通过他们的形象和活动，展示出16世纪意大利社会的五光十色。剧本一开始就发散着的浓烈的生活气息，人物和情节生动，明显地呈现出了一种莎士比亚式的风格。剧本中的这一历史事件则是在错综复杂的矛盾中进行的：人民群众与暴君的矛盾，暴君与罗马教廷和统治集团内死硬派的矛盾，整个反动统治集团与共和派的矛盾，罗马教廷以及死硬派与罗朗索的矛盾，罗朗索与共和派的矛盾，还有罗朗索作为亚历山大的"帮凶"时与人民的矛盾，以及他作为杀死了暴君的英雄时与人民的矛盾，等等。所有这些矛盾又和最主要、最基本的那个矛盾即罗朗索与亚历山大那隐蔽的矛盾纠缠在一起，有的是牵扯着，有的是掩盖着，有的则是激化着那一主要的矛盾。剧本有条不紊表现了所有这一切，使戏剧冲突不断出现而又层层深入，展示核心，导向高潮。这一个各种矛盾交错冲突的过程里，既增加了戏剧情节的生动性和引人入胜的效果，又充分地表现了社会生活和政治事件本身所具有的复杂性，这是剧本所具有的莎士比亚式的风格的又一方面。当然，剧本最大的艺术成就和最突出的莎士比亚化的标志还在于塑造了罗朗索这样一个具有多式面貌、多种人格和多层心理深度的复杂艺术形象。在佛罗伦萨市民的印象里，他是一个助纣为虐的坏蛋，在公爵眼里，他是得心应手的驯服工具，但在竭力维护公爵的血腥统治的罗马教廷和佛罗伦萨的恶势力看来，他却是一个有颠覆性的危险人物，真正了解他成长过程和性格为人的母亲又对他助纣为虐的行为感到奇怪和不解。他的真面目就这样深深地隐藏着，只是随着事件的发展才逐渐地显现出来。原来他是一个有胆有识、文武双全而又忧国忧民的志士，为了要拯救佛罗伦萨，他制定了刺杀公爵的密谋：他投公爵之所好，充当他攀花折柳的向导和跟班，是为了能接近暴君，获得行事的时机；他促使亚历山大变本加厉，暴虐无道，是为了让暴君与城邦的矛盾深化；他装成一个见了刀剑就害怕的胆小鬼，是为了掩盖他从事英雄业绩的意图和他真实的本领。为了解放祖国的目的，他作出了坚毅的努力，忍受着所有的人的误解和唾骂和自己内心极度的痛苦，正像莎士比亚笔下的哈姆雷特为了复仇而装疯一样。于是，他这种意图与特殊的策略手段之间的矛盾，就造成了他的面貌和人格的多重性，在这一点上，他是一个具有心理深度的哈姆雷特式的人物。而就他的勇敢，他的业绩，他完全没有利己动机、在刺杀成功之后毫无权力野心的高尚品格，还有就他最后悲惨的结局来说，他实际上是一个崇高的悲剧形象，一个莎士比亚笔下的勃鲁多斯式的人物，虽然他被世人鄙称为"罗朗萨丘"。

《吕意·布拉斯》上演于1838年，是雨果著名的浪漫剧之一。浪漫主义戏剧的实绩，虽然不是靠雨果一人创造出来的，但大部分功劳无疑应该归他。1827年，他第一个剧本《克伦威尔》虽然并没有产生什么影响，但其序言却是浪漫主义戏剧乃至整个浪漫主义文学运动的理论宣言。1829年，他的浪漫剧《玛丽蓉·德·洛尔墨》，因其对专制王权的批判而遭禁演；1830年，他又以《艾那尼》的胜利演出，实现了浪漫主义戏剧对古典主义戏剧的彻底胜利。此后，他又陆续不断创作出新的剧作，保持着浪漫主义戏剧的声势。因此，如果说从30年代初到40年代的法兰西剧坛是在雨果的统治下，那也并非是毫无根据的耸人听闻之谈。雨果全部的浪漫剧，在思想内容上的特点，是鲜明的资产阶级民主主义思想，这在当时，特别是在1830年七月革命前，显然具有针对复辟王朝和封建势力的现实战斗性；而在风格上，他以莎士比亚为榜样，力图表现出莎士比亚式的丰富性、复杂性以及强烈的五光十色（但他并没有创作出真正莎士比亚式的作品）。如果要在他十几个剧本之中加以评比的话，比较出色的有《玛丽蓉·德·洛尔墨》、《艾那尼》和《吕意·布拉斯》。这三个剧本中前一个是法国 17 世纪题材，后两个都是西班牙题材，国度虽然不同，格局大体相似，写的都是没有希望的爱情，必然失败的爱情，爱情的双方或者因为社会地位悬殊，或者因为处境截然相反而注定要演成悲剧。在《玛丽蓉·德·洛尔墨》中，是一个妓女与一个为当局所不容、必欲置之死地的青年的恋爱；在《艾那尼》中，是一个被通缉的强盗与贵族小姐的恋爱；而在《吕意·布拉斯》中，是一个仆人与王后的恋爱。至于艺术手法，则是雨果的美丑对照原则的绝对化的运用，人物的对照、情节的对照、性格的对照、形体与灵魂的对照，还有奇特的情节、人物身份的变换、真真假假、阴错阳差，以及不断出现的几乎不可能的偶合以至机关布景，等等。所有这些就足以在舞台上令人眼花缭乱，何况雨果是一个诗人，其词章之华美和台词的抒情性，都增加了吸引观众的魅力。但是，他的这种艺术风格甚少生活的气息，有些做作过分，人物又都是出自作者的想象，而缺少心理深度，因而，这些剧本都没有真正达到莎士比亚化杰作的高度。上述的优点与缺点，既是雨果浪漫剧普遍所具有的，当然也是《吕意·布拉斯》未能例外的。我们之所以在雨果比较著名的几个剧本中选了它，乃因为它是雨果 30 年代中期的产物，技巧比较圆熟，有的人物身上还不乏生活气息，如唐·恺撒，而主人公吕意·布拉斯的确是一个光辉的平民形象，并且多少有一些心理深度。此外，还有一个很次要的原因，那就是因为不久前在我国流传一个名为《疯狂的贵族》的外国影片，自称乃根据雨果的作品改编，我们请译者把《吕意·布拉斯》翻译出来，在这里加以介绍，也是为了便于读者了解雨果的原作与上述的电影改编距离之大。

　　浪漫主义总要结出丰硕的诗果，这在任何国家都不例外。法国浪漫派的诗歌创作当然也是极为丰富的，甚至他们的小说和戏剧都多少打上诗的烙印。诗人不少，诗集也不少，我们这里只选了公认的四大浪漫主义诗人拉马丁、维尼、缪塞和雨果的诗作。拉马丁是最早红得发紫的诗人，他的顶峰时代是 1820 年至 1823 年左右。1820 年出版的《沉思集》使他名噪一时，以致他的第二个诗集又沿用了第一个诗集之名，叫做《新沉思集》。拉马丁的这两个诗集以低吟慢唱所抒发的愁怀和郁闷，正是经历了大革命之后法国贵族们在复辟时期所特有的阶级情绪。《湖》是他的名篇，实事求是地说，这倒的确是一首情诗，写的是逝去了的爱情，失去了的情人，是以诗人自己在爱情上的经历和感受写出来的。就其所写的那种怀念和感伤的情状而言，倒也有几分普遍性，但是，那种不堪回首的基调，特别是诗中那"及时相爱"，"及时行乐"的感慨，却又多少流露了没落阶级的情绪。

和拉马丁比较起来，维尼是贵族浪漫主义文学中思想较为深沉的一个诗人，他不像拉马丁那样浅显，比拉马丁更有思想，他的诗中常有哲理而又不流于说教。《狼之死》是他的代表作，就其艺术性来说，它写得的确非常成功，以不长的篇幅绘声绘色，呈现出一幅生动的情景，诗体严谨，修辞简洁，大有古典的诗风。就其思想内容来说，则表现了没落阶级的另一种不同于颓唐的意志和情绪。狼的形象是死亡的形象，也是孤高、坚忍的形象，正是维尼对于那注定要死亡的贵族阶级的一种诗化，他通过这一在死亡之前显示出某种顽强意志的形象，既流露了他无可奈何的悲哀，又企图唤起自己阶级的某种精神。从这个意义上来说，这首诗的思想是顽固而阴沉，对当时的贵族浪漫主义文学来说，另具一种典型的代表性。

缪塞的诗写得很好，这是文学史上的定评，特别是他的情诗《四夜诗》更为有名。这几首著名的诗，与其说是他手写出来的，不如说是他的心血浇出来的。1833年春季，他认识了女作家乔治·桑，很快就成为她的情人。他们的恋爱热烈而又充满了感情风暴，维持不到两年，终于破裂。《四夜诗》就是缪塞爱情上失意后极为痛苦、极为动荡不宁的心情的产物，最早的一首《五月之夜》成于1835年5月，继之，《十二月之夜》成于同年12月，《八月之夜》成于1836年6月，最后一首《十月之夜》则是1837年10月的作品了。应该指出，缪塞是一个感情敏锐而脆弱、性格柔弱不稳，甚至带有病态的诗人，他的情诗当然都是在个人狭小天地里的呻吟，我们选用《十二月之夜》，只是把它当作浪漫派诗人感情呼号的一个样本。至于《咏月》虽然只是一首小诗，但写得不落俗套，一反文人学士的附庸风雅，而表现了缪塞作为浪漫派中"顽皮的孩子"的才情与性格。

雨果可说是法兰西的民族诗人，他的一生几乎跨越了整个19世纪，而其漫长的创作生涯又都由诗歌贯穿着。他的诗歌佳品不可胜数，选不胜选，仅仅在浪漫主义文学构成法国文学的主流时期，也就是40年代初之前，他就有《短歌与民谣集》、《东方集》、《秋叶集》、《黄昏之歌》、《心声集》、《光与影集》这六个诗集。他早期的诗都集中在《短歌与民谣集》中。众所周知，他的诗歌创作在早期走过一段弯路，其中充满了对君主制度和天主教的狂热、对波旁王朝的奉承和对1789年资产阶级革命的偏见，而在诗艺上则拘泥于古典主义诗歌的格律，语言华而不实，矫揉造作。在20年代中期，随着资产阶级自由主义思潮的高涨和反复辟王朝斗争的发展，雨果的政治态度开始端正，这带来了他诗歌创作的转变。《东方集》就是这一转变的表现。这里的诗摆脱了古典主义的气息，而具有典型的浪漫主义的"五彩缤纷和华丽"，诗律也较过去自由灵活，诗人不再从古代、中世纪汲取自己的诗情，而是任想象驰骋在东方伊斯兰教的异国情调里。重要的还不是《东方集》中诗歌形式的变化，而是出现了新的诗歌主题，对自由的向往和对解放斗争的歌颂，这就是《东方集》中的希腊组诗。我们考虑到这些诗是浪漫主义文学大发扬时期的产物，既标志着雨果诗歌创作的转折，又的确表现了资产阶级浪漫主义文学对20年代希腊民族解放斗争的高昂的热情，所以，从中选择了两首。《孩子》一诗通过对一个希腊儿童的描绘表现了希腊人民对异族压迫者的仇恨；《卡那里斯》一诗，则描绘了希腊解放斗争中的英雄人物以弱胜强、英勇杀敌的壮烈图景。当然，这两首诗远远不能概括雨果诗歌创作的全貌，正如我们以上所选的少数诗歌不能概括拉马丁、维尼和缪塞诗歌创作的全貌一样，我们在这一栏诗选里，只不过提供很有限的几个样品，以使读者对浪漫派诗歌有一个初步的印象。

  在理论批评方面，夏多布里盎的《基督教之精华》与雨果的《〈克伦威尔〉序》，是浪漫主义文学兴起发展阶段的两部极为重要的论著。斯达尔夫人的《论文学》与《德意志论》、司汤达的《拉辛与莎士比亚》也很具重要性，但它们较多地涉及浪漫主义文学以外的一些问题，因此，我们在这里暂不把它们作为主要的浪漫主义理论文献来介绍。至于前两部浪漫主义文学的理论文献，由于一个已有片断的译介[①]，一个已有全部的译

[①] 见《古典文艺理论译丛》第2册，人民文学出版社1961年版。

文①，我们在本书里就不再选用，而选入了戈蒂耶的《〈莫班小姐〉序》。

《〈莫班小姐〉序》写于1834年5月，在作者动手写他的长篇小说《莫班小姐》之前。我们认为，这篇序言是文艺批评史上为艺术而艺术的唯美主义思潮的理论代表作。过去有同志认为："为艺术而艺术的浪漫主义文学，在法国产生于复辟时期。"② 我们不同意这个论断。首先，为艺术而艺术的唯美主义，并不是浪漫主义文学所共有的纲领，而只是以戈蒂耶为代表的一派人的主张，浪漫主义文学的主将雨果，就是唯美主义的反对者，他主张"美为真服务"。其次，浪漫派这种分流不是从复辟时期开始的，那时的戈蒂耶还充满着热情投入了反对伪古典主义的现实斗争。这种分流是从七月王朝开始的。1832年，戈蒂耶就在诗集《阿尔贝丢斯》的序言中，第一次提出了艺术至上的思想，当然，对此有更淋漓尽致的发挥的，还是他的《〈莫班小姐〉序》。正是从此以后，戈蒂耶钻进了他诗歌创作的象牙之塔，由他开创了19世纪唯美主义的形式主义的诗风，直接影响了19世纪下半期的巴拿斯派。从以上这个时间表来看，特别是从作家基本的思想倾向和整个的创作特点来看，在法国文学史上最先代表着为艺术而艺术的唯美主义的，既不是有的同志所认为的维克多·库申，也不是有的同志所认为的巴尔扎克。在这里，必须作一点必要的说明，《读书》杂志上的一篇文章曾经这样指出："第一个认为巴尔扎克第一次使用'为艺术而艺术'这个名词的是柳鸣九同志，见他写的一篇译后记（《古典文艺理论译丛》第十期第158页）。"这是一个误解。事实是这样的：《古典文艺理论译丛》第十期刊载了一组巴尔扎克的文论，其中最后一篇是柳译的，在这一组文论的后面，有一篇总的《后记》（而不是《译后记》），这是该刊编辑部约请一位对巴尔扎克素有研究的同志写的，并非出自柳的手笔，只是因为紧紧附在柳译的那篇文论之后，才造成了这样一个误解。在为艺术而艺术这个问题上，我们一直认为戈蒂耶是为艺术而艺术的唯美主义思潮最早的代表人物，今天，我们在这个集子里请人把《〈莫班小姐〉序》译介出来，并不是因为我们欣赏和赞成他的主张，只是为了把真正代

---

① 见拙译《雨果论文学》，上海译文出版社1980年版。
② 见《为艺术而艺术这个口号》，《读书》1980年第3期，第158页。

表了唯美主义思潮的批评文论提供出来，作为研究者的参考资料。

在这个专集里不可能把浪漫派的文学作品全部译介出来，为了弥补这个不足，我们约请一些同志编写了浪漫主义文学名著的提要；为了比较清楚地表现出浪漫主义文学发展的过程，又约请同志编译了一份年表。最后，还需要说明一点：这个专集，更确切地说，是法国浪漫主义盛行时期的文学，起于19世纪之初，止于浪漫主义文学衰落的40年代初，我们姑且以1843年为界，这年，雨果的《城堡里的伯爵》上演遭到失败。在本专集之中，凡小说选、戏剧选、诗歌选、名著提要以及年表，都以这一上下限为范围。至于属于这一范围里的乔治·桑和她的作品，我们之所以没有选入，是因为准备将来为她编选专集。

（原载《法国浪漫派作品选》，天津人民出版社1983年版）

世界心理小说类别的划分
——《世界心理小说名著丛书》总序

在根植于人性中的永恒的好奇心中，对人类自身的心灵隐秘的好奇，也许居于首位，希腊神话中的夜女神之子莫摩斯就抱怨过前思之神普罗米修斯在用泥和水造人的时候，没有把人心挂在外面，使得人的内心世界无法一览无余。不言而喻，自从人类发明了认知与愉悦两种功能相结合于其中的文学艺术这一意识形态以后，对人自身内心隐秘的探索与揭示，就开始成为这个领域里追求的目的，神话故事中莫摩斯带有既定意向的抱怨就是一个明证。人的心态心理作为文学艺术赖以产生的母体之一，也就是自然而然的事了，事实上，早从古代起，心理描写就已经开始不同程度地存在于文学之中。

然而，正因为人心没有挂在外面，自古代以来，文学中对心理心态的描写显然远不如对人身外的客观现实世界的描写来得经常来得充分，至于我们这套丛书所涉及的对象——通常所谓的"心理小说"，即以心态描写、心理分析为其主要内容或主要特征的小说类别，更是迟迟产生于人类有了成文的文学两千多年以后。

当然，这有其社会根源。如果说人对自己内心状态的体察与感知还是比较直接、比较自由的话，那么，人要在文学作品中充分揭示人自身的心态心理，却并不那么容易实现。在神权与王权统治的时代，人的主体意识消融在神本观念体系（不论是多神教还是基督教、天主教的）与王道意识体系之中，人的自我个性、人对内心生活的关注、人要求表现人的精神隐秘与人的精神世界之幽深的倾向，都被极大地压抑着、遏制着，而文学中的心态描写与心理分析正是以这些为其前提条件、为其产生的土壤的。由此，就可以理解，从古代直到中世纪结束，以心理描写为其主要内容的文学形式何以未能产生，甚至细致深刻的心理描写在文学作品中何以如此少见，同样也可以理解，为什么从文艺复兴之后，也就是从人类历史上人文主义、人本观念的一次大发扬之后，文学中的心理描写才逐渐趋于发达。

有了适宜的气候，还得有文学自身形式的定型与完善，从文学中的心理描写发展为心理描写的文学，仍需一个过程。到 17 世纪，西方文学中总算有了第一部真正称得上是近代"心理小说"的作品——法国女作家拉法耶特夫人所写的《克莱芙王妃》。不过，作为一种普遍的文学现象，心理小说成批地开始在欧洲出现却是 18 世纪、19 世纪的事。这不仅因为这个时期接近并进入人类历史上彻底摧毁封建主义关系的实战阶段，精神领域里正迎来了个性的大解放，个性自由与主体意识正在确立并日益巩固的资本主义关系下，有了空前的发展；而且还因为文学领域里出现了强大的浪漫主义潮流，这一个自我感情大发扬、大泛滥、大表露的潮流，最先为心理小说成批的产生提供了大好的机遇，而便于这种自我大表露的书信体、日记体、自述体小说的出现与流行，则使心理小说有了多种多样的形式。这些形态的心理小说，我们可称之为心理倾诉小说，它们往往以自述的形式来倾吐人物内心深处的思想感情，大多以爱情为题材，表现人物在封建关系或封建关系残余的束缚下，爱情不得自由的内心苦闷、矛盾与愤慨，充满了浪漫的激情。歌德的《少年维特之烦恼》与卢梭的《新爱洛绮丝》就是这一类小说的代表作，它们标志着文学中的心理浪漫主义。

19 世纪欧洲现实主义的文学潮流给心理小说带来了新的发展。在这里，冷静的客观的分析，代替了心理浪漫主义的主观倾诉与尽情宣泄，即使有的作品采取了第一人称自述的方式，但也是一种时过境迁后冷静的分析性的反思，如龚斯当的《阿道尔夫》与托尔斯泰的《克莱采奏鸣曲》。正因为这股潮流中的作家都追求冷静的客观的分析，他们的心理小说也就更贴切地揭示了特定人物内心世界的变化规律与逻辑，在心理刻画上有了更大的深度，在心态描写上也格外复杂细致，这些都是心理浪漫主义所不能相比的，实际上是对心理浪漫主义的一种反拨与超越，我们可以称之为心理现实主义。心理现实主义虽然有其历史渊源，但基本上形成于 19 世纪前期，而更多地出现于 19 世纪后期。在 19 世纪后期，自然主义作为现实主义的一个发展，把人的生理机制、把人的"血"与"肉"带进了文学，同时也就使得心理写实中有了对生理根由的观照与考虑。心理小说发展到这一阶段，题材内容也比以前大为扩充丰富。由于题材内容的不同，我们不仅可以看到爱情心理小说，而且可以看到政治心理小说、伦理心理小说、犯罪心理小说以至更年期的心理小说、妇女心理小说等等。正如现实主义文学潮流在文学史上曾造成了一个辉煌的时期一样，现实主义潮流也带来了一大批心理小说的杰作，从司汤达的小说到左拉、莫泊桑、托尔斯泰的作品，它们的声势如此浩大，它们造就的传统至今仍如此强而有力，以至于人们往往不自觉地习惯把心理现实主义视为心理小说，而往往忽略了心理浪漫主义曾为心理小说开拓了道路，也忽略了日后的心理现代主义给心理小说带来了一片新的风光。

从19世纪后期起，哲学家、心理学家纷纷来深入地研究人的心理机制与变化规律，形成了心理学空前的大发展、大繁荣，特别是威廉·詹姆斯的"意识流"说、柏格森的"绵延"说、弗洛伊德的"潜意识"理论，更把心理学研究推进到现代新水平，并给心理小说的新发展提供了新的扎实的理论基础。与心理学领域里的发展几乎同步进行的是，文学中一种特定的心理描写方法、即意识流方法的出现，而这种方法又几乎是不约而同地出现于德国文学与法国文学之中，德国的施尼茨勒、法国的杜雅尔丹都是这种方法最早的实验者，而后，这种方法在爱尔兰籍英国作家乔伊斯的名著里发展到登峰造极的水平。以意识流的方法创作出来的心理小说，显然是对一切传统心理小说的新突破，就表现内容来说，它不仅有表层意识，而且还有深层意识、潜意识。就表现形态来说，它呈现出内容混杂、打破了时序与空间界限的、意识像水流一般的原始状态；从表现方法来说，它不像心理现实主义那样采取作者介入人物心理过程的方法，而是实现作者的"隐退"，以客观的展现与放映，来代替作者的概述与分析，它一系列新的特点都标志着心理小说发展的新阶段，正由于它是以客观地呈现为特征，有别于心理浪漫主义的倾诉与心理现实主义的解析，有人就把它称为心理自然主义，但如果考虑到在20世纪下半期这一股新的潮流、新的方法中又出现了"潜对话"与"物"主义这类新的成分与新的实验手法，我们不如称之为心理现代主义。

以上是对心理小说迄今为止的发展过程的一个粗浅的理解，按这样一个理解，在法国文学的范围里选编一部包括心理浪漫主义、心理现实主义与心理现代主义的作品集，是我好几年前就有的计划，但由于忙于其他事务，一直未付诸实践。现在，经出版社再三邀约，又得到有关同志的合作与协助，扩大了原来编选的规模，这就是这一套《世界心理小说名著选》的由来。本丛书旨在展示出心理小说三个历史发展的阶段，汇集这一过程中的名著名篇，作为外国文学中的一个特定的系列，一种特定的归纳与整理。属于这个范围的作品为数不少，我们将把它们压缩为有限的篇幅，分为《法国心理小说名著选》、《德国心理小说名著选》、《俄苏心理小说名著选》、《英国心理小说名著选》、《美国心理小说名著选》、《日本心理小说名著选》与《拉美心理小说名著选》七种。如果这套选本对读者了解心理小说这一特定文学类别的历史发展过程，了解不同阶段、不同国别、不同作家的心理小说的特点有所帮助，我们也就达到了预期的目的。

1988 年 9 月

（原载《世界心理小说名著丛书》，贵州人民出版社 1990 年版）

法国心理小说的发展历程
——《法国心理小说名著选》编选者序

一 心理小说的出现与心理浪漫主义的盛行

我们把17世纪视为法国文学史中真正意义上的心理小说的源头,在这个世纪,产生了女作家拉法耶特夫人以心理描写为其主要特色的《克莱芙王妃》,而在它以前,尽管心理描写已经不同程度地存在于文学之中,但却没有这样一部真正可称得上是心理小说的小说,如果我们只把以心态描写、心理分析为其主要内容或主要特色、始终以一个人物(至多两个人物)的内心世界为主要描述对象的小说称为心理小说的话。

在世界各国的小说中,心理描写都是逐渐发展起来的,而由文学的心理描写发展为心理描写的文学,更需要一个较长的历史过程,它必须具备这样一些条件与土壤:允许个性自由发展的社会环境,有利于人的主体意识、自我感知、自我表现的精神气候,对内心世界作充分感受认知的传统与经验之积累以及在文学中表现这些内容的成熟的形式与方法,等等。在法国中世纪,一则因为文学的形式与表现方法还处于初级的阶段;二则因为人的个性、人的主体意识、人对自身内心活动的审视与感受,在神权、教会、宗教思想体系的严密统治下被极大地扼制着,文学中当然不可能出现心理小说这种需要一定条件的更为高层次的小说形态,甚至在这个时期的文学中也未能出现相对说来比较充分的心理描写,即使是触及纯粹属于个人的真情实感的文学作品亦不多见,只有一个具有叛逆精神与玩世不恭态度的诗人,在自己的诗歌里抒写了个人的真实感情,那就是弗朗索瓦·维庸。16世纪在法国是人文主义思潮泛流的时代,这股思潮冲击了神权与宗教思想体系，带来了精神解放与个性自由的新气息，尽管如此，16世纪的文学主潮还只来得及以粗犷的力量去扫清个性自由发展所必需的道路，对社会生活领域与精神生活领域里的障碍物进行第一次冲闯，还没有来得及去探究人的内心世界，去观照人的神经末梢，唯有一批名为"里昂派"的诗人总算是接近了个人情感的领域。由此可见，法国文学也像其他民族的文学一样，要深入个人内心世界的王国，也需要走过一个漫长的旅程。而一个民族的文学只有突入了这个内心世界的王国，愈来愈多地触及个人的真情实感后，再加上小说形式本身必要的发展，才有可能产生出真正的心理小说。

  心理描写到了17世纪的文学中显著增多。首先是莫里哀，我们从他1660年上演的喜剧《斯嘎纳耐勒或疑心自己当了乌龟的人》中，就看到人物的包含了比较充分的心理活动的自白。在那段著名的独白中，斯嘎纳耐勒的嫉妒、愤怒、怨恨与怯懦的心理被表现得很是出色。尔后，莫里哀在《达尔杜弗》、《愤世嫉俗》、《乔治·当丹》与《吝啬鬼》中，均不乏对人物心理有所揭示之笔。紧接着就是悲剧作家拉辛，伏尔泰曾称赞他"在体会感情方面，远远超过希腊人与高乃依"，他1667年、1677年先后问世的《安德洛玛克》与《费德尔》就是他杰出的代表作，在这里，拉辛在古代历史的背景上细致地表现了贵族妇女在本阶级之内的特定困境中所感受到的痛苦、烦恼、矛盾，他的心理描写是如此集中，他笔下人物的心理发展是如此曲折，心理层次是如此分明，内心中的冲突是如此激烈并富有戏剧性，以至我们完全可以把这些作品视为法国文学史上最早的真正意义上的心理剧。而在拉辛之后，就是拉法耶特夫人了，她的堪称近代第一部心理小说的《克莱芙王妃》正是在《费德尔》上演后的第二年即1678年问世的。

  拉法耶特夫人（1634—1693）出身于贵族家庭，丈夫拉法耶特伯爵是路易十三的一位宠臣的兄弟，拉法耶特夫人与宫廷关系密切，又是巴黎贵族上层社会文艺沙龙里的一个成员，曾经参加过高乃依、拉辛亲自朗诵自己剧本的聚会，古典主义文学立法者布瓦洛第一次朗读他的《诗学》时，她也有幸在场。她从事文学创作甚早，1659年，当她二十五岁时，就已经初见成绩，二十八岁时，第一部小说《蒙特邦雪王妃》问世，不久又写作了小说《查依德》，并在路易十四的弟妇奥尔良公爵夫人的直接合作下撰写了这位王妃的传记。拉法耶特夫人很早就与丈夫分居两地，她在巴黎与当时著名的文学家拉罗什富科过从甚密，两人有深挚的感情关系，她还曾与自己的一位拉丁文教师有过一些感情纠葛，也许正是这些经历使她对妇女爱情心理体验甚深，为她写作《克莱芙王妃》这样一部爱情心理小说准备了条件。

《克莱芙王妃》以16世纪前期亨利二世时的法国宫廷为背景，叙述了克莱芙王妃与自己的丈夫以及情人的三角关系，这三个人物都是宫廷队伍中俊美风雅的佼佼者，不仅容貌风度出众，而且品德性情高尚，体现了贵族阶级所可能有的一切文明化的准则与理想。他们都是宫廷的道德规范与荣誉观念的忠实实践者，因而，他们的三角关系中就充满了内心深处的矛盾斗争与缠绵悱恻之情。《克莱芙王妃》以细腻的笔法表现了他们强烈的感情在宫廷环境里，在人际关系的规范、自身的责任感与荣誉观念的制约之下，在日常生活中各种细小的困难妨碍之下，或激荡冲突，或转化变形，或削弱，或强化等不同的状态，这种复杂的状态就像一股强劲的水流在乱石堆中冲击、奔突、分流、平缓、渐息，时而激起小小的浪花，时而蜿蜒流淌，时而无声渗透。拉法耶特夫人很注意在日常生活的过程中去描写人物那些往往以生活细节为契机的心理变化，在她的心理描写中排斥了奇特的、不近情理的浪漫因素，她致力于描写人物心理符合逻辑的变化与变化中的微妙差异，表现人物同一种爱的感情之不同形态及其细微差别、相同情态中的不同内容以及相同情态、相同内容的不同程度与不同层次。《克莱芙王妃》的这些基本内容以及在心理描写艺术上所达到的空前的水平，奠定了它不仅是法国文学史上，而且也是欧洲文学史上第一部真正意义上的心理小说的地位。尽管作者在小说里把她的贵族人物大为美化与理想化了，但她在心态描写与心理分析上对真实的自觉追求，在这两个方面所达到的细致贴切的程度，又足以使人把这部作品视为心理现实主义的一个真正的开端。

既然是开端，我们在这里有必要再停留片刻。为什么在17世纪路易十四统治下绝对王权鼎盛的时期，文学中的心理描写倒有了长足的发展并产生了第一部心理小说？虽然绝对王权的统治在整个社会的范围里并不利于个性的发展与人的主体意识的发扬，但毕竟人文主义思想的暖流横贯法国已有一个世纪之久；虽然专制王权的统治在政治领域里给人以管束与制约，但是，对纯粹的个人感情，特别是男女私情来说，法国宫廷生活与贵族上流社会本来就是自由浪荡的天地，贵族人物个人感情的放任与袒露，在本阶级的范围里几乎达到无拘无束、毫无顾忌的地步。伏尔泰在他著名的历史论著《路易十四时代》中，曾经记载了路易十四与他两个臣子的关系，这个君主在爱上拉瓦莉埃夫人的时候，竟对一个臣子瓦尔德侯爵袒露胸怀，推心置腹，而另一个臣子洛增公爵则有时是路易十四的情敌，有时又充当他的心腹，这种君臣关系就足以说明个人感情、内心隐私在宫廷生活与上流社会公开化的程度，足以说明贵族阶级内部对爱情心理的体验、分析与谈论的普遍化程度。不论是拉辛的心理剧还是拉法耶特夫人的心理小说，所写的正是这个阶级的爱情心理，它们产生于这样一种阶级生活的土壤中，产生于与宫廷关系密切的两位作家之手，也就是完全可以理解的了。而且，《克莱芙王妃》中的心理描写虽然细致生动，但男女主人公以道德克制自己感情的典范行为，正符合路易十四王朝所提倡的理性精神，打上了路易十四规范的烙印，因此，有意无意为路易十四王朝唱了赞歌。当然，从心理小说的发展来说，拉法耶特夫人个人的重要意义是毫无疑问的，她以这部小说显示了她创造性的才能，并作出了划时代的贡献。

　　18世纪在法国是一个新旧交替的时代，1789年的资产阶级大革命推翻了封建专制的统治，开辟了资本主义社会的新阶段，在这次革命之前，意识形态领域中持续了几十年的启蒙运动冲击了神权与王权的思想体系以及一切封建的意识形态，为社会大变革作了思想舆论的准备，正是在这样的历史进程中，个性的解放、主体意识的发扬比过去更有了一个飞跃，如果说个性自由与自我意识过去是贵族阶级内部享有的一种特权的话，那么到了18世纪，随着王权与神权的衰落与倾倒，这种精神自由就普及到更广泛的社会层次中，也成为平民的"天赋人权"。由此，文学中对自我感情、内心世界的描写也相应地由上层阶级普及到平民阶层，心理小说也没有继续在贵族上层社会的领域里进一步发展，而在较低的社会平面上有了新的滋生，文学中这一历史发展的代表人物就是让-雅克·卢梭。

　　卢梭出身于平民，早年在社会底层长期过流浪生活，后来自学成材，在音乐、哲学、数学、文学、历史等各方面，打下了广博的基础，1749年、1755年先后以《论科学与艺术》、《论人类不平等的起源和基础》两部论著名震法国，此后，又以《新爱洛绮丝》(1761)、《民约论》(1762)、《爱弥儿》(1762)等重要作品与论著以及晚年写出的自传《忏悔录》，奠定了他在18世纪思想界的崇高地位，成为继孟德斯鸠、伏尔泰、狄德罗之后又一位重要的启蒙思想家、文学家，卢梭对后世的影响是深远而重大的，并表现在多方面。在法国心理小说的发展中，他是一个重要人物，代表着一个发展阶段。

卢梭著名的自传《忏悔录》（1778）虽然并不被人视为一部心理小说，但它袒露地抒写了一个平民知识分子的独立个性与内心世界，在某种意义上又带有"心理小说"的性质，特别是其中个性解放的精神、坦率诚实的勇气、出自内心深处的强烈感情，对后世文学的影响却又不亚于一部划时代的心理小说巨著。卢梭的另一部作品《新爱洛绮丝》倒的确可算一部心理小说，当然，是一种特殊的心理小说。这部作品写一对青年人由于阶级地位悬殊而不能结合的悲剧，贵族少女朱丽因与自己的平民出身的家庭教师圣普乐恋爱而内心充满了感情与名誉、与门第观念、与封建礼教的矛盾，后来在封建家长的命令下嫁给一个年龄很大的贵族后，又以宗教与道德的规范压抑自己内心深处并未熄灭的对圣普乐的爱；圣普乐置身于这样一个命定的悲剧境况中，则强烈地感受着爱情不得自由的痛苦、个人价值得不到社会承认的委屈、不满与愤慨以及面对改变不了的命运而产生的失望与消沉。整个小说以两个人物这些心理内容为其主要的内容，采用了书信体的形式，得以方便地让人物直接倾诉内心深处的种种感受，人物炽热而强烈的感情在社会环境的重压下又是迸发喷射而出的，有如火山口的熔岩之流。这样就形成了作品中人物心理的倾泻方式，我们可以根据这种特点把这种小说称为心理倾诉小说。小说的此种形态归根结蒂还是来自作者本人的激情，首先是他感受了封建社会里等级制度的罪恶，对它怀有极大的愤慨之情，对它的受害者充满强烈的同情与怜爱；正是作者本人这种反封建的激情，使他的人物迸射出强劲的感情之流。虽然法国的浪漫主义文学运动发生在资产阶级革命之后，但早在革命前，法国浪漫主义就已经从卢梭那里得到了个性自由的精神、对个人情感的崇尚以及袒露自己、直抒胸怀的激情与方式。在这个意义上，卢梭是法国浪漫主义的一个渊源，他的《新爱洛绮丝》也可以说是法国心理浪漫主义的一个代表作。

事实上，卢梭在他以后的半个世纪之内，就引发出法国小说中一个倾诉内心感情的高潮，促使心理倾诉小说成批地出现。当然，随着时代的发展，又由于各个作者的经历与立场不同以及所采用的题材不同，各种心理倾诉小说的内容与倾向也就各有差异。在资产阶级革命爆发以前，有拉克洛（1741—1803）以贵族上流社会中放荡淫乱的男女关系为题材的《危险的关系》（1788），虽然作者本人出身贵族，但他深受卢梭思想的影响，在这部书信体小说中，他让贵族阶级的男女在互相通信中用各种形式的自白，暴露出他们淫邪的心理状况与内心中卑鄙的隐私。资产阶级革命后，则出现了夏多布里盎（1768—1848）风靡一时的小说《勒内》（1805），这部小说以自述体的形式，把主人公勒内那种忧郁、孤独、厌世的心理状态描述得充满了诗意与浪漫情调。尽管夏多布里盎所写的实际上是贵族破落子弟革命后在生活中找不到自己位置的内心感受，但他致力于描写人物的心理情状而不是人物的心理内容，因而对处于其他境况的青年也颇有感染力，能引起共鸣，他这种忧郁心态一时颇为时髦，被称为"世纪病"。与此同时，还有塞南古（1770—1846）的小说《奥伯尔曼》（1804）与诺地埃（1783—1844）的小说《萨尔兹堡的画家》（1803）。塞南古的这部书信体小说记录了一个在瑞士漫游的法国青年的内心感受：痛苦、孤独、忧郁与愤世嫉俗；诺地埃的小说则以《烦恼心情的日记》为其副标题，是一部模仿歌德的《少年维特之烦恼》的作品，其中的主人公也是一个敏感多情的维特式的人物，作品就是表现他内心中的那维特式的痛苦、悲叹与呻吟。所有这些小说虽然内容与倾向各有不同，但都采取了书信体或自述体的形式，都以大量地、直率地倾泻人物内心深处的感情之流为目的，充满了强烈的激情力量与浓重鲜明的主观色彩，都可算是心理倾诉小说，属于卢梭所开辟的心理浪漫主义的范畴。

二　心理现实主义的高峰

心理浪漫主义是社会大交替大变动时期的产物，根源于人们面对着重大社会矛盾与激烈变迁时或激昂，或紧张，或不适应的心理状态，它在法国文学史上似乎是一去不复返的，这一方面是因为相同的社会历史条件不会再重复出现，另一方面，更重要的原因则是，它对主观的感情采用倾泻、直抒与渲染的方式，就不免流于自我的膨胀、浮夸、过分与失真，在艺术上容易使人感到疲乏。因此，当资本主义关系在法国趋于稳定的历史时期开始后，由拉法耶特夫人所开辟的心理现实主义又开始恢复了活力，不是在贵族阶级的传统中，而是在新一代资产阶级作家手里、在新的社会层次的基础上得到了继承，而龚斯当与司汤达就是在19世纪上半期继承并发展了这种方法的最为杰出的代表，在他们的作品里，心理现实主义达到了前所未有的高峰。

龚斯当（1767—1830）是法国复辟时期资产阶级自由派的政治家与思想家。他出生于瑞士一个法裔贵族家庭，青年时期受过完备的高等教育。1794年在瑞士结识了法国著名女作家、政治家斯达尔夫人，1795年随斯达尔夫人来到巴黎，参与了法国的政治活动；在帝国期间，因反对拿破仑而与斯达尔夫人一同被勒令离开法国。两人在国外流亡多年，1814年回国后，在复辟王朝时期是议会中资产阶级自由派的领导人，在政治上颇有影响。他在政治理论与宗教史研究与文学批评方面均有论著，但他传世不朽之作却是他的小说《阿道尔夫》，他主要是以这部篇幅不大的小说奠定他在文学史上的地位的。这部小说以他与斯达尔夫人持续了十四年之久的充满了感情风暴的爱情生活为素材，带有很大的自传性质。

小说中的爱情悲剧的根源，不像在《克莱芙王妃》中那样来自道德标准、礼仪规范对人物的束缚，也不像在《新爱洛绮丝》中那样来自等级制度的界线与偏见，总之，不是来自外部的、客观的原因，而恰巧是来自两个情人的内部，而且，对于这一对情人来说，不是未能结合的悲剧，倒是结合之后破裂的悲剧，不是由于爱情的消亡而产生的悲剧，而是由于一方的爱情强烈而炽热、使另一方面追求绝对的独立与自由的个性感到了束缚并力求解脱而产生的悲剧。整部小说几乎都由对双方，特别是对自述者"我"的心理剖析所组成，外部环境与为数极少的其他人物都是陪衬性的，轮廓极为简略，因而，这种心理描写与现实生活中其他的人与事以及日常生活细节的关系甚为微弱，带有相当明显的封闭性，而作者正是要在这样一个封闭性的空间里，集中笔力解析这一对情人的感情矛盾并达到使读者感兴趣的目的。他给自己规定的这个任务无疑具有较高的难度，他只能以细致、深刻、合情合理的心理分析取胜。由于他的心理刻画是以自己深切的感情体验为基础，他成功地达到了自己的目的。他细致地描绘出这两个人物各自不同的心理轨迹、每一轨迹以及每一条轨迹上每一段的起伏跌宕与细微变化。这两条轨迹时而互相迎面交叉，有了一个汇合点又朝两个方向离去；时而平行靠拢，有了一段重叠与结合，而后又出现细小的裂缝，有了微妙的游离；时而若即若离，终于彻底分道扬镳，愈离愈远，酿成了女主人公爱诺尔蕾的死去。作者的成功在于不仅细致地表现了这两条心理轨迹本身丰富而复杂的变化与看起来平常实则充满了心理戏剧性的悲剧进程，而且还深刻地表现出这两条心理轨迹各自变化发展的基础、出发点与内部机制，那就是两个人物不同的个性、气质以及人生观与价值观，虽然这里不存在善与恶的对立，但却足以造成两个人心理上南辕北辙的悲剧。而且，也正因为不是善与恶的对立，这一场由心理差距、心理隔阂而逐渐酿成的悲剧才更为自然可信，更为令人扼腕叹息。作者的成功还在于细致地描述并分析了这两条心理轨迹灵敏而紧张的状态，往往其中的一条心理轨迹的细微变化，就引起另一条轨迹敏感甚至激越的反应。爱情悲剧进程中的某些戏剧性正是由此而来。龚斯当的《阿道尔夫》在心理分析上所达到的深刻程度、在心理描写上所达到的高度艺术水平，在文学史上是不多见的，特别是阿道尔夫这个人物已经成为资产阶级个性的一个典型而进入了经典的人物画廊，所有这些使这部小说获得了心理现实主义杰作的地位。

  19世纪上半期的另一位作家司汤达在心理小说发展中的地位与影响，无疑更超过了龚斯当。司汤达（1783—1842）出生于一个资产阶级家庭，在资产阶级革命火热的岁月里度过了童年，青年时期又恰逢代表着法国革命最后阶段的拿破仑时代，他在拿破仑军队中服役多年，转战整个欧洲，直到1814年拿破仑失败为止。在复辟时期，他作为拿破仑阵营中的一员被扫地出门，丢了饭碗，不得不到意大利旅居了七年，在此时期，他开始写作。他的文学创作量甚丰，其不朽的代表作是两部著名的长篇小说《红与黑》（1830）与《巴马修道院》（1839），而从心理小说发展的角度来说，他杰出的贡献则是《红与黑》。司汤达生活在资本主义与封建主义两种制度、共和国与君主国两种前途、进步与复辟两个阵营激烈斗争的时代，他从思想到行动都属于进步的反封建复辟的阵营，但他却遇上复辟倒退的时期，他在复辟王朝时期不仅感受到尖锐政治矛盾，而且还感受到个人自由发展与封建等级制的冲突，这构成了他创作著名小说《红与黑》的思想基础与心理基础。

《红与黑》在文学史上的意义是多方面的，它在心理分析上的成就只不过是它多方面成就中的一个方面而已，而它在心理分析上的意义，同样也是多方面的。

我们可以把它视为一部性格心理小说，因为它写出了构成主人公于连表里不一、双重人格这一特定个性的全部心理内容；写出了于连内心里向往资本主义价值标准、企望在容许自由施展的社会条件下以自己的才能、意志与精力来建立业绩、得到社会承认、获取地位与财产，但在行动上却不得不屈从复辟时期封建贵族阶级的价值标准、不得不服从复辟社会的等级规范的那种复杂的心理状态；写出了他恃才自傲、藐视居高位的贵族而在实际生活中又不得不听从他们调遣的那种复杂的心理状态。正是这种极为复杂的心理状态，使于连这个在复辟时期特定历史条件下的小资产阶级人物陷于人格的分裂，具有了貌似达尔杜弗的双重性格，而这种复杂心理状态的本身又包含了极为深刻的社会历史内容。

我们也可以把《红与黑》视为一部爱情心理小说，因为它写出了于连在德·瑞那夫人、玛特尔小姐这两个贵族妇女的爱情生活中的复杂而微妙的感情与心理，而这两次爱情在作品中占有了相当重要的地位。作者对于连的爱情心理的描写无疑是文学史中同类描写中颇具特色、很有深度的。在于连的爱情中，既有异性美的吸引，也有占有欲的推动，更令人注意的是，还有平民、卑贱者那种强烈的逆反心理以及在复杂环境中提防戒备的警惕意识，而最后，又不乏出自灵魂深处的真挚柔情。这种爱情心理之所以异常复杂，就在于它受制于社会地位、环境情势、思想观念以及自然人性等多元因素，并往往在不同因素的制约下、朝不同的方向、按不同的逻辑发展变化，形成了一种充满了矛盾冲突、变幻不定的复杂心态。于连在花园里下决心去握德·瑞那夫人的手的那一章与他接到玛特尔约他幽会的信后从犹疑不决到作出种种应变安排的那一章，就是这种心态描写、心理刻画的绝妙篇章，足以在爱情心理小说中享有经典性的地位。

我们还可以把《红与黑》视为一部政治心理小说，因为它很有深度地刻画出了一个小资产阶级青年在两种政治信仰、两种政治制度、两个政治阵营尖锐对立的社会现实中复杂的政治心理以及由此而作出的选择、而采取的态度，特别是揭示了他对拿破仑帝国与复辟王朝、对拿破仑崇拜与保王主义的深层感情，描绘出他在自己的生活道路、处世态度、爱情、向上爬、参与政治阴谋以及生与死等问题上精细的政治考虑。这种政治心态描写在小说中经常可见，其中有不少极其深刻而精彩的章节，如他失败后在狱中对自己奋斗经历与当前处境的分析与思考，就是文学中心理描写的辉煌范例，其中明智的哲理、清醒的形势感、对社会现实必然性的认识、对死亡的预见与悲凉的身世感杂然交织，构成了深沉的政治心理悲怆交响乐。也正因为人物的政治心理表现在他几乎所有的行动中，渗透在他的人格心理与爱情心理中，政治心理的描写在小说中居于一个统率全局的地位，我们也就可以把《红与黑》主要视为一部政治心理小说了。

司汤达的心理分析与心理描写不仅以细致、严谨与准确见长，而且总是结合着一定的客观现实与境况，不像龚斯当那样往往脱离具体事件对心理作纯定性分析。在这一点上，他继承了拉法耶特夫人的方法并把它推进到新的高水平，但他又不像拉法耶特夫人那样有时在贵族人物矫饰的感情中兜圈子，而是直剖人物最真实、最可信、最自然的心态。他不仅是自觉意识、表层意识的明晓的表现者，而且他还开始触及人物的深层意识，于连第一次到市长家去的路上经过教堂时所见到的带有神秘主义、象征主义色彩的情景：印着一个人死刑消息与"第一步"字样的碎纸片以及圣水缸旁的"一摊血"，实际上就是他对自己打进上流社会去的前途的一种预感，而这种预感正是来自他作为一个平民知识分子在复辟时期由于被压抑而形成的某种不自觉的恐慌心理。《红与黑》在心理分析与心理描写上所达到的多方面的成就，显然大大超过了以往任何一个作家，即使是时至今日，这部小说仍然在法国心理现实主义中占有难以超越的崇高地位，这也是它成为世界文学中最引人注目的少数经典名著之一的原因。

三 心理现实主义的新发展

　　小说史的发展并不就是心理小说史的发展，因为有小说并不就等于有心理小说，即使出现了优秀的小说家、优秀的小说作品，也并不意味着一定出现了重要的心理小说家、心理小说作品。司汤达以后的现实主义小说的发展就是如此。虽然巴尔扎克是小说创作中的伟人，但他致力于时代风俗场景的描写，因此没有献出心理小说史上的代表作。福楼拜在法国小说史中也是一个承上启下的重要人物，他的杰作《包法利夫人》与《情感教育》中也有一些细致的心理描写，但他并不专注于此，并不在小说中始终以一个人物的内心活动为中心。法国心理小说更进一步的发展是在他们之后的左拉手里才有的事。

　　左拉（1840—1902）在文学史上的贡献远非限于心理小说。他生活在现代资本主义的初级阶段，这个初级阶段的重要标志之一，就是社会生产力与科学技术的迅猛发展：工业领域不断扩大，工业生产成倍地提高，自然科学新发明、新学说不断涌现。与此相适应的是，崇尚科学精神与实验方法的实证主义哲学极为流行，并渗透到这个时期的文学思潮之中，从巴尔扎克就已经开始的现实主义创作方法与自然科学的结合，到这个时期更成为了一种强大的潮流。左拉在创作思想上本来就是一个现实主义者，又受到时代潮流的感应，所以十分自然地致力于文学写实与自然科学的结合。他接受了达尔文主义以后法国生理学、实验医学、遗传学的影响，有意识、有计划地将这些学说的认识与观点运用于文学领域，提出了自然主义实验小说创作论，并创作了自然主义的巨著，包括了二十部长篇小说的《卢贡·马加尔家族》，通过一个家庭的发展变化表现了一个时代的社会史，推动了现实主义发展到一个新阶段。左拉对现实主义的发展的贡献之一，是开辟了对人的描写的一个新的方面，深入到心理刻画的一个新的层次。在他以前，几乎所有的作家在写人物的时候，往往限于写他（她）在某种环境中、某一情势下的行为、态度、反应与内心中的活动，而内心活动则不外是思维与情感，巴尔扎克比这深入了一步，他进而写人物的"情欲"，在他笔下，这种"情欲"是与气质有关的。左拉比巴尔扎克更深入一步，他第一次把人的生理机制引入了文学，表现了人的"情"、人的精神活动与人的血肉、人的生理机制的关系，表现了人的"情"与精神活动所具有的生理机制的根由，这就把文学中对人的认识与描写推进到一个新的层次，因而也就使得心理小说别开生面。

左拉以当自己时代的书记为己任，他并不专致于心理小说的写作，在他的作品中只有《泰蕾兹·拉甘》(1867)与《玛德莱娜·费拉》(1868)可算是心理小说。这两部作品写于《卢贡·马加尔家族》之前，在左拉开始形成自然主义创作思想的时候，是他早期自然主义的重要作品，其中《泰蕾兹·拉甘》在艺术上更为成熟，作为自然主义的心理小说名著，在心理小说史上具有重要的代表性。

《泰蕾兹·拉甘》所写的人物心理，从其性质来说，是一种犯罪心理。小说的故事实际上由两大部分组成，即泰蕾兹跟洛朗在道德上的犯罪与他们在刑事上的犯罪。道德上的犯罪是他们两人的通奸，刑事上的犯罪是他们互有默契地谋害了泰蕾兹的丈夫卡米耶。小说中人物的心理活动几乎都是围绕着这两次犯罪，因而，道德犯罪心理描写与刑事犯罪心理描写就成为小说两个主要内容。在小说里，左拉不仅把人物在每一个特定时刻的心态横断面，结合着人物具体的语言与行动，展示得清晰细致、怵目惊心（如洛朗到停尸房去察看卡米耶尸体时的恐惧心理），而且，更主要的是把整个事件过程中人物心理发展变化的线索与逻辑描述得环环紧扣。这个过程从道德上的犯罪到刑事上的犯罪、再到自食其果，其间的谋杀与最后同归于尽的结局，不论对于被害者、对于这个家庭，还是对于泰蕾兹与洛朗他们自己，都是极为可怕极为悲惨的，而所有这些既不是环境所造成也不是周围人所促使，而正是泰蕾兹与洛朗这两个人自我心理变化的后果。从小说的创作来说，这就需要表现出这一发展变化中强有力的逻辑力量，足以推动事件进程的逻辑力量。左拉出色地做到了这一点，令人信服地表现出了导致两人最后一道毁灭的这一逻辑。如果说，在这一必然的发展之中基本上不存在外在的人与物的决定性影响的话，那么在这两个人同样也带有一定封闭性的整体中，却存在着对方作为客观的异己存在的重要的相互影响与作用，这种异己性特别在刑事犯罪之后，由于两个人不同的经历、身世、品行以及各自在谋杀事件中的作用与地位而愈来愈明显突出，由心理中的隔阂发展为矛盾、摩擦、敌对、戒备,最后变为仇恨并推动着事态向毁灭的结局直转急下。值得注意的是,在小说中,虽然第一次犯罪即两人的通奸是后来一连串事件的根由,但左拉却以作品的大部分篇幅来写第二次犯罪即谋害事件后人物心理的发展,突出表现了犯罪心理:恐惧、疑虑、悔恨、不安等等,最后让他们在痛苦中毁灭,显示出了作者本人的道德倾向。

作为自然主义的心理小说代表作,《泰蕾兹·拉甘》最主要的特点,是写到了人物的心理机制与生理机制的关系,表现出人物的言行以及心理活动在血肉之躯中的根由。左拉写这个妇女,与巴尔扎克写的女性不一样,不仅赋予她"情欲",而且写出她的"肉欲"。她体内有"非洲的血液",体格强健,肉体"不知满足",却置身于比包法利夫人的环境更为沉闷阴暗的环境里,守在一个从小体弱多病、不能人道的丈夫身边,正是生理上的饥渴决定了她不自觉地期待着一个情夫的心态。至于洛朗,则是那种一旦离了女人就无法生活的强烈肉欲,使他一见泰蕾兹就产生了邪念。总之,在这里很明显是生理机制的根由决定了人物的心理状态,决定了他们在行为上一拍即合。同样,在成奸之后,又是生理机制的原因发生作用:放纵的肉体享乐、强烈的性刺激,使人物心中的占有欲发展到极端,从而萌生谋害丈夫的意图,推动人物从道德上的犯罪又走向刑事上的犯罪。如果左拉只是表现出上述过程,那么小说只不过是一个宣扬自然本能、格调低下的通奸故事,但他几乎只是以此作为起点或开端,而着力写另一个过程,即心理机制又反过来对生理机制发生影响的过程。在他的笔下,这两个人物虽然由于"本能的冲动"而"大脑失调"并犯下了罪行,但他们毕竟是人,即使结了婚、逃脱了法律罪责,却免不了种种复杂的犯罪心理,而这种心理又不断侵蚀扩张,发展为恐惧、悔恨与痛苦,并反过来作用于他们的机体与生理,竟使他们原来相互的性吸引力与对肉体享乐的追求荡然无存,甚至产生肉体上的憎恶,而这种生理状况又进一步加深了那种矛盾、敌对的心理危机,两者不断相互影响,形成恶性的循环,导致了最后两人的同归于尽。至此,左拉就成功地表现出了人物的生理机制与心理机制互相影响、互相作用的辩证关系,对他们作为活生生的人在精神道德与法律行为上的病态病理,提供出一份形象的真实的实验报告,也使得在以往的文学中已经出现过千百次的"奸夫淫妇"的题材焕然一新。

《玛德莱娜·费拉》是《泰蕾兹·拉甘》的姊妹篇，有异曲同工之妙，也是致力于表现心理机制与生理机制之间的关系，表现人物身上"灵"与"肉"的冲突，甚至故事情节也大同小异。所不同的是，玛德莱娜因为在生理上、在性的关系上被过去的情夫雅夫打上了深刻的烙印而在心理上始终未能摆脱其影响，这种心理影响甚至使她婚后与丈夫纪尧姆所生的女儿，竟在相貌上酷似多年前的情夫。在这里，左拉过于迷信当时流行的"渗透论"的生理学说，并把它作为这部小说的基本构思，反倒使小说比《泰蕾兹·拉甘》少一些可信性，失去了持久的生命力。

在自然主义文学潮流中，莫泊桑也是一个对心理小说有所贡献的大作家。他是早已有之的现实主义传统的后继者，直接师承福楼拜，而后，又接受了左拉的影响，成为以左拉为首的自然主义流派梅塘六作家之一。虽然他主要的文学业绩是短篇小说创作，但他的长篇小说亦很有成就，如果说他的短篇小说是以叙事见长的话，那么他在长篇中则显而易见地更注意对心态心理的描写与分析。他第一个著名的长篇小说《一生》中，有对妇女心理的细致而出色的描写，如果不是对女主人公一生的叙述相对地在小说中占较大比重的话，我们简直就可以把它当作一部妇女心理小说。而在他的其他五部长篇小说中，可算作心理小说的就有三部之多：《皮埃尔与让》，《不可抗拒的爱》与《我们的心》。在《皮埃尔与让》中，主人公面对着围绕一笔遗产的某些迹象，产生了猜测、分析、判断等心理活动，终于发现了自己母亲早年的私情与自己家庭的不完整性，由此又引起了家庭生活中种种心理纠葛与矛盾，整个小说所写的是一种家庭伦常关系的心理。在《不可抗拒的爱》中，一对长期保持着关系的情人，在双方即将进入老年时期的时候，感情生活中发生了极为复杂而微妙的变化，潜入了危险的阴影，并导致了深刻的裂痕，整个小说写的是人生中一个特殊阶段的感情心理，即更年期的不平衡、不稳定的感情心理。在《我们的心》中，男女主人公都是上流社会有文化教养的有闲者，由于一方在心理上的历史积淀而使得他们的爱情关系时冷时热，若即若离，小说写的是雅士名媛的纤细精致的爱情心理。从这几部小说的内容来看，莫泊桑无疑给心理小说带来了一些新意，在一定程度上对心理小说的题材有所开拓，而他的这种开拓性又多少带有自然主义的色彩,即把与血缘问题有关的心理活动以及人在某种自然生理期的心理活动引入了文学,特别是《皮埃尔与让》更要算法国心理小说史上一部出色的作品。

在《皮埃尔与让》中,莫泊桑摒弃了对任何其他趣味性成分的追求,而专致于揭示人物内心世界的状态与规律。皮埃尔是小说的中心,他的思想情感不断起伏变化,而他自己又不断进行自我分析,由此,人物的内心活动在小说里占有绝大的比重,不仅故事是随着人物的心理活动而开展的,而且,作为故事背景的历史事实也是通过人物的观察、思考、窥测、分析而逐渐显露出来的;人物内心种种思绪的滋生、发展、起伏、变化并非凭空而来,它们往往与日常生活紧密相联,琐碎的生活细节、无关紧要的某种形象就足以成为一种心绪、一段心理活动的诱因与契机。人物的内心活动与日常生活这样互为因果、互相推进,形成了一个表面平静得难以察觉、实际上锐利得令人心碎的伦常感情的悲剧。《皮埃尔与让》作为心理小说的意义还在于它展示了各种不同的心理描写。这里,既有皮埃尔连绵不断的心绪,也有让明白了真相后在如何对待遗产问题上思想斗争中的反复与思考中的不同层次;特别值得注意的是,莫泊桑实际上把朦胧意识的描写带进了文学,如皮埃尔在得知弟弟获得遗产后莫名其妙的烦恼、两兄弟在母亲与罗瑟米丽太太面前不自觉的较劲、皮埃尔对母亲那种不近人情的怨恨等等。莫泊桑还在对朦胧意识进行分析的基础上,表现了人物之间难以察觉、难以言传的非理性的感应关系与直觉交流,如第五章中皮埃尔与母亲两次关于一张肖像的谈话以及皮埃尔在客厅里来回走动时"都遇着他母亲的眼光"的情景,这些对内心活动外露形态的描写显然突破了19世纪上半期文学中的既定方式,有助于揭示内心深处微妙的活动,开拓现代心理分析文学的先声。

在作为现实主义发展新阶段的自然主义对心理现实主义作了新的开拓以后,法国心理小说更大为盛行,使得19世纪后期成为法国心理小说大繁荣的时代。这种繁荣与法国心理学的发展是同步进行的。这个时期正是法国心理学作为独立学科创建起来、发展起来的时期,著名心理学家李博(1839—1916)于1885年在巴黎大学主持专题讲座,是法国大学中实验心理学课程的开始;1889年,法国第一个心理学实验室在巴黎大学建立;

1895 年，另一个重要的心理学家比莱（1857—1911）又创办了第一种心理学杂志《心理学年刊》。相应地，在这个时期的文学中从事心理小说写作的作家比任何时代都大为增多，心理描写、心理分析的题材与方法也呈现出多样化，值得一提的作家就有弗罗芒丹、布尔热、普雷沃、厄尔维欧、艾斯多尼埃、波尔多，布瓦勒夫、巴赞等一大批。

弗罗芒丹（1820—1876）的代表作是他的自传体小说《多米尼克》（1863），它继承了 18 世纪心理小说的传统，以细致的描述表现了强烈的感情，带有浪漫主义的色彩。普雷沃（1862—1941）以对女性内心隐秘的描写而著称，他对妇女心理的分析研究是他大部分作品的主要内容，其中以《有污点的处女》（1894）最为有名，"有污点的处女"（或"半处女"）一词也因此而进入了其他国家的语言。厄尔维欧（1857—1915）的代表作是《自我画像》（1893），它通过书信体的自述毫不留情地揭示了巴黎上流社会人士的卑劣心理。艾斯多尼埃（1862—1942）在《隐蔽的生活》（1908）、《巴斯莱夫先生的腾达》（1919）中表现了对心理描写的巨大兴趣，并力图表现平凡无奇的内心生活中往往能闪现出高尚感情的火花。波尔多（1870—1963）的小说以家庭问题、宗教问题为题材，致力于描写人心的自然状态以及与传统习俗的精神冲突，主要作品有《何凯维尔一家》（1906）等。布瓦勒夫（1867—1926）的小说则主要是描写爱情欲望所引起的心理混乱，代表作有《圣女群芳玛丽》（1897）等。巴赞（1853—1932）也是一个注重性格分析与心理描写的作家，他以表现乡村农民的心理状态而著称。所有这些作家，除了少数一两位有心理浪漫主义的倾向外，基本上都属于心理现实主义的流派，他们的出现证明了心理现实主义强盛的生命力。

在 19 世纪后期相当一批从事心理描写的作家中，布尔热（1852—1935）是一个更为重要的代表人物。他的才能是多方面的，最初以三个诗集登上文坛，不久又在理论研究方面以《当代心理学论丛》（1883）一书而一举成名，而后才从事小说的创作。他在长、短篇小说的创作中均有不少成果，并在散文、文学批评与戏剧方面亦有建树，他属于作家兼学者型，1894 年当选为法兰西学院院士。

作为小说家，布尔热突出的特点与显著的成就，在于心理分析，他的几部重要的长篇小说《安德雷·高莱利》(1887)、《弟子》(1889)、《国际都会》(1892)、《阶段》(1902)、《离婚》(1904)、《中年魔障》(1914) 等，在不同程度上，都可算心理分析小说，由此，他在法国心理小说史上占有了一个不容忽视的地位。而作为心理分析小说家，他基本上属于心理现实主义潮流，他既有小说创作实践，也有理论研究。他的理论研究先于他的小说创作，他在成为心理分析小说家之前，就已经是心理分析的理论批评家，而他的心理分析小说正是他心理学思想的体现。在心理学思想上，布尔热深受近代心理学的影响，他相信人心的变幻不定，人的内心中常混杂着、隐伏着无数从非理智的深渊中涌现出来的种种不同的意念，他以这种理论为基础，打破了过去一些作家的人物描写中常有的"性格统一"，而力求表现人物内心中奇特的多元分裂的状态，把人物复杂的内心世界呈现为多重的人格。他也曾接受实证主义与自然主义的影响，但他却自觉地回避自然主义在心理分析中常引进的生理因素，不像自然主义作家那样经常把心理现象归结为血肉生理条件发生作用所致。他感兴趣的只是心理活动本身，满足于对它们进行封闭式的细致的分析，在这一点上，他可说是拉法耶特夫人与龚斯当的传统的继承者。由此，布尔热往往是到闲愁聊绪浓厚、心理活动更为细腻复杂的社会层次中去寻找题材与人物，他的作品大都以上层社会为背景，他的人物主要都是绅士淑女或知识分子。如果说他的心理描写也与自然主义有关的话，那就是它也以精确性与科学性见长，他经常还在作品中以直接或间接的方式进行指点评说，解释人物的行为，揭示人物的心理；在某种意义上把小说当作精神解剖学的论文，显露出他身上存在着小说家与心理学学者的分裂。

布尔热的代表作是《弟子》。这部小说的主体部分是平民知识分子格雷斯鲁与贵族小姐夏洛特的爱情悲剧。与《阿道尔夫》一样，这个悲剧与外部的任何社会原因以及任何其他人物均无直接关系，全是两个人物心理上的复杂原因造成的。夏洛特是一个敏感、善良、富有浪漫激情然而却有强烈的自尊心与执着的勇气的姑娘，她爱上的这个平民知识分子却偏偏又是一个人格分裂、思想复杂、感情变幻不定的青年，他既不能说是好人，也不能说是坏蛋。夏洛特被他有计划地撩起了爱情并委身于他之后，不幸地发现了他居心叵测、不怀好意的一面，因而痛苦而又高傲地自尽了。小说同样采取了男主人公自述的方式，它的出色之处在于深刻地剖析了这个人物的多重人格与分裂状态，他既正派、虔诚、执着地追求学识，又不诚实、惯于作假；既有平民知识分子的良知，又有爱好虚荣、仰慕贵族的心理；既有脱俗的趣味，又有淫邪好色的习性；他对夏洛特既有冷酷的预谋、粗俗的肉欲，也有真诚的热爱、难以克制的内心冲动与痛苦的恋情。小说所表现出来的人物内心世界的复杂性显然是符合近代心理学的理论的。小说在分析主人公多重人格形成的原因时，也接触到遗传的原因，但它只承认了精神、气质与性格特点的遗传，而把生理的遗传排斥在外，说明了作者在这个问题上的观点与左拉不同。小说的主人公本人就是一个对心理学有研究的青年学子，他在引起了这桩惨案因而被捕之后写下了自己的忏悔，作者利用这种安排让他以丰富的心理学知识分析了自己整个心理过程，虽然小说因此而有一种心态病理报告式的理论色彩，但正显示了作者对心理活动深刻的洞察力与剖析力，这就足以使这部小说成为心理现实主义的心理分析名著。

四　心理现代主义的产生与发展

在不止一种文学体裁上，法国 19 世纪后期的文学都开 20 世纪文学之先河，在心理小说上也是如此。这个时期的自然主义小说对下个世纪文学中的心理描写与心理分析的影响自不待言，就是 20 世纪大为昌盛的心理现代主义也应溯源于 19 世纪末期心理学的新发展与新型心理小说的出现；正是由于心理学的发展提供了对心理活动更为深入细致的认识，再加上文学表现方式的更新，才造就了声势浩大的心理现代主义。

心理现代主义的小说以及与它相关的理论学说，是一种泛欧美的文化现象，它先后出现于欧美各国的时间差不过一二十年：在心理学理论上，1890 年，美国心理学家威廉·詹姆斯提出了意识流的新概念与新理论，由此到 20 世纪初，又有法国哲学家柏格森提出了内心意识的绵延说，奥地利心理学家弗洛伊德提出了意识、前意识与无意识的理论；与此相应，心理现代主义小说也出现于这一阶段，1887 年法国杜雅尔丹的《月桂树已经砍尽》就是心理现代主义小说的第一只燕子,不久,在20世纪初又出现了奥地利作家施尼茨勒的《古斯特少尉》(1901),而后,到20世纪二三十年代,欧美心理现代主义小说就出现了以普鲁斯特、伍尔夫、乔伊斯为代表的高潮。

杜雅尔丹(1861—1949),受过系统的高等教育,多才多艺,兴趣广泛,他所学的专业是音乐,对文学创作也很有兴趣,青年时期,正赶上象征主义思潮在法国高涨,他曾深受其熏陶。他在音乐喜剧、悲剧、小说、宗教研究方面都做过尝试,但没有锲而不舍的精神,加以生活浮华,有时不务正业,因而成就有限,除了在音乐方面写过一些出色的评论外,他重要的文学业绩就只有《月桂树已经砍尽》了。

这部作品在心理小说史上具有划时代的意义,它第一次运用了意识流的方法,并且日后直接启发了英籍爱尔兰作家乔伊斯写出意识流小说的经典名著《尤利西斯》。小说的内容相当简单,只是写一个青年人与一个歌女一次约会的过程,从一天的傍晚至深夜,几乎无故事情节可言,仅有他赴约在街上闲荡的细节与其间的心绪而已。故事情节在作品中如此不占重要地位,淡化到这样的程度,这在传统的心理小说中是少见的,在这点上,《月桂树已经砍尽》显示了新的现代风格,完全摆脱了对具有戏剧性的生活过程的追求。值得注意的是,小说对时间的处理:虽然小说中人物活动的时间是从傍晚到深夜短短几个小时,然而,在这段时间里,人物的心理活动中却具有更大的时间跨度;在他这段时间的心理活动里,既有对现时的感知,也有对过去的回忆与对未来的想象,这就出现了柏格森后来所区分的实际时间与心理时间。小说正是建立在这两种时间的差距上,即通过有限的实际时间中的心理时间,表现出更为绵延的实际时间中更多的生活内容,使读者从这个青年这一次毫无结果的约会看到过去很多次类似的约会,看到相当长一个时期里他对这个歌女的徒劳的追求与他的精力与钱财的白白消耗,从而对那个象征意味十足、其隐喻来自一首民歌的首句"月桂树已经被砍尽,美人把树枝捡个干净"的小说标题有所领悟。更值得注意的是小说中人物心理活动的形态,与传统小说中那种带有持续性、逻辑性、条理性、明晰性的心理活动不同,这部小说里的心理活动是非逻辑性的——有些零乱;是非持续性的——断断续续,不时闪现;是非条理性的——往往杂然纷呈；是非明晰性的——有些模糊、不自觉。总之，这里的心理描写已经表现了西方现代心理学中所谓的意识流的那种自然、零乱、混杂的动态，虽然小说在对时空的处理与对意识流的描写方面还相当简单幼稚，甚至有些原始，但它已经第一次显示出了心理现代主义的若干重要特色，而这些特色后来到普鲁斯特、乔伊斯那里又有了进一步的发展。

在法国现代心理小说中，普鲁斯特至今仍占有着至高无上的地位，就像巴尔扎克在社会写实的领域、雨果在浪漫激情的领域里那样。普鲁斯特借以获得这种地位的文学成就主要就是一部篇幅浩大的长篇小说《寻找逝去的时间》。这部小说在规模上几乎可与巴尔扎克的《人间喜剧》、左拉的《卢贡·马加尔家族》媲美；在对内心活动、内心感受的入幽入微的描写上，则是无与伦比的。而且，它置身于心理现代主义的潮流中，在观念上与技巧上又提供了新的理解与新的经验，从而使心理现代主义获得了它的第一部经典名著，大大推进了心理小说的深入发展。

普鲁斯特（1871—1922）是一个富家子弟，受过良好的教育，从小喜爱文艺，中学期间，接触并钻研过柏格森的哲学，青年时期常涉足巴黎的上流社会与文艺界，早年发表过一点随笔、纪事之类的作品，也翻译介绍过英国艺术评论家罗斯金的作品。他从小体弱多病，1906年后就因哮喘病而闭门简出，倾其全力创作了《寻找逝去的时间》，他在世的时候，发表了小说的前四卷，后三卷是他去世后才问世的。

《寻找逝去的时间》在某种意义上是普鲁斯特病榻生活的结果，是他抚今追昔的精神状态的产物。在蛰居或卧床的日子里，惋惜自己的岁月流逝一去不复返，于是产生了"寻找逝去的时间"的企图与意志，以这种意念与毅力，他终于把那些逝去的时间重新寻找回来，使它们凝聚为他的这部长篇小说，在这个意义上，他的整个创作活动就是在厚重的岁月积淀下搜索与挖掘一段段深埋的时间，用文字使它们成形复活。然而，实际的、客观的时间是不可能找回来的，他所能找回来的只是他心理中的时间，即他自己所谓的"想象中的时间"。正因为他怀着这样一个独特的创作思想，所以这部作品不像传统的小说有一个或两三个主要角色，又不像自传或回忆录有一条发展的主线，如果说它有什么主要角色或什么主要内容主要成分的话，那就是时间，是柏格森哲学中所谓的"心理时间"，或者说，就是已经逝去的实际时间在作者心理中的再现。小说的这一根本的性质与其中所体现的作者的观念，决定了小说在内容与表现方式上一系列特点。

小说按照事物本来的原始、自然的面目，从心理时间的勾引而出，到心理时间的扩张、充实、繁衍、发展，从记忆与想象的闸门打开，到记忆与想象中的内容大释放、大流泛，本身就表现出了一种意识的流动。小说的空间起点最初是作者本人的房间与病榻，实际时间的起点是养病生活中的不眠之夜，意识呈辐射形向四处流动，伸伸缩缩，没有固定的方位与着力点，偶尔由如今所躺卧的房间联想到了儿时在贡布雷的卧室，由目前的失眠联想到儿时在贡布雷时晚间的不乐于就寝，由此，有关贡布雷时期童年生活的种种景象纷至沓来，联想翩翩，形成了一个定向的意识之流，不断地泛出。但是，泛流而出的毕竟只是那一部分感触最深的景象，其他大量的东西仍然埋在脑海的深处，一时难以把它们寻找回来。偶然一次，一块名叫小玛德莱娜的点心勾起了对儿时吃这种点心时的味觉的回忆，这次味觉的再得，又引发起更多的儿时在贡布雷生活的记忆，这一次闸门打开得更大，早已逝去的在贡布雷度过的全部时光以及与这段时间不可分的空间里的种种人与事都复活了起来。整个小说就是按照这种极为独创的线索、按照心理时间的连续复得而成为七大部分：《司旺家的这边》、《在如花似玉的少女之中》、《盖尔芒特家的这边》、《索多姆与哥莫雷》、《女囚徒》、《出逃者》、《重新找到了的时间》。这七大部分形成了外观十分壮阔的意识之流，或者说，一条巨大的意识之流是由七个水域宽广的湖泊连接而成的，我们也可以把它们称为一条主线上的七个大部件。这种意识流的结构不仅体现在小说的大的整体上，而且也存在于每一个"大部件"中的每一个"小部件"即每一章中，还存在于每一个"小部件"中的每一个"环"即每一个段落之中。在这里，"大部件"与"大部件"之间、"小部件"与"小部件"之间、"环"与"环"之间，都有一个"诱发点"，也有一个"起爆点"，由一个事物诱发出另一个事物，由后一个事物又爆发出更多的内容，一环勾套一环，如此持续不断，形成了线形的发展，形成了链条式的延续，意识的流动。

不言而喻，普鲁斯特笔下这一段段生活片断，都是心理时间的绵延与持续，它与已经逝去的实际时间当然很不相同，最大的不同就在于，它们既然是通过自由联想产生的，就不可能保持原有的实际时间的先后次序，而出现了时序的变换，颠倒与混乱，这就根本有别于传统的从始到终的叙述方式，既与传统的回忆录或自传性作品不同，也与传统的心理小说不同，这是小说作为现代派艺术特征的一个标志。还有另一个标志是，既然它以自由联想、意识流为作品的主干与线索，它就不可能有统一的故事情节，甚至在相当多的篇章里几乎无情节可言，其内容只是在内心中再现出来的一个个生活片断、一个个见闻，一种种心境或感受等等，带有明显的散文化的特点。这个特点，对于一般的小说而言虽是小说趣味的丢失，但对普鲁斯特的心理小说而言，却并非一种损失，因为普鲁斯特是以他对一段段"被重新寻得的时间"的细腻的心理感受取胜。而且，普鲁斯特在复活已逝去的一段段时间的时候，固然很注意复活与这些时间不可分割的空间（环境、场景）以及在这些空间中的人与事物，但他更注意复活他自己在当时当地的思想、情感、心境、心理，这更足以保证了小说作为心理作品的性质。如果说，普鲁斯特真有一种善于把即使是再平凡不过的情景、事件与人物也描写得栩栩如生、趣味盎然的杰出才能的话，那么，他那种深入内心幽深境界的笔触简直就令人惊奇了。首先，他心理感受之丰富与心理辨析之深刻远远超过常人，他心理感受灵敏细腻到对几乎每一个细小的对象都有丰富的反应，不仅对某一事件或某一人物，而且对一个动作、一种气息、一种味道、一个音节、一个普通名词都有敏锐的感受，并且能在各种感受之间迅速建立通感的渠道，而一旦对某一事物产生了某种感受，这一感受还有所深入有所发展，形成不同的层次。与这种极其丰富细腻的心理感受能力相适应的，是普鲁斯特颇具特色的语言风格，他非常善于运用结构复杂的长句，他的文句往往如春蚕吐丝，一段又一段，不绝如缕，使人经常有"山重水复疑无路，柳暗花明又一村"之感，正是在他这种九曲十八弯、蜿蜒不尽的文句中，一个个形象、一种种感受，得到一轮又一轮地扩充，一层又一层地深入。

在20世纪西方文学走向一体化的趋势下，继法国以普鲁斯特为代表的心理现代主义之后，在英国文学中又出现了伍尔夫、乔伊斯这两个作家，特别是乔伊斯以其不朽的名著《尤利西斯》把意识流的方法又推进到一个新的水平，对心理现代主义作出重大的贡献，只有不忽略这一个关键性的发展阶段，我们才能理解，在普鲁斯特去世若干年后，于50年代出现的法国心理现代主义的又一次新高潮所具有的特点。

如果细致地加以比较，乔伊斯的意识流小说较普鲁斯特的小说确实有所发展，这种发展大致有这样一些方面。

一是以更多的呈现性代替描述性。在普鲁斯特的小说里，意识与心理活动往往都是由作者加以描述的，即作者对一种心态与反应都有一种旁白性的解释或交代，因而，作者的加工在作品里是显而易见的。在乔伊斯的小说里，意识与心理活动的出现或变化，往往都是采取自身呈现的方式，而并不伴随着作者旁白性的解释或交代，作者在作品中至少看起来是完全隐退了。由于这种区别，在普鲁斯特的小说里，时空即或有错位与颠倒，但一一被作者划下了界限，而在乔伊斯的作品里，时间的颠倒与空间的重叠、交错，往往并无明显的界限。

二是更多地运用零碎的形象或单个的意识符号来表现心态的变化与心理。在普鲁斯特的小说里，一种心态、一段心理活动、一种感受往往是通过一系列形象的组合或通过动作的过程、事件的过程表现出来的，而在乔伊斯的作品里，心境、心理活动、心理感受则更较多地通过零碎的形象、更较少地通过系列形象的组合或一个过程来表现，还往往只通过一个隐喻式的意识符号来表现，这种符号既可以是一个形象，也可以是一句话、一个词、一个动作甚至一种颜色，等等。

三是更多地具有前意识与潜意识的心理内容。在普鲁斯特的小说里，几乎一切心理活动都是清晰的、明确的、自觉的，尽管意识活动的内容极为丰富复杂，而乔伊斯的作品，则再现了较多的不自觉，非理性的意识活动内容，再现了尚未形成自觉意识的前意识或潜意识。

总之，在普鲁斯特之后，西方文学中的心理现代主义又有了相当大的发展变化，这种变化从所表现的心理意识内容而言，是成分的更为复杂与非理性成分增加；从所表现的心理意识形态而言，是更符合人脑杂乱交错的意识之流的原始自然之态；从艺术创作的过程来说，则是作者从人物的内心活动中隐退，当然，只是表面的隐退。乔伊斯所带来的这些变化与新的艺术经验，成为在他之后的西方心理现代主义小说创作的共同财富，20

世纪后半期法国心理现代主义的一次高潮——"新小说"派的心理小说创作，就是在这个基础上发展的。

五 心理现代主义的新发展

法国的"新小说"作为一种文学潮流，发端于50年代初，相继产生了罗伯-葛利叶、克洛德·西蒙与米歇尔·布托这样几个代表人物，加上早从30年代就已经开始进行"新小说"实验的娜塔丽·萨洛特，形成了一个声势浩大的文学流派"新小说"派。

"新小说"派并不是一个专门从事心理作品写作的流派，它的全部内容并不是只以心理现代主义一词就能概括的，而且这四个主要代表作家又各有特点，彼此之间的差别也相当明显。虽然有这些不同，但总的说来，这是一个有理论、有创作实践的流派，其成员的共同点是力图摆脱传统小说窠臼，致力于新的小说技巧的实验，而其实验的范围又相当广泛，因而在小说技巧的各个方面都有所涉及。心理描写的作品只是他们文学创作的一个组成部分，心理描写的方法只是他们进行探索与实验的一个方面。如果我们从心理小说的角度来看，那么，这四个主要作家中，米歇尔·布托与克洛德·西蒙可归为一类，他们更明显地继承了乔伊斯的传统；罗伯-葛利叶与娜塔丽·萨洛特则另当别论，他们都各有创新发展。

米歇尔·布托（1926—　），青年时期当过教师，50年代开始进行小说创作，1954年以其第一部小说《米兰巷》登上文坛，后又相继发表了《日程表》（1956）、《变》（1957）、《度》（1960）等著名小说。60年代以后又转向散文、诗歌与文艺批评。布托在小说创作中进行了多方面的探索与实验，他是"新小说"派中显示了多方面才能的作家，以其多样化的百科全书式的小说技巧而闻名。他有"新小说"派的"物主义"的倾向，对物往往有非常细致的描绘；他对时空的理解精细入微，并在小说中时空的处理上有层出不穷的新手法；在心理描写方面，他也很下功夫，他的代表作《变》实际上就是一部心理小说。他是法国心理现代主义潮流中的一个重要成员，其主要特色是对乔伊斯的意识流手法的继承与合理变通，《变》就体现了他的这个特色。

《变》在结构上很容易使人想起乔伊斯的《尤利西斯》来。《尤利西斯》写的是主人公一天之内的经历；《变》也把实际时间压缩在一天之内，叙述主人公二十四小时之内坐火车从巴黎到罗马的过程。这一实际过程中除了极为琐碎的旅途细节外，并无任何构成事件的情节；从具体空间而言，是在一个固定不变的狭小车厢里。然而，作者却把这固定不变的空间放在一个不断变化的广大的空间即由巴黎到罗马旅途的广大空间之中，同时又在这一实际的短暂的一天时间里，填进了极为丰富而又漫长的心理时间。具体来说，就是让主人公在这一次旅程中，想到他曾经往返于巴黎至罗马的多次旅行，在一天的时间里想到他一些年来的往事，以此展现出这个人物在自己的妻子、家庭与自己的情妇之间的双重生活与分裂心态以及他在这次旅行中心情的变化。变化最终凝聚为他作出了改变这种生活方式的决定，放弃了要把情妇接到巴黎去共同生活的计划，而准备从事写作。这种时空环套的总体结构显示了作者巧妙的匠心，是对乔伊斯结构方式的一种继承。

布托对乔伊斯意识流方法也有所变通与发展。首先，他减少了人脑中意识流杂乱呈现的程度，而把这种流之中混杂的单个意识加以条理化；其次，他减少了作者隐退的程度，在时间的交叉颠倒与空间的化出、化入以及重叠之处，或多或少划出了界线；此外，他又减少了意识流中前意识或潜意识的成分，而较多地表现清醒意识的流动；他在小说中既不是采用第一人称"我"进行"自述"，也不把人物作为"第三者""他"进行旁述，而是直指第二人称"你"进行叙述，这就加强了小说中的分析意识与清醒自觉的程度。布托所有这些变通，似乎是在普鲁斯特与乔伊斯之间作出某种折中，这使他的小说远不像乔伊斯的《尤利西斯》晦涩难懂。

克洛德·西蒙（1913—　），在"新小说"派中是一个名声后来居上的作家，他原来的地位并不居于前列，但1985年获得诺贝尔文学奖，一举而声名大震，被视为这个流派在艺术上的代表。他青年时代在英国受过教育，也学习过立体派绘画，后来参加过西班牙内战与第二次世界大战，从40年代初，他即开始文学活动。战后，一面在外省种植葡萄园，一面潜心从事小说创作，在隐士般的生活中，建树了他的文学业绩，至今已出版二十来种作品，其中《风》、《草》与《弗兰德公路》是他的代表作。

在克洛德·西蒙的小说中，很难找出一部真正严格意义上的心理小说，但他的几乎所有的小说都或多或少地带有心理现代主义的成分。之所以说他的作品中没有严格意义上的心理小说，是因为他在小说里并不以写心理活动为目的，并不力图展示人物内心世界本身的内容与形态，而往往只着意于通过不止一个人物心灵的窗口来展现一幅幅并不连贯、并不构成一个统一体或一个完整过程的现实画面。他的兴趣在于描绘，在于把绘画艺术引入小说。他朝这个既定方面的努力，使他的小说达到了诗与画结合的意境，这正是他借以获得诺贝尔文学奖的主要艺术成就。之所以说他的小说都或多或少具有心理现代主义的成分，则是因为它们都不同程度地通过人物心灵的窗口、运用了意识流的方法来实现作者预定的描绘场景画面的目的；在人物的印象、感知、回忆、想象与思考杂然纷呈这点上，在他们的"意识中有那么多事物同时存在、互相掺和"这点上，克洛德·西蒙是乔伊斯的继承者，而在以绵延不断的长句来表现复杂的心理内容这点上，他又与普鲁斯特相近。

在"新小说"派中，对心理现代主义作出明显、独特贡献的是娜塔丽·萨洛特（1905—　）。

萨洛特属于俄罗斯血统，两岁时来到法国。青年时期在大学念过社会学，曾游学到英国牛津大学，毕业后从事法律事务，30年代即开始小说创作，并在创作中自觉地进行新的探索与实验，是"新小说"最早的开拓者。1950年，她又发表了后来被公认为"新小说"派第一篇理论宣言的重要论文《怀疑的时代》，奠定了在"新小说"派中的先行者的地位。她的文学创作在40年代末至60年代期间处于高潮，几部重要的代表作《陌生人肖像》、《马特洛》、《天象馆》、《金果》、《生死之间》均出自这一时期。

萨洛特具有十分明确的创新精神与超越意识，她一开始就选择人的内心世界作为自己文学表现的唯一的固定的领域，她接受了普鲁斯特、乔伊斯、伍尔夫的启示与影响，致力于心理现代主义的艺术方法，同时，她又很自觉努力另辟蹊径，绝不与普鲁斯特或乔伊斯有所雷同，开辟出为她自己所特有的园地。她的小说几乎都没有情节，人物也没有完整的经历，甚至身份与姓名也被隐略，读者在这些小说里所读到的，全是这种像影子一样的人物的"内心独白"（用萨洛特本人所使用的术语来说）。如果考虑到在法国文学批评中，"内心独白"是一个笼统的概念，与意识流几乎等同，那么，就必须看到萨洛特的"内心独白"与以往心理现代主义几位大师笔下的"意识流"的区别。在心理活动的对象上，萨洛特不像普鲁斯特那样表现围绕着一个时期或一个阶段完整的生活的心理活动，也不像乔伊斯那样表现围绕着若干生活片断、若干人物的心理活动，她所表现的"内心独白"，几乎都是人物对于眼前琐事、细节、微物（如室内的窗帘、门上的把柄等）的内心活动，而且，这些琐事细节都是零碎的，由此，人物对于每一个事物的内心活动也就不具有持续性与完整性，也往往不集中为一个"焦点"，更不反映出现实中某一事件的完整过程。尽管有这些缺点，这些内心独白却更为琐细入微。在心理活动的形态上，萨洛特不像普鲁斯特那样精细地去描绘经过理性分析与回忆补充而在内心中完整呈现出来的某些场景与画面，不像普鲁斯特那样以其从容的描绘给人以静止凝固的印象，虽然这些描绘实际上也连成了一个"流"；她也不像乔伊斯那样展现出一条有连续性的活动着的意识之流，而是带有更大的跳跃性与间隔性，并且一旦着于某点，各种心理反应几乎就同时迸发而出。

　　更为重要的是，萨洛特发现并开发了新的心理描写领域，即她自己所谓的"内心独白的前奏"，与"潜对话"。萨洛特的"内心独白的前奏"实际上是比意识、甚至比前意识更为原始的心理反应，它远非成形，不仅还没有来得及形成清醒意识，甚至也没有形成定型的前意识，而近乎弗洛伊德主义中的作为"一种混沌状态"、"一锅沸腾的激情"的伊德式"无意识"，用萨洛特评论《陌生人的肖像》时所比喻的，则是内心中那种"像伸伸缩缩的阿米巴变形虫似的蠕动"，我们不妨称之为原始的下意识的心理反应。萨洛特的"潜对话"，则具有更为丰富的内涵，它不仅包括了在意识中已经形成但未发而为声的内心独白与内心独白中的复调模式即在内心中进行的对话，而且还包括了明确的规范化的交往中的语言形式掩盖下的种种原始的反应、冲动、意向。萨洛特把她的"内心独白的前奏"与"潜对话"视为人内心中最真实的东西，她以自己几乎全部的作品去表现这种心理真实，虽然她的创作往往丧失了一般读者认为小说作品所应该有的情趣，但她却把描写人一根根神经末梢上那种原始的生理性的反应的艺术推进到一个新的水平。

　　"新小说"派中另一个主要作家罗伯-葛利叶（1922—　）对心理现代主义也颇有独创性的贡献。他50年代初登上文坛，以他独特的小说，特别是以他两篇反对文学传统，鼓吹进行"新小说"实验的著名论文《未来小说的道路》与《自然·人道主义·悲剧》，而成为50年代中期以后逐渐正式形成的"新小说"派的主将。罗伯-葛利叶具有强旺的创作精力，他不仅写小说，而且还写电影剧本并参加制作与导演，已经发表的作品近二十种，其中主要的代表作有：小说《橡皮块》（1953）、《窥视者》（1955）、《嫉妒》（1957）、《在迷宫里》（1959），电影剧本《去年在马里安巴》等。

　　罗伯-葛利叶与米歇尔·布托一样，他的全部小说创作也不能以心理现代主义一词概括无余，他的"新小说"实验远远不止于心理描写领域。从题材上来说，他有一些作品并不是心理小说，如《橡皮块》、《纽约革命计划》、《欧洲快车》等；从技巧来说，他所有的小说中，即使在可算是与心理题材相近的《嫉妒》、《在迷宫里》与电影剧本《去年在马里安巴》里，它实验性的技巧的主要标志也不是心理现代主义的描写，而是他的"物主义"。在"新小说"派中，这种"物主义"虽不是罗伯-葛利叶一人所专有的（如布托也相当明显地具有这种倾向），但却是以他为主要的代表，不仅在他的创作中表现得最为鲜明，而且只有他从理论上进行了阐述，在理论上加以最高限度的强调。在我们对法国心理现代主义的发展进行论述的时候，之所以不能无视罗伯-葛利叶的"物主义"，正是由于它似乎与心理领域相距甚远，但在罗伯-葛利叶那里却偏偏与心理表现方法不可分割。

　　在罗伯-葛利叶的文艺理论体系中有一个核心论点，那就是认为传统的现实主义文学从一定人的观点去描写现实事物，恰巧掩盖了事物的面目。他在《自然·人道主义·悲剧》中指出，在传统的文学中"围绕我们的一切，从最熟悉的用具到自然现象，都被文学裹在一些观念性或感情性含义的网袋里，从而剥夺了我们同外在现实的直接接触。古典小说就是这样把世界加以'人化'，这样它就在世界与读者之间设置了铁丝网与隔障"，而在他看来，"物就是物"，"对人不发出任何信息"，因此，文学应该表现出物的"中立性"与"陌生性",文学描写中应剔除一切人的色彩、人的因素。罗伯-葛利叶带着这种观点进入小说创作,其作品中往往就充满了大量的、繁琐的客观主义的对物的描写。

这种特殊的"物主义"看来与心理题材完全格格不入,很难想象能把它运用在心理表现上,然而,罗伯-葛利叶却创造性地进行了尝试,并获得了奇特的效果,这便是他的代表作《嫉妒》。《嫉妒》所处理的内容完全属于心理题材,是一个在非洲的种植园主如何观察自己的妻子与一个男邻居相处的情形以及他如何猜想他们的一次奸情,实际上所写的是一个固定的人物围绕着一件事从始至终的心理活动,正符合我们关于何谓心理小说的一个标准,完全称得上是心理小说。然而,这部小说不仅与任何传统的心理小说截然不同,也与以往的心理现代主义作品颇有差异。在这里,作者完全退隐,根本不存在作者对主人公的感情所作的任何说明与分析,甚至连丝毫的暗示也没有,更为奇特的是,也不存在一个自述者"我",实际上那个作为主人公的自述者也完全从作品中隐退了。而且,在整部作品中,也看不到这个主人公任何一点感情的游丝,更谈不上他的嫉妒感情的踪影;在小说里,只有一件件物,一个个场景,可以说完全是一个由物与景象所组成的世界,只不过,这些物与场景都是围绕着妻子与邻居的,它们不断重现,不断组合,这就使得读者首先明确地感到,其中的一些物与片断场景是在实际的空间与时间中的,另一些物与片断场景则是在心理的时间与空间之中,而后,读者又隐约地感到收录这些与妻子、邻居有关的物与场景的那双在作品里隐退着的眼睛,是多么警觉、多么敏感、多么焦躁,那组合着这些物与场景而也在作品中隐退着的脑海,是多么动荡不安。由此,读者就清楚地感觉地了在那些 物与场景中,渗透着一个隐形的东西:嫉妒;而这双眼睛、这个脑海、这种嫉妒,都是属于那个隐形的种植园主。对于罗伯-葛利叶在这部小说中所使用的方法,我们不妨称之为物主义式的心态显影,它无疑是对心理现实主义的一个贡献。罗伯-葛利叶在他另外两部小说《窥视者》与《在迷宫里》中,也运用了这个方法,又更多地结合了乔伊斯式的时间颠倒、空间错位的意识流方法,前一部作品呈现出了一个犯罪者的心态,后者表现出一个士兵在陷于现实的迷宫的同时,又陷入了自己心理的迷宫。此外,他描写一对引诱者与被引诱者的故事的奇特电影剧本《去年在马里安巴》，虽然不是严格意义上的心理作品，但其中的象征性与心理深度却使它成为轰动一时的名作，甚至有的批评家根据弗洛伊德的方法，把这一对引诱者与被引诱者解释为精神病患者与引导她的精神病医生的关系。

六 传统与反传统：20世纪心理现实主义高峰的启示

  从拉法耶特夫人的《克莱芙王妃》到罗伯-葛利叶的《嫉妒》，法国心理小说在近三百年的时间里，经历了漫长的过程，发生了巨大的变化。这些变化总起来说，不外是在两个方面进行的，一是对人的心理活动、心理机制本身的认识不断深化，二是表现不断被加深认识的心理机制的艺术方法日益多样化、现代化。而在这两个方面，19世纪末心理现代主义的萌芽与出现都是一个标志，这一标志区分出两种显然不同的心理小说，即传统的心理小说与反传统的心理小说。

  传统的心理小说，不论是心理现实主义的还是心理浪漫主义的，不论是心理分析的还是心理倾诉的，不论是由作者出面转述的还是由"我"来进行自述与剖析的，都具有一些相同的特点而从根本上有别于反传统的心理小说即心理现代主义。这些不同大致有这样几个方面：

  在心理内容上，传统心理小说都是写内心世界的表层意识、明确意识，而反传统的心理小说则往往更多地深入到内心世界中的深层意识，甚至是无意识、潜意识的层次；在心理活动的形态上，传统的心理小说所描述的经常是经过条理化、规整化的井然有序的心理活动，而反传统的心理小说所描述的经常是看起来颇为混杂零乱、原始本态的心理活动；在与心理活动直接有关的时空关系上，传统心理小说所写的往往是既定的时间与空间里的心理活动，在这里，时间是顺序的，空间是固定的，而反传统的心理小说所写的，往往则是心理活动中的时间与空间，在这里，时序往往颠倒混乱，空间往往错位或重叠；在心理活动所围绕的事件上，传统的心理小说中的现实生活事件往往是完整的，即所谓有一定的故事情节，或者说，有散文化的倾向；在作品的内涵上，传统的心理小说往往较多地追求某种社会意义、道德意义以及思想意义，而反传统的心理小说则往往较多地追求心理描写的艺术形式与表现技巧；从作品的制作来说，在传统的心理小说中，作者往往无处不在，无所不能，无所不晓，是万能的叙述者，而在反传统的心理小说中，作者则往往退隐消失，至少在形式上似乎退隐消失。所有这些不同，使两种心理小说泾渭分明，甚至相互对立。

  自从19世纪末以来，法国反传统的心理现代主义较之于传统的心理小说，有了更为长足的发展，就其拥有的大作家与名著的数量与重要性而言，似乎成为20世纪心理小说的主流。然而，这绝不意味着传统的心理小说在20世纪已经被完全取代，事实上，在法国20世纪文学中，与心理现代主义同时并存的，还有传统的心理小说。如果说，那种感情倾诉式的心理浪漫主义由于已经不投合这个世纪的读书趣味而愈来愈少见的话，那么符合艺术创作的规律、蕴含着丰富的现实意义、以细致深刻的剖析见长的心理现实主义，却仍然在20世纪文学中保持着旺盛的活力，而且，由于它在以往的文学发展历史中具有久远的渊源与强大的传统，由于它所运用的基本方法比较适合大多数企图从阅读中得到愉悦效果而并想进行研究与求索的读者的需要，它肯定还会保持长久的生命力。而心理现代主义，虽然它由于要求读者在阅读中付出更多的努力以达到透彻的理解而较少地向他们提供一般意义上的愉悦效果，但它所提供的新的理解、新的角度、新的方法却有深刻的艺术哲学意义，对于发掘与表现内心深处的复杂成分具有某些优越性，因此，它也将有长久的生命力。传统的心理小说与反传统的心理小说的同时并存，特别是心理现实主义与心理现代主义的同时并存，已经是这个时代文学中的一种现实，并将成为将来时代中的现实。

  值得我们特别注意的，还不是两者的并存与对立，而是两者的互相渗透与潜移。首先，法国心理现代主义在20年代的高度成就与它所产生的影响，就相当清楚地说明了这一点。以普鲁斯特为代表的法国心理现代主义在20年代出现，既是在杜雅尔丹之后的又一次对传统文学而言的创新，又可以说在某种意义上是对传统文学的一种继承，因为普鲁斯特在他那种意识流的大结构中，运用了精细而有条不紊的传统的描述方法。文学史上任何一次创新总是与固有的传统有这种或那种关系，法国心理现代主义第一次高潮中渗透了传统的成分是很自然的，也是容易理解的。

  其实，足以说明传统心理小说与反传统心理小说的互相渗透与潜移的是心理现代主义取得令人瞩目的成就后，又对传统的心理小说发生了影响，并且对固有的心理小说传统进行了渗透。这种文学现象更需要我们多加考察，多加研究，而法国20世纪心理现实主义的杰出代表人物弗朗索瓦·莫里亚克正是这种文学现象的一个范例。

莫里亚克（1885—1970）出生于西南部吉隆特省波尔多市一个庄园主兼商人的家庭，从小生活在自己的故乡，直到中学毕业后才离开，波尔多市与覆盖着茂密松林的朗德平原，日后就经常成为他小说作品的背景。他1907年来到巴黎上文献典籍学院，但一年后就退学专门从事文学创作。他最初以两部诗集的成功进入文学界，不久就开始写作小说。第一次世界大战中断了他的文学生涯，战后才又重新恢复，并连续有作品问世。他在小说创作上进入成熟期是以1922年问世的《给麻风病人的吻》为标志，整个20年代至30年代初则是他创作上的黄金时代，他在法国20世纪文学中享有盛誉的杰作几乎都是发表于这个时期：《母亲大人》（1922）、《爱的荒漠》（1925）、《苔蕾丝·德斯盖鲁》（1927）、《蝮蛇结》（1932）。莫里亚克以其辉煌的文学成就于1932年当选为法国文学家协会会长，次年又被选入法兰西学士院，1952年荣获诺贝尔文学奖。

莫里亚克是严格意义上的现实主义作家，继承了巴尔扎克的传统，不过，他不像巴尔扎克那样以时代历史的书记自命、力求自己的创作包容广阔的社会生活现实，他只是像巴尔扎克经常所做的那样，致力于写资产阶级家庭的矛盾。他总是从他早年在南方故乡的生活经验中汲取题材，叙说朗德平原上、波尔多市里一个个地主资产阶级家庭的悲剧，从一个重要的侧面反映了自己时代的社会生活。莫里亚克笔下的家庭悲剧较之于巴尔扎克作品里的，戏剧性的冲突少一些，而人性的、心理上的隔阂与矛盾则多一些，他很少写巴尔扎克那种以争夺财产的事件为中心而展开的悲剧，而经常是写家庭日常生活与琐细交往中所展现出来的"爱的荒漠"。莫里亚克小说创作中这种题材上的特点，决定了他对故事情趣的舍弃，而作为一种对小说的补偿，也出于他的诗人的天赋、性格内向的素质与虔诚的天主教宗教信仰，他追求柔和的诗意与深刻的心理描写。在作品的诗意上，他同样显示了与文学传统的深刻关系，他很受俄国作家契诃夫作品中那种色彩忧郁的诗意的影响，并结合着他处理家庭题材中丑恶与罪过时那种悲天悯人的宗教感情，形成了一种阴暗但柔和的诗意；而他对心理描写的自觉追求，则使他的小说在不同程度上或多或少带有心理作品的性质，《给麻风病人的吻》、《母亲大人》、《爱的荒漠》都莫不如此，《苔蕾丝·德斯盖鲁》与《蝮蛇结》更是名符其实的心理小说。

莫里亚克的心理描写，是传统的心理现实主义在20世纪的一个高峰，他像以往的心理现实主义作家一样，在自己的小说里力求将对人物心理的描述分析与对现实生活的反映结合起来，赋予它们明确的现实内容与一定的思想意义。在他的心理小说的主要代表作《苔蕾丝·德斯盖鲁》中，他通过主人公苔蕾丝围绕毒害自己丈夫一事的心理活动，力求表现出朗德平原上豪门望族中那种褊狭、虚伪、功利、鄙劣、冷酷的气氛对人的窒息与毒害，家族观念对个性的扼杀；在另一部心理小说代表作《蝮蛇结》中，他通过一个吝啬老头充满了积怨的自白，力求表现资产阶级家庭中那种自私、仇恨、残酷的家庭关系，并企图宣扬宗教的爱的精神；在其他心理描述成分占很大比重的小说中，同样也存在着作者说明问题与阐释意义的明确意图，《给麻风病人的吻》写一个年轻美貌的姑娘被不合理的婚姻囚禁一生，是对豪门望族坑害人的罪行的又一次无情的揭露，《爱的荒漠》写父子二人同时迷恋一个无行的女人，则是对资产阶级家庭关系中感情的冷漠与日常生活的卑琐的又一次写照。在这些小说中，人物的心理活动直接或间接地都朝着主题的方向汇集，形成了作品中心理描写的清晰的既定的归向，使小说具有明显的思想意义与社会意义。

在所描写的心理内容的性质上，一方面由于莫里亚克所处理的现实生活题材无不阴暗卑琐；另一方面更由于他那种属于一个强大思想传统的天主教世界观与人生观，他总是不忘记挖掘人物心态中的"罪"与"恶"的成分。因此，莫里亚克笔下的人物心理无不带有"恶"与"罪"的性质：自私、冷酷、自我中心、虚伪、吝啬、卑鄙、仇恨、庸俗、猥琐等等。这些"恶"的成分不同程度地存在于不同人物身上，即使是受害者如苔蕾丝也不例外。甚至在有的人物身上，恶的成分有时还发展到令人震惊的程度，如《腹蛇结》中那个满怀仇恨的老律师。莫里亚克心理描写与刻画的这种尖锐无情的笔触，在加深了对人物内心世界的揭示的同时，无疑又增强了对阴暗现实的批判意义。值得注意的是，莫里亚克并不因此就把这些人物漫画化与恶魔化，相反，他以哀其不幸的眼光看待尘世中这些背负着原罪、因为自己无法掌握的人性恶而同时损害着他人与自己的芸芸众生，以贴切的、理解的态度来展示这些带恶的内心世界，把他们内心中的骚乱与困扰表现得真实自然、合情合理，不论是苔蕾丝对丈夫的谋害还是吝啬老律师对家人的仇恨，都有着极其复杂而又自然而然的心理动机。莫里亚克不仅以同情的态度对待这些在罪恶深渊里盲动着的人物，而且还出于他的宗教感情在这些人物的心灵里安排一两颗向善的种子，他总是从事情的结局写起，让人物有可能审视与剖析自己的恶的内心历程，在反省之中，他们的灵魂里就出现了爱与善的一线光明，这样一种对带恶的历程的剖析性的回顾，就不可避免地带有人物抒情的成分；何况作者也投入了自己的感情，他的转述与人物的内心独白往往融合在一起，再加上他经过反复锤炼的精粹优美的文句，就形成了一种特殊的诗意，一种在心理小说中不常见到的诗意。

在心理描述方法上，莫里亚克是拉法耶特夫人与龚斯当传统的继承者，他既像拉法耶特夫人那样善于通过平凡的生活细节来刻画人物的心理活动，又像龚斯当那样善于以严格的逻辑力量对内心中的情感、动机、愿望等等作定性的分析。他经常采取的方式是作者转述中的内心独白，而有时他又沿用心理浪漫主义所常用的书信体（如《蝮蛇结》）与日记体（如《昔日一少年》），但又在其中运用了心理现实主义的方法。他总是写明确的、表层的意识，将它们加以条理化、规整化，并尊重时间的顺序与空间的界线。如果说他的文笔有散文诗般的特点的话，那么，他整部作品却并不是散文化的，它们都有着一定的故事情节与发展过程。所有这些特点都说明了莫里亚克的小说具有明显的传统的性质，是心理现实主义传统在20世纪高水平的发扬。然而，与此同时，在莫里亚克的小说里还存在着另一种倾向即心理现代主义的倾向。

莫里亚克的重要作品，几乎都是在20年代至30年代创作出来的，正是在法国文学中已经出现了心理现代主义第一个高峰之后。从1913年至1927年，普鲁斯特的心理小说巨著《寻找逝去的时间》已经陆续全部问世，普鲁斯特的成就使莫里亚克深为折服，他曾写信给普鲁斯特尊称他为"年轻的导师"并接受了普鲁斯特的深刻影响。他的小说中有着这种影响的不可磨灭的印记，最为明显的是，莫里亚克不止一部小说的总体结构实际上是意识流式的结构，其中的人物都自觉或不自觉地在自己脑海里进行普鲁斯特式的"寻找逝去的时间"的努力。在《苔蕾丝·德斯盖鲁》中，是女主人公从法庭出来后在回家的旅途上追忆与分析自己犯罪的实际过程与心理历程；在《爱的荒漠》中，是男主人公在若干年后脑海里再现出青年时期的一段生活。而且与《寻找逝去的时间》中茶盘里一块玛德莱娜点心就引出在贡布雷的全部生活那著名的方式相仿，苔蕾丝是在出法庭后从父亲话语中的一个用词（"遮掩"），联想起她的外祖母而又再联想起自己的命运的。《爱的荒漠》中的男主人公则是由于一个女人的出现而"在他身上打开对面孔形象回忆之流的闸门的"，而一旦意识的闸门打开，过去的生活与心理活动像潮水一样涌来的时候，虽然这一股流被作者在转述中或在"我"的自述中加以条理化，然而，由一个事物到另一个事物，由一个意识到另一个意识，经常是以内心独白与自由联想的方式进行的，因而也就形成了一种自然流动之态，而不是由作者人工化地分门别类，或者像以往传统的心理分析那样加以综合、归纳、抽象与解析。在莫里亚克小说中这种普鲁斯特式的意识流中，虽然不存在时间的颠倒与空间的错位，但却存在着由"现时的感知→过去的回忆→现时的感知"这样反复进行的跳跃，正符合意识流往返于现时与过去之间的状态。此外，虽然莫里亚克在小说中所展示的基本上是已经被意识的心理内容，然而，他有时也着意表现某些未被明确意识到的含混的心理内容，表现人物内心世界的某种朦胧的状态，我们可以把这种内容与状态划归为前意识或下意识的范围，如苔蕾丝急于结婚似乎是为了追求避难所，而又说不清究竟是什么避难所。又如，苔蕾丝婚后的性冷淡与接到安娜的来信后感情的波动以及对安娜的男友的莫名其妙的敌对情绪。作者对这些心理反应的描写，显然带有现代心理分析的色彩。

　　莫里亚克的小说创作中的艺术现象，充分地表明他身上汇合着传统与现代的两股潮流，他的心理描写方法既属于传统，又面向现代，这是他作为一个伟大作家的重要标志之一，而在法国心理小说的发展过程中，他的创作又清楚地显示了心理现代主义对于心理现实主义的渗透，现代派文学潮流对于传统文学的渗透。人类的艺术创作本来就是总体的共建，各种方法、各种思潮、各种流派之间，并无绝对不可逾越的界线，莫里亚克的心理小说证明了这一个艺术真理。既然法国第一次心理现代主义的高峰对20年代传统的心理现实主义有这样的影响，那么，在"新小说"派掀起了本世纪法国第二次心理现代主义的高潮、又提供了一些新的艺术经验之后，七八十年代以后的传统文笔，包括传统的心理现实主义是否会受到新的影响，是否会被进行新的渗透呢？这是一个将由时间来加以证明的问题。在我个人看来，新的影响与新的渗透完全是可能的。

1988年12月15日完稿

（原载《世界心理小说名著丛书》，贵州人民出版社1990年版）

法国反法西斯文学概论
——《世界反法西斯文学书系》法国卷编选者序

法国的反法西斯文学,就其产生而言,可分为三个时期。各个时期的历史、政治特点,决定了各个时期反法西斯文学的状况。

20 年代初期,法西斯主义的幽灵开始在欧洲徘徊,带有其色彩的集权主义倾向在 30 年代不同程度地扩展到欧洲各国,二十七个欧洲国家中只有十个仍是资本主义民主政体,法国就是其中之一。这种情况,再加上法兰西民族在思想上固有的敏锐,使得法国成为对欧洲的变化最先有所反应的国家。

欧洲环境的变化,最能引起法国敏感的,从来都是来自东部的那个邻国,至少从普法战争以后就是如此。1930 年,纳粹党人在德国开始得势。1934 年,希特勒上台,1936 年,纳粹德国伙同意大利墨索里尼干涉西班牙内战,帮助佛朗哥建立法西斯政权。于是,如何对待这股咄咄逼人的法西斯势力,开始成为法国政界与思想文化界所面临的重大问题。在政治领域,右翼政府与左派组织在此问题上形成了尖锐的对立,右翼对法西斯主义采取不干涉的、绥靖主义的态度,把法国国家安全的赌注全部押在从隆居荣到莱茵河谷的马奇诺防线上。左翼的民主的政党与社会团体,则开始了反法西斯的力量聚集。1933 年,青年激进党人贝热里建立反法西斯共同阵线,民主、反法西斯主义倾向的刊物《箭》、《黎明》、《心灵报》纷纷创刊。1935 年,巴黎五十万人参加的大游行标志着人民阵线的成立,其中的主要力量是法国共产党、社会党、激进党以及左倾的社会团体,这个运动像巨大的磁石一样吸聚了知识界、文学界中一些杰出的人物。

与政治领域不同,文学界在对待法西斯主义的立场和态度上,不存在分野与对立,反对法西斯主义,是各种经历、各种倾向、各种观点的作家的共同一致的态度。十年前曾互为论战对手的罗曼·罗兰与巴比塞,早于1926年就合作组织了"国际反法西斯委员会";追求个性解放的纪德也发表过反法西斯的言论。1933年,纳粹制造国会纵火案后,纪德与民主个人主义作家马尔罗共同发起成立了"全世界争取德国反法西斯政治犯无罪释放委员会";在营救季米特洛夫的斗争中,纪德、马尔罗、罗曼·罗兰都进行了重要的活动,发出了有力的呼声。1935年6月,"全世界作家反战反法西斯主义委员会"成立,马尔罗与共产党作家阿拉贡均在其中起了重要作用并担任了要职。1936年,西班牙内战爆发,法国的左翼作家与知识分子都纷纷参加了声援与支持西班牙共和派抵抗法西斯势力的社会活动,有一些人还走上了西班牙内战的前线,成为战火中的英雄,马尔罗就是最著名的一个。

整个30年代,对于法国知识界与文学界来说,是对纳粹德国充满了警惕、防范与斗争的十年。文学家们直接投入了政治社会活动,甚至军事斗争,他们无疑是当时世界反法西斯斗争中的一批先进人物。

当然,社会政治活动并不等于文学创作业绩。由于有些作家如纪德、巴比塞已进入晚年,也由于法西斯的暴虐毕竟在法国社会政治生活中还不是一种现实,人们还没有具体的痛感,这个时期已在法国蓬勃高涨的反法西斯主义进步思潮,也就不可能在文学领域里带来大量的硕果。不过,反法西斯的文学作品已经开始产生,杰作名篇亦不乏其例,如罗曼·罗兰的《欣悦的灵魂》与尤瑟纳尔的《一枚传经九人的钱币》。《欣悦的灵魂》完成于1933年,是一部反映本世纪前30年的社会生活与知识分子精神历程的巨著,其最后一卷《女预言者》表现了30年代法国知识界先进分子面对法西斯主义在意大利开始猖獗这一欧洲现状的思想立场,以及他们所从事的反对法西斯主义的社会活动,小说的结尾描写了青年主人公玛克被意大利法西斯党刺死在佛罗伦萨的街头,是欧洲文学中最早的对法西斯暴行的揭露。问世于1934年的《一枚传经九人的钱币》,则以墨索里尼专制统治了九年的意大利为背景,通过一件发生在罗马的反专制者的谋杀案,把"掩藏在当时法西斯浮肿表象下的空虚现实"揭示了出来。最具有历史意义的作品,还要算马尔罗的《希望》。这一部巨著以真切的笔法直接表现了可歌可泣的西班牙内战,描写了西班牙共和派政府、工人、农民、知识分子以及国际纵队的英勇对敌斗争，并在灾难即将降临在全世界的危急时刻，表达了对人类反法西斯斗争必胜的信念与理想。作品出自西班牙战争中一位著名英雄人物之手，巨大的规模、广阔的画面、纪录性的描写，使它成为了世界文学中关于西班牙内战这一重大历史事件的珍贵文献。

尽管作品为数不多，但以上的这几部却足以在世界早期反法西斯文学中占有经典性的地位，这经典性的地位是作品本身在思想上的敏锐性、它们作为反法西斯文学的先行性以及它们反法西斯内容所具有的完整而细致的形象图景与巨大的艺术形式规模所构成的。这些作品表现出了对当时尚未充分暴露的法西斯主义的邪恶反动本质、狰狞面目以及巨大危害性的深刻认识，这种认识在30年代初期与中期，是少数杰出的有识之士才具有的。因此，这些小说放在世界反法西斯文学整个背景上，无疑要算是最早的一批作品，而且在形象表现与艺术形式上，《欣悦的灵魂》与《希望》都是20世纪世界文库中的巨制鸿篇。《一枚传经九人的钱币》虽然只是一个中篇，却以典型深刻的形象描绘与凝练完美的艺术形式，无愧于进入名著杰作的行列。

1939年9月，纳粹德国入侵波兰，第二次世界大战的序幕正式揭开。1940年5月以后，德国的闪电战在欧洲连连得手，德军绕过马奇诺防线攻入法国，6月13日，巴黎沦陷，埃菲尔铁塔上升起了卍字旗，从此，法兰西忍受着被占领的屈辱，直到1944年8月才获解放。

法国在一个月之内沦陷，使全世界大惊失色，法国人一时惊魂不定，当时在美国的尤瑟纳尔从广播里听到不幸的消息，竟感到是世界末日的来临而与友人抱头痛哭。但法兰西很快就恢复了勇气，投入了战斗。戴高乐将军在伦敦领导着"自由法兰西"运动，成为盟国反纳粹德国斗争的一个重要组成部分。以法共为主力的地下抵抗运动，也在国内逐渐壮大，蓬勃发展。

在文学界，为德法亲善效劳、与纳粹通气合作的人屈指可数。从战争一开始，凡有民族气节、爱国情操的作家，都纷纷以不同的形式投入了保卫祖国、反抗法西斯的神圣事业，仅以当时已成名的作家为例：马尔罗作为装甲部队的普通一兵上了前线，后来又进行了地下斗争，成为游击队的组织者、统领者，率队伍参加了解放战争。与他并肩战斗的，还有著名小说家安德烈·尚松。莫洛亚已是卓有声誉的法兰西学院院士且年届五十五岁，亦投笔从戎，先后在情报总部、英国远征军司令部工作，并于1943年参加了北非的战斗、科西嘉登陆与意大利战役。法共作家阿拉贡曾应征入伍，上过前线，法国沦陷后又转入地下斗争，是当时抵抗运动中的活动家、地下刊物《法兰西文学报》的领导人，解放前夕，又参加了游击队的战斗。他的妻子艾尔莎·特丽奥莱一直是他地下斗争中忠实的伴侣与战友。萨特也曾参军上前线，被俘后在集中营编写排演了一出有抗敌寓意的戏剧，后来又与西蒙娜·德·波伏瓦进行地下活动，筹建名为"社会主义与自由"的知识分子抗敌组织，最后终于发现"编剧是他当时唯一可行的抗战手段"。此外，还有一些在文学领域里已崭露头角的作家，也都投入了斗争，其中一些还英勇地献出了生命：保尔·尼赞光荣成仁在战场上，琼·普莱服与雅克·德古尔都牺牲在抵抗运动的武装斗争中，西蒙娜·韦尔作为"自由法兰西"的战士死在自己的工作岗位上。在法兰西蒙难时期，法国作家们显示出自己不愧是贞德①的后代，以自己的勇气、坚定、英雄主义与自我牺牲精神，对人类与法西斯纳粹进行殊死斗争的正义事业，作出了不可磨灭的贡献。

在法国沦陷时期内所产生的反法西斯文学，经常被人称为抵抗运动文学。今天看来，在20世纪文学史上，法国抵抗运动文学最著名的代表作，当推维尔高的《海的沉默》。这个发表于1942年的中篇小说，写德国占领军的一个军官，试图与被迫接待并供他膳宿的法国老房东建立起"友谊"，至少建立对话的关系，但朝夕相处了一段时期，军官彬彬有礼的态度、高度的文化修养、热情洋溢的言词与百折不挠的耐心忍让都无济于事，始终未能使房东老头打破沉默而与他交谈。小说所着力表现的这种沉默，无疑具有丰富的含义，它是屈辱时期全部法兰西民族情绪的凝现，像海一样深沉，像海一样威严有力。萨特的剧本《苍蝇》是沦陷时期法国文学的另一名著，剧本取材于古希腊悲剧中俄瑞斯忒斯为父报仇、弑母除暴的故事。剧本中暴政统治下的阿耳戈斯城，无疑是对纳粹占领下的法国的影射，主人公复仇除暴的英雄行为，则隐含着作者向法国人发出的反抗占领者的启

---

① 贞德：法国女民族英雄。

示与号召。特丽奥莱的中短篇小说，也是这个时期重要的佳作，其中以《阿维侬情侣》（1943）与《第一个窟窿赔偿二百法郎》最为出色，前一篇小说正面描写了法国人民英勇机智的地下斗争，塑造了一个抵抗运动女战士的动人形象，后一篇作品表现了第二次世界大战结束前夕法国人民所面临的严酷的现实以及德国占领军的暴行与垂死挣扎。特丽奥莱的中短篇小说显然具有特殊的重要性，它们所描写的都是人民正面的对敌斗争，在当时都是秘密出版、匿名发表的，本身就是抵抗运动的一部分。她主要由以上两篇作品所构成的小说集，在1945年战后第一次文学评奖中荣获了龚古尔文学奖。

这个时期的文学，在数量上以诗歌作品最为丰富。用诗歌表述斗志、抒发心声、鞭挞纳粹、抗议暴行的，不仅有早已声誉卓著的大诗人艾吕雅、阿拉贡，有已经成名的德斯诺斯、埃马纽埃尔、卡苏、塞盖斯，等等，还有一些并不属于文艺界，也不专门从事文学创作但在生活与斗争中深有所感、心有所发的爱国志士与青年。据统计，仅在当时公开或地下出版的报刊中发表的诗作，就有数百首之多，他们多出自近百位诗作者之手，其中主要的诗篇有艾吕雅的《自由》、阿拉贡的《游击队员之歌》、絮佩维埃尔的《远方的法兰西》、塞盖斯的《明天》，等等。在抵抗运动成员中，以阿拉贡最为突出。他以自己《断肠集》、《法兰西的号角》等诗集中充满了爱国主义激情的诗歌，赢得了法兰西民族诗人的声誉。在政论散文方面，不少作家如尤瑟纳尔、莫洛亚、莫里亚克以及保尔·尼赞、琼·普莱服、雅克·德古尔、西蒙娜·韦尔等，也都留下了抨击纳粹、谴责法西斯主义的篇章。此外，一些爱国志士在英勇就义前、在狱中、在集中营里，都留下了感人至深的血书，这些志士尽管不是作家，这些书信虽然并非纯文学作品，但都具有特殊的文献价值。

沦陷时期的抵抗运动文学，具有一个特别值得注意的特点，那就是精神抵抗性。这种精神抵抗性首先与法兰西在第二次世界大战中的命运有关。迅速的溃败与沦落、零星的游击队武装斗争，决定了这个时期法国文学中不可能有像《日日夜夜》那样的模式，不可能充满了枪炮声，甚至实际对敌斗争的题材也不多见，而倒是更多地表现了一种精神上对纳粹占领者的抵抗性。这种精神抵抗性在法国文学中由来已久，早在普法战争失败、阿尔萨斯与洛林两省割让给普鲁士之后，19世纪法国文学中就出现了都德的《最后一课》这个名篇，它把最后一堂法文课提升为被迫向祖国告别仪式的高度，开辟了以细小的题材表现重大的民族悲剧、以平淡的语言与表现形式蕴含着激愤的爱国主义情感的传统，成为文学中精神抵抗性的一个源头。此后，巴雷斯不止一部小说也着力表现被占领土上的民族精神与曲折的、深层的抵抗意识。第二次世界大战中法国的处境，犹如阿尔萨斯与洛林两省在普法战争后的处境，作家正面写实际抵抗的文学作品，只能秘密发表在地下报刊上，这种条件足以说明抵抗运动文学中两部经典名著《海的沉默》与《苍蝇》所采取的角度与形式。维尔高的小说正是通过一个老人与一个少女的沉默来象征法兰西人民精神上的坚贞与抵抗，表现这种精神抵抗的无比韧性与深沉力量。《苍蝇》也不是表现俄瑞斯忒斯如何复仇的故事，而是表现他如何克服内心的犹疑、矛盾、顾虑与无所作为的情绪，决定承担起责任、进行复仇的精神过程。故事虽披着古希腊的衣装，采用了寓言的形式，但是，对纳粹统治下的法国人的精神状态有明显的针对性，因而能起到强烈的启迪与号召的作用。

1943年7—8月，盟军攻占西西里岛，意大利经历了二十一年之久的法兰西斯政权宣告结束。1944年6月6日，盟军又在法国诺曼底登陆，很快向内地挺进，法国地下抵抗运动与游击队武装纷纷起而呼应配合，8月巴黎获得了解放。不久后，纳粹德国与日本相继投降，人类反法西斯的斗争终于获得了胜利。

法国作家从前线、从集中营、从斗争中、从屈辱下，带着自己的体验、感受、回忆与思考又回到自己独立的文学创作中。战争虽已结束，噩梦仍不断缠绕，灾难已成过去，伤痕仍隐隐作痛，似乎只有文学回忆才能使人彻底解脱，在战争时期有过这种或那种经历与感受的人，纷纷拿起了笔进行抒写与回忆。除一些文坛宿将外，法国文学中又出现了一些以其反法西斯的处女作而成名的文学新人，如罗杰·瓦扬、朱尔斯·鲁瓦、罗伯特·梅尔勒等。同一个题材上集中了一支人数如此众多的写作队伍，于是，在战后法国社会一片萧条之中，却出现了反法西斯文学的大繁荣，从战争一结束直到50年代初期，大量的反法西斯文学作品纷纷问世，这个高潮直到60年代才逐渐消退。

一次重要的社会事件、一个巨大的历史题材，要在文学中得到全面、充分、成熟、垂直的描写，往往是在事件与题材已经过去、已经成为历史之后，这不仅因为历史的全景与始终到这时才展示出来，而且还因为作家需要有时间对历史与事件进行咀嚼，以深化自己的感受与思考，以提炼自己的经验与印象。当然，对于法国作家来说，还有一个至关重要的条件，那就是他们只有在战后才有了正面描写反法西斯斗争的充足条件。因此，从文学史的高度来说，法国反法西斯文学的主体部分是产生于战后，其主要成就也是在战后取得的。

　　首先，特别值得注意的是，历史画卷般的史诗性的作品的出现。1947年问世的加缪的长篇小说《鼠疫》，就是一部对取得了胜利的人类反法西斯斗争作出了寓言式宏观概括的杰作。加缪是法国抵抗运动中一位出色的斗士，他开始酝酿构思这部小说是在1940年纳粹德国占领了法国之后。在小说里，可怕的鼠疫象征着横行猖獗的法西斯，北非海滨的奥兰城则是人类社会的缩影。这个城市面临着被鼠疫毁灭的严重威胁，各种各类的人陷于恐惧、焦急、痛苦中，或逃避挣扎，或奋起斗争，最后，经过团结战斗，终于遏制了鼠疫。小说的寓意故事实际上是指人类反法西斯的斗争，作者赞颂了艰苦斗争中的团结、友爱与人道主义精神，表现了一种充沛的理想主义热情，并且深刻地指出了鼠疫之灾将来仍有可能威胁人类。进步的思想内容、真实生动的形象描写与深刻寓意的水乳交融以及古典的艺术风格，使这部小说成为20世纪世界文学中的名著。

　　阿拉贡的《共产党人》（1949—1951）是一部史诗性的巨著，作者原来的创作设计规模极为宏大，最后完成的部分共五大卷数百万言。小说真实而细致地表现了从1939年战争前夕到1940年纳粹德国长驱直入攻占法国这一段历史里欧洲时局的变化与法国的社会生活，在法西斯灾难日益逼近、资产阶级右翼政府对外妥协投降、对内加强镇压，各阶层人民惶惶不安的广阔社会背景上，突出了进步的知识青年与共产党人的反法西斯斗争，小说虽然结束在法国沦陷的黑暗岁月，但主人公抱着斗争的意志与胜利的信念，使尾声充满了乐观主义的色彩。正因为这个长篇在广阔的社会画面中蕴含着对历史时代的深刻理解，正面表现了共产党人的活动与斗争，故一直被视为法国社会主义现实主义文学的代表作。

萨特的《自由之路》（1945—1949）也是贯穿着反法西斯内容主线的一部史诗性的长篇小说，由《不惑之年》、《延缓》与《痛心疾首》三大卷组成。故事由1938年6月开始，结束于1940年6月，正是法西斯黑云压城城欲摧的危急时期，小说反映了这一历史时期法国的政治社会生活，通过知识分子主人公由彷徨、犹疑、观望到积极投入反法西斯斗争，最后在战斗中英勇牺牲的经历，表现了法国知识阶层追求真理、向往自由、作出积极自我选择所走的光辉道路，并预示着这道路将通往改变黑暗现实的革命之路。与萨特的长篇小说相近的另一部反法西斯名著，是西蒙娜·德·波伏瓦的《他人的血》（1945），这部小说同样以进步知识分子、共产党人在战争爆发前后的历程为题材，描写了他们在法西斯主义步步进逼的历史时期的思考、追求与斗争。

由于法国在战争中迅速崩溃的悲惨现实，文学中军事战争题材的作品就相对较少，但就有军事战斗经验的人与所创作的此类作品的比例而言，文学实绩亦相当可观。较为著名的有：朱尔斯·鲁瓦以其在"自由法兰西"的空军中服役的生活经验，写作了小说《快乐谷》（1946），并获得了泰奥弗拉斯特－勒诺多文学奖；安德烈·苏比朗以其在军队里行医的经历，写作了《我是装甲车群中的医生》，同样也获得了泰奥弗拉斯特－勒诺多文学奖；安德烈·尚松借助他在阿尔卑斯骑兵队与地下游击队中的实感，写出了《奇迹之井》与《最后的村庄》（1946）等小说；罗伯特·梅尔勒是1940年三十万英法大军从敦刻尔克大撤退一役的参加者与见证人，他以自己的亲身经历写出了他的第一部小说《周末在徐德科特》，荣获1949年龚古尔文学奖；皮埃尔·布尔则以他参加自由法兰西在印度支那的武装斗争的观察与体验，创作了小说《桂河桥》，获得了圣伯夫奖。此作并被搬上银幕，在全世界广为人知。所有这些作品都反映了战争的残酷与恐怖，描写了参与者悲剧性的处境与命运以及他们的种种心态与对苦难的承受力，故事往往是悲惨的，画面经常是阴沉的，但与此同时，作品又赞颂了战士们之间的兄弟情谊与人道主义精神，表现出人物的意志力量，并接触与探讨了战争条件下的行为道德。

与战争题材的小说相近的，是集中营生活题材的作品，这些作品都是出自在战争中被俘，经历过集中营苦难生活之人的手笔，如梅尔勒的《我的职业是与死亡相伴》（1953），皮埃尔·加斯卡尔的《畜生》、《死亡时代》（1953）与《妇女们》（1955），戴维·鲁塞的《集中营天地》（1946）与《我们死亡的日子》（1947），以及雅克·佩雷的《被逮住的下士》，等等。这些作品再现了笼罩着死亡阴影的集中营生活，揭露了德国法西斯的冷酷残暴，给法西斯暴行留下了一份真实的记录。由于这些作品所表现的囚徒的痛苦是延续在日常生活之中，它们对暴行的揭露也就更细致、更深刻、更尖锐，在反法西斯文学中，这些作品无疑是最具有控诉力量与悲愤力量的一部分。

法国被踏在纳粹铁蹄之下有四年之久，如果说在复杂的思想矛盾中追求真理、探索自由之路，只是法国一部分知识分子的独特体验，在前线、在集中营受苦受难，只是一部分男性战士的亲身经历，那么，对于绝大多数法国人来说，则人人都深切感受过长期被占领状态下日常生活中所渗透的屈辱与苦涩。战后时期对这种感受的回味咀嚼，就导致了为数较以上两类作品更多的、反映沦陷时期日常生活的文学作品的产生。其中最为著名的有：琼－路易斯·博里获1945年龚古尔奖的《我的村庄在沦陷时期》、琼－路易斯·居尔蒂斯获1947年龚古尔奖的《夜森林》、弗朗索瓦·薄瓦叶1947年出版后被搬上银幕而深深打动了世界各国人民的《禁止的游戏》、琼·杜图尔于1952年获联合文学奖的《黄油颂》、伯纳德·克拉韦尔于1968年获龚古尔奖的《冬天的果实》，等等。这些作品是对在战争灾难重压下悄然死去或受损害的那些善良人民的怀念与追悼，除了个别作品是采取滑稽讽刺的形式（如《黄油颂》），其他多是以凝重的笔墨、灰暗的画面卓越地表现出在纳粹占领下法国普通人民压抑低沉、艰难凄苦的日常生活以及心灵中的阴影与创伤，并深刻地揭示了灰暗现实中形形色色的人心世态。它们深沉的感情色调、真切的现实主义图景，具有感人至深的力量。它们在法国20世纪文学史上的特殊价值是不可磨灭的。

比起上述描写沦陷时期日常生活的作品，那些表现这个时期地下抵抗运动的作品则具有了些微的浪漫色彩。地下斗争是法国人在第二次世界大战中主要的骄傲，只是在描写地下抵抗运动的作品中，人们才见到法兰西人意气风发，他们以自己民族素有的聪明、机智、勇敢、乐观的特点，在一次次地下斗争中赢得了对德国占领者的胜利。这类作品的主要代表作有，罗杰·瓦扬的小说《奇怪的游戏》与雷米的一系列作品：《自由法兰西——特工人员的回忆》、《无畏与恐惧》、《联络网是如何消失的》、《边界线》等。前一部小说塑造了一个坚强、成熟、老练却多少有点玩世不恭的地下工作者的形象，出版后很快就被搬上银幕，获得了巨大的成功；后一系列作品出自一个抵抗运动领导人之手笔，真实地反映了沦陷时期的地下秘密斗争。

除了以上几种直接反映与表现大战前后反法西斯斗争的文学作品以外，法国战后也有反思文学的出现。由于法国的国情与社会现实不同于德国与意大利。反思文学作品的数量也就少得多，不过，也出现了像萨特的《阿尔托纳的隐藏者》（1959）这样的杰作。该剧以德国的生活为题材，把在纳粹统治时期犯有罪行的人物放在历史时期的现实关系中加以分析，并且突出表现了这种人物在战后的阴暗的精神状态，具有深刻的社会现实意义与性格心理深度。

法国从来都是一个文学大国，第二次世界大战中它在军事、政治上的软弱无力，与它在精神文化上的强大，与它的文学在反法西斯斗争中所表现出来的敏锐性、丰富性与力度是很不相称的。法国在反法西斯文学中拥有像马尔罗、萨特、阿拉贡、加缪、尤瑟纳尔这样一些在世界文学中有第一流位置的大作家、大手笔，也拥有世界高水平的文学奖如龚古尔奖的一大批获奖作品，另外，还有一些在世界范围里流传甚广的作家作品。我们的这一卷作为"世界反法西斯文学书系"的一部分，完全按照整个书系统一的标准与平衡要求进行编选，限于所规定的四卷篇幅，我们只能从法国反法西斯文学厚实的整体中编选出目前的八部长篇小说、一部剧作、若干篇中短篇小说、一组诗歌以及适量的戏剧和纪实文学，以求多少能反映其全貌。

1992 年 2 月 24 日

（原载《世界反法西斯文学书系》，重庆出版社 1992 年版）

论创作方法与世界观矛盾统一的关系

当作家进入创作过程,开始写作一部作品的时候,或者说得更广泛一点,甚至早在他孕育主题,酝酿形象,构思情节的时候,不论他自觉与否,实际上总是在运用一定的方法进行创作。作家在创作过程中所运用的艺术地认识和再现现实的方法,便是一般所谓的创作方法。由于创作实践总是一种有目的、有意识的实践活动,因此在创作过程中,不论作家怎样进行写作,也不论本人是否自觉,他所运用的一定的创作方法总是和本人的思想认识有一定的关系,也就是说,不论作家用什么方式进行创作以及自己对这些方式是否自觉,他所用的那种方式,总是有其主观认识的根源。由此,便有了我们通常所谓世界观与创作方法的关系问题。世界观与创作方法,是作家艺术创作实践中一对互相对立、互相依存的矛盾,"一切事物中包含的矛盾方面的相互依赖和相互斗争,决定一切事物的生命,推动一切事物的发展"[①],世界观与创作方法的对立统一,正是作家的艺术创作实践活动得以存在与进行的条件。

然而,这个问题长期以来却不断被修正主义者歪曲、混淆。修正主义者,总是举出巴尔扎克这类作家,把这类现实主义作家的某些社会政治思想或态度和他们的现实主义创作方法对立起来,断言创作方法与世界观是矛盾的,而他们所谓的矛盾,其实是指世界观与创作方法完全无关,不构成统一的,相互依存的关系,于是照他们的说法,像巴尔扎克这类作家运用现实主义方法,完全没有世界观的根由,甚至世界观愈是反动落后,写成的作品倒"更要完全和更要深刻"。不仅如此,修正主义者,还把世界观与创作方法的关系和世界观与创作的关系这两个虽然很密切但完全不同

---

① 《矛盾论》,《毛泽东选集》第 1 卷,人民出版社 1951 年版,第 280 页。

的问题混同在一起，借他们在创作方法与世界观关系上的谬论，进一步推论到世界观与创作的关系上，否定世界观决定创作，否定作家的思想情感决定作品中的艺术形象，以此来反对社会主义时代的作家深入工农兵群众、进行思想改造、建立马克思列宁主义世界观。对于这种反动的谬论，显然应该彻底加以批判。

除了修正主义者别有用心的谬论以外，在世界观与创作方法的问题上，过去一直是有不同意见的。有的认为创作方法是世界观在文艺领域里的演绎，两者完全是一致的，统一的，没有矛盾；另一种则认为两者从根本上是有矛盾的，其基本的理由是，世界观与创作方法既然是有差异的两个事物，那么有差异就有矛盾。然而，持这种意见的同志，却并没有说明两者何以矛盾，以及他们所谓矛盾和修正主义者所谓的矛盾（其实是指创作方法与世界观无关，不受世界观决定）的不同。正因为没有具体说明两者何以矛盾，持前一种意见的，当然就会提出这样的反问：天上的星星和地上的石头也是有差异的两个事物，但它们之间就必然会存在矛盾？

的确，世界观与创作方法是两个有差异的不同事物，但是，要看不同事物之间的关系怎样，首先要看它们是否发生了关系？是否结成了一定的关系而形成了一个统一体；天上的星星与地上的石子彼此并不发生关系，当然便谈不上统一和矛盾的问题。而两个不同的事物一旦发生了关系，形成了一个统一体，那么，它们的关系就不可能是别的，而只能是一种对立面互相依存、互相斗争的矛盾统一的关系，世界观与创作方法之间的关系便是如此。问题是，这矛盾统一的关系是如何形成的？其具体情形如何？在创作活动中，究竟哪一个是矛盾的主要方面，即哪一个是起决定性作用的，是世界观还是创作方法？这便是我们试图加以探讨的问题，我们在论述中，将以过去历史上曾经有过的创作方法为例，从创作方法的本身的规定考察起，看它与世界观在哪些点上发生了关系，特别是它如何被世界观所决定，看它与世界观以外的因素的关系如何，然后再说明它与世界观全部的关系怎样。

一　创作方法是如何受世界观指导的

创作方法是从人类有文艺创作活动的时候起便已存在的。只要有一定的文艺创作，实际上便存在着创作文艺作品的一定的创作方法，尽管人们还没有把这方法总结起来加以明确的表述。由于创作方法是一种在作家创作过程中发生作用的因素，而且有时甚至是作家自己所没有自觉地察觉和意识到的因素，因此，创作方法的性质，往往就只能从作品和作品中所描绘的艺术形象与现实生活的对比关系中被看出来。事实上，我们正是从文学艺术发展史中各种类型的文艺作品中，看到了各种不同的创作方法。这些创作方法有的是在它们存在了很久，为人们长期运用，以后才被概括出来而加以明确地表述，获得名称的，如浪漫主义、现实主义；有的则是在它产生的时候，便已经被概括为明确的法则，如古典主义和自然主义。然而，不论是哪一种情形，一定的创作方法实际上都有一定的制约的范围，也就是说，不论运用它的人是否自觉，它总要规定运用者这样写而不是那样写，按照这个法则写而不按照那个法则写，通过这条途径写而不是通过那条途径写，总之，它有所规定，也有所排斥。那么，一般的创作方法，它的制约范围，它所要规定的究竟有哪些方面呢？

总起来说，创作方法对于创作过程中的诸关键问题，是都要作出明确规定的，而这些关键问题便是：作家如何处理文艺与现实的根本关系，根据什么总的原则去表现现实，如何在具体的表现手法上贯彻这个总的原则，采取一些什么手法，整个创作活动是在什么目的下进行的，作家如何规定自己的创作活动在社会中的地位和职责，而为了这一切，作家在准备创作或进行创作时应该具备什么条件以及如何获得这些条件，等等。

过去历史上的一切创作方法，现实主义或浪漫主义，古典主义或自然主义，都在以上这些关键问题上有所规定，只不过不同流派和不同方法的要求、规定彼此不同而已。当然，这也并不是说所有的创作方法在所有这些关键问题上都有明确的表述，但是，任何一种创作方法都要在最主要的关键上有明确的规定，如像如何处理文艺与现实的根本关系，根据什么原则去表现现实，以什么目的去表现现实等；同时，虽然不同的创作方法并不是在任何问题上都有各自不同的规定，但是，不同的创作方法在最主要之点上所规定的便显然不同，如文学史上的积极浪漫主义与批判现实主义，在文学的社会作用和作家的职责问题上，同样都要求文学具有教育作用，作家负有教化的任务，巴尔扎克认为"一个作家……应该把自己视为人类的一个教师"①，同样雨果也说他自己"从来没有片刻忽视戏剧所教育的人民，戏剧所解释的历史和戏剧所指点的人类的心灵"②，然而，这两种不同流派的作家在文学与现实的关系上，则有完全不同的创作原则，正如高尔基所说，一个"从既定现实的总体中抽出它的基本意义而且用形象体现出来"，一个则"从既定的现实中所揭出的意义上面再加上——依据假想的逻辑加以推想——所愿望的，可能的东西"③。

文学创作活动，像人类任何其他劳动实践一样，"劳动过程终末时取得的结果，已经在劳动过程开始时存在于劳动者的观念中，已经观念地存在着"④并且在这个过程中，劳动者"知道他的目的，并以这个目的，当作法则，来规定他的活动的样式和方法，并使他的意志，从属于这个目的"⑤，总之，它和任何劳动一样，都是一种有意识的自觉的实践活动。在这实践中的创作方法既然如上所述是极其复杂的，要处理和解决如何反映和表现现实、为什么这样反映和表现等一系列问题，因此，它便不可能是无意识的产物而必定和作家的思想意识相联系。作家之所以运用某种创作方法，是有其思想意识根源的。那么，一般的创作方法与作家的思想意识究竟有哪些具体的关系呢？它往往是以哪些方面的思想观点为其根源呢？这是我们探讨创作方法与世界观关系的又一关键。

的确，创作方法由于是在文艺领域里的实践的方法，它便往往根源于作家的文艺思想，或者说是他文艺思想中直接有关创作实践的那一部分。塞万提斯在《堂吉诃德》第四十七、第四十八两章中，通过司铎和神甫评论骑士小说和戏剧所讲出来的关于文艺创作应"切近真实，既能教诲又能娱人"的言论，在他的思想中既是他的文艺思想，在他的创作中也是他所奉行的创作方法；托尔斯泰在他论到法国小说家莫泊桑时所强调的"艺术

---

① 巴尔扎克：《〈人间喜剧〉前言》，《巴尔扎克全集》第 1 卷，Louis Conard 版，第 XXX 页。
② 雨果：《〈玛丽·都铎〉序言》，《雨果全集》第 4 卷《玛丽·都铎》第 III 页，巴黎，Paul Ollendorff 版。
③ 高尔基：《苏联的文学》，《高尔基文学论文选》，第 337 页。
④ 《资本论》第 1 卷，第 172 页。
⑤ 同上。

家之所以是艺术家，只因他不是照他所希望看到的样子来看事物"①，同样既是他的文艺思想、批评标准，也是他在自己的创作里忠实地遵守了的原则。正因为作家具有某种文艺思想，他往往才能自觉地遵循某种相应的创作方法。虽然创作方法与文艺思想的关系如此紧密不可分割，然而，创作方法又远远不仅仅与文艺思想、文艺观点有关，而这，是由于文艺创作的复杂性所致。

我们知道，文学艺术是现实生活在作家头脑中的反映，任何文学艺术作品，不论是浪漫主义的，或者，即使是反现实主义的，也总有一定的现实根源，作家不论描写什么以及如何描写，都要面对着现实事物。归根到底，文艺创作其实就是如何艺术地对待现实的问题。正因为如此，所以作家运用什么创作方法进行创作，便不能不与他关于人与现实的关系以及应该如何对待现实的思想有关。历史上一切在当时有进步意义的现实主义作家主观上要求自己尊重现实生活、严格地摹写现实，往往便与这些作家对现实的某种唯物主义的认识和态度有关。19世纪俄国现实主义者契诃夫之所以能够强调"在艺术里不能说谎"②，"必须把生活写得跟原来面目一样，把人写得跟原来面目一样"③，就是由于他认为"文学所以叫做艺术，就是因为……它的任务是无条件的、直率的真实"④，而这种认识也正是他这样的唯物主义思想在文艺问题上的表现："唯物主义……不是一种偶然的暂时的东西；它是不可缺少的，不能避免的，而且不是人力所能左右的"⑤。（当然，作家的这种文艺观与唯物主义思想，是有其阶级根源和阶级局限的）。再如托尔斯泰在《安娜·卡列尼娜》中，揭露了贵族上流社会的虚伪、腐朽和罪恶，描写了主人公必然死亡的悲剧命运，让他的人物"做了在实际生活中常有的和应该做的事，而不是做了我们希望他们做的事"⑥，也正是因为他认识了现实环境中的这种必然性："这整个沉重，荒

---

① 托尔斯泰：《莫泊桑文集序言》，《文学研究集刊》第1册，人民文学出版社1955年版，第318页。
② 《契诃夫论文学》，人民文学出版社1958年版，第394页。
③ 同上书，第395页。
④ 同上书，第35页。
⑤ 托尔斯泰：《莫泊桑文集序言》，《文学研究集刊》第1册，第8页。
⑥ 贝奇柯夫：《托尔斯泰评传》，人民文学出版社1959年版，第345页。

唐而不幸的现实并不是偶然的东西，也不是我一人独有的可恼的遭际，而是一条不可避免的生活规律"①。同样道理，脱离现实的作家在创作中之所以自觉地运用歪曲现实，破坏现实形象的创作方法，也是和他反动的主观唯心主义的思想和态度不可分的。在 18 世纪德国浪漫主义者看来，"人类精神强迫一切存在物接受它的法则，而世界便是他的艺术作品"②，因此，他们很自然就在自己的创作中奉行一种唯我主义的创作方法，即"承认诗人的任凭兴之所至是自己的基本规律，诗人不应当受任何规律的约束"③。20 世纪资产阶级作家艾略特写出神秘、主观、晦涩难懂的诗歌，也正是他对现实的主观唯心的态度和神秘的宗教蒙昧主义的思想观点在创作上所必然带来的结果。

　　文学艺术作品中的现实生活图景，既然是作家对现实生活的一种艺术的再现，而作家在创作中反映和表现现实时又必须以作家对现实有一定的认识为前提，不言而喻，作家如何描绘现实对象，用什么方法去描绘现实对象，便不能不与他对于这一对象的本质或规律的认识有关，不能不受这种认识的影响和指导。而由于文学艺术是以全部的现实生活为其反映对象，并且这种反映特别是以社会生活以及人的生活为其内容，因此，作家如何进行创作的方式，往往便与他对整个自然，特别对社会生活和人本身的认识有关。历史上著名的流派，著名的作家描绘现实的方式，都往往是以一定的对现实对象的认识为基础的。他们之中能以比较正确的符合客观规律的方法去描绘现实对象的，往往在于对现实对象的规律有比较正确、比较如实的认识，而那些以不正确的方式去描绘现实对象的，则往往和他对该现实对象只有片面的或歪曲的认识有关。就以描绘现实生活的复杂而言，我们知道，法国作家雨果是主张把现实生活描绘成一副崇高优美与滑稽丑怪、明与暗、美与丑对照的图景的，他在自己的浪漫主义小说和戏剧中，也的确是按这个方式去进行描绘的，为了写出复杂的人物形象，他或则"取一个形体上畸形得最可厌、最可怕、最完全的人物，把他安置在他

---

① 贝奇柯夫：《托尔斯泰评传》，人民出版社 1959 年版，第 76 页。
② 弗·史雷格尔：《断片》，《古典文艺理论译丛》第 2 期，人民文学出版社 1961 年版，第 53 页。
③ 同上书，第 64 页。

最能突出的地位上，在社会组织的最低下、最底层、最被人轻蔑的一级上，用阴森的对照光线从各方面照射这个可怜的东西；然后，给他一颗灵魂，并且在这灵魂中赋予男人所具有的最纯净的一种感情，使得渺小变成了伟大，畸形变成了美"，"或则取一个道德上畸形得最可怜最可怕最完全的人物；把她安置在她最能突出的地位上，在一种妇女的心灵状态中，还加上体态的美和雍容华贵的风度，使她的罪过更加突出"①，而他这种对照的方法正是和他对现实世界的认识有关，他在有名的《〈克伦威尔〉序言》中就曾经这样说过："万物中的一切并不都是符合人情的美……美的旁边有丑，畸形靠近着优美，粗俗藏在崇高的背后，善与恶并存，光明与黑暗相共"②，并且，他自己还自觉地把这种认识视为"诗的出发点"。再以表现人物性格的形成而言，不同作家描写性格形成的根源的不同方法，实际上也正是由对这个问题的认识不同而来。我们知道，巴尔扎克在《人间喜剧》里，描绘了资本主义时代社会关系中的各种各样的人物性格，力图照过去那些优秀的作家一样，表现自己的人物"是从他们时代的脏腑中孕育出来的"。③ 巴尔扎克之所以能这样从客观环境去描写人，正是由于他认识了社会环境与人的关系："社会不是按照人在其中进行活动的种种不同的环境，把人造就成各式各样，正如动物之有千差万别么？"④ 而且，他还看到了社会环境与自然环境的不同："人类社会有一些自然界所不可能有的偶然性，因为人类社会环境是自然界加社会。"⑤ 根据这种认识，巴尔扎克所创造出来的人物便都是活生生的社会的人。与巴尔扎克有所不同，左拉有时以自然主义的方法去写人，在有些作品里，如在小说《小酒店》和《人兽》里，就只表现出了人的自然本能、生理本能，而没有表现出人的社会性、阶级性。左拉这种自然主义创作方法的错误，首先是因为他只从生理学与遗传学方面去看人，而没有看到人是社会的阶级的。在他看

---

① 雨果：《〈留克莱斯·波日雅〉序言》，《雨果全集》第 4 卷《留克莱斯·波日雅》，巴黎，Paul Ollendorff 版，第 V 页。
② 雨果：《〈克伦威尔〉序言》，巴黎，A. Hatier 版，1957 年，第 37 页。
③ 巴尔扎克：《〈人间喜剧〉前言》，《巴尔扎克全集》第 1 卷，第 XXVIII 页。
④ 同上书，第 XXVI 页。
⑤ 同上书，第 XXVII 页。

来,"路上的石块,人类的头脑,都要受同一种决定论的支配"①,而且,"不论心理现象的本质如何奇妙、表现如何细致,我认为也不可能不把它们归入一种科学的因果决定论的原则,就像对一切有生物现象一样"②。根据这种认识,左拉在他的创作方法问题上自然便得出这种不正确的结论了:"我们处理人物,情感、人类事件和社会事件,完全应该像化学家和物理学家处理无生物、像生理学家处理有生物一样。"③

任何文学艺术作品总是通过一定的艺术形象给人的思想以影响,从而为一定阶级的政治和社会功利服务。文学艺术作品在社会生活中的这种职能以及它和读者的关系,是一种客观存在着的关系。事实上,文学艺术家从来都不是为自己而创作的,他总是自觉或不自觉地要考虑到自己的作品在社会生活中的作用和地位,总希望自己的作品发生这种或那种影响,因此,他在创作中如何规定自己的创作方法,如何进行创作实践,有时便不能不与他对于作品的社会功能,作家的社会职责之类的问题的思考有关。这里,可以举出唐代诗人白居易为例。白居易的名篇《秦中吟》是他"贞元元和际……闻见之间,有足悲者,因直歌其事"(《秦中吟序》)而产生的。这种"直歌其事"的创作方法,对于作为士大夫的白居易来说,是出于什么思想根源呢?这首先与他"但伤民病痛,不识时忌讳"这种关心人民的生活、敢于向统治阶级"直谏"的思想有关(当然,他这种思想是有阶级局限性的,其根本出发点是维护统治阶级长远的利益),也和他对文学作用的认识有关:"文章合为时而著,歌诗合为事而作。"(《与元九书》)他这些在当时还算比较进步的思想认识,不仅指导了他"直歌其事"的创作方向,而且也制约了他创作实践的每一个重要的环节,正如他自己所说:"其辞质而径",是为了教育的目的:"欲见之易谕也";"其体顺而肆",是为了要广泛地发挥其社会作用:"可以播于乐章歌曲也";至于"篇无定句,句无定字,系于意,不系于文","首句标其目、卒章显其志"(《新乐府序》),也都莫不是出于更灵活地反映现实,给人以讽

---

① 《实验小说论》,《左拉全集》,巴黎 Francais Bernouard 版,1928年,第12页。
② 《实验小说论》,第23页。
③ 同上书,第25页。

谕的意图。从这里便不难看出作家的创作方法和他的政治社会思想的关系了。

同样，19世纪法国浪漫主义运动的领袖雨果，在1830年前后大力反对在文学创作中"分门别类，排列整齐，像勒·诺特的古典花园里的花丛一样"①的古典主义创作方法，提倡"按照他（指作家——引者注）本性的法律去进行创造"，不受古典主义清规戒律的束缚，要求"对着亚历山大诗体规矩的队形，刮起一阵革命的狂风，给古老的字典戴上一顶红色小帽……在墨水瓶里掀起一阵风暴"②，写出"像原始森林一样"的文学作品，所有这些在创作上宣战的态度和主张，正是他要求"诗歌在政治风暴中冒险"③的具体化，正是他在复辟王朝统治下争取"文学的自由主义一定和政治的自由主义能够同样地普遍伸张"④的具体化，显然具有明显的政治社会的目的。当然，文学史上也有过一些否认文学的社会作用而遵循唯美主义创作道路的作家，他们的形式主义的创作方法则又直接和他们落后以至反动的政治观点、社会思想有关，和他们对于作家的社会职责的否定态度以及对道德伦理问题的某种虚无主义态度紧密联系在一起的。法国19世纪作家戈蒂耶是首先提倡"为艺术而艺术"的，他公然这样宣称过："一切有用的都是丑的；因为它是一种需要的表现。"⑤实际上，他也在创作中贯彻了一种脱离现实、脱离社会生活的形式主义创作方法，他的这种创作态度不仅像普列汉诺夫对他所批评的那样："一种态度是与另一种态度密切联系着的：过分注重形式是对社会和政治漠不关心的结果"⑥，而且也是他自己所说的"为了看到拉斐尔的真画或裸体美女，我非常乐于放弃我作为法国人和公民的权利"那种政治上和道德上的虚无主义的表现。

总之，由于创作方法是作家从事一种有目的的实践活动所运用的方法，而这种实践既是复杂的精神劳动，也是具体的社会劳动，这种劳动所

---

① 《〈短曲与民谣集〉序言》，《雨果诗歌总集》，巴黎，Jean-Jacques Paubert版，第7页。
② 《沉思之七》，《沉思集》，《雨果全集》，巴黎，Paul Ollendorff版，第20页。
③ 《〈秋叶集〉序言》，《雨果诗歌总集》，巴黎，Jean-Jacques Paubert版，第134页。
④ 《〈艾那尼〉序言》，《雨果全集》第4卷《艾那尼》，巴黎，Paul Ollendorff版，第V页。
⑤ 戈蒂耶：《〈莫班小姐〉序》，巴黎，Droz版，1946年，第31页。
⑥ 普列汉诺夫：《艺术与社会生活》，人民文学出版社1962年版，第225页。

涉及的现实生活的各种内容、对象以及这种劳动本身的作用和意义,都向作家提出了各种各样重要的原则性的问题,因此,作家在这种劳动实践中所自觉地运用的创作方法,就必然来源于作家对于现实生活和对于这种劳动实践本身的各种重要的观点和思想。这便是创作方法受世界观的指导。

于是,在以上的论述中,我们可以得出结论说:在作家如何进行创作的实践活动中,存在着一对相互依存的关系,即世界观与创作方法的依存关系,世界观总是通过创作方法实现于创作中;创作方法总是根源于一定的世界观的。这便是我们所理解的世界观与创作方法的统一,而这互相依存的统一关系的核心或实质,就是世界观对创作方法的指导。

我们说过,世界观是各种观点的总和。世界观虽然有其重要的核心部分,但是,其内部的情形是复杂的,甚至有些观点是互相矛盾对立的;而如上所述,作家所自觉运用的创作方法又往往是来源于世界观的某一具体部分或某些具体部分,即某一特定的观点或某些特定的观点,因此,这里便有人会提出一个问题,即作家的创作方法虽然在世界观中有其相应的根源,但却与世界观的其他部分,甚至是其主要部分不一致,似乎创作方法便不受世界观的指导了,与世界观无关了,那么,应该如何理解创作方法与世界观的关系呢?

一般人认为巴尔扎克的情况便是如此。

我们且以他作为一个典型的例子来加以分析。

二 巴尔扎克的例子说明创作方法不决定于世界观吗?

对于巴尔扎克,恩格斯曾经指出过两个重要之点,即"巴尔扎克在政治上是一个保皇党"和"他的伟大作品是对于上等社会的必然崩溃的不断的挽歌"[①]。过去修正主义者把这两点说成矛盾的不可统一的,在他们看来,矛盾有两个,一个是"在政治上是一个保皇党"。和他全部《人间喜剧》中现实主义形象图景之间的矛盾,所谓世界观与创作的矛盾,即为什么"政治上是一个保皇党"的巴尔扎克能写出了一部真正的"挽歌";另

[①] 《马克思恩格斯论艺术》第1卷,人民文学出版社1960年版,第10页。

一个矛盾是，"在政治上是一个保皇党"和他现实主义的矛盾，所谓世界观与创作方法的矛盾，即"政治上是一个保皇党"的巴尔扎克，为什么会这样去写这一首"挽歌"。总之，他们抓住这种表面现象作为口实来歪曲世界观与创作的关系以及世界观与创作方法的关系，照他们的说法，巴尔扎克作品中的现实主义图景似乎是他反动世界观的结果，而他所运用的现实主义创作方法，则是与世界观无关，根本没有世界观的根源可言。

其实，恩格斯的论断并不能引申为这两个矛盾。关于世界观与创作的问题，恩格斯明白地指出了巴尔扎克"看出了他所心爱的贵族的必然没落而描写了他们不配有更好的命运，他看出了仅能在当时找得着的将来的真正人物"①，恩格斯在这里所指出的巴尔扎克"看出了"，这正肯定了巴尔扎克世界观中有着真正与巴尔扎克创作中形象图景一致的根源，说明了巴尔扎克正是根据他的"看出了"而绘制出了"法国社会的卓越的现实主义的历史"。巴尔扎克的世界观与创作关系，是一个专门的问题，它除了要涉及巴尔扎克的世界观与创作方法的关系问题外，还有更多的其他内容，有待专门加以说明，这里只是很简单地提及对恩格斯原话的理解。至于第二个问题，即关于巴尔扎克的世界观与创作方法的问题，恩格斯也指出了"巴尔扎克老人最伟大的特点之一"——现实主义的胜利。而修正主义者却故意歪曲解释巴尔扎克的"现实主义的胜利"，并且利用巴尔扎克"在政治上是一个保皇党"与他的现实主义胜利这一矛盾现象，断言创作方法与世界观无关。

我们在上面曾经说明过，作家之运用一种创作方法，总和某一种思想观点有关。这里，我们暂时不谈巴尔扎克之所以成为一位历史上杰出的现实主义者，主要是得之于他世界观中的那一方面的思想观点。既然，巴尔扎克的政治思想对于巴尔扎克问题是如此重要，而且往往被拿来和他的创作，和他的创作方法作比较，因此，我们有必要先说明一下巴尔扎克在政治上是一个怎样的保皇党。

法捷耶夫曾经说过："他（指巴尔扎克——引者注）的世界观实际上

---

① 《马克思恩格斯论艺术》第1卷，第11页。

比他表面的，外在的正统王朝主义要宽广得多"①。这就是说，巴尔扎克在政治上的表现远远不能概括他的全部世界观，而他的正统王朝主义的政治表现，也只是一种"外在的"、"表面的"现象。这是对于恩格斯关于巴尔扎克政治态度的论断的进一步解释，这一解释是符合巴尔扎克的实际的。

一般人把巴尔扎克视为一个保皇党人，不外是根据他曾经参加过保皇党的政治活动，有过保皇党人的言论，在他的创作宣言《〈人间喜剧〉序言》里，公开宣称过："我在两种永恒真理的照耀下写作，那就是宗教和君主政体"②，并且在作品里有过对某些贵族人物的同情，在《乡村医生》和《乡村教士》里宣扬过宗教，等等。然而，巴尔扎克当时是处于复杂的阶级斗争的环境中，而他本人又出于个人的考虑而纠缠在更为复杂的政派斗争的关系里，他在政治上的主张和态度就更需要我们作更细致更切实的了解。从巴尔扎克致友人的书信中，我们可以看出，巴尔扎克出于政党的利害关系和种种考虑，在他公开的文字中对于他真实的政治思想是很有保留的。其实，巴尔扎克思想深处并不是一个真正的保皇党人，并不希望法国仍回到 1789 年前的轨道上去，他对保皇党是"口是心非"的，在 1832 年参加保皇党的竞选时是怀着一种"异己"思想的，甚至他顾虑这种思想"如果让我的党（指保皇党——引者注）知道了，便会使我遭到它的忌恨"③。巴尔扎克这种向保皇党隐瞒而只向朋友透露的思想，便是他的与保皇党完全相反的政治理想。这种理想在他 1830 年 12 月 30 日和 1832 年 9 月 23 日致加洛夫人的信里，表述得再清楚不过了。

巴尔扎克与加洛夫人的通信是在 1935 年才第一次公之于世的，我国过去并无译介。加洛夫人是巴尔扎克在事业上少有的一位真诚的知己和诤友，具有共和主义思想倾向。当巴尔扎克在 1830 年左右参加保皇党的政治活动，甚至中断了自己的文学创作的时候，她出于关心和友善向巴尔扎

---

① 法捷耶夫：《苏联文学批评的任务》。
② 《〈人间喜剧〉前言》，《巴尔扎克全集》第 1 卷，Louis Conard 版，第 XXXI 页。
③ 巴尔扎克：1832 年 9 月 23 日致居勒玛·加洛夫人的信，《巴尔扎克与居勒玛·加洛夫人未发表的通信集》，巴黎，Armand Colin 版，1937 年，第 82 页。

克提出了劝告和批评,这便引起了巴尔扎克的自白。巴尔扎克在他的信里告诉这位好友,他参加保皇党的政治活动,"投身于政治野心的险恶而充满风暴的天地里"①,完全是出于个人利益的考虑,而他的政治思想,也就是他自己所说的"政治思想的秘密"②,却完全是另外的一套。他在1830年12月30日的信里,这样全面表述他的政治理想说:

>　　法兰西应该成为一个君主立宪制国家。有一个一脉相承的王室,一个特别强而有力的贵族院,它代表私有财产,尽可能保证继承权和一些性质尚应加以讨论的特权;另外,再要一个选举出来的议会,它代表中间群众的一切利益,并从中把社会的上层地位和我所谓的人民分开。
>
>　　……
>
>　　给予富裕阶级以最大限度的自由,因为它有财产,有需要保管的东西,有可能失去的一切;它永远也不会任性放浪。
>
>　　让政府拥有尽可能强大的力量,有了这样的政府,有钱人和资产者便会有兴趣去增进最下等阶级的幸福,去扩大中间阶级,而这个阶级正是国家的真正力量的所在。③

他在另一封信里,又作了补充:

>　　把贵族院之外的整个贵族阶级消除,使教会和罗马脱离关系;以自然疆界为法兰西的国界;给中间阶级以完全的平等;承认真正的权威,节省开支,通过聪明的税收办法增加收入,使每个人都受到教

---

① 巴尔扎克:1832年6月1日致居勒玛·加洛夫人的信,《巴尔扎克与居勒玛·加洛夫人未发表的通信集》,第56页。

② 巴尔扎克:1832年9月23日致居勒玛·加洛夫人的信,《巴尔扎克与居勒玛·加洛夫人未发表的通信集》,第82页。

③ 巴尔扎克:1830年12月30日致居勒玛·加洛夫人的信,《巴尔扎克与居勒玛·加洛夫人未发表的通信集》,第29—30页。

育,这便是我的政治思想的主要之点。①

不难看出,巴尔扎克的政治纲领是在法国建立一种能保证社会安定以利于资本主义发展,以适应中等资产阶级利益的制度,而这种制度,他认为便是君主立宪制。他并不像保皇党那样,主张法国恢复1789年以前的旧秩序,即在政治上恢复君主专制制度,在经济上恢复封建土地所有制。可见巴尔扎克真实的政治思想是属于资产阶级的,而不是属于封建阶级的;他的政治理想和认识,正说明了他是资产阶级的儿子而不是封建阶级的遗老。不难理解,对于具有这样一种政治思想的人,写出"对于上等社会(恩格斯指的是封建贵族上流社会——引者注)的必然崩溃的不断挽歌",是很自然的事;也不难理解,在如何创作的问题上,巴尔扎克真实的政治思想并不会妨碍他运用现实主义方法去真实地描写封建阶级的必然灭亡。因此,巴尔扎克的实际情况根本谈不上有什么维护封建阶级的愿望和他真实描写这个阶级的方式之间的矛盾。

问题不在这里。问题还在于,即使巴尔扎克的政治思想完全是保皇党的,这种思想和他运用的现实主义创作方法这一点是否有着直接的关系?认为巴尔扎克的创作方法与世界观矛盾的人是否能说明,巴尔扎克的政治思想如果是保皇党的,那么它何以就会决定他的创作方法是现实主义的?究竟在巴尔扎克的思想里,保皇党的政治思想如何发展演绎成了现实主义创作思想?它们两者之间的思想逻辑是什么?是否有一种哲学的、道德的、伦理的思想作为这两者之间的渠道?可惜,在巴尔扎克的《人间喜剧》中所描写的形象和所发表的议论里,我们很难找到这条渠道,在他的序言和书信里,也很难找到这条渠道,而那些强调和武断巴尔扎克的世界观和他的创作方法矛盾的人,从来也没有论证过这两者之间的联系。问题很简单,巴尔扎克从来没有由于所谓的保皇党政治思想而采取现实主义创作方法,或者说,在巴尔扎克的思想里,现实主义创作方法,实际上并没有和所谓的保皇党的政治思想形成一条思想逻辑,他的现实主义创作方法

---

① 巴尔扎克:1832年9月23日致居勒玛·加洛夫人的信,《巴尔扎克与居勒玛·加洛夫人未发表的通信集》,第81页。

的思想根源,并不是所谓的保皇党的政治思想。问题也很简单,说这两者矛盾的修正主义者实际上就是把这两个其实并没有关系的事物硬扯在一起,把它们放在一个臆造的关系里侈谈它们的矛盾统一的问题,而利用它们作为两个事物原有的差异性而武断它们是矛盾的,并进而说这便是世界观与创作方法的矛盾,证明创作方法与世界观无关。这是一种诡辩。

如果巴尔扎克真是一个忠诚地道的保皇党人,那么,究竟是什么力量推动他在创作过程中克服他保皇党人的政治偏见而真实地去写出对这个阶级来说是严酷的现实图景呢?当然,作为保皇党这一点绝不会对克服保皇党的政治偏见有什么帮助,而且即使他在政治上持有保皇党人的思想观点,从这种观点涉及的内容来说,也并不会规定他去运用现实主义创作方法,尤其是运用现实主义创作方法去描绘本阶级的命运。那么如果巴尔扎克不是一个真正的保皇党人,而是如上所述具有一套资产阶级的政治理想,是否就会由于这一点而使他去以现实主义创作方法进行创作呢?同样,他的这些资产阶级政治理想,从其所涉及的特定内容与特定范围来说,也并不一定就会规定他用现实主义方法而不用其他的方法。由此可见,不论巴尔扎克是不是一个真正的保皇党,他的现实主义创作方法对于他是否是一个保皇党来说,关系不是直接的,因此,要找寻他的现实主义创作方法的思想渊源,必须到世界观中的其他观点中去找寻。

巴尔扎克在他自己的创作宣言中曾经这样表示过:"我对于持续的、日常的、隐秘的或明显的事实,对于个人生活的行为,对于它们的起因以及它们的原则的重视,同到目前为止的历史家对各民族的公共生活的重视一样。"[①] 因此,对于他全部的创作活动,他很集中地归结为一点:"法兰西社会是历史家,我只能当它的书记。"[②] 当然,另一方面巴尔扎克也说:"艺术的使命不是摹写自然,而是解释自然",并把小说视为"庄严的谎话"[③],但是在他看来,"如果……小说在细节上不真实的话,它就毫无价值了"[④]。作家这种要求自己忠于现实、按照现实的面貌进行描绘的意图,

---

① 巴尔扎克:《〈人间喜剧〉前言》,《巴尔扎克全集》第1卷,第XXXV页。
② 同上书,第XXIX页。
③ 同上书,第XXXIII页。
④ 同上书,第XXXIII页。

不仅是他对文艺的根本认识——"艺术是什么？不过是集中起来的自然罢了"①——在创作问题上的具体演绎，是他这种现实主义文艺观的一种具体运用，而且也决定于他对于客观现实以及人们的主观与客观现实的关系的认识："我们不能违反自然的法则而不受惩罚，因为自然是铁面无情的。"② 因此，按我们的理解，巴尔扎克现实主义创作方法中尊重现实这根本的精神不仅就是他整个现实主义文艺思想的一部分，而且也直接来自他的唯物主义的哲学观点。

《人间喜剧》一整部包括了两三千个人物，反映了整个时代的风俗史，在这部作品里，巴尔扎克有意识地用人物再现、故事情节相关联的方法，也就是恩格斯所说的"用编年史的方式"，把这些各自独立的作品联成一个整体，把对于社会生活各个方面的写照联结起来，构成一幅全面的社会图景，"给予了我们一部法国'社会'的卓越的现实主义的历史"，这是巴尔扎克运用现实主义创作方法杰出的所在。关于这种编年史的方式，巴尔扎克自己说过，是受自然科学的启发而决定采用的，是为了像"布封写出一部卓越的著作讲述各种动物"那样，"替社会写一部表现各类人的作品"③。巴尔扎克不满意司各特整个创作中每一部个别的作品的本身都是光辉的，"但不与任何其他东西相关，不从属任何整体"④的情况，因为照他看来，"在真实生活和在社会里，这些事物总是和那些事物命定地联结在一起，甚至它们相辅相成，不可分割"⑤，也正是这种对于现实生活的统一观，使他要求作家在创作中"把社会的成分一一重建，以获得社会的整体"⑥，而他自己上百部作品之所以形成浑然一体，也正是以世界的一体为基础，用他自己的话来说，就是"它（指他自己的作品——引者注）的统

---

① 巴尔扎克：《幻灭》。
② 达里叶·伏迦：《不由自主的巴尔扎克》，巴黎，Jose Corti 版，1957 年版，第 87 页。
③ 《〈人间喜剧〉前言》，《巴尔扎克全集》第 1 卷，第 XXVI 页。
④ 腓力克思·达文：《巴尔扎克〈19 世纪风俗研究〉序言》，查理·德·罗望汝尔编《巴尔扎克作品的发展》，第 55 页。该序言是达文根据巴尔扎克的授意而写的，并经过巴尔扎克本人的修改，所以一般都把它视为巴尔扎克本人之作。
⑤ 巴尔扎克：《伏特冷》，《〈人间喜剧〉中巴尔扎克的思想》第 2 卷，Droz 与 Giard 版，第 88 页。
⑥ 腓力克思·达文：《巴尔扎克〈19 世纪风俗研究〉序言》，查理·德·罗望汝尔编：《巴尔扎克作品的发展》，第 47 页。

一性就是世界本身"。从这里我们便不难看出为巴尔扎克所特有的那种全面而有联系的描绘现实的创作方法，正是由巴尔扎克对客观世界的统一性、对于社会事物的互相关联的认识和体会而来的。

　　如果更进一步考察一下巴尔扎克现实主义创作方法的每一个具体的方面，同样，也不难发现，不论巴尔扎克描写环境、刻画性格、表现典型，还是通过日常的生活现象提出重大的社会问题的具体方式，都有着深刻的思想根源。就以巴尔扎克的人物描写而言，正如我们所知，巴尔扎克的人物，不仅因为阶级、阶层或职业、教育等方面的特点而区分为各种类型或种类，他们不仅体现着某一种"同一性"，或则是"表现了时代的最典型的特性之一"，或则是"非常能代表保皇党的这一部分人"，而且他们"作为个别创造物来说是不可能再不相同了"①，那么巴尔扎克所借以达到这种艺术结果的方法究竟是如何来的呢？它并不是一种出自无意识的临摹，而是在于巴尔扎克不仅认识到了人类正"如同动物之有千殊万类"，认识到了"国王、银行家、艺术家、资产者、教士和穷人，他们的习惯、服饰、谈吐、居住条件都各不相同，并且随着文明程度的高低而有变化"②。另外，巴尔扎克在描写人物的时候，总是把人物放在一定的具体环境和情势之下，充分表现环境对于人物的作用以及人物性格与形成它的环境之间的密切关系，他之所以能自觉运用这种方法，也是由于他对于人的思想感情、性格、特征决定于周围环境这一真理有一定的认识。他在一部作品里曾经说："只要我们在生活里走了几步，便会认识到环境对于心灵状态的影响。"③ 而他在《社会解答》中，也明确地认为："人在自然处境，肯定或者决定，全和他的周围事物有关。"④ 在他看来，"我们的感情难道不可以说是刻写在我们周围的事物上吗？"⑤ 这些理解正都体现在他的现实主义方法中。

---

　　① 啡力克思·达文：《巴尔扎克〈19世纪风俗研究〉序言》，查理·德·罗望汝尔编：《巴尔扎克作品的发展》，第55页。
　　② 《〈人间喜剧〉前言》，《巴尔扎克全集》第1卷，第XXVII页。
　　③ 巴尔扎克：《遭人诅咒的孩子》，《〈人间喜剧〉中巴尔扎克的思想》第3卷，第11页。
　　④ 《巴尔扎克论文选》，新文艺出版社1958年版，第58页。
　　⑤ 巴尔扎克：《钱袋》，《〈人间喜剧〉中巴尔扎克的思想》第3卷，第10页。

我们并没有，也不可能在这篇文章里全面地说明巴尔扎克的创作方法和他的思想观点之间的关系，但仅就以上的说明来看，似乎也足以使人看出：巴尔扎克的现实主义创作方法显然是有着一般保皇党或非保皇党政治思想之外的其他思想根源的，也就是说，巴尔扎克的现实主义创作方法首先是直接与他关于如何表现现实的认识有关的。既然如此，我们就应该把巴尔扎克的创作方法和与它直接有关的思想联系起来，看它们是矛盾的还是一致的，而不能把他的创作方法与某一部分与之没有直接关系的思想观点联系起来看它们是矛盾还是一致。如果把巴尔扎克的现实主义创作方法和他与此直接有关的思想联系起来，那么，如上所述，我们所看到的便仍然是世界观对创作方法的指导，创作方法与世界观的一致。

有人也许会反驳说，你们所举出的一部分思想观点，仅仅是世界观的一部分，难道就能以它来说明世界观对创作方法的指导？我们知道，具体人的世界观是复杂的，其内部的各种观点之间往往有不一致，甚至有矛盾的情况。在世界观内部存在不一致或者矛盾的时候，根源于世界观某一部分思想观点的创作方法，当然不可能和世界观内部的一切思想观点都契合一致，但是，既然世界观中的某些思想观点即使是重要的思想观点与创作方法并没有直接的联系，并不构成一种关系，因而，我们便没有理由去考察它们之间是否矛盾，更没有理由把它们之间是否矛盾的问题作为创作方法与世界观是否矛盾的问题；而世界观中那些与创作方法直接有关的思想观点，虽然它们并不是世界观的全部，但由于它们和创作方法构成了一种关系，而且由于世界观中只有它们和创作方法构成了一种关系，因此，世界观与创作方法的关系，实际上便通过这一关系体现出来。

上面我们说，与巴尔扎克的现实主义创作方法直接相关的不是他的某种政治思想观点，这并不是说，一般的现实主义创作方法都和一定的政治思想观点无关，并不是说，在任何作家那里，现实主义创作方法的根源都不是某种政治思想观点，如像我们在前面曾经列举过的白居易，他那种"非求宫律高，不务文字奇"的"直歌其事"的创作方法，便直接决定于他"惟歌生民病，愿得天子知"（《寄唐生》）的政治思想。我们认为，作家的创作方法与他的世界观的关系是具体的，每个作家的创作方法都有自己的思想根源，即使是相同的创作方法，在不同的作家身上也可能有不同的思想根源,或则是哲学的,或则是政治的,或则是道德的,而不一定都根源于某一种观点、某一种思想或某一方面的观点、某一方面的思想,更不一定都必然与作家的政治思想、政治观点有关。问题是,对于不同作家身上的创作方法与世界观的关系,要作具体的考察,也就是说,要找到真正和他的创作方法有关的那种思想观点,这样才能合理地进一步考察两者的关系。既然巴尔扎克的现实主义创作方法是和他对他所描绘的现实、社会和人的规律特点的认识有直接的关系,因此,要说明巴尔扎克的现实主义创作方法与世界观的关系如何,实际上就是要看上面这两者的关系如何,而如上所述,这二者就是统一的、一致的,这正是巴尔扎克现实主义创作方法与世界观的统一与一致,是巴尔扎克的世界观对其创作方法的指导。

虽然我们把巴尔扎克的现实主义创作方法和他的世界观中的积极部分联系起来看,而认为他的现实主义创作方法与世界观是统一的,但巴尔扎克的世界观毕竟是复杂的,因此,另一方面,我们以为,像巴尔扎克这样一类世界观比较复杂和矛盾的作家,尽管其现实主义创作方法在其世界观中有实在的根源,但它在创作中的实现,毕竟是对作家世界观中消极部分的一种胜利,这便是我们所理解的恩格斯所说的现实主义的胜利。这种胜利,往往是发生在过去历史上世界观内部矛盾复杂的现实主义作家身上,它实际上就是现实主义创作方法所根源的那一部分积极的世界观在创作实践上对于世界观中消极部分的胜利,它反映了作家身上世界观中积极部分与世界观中消极部分的对立①。

当然,我们不能想象,在一个世界观复杂矛盾的现实主义作家那里,

---

① 应该说明,即使批判现实主义作家的创作方法根源于作家世界观中的积极部分,但他这一部分世界观和创作方法都有阶级根源和阶级局限性,由此,其"现实主义的胜利"当然也是有阶级局限性的。在本文中,我们只是把巴尔扎克的批判现实主义创作方法和其相关的思想观点,作为例证举出来以说明创作方法与世界观的关系,而对巴尔扎克的创作方法及其世界观的阶级局限性、对整个资产阶级批判现实主义创作方法以及与其有关的思想根源的阶级局限性,我们将在另外的文章中论及。

还应该说明,说现实主义创作方法根源于作家世界观中的积极部分,这仅仅是对巴尔扎克这样的作家而言,这个论断只适用于过去历史时代,特别是适用于19世纪批判现实主义作家,因为,当时运用批判现实主义的创作方法,会对资本主义现实有所暴露,如恩格斯所说的那样,引起对于资本主义现存秩序的永久性的怀疑,所以,作家运用这种创作方法,往往是由于具有在当时历史条件下有积极意义的思想观点上。显然,到了社会主义时代,情况就有些不同了。——笔者注

世界观中的消极部分会对创作毫无作用或完全"无能为力"。事实并不如此。现实主义作家世界观中的消极部分，不仅决定了作家对他所表现的现实会有不正确的，或者歪曲的认识，从而，直接决定作品中形象不正确或有歪曲，而且，这些消极的部分往往会限制作家的现实主义创作方法，或者使作家在对某些现实、某种人物的描绘上完全放弃这种方法。这种现实主义的不彻底、现实主义的胜利不完全的情况在过去历史上很多现实主义者，甚至是杰出的现实主义者的身上也是屡见不鲜的。巴尔扎克也是其一。虽然，巴尔扎克宣称自己像历史家尊重所记录的史实那样尊重现实的真实，然而，他出于他的政治和宗教思想，为了"要指出慈善事业，指出宗教对巴黎所起的作用"①，便写出了像《现代历史的背面》这样歪曲现实的作品，完全放弃了他一贯的现实主义的创作方法，而为了宣扬阶级调和，说明"只有天主教的教义可以治好这种危害社会团体的病症"②，他也臆造出《乡村教士》中一个有钱的资产阶级太太出于"精神捐弃"而贡献出自己全部的精力和财力改造了一个野蛮贫困的乡村，使那里的人民获得富裕幸福生活的故事。同样在人物的描写上，他虽然强调应该通过一定的历史条件和社会环境而描写出人物的真实性格，但是，为了解释他自己的政治思想，也为了宣扬"与其描写病状及用哀怨之辞来增加社会的浩劫，最好每个人……到上帝的葡萄园里去当一个小工"的宗教人生观，他又把《乡村医生》的主角倍纳西写成了一个苍白无力，像传声筒一样的人物；而正由于他错误地认为，只有生活富裕的阶层才能产生德行，他便往往把有的贵族阶级的人物，如《弃妇》中的鲍赛昂夫人，《古物陈列室》中的埃斯格里雍侯爵等写成高贵、善良、庄严、激情的化身。至于对于劳动人民，巴尔扎克虽然有时也能看到劳动人民身上的优秀、善良的品质，对于他们在剥削制度下极其贫困的生活也有认识，然而，由于他资产阶级的立场，由于他对劳动人民的阶级偏见，特别是对劳动人民起而反对资产阶级社会秩序的斗争感到恐惧，因而，在他描写尖锐的阶级矛盾的作品

---

① 《致〈星期报〉编辑意保利特·卡斯狄叶先生书》，《巴尔扎克全集·杂文集》第3卷，第649页。
② 《乡村教士》，《巴尔扎克全集·乡村生活》第3卷，第143页。

《农民》中,他并没有如实地描写出农民向封建贵族进行经济斗争的真正的阶级根源,而把这一场斗争歪曲地描写成为出于农民阶级无限的贪婪和自私。总之,如果我们在巴尔扎克的《人间喜剧》中去找那些非现实主义和反现实主义的描写,我们便不难看出,这些描写总是和巴尔扎克这种或那种落后的思想观点有关的,总是巴尔扎克坚持他的落后的或反动的思想观点而放弃了真实地描写现实的要求所产生的结果。如果我们合乎逻辑地把这种描写、把这种反现实主义成分和与他们相关的落后思想观点联系起来,放在一个关系中来考察的话,我们所发现的,便又是创作方法和世界观的一致,世界观对创作方法的指导,所不同的只是,这是反现实主义的创作方法与世界观中消极部分的一致,是世界观中消极部分对反现实主义创作方法的指导。

三 创作方法与才能、性格、修养、生活经验等条件的关系

如上所述,当作家自觉运用某种创作方法的时候,这种创作方法总是受与之相关的世界观中的某一观点或某些观点的指导,因此,创作方法与世界观的关系有统一的一方面,那么,创作方法与世界观是否在任何情况下都是与世界观完全一致,而没有发生矛盾的可能?如果有此可能,那么可能性是如何产生的?我们在上面主要只考察了创作方法与作家的思想观点的关系,因而总能看到它与世界观的一致;但实际上,创作方法不仅是一种自觉的意识与思想认识的体现,而且,它是一种具体的实践方法,除了和一定的理性认识有关系以外,还和其他的因素有关。因此,只有考察了它的实践的品格,考察了它与作家理性认识以外的其他有关条件的关系,才能最终地说明创作方法与世界观是否也可能有矛盾以及矛盾是如何形成的。

艺术创作是对现实的一种艺术的认识,也是对现实的一种艺术的再现。由于文学艺术是以全部的现实生活为其表现对象的,也由于文学艺术表现的道路极其广阔,而且,由认识生活、确定题材到构思情节、塑造典型、安排结构、修饰语言的创作过程,又是极其复杂的精神劳动过程。因

此，在创作实践中，作家在认识、思考、判断、体验、想象、表达等方面的主观条件都将全部投入；创作实践的各个方面和各个环节也都会对作家全部的主观条件有所要求，要求它们在这个方面或那个方面、在这个环节或那个环节发生作用。事实上，作家的一切主观条件也的确对整个的创作实践起了或大或小的影响，以至于创作出来的作品往往都在某种程度上烙印着作家整个的创作个性。而在所有这些主观条件中，对现实世界的认识或观点，固然是举足轻重，最为重要的，它既决定作家对现实有怎样的艺术认识，也影响作家对现实如何作艺术的表现，但作家其他重要的主观条件即才能、性格、修养、生活经验等，也不能完全忽视。特别是这些条件对于如何表现现实这一方面的作用，亦即对创作方法的作用，更是如此。

才能、性格和修养，都是人在一定的现实条件下，由于客观环境的作用和人的主观的能动性而逐步形成的。虽然它们所形成的具体途径并不一致，在人的精神领域里也并不相同，它们之间还有着相当大的差异。但它们较之于人一时的情绪、感情、思想、观点，却都是更较稳定的，它们往往作为一种持续的状态而存在于人的身上，而且，在由精神而至物质的关系中，即在由人的主观认识而至对客观对象的实践过程中，才能、性格、修养以及生活经验往往由于比较具体而更较接近于实践。因此，不难理解，它们在艺术创作实践中，特别是对创作方法，肯定是要发生作用的。从另一方面看，文艺的创作方法是一种实践的方法，它固然要为作家所认识，但更要为作家所掌握，事实上，它从来也不是抽象存在的，而总是作家在创作过程中实际上所运用，并具体表现在创作结果中的，因此，一个作家的才能、修养、性格以及生活经验对于他实际上所运用的创作方法的作用和影响也是不可忽视的。古人所说，"然才有庸俊，气有刚柔，学有浅深，习有雅郑，并情性所铄，陶染所凝，是以笔区云谲，文苑波诡者矣"（刘勰《文心雕龙·体性》），便是充分估计了这种影响和作用。

事实上，文学发展过程中的任何一个作家如何进行艺术创作，使用什么创作方法进行创作，总是或多或少与他的才能、修养、性格以及生活经验有着密切的关系。就以文学史上两种最主要的创作方法浪漫主义和现实主义而言，不同作家之所以分别采取这两种方法，不仅存在着对如何反映现实这个问题认识的分歧，即前者主张按所希望的那样去写，而后者则主张按现实本来的面目去写，而且，还由于作家的才能、修养、性格有所不同的缘故。席勒曾经说过："素朴的天才（指现实主义者——引者注）对于经验是处于依赖的状况，而这种依赖的状况是感伤的天才不懂得的"①。同样，高尔基也说过，生活贫困的青年作者由于"尽力想用美丽的虚构，来丰富'苦恼的贫困的生活'"，便"会写出所谓'浪漫主义的'东西来"，而从"生活印象丰富"、"不能沉默不语"的青年作者中，则"会造就出不少的'现实主义者'"②。正由于这个原因，按一个批评家的说法，文学史上著名的现实主义小说，"都是出自四十岁以上的人之手"，要不然则是由"在二十岁以前就获得了十分丰富的人生知识"的"少数例外的人"③写出来的；而文学史上著名的浪漫主义者，则往往出自富有幻想的青年之中。

　　这里，可以看看具体作家身上创作方法与才能、性格、修养等条件的关系。车尔尼雪夫斯基在论及托尔斯泰的时候，曾经指出这位现实主义作家在塑造人物的方法上的特点，不仅在于"迥然不同的观察力，对内心变化的细致分析"，而且特别在于"善于抓住一种情感向另一种情感、一种思想向另一种思想的戏剧性的交替"，亦即善于表现"心理过程本身，它的形式，它的规律，用特定的术语来说，就是心灵的辩证法"④。固然，这种方式和托尔斯泰对于人本身以及人的心理规律的认识是分不开的，但也肯定和车尔尼雪夫斯基所指出的有关："正象别的任何能力一样，这种能力应该是本乎天赋；但单限于这种过于一般的说明是不够的：只有赖于独立的（精神的）活动，才能使才华得到发展，我们所说的托尔斯泰伯爵作品的特色足以证明他这种活动的特别努力，应该认为这种活动是他的才华

---

① 席勒：《论素朴的诗和感伤的诗》，《古典文艺理论译丛》第2期，第35页。
② 高尔基：《我怎样学习写作》，生活·读书·新知三联书店1950年版，第13—16页。
③ 安德烈·莫洛亚：《狄更斯评传》，第11页。
④ 车尔尼雪夫斯基：《〈童年〉和〈少年〉、〈列·尼·托尔斯泰伯爵战争故事集〉》，《古典文艺理论译丛》第5期，第161页。

所具有的力量的基础。我们谈的是自我反省,是不倦地自我观察的努力。"① 说托尔斯泰的创作方法本乎天赋,那当然不对,但说它和托尔斯泰一贯"观察"的努力有关系,和他在观察方面的才能和习惯有关系,却颇有道理。事实的确如此。托尔斯泰在他自传体小说中也告诉过读者,他在少年的时候,便对自己的思想情感的变化以及周围人的心理活动,有"过分敏感与爱好分析"②的习惯,而根据传记作者所说,托尔斯泰早在从事创作之前,便把写日记这件事看作是自己一项经常的文学工作,通过写日记培养自我观察、记录内心心理过程、分析和刻画周围的事物和人物的习惯和能力。

同样,巴尔扎克的情形也是如此。我们知道,巴尔扎克不仅以现实主义创作方法写出了像《高老头》、《欧也妮·葛朗台》这样一些现实主义杰作,而且也曾运用浪漫主义的方法写出过像《塞拉菲达》这样奇特神秘的作品,但是,他自己也曾这样承认:"我可以经常写《高老头》,但一生只能写一次《塞拉菲达》"③,说明了他善于运用现实主义创作方法而对浪漫主义方法不习惯,事实上,巴尔扎克从事创作时写作浪漫史诗和诗体悲剧的尝试都遭过失败,他早期为了挣钱而粗制滥造的浪漫主义作品也低劣到自己也不愿用真名发表的程度,而当他找到了自己的创作道路以现实主义创作方法写作时,便接二连三地写出了杰作。这是因为,他的生活实践使他在才能、性格、修养、生活与艺术经验方面,对现实主义创作方法具有了基础和条件,具有了实际的掌握的能力。巴尔扎克的少年时期与青年时期,不是在幻想和沉思中度过的,没有形成自己作为浪漫主义诗人的素质,倒是恰巧与此相反。早在童年,他便开始具有了"不仅能记得所要记住的任何事,而且能用他内在的目光,把它们曾经真实呈现在他面前的情形,如姿态、色彩,都看得一清二楚"④ 的能力,而在他最初从事创作

---

① 车尔尼雪夫斯基:《〈童年〉和〈少年〉、〈列·尼·托尔斯泰伯爵战争故事集〉》,《古典文艺理论译丛》第 5 期,第 165 页。
② 托尔斯泰:《幼年·少年·青年》,新文艺出版社 1975 年版,第 180 页。
③ 巴尔扎克 1835 年 3 月 11 日致韩斯迦夫人的信,《巴尔扎克致韩斯迦夫人的书信集》第 1 卷,巴黎,Delta 版,1967 年,第 311 页。
④ 巴尔扎克:《路易·朗贝》,该书是巴尔扎克的自传体小说。

的时候，他一方面以浪漫主义创作方法写作而经受着失败，但另一方面，却不自觉地在准备他日后作为杰出的现实主义者的品格，即学会了观察生活的才能。这时，他住在巴黎的贫民区，每天在写作他的诗体悲剧之余总到旁边的居民区散步，他在一本作品里这样回忆说："只有一种热情使我离开我勤奋的工作，然而这不也是工作中的一部分么？我开始观察市郊的风俗、它的居民和他们的特点……观察不久就变成了我的一种直觉……这种观察方法赋予我一种才能，可以使我分享被我观察的人的生活，使我能够对他们设身处地。"[1] 同样，他早期在律师事务所工作的经历以及他为了挣钱而多次经商的生活，也大大培养了他现实主义者的品格，正如传记作家茨威格所说："不停地竭力应付现实的压力，教给这位'浪漫主义者'——他一直以描写一些从时髦典型里抄袭来浅色阴影而自以为满足——去看这真实的世界和它日常的许多表演"，"学会了观察它们（指资本主义社会不合理的现象——引者注）的因果关系，以致他能忠实地描绘他那个时代"[2]。正是在巴尔扎克经历了这些生活，培养与锻炼了他现实主义者的创作条件后，他才真正掌握了这种创作方法而写出了现实主义的杰作。总之，这两个例子都说明了主要由于实际生活的作用，作家才能、性格、修养等方面所具备的条件，对于他形成与掌握某一种创作方法具有一定的重要意义。从某种意义上，甚至可以这样说，作家如何进行创作，正是他的才能、气质、性格、修养等因素在艺术创作上的具体表现。于是，创作方法就有了双重的关系了，一方面它受世界观指导，另一方面它又与才能禀赋、性格修养、生活经验很有关系，既然如此，我们就不能不考虑，创作方法与世界观的关系是否就如上所述的那样单纯。

显而易见，世界观与才能、性格、修养等虽是整个精神条件中密切相关的两个方面，但它们之间究竟有所不同。才能、性格、修养等较之于世界观的不同，其一，它们是客观的现实生活与主观的思想情感长期持续作用而产生的精神的机能，因而它们的发展变化往往是在作家的思想情感、客观遭遇都有所发展变化之后；其二，它们更较具体，更较实际，在由精

---

[1] 《法西诺·加涅》，《巴尔扎克全集·巴黎生活场景》第4卷，第371—372页。
[2] 斯蒂芬·茨威格：《巴尔扎克传》，第116页。

神而至物质，亦即在人的自觉实践活动中，它们与实践有着更具体的关系，也就是说，当人以其主观条件作用于对象的时候，才能、性格、修养往往能发挥更具体的作用，如在文学艺术创作活动中，它们对于作家如何创作、对于创作方法，往往能起较实际的影响。由于第一个差异，便有可能出现思想情感、世界观已有所变化，而才能、性格、修养等却还没有变化或即将有所变化但还未真正变化的情况；由于第二个差异，便有可能出现对于现实对象已经有了概括的，甚至有了具体的认识，而这些认识还不能由才能、修养等具体条件的保证而在实践中变成物质力量的情况。反映在实践中，就可能产生知与行的某种脱节，即虽然有了对于对象和对于如何实践的认识，并不一定就有实际的能力完全按这种认识进行实践。

同样，这种脱节的现象在文艺创作中也存在，陆机在《文赋》中曾经说过："恒患意不称物，文不逮意，非知之难，能之难也"，这里所说的"非知之难，能之难也"正反映了两者之间的矛盾。事实上，过去的文学艺术家也的确在自己的创作活动中遇见过这种矛盾和困难。歌德在对爱克尔曼的谈话中，所讲的他学习绘画的故事便是一例。歌德曾经努力学习过绘画，但是照他自己所说，"我虽然付出了辛勤的劳动，仍然未成为一个画家"，这倒不是因为他对美术创作没有认识，他告诉我们，"我在美术的各部门都有所涉猎，我能辨识美术中的每一个笔画，并知道何者为优，何者为劣"①，而他确也发表过不少对于美术创作规律的深刻而精辟的见解，可见他在绘画方面的失败实际上也是"非知之难，能之难也"所致，也就是他自己所承认的那样，"当我画任何东西的时候，我对于物体的形象缺少充分的本能"②，缺少他所说的那种造型美术的真正才能，即"对于形态、比例和色彩有一种天赋的感觉，因而不需要什么指导就能把这一切表现好，尤其是对于事物的形象具有敏感，并且有才能通过把光线的明暗表现得恰到好处而使事物栩栩如生"③。如果说，在造型艺术的创作上有这种"非知之难，能之难也"的情况，那么，文学创作的情况亦复如此。如法

---

① 歌德1829年4月12日与爱克尔曼的对话，《歌德对话录》，伦敦 Everyman's Library 版，1930年，第327—328页。

② 同上书，第324页。

③ 同上。

国现实主义小说家莫泊桑早期开始写作时,福楼拜曾向他传授现实主义创作方法的重要原则,教导他"才能就是持久的耐性。对你所要表现的东西,要长时间很注意地去观察它,以便能发现别人没有发现过和没有写过的特点"①。然而,福楼拜所传授的现实主义创作方法,莫泊桑也并不是一有认识便就能掌握和运用的,而是经过整整七年不断的失败,在实践中锻炼与培养了自己现实主义者的才能以后,才能掌握和运用。

正因为在文学艺术创作实践中有知与行脱节的可能,即作家虽然具有了关于如何进行创作的思想以及与之相关的其他认识,但不一定就有相应的实际能力按这些思想认识进行创作,而作家在创作活动方面的才能等具体条件往往又具体体现于创作方法上,因此,上述脱节的现象表现在创作实践中,就形成作家关于应该如何创作的认识与他实际只能如何进行创作的矛盾,也就是作家的思想认识、世界观和他实际上所掌握和运用了的创作方法之间的矛盾。

这里,为了说明问题,我们着重解剖一个例子,即消极浪漫主义作家夏多布里盎写作他著名的代表作《阿达拉》的事例。这是一篇以美洲为背景的小说。在1802年被夏多布里盎收入他宣扬宗教神秘主义的著作《基督教精神》中,成为这部专著的一个插曲。但是,它的写作实际上先于《基督教精神》,从思想体系来说,属于夏多布里盎在1797年所发表的《革命论》,在那部著作里,他对宗教作了彻底的否定。正因为《阿达拉》是夏多布里盎《革命论》阶段的产物,因此,作者不论在写人物的情感和描绘美洲的自然景物方面,对自己并非没有真实地描写现实的要求,以至他后来在1805年所写的《阿达拉》与《列奈》的第十二版序言中,还这样自信地说:"但是,我敢说《阿达拉》中的美洲景物是以最严格的精确性描绘下来的,这是所有曾经游历过路易斯安那州和佛罗里达州的旅行者都能为我作证的"②,而在反驳当时有些人对作品中情感描写的批评时,夏多布里盎也理直气壮地说:"问题不在于弄清楚这种情感是否不好承认,

---

① 《论小说》,《莫泊桑全集》之《皮埃尔与若望》,巴黎,Louis Conard 版,第XXIII页。

② 《〈阿达拉〉与〈列奈〉1805年第12版序言》,《夏多布里盎全集》第3卷,巴黎,Garnier Freres版,第10页。

而在于它是否真实,是否以我们共同的经验为基础,要不同意这点,看来是困难的。"① 的确,夏多布里盎亲身在美洲游历过,而他作品中人物的思想感情有很多都是以他自己的为基础的。然而,实际上夏多布里盎的作品却正如马克思所批评的那样,"有一身浪漫主义的化装",充满了"虚伪的深刻,拜占廷式的夸张,感情的卖弄,五光十色的变幻,Word Painting(文字的雕琢),戏剧式的表现,Sublime(崇高的形式)"②,至于其中的美洲景物的描写,其不真实的程度也早已有定评。当时,一位去过美洲的旅行者便指出过:"在看到密西西比河之前,我一直怀着《阿达拉》中的密西西比河生动的概念……但是我根据这作品的描写去辨识这块地方,便完全白费气力了,我面对着现实完全感到失望,《阿达拉》中对这条河的描写像是出自一个从未见过这条河的作家之手。"③ 总之,不论作家是如何企图真实地进行描绘,但他实际上所运用的,却是脱离现实的消极浪漫主义方法。这种情形并不难理解,只需看看作家实际的生活道路和创作道路就可以了。

一位传记作者说得对,"夏多布里盎经历了古旧的法兰西向新兴的法兰西的过渡;他在心灵上和肉体上都经受了这次过渡的痛苦"④。根据夏多布里盎的自述,他"生来便是一个贵族",但却出生在"贵族制度最后的时刻已经来临"⑤的时候,他那个"在很多字典上都能找到其家谱"⑥的贵族之家,早在大革命之前便已经衰落了。贵族之家往日的兴盛和眼下的衰微,使他从童年时便已经感受了日后永远也没有摆脱过的"永恒的忧愁"⑦,使他形成了感慨人生、缅怀往日的精神状态;家庭关系的冷淡,"很早就被交给陌生人之手,在远离家屋的地方受教育"⑧,又使他养成了

---

① 《〈阿达拉〉与〈列奈〉1805年第12版序言》,《夏多布里盎全集》第3卷,第9页。
② 《马克思恩格斯论艺术》第2卷,第251页。
③ 吉尔贝·谢纳尔:《夏多布里盎作品中的美洲情调》,巴黎,Hachette版,1918年,第246页。
④ 于尔·勒麦特:《夏多布里盎传》,巴黎,Calmann-levy版,第2页。
⑤ 夏多布里盎:《墓外回忆录》第1卷,巴黎,Garnier Freres版,第4页。
⑥ 同上书,第5页。
⑦ 《列奈》,《夏多布里盎全集》第3卷,第74页。《列奈》是夏多布里盎的自传性小说,其中的主人公是他自己的写照。
⑧ 《列奈》,《夏多布里盎全集》第8卷,第74页。

孤单独处、沉思幻想、自怜自爱的习惯，更主要的是，大革命时期法国社会的变化，封建制度的彻底破灭，使得这位出身贵族名门的伯爵不愿意也不敢去正视严酷的现实："我停立在生活的路口，把生活的道路一一加以审视，而不敢走进去。"① 他总是逃向虚无缥缈的幻想，正像他的自传性小说中所描写的那样："一点点东西便足以引起我的幻想，往往只是一片被风吹逐到我面前的枯叶，一所屋顶上覆盖着树荫与炊烟的茅舍，一片长在橡树躯干上迎风而动的苔藓，一块兀立的岩石，或者是一个枯苇在其中飒飒作响的干塘。远远从山谷里传来的钟声总引我极目望去；常常我目送从我头顶飞过去的候鸟。我想象这些鸟儿飞往的那些遥远的国土，不可知的地方。"② 像这样的性格气质、精神状态、对待现实的态度以及幻想的习惯，便很自然使作家在认识和表现现实上形成脱离现实的消极的浪漫主义创作方法。虽然在大革命的高潮中，夏多布里盎曾接受过启蒙主义思想的影响，写出了《革命论》，然而，过去的生活经历和精神发展过程中所形成的才能、性格、习惯等条件，还没有随之发生变化，因此，这些条件在他写作《阿达拉》的创作过程中，便实际上规定了他创作方法的性质，使他当时的思想观点在如何创作的问题上没有发生有成效的作用，而仍按他原来实际的可能那样进行创作。并且，这些根深蒂固的条件坚持不变，仍持续地发生作用，不久以后，又使得夏多布里盎抛弃了启蒙主义思想影响，而陷入了反动的宗教的世界观。

如果夏多布里盎的例子还不够，我们可以再看一看歌德。歌德是文学史上杰出的积极浪漫主义作家。他之所以始终是一个浪漫主义作家，而从未像巴尔扎克、托尔斯泰那样写出过现实主义的作品是与他在生活中所形成的才能、性格以及在艺术创作方面的素养和一贯的经验分不开的。从歌德的自传中我们知道，歌德从童年时代起便在生活中形成和培养了他丰富的感受能力和活跃的幻想能力，他"幼稚的头脑里很快就满装着一大堆形象、大事、有意义的和奇怪的人物和事件"，并且他"老是忙着把从此所

---

① 《列奈》，《夏多布里盎全集》第 8 卷，第 76 页。
② 同上。

得的资料加工、复习和再创造出来"①;他常向他的儿童朋友编造关于自己的各种各样的奇遇或童话,他后来把这称为"吹牛",说"这件吹牛的开端实不免对我留有坏影响"②;而从他一开始知道写作的时候,他便走上了抒发主观的情感,制造幻想故事的浪漫主义的道路:如他读了希腊罗马的文学作品,便动手写"半神话寓言"的戏剧,在这种戏剧里,"公主、王子和天神都少不了"③;他读了《圣经》,丰富的想象力对《圣经》中的内容便"发生一种更活生生的表象"④,并且企图"将陈旧简单的历史变为新的独立的作品"⑤;如果他感情上产生了什么不愉快,他便"咀嚼自己的悲楚、虚构地把它放大千百倍",把自己"全部创造力、诗才和词藻,全都集中在这个创口上。借着这种生命之力,使身心都陷入不可救药的病势"⑥。而所有这些从主观出发的方式和态度,正是歌德整个一生在文艺创作上所继续的方式和态度。至于歌德的思想观点,不论是他对现实的总的观点,对于文学与现实关系的认识,还是关于作家在创作实践中所面对的社会职责的思想,都和他实际上所运用的创作方法有不一致之处,至少其性质不是必然要决定歌德运用浪漫主义创作方法而不运用其他的创作方法。就以对文学与现实的关系的思想观点而言,歌德并不像历史上有些浪漫主义作家一样,要求尊重作家自己的主观,而是主张应该尊重现实和现实的规律。他知道现实世界有其客观的规律,认识到人对客观规律应有的态度:"我们大家必须顺从永恒的、严峻的、伟大的规律,完成我们生存的连环"⑦,因此,在文艺创作上,他要求作家忠实于自然,要求"艺术家必须在细节上忠实地、虔诚地模仿自然"⑧,并且还这样加以强调:"如果诗人只表达了自己的主观感情,还配不上诗人的称号;而一旦他把握了

---

① 歌德:《歌德自传》,第 30 页。
② 同上书,第 48 页。
③ 同上书,第 113 页。
④ 同上书,第 137 页。
⑤ 同上书,第 151 页。
⑥ 同上书,第 232 页。
⑦ 歌德:《神性》,《德国诗选》,上海文艺出版社 1960 年版,第 100 页。
⑧ 1827 年 4 月 18 日与爱克尔曼的谈话,《歌德对话录》,第 196 页。

客观世界，并能加以表现时，他才算一个诗人。"① 在与爱克尔曼的谈话中，他便多次批评了那些"缺乏自然和真实"的作品。然而，所有这些思想、认识都没有使他实际上以现实主义创作方法进行创作，他在创作上，服从的仍是他那些被生活所造成的由来已久、根深蒂固的实际条件，他自己对这种不由自主，不以主观的愿望转移的必然性，也是有所认识的，他后来在自传中便曾谈到他的幻想力对其创作的影响，往往违反他主观愿望之"所欲"。

由以上所述可见，作为一种自觉的实践的方法，创作方法不仅受世界观指导，而且也与作家的才能、性格、艺术修养、生活经验等等条件有关，这是创作方法复合性质的所在。仅仅把创作方法看作是一种文艺观点的体现，是世界观在文艺领域里的演绎，而不估计到它实践的品格，这是一种片面；仅仅把创作方法看作是一种具体的技巧和手法，而不看到它作为一种原则所体现的思想内容，这是另一种片面。两者都不能全面地了解创作方法的性质，因而对于创作方法与世界观的关系这个问题，也就不可能作出切实的回答。既然创作方法同时与两个不同方面的因素有关，因此考察创作方法与其中一方面因素的关系时，就不能不估计到它与另一方面的因素的关系。而在我们看来，这两方面的因素是有差异的，如果这两者在一个作家身上基本上是统一的，那么两者都将朝同一个方向决定创作方法，就像巴尔扎克世界观中的积极部分和他现实主义者的品格、才能一致地决定了他的现实主义创作方法那样，这时，既不存在创作方法与才能、性格等条件的矛盾，也不存在创作方法与世界观的矛盾。但如果这两者在一个作家身上并不完全一致，那么，两者则将朝各自的方向影响创作方法，而由于才能、性格、修养、生活经验等条件较理性的思考和认识更为稳定、持续、对实践的作用更较具体，于是就可能出现创作方法受着才能、性格、修养、经验等具体条件的影响而与世界观呈现某种脱节或不一致的情况。总之，由于创作方法不仅受世界观的制约和决定，便有与世界观发生矛盾的可能；但又由于制约和决定创作方法的两方面的因素，在某些作家身上虽然不一致，但在很多作家那里，都基本上是一致的，因此，

---

① 1826 年 1 月 29 日与爱克尔曼的谈话，《歌德对话录》，第 126 页。

便不能说创作方法一般总是和世界观不一致的，两者究竟是统一或是矛盾，在不同的作家身上是不同的，这就要进行具体的分析，一般说来，只有当某种世界观在作家身上不仅只是一种一时的理性认识，而且是从他一点一滴的生活经验中扎实积累起来的，深深地渗透在他的性格修养中、体现在他的才能里的有血有肉的东西，它才能对创作方法起决定性的作用。正因为如此，所以，由于才能禀赋、性格修养、生活经验实际上影响了创作方法从而使创作方法与世界观有所脱节或矛盾的情况，往往便发生在某些具有一定唯物主义世界观或现实主义文艺观点的浪漫主义作家身上，或者往往发生在世界观刚开始变化的作家身上，之所以常发生在以上浪漫主义作家身上，这是因为现实主义创作方法要求作家"完美地模仿现实"[①]，因而在艺术地认识和表现现实的创作过程中，较之浪漫主义创作方法有更多的关系需要处理，这是习惯于按照自己主观愿望和理想进行描绘的浪漫主义作家所不习惯的，虽然他具有某种唯物主义世界观或现实主义文艺观点。至于之所以常发生在世界观刚开始变化的作家身上，那是因为这类作家虽然已经有了改变其原来世界观的要求，或已经开始形成新的世界观，但还没有把他巩固起来，没有足够的生活基础以改变他原来的认识能力、表现能力、观察问题和对待问题的方式和习惯，于是，他便不可能掌握和运用新的世界观所要求的创作方法，而实际上仍然运用着和他旧有的主观条件相联系的创作方法。

四 结语

既看到创作方法与世界观的关系，也看到创作方法与作家世界观以外的一些具体主观条件的关系，对于更切实地认识创作实践是有意义的。首先，这有助于认识文学艺术创作实践所需要的一切条件，认识在如何创作的问题上，不仅需要有一定的思想观点的指导，而且也需要有与这种思想观点相应的才能、修养和经验等条件予以具体贯彻。这样，便既不会把如何创作的问题，看作与作家的思想观点、目的企图毫无关系；也不会把如

[①] 席勒：《论素朴的诗和感伤的诗》，《古典文艺理论译丛》第2期，第2页。

何创作的问题,特别是作家实际上是如何创作的问题,仅仅简单归结为思想观点的问题,把创作实践的复杂性加以简单化。其次,这也有助于作家更好地进行创作实践。对于作家来说,为了要掌握和运用先进的创作方法,既应该努力树立先进的世界观,也应该加强生活锻炼,以使先进的世界观深深扎根于自己的生活实践中,渗透在自己的性格修养里,并使自己艺术地认识和表现现实的实际能力与之相适应,这样,作家如何进行创作实践,就不仅有正确的思想观点作为指导,而且也拥有具体的条件来贯彻这种正确思想的指导。

那么,在对创作方法起制约作用的两个主要方面,即世界观与才能、性格、修养、经验两方面,究竟是哪一方面起主导的、决定性的作用呢?也就是说,在作家的创作活动中,究竟是世界观与创作方法构成主要的矛盾,还是才能、性格、修养、经验等因素与创作方法构成主要的矛盾?而在对创作方法的关系中,究竟是世界观是矛盾的主要方面,还是才能、性格、修养、经验等因素是矛盾主要方面?

我们认为,在创作活动中,世界观与创作方法是一对主要的矛盾,而世界观又是与创作方法关系中的矛盾的主要方面,具体地说,对创作方法发生基本的主导性作用的是世界观,(当然,整个创作更是主要决定于世界观),世界观通过哲学、政治、道德、社会、文艺等各种观点对创作方法发生制约和指导作用。某些作家的创作方法固然有时深受与其世界观不完全一致的才能、性格、修养、经验等因素的影响,但其基本的性质却还是与作家的世界观有关的。以上所列举的歌德、夏多布里盎基本上都是如此。

更值得注意的是,才能,性格、修养、经验也是在世界观与生活环境持续的作用下形成的,世界观与生活环境的改变,往往引起才能、性格、修养等主观条件的改变。才能、性格、修养、经验等因素,从来不是与世界观无关的,它们总是与一定的世界观相联系的,在某种程度上,总是某种世界观的一种具体的表现。因此,归根到底,作家的创作方法主要是受作家的世界观的指导,而不是主要决定于才能、性格等条件。即使在那些世界观已经有所变化,而才能、性格尚未相应变化的作家身上,其才能、性格等条件虽然与新建立的世界观不一致,但却是与作家原来的世界观有关的，而在这种作家那里，才能、性格等条件对创作方法的主导性的影响，其实还是原来根深蒂固的旧世界观没有完全消失其影响的反映。当然，这种情形不会持续很久，如果不是反复到原来的世界观，从而由原来的世界观与才能、性格等条件一致地决定创作方法，就是新的世界观的不断巩固与深化，进而渗透到才能、性格等条件中去，引起它们的变化，并使作家的创作方法也发生新的变化。总之，不论在哪种情形下，世界观的作用始终是最主要的、最根本的。

（写于1963年，原载《论遗产及其他》，上海文艺出版社1980年版）

西方现当代文学评价的几个问题[①]

——在全国第一次外国文学工作会议上的
大会发言(1978年10月广州)

一 问题的提出

相当长时期以来，现当代资产阶级文学对我们来说，似乎是一个陌生的可怕的领域，在一般人看来，它在政治上是反动的，思想内容上是颓废的，表现方法上是违反艺术创造规律的，甚至根本谈不上有什么艺术性。对于现当代文学中继承了19世纪批判现实主义传统的那一部分，虽然我们也给予某种肯定，但总有这样或那样的保留，常要指出它"较19世纪批判现实主义是一种蜕化"，"在新的历史条件下其进步作用愈来愈小"，等等。至于现当代资产阶级文学的其他部分，即我们通常所说的现代派文学，则完全被否定，不能公开出版，图书馆里也很难找到，大学讲坛上更是从不讲授。

这种情况是如何形成的？

首先，是"四人帮"文化专制主义的结果。"四人帮"的"彻底批判"、"彻底扫荡"在文化上造成了一片荒芜，既然历史上那些早已有定评的优秀文学遗产都遭到了他们的"扫荡"，当然就不会有现当代资产阶级文学的存身之地；既然他们已经把矛头指向了马列主义经典作家关于外国优秀文学遗产的科学论述，当然更不容许人们对现当代资产阶级文学进行实事求是的分析和评价。"文化大革命"前姚文元对法国19世纪下半期

[①] 本文发表时名为《关于西方现当代资产阶级文学评价的几个问题》。

作曲家德彪西（1862—1918）大打棍子就开了一个恶劣的先例，德彪西是一个印象派作曲家，他的印象派的手法对于音乐技巧的创新是有一定意义的，而这位作曲家仅仅因为是"资产阶级的"，"反现实主义的"而被姚文元一棍子打死，甚至连那些肯定过德彪西的同志也不能幸免，他们对德彪西的实事求是的评论，在"文化大革命"中竟成了他们的一条罪状。

除了"四人帮"的反革命文化专制主义，对我们来说，还有认识上和理解上的原因，其中最主要的是接受了日丹诺夫的影响。日丹诺夫于1934年在第一次全苏作家代表大会上的讲演中这样说："由于资本主义制度的衰颓与腐朽而产生的资产阶级文学的衰颓与腐朽，这就是现在资产阶级文化与资产阶级文学状况的特色和特点。资产阶级文学曾经反映资产阶级制度战胜封建主义，并能创造出资本主义繁荣时期的伟大作品，但这样的时代是一去不复返了。现在，无论题材和才能，无论作者和主人公，都是普遍地在堕落……沉湎于神秘主义和僧侣主义，迷醉于色情文学和春宫画片，这就是资产阶级文化衰颓和腐朽的特征。资产阶级文学家把自己的笔出卖给资本家和资产阶级政府，它的著名人物，现在是盗贼、侦探、娼妓和流氓。"日丹诺夫的这篇演讲在新中国成立初期就已经翻译介绍到我国，其中关于现代资产阶级文学的上述论断，实际上成为了我们外国文学研究工作的一个指导思想，日丹诺夫的基本论点和基本语言，一直得到广泛的引用。

日丹诺夫的这段话体现了当时苏联文艺政策的一个方面。那时，苏联处于资本主义的包围之中，与整个资本主义世界是敌对的，因此，对资本主义文化采取这样一种警戒、排斥、否定的态度是可以理解的。问题在于我们今天的情况完全不同了。根据毛泽东同志关于三个世界划分的理论，我们在国际上要组织反帝、反殖、反霸的统一战线，我们并不是和所有资本主义国家都处于敌对状态。在反霸斗争，特别是反对社会帝国主义的霸权的斗争中，我们和第二世界的资本主义国家就需有所联合；在实现四个现代化的过程中，我们还要学习和引进资本主义国家的先进技术，即使是对追求霸权的帝国主义国家，我们也应该"知己知彼"。而现当代资产阶级文学正是我们了解和认识资本主义国家社会现实的重要途径。因此，按照日丹诺夫那种态度，对现当代资产阶级文学一概加以否定、排斥，与我们国家在世界事务中的地位和作用是不相称的,对我国四个现代化这个中心任务也是不利的。

而且,在文化上闭关自守、坐井观天,实际上也行不通。马克思恩格斯在《共产党宣言》中讲过这样一段话:"各民族的精神产品成了公共的财产。民族的片面性和局限性日益成为不可能,于是由许多种民族和地方的文学形成了一种世界的文学。"马克思恩格斯所总结的是19世纪上半期的情况,那时,由于自由资本主义的发展,各个地区、各个国家之间封建性的闭关自守,互相隔绝的状态完全被打破,各民族的文化交流日益频繁,在文学艺术方面的互相影响更加直接、深远,以至在当时欧洲的范围内,出现了共同的文艺思潮,共同的文学表现方式和共同的文学主题。19世纪上半期的情况尚且如此,到了20世纪的今天,随着统一的世界市场的进一步扩大,交通工具、通讯工具的不断改进,新闻出版物的迅速传播,世界各个国度人们在地理上、空间上的距离已经缩小到了微不足道的地步,马克思恩格斯所指出的那种"世界文学"形成的趋势就更为明显了。在这样的世界环境中,要闭关自守、盲目排斥外部世界的一切事物,是违反世界历史的潮流的一种虚弱的、对自己缺乏信心的表现。"四人帮"违反毛泽东同志"外为中用"的原则,排斥一切外来的东西,正是因为害怕自己腐朽的封建法西斯的躯体,一遇到外部的空气就会化为乌有。

真正的马克思主义者、彻底的唯物主义者是无所畏惧的。今天,全国人民在华国锋同志为首的党中央领导下,正开始新的长征,充满了前所未有的信心和勇气。革命的无产阶级敢于宣布自己是"拿来主义"者。为了适应四个现代化的要求,我们必须善于对一切来自资本主义世界的东西进行科学的分析,吸取对我们有用的部分。在这样的前提下,我们有必要研究分析日丹诺夫的论断,对现当代资产阶级文学重新加以评价。

二 用一分为二的方法,看待和分析现当代资产阶级文学的状况

日丹诺夫把现当代资产阶级文学说成一片反动腐朽,在理论上找了一

个根据，就是把列宁关于帝国主义的论断搬用在文学问题上。他的逻辑似乎是这样的：既然帝国主义阶段是腐朽、没落、垂死的，那么，这个时期的资产阶级文学就必然是反动、腐朽、没落的，用日丹诺夫的话来说，就是"由于资本主义制度的衰颓与腐朽而产生的资产阶级文学的衰颓与腐朽"。

能不能这样简单地、机械地搬用革命导师的科学论断呢？我认为，这样搬用是形而上学的。首先，它不符合马克思主义关于物质生产与艺术生产不平衡的规律。马克思在《〈政治经济学批判〉导言》中说过："关于艺术，谁都知道，它的某些繁荣时代并不是与社会一般发展相适应的。"文学史上很多事实都说明了这点。谁都知道，19世纪俄国批判现实主义文学并不是产生于一个欣欣向荣的时代，而是产生于反动、黑暗的农奴制的社会阶段，我国历史上以杜甫、白居易为代表的中晚唐诗歌的繁荣，也是出现在开元天宝盛世之后，社会转入动荡衰败的时期。这是从社会发展的趋势来说。即使是在历史舞台上已经出现了两个对抗的阶级、革命危机日益严重的时期，从没落阶级里也不是不能产生出杰出的作家、优秀的作品，托尔斯泰就是一个例子。何况，对列宁的论断，也应该结合今天资本主义世界的实际情况加以实事求是的理解。列宁在《帝国主义是资本主义的最高阶段》一书中科学地总结了19世纪末至20世纪初资本主义发展的新阶段，论述了帝国主义阶段的特点，指出了资本主义制度必然灭亡的历史规律，在理论和实践上都具有伟大的意义。但是，正如马克思不能在自由资本主义时代就预见帝国主义阶段某些特殊规律一样，列宁在20世纪初也不可能预计出20世纪后期资本主义世界的某些具体情况，列宁所指出的"帝国主义是垂死的资本主义"，就不能理解为资本主义制度的死亡是指日可待的。从历史发展规律来看，资本主义制度一定会被社会主义制度所代替，人类一定会实现共产主义社会，这个社会主义取代资本主义的过程，马克思主义经典作家称之为过渡时期，并指出它是一个相当长的历史阶段。因此，"垂死"只应理解为一种必然的历史趋势。既然社会主义逐步战胜和取代资本主义是一个相当长的历史过程，那么，在这过程中资本主义在某个时候还有某种回旋的余地，就不足为怪。显然，我们不能简单地去理解列宁的论断，并把这种简单化的理解再进一步用在文化问题上。而且，把现当代资产阶级文学都看成"反动"、"腐朽"、"颓废"，也不符合列宁的两种文化的论述。既然如列宁所论述的，在俄国革命前反动农奴制统治的时代有两种性质完全不同的文化，那么，在20世纪的资本主义条件下为什么只能有一种"反动腐朽"的文化呢？虽然列宁是讲由于俄国无产阶级与地主、资产阶级的对抗，才产生了民主主义、社会主义的文化与"地主、神甫、资产阶级的文化"，但他的论述体现了马克思主义一分为二的方法，这种方法对分析现当代资产阶级文学也是完全适用的，正因为资产阶级内部存在复杂的矛盾，资产阶级文学就必然具有不同的成分和倾向。用这种一分为二的方法来分析，现当代资产阶级文学中的确有不少反动、腐朽、颓废的作家和作品，但绝不能说都是反动腐朽的。让我们从事实而不是从概念出发来加以说明。

（一）从作家的社会活动、政治表现来看

在现当代资产阶级文学中，具有进步倾向、从事过进步的政治社会活动、表现了社会正义感的作家是相当多的。不用说像罗曼·罗兰、托马斯·曼、萧伯纳这样一批资产阶级民主主义传统的继承者；即使是那些我们过去所否定的资产阶级现代派文学的作家，其中也有不少人是进步事业的赞助者、参与者，在政治上颇有可取之处。现代派诗歌最早的代表人物波德莱尔，过去在我们眼里是一个要不得的"恶魔诗人"，其实他是1848年革命的参加者。这次革命虽然是资产阶级民主主义性质的，但发动者和主力军是巴黎的无产阶级，在这次革命高潮的几天中，波德莱尔加入了起义的行列，战斗在巴黎的街垒上。早期现代派诗歌巴那斯派的领袖人物勒龚特·德·李勒，也参加过1848年的革命，他还是空想社会主义的信仰者，组织过傅立叶主义的法朗吉，为此，他和自己的资产阶级家庭决裂了。19世纪后期著名的象征派诗人魏尔仑、兰波，都同情过巴黎公社。第一次世界大战期间兴起的达达主义、20年代的超现实主义这一文学流派的作家如苏波、艾吕雅以及阿拉贡，在当时都带有左倾的倾向，后来还参加了共产党。法国当代资产阶级文学的重要代表人物马尔罗，苏联的评论认为"他把自己作为作家的职业用来作无原则和冒险主义的政治投机。在经过不止一次向左翼分子挤眉弄眼之后……终于在法国的反动阵营里安身立命了"，这一带明显偏见的评论对我们也很有影响，妨碍了我们对马尔罗作出实事求是的评价,其实这位作家的政治方面,是应该得到我们肯定的。20年代他到过中国,同情中国革命,赞成过国共合作。大革命失败后回到法国,在30年代反法西斯的斗争中,他和当时的法国共产党站在同一条战线上,在"世界反法西斯委员会"和"世界反犹太迫害同盟"中发挥了很重要的作用。1936年,他参加了西班牙革命政府反对法西斯势力的战争,第二次世界大战中又从事地下斗争反抗纳粹占领,战后是戴高乐派的重要人物,支持阿尔及利亚的反殖民主义斗争,对中国态度友好。这样一个作家怎么能说是"在法国的反动阵营里安身立命"呢?同样,法国著名的存在主义作家萨特,过去在有的评论中,也被称为"反动倾向的作家"。但我们知道,萨特在1952年为抗议美国侵朝战争而参加了共产党,阿尔及利亚战争期间,他反对法国的殖民主义政策,60年代,他又反对美国在越南进行战争,70年代,他支持两家革命的小报《人民事业报》与《解放报》,对这位作家这些政治表现,为什么我们不能给予充分的肯定?再如荒诞派戏剧作家,其中有的人也并非我们所想象的"反动分子",这个流派的代表人物贝克特曾经也是一位反纳粹的斗士,1939年,第二次世界大战爆发时,他正在爱尔兰,闻讯以后就赶回巴黎投入地下斗争,这个流派的另一个作家阿达莫夫也是反法西斯的,而且他还是一个有名的左倾的作家。1960年,他以巴黎公社的题材写出了剧本《1871年春》,因此,资产阶级评论甚至认为他"转向了共产主义"。

总之,在现当代资产阶级文学的发展过程中,并不是都充斥着形形色色的反动作家,事实上像美国的庞德、意大利的邓南遮、英国的奥威尔这类曾为法西斯服务的作家或反共作家毕竟还是少数,大多数作家往往是在某一时期、某个问题上表现了违抗资产阶级统治集团、反动社会势力的政治态度,在不同程度上具有进步的倾向,对于资本主义社会的统治阶级来说,他们虽然并不是可怕的革命者,但的确是可厌的"异己分子"。那么,为什么在现当代资产阶级文学中会出现这样一大批统治阶级的"异己分子"呢?

(二)从作家在资本主义社会中的社会阶级地位来看

所以出现上述情况,是因为在资产阶级文学这个领域里,中小资产阶级知识分子占据着绝对的优势。只要略作一些考察,我们就会发现,现当代资产阶级文学的作家来自资产阶级上层的为数极少，绝大多数都出身于中小资产阶级阶层，还有一部分来自社会下层。例如：奥地利荒诞小说家卡夫卡，父亲是杂货店老板，自己是公司小职员；美国南方作家福克纳，父亲是大车店老板，自己当过锅炉工、邮电所职员；著名的美国作家斯坦贝克，本人做过水泥工；著名的英国小说家劳伦斯，出身矿工家庭，本人当过工人；战后德国作家格拉斯，是一个杂货店老板的儿子，从事过种种体力劳动；美国著名剧作家奥尼尔，父亲是演员，本人当过海员，后来又成为演员；美国另一个著名的戏剧家亚瑟·米勒，在汽车库当过职员，后来靠自己的储蓄上了大学；还有一个美国剧作家威廉斯，父亲是商品推销员，本人在鞋店里当过职员；英国剧作家约翰·奥斯本，父亲是开酒吧间的，本人读完书就当记者。再以法国一个国家的作家队伍的成分为例，据我们统计，在将近一百八十个现当代知名作家中，出身于社会上层的不到十人，其他一般都出身于自由职业者、职员或下层劳动者家庭，而从他们本身的经历来看，也都是自食其力的脑力劳动者或体力劳动者，其中以从事编辑、新闻记者、教师、职员、工程师、医生等职业的占大多数，还有相当一部分是没有稳定职业，靠写稿为生的文艺青年，也有一小部分来自社会低层的人物。由此可见，在资本主义世界中，从事文学创作的基本上是中小资产阶级知识分子，文学这个领域实际上都是由他们占据的。从他们的生活条件来说，他们要为生计而奔波，而要谋求出路和发展，更必须努力奋斗；从他们的社会地位来说，他们站在与垄断资产阶级、现行资产阶级政府完全不同的立场上，他们与垄断资产阶级、现行资产阶级政府格格不入、冷眼旁观；而从他们的知识水平和教养来说，他们是不同时代不同思潮的承继者、负荷者，具备着比资产阶级的一般成员远为深广的眼光来发现现实生活中的矛盾。因此，他们就不可能完全按照反动资产阶级、垄断集团、资产阶级国家机器的意志和要求去进行创作。当然，从这支队伍里必然会出现垄断资产阶级和统治集团的代言人，因为，"阶级的思想家"本人不一定就是"小店主"，但是，毕竟有这样多中小资产阶级的成员涌入文学这个领域，就不可避免地要影响文学的面貌，这些作家就必然把他们所属于的这个阶级的愿望、要求、兴趣、观点、意志带到文学中来。这样，怎么能说帝国主义的反动腐朽必然决定资产阶级文学的反动腐朽，而且整个资产阶级文学都是反动腐朽呢？

也许有人会提出，这些作家虽然是中小资产阶级，但他们在垄断资产阶级控制和主宰的那个社会里，不可能保持自己的独立，特别是对垄断资本的独立。过去，我们也经常是用这个论点从根本上对现当代资产阶级作家彻底加以否定的。

然而，事实并非完全如此。这里，我们需要考察一下作家在阶级社会中社会地位的变化。

在封建社会，作家对封建统治阶级的确是处于一种依附的状态。中世纪的行吟诗人从一个城堡走到另一个城堡，接受主人的施舍和款待；作为报答，他们的歌唱大多是封建领主的武功业绩。因此，虽然这些流浪的歌者大都出身于劳动人民，但他们留下来的作品却不外是对封建领主、帝王将相的美化和歌颂。在王权鼎盛的时代，例如法国17世纪古典主义时期，作家对封建统治者的依附也很明显，他们的创作必须符合绝对王权的文学规范，高乃依的《勒·熙德》虽然获得了巨大的成功，但他受到官方的批评后，就改变了自己的创作倾向，完全按照路易十四的文艺路线进行写作；即使是在外省流浪了十二年，广泛地接近了人民，在作品里表现了鲜明的人民性的莫里哀，他也从不忘记使自己的剧本服从路易十四的政治需要，他的《达尔杜弗》和《吝啬鬼》就完全符合这个绝对君主的宗教政策与对高利贷的政策。为什么作家对王权的依附到了这样的程度，最基本的原因就是，王权定期赐给作家奖金或年俸，作家在别无其他收入或其他收入甚少的条件下，就必须靠王权的赐予维持自己的生活。到了18世纪情况有了改变，虽然王权仍根据自己的政治需要对作家发给年俸，同时一些作家也仍接受某些贵族的接济和施舍，但稿费的出现和提高使作家有了自食其力的可能，从而在经济上逐渐摆脱了对封建统治阶级的依附。从卢梭的《忏悔录》中可以看到，这位作家就曾拒绝过国王的年金，为了"以后敢于讲人格独立、主张公道的话"。到19世纪以后，文学创作更成为了一种自由职业，作家可以完全以写作为生，于是，作家作为独立的个体劳动者的相对独立性大为增加了，他如何对待社会政治问题、如何进行写作，在某种程度上可以取决于他个人的意愿或独立思考，而不一定屈从于政府的命令、统治集团的意志。那么，这种相对的独立性是怎样产生的？产生于价值规律。在资本主义社会里，一个作家能不能站立住，首先取决于广大读者是否喜爱他的作品，读者面也不像过去时代那样只包括贵族阶级或资产阶级的有闲者，而扩大到了广大的中下阶层，甚至超出本国的国界。既然有这样多的读者对一个作家作出自己的判断，作家就无须顾虑自己的命运完全决定于某个资产者或政府机构的某个长官；而一个成功的、有声望的作家既然有广大的读者作为他的后盾，他往往就能以社会正义的代表自居，向现行政府、反动集团进行某种对抗。我们在上面所列举的一些资产阶级作家的政治表现就说明了这点。他们甚至以个人的力量来对抗整个的国家机器或庞大的社会势力，这正标志着他们对于资本主义社会统治阶级、现存秩序的相对的独立性。

而且，文学创作一旦成了一种自由职业，也就出现了某些职业的道德和标准，如：作家应"忠于作家的良心"，作家应"热爱真理"、"捍卫自由"，应"追求创作个性"，在艺术上"不断进行创新"，等等，这些道德标准虽然都有资产阶级的局限性，但在某些条件下，也有助于作家不与自己所憎恶、所反对的政府、集团、制度、秩序同流合污而维持自己独立的人格。资产阶级作家如果以这些道德标准要求自己，有时也确能表现出不同凡俗的情操和可贵的人格力量，例如，1964年瑞典皇家学院宣布该年的文学奖金授予萨特时，萨特却予以拒绝，并表示"谢绝一切来自官方的荣誉"。谁都知道，在西方世界，诺贝尔奖不仅意味着文学上的最高尊荣，而且本身就是一笔数目庞大的美元，如果作家不是具有高度的道德意识的话，是不可能鼓起勇气而加以拒绝的。

正因为现当代资产阶级作家大多数属于中小资产阶级，处于和垄断资产阶级、反动统治势力有矛盾的社会地位上，所以，我们不仅可以看到他们有不少与统治阶级、现存秩序对立的政治表现，而且还可以看到他们在自己的作品中，相当普遍地表现了对资本主义现实的不满、讽刺、揭露和批判，对某些重大的社会问题进行了严肃的探索和思考。对此，我们还可以作进一步的说明。

（三）从现当代资产阶级文学的实际情况来看

过去有一种理解，认为资产阶级文学从19世纪下半期就普遍开始堕落，特别到了十月革命以后，更发展到"穷途末路"，几乎再也没有什么有价值的东西了。这种理解并不正确。应该看到,十月革命开辟了人类的新纪元,给社会主义的文学提供了广泛发展的空间,但是,这绝不能说,资产阶级作家再也创造不出有意义的作品了,资产阶级文学中再也没有值得肯定的部分了;在社会主义革命的时代,无产阶级负有批判资产阶级意识形态的历史任务,但这个历史任务本身要求无产阶级以广阔的政治胸怀、历史唯物主义的远见卓识对其中起过进步作用的、具有积极意义的部分作出科学的评价。如果我们是这样去做了,那么就不难发现,现当代资产阶级文学发展的过程,远远不是像日丹诺夫所描绘的那样一片黑暗反动。当然应该看到,在20世纪资本主义社会的条件下,思想内容庸俗腐朽、政治倾向消极反动、艺术性低劣的出版物,其数量是很大的,但这些东西毕竟经不起人民在历史发展过程中的检验,它们像蚍蜉一样朝生暮死,很快就被时间所淘汰,因此,在现当代资产阶级文学发展的过程中,已经入史和可能入史的作家作品,其中大部分在思想上和艺术上总有一定的价值,构成了现当代资产阶级文学进步的主流。

第一次世界大战的爆发在资产阶级知识分子中引起极大的震动,使他们对帝国主义的矛盾和本质有了新的认识,他们思想的觉醒和反抗意识的抬头集中表现在对帝国主义战争的否定,于是,在本世纪的资产阶级文学中一开始就出现了一股强大的反战思潮,产生了一批值得肯定的反战作家和作品。早在1914年罗曼·罗兰的《在混战之上》就体现了资产阶级知识分子的这种思想倾向,不久,著名的反战代表作就相继问世:如法国作家巴比塞的《火线》(1916),杜亚美的《烈士传》(1917),《文明》(1918),德国作家茨威格的《格里沙中尉案件》(1927),雷恩的《战争》(1928),雷马克的《西线无战事》(1929)等。这些作品由于揭露了帝国主义战争的残酷和对和平生活的破坏、表现了人们普遍对战争的厌弃而在当时受到广大读者的热烈欢迎,在这些作家中,还有的人如巴比塞,更由此出发脱离了资产阶级知识阶层的营垒,走上了进步的革命的道路。同样,后来参加了共产党的德国作家贝歇尔、沃尔夫,原来也都是在第一次世界大战后,由于十月革命的影响,由资产阶级文学流派的成员而成为革命者的。

在同一时期,19世纪末就已经写出著名作品的一批资产阶级作家,仍显示出创作的活力。英国有萧伯纳、高尔斯华绥，另外还有威尔士；法国有罗曼·罗兰、杜·迦尔；德国有亨利希·曼、托马斯·曼以及赫尔曼·黑塞等。他们基本上都是批判现实主义作家，思想上则是资产阶级人道主义者。新的时代给他们提出了新的问题。他们的民主主义倾向使他们能够接受十月革命的某些影响，因而在政治上对十月革命一般都抱同情的态度，而在创作上，则继续从资产阶级民主主义、人道主义的立场出发，对资本主义社会的现实有所揭露和批判，如高尔斯华绥的第二个三部曲《现代喜剧》（1924—1928）、威尔士的《兰帕岛上的勃莱茨华先生》（1928）、托马斯·曼的《魔山》（1924）、赫尔曼·黑塞的《德米昂》（1919）和《荒原狼》（1927）。这些作家的作品在思想上无疑都属于进步的潮流，其中比较优秀的，如萧伯纳揭露资产阶级政治生活的剧本《苹果车》、杜·伽尔描写资产阶级家史的《蒂波一家》，充分说明了资产阶级批判现实主义的传统，在十月革命以后的新时代的条件下，并没有失去强旺的生命力和出色的进步性。而像罗曼·罗兰这样的作家由于接受了十月革命的影响，思想达到了新的高度，更创作出了具有重要社会意义的长篇《欣悦的灵魂》。

从20年代末到30年代初，法西斯势力在欧洲日益猖獗，希特勒上台、西班牙内战、迫在眉睫的第二次世界大战、资产阶级民主主义所面临的危险，所有这些使资产阶级知识分子纷纷左倾，参加了反对法西斯主义的行列，与共产党结成了广泛的反法西斯统一战线，而这一时期的资产阶级文学也以反法西斯的性质为其主要特征。一些原来属于批判现实主义传统的作家在新的斗争条件下又有了新的进步和新的成就，罗曼·罗兰发表了《向过去告别》，进一步靠近革命和社会主义，他完成了《欣悦的灵魂》，让主人公由个人主义走到了集体主义，与群众结合参加了反法西斯斗争，他在剧本《罗伯斯庇尔》（1935）中歌颂资产阶级革命的理想，在一系列政论中揭露反动法西斯势力的罪恶本质；托马斯·曼、亨利希·曼也由于政治上的原因在自己的祖国受到了纳粹的迫害，不得不流亡在国外，在历史题材的小说里，对法西斯进行了讽喻。另一些资产阶级作家面临着新的斗争形势，在创作上也有了明显的转变，西班牙诗人阿尔贝蒂由超现实主义转到反法西斯主义，用诗歌参加了30年代西班牙人民的斗争，另一个现代派抒情诗人洛尔迦的作品也有了鲜明的进步的政治色彩,他还参加了革命的文艺工作,最后牺牲在法西斯的屠刀之下。法国的超现实主义诗人艾吕雅以参加西班牙战争为起点,开始了他诗歌创作的新方向,歌唱西班牙人民的斗争,抒写反法西斯斗争的必胜信念;资产阶级作家的代表人物马尔罗不仅在反法西斯的社会政治斗争中、在西班牙前线的战斗岗位上发挥了重要的作用,而且在文学作品里表现了十分进步的思想内容,小说《怀恨的年月》描写了一个反法西斯的共产党员的坚贞不屈,另一部小说《希望》取材于西班牙内战,歌颂了西班牙人民的斗争,并称这次革命为人类的希望。在英国,有整整一批资产阶级作家转向革命,创造了声势浩大的反法西斯的进步文学,诗人麦克迪尔米德、奥登、C.D.路易斯、康福德,小说家吉本斯、克洛宁、依舍伍德,都写出了政治倾向、思想内容比较好的作品,讽刺和揭露法西斯势力,歌颂当时的社会主义国家苏联,描写资本主义社会中的阶级矛盾和阶级斗争,他们几乎都走上了西班牙战场,有的还献出了自己的生命,如康福德;还有些人在30年代参加了共产党,虽然后来又都脱党,但这批资产阶级作家在文学史上所构成的"粉红色的十年",毕竟说明了他们曾经一度相当进步。

第二次世界大战期间,西方资产阶级作家不少人都参加了对法西斯的战争,被占领国家的作家则参加了抵抗运动,虽然为法西斯势力效劳的作家并不乏其人,但大多数资产阶级作家都被世界性的反纳粹法西斯的斗争所吸引,包括原来思想保守、不问政治的作家,也加入了斗争的行列。他们在斗争岁月里创作出来的作品,充满了高尚的爱国主义的情操和坚强的抗暴精神,如像法国作家维尔高的《海的沉默》(1944)通过一个很平凡的故事表现了法国人民深沉的民族感情和面对着侵略者的不可动摇的坚贞,而萨特的《苍蝇》,则在浪漫主义的神话形象中,充满了对自由的向往和反抗暴虐的精神力量。

第二次世界大战使资本主义国家,特别是欧洲各国受到严重的创伤,战后,这些国家经历了由逐步恢复到高速发展而后又出现了停滞、徘徊的过程。战后三十年来,先进科学技术的发展、社会生产的扩大和增长、物质生活的提高,给资本主义社会带来了某种繁荣,然而,在繁荣的外表下,仍然存在着深刻的矛盾和严重的危机。战后当代资产阶级文学有一部分正是由于反映和揭露了这些矛盾，而具有不可否认的价值，应该得到我们的肯定。如，意大利的新现实主义文学。从战后到50年代初期的新现实主义，主要以第二次世界大战期间反法西斯的抵抗运动为题材，从历史的斗争中汲取自己的灵感。这些作品反映了法西斯统治时期黑暗的社会现实，描写了人民的武装斗争，是抵抗运动的直接产物。50年代初以后的新现实主义则从战后意大利社会现实中取材，作品往往以公务员、城市下层居民等小人物为主人公，通过对他们悲惨的生活、不幸的遭遇的描写，真实地反映了社会生活的某些方面，表现了作者的资产阶级人道主义的批判精神，对资本主义社会有所揭露和讽刺。我们所熟悉的意大利电影《偷自行车的人》、《她在黑暗中》、《警察与小偷》、《罗马十一点钟》，都是属于这个文学流派的作品。它们在资本主义社会条件下的进步意义难道不是显而易见的吗？

又如，英国的"愤怒的青年"文学。顾名思义，"愤怒"是这种文学的特点，它出现在英国的50年代，主人公往往是出身低微的青年，受过高等教育，但怀才不遇，找不到理想的出路，因而感到苦闷，他们对统治阶级、上流社会既羡慕又不满，由不满而产生愤怒，而愤怒的形式则是玩世不恭，愤世嫉俗。奥斯本的《愤怒的回顾》、艾米斯的《幸运的吉姆》、勃雷恩的《往上爬》以及西利托的《长跑运动员的寂寞》就是这种文学的代表作。当然这种文学具有阶级的局限性，它的"愤怒"也完全是个人主义性质的，一旦作家本人的地位有了提高，"愤怒"本身也就完全消解，但这类文学毕竟表现了小资产阶级知识分子对现实的不满，并且由此反映了战后50年代英国的现实生活和社会矛盾，因而理所当然应得到我们的肯定。

再如，整个欧洲范围里的资产阶级现实主义文学。在德国，杰出的代表是伯尔，他在《默不作声》（1953）、《无主之家》（1954）、《九点半钟的台球》（1958）、《丧失了名誉的卡塔琳娜·勃鲁姆》等作品里，不仅以鲜明的反法西斯的民主主义的倾向，揭露了法西斯残余势力的复活，而且，以出色的现实主义的艺术力量，揭示了战后资本主义社会的矛盾，他让人们在西德"经济奇迹"的表象下看到小人物的喘息和挣扎，在高度文明化的社会图景中，看到正直清白的无辜者的悲剧。作者对那个是非颠倒的社会、代表那个社会制度的上流人物是充满反感的,他十分有意识地以暴露的笔锋去进行描写,因而使他的作品具有了深刻的批判力量。在英国,有知名的作家格林与斯诺。格林虽然是一个天主教作家,但他非常自觉地追求重大的社会政治的题材,他的长篇《沉静的美国人》(1956)、《我们的人在哈瓦那》(1958)都触及当代世界政治生活中尖锐的问题,前者以越南战争为背景,后者写的是在古巴发生的故事,作者的现实主义的描写突破了他天主教世界观的局限,表现了对殖民主义的否定、对资本主义国家腐败的军事机构的讽刺。斯诺曾被誉为"20世纪的巴尔扎克",他大量的小说广泛地描写了贵族、中小资产阶级、知识分子的生活,提出了知识分子的社会地位、政治对社会生活的影响、老一代与年轻一代的矛盾和冲突、爱情与幸福的意义等问题。他虽然是"盛名之下,其实难副",但他在进行现实主义的描写的时候,毕竟制作出了真实的社会生活的图景。在意大利,有莫拉维亚,战后受和平民主运动的影响,使他的四五十年代创作的作品对法西斯势力和资本主义社会现实进行了揭露和讽刺,他60年代的作品则比较集中地表现上层资产阶级颓废腐朽的生活,虽然莫拉维亚的作品有自然主义描写的缺点,但仍不失为资产阶级堕落空虚的精神状态的真实写照。在法国,也出现了较好的资产阶级现实主义的文学作品,如菲力普·艾里亚的三部连续的长篇小说《布萨戴尔一家》就是一例,它描写了法国一个资产阶级家族从18世纪末资产阶级革命时期发家致富直到当代的发展过程,并表现了民主主义的思想。

  以上这些情况,当然不能概括现当代资产阶级文学中所有有价值的部分,这些情况只是作为例证说明现当代资产阶级文学中存在着进步与反动的斗争,因而对它的基本状况必须用一分为二的方法加以区分。不仅对整个现当代资产阶级文学应该如此,即使是对某一个作家、某一部作品也必须坚持这种科学的态度。我们知道,现当代资产阶级作家的世界观都是很复杂的,存在着积极与消极、进步与反动的尖锐矛盾,同样,他们的经历和道路往往也很曲折,在各个阶段所面临的矛盾又错综复杂,因此,他们在不同的时期、不同的问题上的政治表现和思想认识往往很不一致,这就要求我们必须进行具体的分析和研究工作。就以法国现代资产阶级作家弗朗索瓦·莫里亚克而言,他一方面具有明显的消极性、落后性,连资产阶级评论家也认为他的一个重要的特点就是"捍卫对天主教的信仰",并指出"他的政治观是毫不掩饰地反动的"。但另一方面,他在西班牙战争期间,支持过西班牙革命政府,第二次世界大战期间,也参加过抵抗运动。更值得注意的是,他的一些小说对资产阶级具有一种无情揭露的力量。《给麻风病人的吻》写一个丑恶异常的资产阶级青年,靠金钱娶了一个妻子,临死前又靠遗产强迫妻子守节,葬送一个少女的一生。《蝮蛇结》的主人公是一个资产阶级守财奴,他恶毒的心思被作者比喻为毒蛇的纽结,甚至他企图以在精神上摧残自己的妻子为乐事。《苔蕾丝·德斯盖鲁》也描写了有产者家庭中仇敌似的关系,这种仇视甚至以置对方于死地为目的。莫里亚克把资产阶级的家庭关系暴露得如此彻底,如此阴森可怕、鲜血淋淋,这正是他作为一个作家值得肯定的地方,因此,对于这样一个作家,就必须实事求是地一分为二,既不能攻其一点,全盘否定,也不能不加批判、全盘肯定。同样,对于以上所列举的现当代资产阶级文学中有价值的部分,也应该在肯定其价值的时候,批判其消极有害的成分,只有这样,才能对现当代资产阶级文学的基本状况有一个科学的符合实际的估计。

三 如何看待现当代资产阶级文学的思想基础

在评价现当代资产阶级文学中,有一个重要的实质性的问题需要加以解决,就是如何看待现当代资产阶级文学的思想基础。过去人们全面否定现当代资产阶级文学,主要就是否认它还具有进步的积极的思想基础,具体的论点不外有两个:一是现当代资产阶级文学是以 20 世纪帝国主义阶段形形色色反动的政治、经济、哲学、心理学、文学理论为思想基础的,它已经与过去资产阶级上升时期的民主主义传统、人道主义思想决裂,它的堕落首先表现在思想内容的堕落;二是现当代资产阶级文学虽然也有一部分继承了资产阶级民主主义和人道主义思想传统,但问题在于资产阶级民主主义和人道主义在 20 世纪十月革命开辟了人类新纪元的历史条件下,已经完全丧失了它的进步性,对于无产阶级和劳动人民来说,它已经是反动资产阶级手里的一把软刀子,因此,表现了这种思想的资产阶级文学更具有危险性。

　　针对过去这两种流行的论点,我们有必要在这里考察一下现当代资产阶级文学的思想基础问题。

　　从19世纪下半期,在意识形态领域内,资产阶级各种各样的思潮纷至沓来,花样翻新。在哲学方面,有实证主义、唯意志主义、新康德主义、新黑格尔主义、"生命哲学"、直觉主义、实用主义、存在主义等;在心理学方面,弗洛伊德主义极为流行;在经济学方面,19世纪末产生的费边主义、本世纪的"民主社会主义"、"福利国家"论、战后的"人民资本主义"都曾风靡一时;在政治方面,则产生了臭名昭著的法西斯主义。这些思潮中虽然有的有助于对某一学科或某一方面的具体问题深入研究的发展,但绝大部分已经失去了资产阶级在创业时期所具有的唯物主义精神,而在唯心主义的泥坑里愈陷愈深,有的思潮在客观上自觉或不自觉适应了20世纪条件下资产阶级的要求,有的则是帝国主义罪恶本质赤裸裸的表现,如法西斯主义的"种族优生"论、"地理政治"论,已经为最反动的垄断资产阶级势力服务。现当代资产阶级文学作为处于资产阶级社会上层建筑最顶端的意识形态,当然不可能不受这些哲学、政治学、经济学、社会学等方面思潮的影响,如果就整个现当代资产阶级文学来说,其思想基础的确非常复杂,一般说来,以叔本华的"意志主义",尼采的"超人哲学",柏格森的"生命哲学",克罗齐的"直觉主义",弗洛伊德的"潜意识学说",克尔凯郭尔、海德格尔等人的"存在主义"影响为大,不仅现当代资产阶级文学中那些政治上极为反动的作家(如法西斯作家邓南遮、孟戴朗、杜文格尔等),思想上悲观颓废、宣扬极端个人主义、自我中心主义的作家(如普鲁斯特、纪德等),是以叔本华、尼采、柏格森的哲学为其创作的思想基础,而且即使是一些思想倾向较好的作家,也接受了现代资产阶级思潮的消极影响,在罗曼·罗兰的作品里,可以看到尼采哲学的痕迹,萧伯纳的思想中则有不少费边主义的成分,至于弗洛伊德主义,更是相当普遍地为资产阶级作家所运用。因此,我们在评价现当代资产阶级文学的时候,必须正视资产阶级形形色色反动消极的思潮对于这种文学的影响,看到资产阶级文学中由这些思潮所必然带来的反动消极落后的部分,并进行必要的批判。

但是，根据上述情况，是否可以说现当代资产阶级文学全部都是以20世纪反动消极的资产阶级思潮为思想基础、已经完全与资产阶级上升时期的民主主义传统、人道主义传统决裂，因而全都是蜕化、堕落、反动腐朽的呢？事实并不如此。当然，对罗曼·罗兰、托马斯·曼、萧伯纳这一类作家是比较容易理解的，过去人们也承认这些作家继承了资产阶级上升时期的思想传统并给予了某种程度的肯定，问题在于对现代派作家创作的思想基础如何看，是否现代派作家的作品中思想内容都没有积极可取的，都是与进步的思想传统无关？

让我们以现当代资产阶级文学中三个重要的代表作家卡夫卡、萨特与贝克特为例作一些分析。

卡夫卡（1883—1924）在20年代以前几乎就写出了他全部的作品，而后疾病就结束了他相当短暂的一生。他的作品并不多，但是为什么他为数不多又充满了不可知的神秘主义色彩和荒诞内容的作品，竟成为现当代资产阶级文学中最重要的现象之一，而他自己也因此成为现代派文学的一个代表？如果他的作品不具有深刻的思想内容足以引起广大读者的思考、回味和共鸣，而仅仅以情节的荒诞和形式的新奇，难道能达到这样的成就？显然，那是不可能的。

卡夫卡为现当代文学提供的一块重要基石是《变形记》，这个篇幅不长的小说在现当代文学中带来了几乎可以说是无穷的意味。小说的主人公、小职员格里高尔某天清晨醒来的时候，发现自己变成了一只甲虫，他并没有因此而离开人类的世界，他继续与家人过着日常的生活，按他原来的社会身份观察、思考和感受与他有关的一切，整篇小说就是他变成了一个甲虫后肉体上的感觉与他原来作为一个社会人所具有的思想情感的交织，只不过随着故事的进展，他才逐渐开始滋生了虫子的某些习性，如喜爱吃腐烂的食物和在墙壁上乱爬等。人们过去责怪这篇小说"荒唐"、"病态"，但实际上它写的是资本主义社会中小人物的悲剧，这个格里高尔比写小人物的悲剧的名篇、果戈理的《外套》中的那个小公务员更为悲惨，他可怜到了这样的程度，甚至在生活里只是一只甲虫，这只"虫子"的精神状态是什么呢？他唯恐老板把他辞退，便竭力讨好自己的上司，他凡事谦卑退缩、委曲求全，忍受着种种虐待和损害，这是一个被社会抛弃、在家庭里再也找不到地位的小职员的形象。小说有力地表现出这样一个事实：在那样一个社会，当格里高尔失去了他"挣钱"的职能的时候，他的存在本身就与无情的生存法则处于一种尖锐的矛盾中，他既不为社会所容，也不为家庭所容，而成了遭人厌恶的处理品，甚至自己最亲近的父母也以抛弃他为最大的解放。在这里，人的价值已经完全消失，格里高尔形体上的变异，只是作家用来象征这种价值的消失而已。马克思早就指出过资本主义社会条件下的异化，我们也常讲资本主义社会中"非人的生活"，而卡夫卡就是第一个表现了这种异化、"非人"化的作家，他用足以在读者想象中留下最强烈、最可怕的效果的形象，表现了人的异化的悲剧，人不成其为人而成为虫子的悲剧，他在这篇小说里所达到的揭露力量和批判力量，无疑是令人震惊的。

《审判》是卡夫卡另一部具有深刻思想性的作品，内容也是描写资本主义社会中普通人的悲剧。银行职员 K 一天早晨突然发现自己无缘无故被宣布逮捕了，奇特的是，他只是得到逮捕的通知，并没有真正入狱，甚至他的日常生活也没有受到影响，但这个飞来的虚幻的案件却像一个无形的幽灵笼罩着他，使他再也解脱不了，最后，这个本来就不存在的冤案结束，K 被处死刑，他临死的时候感到自己"像一条狗"。这是一个小人物卷进庞大的法律机器活活被绞死的悲剧，它本身就带有一种可怕的象征的意味。在这里，法律制度被作者描写成一种神秘的令人恐怖的存在，它外表似乎很宽和、很通情达理，它并没有使人受皮肉之苦，甚至也不打乱人的正常生活秩序，然而，它却像一种邪恶的暴虐的力量主宰着人的命运，它的每一个部件严格、准确、似乎相当合理地运转着，却构成了一个可怕的像绞肉机一样的整体。在这部小说里，卡夫卡揭露的自觉性和揭露的矛头都是极为明确的，他通过主人公 K 竭力要摆脱冥冥法网的过程，对法律机器的各个环节都进行了讽刺性的描述，整个法院龌龊异常，常人进去就会头晕呕吐；但法院人员却"久而不闻其臭"，倒是一走出法院接触了新鲜空气反而会头晕呕吐，所谓辩护的程序不过为了骗人，辩护律师完全是用空话来进行搪塞；教堂则起另外的作用，神甫用动听的说教，劝诫受害者驯服地接受不可避免的结局。所有这些就像可怕的罗网使无辜者无法逃脱，最后得到悲惨的下场。通过这样的描写，卡夫卡把资本主义社会中庞大的国家法律机器那种邪恶的残害的本质表现得相当深刻，并对那些在这庞大的邪恶的机器面前无能为力、徒然挣扎的小人物，表示了深切的人道主义的同情。

他另一个长篇《城堡》则突出地表现了普通人在资本主义世界中的虚幻感和无能为力。主人公也是某一个K，他来到城堡所辖的一个村庄，受到城堡差役的留难，他谎称是城堡所聘的土地测量员，奇怪的是，城堡也确认曾有此事，并派来两个据说是K用过的两个助手。于是K动身前往城堡，虽然方向和途径都很明确，但他怎么也走不到城堡，他设法和城堡取得联系，同样也达不到目的，他又设法和城堡的某一个官员直接打交道，又被告知这是他的妄想；他再设法向城堡通电话，即使取得了电话联系也只是一种幻觉；他还竭力通过与城堡间接有关的人和事发生联系以达到目的，也都一一失败。这部小说没有写完，根据卡夫卡原来的构思，最后K临死之前，城堡来了通知，宣布K永远不得进入城堡。整个故事很明显地构成了这样一个富有象征性的意象：人陷在一个不可知的荒诞的世界，这个世界的事物是混乱的、虚幻的，而人在这世界里的一切努力都徒劳无益，永远达不到预期的目的，甚至最简单的目的也达不到。卡夫卡正是通过这样的人的极端无能为力的悲剧，力图显示出这个世界的荒诞和不合理，这就是卡夫卡对资本主义社会的批判。特别值得注意的是，城堡在小说里不仅具有某种邪恶的、对人具有敌意的象征意味，而且它还被描写为相当具体的统治机构，在这里，文牍泛滥成灾，在各个办公室川流不息，官员们随着文牍的流转而忙碌不停；城堡的电话虽然很多，但对外联系和对外通讯极为混乱，官员毫不负责，而且，他们还在城堡管辖内的村子里作威作福，甚至占有农家妇女。卡夫卡的这些描写直接影射了奥匈帝国的官僚机构，更加强了长篇小说揭露批判的力量。

以上作品中的形象描写充分表明，在对待不合理的资本主义社会的态度上，卡夫卡同样具有历史上那些优秀的批判现实主义作家所具有的进步性，他完全属于进步潮流的传统，他在20世纪的条件下，通过独特的观察和感受，在资本主义现实中甚至发现了过去某些作家所未能发现的更为深刻的矛盾，而这又是与他个人的社会地位与经历有关的。

卡夫卡的一生是一个卑微的小职员承受着多方面社会压力的一生，他短促的生涯分别在奥匈帝国统治下的布拉格和维也纳度过，作为一个犹太血统的人，奥匈帝国的统治使他感到压抑，在布拉格，他不属于捷克民族的大家庭，在奥地利的维也纳，他又是一个来自捷克的异域者，不论在哪里，他为求生存和温饱而都不得不兢兢业业忠于雇员的职守。总之，整个的时代社会环境对他来说都是异己的，陌生的，带有压力，甚至他在家庭生活中也是一个不幸者，在自己父亲强悍的个性和暴君式的权威前，他始终怀着一种畏缩的感情。这样的社会阶级地位使他很容易站在传统的资产阶级人道主义的立场上，对生活中那些受损害的弱者抱同情的态度。据他的好友麦克斯·勃洛德的回忆，卡夫卡大学毕业后在一家半官方保险公司里当职员期间专管对工人工伤事故的赔偿业务，他"看到工人由于缺乏安全设备而受残害，他的社会良心深感不安"，并为工人"谦卑""总是到保险公司来求情"而愤愤不平，他为了要解决资本主义社会中阶级压迫和阶级剥削的不合理的现实，堂吉诃德式地拟出了一个社会改革的方案，其中一条原则是："经济活动领域要凭个人良心和对人的信任"，在他所设计的社会团体里，劳动不是为了积累财富，而只为保证大家的生活需要，因此，雇主和被雇者之间的关系应该是互相信任。卡夫卡这个方案当然是十足的小资产阶级的幻想，不过从这里也可以看出，他主观上是为被剥削受压迫的劳动群众着想的，他是怀着一种主张社会正义的感情来对待资本主义社会中最基本的阶级矛盾的。虽然卡夫卡并没有把他这一部分思想表现在自己的作品里，也没有直接触及现代资本主义社会中劳资的矛盾，但他的资产阶级人道主义的思想使他在作品里对现实采取了批判的态度，而他那始终承受着社会环境压力的身世，则又使他对整个社会与人的对立、社会对人的逼迫具有一种特别纤细、特别锐利的敏感，因而在作品里表现出了庞大的可怕的资本主义社会机构，对渺小的、无能为力的人的敌意和残害，表现了人在那个不合理的现实中极端无能为力，卑贱到了那样可怜的程度——简直变成了一只虫子！我们从卡夫卡那些荒诞像噩梦一般的描绘中，难道不可以听到作者深沉的痛苦的人道主义的悲叹？

再以萨特为例，不论从理论上、创作上和社会活动来看，萨特都继承了过去时代资产阶级进步的思想传统。萨特是西方世界影响极大的存在主义作家，他的文学作品基本上都是用来表述存在主义的思想和理论。那么，存在主义这一广泛流行于整个西方世界的哲学思潮，究竟属于什么性质呢？是否可以说它"是垄断资本主义的反动性和腐朽性在意识形态上的反映"，"是日暮途穷的资产阶级垂死挣扎的心理的一种表现"？我们知道，存在主义并不像法西斯主义那样曾经一度是垄断资产阶级的官方理论，它产生于第一次世界大战以后资本主义经济危机阶段，盛行于第二次世界大战资本主义世界受到了重创而尚未恢复的第二次世界大战的战后时期，特别在中小资产阶级知识分子阶层中受到热烈欢迎，这正说明了这一思潮反映了这一类知识分子的精神状态和思想要求。存在主义哲学思想本身比较复杂，当然具有资产阶级的局限性，而且存在主义作家在政治倾向上也有所不同，对整个存在主义思潮和流派作科学的评价和分析批判不是本文的任务，但我们至少可以指出，在萨特的存在主义理论中也并不是没有积极可取的成分，如"存在先于本质"论、"自由选择"论，它强调了个体的自由创造性、主观能动性，这就大大优越于命定论、宿命论；它把人的存在归结为这种自主的选择和创造，这充实了人类的存在的积极内容，大大优越于那种怠惰寄生的哲学和依靠神仙皇帝的消极处世态度；它把自主的选择和创造作为决定人的本质的条件，也有助于人为获得优秀的本质而作出主观的努力，不失为人生道路上一种可取的动力。如果用我们比较熟悉的概念来加以说明，也就是资产阶级人道主义的个性自由论、个性解放论的一种新的形式。事实上，萨特从来没有标榜自己标新立异到了把传统思想完全加以抛弃的程度，他明确地宣称过："存在主义是一种人道主义"，并且把这个命题作为他著名小册子的标题。在解释自己的哲学与人道主义的关系时，他讲了这样一段著名的话："人道主义还有另一种意义，它的基本意思是这样的：人经常超越自己，当人把自己投出来并把自己消融于外界的时候，他就创造了自己作为人的存在。另一方面，人正是在追求某些超越的目的时，才得以存在着；人正在超越的时候，他就处于这种超越的中心。除了人类的宇宙，即人类主观性的宇宙外，别无其他宇宙，我们所谓的存在主义的人道主义，就是这种超越和这种主观的结合。当然，这种超越并非指上帝的神通而是指人为的结果，这种主观则是指人不局限于自己而把自己体现在人类宇宙之中。"应该说，从萨特这段话里，是闻不出反动阶级"日暮途穷"、"垂死挣扎"的颓废没落的气味的,倒是相反,它颇不乏一种积极的进取的精神,我们知道,资产阶级上升时期的思想家不少人都赞颂过人的力量、人的创造性、人的开拓精神,人是世界的主人。18世纪一位启蒙作家这样满怀热情地写道:"凭着他的智慧,许多动物被驯服了;凭着他的劳动,沼泽被踏平,江河被防治,险滩急流被消灭;森林被开发,荒原被耕作;凭着他的思考时间被计算出来了,空间被测量出来了,天体运行被识破了……凭着他的由科学产生出的技术,海洋被横渡,高山被跨越,各地人民之间的距离缩短了,一个新大陆被发现,千千万万孤立的陆地都置于他的掌握之中;总之,今天大地的全部面目都打上了人力的印记……大自然之所以能够全面发展,之所以能够逐步达到我们今天所看到的这样完善,这样辉煌,都完全是借助于我们的双手。"我们从萨特对于存在主义的解释中,难道不能听到资产阶级上升时期思想家这类论述的某种余音?当然,我们也应该看到,照萨特的存在主义哲学看来,世界是荒诞的,人是孤独的、痛苦的,人生是悲剧性的,这种观点的确反映了中小资产阶级的苦闷彷徨、悲观失望,但不也反映了这个阶层对于资本主义现实一种批判性的认识?

也许有人会说,萨特所说的"自由选择"、通过自由选择来创造自己的本质,不是也可以为罪恶的为所欲为提供理论根据,岂不会成为一种恶的哲学、狼的哲学?萨特的"自由选择"并不是没有善恶之分的,也更不是对恶的自由选择的纵容和辩护,我们只需要看一看他著名的小说《艾罗斯特拉特》就够了。这篇小说写的是一个恶人的自我选择:他极端蔑视人类,疯狂仇恨人类,他写了一百零二封信分寄给有名望的作家,指责他们"爱人们"、"血液里有人道主义",宣称自己是"一个不爱人类的人",并且要上街用他手枪中仅有的六颗子弹杀"半打人",他果然这样做了,最后逃到厕所里被人群捉住。这是萨特典型的哲理小说,他把小说题名为《艾罗斯特拉特》具有深刻的含义。艾罗斯特拉特是古希腊埃菲斯城的一个无赖,他为了要使自己的名字留传后世得以不朽,就放火焚烧了世界七大奇迹的狄安娜神殿。这一罪恶的行径激起了城邦居民的愤怒,他们颁布法令,严禁任何人提起艾罗斯特拉特这个名字以制止其流传。后来,艾罗斯特拉特一词就成为了以无赖的行为使自己出名的人的同义语。萨特以这个名字称呼他小说中的主人公,正表现了他对于那种以反人道主义来标榜自己的恶棍的否定，表现了他对恶的自由选择的否定，因此，在萨特的哲学里，自由选择是包含着善恶是非的标准的。

萨特在第二次世界大战后不久曾经发表了一篇有名的论文《争取倾向性文学》，主张作家应该与自己的时代紧密结合，这是存在主义"倾向性文学"的宣言，也成为萨特的创作纲领。从萨特整个创作来看，他的确没有回避自己时代生活中的矛盾，他的作品触及了现实生活中的某些重大问题，其中有相当一部分都具有进步的思想内容。在小说《墙》里萨特带着明显的倾向性描写了西班牙战争期间反革命的白色恐怖，揭露法西斯军队如何像"疯子"一样"逮捕所有和他们想法不同的人"，特别揭露他们对政治犯那种惨无人道的精神折磨；在剧本《苍蝇》里，他通过希腊神话的故事，塑造了不向强权和暴虐屈膝投降的英雄形象，在当时法西斯德国占领法国的条件下，歌颂了自由的坚贞的品格，表现了作者的斗争精神；在他另一个剧本《毕恭毕敬的妓女》里，他站在申张社会正义的立场上，揭露了资本主义国家的种族歧视、种族迫害以及统治阶级的腐败和冷酷。他还有的一些作品，虽然并没有进步的政治思想内容，但却有着对现实生活独特的观察、对资本主义社会批判性的描绘、对那个社会中人的精神状态深刻的写照，他著名的小说《恶心》就是这样的作品。这部小说是萨特阐明他的存在主义哲学观点的代表作，他通过主人公的思考和感受表现了对资本主义现实的认识，他在小说里突出了人物对现实的"陌生感"、特别是"恶心感"，正是为了让读者深切地感受到个人与资本主义现实的对立和矛盾。

萨特进步的思想倾向不仅表现在创作中，而且更鲜明地表现在他长期以来的社会政治活动中，他参加反法西斯斗争、反对殖民主义政策和侵略战争、支持国内的民主运动和左派活动、对马克思主义理论采取认真的研究的态度，这些都构成了他进步的历史，并使他成为法国文学史上从伏尔泰、雨果、左拉到罗曼·罗兰、法朗士这一民主主义传统的继承者，伏尔泰为18世纪最大的冤案卡拉事件的昭雪向封建统治、反动教会作了勇敢的斗争，雨果始终与拿破仑三世的独裁不妥协；左拉为德雷福斯冤案而与整个资产阶级国家机器对抗；罗曼·罗兰和法朗士则把自己的斗争汇入社会主义的时代潮流。他们既是优秀的作家又是热情洋溢的社会斗士，萨特也是这样一位作家。如果公正地对他加以评论，应该说他在20世纪的条件下，达到了资产阶级民主主义、人道主义的最高度。他曾经这样说明过自己的历程："1952年我加入共产党……是为了要抗议美国的韩战政策，抗议法国政府对帝国主义行为的屈从，最主要还是为了抗议法国当局对国内示威行动的压制……1970年，由于政府压制《人民事业报》，使我党不得不挺身出来面对这项挑战，结果我发觉我所做的比我所想象的还多得多。革命运动总是有要求的，有的要求你能接受，有的你不能，但不管怎样，你总是卷在这股巨流之中向前推进。"那么，他"能接受"的是什么呢？"不能接受"的又是什么呢？我们可以说凡是资产阶级民主主义范围以内的，他都接受了，而超出资产阶级民主主义范围的，他则不能接受，如1956年匈牙利事件后，他就宣布退党。对一个资产阶级作家来说，这是不奇怪的。但不管怎样，萨特毕竟还是随着时代而不断进步的，用他自己的话来说，就是"卷在这股巨流之中向前推进"，在资本主义社会条件下，一个作家能够做到这样，是很难能可贵的，应该得到我们的肯定。

最后，以荒诞派戏剧为例。

荒诞派戏剧中那些对现实和对人的荒诞的写照意味着什么？这种戏剧既无完整的集中的故事，又无合乎情理合乎逻辑的情节，在这里，生活形象是支离破碎的，现实生活的图景是荒诞不经的。为什么荒诞派戏剧家要这样进行描写呢？他们想表现一些什么思想呢？他们要表现整个世界都是荒诞的，世界是"非理性的"、是没有正常的规律和秩序的，在尤奈斯库的《秃头歌女》中，时钟敲了一点半之后，又敲二十九下，意味着现实生活存在的一种基本形式时序的混乱和颠倒；在贝克特的《等待戈多》中，同一个孩子在第一幕中给两个流浪汉报了信，而第二幕时则又自称对此一无所知，因而第一幕来报信的究竟是谁就难以解释了，于是，事实本身的确切性就成了问题。他们还要表现人类的状况和处境也是荒诞的，人的生活是空虚的、毫无意义的；在贝克特的《快乐的日子》里，一个老妇已经半截入土，第一幕她在舞台上准备梳洗和打扮自己的习惯动作，在第二幕中再次重复，而她已经几乎全部入土了，在这位作家另一个剧本《哑剧》里，人从母体出来后，生命的内容不外穿衣、吃饭、祈祷。在荒诞戏剧中，人与人之间的关系也是隔膜的，甚至是虚妄的、不可知的，《秃头歌女》中有一对男女,在交谈中发现原是同住在一条街、一幢楼、一间房间的夫妻,但究竟确实是不是夫妻,后来又因和另一个细节发生矛盾而成了问题;在尤奈斯库的《椅子》中,人物之间的关系也一团混乱,人物本身的社会身份是不确定的,历史经历也虚幻不可捉摸。在荒诞派戏剧里,人也是没有价值的,人物形象往往是肮脏的、丑陋的、低级动物式的,或者白痴式的,他们往往重复一些毫无意义的动作,咕噜一些语无伦次的胡言乱语,甚至只发出一些动物式声响。他们低贱不堪,已经成为无用的废物,在贝克特的《最后一局》中,两个人物已经进入垃圾箱,不时从箱里伸出头来寻找食物。在荒诞派作家的笔下,20世纪的物质文明也并没有给人带来幸福,人不是世界的主人,人并没有主宰物,而是物压迫人,使人丧失了活动的天地和空间。在《椅子》中,满台都是椅子,两个主人公在椅子的空隙中艰难地走着;在尤奈斯库另一个剧本《新房客》中,成堆的用具和陈设使房客自己只剩下很小的活动场所。总之,荒诞派戏剧家在他们的作品里所表现的就是人已经不成为人,人的生活已经不成为人的生活。观众从他们的作品里所能看出的,就是这样一个悲剧性的结论。

荒诞派戏剧所表现出来的人的形象,显然和传统的人文主义、人道主义思想很不一样,在资产阶级上升时期人文主义的作品里,人是神,是世界的主宰,是"万物的灵长,宇宙的精华",而在这里,人却成了垃圾箱的废物,成了"虫子",成了白痴,成了低级动物式的东西。那么,荒诞派戏剧中的这种图景究竟有什么思想意义呢?是建立在什么思想基础上呢?是不是违反资产阶级上升时期的人道主义思想传统?是不是表现了20世纪垄断资产阶级反动、堕落、疯狂的思想?而要搞清楚这一系列问题,首先就必须搞清楚这些作家在绘制人类生活的荒诞图景的时候,究竟是对它采取肯定态度还是否定态度?是认为这种荒诞的状态正常合理还是认为它不正常不合理?是企图维护这种状况还是期望有所改变?

贝克特的《等待戈多》是一把宝贵的钥匙,可以打开解决这一系列问题的道路。

《等待戈多》是一部轰动了整个西方文坛的荒诞派戏剧代表作,自从它1953年在巴黎上演以来,一直受到经久不衰的热烈欢迎。《等待戈多》的剧情很简单:两个流浪汉在一条荒凉的路上等待一个名叫戈多的人,第一天他们没有等到，第二天仍然没有等到。这两个流浪汉空等了两天的故事竟引起了广大观众无穷的回味和不同国度的批评家各式各样的分析。戈多是什么人？莫衷一是。有的说是象征"上帝"，有的说是戴高乐，贝克特自己也不说明戈多究竟何所指，他说："我要是知道，早就在戏里说出来了。"虽然不能肯定戈多是谁，但有一点是可以肯定的：戈多是一个救星，是一个希望。流浪汉弗拉季米尔这样说："他要是来了，咱们就得救了"，要是不来呢？"咱们明天就上吊"。这个未出场的戈多在剧本中重要到了这样的程度，他决定着两个流浪汉的命运，而整个剧本写的就是这两个流浪汉在等待着得救。

这两个等待着的人是什么样的形象呢？是两个老瘪三，他们褴褛、肮脏、精疲力竭、无能为力，爱斯特拉冈一上场就想脱掉自己的靴子，但总脱不下来，他吐出了全剧的第一句台词："毫无办法"，似乎定下了全剧悲观的基调。他们身上也看不出人的价值，而只显出低劣、懵懂的本能，实际上，这就是两个非人化的人，两个"虫子"似的人，两个典型的荒诞派剧式人物，甚至可以说，就是荒诞派戏剧中那些不成为人的人物的代表，而他们在等待着得救！

值得注意的是，贝克特特别着意表现这两个人物身上的悲剧性，把他们描写成痛苦的形象：弗拉季米尔在和同伴斗嘴的一句台词中这样说："好像只有你一个人受痛苦，我就不是人？我倒是想听听你要是受了我那样的痛苦，将会说些什么。"在这里，"人"与"痛苦"这两个概念紧密联系在一起，作家明确地表述了"人"当然是在"受痛苦"这一思想，而且如另一个流浪汉爱斯特拉冈所说的那样："真是极大的痛苦。"那么，这是什么样的痛苦呢？等待的痛苦，弗拉季米尔说："希望迟迟不来，苦死了等的人。"就是这个流浪汉，这个有时讲话像白痴一样的流浪汉，发出了几乎像呼救一样声音："戈多，你能不能回答我一声，哪怕是偶尔一次。""哪怕是偶尔一次"这句话是何等的绝望而凄切！原来在荒诞派戏剧那荒唐可笑的图景后面，竟有着如此严肃的悲剧深度。丧失了人的价值的人，在一种痛苦的状态中等待得救，这就是《等待戈多》给予观众的启示。

从这样的形象图景中，我们就不难看出作者创作这个剧本的思想基础了。既然他描写了两个丧失了人的价值的人在等待得救，他显然对人的非人化、人的丧失价值是感到不满的，是为此感到痛苦的；既然他对人的非人化感到痛苦，可见他心目中是有一个对于人的标准、对于人的理想，而只有当他具有人本主义、人道主义的思想时，他才能在作品中表现人的非人化、才能表现非人化的人的形象；既然他在作品中对人的非人化、人的丧失价值持否定的态度，可见他是希望人类得救、希望人恢复人的价值，而不希望人类如他所描写的那样不像人而像"虫子"。因此，作家如果对人类的命运没有一种非常严肃、非常深沉的思考，如果他不具有高度的人道主义的思想感情，他是写不出像《等待戈多》这样的作品的。正因为这部作品是以对人类深刻的同情和对人类的善良的愿望为其思想基础的，所以，它长期以来受到广大观众的热烈欢迎绝非偶然，而且，看来它也将在20世纪文学史上享有不可磨灭的地位。

从以上几个重要作家的情况不难看出，资产阶级上升时期的人道主义传统，在20世纪资产阶级现代派文学中并没有中断，它得到了一些优秀的进步作家的继承和发扬。正因为他们的作品是以资产阶级人道主义为思想基础，所以显示出了可贵的价值。不过，这里存在一个问题，即资产阶级人道主义在20世纪究竟还有没有进步性，还有多少进步性？如果像过去那样，认为19世纪下半期以后，特别是十月革命以后，资产阶级人道主义完全丧失了进步性而成为了反动有害的东西，那么，即使是现当代资产阶级文学中继承了这一传统的作家也必须加以否定，当然其他的部分就更不在话下，因此，要解决对现当代资产阶级文学的评价问题，就有必要对20世纪条件下的资产阶级人道主义思想体系进行科学的评价。

资产阶级人道主义是资产阶级上升时期的产物，当时的资产阶级是以全人类代表的姿态提出这一思想体系来与反动的封建阶级思想对抗的。它是反封建的口号，是维系反封建力量精神团结的纽带，是鼓舞反封建斗争的旗帜。既然是在这种历史条件和阶级需要下产生的，它就明显地带有一种理想的性质，一种华美约言的性质。资本主义秩序确立后，这种理想与约言成了泡影和空话，这并不是思想体系本身的过错，而在于资本主义制度是不可能符合这一思想体系的。但这里也暴露了资产阶级人道主义思想体系的阶级局限。它的阶级局限性并不是说它直接表现了资产阶级的凶残本性、劣根性，而在于它的虚伪性，也就是说它在资本主义社会里只是一种实现不了的空洞的诺言，因而也不妨说是骗人的谎话。虽然如此，既然资产阶级人道主义具有一种理想的性质，当作家以这种理想来观察资本主义的现实时，就会发现一些尖锐的矛盾，就会产生不满，这样，资产阶级人道主义在掌握了它的作家那里，就成为了批评的标准和尺度。19 世纪批判现实主义作家和积极浪漫主义作家就是这样的。到了 20 世纪，也不例外，因为在 20 世纪，资本主义现实和资本主义上升时期的理想之间的差距愈来愈大，社会危机愈来愈尖锐愈严重，所以，当作家以资产阶级人道主义的世界观观察现实时，也就更尖锐地发现了问题，他们眼中的问题甚至尖锐到了令人震惊的程度：人已经丧失了人的价值，人成了物的奴隶，人已经无能为力，人已经不再成其为人以至变成了"虫子"，他们把这种令人震惊的认识用给人以噩梦般效果的艺术形式表现出来，因而达到了高度的悲剧性，这正显示了他们所掌握的人道主义的揭露和批判的力量。而资产阶级人道主义的这种揭露和批判的力量，只要资本主义制度还存在一天，它也就不会是过时的，也就不会丧失其进步的意义。

应该指出，我们过去对资产阶级人道主义的批判是过头了。其实那样做并没有好处。为什么要把一个对资本主义的批评尺度搞得那么臭呢？资产阶级人道主义的阶级局限性当然需要加以分析批判，当然也不应该用资产阶级人道主义取代科学的社会主义思想，这里并不存在什么问题。这里的问题只是，对于这种在资本主义社会仍具有进步意义、有助于揭露和批判资本主义社会现实的思想标准，我们是否应该加以必要的肯定，而过去那样的全盘否定是否符合科学的精神。当我们对那些以资产阶级人道主义为思想基础的作品的批判揭露力量有了一些认识的时候，我们应该承认，对资产阶级人道主义重新进行科学的评价，仍是我们当前的一项任务。

四　坚持历史唯物主义，掌握正确的批评标准，对现当代资产阶级文学进行科学的评价

进行文学评论必须有批评标准，而批评标准中，"总是以政治标准放

在第一位，以艺术标准放在第二位的"。对于现当代资产阶级文学当然也是如此，问题在于如何掌握正确的政治标准和艺术标准。在这方面，有一些由于"四人帮"的流毒而形成的禁律看来必须突破，"凡是修正主义者肯定过的作家作品就不能肯定"啦，"凡是在'文化大革命'中曾经受过批评的作家作品也不能肯定"啦，"凡是不能盖棺论定、可能晚节不好的作家也不宜肯定"啦，等等。在"四人帮"文化专制主义时期，这一类"左"得出奇的、貌似革命的禁律戒条泛滥成灾，它们使得我们在国际反霸统一战线的文学方面把自己孤立起来，它们使得人们处于一种对外界事物愚昧无知的状态，它们对"四人帮"的愚民政策起了助纣为虐的作用。

这些禁律戒条完全违反马列主义、毛泽东思想。凡是修正主义者肯定的我们都要否定吗？这是典型的形而上学的态度。在1908年，托尔斯泰八十寿辰的时候，俄国一切官方的、合法的报刊对这位伟大的作家纷纷加以赞扬，以便为自己的政治利益服务，列宁并没有因此就否定托尔斯泰，没有用否定托尔斯泰的办法来和敌人"划清界限"，而是对这位作家作出了高度的评价，阐明了他对无产阶级的意义。列宁这种马克思主义的科学的态度是我们学习的榜样，我们正是需要批判那种为了标榜"和敌人对着干"、"和敌人划清界限"而在文艺批评上不实事求是、不进行科学分析的简单化的、形而上学的态度。无产阶级文艺批评的革命性，是建立在实事求是科学的态度上的，而不是靠假革命的词句、靠忌讳、靠四平八稳来显示的。

所谓"晚节不好"是一根棍子，"怕晚节不好"则是一个借口。任何一个作家，作为一个社会的人，经历总是多方面的，发展不可能是直线的，没有曲折的，因此，应该全面评价，具体分析，不应该攻其一点，全盘否定。如果一个作家有过一段进步的历史，起过积极的作用，同时也有过一段消极甚至反动的历史，那么为什么只看后者而抹杀前者呢？即使这段反动的历史说明了他晚节不好，那么凭什么理由以这一"晚节"来概括其整个的历史，来否定某一些应该肯定的东西？不用说作家，就以历史上起过伟大作用的人物来说，其晚节并不一定就是其成就的顶点，因而"晚节不好"论实际上是一种主观主义的为我所需，完全违反实事求是、一分为二原则的观点。既然一个资产阶级作家写出了优秀的值得肯定的作品，就理应得到人们的承认，用一个不构成事实的假设"怕晚节不好"而不予承认，这难道不荒唐到了极点吗？

因此，要扩大我们的眼界，增加我们对外国现当代资产阶级文学的了解，按照鲁迅先生所指出的"拿来主义"、毛泽东同志所指出的"外为中用"去对待这类文学中的可取部分，就必须首先打破"四人帮"时期所设置的，而今仍然流毒不浅的禁律，突破种种非马列主义的条条框框。那么，如何区分现当代资产阶级文学中的精华与糟粕、香花与毒草？进行区分的标准究竟是什么？

有一种意见认为，标准仍然应该是毛泽东同志所指出的六条标准。毛泽东同志在《关于正确处理人民内部矛盾的问题》中所提出的六条标准是这样的："（一）有利于团结全国各族人民，而不是分裂人民；（二）有利于社会主义改造和社会主义建设，而不是不利于社会主义改造和社会主义建设；（三）有利于巩固人民民主专政，而不是破坏或者削弱这个专政；（四）有利于巩固民主集中制，而不是破坏或者削弱这个制度；（五）有利于巩固共产党的领导，而不是摆脱或者削弱这种领导；（六）有利于社会主义的国际团结和全世界爱好和平人民的国际团结，而不是有损于这些团结。这六条标准中，最重要的是社会主义道路和党的领导两条。"显然，毛泽东同志这段论述是对我们国内政治生活的要求，是我们国家内部的政治准则，并不是国际生活的准则，并不是外交政策和对外联络的政策。我们可以而且应该按这些标准要求我们自己；但我们在道理上不应该、在事实上也不可能按这些标准去要求资本主义国家里的人和事。在资本主义社会进行创作的文艺家，所面对的是资本主义的现实，他们所反映的是资本主义现实中的矛盾，他们在作品中所回答的是资本主义现实中的问题，他们的作品首先要受到资本主义国家中人民的检验，因此，用我们国内政治生活的标准去要求他们，显然是反历史唯物主义的。

列宁在《列·尼·托尔斯泰》一文中曾经这样说："列·尼·托尔斯泰在自己的作品里能以提出这么多重大的问题，能以达到这样大的艺术力量，使他的作品在世界文学中占了一个第一流的位子。"在这里，列宁之所以肯定托尔斯泰在世界文学中占有第一流的地位，就是根据他"在自己的作品里提出这么多重大问题"以及"能以达到这样大的艺术力量"，这两条实际上体现了马列主义的文艺批评标准，也就是说，评论一个作家的创作是否有价值、是否值得肯定，应该看他能不能提出现实生活中重大的问题、能不能达到艺术的感染力。列宁的这两条标准，既提出了政治的要求也提出了艺术的要求，而且和任何把政治与艺术两者割裂开来，或只看政治性不看艺术性，或只强调艺术性而忽视政治性的形而上学的批评标准完全不同，把政治标准与艺术标准有机地结合在一起，才能符合文学艺术的特点、符合文学艺术创作的规律。当然，提出生活中重大的问题，应该包括是否站在进步的立场上，对待人民的态度如何，在当时当地是否有进步意义等重要的内容。如果用列宁的标准来进行评判，我认为卡夫卡、萨特、贝克特这些出色的现当代资产阶级作家的作品，在世界文学中无疑应占有第一流的位置。这是因为，他们在资本主义物质文明高度发展的条件下，能够透过某些繁荣的表象，提出了资产阶级精神危机这个巨大的问题，提出了资本主义世界中人已经不成其为人，人的生活不成其为人的生活这样重大的问题，而且，他们是以独特的、为前人所未有的艺术方式提出来的，也达到了这样大的艺术力量，足以给人以精神上的巨大震动。他们既然以艺术的形象向读者揭示了资本主义社会的生活、人与人之间的关系、物质文明的实质是多么荒诞、多么像噩梦一样，那当然就启示着读者应该对资本主义社会的现状必须加以改变，他们的作品能达到这样的效果对无产阶级革命不是也有积极的意义吗？理应得到我们高度的评价。

为了坚持历史唯物主义，掌握正确的批评标准，对现当代资产阶级文学进行科学的评价，还有两个问题需要我们着重加以讨论：一个问题是，应该从当时当地的历史社会条件出发，而不应该从我们的主观愿望出发；另一个问题是，应该把作家当作作家来要求，而不应该越出作家的职责去加以要求。

关于第一个问题，这本来是历史唯物主义的最基本的态度，是马克思主义科学的分析方法。现当代资产阶级作家是在资本主义社会条件下写作，他们的作品对现实的反映是否正确、是否具有积极的意义，都只能根据这些作家所处的社会历史条件去判断，而不应该根据我们自己的主观愿望去判断，否则，就不可能得出正确的结论。就以尤奈斯库的《椅子》和贝克特的《等待戈多》而言，从我们的愿望来说，当然希望《椅子》中的那个演说家最后带来了"可以拯救世界"的福音，使得那个自称"受尽了苦难"的主人公和他称之为"正患着重病"的人类获得解救，但最后演说家却是又聋又哑，根本不可能传达任何信息，剧本的结尾是主人公的死亡和一片黑暗。如果从我们的主观愿望出发，我们就会完全否定这剧本，认为它表现了一种绝望的情绪，而这正是正在死亡的阶级的标志，而且我们还会指责它竟然否定了人类的福音，这岂不是把社会主义可以拯救人类这一福音也否定在内了？这岂不是把矛头指向了马列主义？同样，就我们的愿望来说，也希望《等待戈多》中最后戈多出了场，而且代表了社会主义，但是剧本的最后也是空虚和绝望，如果从我们的主观出发，我们也会责备作者为什么如西方有的批评家所指出的把"人类尴尬的处境"写得如此不堪，难道你贝克特没有看到人类之中还有代表着未来的无产阶级吗？没有看到世界上存在着社会主义国家吗？没有看到可以救人类的社会主义道路吗？应该说，我们这些愿望都是好的，最好是有更多的作家如我们所希望的那样表现对共产主义的信仰，对人类走社会主义道路的信心，对革命无产阶级的伟大力量的正确认识，但我们毕竟不能把这些愿望当作一种批评标准去要求一切人，把资本主义社会的一切人都召唤到这个标准面前加以检验，达到这个标准的就肯定，达不到这个标准的就否定。如果尤奈斯库写出了演说家带来了社会主义的福音，贝克特写出了戈多代表了无产阶级，那么，这两个作家也就不是资产阶级作家，而是无产阶级作家了，可惜我们不能改变他们的阶级本质。这是他们作为资产阶级作家必然的局限，我们所能做的，只是面对现实，对他们作科学的实事求是的分析，充分看到他们是生活在资本主义条件下，所写的是资本主义国家的现实，是对资本主义条件的感受，虽然没有写出光明和希望，但他们对资本主义现实的批判性却是显而易见的。而且，20世纪条件下发达的资本主义国家的社会主义革命的道路问题，对于马克思主义者来说不论在理论上和实践上都是一个有待解决的课题，既然马克思主义者还没有完全解决，还没有提出具体的方案，而要求资产阶级作家做到这一点，岂不有些过分？

历史唯物主义是马克思主义的科学学说，是无产阶级高度的革命性和科学性的结合，它从不脱离具体的社会历史条件，并且从辩证和发展的观点看问题，它的基本原则完全适用于对现当代资产阶级文学的评价。在这个领域，只有运用历史唯物主义的方法，才能真正显示出无产阶级博大的政治胸怀，高瞻远瞩的卓越眼光和实事求是的科学态度。只要我们坚持历史唯物主义的原则，现当代资产阶级文学评价中的疑难问题，都是不难解决的。即使是颓废问题、两性关系描写问题也不例外。

现当代资产阶级文学中都有不同程度的颓废因素，而且还特别有颓废派文学。颓废派，在思想内容上都具有这样一些特点：蔑视传统，蔑视一切既定的规范；对一切都抱虚无主义的态度；标新立异到了违反正常生活的程度；个性的极端自由、极端放纵，甚至推崇本能和性生活的混乱；反理性主义、不可知论以及悲观主义，等等，的确有一些极不健康、消极有害的东西。但是，颓废派几乎都是不满资本主义社会现实的，他们对于那个社会大至制度法规和道德原则，小至生活习俗都持一种敌对的态度，而且，他们总是企图找出某种出路，进行某些探索，其结果，有的找到了正确的道路，不再成为颓废派，有的则始终颓废沉沦，最后不可救药。对于这样复杂的文学现象我们应该如何评价呢？颓废派文学在我们社会主义国家里当然是不应该有的，因为我们有共产主义的理想，有社会主义道路。但是在资本主义国家产生颓废派却是很自然的，我们是否可以因为它不符合我们的道德标准而简单地用"腐朽"、"堕落"的评语骂完了事？这里，有一个坚持历史唯物主义态度的问题，我们应该看到，很多颓废派对资本主义现实是不满的，企图追求某种东西，只不过没有找到正确的道路而发生了种种消极的情况，如果我们把颓废派放在具体的历史背景上、从发展的观点来加以分析，充分估计到其中积极的可能性，力求把消极因素转化为积极因素，那么的确可以在他们不少人身上发现对资本主义社会的明显的反抗性和对资产阶级习俗强烈的厌弃：波德莱尔曾经这样发泄他对资本主义现实的不满："当代所有的废物都使我感到可怕。你们的院士是可怕的，你们的自由党人是可怕的，美德是可怕的，邪恶是可怕的。"兰波在自己的诗里也把欧洲资产阶级社会比喻为"冰冷阴暗的池塘"，并渴望自己离开那里，而像一只小船一样任情地漂荡在自由的海洋上。因此，每当社会发生革命的运动时，他们自然也就欣然表示了支持，至于后来的达达主义、超现实主义等颓废流派，他们的成员有不少都曾走上或一度走上革命的道路。"路漫漫其修远兮，吾将上下而求索"，既然道路是曲折漫长的，在"求索"的过程中，必然也会发生失足、沉沦、自戕、走入歧途等各种情况，我们应该按这些不同情况进行科学的分析批判，但那种郁忿的心境和求索的精神毕竟还是值得我们谅解和同情的。

两性关系描写问题。两性关系描写在现当代资产阶级文艺中是常见的现象，而且其中有大量的糟粕。法国电影《舞会的小提琴》中有这样一个片断：一个电影导演正在摄制一部反纳粹的影片，揭露希特勒对犹太人的迫害，引人入胜的手法使得本来对这次摄制不感兴趣的制片商开始感兴趣了，但他中途向导演提出了一个自己认为不满的问题："怎么还没有性的场面？"导演不得不顺从制片商的要求，脱离故事情节的发展凭空加进了一段性的场面。当然，电影中的那个导演加拍这个场面的情节完全是《舞会的小提琴》的导演故意安排的，他用这个办法对电影中的那个制片商和导演作了讽嘲，对文艺作品为了商业化的要求而不必要的加进性的场面表示了不满，但实际上他自己却又通过这个片断迎合了商业化的要求。《舞会的小提琴》的这一情节的确反映了当代资产阶级文艺普遍存在的一个问题：往往离开主题思想、故事情节的要求而添加一些淫秽的描写，其中一部分原因固然是商业经，主要的原因则是作者本人资产阶级腐朽的人生观和低级趣味。对这一部分糟粕，我们应该唾弃。

但是，对现当代资产阶级文学中两性关系的描写也不能一概而论，都斥之为"淫秽下流"、"腐朽堕落"，而应该区分不同的情况。我们应该看到，在一些严肃的资产阶级作家的作品里，两性关系的描写往往服从于一定的主题思想的需要，并不是出于一种低级下流的趣味。他们有时是为进行揭露和批判，如像《望乡》为了表现被蹂躏的妇女的不幸，描写了妓院的情景，萨特在《恶心》中对两性关系的描写，也是为了揭示资本主义社会中人与人的令人恶心的关系；他们有时是为了表现人物的性格和精神状态，如像萨特《艾罗斯特拉特》中通过主人公捉弄妓女的情节，表现这个反面人物的冷酷和灭绝人性，勃雷恩在《往上爬》中通过女主人公那种倾注了全部的热情，甚至最后以生命为代价的性爱，表现了这个妇女在那个资产阶级冷漠的世界里的孤独和绝望；他们有时则是针对资产阶级上流社会的虚伪和假道德，而故意在作品里进行一些猥亵的男女关系的描写，其目的就是为了引起读者或观众的厌恶，如尤奈斯库在《椅子》中对老太太与不显形的雕刻家的描写。对于现当代资产阶级文学中的以上这些情况，我们就不能简单地痛斥为"淫秽"、"肮脏"、"下流"了事，而应该充分肯定作者之所以这样描写的主观动机和这些描写所显示的社会意义。此外，现当代资产阶级文学中还有一种情况，即作者往往企图通过两性关系的描写表现他本人的某些寓意和哲理，众所周知，西方评论家对于英国作家 D. H. 劳伦斯的长篇小说《查太莱夫人的情人》就有这种分析，认为作者是通过小说的故事来表现资产阶级的萎缩和下层劳动阶层的生命力。当然，革命的无产阶级绝不欢迎作家采取这种方式来表现他们对无产阶级的倾向，而要和这种文学划清界限，并进行必要的批判，但这种批判就不应该是简单化的，而应该具有科学的分析和实事求是的精神。

性爱是人类生活的一个重要方面。文学反映现实，文学作品中有性爱的描写是正常的、理所当然的，不值得大惊小怪，问题只是要看为什么写和如何写。过去之所以对此类描写容易产生大惊小怪，完全是"四人帮"封建禁欲主义流毒的结果。我们知道，姚文元早在"文化大革命"前就把《红与黑》打成了黄色小说，造成了恶劣的影响，以致文学作品中只要出现了爱情描写，就被认为是黄色的。须知，从古到今，禁欲主义都是十足虚伪的货色，鼓吹禁欲主义最不遗余力的，恰巧是最糜烂透顶的反动社会力量，中世纪那些淫邪的教会人物，不正是在用禁欲主义的戒条紧扣在"芸芸众生"头上的同时，过着腐化享乐的生活？"四人帮"也正是如此，他们一方面骄奢淫逸、极尽荒淫无耻之能事，另一方面却大力推行禁欲主义、文化专制主义，把一切有着正常的健康的爱情描写的古典作品都当作"黄书"。应该承认，现当代资产阶级文学中的两性关系的描写，比古典作品来得更普遍、更具体，因此，不破除"四人帮"的禁欲主义的戒条，对现当代资产阶级文学中这类描写就不可能有科学的实事求是的分析和批判。

第二个问题：应该把作家当作作家来要求，不应该要求作家在自己的作品里完成超乎作家职责的任务。

评判一个作家的主要依据应该是他的创作，看他的作品对现实生活反映得如何，站在什么立场上提出生活中的问题，达到了怎样的艺术力量以及在现实生活起什么作用，等等。但是，我们过去往往不是根据这些条件去评判作家，而是把他们当作一贯正确的政治家、革命家或者是一尘不染的道德家、圣人来加以要求。一贯正确的政治家、一尘不染的道德家在现实生活中是没有的，"一贯正确"、"一尘不染"这样的尺度是形而上学的尺度，不是历史唯物主义的标准。在这样一个尺度面前，不仅现当代资产阶级作家都不及格，就是历史上那些优秀的作家也达不到这样的高度。

这种批评方法是"四人帮"形而上学猖獗的结果，同时也与拉法格的影响有关。法国早期马克思主义者拉法格运用历史唯物主义在文艺方面曾经发表过一些深刻精辟的见解，但也写过像《雨果的传说》这样偏激的文章。这篇文章在我国影响颇为广泛，它专门揭露雨果如何爱钱，如何不讲老实话，如何在政治上见风转舵、善于保护自己的利益，通过这些把雨果描绘成一个又卑劣、又贪财、又投机、又虚伪的资产者。拉法格是在监狱里写成这篇文章的，他在作为一个革命者被囚禁的特殊情况下，把怒气发泄在雨果这样一个在资产阶级社会享有巨大声誉的资产阶级作家身上，是完全可以理解的。他当时不是一个成熟的马克思主义者，他在这里的批评方法不符合历史唯物主义的态度，不是根据雨果文学创作的整体去评判这位在历史上起过进步作用的作家，而完全是去挖掘雨果在私德方面的毛病，这不是评论作家的方法。"金无足赤，人无完人"，在社会主义时代的革命队伍里尚且如此，雨果作为资产阶级社会中的一员，当然更不会那样纯净。但雨果之所以值得我们评论，就是因为他写出了受到广大人民欢迎的作品，并且这些作品在现实生活中起了进步的作用，因此，必须把他当作作家去加以评论，如果无视他的创作，只去批评他的私德，那么，他和历史上那么多碌碌无为、私德恶劣的资产阶级庸人有什么区别呢？难道那些资产阶级庸人一个个都值得我们去分析、评论、批判？只是为了最后达到这样的目的：指出他们都是具有种种恶德的资产阶级庸人，这样一个不言而喻的"结论"，又有什么价值呢？

对待现当代资产阶级作家也是同样的道理，如果只带着显微镜去观察那些作家"丑恶的灵魂"、"卑劣的道德品质"，而不去分析评判他们的作品，肯定会离开历史唯物主义科学的文艺批评，而走上形而上学的道德化的批评的道路，而这种批评其实是无文艺批评的价值可言的。

对现当代资产阶级作家的要求应实事求是，对现当代资产阶级文学作品的要求也应实事求是。这是一个问题的两个方面。实事求是地要求作品最重要的是应该根据文学艺术本身的特点、文学艺术的规律来提出要求，而不应该提出超出文艺本身的特点和规律的要求，也就是说，不应该要求作家在自己的作品里完成超乎作家职责的任务。我们知道，文艺反映现实与其他意识形态如哲学、政治理论等反映现实的手段和特点是完全不同的。文艺作品总是通过个别的人物、社会现实的个别部分来显示一定的主题思想，而不像哲理那样对事物作比较全面的论证和说明，因此就不应要求文艺作品负担哲学、政治论文的任务。但是，在我们对现当代资产阶级文学作品的评论中，都往往自觉或不自觉地出现这种不实事求是的态度，像对美国长篇小说《根》和《第二十二条军规》的评价就是如此。

《根》是美国黑人作家阿历克斯·哈莱1976年出版的一部"事实小说"，叙述了作者本人母系六代祖先的遭遇，通过一个黑人家族从18世纪到20世纪如何从非洲贩卖到美洲，如何在奴隶主的暴力下被损害被侮辱的血泪史，揭露了资本主义发展过程中的贩奴活动、蓄奴制和种族歧视的种种罪恶。毫无疑问，这是一部对我们很有认识价值的作品，它的进步倾向应该得到我们充分的肯定。然而，有一种意见却认为，这部作品没有写黑人的武装斗争，没有写无产阶级的力量，没有指出黑人解放的道路，因而不值得肯定。《第二十二条军规》是美国作家约瑟夫·海勒60年代初出版的一部长篇小说，以第二次世界大战期间驻扎在地中海一个小岛上的空军中队的生活为题材，揭露了美国军队腐败的内幕：高级军官与资本家勾结起来大发战争财，为了自己向上爬而驱使士兵卖命，在这里，军规条例把人紧紧束缚在战争机器上，使人感到随时都有危险，到处都是陷阱，而所有这一切，又是通过一个小人物的感受、以一种玩世不恭的笔调写出来的，以幽默的叙述表现出令人可怕的真实。这部作品不论在思想内容和艺术风格上都很有价值，资产阶级评论家也承认："《第二十二条军规》出色地表现愤怒的力量……它用正当而惊人的夸张手法表明了，什么东西是不值得为之而死的，即他人的贪欲和野心"，"《第二十二条军规》之所以成功，应归于60年代我们对许多最为神圣的规章制度（包括军队）所抱的广泛的反感"。对于这样一部受到了资本主义国家广大读者的重视和欢迎，其影响远远超出了美国的作品，我们本来应该给予较高的评价，但是，有的意见却认为，这部作品没有能触及垄断资本主义的反动本质，没有揭露整个资本主义制度的腐朽，没有揭露帝国主义国家称霸全球的野心，没有表现劳动人民的苦难，而必须予以批判，等等。

对于这样两部作品所作的这种批评，不仅缺乏实事求是的精神和历史唯物主义的态度，而且显然超出了对文学艺术作品应有的要求。我们怎么能要求一部作品把所有社会学、政治经济学的理论都面面俱到地论及呢？这岂不是要求作家写政治教科书吗？岂不是要求作家全面提出社会革命的方案吗？这已经超出了文学艺术本身的任务，不用说资产阶级作家，即使是具有社会主义倾向的作家、无产阶级的作家，也是无法完成的。

五 如何看待现当代资产阶级文学的艺术特点

对现当代资产阶级文学的艺术性问题，也如同对思想问题一样，不能一概而论，也要一分为二，具体分析。

法国作家安德烈·莫洛亚有一篇很有趣的小说《大师的由来》，叙述一个画家本来具有严肃的创作态度："看到什么画什么，尽量把内心的感受表现出来"，但他"靠苦功，靠真诚"却总得不到成功，有人给他出了个主意，要他标新立异，创建一个"意识分解画派"，譬喻说，画一个上校的肖像，根本不用画人物面部的真实形象，只需以天蓝和金黄色作底，上面打上五道标明为上校军衔的粗杠；画一个工业家的肖像，只需画出工厂的烟囱和一个打在桌上的拳头。这位画家如法炮制，粗制滥造出一些把生活形象表现得支离破碎，使人根本无法看懂的画作，居然由此成名，成为"艺术大师"。这篇小说是绝妙的讽刺作品，它反映了现代资产阶级文艺中一部分"创新"纯系胡来和严肃的作家对此的极端不满。

现当代资产阶级文学中也有不少这种情形，一些作家"自以为是一种新的文学体裁的创造者"，其实他们所做的是对艺术创作规律的破坏。在20年代，英国最早的"意识流"小说家陶罗赛·瑞恰生自称要创建一种"女性现实主义"，接着而来的伍尔夫同样也是以现实主义的批判者的姿态出现的，提倡写出人物的"变化多端、无人知晓、不受限制的精神"，"意识流"小说却把人物的印象、幻觉、回忆、想象以及现实生活的情景都汇在一起，这样一股混杂的"意识流"流泻在纸上，就成为读者难以读懂的奇文，在这里，时间的次序是混乱的，空间的界限也是不存在的；50年代，法国的新小说派兴起的时候，也宣称要在小说领域里进行激烈的改革，然而，新小说派所谓的对"物"的忠实描写，也只不过是把眼前的、回忆中的、幻觉中的以及想象中的对物的印象混杂在一起，与"意识流"小说一样，破坏了艺术中物质存在的基本形式的空间与时间。其他如达达主义、超现实主义，它们诞生的时候，都莫不大喊大叫，标新立异，但它们在艺术上的主张毕竟经不起时间的检验，特别突出的是，形式主义的诗歌发展到极端，已经完全谈不上什么艺术性了，而成为文字的游戏、字母的任意颠倒和组合。以上这些违反文艺特点与艺术规律的"创新"，在现当代资产阶级文学中是相当多的，它们或无艺术价值可言，或艺术价值甚少，往往也得不到资本主义国家广大读者的欢迎和喜爱，对我们来说，更没有什么艺术借鉴的意义。

以上并不是全部的情形。现当代资产阶级文学在艺术性上也有好的一方面，甚至也有很可贵的艺术珍品。这首先是指继承了优秀的艺术传统的一部分文学而言，我们不仅能在罗曼·罗兰、杜迦尔、高尔斯华绥、萧伯纳、托马斯·曼这些老一代的作家身上看到传统的现实主义的力量，而且还能够在莫洛亚、莫里亚克、海明威、标尔等一大批后来者的作品里，看到优秀的传统更呈现出新的生命力和新的面貌，就以中国读者所熟知的一些中短篇而言，莫里亚克的《脏猴》、莫洛亚的《大师的由来》、海明威的《老人与海》、标尔的《耍刀子的人》，不都是具有高度的艺术技巧而值得我们学习借鉴吗？特别值得我们重视的是，这些作家虽然同属现实主义传统，但他们的艺术个性各不相同，风格百花齐放。作家作为艺术创作者的最重要的价值，就在于独创性，就其充分利用了广阔的天地、施展出最大的艺术创造的主观能动性这一点而言，这些作家应该得到我们高度的评价，的确是我们学习的对象。

困难还是在于对那一部分背离甚至反对现实主义传统的现代派文学的艺术性如何评价。现代派文学在艺术上最大的特点就在于反传统，他们往往以传统的现实主义为他们的对立面，公然以现实主义创作方法的反对者、革新者、修正者自居，他们提倡创新，他们不仅仅反对传统的方法，而且反对传统的文学形式，甚至力图突破某种文学类别本身的特点，因此就出现了现代派文艺的"反小说"的小说、"反戏剧"的戏剧，甚至这种"反"已经成为了一种时髦。

那么，应该如何看待现代派的创新，如何评价他们的非现实主义、反现实主义的创作方法呢？如前所述，现代派所进行的某些创新，其结果的确不妙，但是我们也应该实事求是地看到，这种创新的精神本身并非完全没有某种合理的因素。现代派关于创新的基本理论的出发点是：时代有了变化，工业技术获得了极大的进步，人的心理、思想方式以及习俗也有了很大的变化，对人的认识也有了发展，因此，文学的表现方法也必须改革，必须创新，"意识流"小说家伍尔夫在她关于文艺创作的纲领性的文章《论现代小说》、罗伯-葛利叶在新小说派的理论宣言《未来小说的道路》与《自然·人道主义·悲剧》里，就是从这个出发点起步的。这样一种观点可取之处在于它不承认文艺创作方法是静止的、不变的，而是强调了它的发展变化的必要性和必然性。应该承认，这个理解是符合文学发展的规律的。在人类社会发展过程中，文学艺术的形式、风格、手法都是不断在变化的，历史上，从来没有一种创作方法是永恒的。法国17世纪古典主义在历史上曾经烜赫一时，君临一切，任何作家不得违抗，而且它随着绝对君主制的声威，远播于整个欧洲。曾几何时，太阳王路易十四还没有逝世，针对古典主义的修正和革新的精神就在有名的文学论争"古今之争"中抬头了，而后，这种创作方法又遭到了启蒙作家的批判，狄德罗就是反古典主义的清规戒律，而提出了完整的现实主义思想体系。到了19世纪上半期，当封建阶级的残余力量在复辟贵族阶级的政治统治的同时，企图在文艺领域里坚持古典主义的旧法，是为伪古典主义，司汤达、雨果不正是以时代变了，文学也必须改变为理由而大张旗鼓地加以反对吗？他们明确地说："从来没有感到有比1780年至1823年这一时期更为急骤更为全面的变化，可是有人却企图把一种一成不变的文学强加给我们"，"既然我们从古老的社会形式中解放出来了，那么我们为什么不从古老的诗歌形式中解放出来？新的人民应该有新的艺术"。从19世纪20年代资产阶级自由主义思潮和反对伪古典主义的斗争中，产生了浪漫主义与现实主义两大流派。以现实主义文学而言，虽然它由来已久，但只是经过司汤达、巴尔扎克、福楼拜、狄更斯、托尔斯泰，才得到极大的丰富，作为一种艺术创作方法完善到了前所未有的水平，成为一个高峰，于是就形成了一种现实主义至上论，只要是反现实主义的、非现实主义的，似乎就低人一等，这就是我们过去不承认现代派艺术的一个原因。但实际上，批判现实主义既然是历史发展的产物，难道在它之后，在历史发展过程中就产生不出可取的新的创作方法和新的文学流派？回答应该是肯定的。我们也不能把批判现实主义的方法看得一成不变，更不能把批判现实主义当作绝对的、唯一的、永恒的尺度。从这个观点来看，现代派力图突破传统现实主义的意图本身是无可责难的。

社会历史的发展必然引起文学创作方法的发展。如果资产阶级作家是按照资产阶级文学的方式去进行探索和创新，他们是否可能得出新的创作方法或对旧的创作方法有所补充和发展？应该说是可能的。而且这种可能性也具有社会条件作为基础。如，20世纪资本主义社会矛盾的发展使得抱有资产阶级人道主义理想的知识分子感到了极尖锐的矛盾，以致眼中的世界成了一片荒诞，而他们为了最充分地表现这种荒诞的图景，又找到了一种荒诞不经的艺术形式和艺术风格，这种荒诞的表现方法无疑具有深刻的社会根由，并对现实主义方法是一种突破。又如，由于20世纪科学技术的迅速发展，对文学的表现方法也有着深刻的影响。过去有一种意见认为，创作方法的发展只能到社会的阶级根源中去找，如果论及科学对它的影响那就是一种资产阶级的学术观点。这种意见显然是不符合实际的，巴尔扎克在《人间喜剧》的前言里，不是就承认了自然科学的发展对他创作思想的影响吗？他力图把社会表现为一个整体，把各种人物表现为一个有联系的世界，把人物性格与环境影响充分表现出来，就是受了唯物主义的自然科学的影响。20世纪现代科学技术的发展对文学的表现方法的变化不可能没有作用，现当代文学中快速的节奏、电影式的蒙太奇手法就是一种明显的结果。特别应该指出的是，20世纪心理学科学的发展，在文学中提出了更深入、更忠实地进行心理活动描写的问题，在现代派作家看来，原来现实主义对人物心理的刻画已经不充分了，特别是由作者出面来复述人物的心理活动这种方法更缺乏直接的真实性，于是，他们力图扩大和深化对人物内心世界的表现，并且在潜意识和人物心理活动复杂性的描写上，超出了原来的现实主义方法。

从文艺发展的规律来看，现代派文学要突破原有的创作方法，是理所应该的，从实际情况来看，他们也的确有些突破，那么，他们对原来现实主义的突破在艺术上是否具有一定价值和值得我们肯定？我认为用一分为二的观点来看，现代派的一部分创新是有艺术价值的，应该得到我们的承认。

其一，荒诞派戏剧的表现方法。这种荒诞的表现方法，其实就是一种对事物加以极端夸张的手法，人从垃圾箱里伸出头来像低级动物一样觅食，这完全不符合现实主义的细节真实；在尤奈斯库的《犀牛》中，整个小镇的人都一个个变成了犀牛，并以此为正常，以不变成犀牛为反常，这也不符合现实生活的真实。但前者却尖锐地揭示了人的价值的丧失，后者也形象地表现了恶习对人的控制以及人的理性的丧失。这种抓住了现实的某些本质，加以集中的、夸张的表现手法，不仅没有违反艺术创作的规律，而且，利用了艺术创作的特点，更足以造成深刻的印象，引起强烈的效果。这种手法可以有不同程度的运用，也可以与现实主义的手法结合起来。瑞士当代资产阶级作家杜伦马特的著名剧本《老妇还乡》就提供了一个范例，这里有符合逻辑的故事情节，有符合生活真实的台词对话以及生活场景，然而，其中人与人的关系和故事的最后结局充满了荒诞的色彩，特别是作者明确地把老妇描写成一种代表了金钱力量的邪恶的象征，这种明确揭露的意图，使剧本的主题思想接近了我们对资本主义社会现实的理解，从而使我们可以得到这样的启示：荒诞的手法与进步的主题思想结合起来，完全可以产生出优秀的作品。

其二，"意识流"手法的合理运用。人的心理活动是极为复杂的，事实上，在人的脑海里，的确经常出现回忆、想象、印象、联想夹杂交错的意识流，应该承认，19世纪批判现实主义文学的心理描写还没有充分表现出人的心理活动的复杂性，而浪漫主义文学则往往以作家本人的描述来代替对人物心理准确而真实的刻画。现代派提出了深入和扩大心理活动的问题，"意识流"小说家发现和开辟了对意识流、潜意识的表现领域，但他们违反了艺术创作的规律，否定了作家在描写中应对杂乱的潜意识加以分析、概括和选择，因而也就破坏了艺术中现实生活存在的基本形式，反倒使作品丧失了真实反映人的心理活动的功能。但如果既承认意识流、潜意识这一类心理活动，又在艺术的创作中，对杂乱的意识流、潜意识加以分析、区别、取舍，也就是说对意识流的手法合理地加以运用，作家是能够扩大心理描写的领域并取得良好的效果的。

其三，象征主义对形象的强调。文学上的象征主义是随着柏格森的反理性主义而产生的，一般理解，它与新柏拉图主义关于宇宙的神秘观念相联系。象征主义诗歌陷入神秘主义当然是不可取的，但象征主义对形象的强调却不无道理，1886年象征主义流派在《费加罗报》上所发表的创作宣言中这样说："象征主义的诗歌赋予观念以感性的外衣"、"一切具体的现象，仅仅作为感情的外象，用来代表与观念的联系"。这里"赋予观念的感性的外衣"，以具体的形象来代表观念的联系，其实就是对形象思维的重视，就这一点来说，还是值得我们肯定的。我们应该承认，象征主义诗歌毕竟有一个优点，就是形象的丰富，而甚少抽象的观念和感情，兰波把自己对资本主义文明社会厌弃的自我形象化为一只自由漂泊的醉船，艾略特用荒原来象征第一次世界大战的欧洲资本主义社会，从其形象性来说，无疑是一种耐人寻味的艺术构思。

其四，表现主义形象化的表现手法。在表现主义的作品里，人物看不见的思想感情、抽象的人与人的关系，往往通过富有表现力的手法表现出来。人物遭到不幸，舞台就旋转，作者以此表现人物觉得天旋地转的精神状态；一个满腔愤怒的工人大汉，在街上故意去撞一个文弱的资产阶级小姐，而这个小姐居然纹丝不动，作者通过这种手法表现这种愤怒的无济于事。这些手法虽然不符合现实主义的细节真实，但难道不是比现实主义的手法更富有戏剧性的表现力吗？

以上举出这几个例子，只是为了说明现代派文学对于文学艺术的发展也作出了一定的贡献，因此，我们不能一概否定。在这里，我们并不是要论证现代派的艺术已经超过了批判现实主义的艺术而形成了一个新的高峰。现代派作家在努力进行创新，但他们的创新之中的确又存在着违反艺术创作规律的弊病。这就是现代派在艺术创作方面的基本情况。

现当代资产阶级文学是极为复杂的，糟粕与精华杂然并存，对这种文学进行全面的深入的研究，是我们外国文学研究的一项急迫的任务。笔者有感于过去对现当代资产阶级文学评价有不合理之处，包括笔者自己过去所发表的意见也不够实事求是，觉得很有必要提出重新评价现当代资产阶级文学的问题。严格说来，本文只不过是提出问题而已，离问题的解决还很远。总的原则我们都是明确的，对现当代资产阶级文学同样也应该按照毛泽东同志所指出的，取其精华，去其糟粕，外为中用，但进行具体的科学评价和分析批判，还有待我们大家的努力。

（原载《外国文学研究》1979 年第 1—3 期）

萨特"中国行"的思想文化意义
——答《跨文化对话》主编问题

钱林森：在中法文化和文学关系史上，在20世纪法国作家"满程风雨"的中国之旅中，若以其与近代中国知识界命运浮沉和精神联系之密切而言，因而也最具戏剧性和启发性的，莫过于罗曼·罗兰和让-保尔·萨特的中国之旅了。您作为中国"萨特研究第一人"，作为引领思想家、文学家萨特走进中国的权威学者，能在这位文化巨子诞辰百年之际，就其中国之行的历程、影响和意义，与我们交流、对谈，我深感荣幸和欢畅。欢愉之情，不由得让我忆起当年捧读您写的有关萨特的开山大作《关于西方现当代资产阶级文学评价的几个问题》和您主编的《萨特研究》的情景……岁月如水，已是二十几年前的事了，时值上世纪80年代改革开放时期，中国知识界思想解放的春天，是您首先结识萨特，认识他的价值，并随之将他引入了中国——用您现在幽默的说法，那是您"为萨特在文化上堂而皇之地进入中国代办'签证'"。我们的话题也许该由此切入：能否请您谈谈与萨特"结缘"的来由、理由和背景？以便让我们一起沿着当年萨特东进中国的历史足印，重温并分享那远去的、充满激情和风雨的时光。

柳鸣九：首先，谢谢《跨文化对话》与阁下安排了这次关于"萨特中国行"的访谈对话。

这是一个很有意义的题目，值得交谈，值得总结。它不仅对我本人很有意义，因为我是一个与此有关的主要当事人，而且对学术文化界也很有意义，因为萨特的中国之行，萨特在中国的被接受史，正是中国改革开放以来一个重要的精神文化过程，它反映了中国这个新时期的历史步伐与进展。正如阁下所言,这是一个令人欣慰的过程,值得纪念的过程。在 80 年代以前,萨特在中国得到极不公正的评价,改革开放伊始,就有了"给萨特以历史地位"的强烈呼声与对萨特进行全面科学评价的《萨特研究》,然而,这些努力很快就在"清污"中遭到严厉的否定与清算,到 80 年代中期,又完全"雨过天晴",时至最近一个时期,萨特的著名哲理"自我选择"已成为千万中国人常用的口头语,而到了 2005 年萨特百年诞辰纪念之时,国内有影响的大报与大型周刊如《新京报》、《南方都市报》、《新周刊》、《中国新闻周刊》、《中华读书报》等等,纷纷发表了大篇幅的专题采访与纪念文章,盛况大出人们所料。二十多年来,这一过程,不是很具有戏剧性吗?不是一个很生动很有意义的文化故事吗?它反映了中国历史带有某种螺旋式形态的上升态势,对于一个传统力量特别巨大,而现实负荷又特别繁重的国家,即使是高速发展,往往也不可避免地采取螺旋形前进轨迹。

  至于在这个过程中,我在萨特问题上做过些什么,可以说是一个很完整的"故事",请允许我从头到尾讲一遍。

  上世纪 70 年代最后两年,中国开始有了春天的气息,这股气息是"实践是检验真理的唯一标准"那一场讨论带来的。那时,我已完成了《法国文学史》的上卷,正在进行中卷的编写,不久将要面临对法国 20 世纪文学的评说。但只要一进入 20 世纪文学领域,就会碰到一座阻碍通行的大冰山:日丹诺夫论断。日丹诺夫是斯大林时期苏联意识形态领域中的总管,以在学术文化领域里坚持无产阶级专政而著称,他把 20 世纪西方文化艺术统斥为"反动、颓废、腐朽",一棍子打死,他的报告与讲话从三四十年代引入解放区后,就被视为"马列主义的理论经典",实际上成为带有权威指导性的"准文件",一直到七八十年代,它的权威性仍然巍然未动,只要有这座冰山在,对外国 20 世纪文学的研究、翻译、介绍,就根本无法正常进行,只能一骂了事。

  这时,我四十出头,在研究工作岗位上已待了二十来年,刨去"十年浩劫",也算有"十年寒窗"的苦读,虽不敢说有多么深的学养,但以自己在西方 20 世纪文学方面的积累,也深知日丹诺夫论断之有悖于客观实际,而且也不符合马克思主义的历史唯物主义原理以及马克思、恩格斯对待文化遗产那种赞赏有加的典范风度,说老实话,我对日丹诺夫的"反骨"早已有之,就是何时揭竿而起了。"实践检验真理"那场讨论给了我很大的启发,既然有理由重新审视历史传统了,有理由清除不符合客观实际的时弊与陈词了,当然就到了在外国文学、艺术、文化、学术的领域破除坚冰的时机。问题在于我要把这件事做多大,怎么做?

当然,揭竿而起,首先需要有一篇旗帜鲜明、论据充分、有系统、上层次、有学术分量的"檄文",由于预见到未来的"轰动效应",我满怀热情地做了这件事,下了不少功夫准备这篇文章。其次就是在什么场合,通过什么方式来宣示这一"檄文"了,正好我当时担任了两个学术职务,给了我甚为广阔的施展空间,一是外国文学研究所西方文学研究室主管科研业务的副主任,一是研究所当时的"机关刊物"《外国文学研究集刊》的"执行主编",这给我的"三箭连发"提供了便利条件。

坚冰已破,从 1979 年后,国内书刊纷纷译介并正面评价西方 20 世纪文学,蔚然成风。

1980 年,萨特逝世,我在《读书》杂志上发表了悼念文章——《给萨特以历史地位》——进一步发挥了《关于西方现当代资产阶级文学评价的几个问题》这篇"檄文"中论述萨特的观点,这是社会主义中国第一篇对萨特进行了全面的、公正的评价的文章,因为是针对国内长期对萨特的极为不公正的评价,所以写得颇有挺身而出、为君一辩的激情与大声疾呼、申诉鸣不平的姿态。

三箭齐发,必然引起巨大的反作用力。在意识形态领域里,以维持精神道德秩序为己任、惯于批点挥斥者不乏其人,就在上述"檄文"发表的第二年,即 1980 年,在外国文学研究会第二届(成都)年会上,就有人声色俱厉地提出了指责:"批日丹诺夫就是搞臭马列主义。"来势甚为凶猛。我当时就在场,我没有上台申辩,但却决定采取另一个更大规模的"反驳"行为,我清醒地认识到,在我国学术文化界，之所以有不少人跟在日丹诺夫后面乱批、瞎批，而且不能容忍对日丹诺夫的质疑，其重要的原因就是他们对西方文学艺术、学术文化的实际客观情况根本不了解，或了解甚少。因此，我决定创办并主编一套以提供西方文学的客观资料（包括作品文本、作家资料、思潮流派有关资料以及时代社会、背景资料）为宗旨的丛刊。我是搞法国文学的，"各人自扫门前雪"，我这个丛刊自然就定为"法国现当代文学研究资料丛刊"，其创刊号以萨特为唯一内容，这就是于1981年出版的《萨特研究》。

该书翻译了萨特三部作品与三篇重要文论的文本全文，分述了萨特其他八部重要作品的内容提要，编写了相当详尽的萨特生平创作年表与相关两个作家即波伏瓦与加缪的资料，报道了萨特逝世后法国与世界各国的反应与评论，翻译了法国国内重要作家、批评家论述萨特的专著与文章，而且我还写了长达两万字的序言，《读书》上的那篇文章《给萨特以历史地位》成为该序的第一部分。整本书的篇幅近五十万字，构成了一本萨特的小百科全书。《萨特研究》出版后，大受读者欢迎，特别是文化知识青年的欢迎，一时颇有"洛阳纸贵"之势。

1982年，国内开始"清污"，萨特与当时流行的蛤蟆镜、喇叭裤被并列为"三大精神污染"，《萨特研究》一书在全国受到了批判，并被禁止出版，该书的序言更是一批"左撇子"猛烈抨击的目标，其批判文章之多，其用语之严厉刻损，实为"文化大革命"之后所罕见。

然而，中国毕竟是进入了改革开放的时代，这样一个时代比过去那个时代之有进步，就在于开始有了若干自我调整的能力。事过一两年，雨过天晴，到了1985年，《萨特研究》又被准许重新再版。

这就是我"为萨特在文化上堂而皇之地进入中国代办'签证'"的客观经历，这个故事既是我个人的，也是公众的，它展现了近二三十年来中国学术文化领域的一个侧面，它反映了我们时代的真实，也启示着我们时代值得深思的真理。

钱林森：在中国知识界的集体记忆里，萨特的名字就是"存在主义"。作为西方存在主义哲学的重要代表，萨特真正进入中国，并非是他生前和终身伴侣西蒙娜·德·波伏瓦结伴而行的"中国游"，而是他身后在中国的精神之旅。对于我国绝大多数读者来说，第一次知道萨特这个名字，开始较为了解其人其文的，恰恰始于萨特逝世那年（1980年）中国人写的一篇悼念文章《给萨特以历史地位》。该文出自阁下的手笔，为我国第一篇科学评说萨特的文章，这是存在主义作家萨特真正走进中国的先导。您在这篇文章里，从哲学、文学和政治三个层面给萨特定位，并卓有远见地写下了这段著名文字："萨特的逝世，给一个社会主义大国的理论界提出了一个艰巨的研究课题。我们相信，通过对萨特的研究人们将不难发现：萨特是属于世界进步人类的，正如托尔斯泰属于俄国革命一样。"历史已经证明，这是多么正确的判断。时隔二十五年，重读您这篇满含热情的文章，我们仍然感到一种新鲜、亲切之感。惟其他不失新鲜现实的意义，这使我不免要旧话重提：存在主义为何物？萨特存在主义哲学的内核是什么？萨特哲学精神的本质特征和永恒价值（如果存在的话）何在？萨特的历史地位究竟是怎样的？所有这些问题对我国隔代的青年读者也不会是毫无意义的。是吧？

柳鸣九：诚如阁下所言，萨特真正意义上来到中国，是在20世纪80年代初，即他身后的"精神之旅"。不错，他于1955年与西蒙娜·德·波伏瓦曾访问中国，但那是他作为"社会主义阵营"范围之内的著名社会活动家被当作国际统战对象请来中国的。对于一个思想家与作家来说，如果他的主要"思想品牌"与"代表作"没有进入一个国家，那么不论自己去过多少次，那也谈不上是来到了这个国家，这就是比较文化学与政治、商务和旅游完全不同的标杆。不错，萨特的《存在与虚无》、《毕恭毕敬的妓女》在"文化大革命"之前就翻译过来了，但我想，一个作家真正进入一个国家的主要标志应该是一定程度的本土化，至少是相当广泛的社会影响，可惜的是，《存在与虚无》这部哲理代表作在中国翻译出版后，其影响微乎其微，我想通读过它的中国人，大概不到一营人，真正读懂了且有所感的人恐怕就更少，说实话，这是哲学在社会传播上的天生局限性，即使在本国，一种哲理的广泛传播也还要靠通俗化、普及化，要靠有亲和力的诠释，18世纪法国的《百科全书》的历史功绩就在于普及了一个时代的思想学术研究成果，本国的文化传播尚且如此，何况现代法兰西一部艰深的哲学文本来到尚未改革开放的中国？把它翻译过来，前面加一篇短短的说明，声色俱厉地给作者扣几顶帽子，这怎么谈得上"他来到了中国"？至于把《毕恭毕敬的妓女》一剧翻译过来，与其说是介绍萨特，不如说此剧投合了当时国内"反对美帝国主义"的政治标准，因为此剧并非萨特的代表作，与他的存在主义哲理精华完全"不搭界"，而是一部萨特作为一个"法共的同路人"带有反美情绪的政治宣传剧。

萨特是一个哲学家，也是一个哲理文学家，所谓的"存在主义"是他的本质标志，他的"品牌"，对待他的关键在于对待他的哲理，要把他引进中国，要为他办入境的"签证"，首先就要把他的哲理阐释清楚，使其"本土化"，达到一定程度的普及化，在中国这样一个对当时西方"关门闭户"的社会主义国家如何才能对萨特做到"引进"以至"本土化"呢？我想至少有两个方面，一方面是我在《萨特研究》一书的序言中所说的，要"撩开萨特那些抽象、艰深的概念在他的哲学体系上所组成的厚厚、难以透视的帷幕"！不做这一"撩开"工作，就无法使中国接近萨特，因此，我认为把一部枯燥艰深的《存在与虚无》往读者面前一放，是没有多大效应的，是在难为读者；另外一方面是要标出"入境"的"口岸"、"着陆点"，也就是本土对此"舶来品"的需求与"舶来品"的契合，我在《萨特研究》的序言中指出，萨特强调个体的自由创造性、主观能动性的哲理，"大大优越于命定论、宿命论"，"大大优越于那种消极被动，怠惰等待的处世哲学"，"不失为人生道路上一种可取的动力"，等等，都是有感于我们本土世态人心的某些欠缺，而在指出此一"舶来品"的有用性、效应性。至于那篇序言着重指出萨特"在20世纪资本主义社会现实的荒诞条件下，发扬了资产阶级人道主义的积极精神"，指出他"对马克思主义始终抱着一种善意的亲近的态度"，更是有意识在建立萨特与社会主义中国在意识形态上的共同点、契合点、融入点。

关于萨特存在主义哲学及其内核、特征与价值等问题，我想，首先应该指出，萨特的确与德国存在主义哲学先师海德格尔、胡塞尔有承继的关系，但他有超越，有发展，有很大的不同，最大的不同在于他对人、对人的存在以及如何选择存在方式有更多、更深的关注，并形成了系统的哲理，更为不同的是，萨特不仅是哲学家而且更是文学家，他一生更多的精力是用于以文学形式去表现其哲理。文学形式与文学形象本身就具有独立而强旺的生命力与伸延力，足以将萨特的哲理演绎充实得更为丰富、厚重。因此，对萨特关于"存在"的哲理的认知与研究，就必须既通过其哲学论著，也通过其哲理文学作品，甚至后者更应是一条主要的途径。

按我的理解，萨特哲理的主要内容不外是"存在先于本质"论、"自由选择"论以及关于世界是荒诞的思想，即认为人生是荒诞的，现实是令人恶心的，人的存在在先，本质在后，人存在着，进行自由选择，进行自由创造，而后获得自己的本质、人在选择、创造自我本质的过程中，享有充分的自由，然而，这种本质的获得和确定，却是在整个过程的终结才最后完成，等等。

不妨可以说，萨特哲学的精神是对于"行动"的强调。萨特把上帝、神、命定从他的哲学中彻底驱逐了出去，他规定人的本质、人的意义、人的价值要由人自己的行动来证明，来决定，因而，重要的是人自己的行动，"人是自由的，懦夫使自己懦弱，英雄把自己变成英雄"。这种哲学思想强调了个体的自由创造性、主观能动性。

特别要指出的是，萨特对"自我选择"明确树立了区分善恶的道德伦理标准，他区别了英雄的自我选择与懦夫的自我选择、人道主义的自我选择与反人道主义的自我选择，他这种努力在他的长短篇小说与哲理剧中，表现得非常明显。

毫无疑问，萨特的哲理具有其永恒价值，只要世界上还有人的行动、人的存在、人的选择这一类的话题，他的哲理就不会丧失其价值与意义，正如几千年前孔、孟伦理的至理名言，至今仍不失其光彩。

钱林森： 您对萨特开拓性的研究，直接导致这位西方思想家、文学家被引入中国，直接引发了20世纪80年代中国青年知识界的"萨特热"，从这一点看，您可是中国"萨特热"的真实"发动者"。萨特之入华土，及由此而形成的"萨特文化热"，无论从中外（中法）文学和文化交流史来看，还是从中国思想和中国学术发展史来看，均堪称为一件意义深远的文化事件。它在接受人类优秀文化遗产方面，廓清了"四人帮"极"左"思潮所散布的迷雾，为拓展东西方的精神交流和学术发展扫清了道路；它进一步推动了国人本体意识的觉醒，为张扬人的主体精神，促进精神文明的提升和发展，提供了新的、有意义的"东方实验"。毫无疑义，亦如您所强调的，中国新时期的现实需要，是您研究萨特、与之"结缘"的契机，也是萨特入我中华的契机。萨特的中国之旅，在我看来，便是现代西方哲学精神和中国新的觉醒时代的历史遇合。那么，接下来顺理成章的问题是：萨特的存在主义，这个西方的"舶来品"，萨特这位西方的陌生来客，何以成为上世纪80年代一代中国人所顶礼膜拜的文化偶像？在萨特那里，吸引当时中国读者的魅力和"热点"是什么？您作为引领萨特进入中国的"向导"和"萨特热"的见证者甚至"发动者"，想必有更真切的感受和独到的体悟。

柳鸣九： 的确，20世纪80年代初，中国出现了"萨特热"，今年，北京不止一家媒体在纪念萨特诞辰一百周年的时候，把当时的"萨特热"称为"80年代新一辈人的精神初恋"，"整整一代人的青春故事"，在当时，其动静之大，当然会引起一些人士的侧目而视，将它视为"精神污染"。

"萨特热"，当然与《萨特研究》一书有关，此书起了引发的作用，但深层次的根本的原因还不在这里，而在于当时的现实土壤与时代气候。如果没有深层次的根由，它是不可能引发如此大的"动静"的。

不妨把萨特哲理比喻为蒲公英的种子，即使蒲公英不靠任何助力能够自由飞翔来到中国，即使它有极强的生根发芽的能力，如果没有适宜的土壤，它便无法成活。当然，精神文化的种子，是以人心、人性为基本土壤的，而萨特哲理则是以人的主体精神、人的主体能动意识为基本土壤的，任何一个国家、任何一个民族从根本上来说都不会缺少这种基本的土壤，只要有这种土壤，任何符合人性规律、符合人性精神需求的哲理，都有自己落地生根的可能。问题在于，在中国还没改革开放的时代，这片沃土是被冷冻着的，对于任何有积极效益、有强旺生命力的外来"蒲公英"来说，它只不过是"铁板一块"，既然连农民想自由料理自己宅前三分自留地的自由都不允许，还谈得上其他领域里的自由精神、自主意识吗？

终于，改革开放的春风使得冻土苏醒了，有了活力，这才使"蒲公英"有了发芽生长的基本条件，这便是萨特在中国引起一阵热潮的根本原因。我们不妨说，中国的改革开放其首先的变化，就是个体的人自主、自由的空间有所拓展，社会主义体制对个体自主精神、自主行为的限制与约束有所松动。这是一个关于主体意识、个性自主精神的意识形态与哲学哲理有施展空间、有可能大行于道的新时期，甚至可以说是一个很需要这种意识形态、这种哲理的新时期。而萨特哲理正是这样一种意识形态，特别是其"自我选择"的哲理，更是投合了很多中国人在不同领域、不同层面重新进行自我价值取向、重新标定自我定位、重新选择自我道路的精神需要，而当时那位"推销员"也的确把"自我选择"的哲理阐述得很充分很突出。总之，《萨特研究》恰逢一个"自我选择"的"盛世"，赶上了这班大车，自然也就风行一时了。

因此，如果说萨特哲理有什么能深深吸引中国读者的话，首先就在于它具有的这种最为根本的人文哲学的思想性质。

当然，萨特之吸引人，还不仅仅在于他的哲理的本质特征、精神素质，他的确有若干很动人的"魅力"。作为哲学家，他有极强的思辨能力、抽象能力与深掘能力，他的说理与逻辑足以在学术上令人叹服；他也是一位哲理警句大师，善于把哲理凝聚在隽永的表述中，如"存在决定本质"、"英雄的自我选择决定英雄的存在"、"懦夫的自我选择决定懦夫的存在"、"他人即地狱"等警句，在中国曾为整整一代青年学子津津乐道。

萨特比一般哲学家远远强有力的一个方面是他有杰出的文学才能。他不仅拥有哲理思想的力量，而且也掌握着感性形象的力量，他的哲理所有的"要义"、"要点"，都通过他的小说作品与戏剧作品饱满而富于感染力的表述来演绎，反之，他几乎所有的代表作都蕴含着深刻的哲理而具有超凡的思想品质，在他身上，哲理与形象水乳交融，相得益彰，这是他充满魅力的一个很重要的原因。特别值得注意的是，他在文学上基本上都是采用传统的形式，并使之达到经典的高度，以保证他的思想内涵与精神哲理得到清晰、饱满、完美的呈现与表述，他一般都不让形式上的标新立异、荒诞不经的因素来干扰他的呈现与表述，所有这些就构成了他所特有的综合魅力。

钱林森：根据我个人的体验和认识，勃兴于一时的中国"萨特热"，主要是中国接受者（作家、批评家、译者和读者）向思想家、社会活动家萨特的一次逼近，着重吸取的是其思想、政治的一面，而非文学的一面，为中国人接受外国作家、外国文学所惯有的思想模式。中国"萨特热"，究其实，是萨特思想启动、中国知识界积极参与的一次思想解放思潮在东方的生动演练，其如火如荼的程度，使之带有浓重的政治色彩和群众性思想运动的性质，激情四射，热闹非凡，但真正沉淀下来，耐得起时间咀嚼的东西并不多。这就是为什么不少当年的"萨特迷"们，在激情消退、事过境迁后发出如此感慨：萨特只是构成他们一代人"精神履历与青春回忆的要件之一"①，已经远去了。而萨特及其存在主义，只不过是留在他们记忆中的一种曾有的时尚话语和超级热词而已，如同今天人们言必称"全球化"一样。甚或有些媒体将80年代中国知识界与萨特"结缘"的"精神初恋"，视为一次"错爱"，称与萨特的哲学"结缘"，"只可一宿，不可久眠"②。对此，

---

① 何力：《一段精神履历的要件》，《经济观察报》2005年7月4日。
② 曹红蓓、段京蕾：《80年代新一辈的"精神初恋"》，专题《错爱萨特》，《中国新闻周刊》2005年第19期（总第229期）。

您有何见教？您作为中国学界带领读者走向萨特的第一人，当有自己的思考和认识，是吗？萨特对于当今的我们，是否已经过时？这位东渡的西方思想家到底给了我们什么呢？

柳鸣九：阁下上述一番话，如果我没有理解错的话，归结起来就是这样一个问题：萨特在中国的影响究竟范围有多广，深远度有多大，时至今天，他在中国的影响是否还存在？

诚如阁下所指出的，萨特哲理在一代人的记忆中曾留下了"时尚话语"与"超级热词"，我想这应该是指"自我选择"。应该承认这个"话语"、这个"热词"，时至今日仍很流行，具有很高的被使用率，人们在回顾自己某一次由个人主体意识来定夺的经历时，常使用这个词，在陈述自己将要由个人主体意识来定夺的计划时也常使用这个词，总之，是用来概述自己主体的一种精神状态、主体精神的一种价值取向与行为决断，因此，它就不仅仅只是一个"话语"，一个"词"了，它有其内容，有其价值观，有其时代历史、社会现实的丰富内涵。我不能说，使用这个词的世人都读过萨特，都受过萨特的影响，但至少说明，当年的"萨特热"多少留下一些东西，说明萨特哲理的确有其广泛的涵盖性、有其强烈的能引起精神共鸣与精神通感的机能，因此，即使是没有读过萨特的人，在利用自己所获得的空间与条件自行其是的时候，也可以借用"自我选择"这样一个话语。在我看来，有广泛涵盖性、能引起精神共鸣与精神通感而有被广泛借用功能的哲理，正是最有生命力的哲理，是不容易过时的哲理，何况在使用"自我选择"这个词语的广泛人士中，的确有不少人当年是读过萨特，至少是知道萨特的，只不过他们当年通过"自我选择"的行为方式，后来，获得了自己非哲学、非文学的"存在"，成为CEO，或成为经济师，或为有官职的人……

至于当年热衷于读萨特的人，很多人后来都在学术文化领域里有所作为，不少人已经成为名士，他们都是从萨特这所学校里出来的。很难想象，一个当年对学术文化感兴趣的人是不曾读过萨特，不曾热衷于萨特的，萨特曾经真可谓是他们的"精神初恋"。但是正像现实生活中，初恋往往并不导致结婚一样，热衷过萨特的人，日后往往并没有成为"存在主义者"、萨特主义者，不过，那么多人有那么一次"精神初恋"，有那么一个"青春故事"，对于一种哲理，这就足够了，这就是它优质的标志。

至于当年的"萨特迷"，有些人激情消退，甚至有了"只可一宿，不可久眠"之叹，我的看法是，不论这些人当年热衷于萨特，还是如今他们又发出了"只可一宿，不可久眠"之叹，都是他们自己的自由，都是他们自主的"自由选择"（我还强调一句：这些都是他们的"自由选择"，这些都是他按"自由选择"的法理办事的结果）。何必一定要某个人、某些人信奉萨特终生、咀嚼萨特终生呢？任何一种哲学，哪怕是其现实权威强大得如太阳的哲理，也没法将所有的人都拴在自己的身边，不许离去。当年某些热衷于萨特的人后来又作了其他的"自我选择"，比方说，选择了其他的安身立命之道，选择了其他的门庭，其他的路子，例子确是屡见不鲜，有的人又自我选择了解构主义，有的人自我选择了侍奉德里达，有的人则自我选择了仕途或商海……这都很正常，人们不是常说"世界是丰富多彩的"、"世界是多极多元的"吗？重大的哲理主义，也不过是一个有吸引的"精神展台"而已，不时有人围聚起来进行观摩、参悟、玩赏、膜拜，不时又有人散去，时聚时散是再正常不过的，但这种现象与这一哲理是否无用了、是否"过时了"的问题是两码事，而萨特的"自我选择"论，作为一种具有积极自主精神、创造进取精神的哲理，应该是不会过时的，不会沦为无用之物的，因为只要有人类的主体意识取向、主体实践活动存在一天，人们就会对这种哲理有所需求，就会对这种哲理感到亲切。因此，我相信，萨特这个精神展台前面的人群肯定会聚聚散散，散散聚聚，但绝对不会荒无人迹。今年，时值萨特诞辰一百周年，虽然有人弹出了似乎带有些微"左"味的"错爱萨特"的高调，但竟有如此多重要的媒体为萨特献出了如此多的篇幅，就是一个明证！

应当承认，近几年，在中国，读萨特的人少了，与当年的盛况相比，相差远矣。这个"精神展台"的前面，大有冷落之势，倒并不是因为萨特丧失了固有的魅力与价值，而是因为社会现实有了变化。首先，改革开放已经有一些年头，人们在政治法律规范所允许的范围里已经得到了进行自由选择的自由，改革开放之初，全社会范围里那种急切要求实现个体意识、个体决断的情结已经大有释解，而且经过自由选择有所作为、有所成功的个人比比皆是，人们在现实的生活就能够得到启发，找到典范，并由自己来付诸实施，那又何需一定去请教萨特？总之，社会群体，包括知识学术群体对哲学的需要大大降低了，这是最深层的根由，还有一个重要的千万不可忽视的社会原因，那就是我们正处于一个物质功利主义大张扬的时代，人们都忙于赚钱、谋求功利的目的，大家都很忙，没有多少时间读书，特别没有多少时间读严肃的书、令人深思的书、人文的书，流行的文化形态是"快餐文化"、"娱乐休闲文化"、"看图识字文化"，在整个人文精神失落、人文文化影响缩小的大背景下，比萨特更有经典地位的思想家、作家被冷落尚且不乏其人，何况萨特？

钱林森：萨特是法国20世纪精神文化领域的巨子，是一位具有世界意义的大家，这是您给这位大家在人类文化坐标史上的定位。萨特在中国的精神之旅，不管有怎样的际遇和潮涨潮落，这个历史定位都不会有什么变化，可创造自己体系的思想家、文学家的萨特，他的精神谱系何在？我是问，他的哲学体系、文学创造和西方精神传统的关系何在？他的文学创作和哲学思想有着怎样的关联？记得1994年"萨特热"潮落后，中国法国文学研究会在您主持下举行了"'存在'文学与20世纪文学中的'存在'问题"的学术讨论会，就此进行了深入的探讨，1997年同名论文集出版，列入您所主编的《西方文艺思潮论丛》第七辑。请说说您的看法好吗？

柳鸣九：关于萨特的哲理属何"精神谱系"，按我个人的理解，简而言之，可谓存在主义之名，人道主义之实，他的哲理可视为有存在主义之名的人本主义、人道主义。

说萨特是存在主义，原因不难理解，因为他是学存在主义哲学出身的,他早年留学过柏林,师从胡塞尔,研究被称为存在主义的德国哲学,他早期的哲理著作《存在与虚无》遵循了胡塞尔、海德格尔的套路,可以说是一部存在主义的专著。但是,当萨特以其文学创作成名之后,在1943年左右,加布里埃尔·马塞尔给萨特的文学创作贴上了存在主义的标签,不久后,萨特在一次讨论会上,却明确予以拒绝,宣称"存在主义,我不知道此乃何物"。这是怎么回事?我以为问题出在萨特早于出版自己的存在主义哲学专著之前,就已经在文学界崭露头角,有了相当大的名声,出在他的哲学专著与他哲理文学作品之间的非等同性。

德国存在主义哲学有自己的理论范畴,如对人类生存命定性的阐释,存在与时间的哲理,生存哲学,生存哲学现实论,关于存在与超越的理论,对现在、境遇与瞬间的论述,真理的多重性,宗教价值的超验性,等等。萨特作为一个德国存在主义哲学的青年研究者,当然要面对这些问题,但是,他作为一个创作了《苍蝇》、《间隔》等一系列文学作品的著名作家,他在创作中所面对的就是另外一些问题了,即使是哲理,他想要在作品中表达的与他所能表达的,当然会有所不同。他是以文学作品而不是以他的哲学专著成名并享有巨大声誉的,而他在文学作品中所着重表达的哲理正是我们所看到过的,即"存在决定本质"、"自我选择"等。

正因为他在自己的作品中所表述的哲理与原本的德国存在主义哲学有所不同,所以当批评家把存在主义的标签贴在他那些已经风行的文学作品上时,他自然就会予以否认。然而,存在主义文学这个标签已经成了时髦标志,加以热衷者的鼓噪与炒作,使得萨特也难免心动(要知道,他一生都惯于追求某种轰动效应),他终于接受了这面大旗,充当了它的旗手,于是,"存在主义文学"成为一个正式的牌号进入世界文学史,并且风靡一时。这便是我们中国人所面临的文学史既成事实,说实话,这造成了我们在理解上的某种困惑,因为按我个人的理解,萨特在其文学作品中所集中表现的"自我选择"、"存在决定本质"的哲理与其说属于哲学认知与理论解析的范围,不如说是属于伦理学、人生观的范围,如果说存在主义哲学仍是对世界的认知与描述，那么，被称为存在主义文学的那一部分文化精神成果的哲理内涵，则是对人生的清醒认知、彻悟意识、态度立场与形象展示，用简单的话来说，就是有关人的一种人生观，在根本上，这种思想哲理内涵显而易见是属于传统的人道主义体系、人本主义体系，是这种思想体系中的一个组成部分、一个"部类"，只不过它使用了存在主义哲学的某些概念与术语，如"存在"、"本质"等。

萨特本人一定是感到了存在主义哲学体系与自己文学作品中哲理的非同等性，而他本人又不无尴尬地完全接受并享用了存在主义作家这样一个带有光圈的称号，为了弥合这种理解与认知上的裂痕与距离，他在1946年，他的"存在主义文学"已经大行于道、风靡全球之时，出版了《存在主义是一种人道主义》一书，此书后来被称为"存在主义圣经"，应该说是萨特对自己精神谱系的最具有"拍板定案"作用的阐释。总之，在我个人看来，萨特仍然属于人道主义思想的传统，而他所作的"存在主义是一种人道主义"的解释，完全值得我们尊重。

钱林森：作为20世纪西方精神文化领域的巨人，萨特在文学、哲学、政治社会斗争诸方面都有自己的建树和贡献，他留给后世的精神遗产是丰富的、多层面的，我们接受萨特这份精神遗产，自然也不限于哲学、思想、政治层面。对萨特的接受会因接受者不同、时代境遇不同而呈现不同的层面和重点，永远受制于接受者的取向和时代的变迁，是个十分复杂的课题。面对这位集哲学家、文学家和社会政治活动家于一身的"丰富复杂"的萨特，我还是要问：您作为研究法国文学和萨特的权威批评家，萨特的中国接受者，更喜欢更看重萨特的哪一面？也就是说，在萨特一生的劳绩和创造中，您个人觉得哪一份最重要、最有价值，对中国人来说最有意义？

柳鸣九：的确，萨特留给后世的精神遗产是多方面的。阁下指出，"对萨特的接受永远受制于接受者的取向与时代的变迁"，我很同意，至于我对萨特哪个方面更为看重，更为喜欢，既然我是一个文学研究工作者，自然对他的文学成就更为看重，更感兴趣。说到"喜欢"，很坦率地说，萨特并不是我最喜欢的外国作家，在我喜爱的程度上，加缪就排在他的前面，但作为一个研究者，我有责任对他本人，对他的各个方面作出科学公正的评价，最好是符合中国国情、适合当前文化发展阶段与状况需求的评价。

萨特是学存在主义哲学出身的，他作为那个谱系里的一个哲学家，应该说是很出色的，可谓青出于蓝，他所表现出来的思辨力与抽象力是令人赞叹的。他也写出了两三部纯理论的哲学专著，不过，这些专著即便在法国，也只是写给高层次的业内人士看的，正像博士论文经常是写给评审委员会看的一样，对一般读者来说，完全是"阳春白雪"，"曲高和寡"。其中有一两部译成了中文，据我所知，读者甚为稀少，如果不是对思辨与抽象有割舍不了的热情，一般读者是不会去问津的。

萨特一生在社会政治斗争、思想文化活动方面倾注了很多精力与热情，他大量的政论时文就是他在这个方面的产物，收编为《境况种种》，共有十卷之多。1981年10月我在巴黎拜访西蒙娜·德·波伏瓦的时候，我问她对萨特在精神文化几个不同方面的贡献有何看法时，她特别强调了萨特本人对这一套文集的高度重视，波伏瓦也认为它是人类宝贵的思想财富。但是，在我看来，时至今日，如何评价萨特的政治社会活动与相关成果，反倒成了一个问题。我们知道，萨特作为一个政治社会活动家，除了早年参加过若干反德国法西斯占领的活动外，后来，在国内主要是以法共甚至是极左派的同路人的身份活动，而在国际上则主要是呈现出社会主义阵营的斗士的姿态，在80年代初我为萨特在思想文化上堂而皇之进入中国代办"签证"时，曾经大力介绍了他作为大左派的倾向与表现，那是为了取得社会主义中国对他的认同，也是为了消减些许"左"派批评家射击的火力。现在，经过了二十多年的世事沧桑，在人们对很多事物愈来愈持理性的态度的今天，就有必要指出萨特当年不少姿态与表现是经不起历史检验的（像他所发动的对加缪的抨击与责难）。他曾热衷于卷入一次次斗争或事件，凭借他的声望与才华、信仰与自信，投入得太执着，太淋漓尽致了，丝毫没有给自己留下一个作家最好应该保持的适当距离，没有采取一个思想家最好应该具有的高瞻远瞩的超然态度，倒把自己的阵营性、党派性（虽然他并未正式参加法共）表现到了最鲜明不过的极致程度，因此，当他所立足的阵营与政派在历史发展中露出了严重历史局限性而黯然失色，甚至成为历史陈迹的时候，人们就看到了萨特振振有词、激昂慷慨所立足的基石，所倚撑的支点悲剧性地坍塌下去，看到他在那个地方所投入的激情、岁月、精力、思考、文笔大部分皆付诸东流。

在文学上，萨特是真正意义上的巨人。他在文学史上地位稳固，经得起时间的考验，具有长存的、经典的意义。他雄浑的力量在于把自己的"存在"的哲理与现实生活形象水乳交融地结合在一起，以清晰鲜明的古典文学形象表述了发人深思的现代思维内容，创造了一系列既有形象感染力又具有深邃意蕴的杰作，他这种"双结合"的优势是很多20世纪作家所不具有的，他表现了"存在"哲理的寓言性戏剧与同时具有丰满生活形象的小说作品，不仅其深刻隽永的内涵足以令人反复思考，回味无穷，而且其纯净的经典式的艺术形式则足以给不同时代的人提供巨大的美感享受，即使是他的一部分时事针对性特别强烈的"境况剧"，也并非一概"过时"，倒由于历史社会事态的发展而焕发出新的生命力，如他揭露法西斯残余势力的《阿尔托纳的隐藏者》，在当今欧洲又出现纳粹幽灵的时候，就仍有其现实意义。萨特在文学理论方面的建树是很卓越的，对我们有很高的研究借鉴的价值，至于他多种具有深刻哲理的传记作品，则像藏量丰厚，但至今仍未被开采挖掘的巨大矿山。他的自传《文字生涯》篇幅不长，价值很高，可与卢梭的《忏悔录》媲美，其严酷的自我剖析精神堪称典范，显示出了作者独特的人格力量。

钱林森：研读您有关萨特的文章，倾听您对这位大家创造业绩的考量，您更看重的显然是文学家萨特，您把他列于法国20世纪文学史大师的地位，他的世界性影响是不言而喻的。回顾萨特流入中国的历程，文学家萨特——确切地说，作为思想家的文学家萨特——对中国新时期文学发展的冲击和影响是有目共睹的。正如有些研究者所指出的："当作为哲学家的萨特在中国的思想研究领域里日益退后的时候，萨特在文学、艺术领域的启蒙作用则表现出更为持久的影响。徐星的厌倦孤傲，刘索拉的青春躁动，格非、潘军、残雪、谌容以及朦胧派诗人……透过一份被批评整合过的受萨特影响的作家名单，你会发现，过去二十年中国文学的新变，已经无法离开对萨特的评说。"① 这是中国作家对萨特文学层面的接受，虽然在人数上和规模上远不如当年"萨特热"的精神鼓噪那么普泛、宏大，但它到底留下了一些耐人咀嚼的东西，表明通过文学的交融而获致人的心灵情感的汇通，永远具有强大的生命力。萨特思想的滋养给中国新时期作家、艺术家以新的灵感、新的视野、新的题材和新的表达方式，这是不争的事实，它已成为今日大学校园里不少年轻学子攻读学位的选题。试问萨特给予中国新时期文学的这种影响，是思想家萨特的作用，还是文学家萨特的作用？抑或两者共同作用的结果？换言之，中国作家对萨特文学层面的接纳，主要是真正意义上的文学滋养，还是萨特哲学精神的启迪？

柳鸣九：阁下是研究比较文学与比较文化的，对法国文学与当代中国文学相互的双向交流、双向影响很有见解，可惜的是，我个人的研究是单一领域的，我研读中国当代作家的作品甚少，不敢对你所列举的那些中国作家与萨特影响的关系发表意见，与其信口开河，不如自认"不知为不知"。不过，从萨特这一方面来看，我认为他影响当代作家的方式与途径不外有二：

一是以他的哲理内涵，他的哲理与传统的人道主义、人本主义相通，对于任何有人文关怀的作家都会具有亲和力，而改革开放时期的中国作家，是不缺人文倾向的。他的哲理具有现代特征，运用了现代哲学的概念与术语，对于憧憬现代倾向，对现代性颇为好奇、感兴趣的中国当代作家是会有强烈吸引力的。

二是以其将现代的哲理与古典的文学形式熔于一炉、水乳交融的

---

① 何力：《一段精神履历的要件》，《经济观察报》2005 年 7 月 4 日。

方式，也就是说他给中国作家提供了哲理文学的范例，这种文学的形象鲜明性与思想隽永性，足以对改革开放后的中国作家有强烈的吸引力，并构成可以效仿的典范。如果说，在这个时期的中国出现过哲理文学作品或带有哲理色彩的作品，也许就与萨特的影响不无关系。

除此二者之外，萨特对当代中国文学的影响就不大可能有其他的切入点了，具体来说，不可能在文学形式与表现方法上给中国作家提供什么新的灵感，原因很简单，因为萨特没有什么新文学形式，他不像"新小说"派，"荒诞派"戏剧，他的文学表现形式基本上是传统的、古典的，他的戏剧形式中国作家早在易卜生那里就见识过，而他的中短篇小说形式，与莫泊桑、契诃夫的小说基本上属于一个类型，只有他的中篇《恶心》在形式上有点"各色"，但那篇小说的可读性实在很差，我想，相当注重可读性的中国作家不会有兴趣去仿效。

钱林森：在我看来，在萨特那里，哲学家、文学家是二而为一，或思想家、文学家、社会政治活动家是三而为一，互为补充、互相制约的整体，他在创作上的一切特点、风格和追求，都是和他这多重身份、层面紧密相关的，很难截然分开。在对萨特的评析中，我特别注意到您对萨特自传中的人格魅力的分析和对他作为"作家兼斗士"的强调和评价，我认为，这种既是文学层面，也是思想层面的分析和评价，捕捉到了萨特其人其文的本质特征，其价值取向也直接承继了中国作家接受外国文学的一种传统精神。其实，在法国文学史上，许多在文化上有重要建树的大家，大凡都是"作家兼社会斗士"的角色，很政治化的，几乎形成了一个文学传统，从伏尔泰到卢梭，从左拉到法朗士，从纪德、罗曼·罗兰、马尔罗到萨特……而中国新文学作者，从鲁迅、茅盾到巴金、胡风、路翎……在接受外国（法国）文学滋养时，不仅致力于学习外国（法国）作家为文的本领，也十分注重学习他们为人的风范，也几乎形成了一个接受传统，所以您对萨特文格和人格力量的强调和评价是十分有意义的。

柳鸣九：一个国家的文学中能形成某一种文人传统、作家传统，是这个国家文学丰富与成熟的标志,并非任何一个国家的文学中都能有此种"景观"的,一般来说,是在某种历史相对悠久、内容相对丰富和厚重、发展相对有持续性的文学中才会有的,法国文学就是这么一种文学。也许,在法国文学中,能称得上传统的东西不止一项两项,比如说,对创新精神的强调,对哲理的重视等,当然,作家关注并介入社会生活,要算是法国文学中较重要的一个传统。

阁下列举了这传统中一些令人瞩目的作家,我很同意。这些作家不只是一般地关心社会现实、民生疾苦,也不只是一般地"指点江山,挥斥方遒",介入社会政治。他们的介入往往有声有色,甚至轰轰烈烈,常常为了某一个正义的目的,敢于站在当时统治阶级以至整个国家机器的对立面,进行勇敢地抗衡,如雨果为反对拿破仑三世的政变与独裁,流亡国外达十九年之久,不作任何妥协;左拉为了德雷福斯冤案的昭雪,敢于冒监狱之苦与生命危险,等等,这些作家以其轰轰烈烈的正义之举而在历史上留下了光辉的一页。

萨特显然是很景仰这种勇者的辉煌,他十分有意识,十分自觉地将作家的这一种行为方式,这一种存在形态,提升为一种道德职责,一种美学规范,而大加阐释,建立了"介入文学"论。他自己当然是这种理论、这种理想的实践者,而且也达到了相当轰轰烈烈的已成事业的规模(即使较伏尔泰、雨果、左拉稍逊一筹)。他在其中也表现出了很令人钦佩的勇气,如他反对阿尔及利亚战争的时期,受到了右派要"枪毙萨特"的威胁后,仍坚持斗争;又如他在匈牙利事件中抗议苏联出兵,采取了断然决裂的态度,不惜公开否定自己长期作为苏联之友的历史,而这种敢于否定自己的勇气似乎更为不易,没有一定的人格力量是做不到的。

不过,应该看到,法国文学中之所以能形成"作家兼斗士"的传统,是与法国社会民主化的历史较早、民主化程度较高这一历史条件有关的,萨特之所以能把自己的"介入"理论扮演得淋漓尽致,也是与戴高乐总统的雅量有关,他曾明令:"我们不要去抓伏尔泰。"各个国家有各个国家的历史社会条件,不同国家的作家也有实现人格力量的不同的道路与方式,如果不考虑本国本民族的客观条件,硬要抄袭或照搬地去学，那肯定是学不来的，甚至往往会反受其害。

钱林森：我们就"萨特在中国"所进行的讨论和交流，差不多已接近尾声。请容许我提一个知识性的、近于幼稚的问题：萨特这位业绩卓著、风格鲜明的作家、思想家，这位西方明星式的大知识分子，在他生前和身后，何以在西方和东方不断招惹是非，引起争议？世人对他的臧否如此分明，在法国作家中实属罕见，这是因为他思想深邃复杂、风格鲜明独特所致？还是他追求明星效应的个性所致？

柳鸣九：萨特是一个既得到过大欢迎、大赞赏、大崇拜，也得到过大非议、大厌烦、大否定的作家，他得到什么，要视他面对何种人群而定。在上个世纪五六十年代法国以至整个西方世界的文化青年面前，他是一个被热烈崇拜的对象，一个完完全全的文化偶像，在六七十年代法国乃至西欧极左派青年面前，他是一个精神导师。在法国以至西方的传统社会阶层与右翼社会群体那里，他被视为一个喜欢骂街的人，一个叫人心烦的人。而在东方，在社会主义中国，他的"自我选择"说又曾被视为瓦解集体主义的"精神污染"。他之被赞颂还是被否定，与其说主要是由于他个人的主观原因，不如说是不同人群的不同立场与喜爱。当然与他的主观表现也有很大的关系，如果他只是一个哲学家，一个小说家、剧作家，他不至于引起这么大的争议，问题在于他热衷于社会政治，热衷于政论时评，他的实践活动与批评议论不可能不触动不同方面、不同阶层的利益与神经。加以他是一个个性张扬的人，喜欢追求轰动效应，也善于制造轰动效应，如发表宣言、上街游行、探访监狱、拒绝领奖等等，这样张扬、极致、尖锐的表现形态，当然很容易招致中国俗话"树大招风"所说的那种后果。但我想，对于头上有光圈，口袋里有法郎，没有家庭与儿女的拖累，毫无后顾之忧的萨特来说，也许他图的正是这个。

钱林森：回顾萨特在中国的精神之旅，谈论萨特在中国的被接受，是个沉重的话题。您是这个话题必不可少的"焦点人物"，甚至在一个时期，您本人成了人们议论的中心话题。上世纪80年代，您引领萨特进入中国，便一度和这个招人喜爱而又招惹是非的外国人，一起成了中国青年和学界议论的中心话题，二十余年后萨特百年诞辰的今天，人们又一次把您请出来，置于萨特话题的中心：请你向新一代读者讲述萨特一生的峥嵘岁月，重温萨特中国之行的风雨历程，重估萨特在中国的影响和意义。国内各大报刊相继刊发采访您的文章，首都数家出版社也纷纷重版您所开启的萨特译介，研究的多种著作。梦回星移，世事沧桑，萨特在中国的命运真是今非昔比，这使我们这些亲历者、见证者，不免感慨万端。请问，面对这个巨变，您的感受是什么？是苦涩还是欣慰？

柳鸣九：《萨特研究》问世至今已近二十五年，今年，萨特诞辰一百周年之际，各大报刊的纪念盛况令人大感意外。两卷本的《萨特精选集》（北京燕山出版社）与七卷本的《萨特文集》（人民文学出版社）的出版，也表明萨特精神遗产已经正常而顺畅地在中国通行。眼见改革开放所带来的这一番文化景象，我作为一个当事人倍感亲切与欣喜。想当年，《萨特研究》问世之后不久，我的确受到过很大的压力：大会上的点名，报刊上的批判，严肃的个别谈话，书被禁再版，等等，最后，我总算坚持了自己的学术观点，没有去遵命写领导命题的反省文章"我对萨特的再认识"，当然，我也付出过若干代价，但至今回顾起来，却并不感到苦涩，我深深感到，自己能参与"萨特的中国行"这样一个文化进程，在这个过程有所作为，也算是"生逢其时"的一种"造化"，对此，我感到欣慰。

2005年

（原载《跨文化对话》第十八辑，2006年）

后　记

　　数十年供职于中国社会科学院，我的学术工作经历与文化活动，虽然并非单一的，但基本上是以法国文学史的研究为主，可以说，我的主课作业就是法国文学史研究，因此，面对着"中国社会科学院学部委员专题文集"的集稿盛举，我这个集子自然就集中选用我关于法国文学研究的文字，基本上可分这么几个"小单元"：一、作家论；二、作品论；三、思潮论；四、以文学史研究为基础的理论探讨，或者说，文学史研究向理论探索领域的延伸。

　　如果在这一切之中有我个人什么整体的文学史观，简单说来即：文学史就是作家作品的出现史，文学中比较概括的研究，如：流派研究、思潮研究、历史分期研究以及发展趋势研究，都是以作家作品研究为基础的，与文学史有关的理论探讨、理论研究也是与作家作品研究分不开的，要进一步概括为颠扑不破的学理，则是这样一句话：离开历史事实的，都是空话，都是空论。

　　本集中的文章，发表于不同的历史时期，最早的有60年代的作品，其中历史时代的痕迹在所难免，也算是时代进程的一种反映吧。

柳鸣九

2013年12月25日